分好類 超好背 7000單字

秒殺

單字記憶高手都在用的
無敵收納記憶法
幫你秒殺7000單，1秒變專家！

MP3隨掃即聽

補教界首席名師
張 翔◎編著

使用說明

2 外師親錄原汁原味純正發音MP3，掃書名/篇名頁QR Code收聽MP3，單字走到哪聽到哪。

分好類超好實7000單字　📟 MP3 ⊙ 001

3 無敵收納式分類法，扮演單字與主題分類間的關鍵橋樑，幫助您啟動大腦記憶鏈結密碼，瞬間記憶同類單字。

01 水果類單字　分類

01 **apple** [`æpl] 名 蘋果
I want a hamburger and an **apple** pie for lunch.
🔊 我午餐想要吃一個漢堡和一個蘋果派。

02 **banana** [bə`nænə] 名 香蕉
My sister has ordered a sponge cake flavored with **bananas**.
🔊 我姊姊已訂購了一個香蕉口味的海綿蛋糕。

03 **berry** [`bɛrɪ] 名 莓果
This jam is made of several kinds of **berries**.
🔊 這種果醬是用好幾種莓果做成的。

04 **coconut** [`kokə.nət] 名 椰子
It is an enjoyment to drink a glass of iced **coconut** juice in summer.
🔊 在夏天喝一杯冰過的椰子水是一大享受。

05 **core** [kor] 名 果核；核心 動 去核
Remove the **core** of the fruit with a knife carefully.
🔊 仔細地以刀去除水果的果核。

06 **fruit** [frut] 名 水果 動 結果實
Mangoes are tropical **fruit**.
🔊 芒果是熱帶水果。

4 囊括單字、KK音標、詞性、字義與實用例句的全方位單字記憶學習方案。

07 **grape** [grep] 名 葡萄
She ate a bunch of **grapes** for breakfast.
🔊 她吃了一串葡萄當早餐。

08 **grapefruit** [`grep.frut] 名 葡萄柚
Do you like a glass of **grapefruit** juice?
🔊 你想喝一杯葡萄柚汁嗎？

09 **guava** [`gwɑvə] 名 芭樂
I prefer **guavas** to persimmons.
🔊 我喜歡芭樂勝過柿子。

10 **lemon** [`lɛmən] 名 檸檬
The bakery is known for its **lemon** pie.
🔊 這家麵包店以檸檬派聞名。

全書共分19大主題分類，預先鎖定大腦記憶區塊以提取過往經驗，便於使用縱向連結法搭配橫向整合法，輕鬆吸納單字7000。

11 **lime** [laɪm] 名 酸橙；石灰 動 撒石灰 🇬
The baker adds a few drops of **lime** juice in the dough.
🔊 麵包師傅在麵糰裡加上幾滴酸橙汁。

12 **mango** [`mæŋgo] 名 芒果 🇦
We pick **mangoes** in Uncle Danny's yard every summer.
🔊 每年夏天我們會摘丹尼叔叔庭院裡的芒果。

13 **melon** [`mɛlən] 名 甜瓜 🇦
Among all fruit, I like **melons** the best.
🔊 所有的水果中，我最喜歡甜瓜。

14 **orange** [`ɔrɪndʒ] 名 柳丁 形 橘色的 🇦
Is there any **orange** juice in the jug?
🔊 罐子裡還有柳丁汁嗎？

複合式雙效分類法，依照單字難易度分類，星等1最簡易、星等6最艱深，1至6等分別對照美國一至六年級學生程度。

15 **papaya** [pə`pajə] 名 木瓜 🇦
Papaya is my least favorite fruit.
🔊 木瓜是我最不喜愛的水果。

16 **peach** [pitʃ] 名 桃子 🇦
I prefer **peaches** to plums.
🔊 跟李子比起來，我比較喜歡桃子。

17 **pear** [pɛr] 名 梨子 🇦
Pears are now in season.
🔊 現在梨子上市了。

18 **pineapple** [`paɪn͵æpl] 名 鳳梨 🇦
This pie is made of **pineapples**.
🔊 這個派是用鳳梨做的。

19 **plum** [plʌm] 名 李子 🇦
Plums taste sweet and sour.
🔊 李子嚐起來酸酸甜甜的。

20 **ripe** [raɪp] 形 成熟的 🇦
You should choose **ripe**, but firm fruit.
🔊 你應該選擇成熟但結實的水果。

21 **strawberry** [`strɔ͵bɛrɪ] 名 草莓 🇦
My colleague gave me a jar of homemade **strawberry** jam.
🔊 我同事給了我一罐自製的草莓果醬。

「無敵收納記憶法」的誕生

投身教育數十載，發現莘莘學子在英語學習路上遇到最根本的問題，就是難以記憶單字；而單字是學習語言的基礎，非得先把單字記下來，才有辦法進而形成片語、句子，甚至是發展成一篇文章。然而，綜觀市面上根據大學入學考試中心公佈的7000單字學習書，卻很難找到一本全然負起協助讀者有效記憶單字的英語工具書。身為教育界的耕耘者，我一方面替讀者們擔心、一方面也努力地思考著：到底要用什麼方法才能幫助讀者輕鬆記憶單字呢？

就在此時，一段兒時記憶飄入我的腦海：是一桌豐盛的料理。可能是除夕夜吧！桌上擺滿了大魚大肉，以及翠綠的蔬菜、碩大的水果。滿桌的食物連結著我的口腹之欲、潛然間啟動了我的單字記憶機制：魚肉、雞肉、羊肉和牛肉都屬於肉類；而香蕉、鳳梨和芭樂都屬於水果類；肉與肉之間、以及水果與水果之間，它們天生就是被歸結在一起的！

除了與飲食相關的單字之外，其他類別的單字不也是如此？回想小時候在兒童美語班學習英文的光景，我們會將同類別的單

Preface

作者序

字一次學起來。例如,我們會把出現在彩虹上的各種顏色放在一起學。何以如此?因為人類的大腦很聰明,會根據資料之間的關聯性,運用聯想法以及歸納法加以記憶。透過上述方法,大腦的記憶庫得以擴充,我們也才能夠把最基本的7000個英文單字牢牢記住。試想,要把banker(銀行家)、bounce(跳票)和cashier(出納員)放在一起背比較容易,還是要使用傳統的 From A to Z 記憶法,把carve(切開)、catalogue(目錄)和cease(停止)放在一起背呢?答案我想不言而喻。

迴異於充斥坊間的 From A to Z 單字書、甚至是超越僅以難易度區分成六級的7000單字書,本書認真看待每一個單字;站在讀者的立場,替讀者細膩歸納出共十九大分類;從飲食、休閒類單字,到社會、政治類單字,在在與讀者的生活產生密不可分的連結;讀者可由自身的生活經驗出發,想學什麼單字、就學什麼單字;隨翻隨學、俯拾即是,提升英語基本能力於無形之間!有心打穩英語單字基礎的您,除了這本之外您沒有別的選擇了。我相信您可以背得起來,您也要相信您自己!

張翔

目錄

Part 3
休閒單字收納

目錄

Part 4
文藝類單字收納

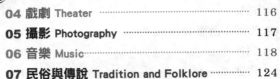

目錄

Part 5
家與家庭單字收納

Part 6
醫療與疾病單字收納

Part 7
身體與活動類單字收納

Part 8
心理活動單字收納

Part 9
人格、人生、宗教單字收納

目錄

Contents

Part 11
自然與生物單字收納

目錄

Part 12
社會科學單字收納

Contents

目錄

contents

Part 16
財經、商務、管理單字收納

Part 17
通訊與傳播單字收納

目錄

Contents

飲食類
單字收納

名 名 詞

動 動 詞

形 形容詞

副 副 詞

1～6 單字難易度
(分別符合美國一至六年級學生所學範圍)

掃碼即聽
MP3 001～012

01 水果類單字　分類

01 apple [`æpl] 名 蘋果
I want a hamburger and an **apple** pie for lunch.
🏠 我午餐想要吃一個漢堡和一個蘋果派。

02 banana [bə`nænə] 名 香蕉
My sister has ordered a sponge cake flavored with **bananas**.
🏠 我姊姊已訂購了一個香蕉口味的海綿蛋糕。

03 berry [`bɛrɪ] 名 莓果
This jam is made of several kinds of **berries**.
🏠 這種果醬是用好幾種莓果做成的。

04 coconut [`kokə‚nət] 名 椰子
It is an enjoyment to drink a glass of iced **coconut** juice in summer.
🏠 夏天喝一杯冰過的椰子水是一大享受。

05 core [kor] 名 果核；核心 動 去核
Remove the **core** of the fruit with a knife carefully.
🏠 小心地用刀去除水果的果核。

06 fruit [frut] 名 水果 動 結果實
Mangoes are tropical **fruit**.
🏠 芒果是熱帶水果。

07 grape [grep] 名 葡萄
She ate a bunch of **grapes** for breakfast.
🏠 她吃了一串葡萄當早餐。

08 grapefruit [`grep‚frut] 名 葡萄柚
Do you like a glass of **grapefruit** juice?
🏠 你想喝一杯葡萄柚汁嗎？

09 guava [`gwɑvə] 名 芭樂
I prefer **guavas** to persimmons.
🏠 我喜歡芭樂勝過柿子。

10 lemon [`lɛmən] 名 檸檬
The bakery is known for its **lemon** pie.
🏠 這家麵包店以檸檬派聞名。

11 lime [laɪm] 名 酸橙；石灰 動 撒石灰　　🅔
The baker adds a few drops of **lime** juice in the dough.
🔊 麵包師傅在麵糰裡加上幾滴酸橙汁。

12 mango [`mæŋgo] 名 芒果　　🅑
We pick **mangoes** in Uncle Danny's yard every summer.
🔊 每年夏天我們會到丹尼叔叔的庭院摘芒果。

13 melon [`mɛlən] 名 甜瓜　　🅑
Among all fruit, I like **melons** the best.
🔊 所有水果中，我最喜歡甜瓜。

14 orange [`ɔrɪndʒ] 名 柳丁 形 橘色的　　🅐
Is there any **orange** juice in the jug?
🔊 罐子裡還有柳丁汁嗎？

15 papaya [pə`pajə] 名 木瓜　　🅑
Papaya is my least favorite fruit.
🔊 木瓜是我最不喜愛的水果。

16 peach [pitʃ] 名 桃子　　🅑
I prefer **peaches** to plums.
🔊 比起李子，我比較喜歡桃子。

17 pear [pɛr] 名 梨子　　🅑
Pears are now in season.
🔊 現在梨子上市了。

18 pineapple [`paɪn͵æpl] 名 鳳梨　　🅑
This pie is made of **pineapples**.
🔊 這個派是用鳳梨做的。

19 plum [plʌm] 名 李子　　🅒
Plums taste sweet and sour.
🔊 李子嚐起來酸酸甜甜的。

20 ripe [raɪp] 形 成熟的　　🅒
You should choose **ripe**, but firm fruit.
🔊 你應該選擇成熟但結實的水果。

21 strawberry [`strɔbɛrɪ] 名 草莓　　🅑
My colleague gave me a jar of homemade **strawberry** jam.
🔊 我同事給了我一罐自製的草莓果醬。

22 tangerine [`tændʒərɪn] 名 橘子　　🔵
Stacey put the **tangerines** in a shallow dish.
🔸 史黛西將橘子放在一個淺盤裡。

23 watermelon [`wɔtɚˌmɛlən] 名 西瓜　　🔵
Would you like another slice of **watermelon**?
🔸 你想再吃一片西瓜嗎?

02 點心與甜品類單字　　分類

01 airtight [`ɛrˌtaɪt] 形 密閉的　　🔵
The crackers should be stored in an **airtight** jug.
🔸 這些脆餅應該被保存在密封罐裡。

02 biscuit [`bɪskɪt] 名 餅乾　　🔵
Please help yourself to the **biscuits**.
🔸 請自行取用餅乾。

03 cake [kek] 名 蛋糕　　🔵
This restaurant serves excellent **cakes**.
🔸 這家餐廳供應非常好的蛋糕。

04 candy [`kændɪ] 名 糖果　　🔵
We brought a box of **candies** to the orphan home.
🔸 我們帶了一盒糖果去孤兒院。

05 chip [tʃɪp] 名 洋芋片;籌碼 動 切　　🔵
He ate two bags of **chips** when watching TV this afternoon.
🔸 今天下午他看電視時吃了兩包洋芋片。

06 chocolate [`tʃɔkəlɪt] 名 巧克力　　🔵
Lillian is not fond of **chocolate**.
🔸 莉莉安不喜歡吃巧克力。

07 cone [kon] 名 錐形蛋捲筒;圓錐　　🔵
I want two scoops of ice cream on a **cone**.
🔸 我想要兩球冰淇淋裝在錐形蛋捲筒裡。

08 cookie/cooky [`kʊkɪ] 名 餅乾　　🔵
We had black tea and **cookies** for afternoon tea.
🔸 下午茶我們享用了紅茶和餅乾。

09 **cracker** [ˋkrækɚ] 名 薄脆餅乾 5
She bought a box of **crackers** from a grocery store.
她在雜貨店買了一盒薄脆餅乾。

10 **dessert** [dɪˋzɝt] 名 甜點 2
Who cares for a **dessert**?
誰想來個甜點?

11 **doughnut** [ˋdo͵nʌt] 名 甜甜圈 2
There are many **doughnuts** on the shelf.
架上有很多甜甜圈。

12 **jam** [dʒæm] 名 果醬；堵塞；困境 動 不能動彈 1
She is not a big fan of **jam**.
她不愛吃果醬。

13 **jelly** [ˋdʒɛlɪ] 名 果凍 3
Today's dessert is my favorite **jelly**.
今天的點心是我最喜愛的果凍。

14 **lollipop** [ˋlɑlɪ͵pɑp] 名 棒棒糖 3
Most children love **lollipops**.
大多數小孩喜歡吃棒棒糖。

15 **pancake** [ˋpæn͵kek] 名 煎餅 3
Can I have a piece of **pancake**?
我可以吃一片煎餅嗎？

16 **pastry** [ˋpestrɪ] 名 糕點 5
I cannot eat any more **pastry**; I'm full-up.
我吃不下更多糕點了；我已經飽了。

17 **popcorn** [ˋpɑp͵kɔrn] 名 爆米花 1
Don't eat too much **popcorn**.
不要吃太多爆米花。

18 **pudding** [ˋpʊdɪŋ] 名 布丁 2
The bakery is known for its **pudding**.
這家麵包店以布丁聞名。

19 **raisin** [ˋrezn̩] 名 葡萄乾 3
Lily likes to eat salted **raisins**.
莉莉喜歡吃鹹葡萄乾。

20 **snack** [snæk] 名 點心 動 吃點心 2
He ate too many sugary **snacks** between meals.
他在正餐之間吃了太多含糖點心。

21 **tart** [tɑrt] 名 水果塔　　⑤
For breakfast, Deborah had only a slice of **tart**.
🔒 黛波拉早餐只吃一塊水果塔。

03　飲品類單字　分類

01 **alcohol** [`ælkə.hɔl] 名 酒精　　④
Ian neither smokes cigarettes nor drinks **alcohol**.
🔒 伊恩既不抽菸也不喝酒。

02 **bar** [bɑr] 名 酒吧 動 禁止　　①
Shall we meet in the **bar** next to the restaurant later?
🔒 我們等一下在餐廳旁的酒吧碰面好嗎？

03 **barrel** [`bærəl] 名 大桶　　③
The wine is aged for two years in oak **barrels**.
🔒 葡萄酒在橡木桶裡熟成兩年。

04 **beer** [bɪr] 名 啤酒　　②
Would you like a cold **beer**?
🔒 你想要一杯冰啤酒嗎？

05 **beverage** [`bɛvərɪdʒ] 名 飲料　　⑥
Several different kinds of **beverages** are served in the party.
🔒 派對供應了幾種不同的飲料。

06 **brew** [bru] 動 釀製 名 釀製物　　⑥
The bottle of vinegar is **brewed** from kiwis.
🔒 這瓶醋是用奇異果釀製的。

07 **café** [kə`fe] 名 咖啡館　　②
Do you want to go to the new **café** at the corner?
🔒 你想去街角新開的咖啡館嗎？

08 **caffeine** [`kæfiɪn] 名 咖啡因　　⑥
Too much **caffeine** made me dizzy.
🔒 太多咖啡因讓我頭暈目眩。

09 **champagne** [ʃæm`pen] 名 香檳　　⑥
We need two dozens of **champagne** for the party next Saturday.
🔒 下星期六的派對我們需要兩打香檳。

10 **cocktail** [`kɑk.tel] 名 雞尾酒　❸
May I buy you a glass of **cocktail**?
🏠 我可以請你喝一杯雞尾酒嗎？

11 **coffee** [`kɔfɪ] 名 咖啡　❶
I want a cup of **coffee** to go.
🏠 我想外帶一杯咖啡。

12 **cola** [`kolə] / **Coke** [kok] 名 可樂　❶
Someone drank my **cola**.
🏠 有人喝了我的可樂。

13 **cordial** [`kɔrdʒəl] 形 有興奮作用的 名 甘露酒　❻
This kind of juice is a **cordial** drink.
🏠 這種果汁是有興奮作用的飲料。

14 **cork** [kɔrk] 名 軟木塞 動 用軟木塞塞緊　❹
The **cork** of this bottle of wine is rotten.
🏠 這瓶葡萄酒的軟木塞腐爛了。

15 **cup** [kʌb] 名 杯子 動 放入杯內　❶
Please get a clean **cup** from the cupboard for me.
🏠 請從碗櫃幫我拿一個乾淨的杯子。

16 **drink** [drɪŋk] 動 喝；喝酒 名 飲料　❶
Monica likes to **drink** milk every morning.
🏠 莫妮卡喜歡每天早上喝牛奶。

17 **drunk** [drʌŋk] 形 喝醉的 名 醉漢　❸
The tourist was **drunk** in the beer festival last night.
🏠 這個觀光客在昨晚的啤酒節活動喝醉了。

18 **glass** [`glæs] 名 一杯；玻璃　❶
The child swallowed the pill with a **glass** of juice.
🏠 這個小孩配著一杯果汁吞下藥片。

19 **juice** [dʒus] 名 果汁　❶
She poured ice and orange **juice** into a big mug.
🏠 她將冰塊和柳橙汁倒進一個大馬克杯裡。

20 **lemonade** [ˌlɛmənˋed] 名 檸檬水　❷
Two **lemonades** and a hot coffee, please.
🏠 請來兩杯檸檬水和一杯熱咖啡。

21 **liquor** [`lɪkɚ] 名 烈酒　❹
My mom doesn't allow me to drink **liquors**.
🏠 我媽不允許我喝烈酒。

22 **milk** [mɪlk] 名 牛奶 動 擠奶
He likes a bottle of **milk**.
🔒 他要來瓶牛奶。

23 **refreshment** [rɪ`frɛʃmənt] 名 飲料；提神物
Would you like some **refreshments**?
🔒 你想要來點飲料嗎?

24 **soda** [`sodə] 名 汽水
Drinking so much **soda** is bad for your teeth.
🔒 喝這麼多汽水對你的牙齒不好。

25 **tavern** [`tævən] 名 酒館
We celebrated her birthday in that **tavern** last night.
🔒 我們昨晚在那家酒館慶祝她的生日。

26 **tea** [ti] 名 茶
Would you like a cup of **tea**?
🔒 你想喝一杯茶嗎?

27 **whiskey/whisky** [`hwɪskɪ] 名 威士忌
He drank two tumblers of **whiskey**.
🔒 他喝了兩杯威士忌。

28 **wine** [waɪn] 名 葡萄酒 動 喝酒
Ian gave us a bottle of white **wine** as a gift.
🔒 伊恩送給我們一瓶白葡萄酒作為禮物。

29 **yogurt** [`jogət] 名 優酪乳
Yogurt is made by adding bacteria to milk.
🔒 優酪乳是在牛奶中加入菌種製成的。

04 蔬菜、豆類與堅果 分類

01 **almond** [`ɑmənd] 名 杏仁
It is healthy to eat some nuts every day such as
almonds, walnuts and peanuts.
🔒 每天吃一些堅果例如杏仁、核桃、花生有益健康。

02 **bean** [bin] 名 豆子
We planted a lot of red **beans** in our garden.
🔒 我們在庭院裡種了很多紅豆。

03 cabbage [`kæbɪdʒ] 名 包心菜

She cannot tell the difference between a **cabbage** and a lettuce.

🔒 她無法區分包心菜和萵苣。

04 carrot [`kærət] 名 胡蘿蔔

Carrots and potatoes are grown under the ground.

🔒 胡蘿蔔和馬鈴薯生長於地下。

05 celery [`sɛlərɪ] 名 芹菜

Do not put **celery** in my salad because I hate its taste.

🔒 不要在我的沙拉裡放芹菜，因為我不喜歡它的味道。

06 corn [kɔrn] 名 玉米

There isn't any **corn** soup in the bowl.

🔒 碗裡沒有玉米湯了。

07 cucumber [`kjukʌmbɚ] 名 小黃瓜

This sauce tastes of **cucumber**.

🔒 這個醬汁有小黃瓜味。

08 kernel [`kɚn̩] 名 果仁；穀粒

The **kernel** inside a nut is edible.

🔒 堅果仁是可食用的。

09 lettuce [`lɛtɪs] 名 萵苣

Have you tried the **lettuce**?

🔒 你吃過萵苣了嗎？

10 mushroom [`mʌʃrum] 名 蘑菇 動 採蘑菇

How can we call it **mushroom** pork chop without mushroom sauce?

🔒 沒有蘑菇醬我們怎麼能說它是蘑菇豬排呢？

11 nut [nʌt] 名 堅果

It is good for your health to eat a handful of **nuts** every day.

🔒 每天吃一把堅果有益你的健康。

12 onion [`ʌnjən] 名 洋蔥

They ordered fried chicken and **onion** rings to go.

🔒 他們點了炸雞和洋蔥圈外帶。

13 pea [pi] 名 豌豆

Boil the **peas** and then add garlic and lemon juice.

🔒 煮沸碗豆然後加入大蒜和檸檬汁。

---

14 **peanut** [`pi. nʌt] 名 花生 ☆
Please butter my bread with **peanut** butter.
🏠 請幫我的麵包塗上花生醬。

15 **potato** [pə`teto] 名 馬鈴薯 ☆
Would you like another **potato**?
🏠 你要不要再來一個馬鈴薯？

16 **pumpkin** [`pʌmpkɪn] 名 南瓜 ☆
Does anyone want some more **pumpkin** pie?
🏠 有誰想再吃點南瓜派嗎？

17 **radish** [`rædɪʃ] 名 小蘿蔔 ☆
There are a lot of **radishes** in the basket.
🏠 籃子裡有許多小蘿蔔。

18 **soybean** [`sɔɪbin] 名 大豆 ☆
Soybeans are very nutritious.
🏠 大豆非常營養。

19 **spinach** [`spɪnɪtʃ] 名 菠菜 ☆
Either you eat your **spinach** or you go without
ice-cream.
🏠 你要不就把菠菜吃了，不然就別吃冰淇淋。

20 **sweet potato** [`swit pə`teto] 名 甘藷 ☆
My mom has various sweet potato recipes from breads
to **sweet potato** pie.
🏠 我媽媽有從麵包到蕃薯派的各種蕃薯食譜。

21 **tofu** [`tofu] 名 豆腐 ☆
Jane dished the **tofu** into a white bowl.
🏠 珍將豆腐盛入一個白碗裡。

22 **tomato** [tə`meto] 名 番茄 ☆
Cut the **tomatoes** and the mushrooms into quarters.
🏠 將番茄和蘑菇切成四分之一大小。

23 **vegetable** [`vɛdʒətəbl] 名 蔬菜 ☆
We should include plenty of fresh **vegetables** in our
everyday diet.
🏠 我們的每日飲食中應該包含大量的新鮮蔬菜。

24 **vegetarian** [ˌvɛdʒə`tɛrɪən] 名 素食者 ☆
The French restaurant provides a special menu for
vegetarians.
🏠 這家法國餐廳為茹素者提供一份特別菜單。

25 **walnut** [`wɔlnət] 名 胡桃　🄼
Put some chopped **walnuts** on top of the cake.
🏠 放一些切碎的胡桃在蛋糕上。

05　餐點與菜餚類單字　分類

01 **bacon** [`bekən] 名 培根　🄳
Johnson wants a sandwich with **bacon** and eggs.
🏠 強森想要一個培根蛋三明治。

02 **beef** [bif] 名 牛肉　🄴
She doesn't eat **beef** out of religious issue.
🏠 由於宗教因素她不吃牛肉。

03 **bread** [brɛd] 名 麵包　🄸
Mom bought two loaves of **bread** from her favorite bakery.
🏠 媽媽在她最喜愛的烘焙坊買了兩條麵包。

04 **broth** [brɔθ] 名 湯　🄵
A bowl of **broth** was served as the first dish.
🏠 第一道菜供應了一碗湯。

05 **bun** [bʌn] 名 小圓麵包　🄴
I had three **buns** for breakfast.
🏠 我早餐吃了三個小圓麵包。

06 **butter** [`bʌtə] 動 塗奶油於… 名 奶油　🄸
Could you **butter** these pieces of bread?
🏠 你可以將這些麵包片塗上奶油嗎？

07 **can** [kæn] 名 罐頭 動 可以；裝罐　🄸
She made these sandwiches with a **can** of tuna.
🏠 她用一個鮪魚罐頭做了這些三明治。

08 **cereal** [`sɪrɪəl] 名 穀類作物　🄴
I had a bowl of **cereal** this morning.
🏠 今天早上我吃了一碗麥片。

09 **cheese** [tʃiz] 名 乳酪　🄳
There are many kinds of **cheese** at the dairy.
🏠 乳品店裡有很多種乳酪。

10 **chicken** [`tʃɪkən] 名 雞肉；雞
The **chicken** stew is delicious.
🔒 燉雞肉很美味。

11 **cocoa** [`koko] 名 可可粉
Ivory Coast in Africa is the world's leading **cocoa** producer.
🔒 非洲象牙海岸是世界主要的可可粉生產國。

12 **cream** [krim] 名 奶油 形 奶油色的
Please put some **cream** in my coffee.
🔒 請在我的咖啡裡加一些奶油。

13 **cuisine** [kwɪ`zin] 名 菜餚
The **cuisine** of Japan is popular here.
🔒 日式菜餚在這裡很受歡迎。

14 **dumpling** [`dʌmplɪŋ] 名 餃子
You can steam or boil some **dumplings** for dinner.
🔒 你可蒸或煮一些水餃當晚餐。

15 **egg** [ɛg] 名 蛋
Please give me two dozens of **eggs**.
🔒 請給我兩打蛋。

16 **foil** [fɔɪl] 名 金屬薄片；食品包裝箔
My mom wrapped those cookies in tin **foil** to keep them fresh.
🔒 媽媽將餅乾用錫箔紙包起來保鮮。

17 **food** [fud] 名 食物
We cannot survive for long without **food**.
🔒 我們沒有食物就活不了多久。

18 **GMO** 名 基因改造食品
Tony hates **genetically modified organism**.
🔒 東尼討厭基因改造食物。

19 **gum** [gʌm] 名 口香糖
The import of **gum** is forbidden in Singapore.
🔒 新加坡禁止進口口香糖。

20 **ham** [hæm] 名 火腿
I want a sandwich with **ham** and cheese.
🔒 我要一個火腿起司三明治。

21 **hamburger** [`hæmbɜɡə] 名 漢堡 ✿
Which **hamburger** do you like?
🏠 你喜歡哪一種漢堡？

22 **honey** [`hʌnɪ] 名 蜂蜜 ✿
Is there any **honey** in the hive?
🏠 蜂巢裡有蜂蜜嗎？

23 **ice** [aɪs] 名 冰 ✿
I'd like some **ice** in my soda.
🏠 我的汽水要加些冰塊。

24 **junk** [dʒʌŋk] 名 垃圾 動 丟棄 ✿
Don't eat those **junk** food. They are bad for health.
🏠 別吃那些垃圾食物，它們有害健康。

25 **loaf** [lof] 名 麵包 ✿
I want a **loaf** of bread to go.
🏠 我要外帶一條麵包。

26 **lobster** [`lɑbstə] 名 龍蝦 ✿
The price of **lobsters** is cheaper this year.
🏠 今年龍蝦的價格比較便宜。

27 **mayonnaise** [meə`nez] 名 美乃滋 ✿
A spoonful of **mayonnaise** has lots of calories.
🏠 一匙美乃滋含有相當多卡路里。

28 **meat** [mit] 名 肉 ✿
I prefer vegetables to **meat**.
🏠 我喜歡蔬菜勝過肉。

29 **mutton** [`mʌtn̩] 名 羊肉 ✿
The cook spiced the **mutton** with mint.
🏠 廚師用薄荷調味羊肉。

30 **noodle** [`nudl̩] 名 麵條 ✿
Drop the **noodles** into boiled water for five minutes.
🏠 將麵條放進滾水煮五分鐘。

31 **oatmeal** [`ot͵mil] 名 燕麥片 ✿
We ate **oatmeal** and milk for breakfast.
🏠 我們早餐吃燕麥片和牛奶。

32 **oyster** [`ɔɪstə] 名 牡蠣 ✿
Chill the raw **oysters** before serving them.
🏠 這些生牡蠣在呈上桌前要先冰一下。

33 **pasta** [`pɑstə] 名 義大利麵　4
What type of **pasta** would you prefer to eat?
你喜歡吃哪一種義大利麵？

34 **pie** [paɪ] 名 派　1
I would like to have an apple **pie** and a cup of coffee.
我想要一個蘋果派和一杯咖啡。

35 **pizza** [`pitsə] 名 披薩　2
Pizza tastes better when you add some cheese powder on it.
加些乳酪粉在披薩上嚐起來更好吃。

36 **pork** [pork] 名 豬肉　2
Which does he like, **pork** or chicken?
他喜歡哪一樣，豬肉或雞肉？

37 **rib** [rɪb] 名 肋骨 動 嘲弄　5
The barbecued spare-**ribs** taste delicious with mint sauce.
烤豬肋排搭配薄荷醬的味道真好。

38 **rice** [raɪs] 名 米飯　1
She wants **rice** for lunch rather than noodles.
她午餐想吃飯而不是麵。

39 **rot** [rɑt] 動 腐壞 名 腐敗　3
The fish will **rot** quickly under a hot weather like this.
在這麼炎熱的天氣下，魚很快就會腐壞。

40 **rotten** [`rɑtṇ] 形 腐敗的　3
If you eat **rotten** food, you might get sick.
如果你吃了腐敗的食物，你會生病的。

41 **salad** [`sæləd] 名 沙拉　2
There is too much dressing in the **salad**.
這份沙拉的醬汁太多了。

42 **salmon** [`sæmən] 名 鮭魚 形 鮭魚色的　5
The starter of the nice dinner was smoked **salmon**.
這頓令人滿意的晚餐開胃菜是煙燻鮭魚。

43 **sandwich** [`sændwɪtʃ] 名 三明治 動 夾在中間　2
We made our own **sandwiches** for the picnic.
我們自己做野餐的三明治。

44 **sausage** [`sɔsɪdʒ] 名 香腸　❸
Put the **sausages** and corns on the grill.
🏠 把香腸和玉米放到烤架上。

45 **soup** [sup] 名 湯　❶
I don't like spring onion in my **soup**.
🏠 我不喜歡我的湯裡加蔥。

46 **spaghetti** [ˌspəˋgɛtɪ] 名 義大利麵　❸
Nicole ate a dish of **spaghetti** for supper.
🏠 妮可晚餐吃了一盤義大利麵。

47 **stale** [stel] 形 不新鮮的　❸
I think the fish is **stale**. It smells.
🏠 我認為這條魚不新鮮，因為牠聞起來很臭。

48 **steak** [stek] 名 牛排　❷
How would you like your **steak** done?
🏠 你牛排想要幾分熟？

49 **supper** [`sʌpə] 名 晚餐　❶
Would you like to stay and have **supper**?
🏠 你想留下來吃晚餐嗎？

50 **swallow** [`swɑlo] 動 吞嚥 名 燕子　❷
The boy took a bite of the hot dog, chewed and **swallowed**.
🏠 這個男孩咬了一口熱狗，咀嚼後吞下。

51 **syrup** [`sɪrəp] 名 糖漿　❹
We had some pancakes with **syrup**.
🏠 我們吃了一些加糖漿的薄煎餅。

52 **taste** [test] 動 嚐 名 味覺　❶
The chocolate **tastes** bitter.
🏠 這個巧克力嚐起來苦苦的。

53 **tasty** [`testɪ] 形 好吃的　❷
Although it is **tasty**, ice cream is high in fat.
🏠 雖然很美味，但是冰淇淋的脂肪含量很高。

54 **toast** [tost] 名 吐司麵包 動 烤麵包　❷
Please butter a piece of **toast** for her.
🏠 請幫她的一片吐司麵包塗上奶油。

55 tuna [`tunə] 名 鮪魚　⑤
I want a **tuna** sandwich to go.
🔒 我要外帶一個鮪魚三明治。

56 turkey [`tɜkɪ] 名 火雞　②
We always have **turkey** for our Thanksgiving dinner.
🔒 我們的感恩節晚餐總是吃火雞。

57 yolk [jok] 名 蛋黃　③
Only the egg **yolk** contains cholesterol.
🔒 只有蛋黃含有膽固醇。

06　烹飪與調味類單字　分類

01 bake [bek] 動 烤　②
My niece often uses the oven to **bake** cookies.
🔒 我姪女常用這個烤箱烤餅乾。

02 bitter [`bɪtə] 形 苦的　②
It tastes rather **bitter**.
🔒 它嚐起來很苦。

03 boil [bɔɪl] 動 煮沸 名 沸騰　②
Boil the water and then you can see the steam.
🔒 把水煮沸就可以看到水蒸氣。

04 broil [brɔɪl] 動 烤　④
Ben is **broiling** the fish he caught from the pond in the kitchen.
🔒 班正在廚房裡烤他從池塘抓來的魚。

05 carve [kɑrv] 動 切菜；雕刻　④
Kevin began to **carve** the pork roll into slices.
🔒 凱文開始將豬肉捲切片。

06 chili [`tʃɪlɪ] 名 紅番椒　⑤
How much **chili** did you put in the dish?
🔒 你在這道菜裡放了多少紅番椒？

07 cook [kuk] 動 煮；烹調 名 廚師　①
She will **cook** dinner for you tonight.
🔒 今晚她會為你煮晚餐。

08 crisp [`krɪsp ] / **crispy** [ `krɪspɪ] 形 脆的　③
I love eating **crisp** fried onions.
🏠 我愛吃酥脆的炸洋蔥。

09 crunchy [`krʌntʃɪ] 形 鬆脆的　③
Let's make a salad with these fresh, **crunchy** vegetables.
🏠 用這些新鮮又鬆脆的蔬菜來做沙拉吧。

10 curry [`kɜɪ] 名 咖哩 動 用咖哩調味　⑤
I ate too much **curry** yesterday.
🏠 昨天我吃太多咖哩了。

11 delicious [dɪ`lɪʃəs] 形 美味的　②
There are many **delicious** snacks in night markets.
🏠 夜市有許多美味小吃。

12 dough [do] 名 生麵團　⑤
Roll out the **dough** into a large square.
🏠 將生麵團桿成一個大正方形。

13 dressing [`drɛsɪŋ] 名 調料；填料；穿衣　⑤
Stir the ingredients for the salad **dressing** in a bowl.
🏠 在碗裡攪拌沙拉醬的原料。

14 flavor [`flevɚ] 名 口味 動 添加趣味　③
What **flavor** of ice cream would you like?
🏠 您冰淇淋要什麼口味的？

15 flour [flaʊr] 名 麵粉 動 灑粉於　②
The price of **flour** has been raised by 20% during this month.
🏠 麵粉的價格在這個月已提高了百分之二十。

16 fry [fraɪ] 動 油炸 名 油炸物　③
Fry the chicken nuggets until golden brown.
🏠 油炸雞塊直到呈金黃棕色。

17 garlic [`gɑrlɪk] 名 蒜　③
It is good for your body to eat some **garlic** every day.
🏠 每天吃一些蒜對你的身體有益。

18 ginger [`dʒɪndʒɚ] 名 薑　④
I love the flavor of **ginger** very much.
🏠 我非常喜愛薑的味道。

19 **grease** [gris] 名 油脂 動 塗油 🔵
The smell of bacon **grease** filled the dining room.
🔺 餐廳瀰漫著培根油脂的味道。

20 **grill** [grɪl] 動 烤 名 烤架 🔵
Grill the steak for 10 minutes each side.
🔺 牛排兩面各烤十分鐘。

21 **grind** [graɪnd] 動 研磨；輾 名 研磨 🔵
Grind some peppercorns until they become fine powder.
🔺 研磨一些乾胡椒直到變成細粉末。

22 **heat** [hit] 動 加熱 名 熱度 🔵
Heat the milk until it is boiling.
🔺 加熱牛奶直到煮開。

23 **ingredient** [ɪn`gridɪənt] 名 原料 🔵
The chef mixed the remaining **ingredients** in a bowl.
🔺 主廚在碗裡混合剩餘的原料。

24 **ketchup** [`kɛtʃəp] 名 番茄醬 🔵
Can you get me a bottle of **ketchup** from the grocery store?
🔺 你可以幫我到雜貨店買一瓶番茄醬嗎？

25 **mint** [mɪnt] 名 薄荷 🔵
Mint-flavored gum keeps me awake.
🔺 薄荷口味的口香糖讓我保持清醒。

26 **mustard** [`mʌstəd] 名 黃芥末 🔵
She likes **mustard** better than ketchup.
🔺 她喜歡黃芥末勝過番茄醬。

27 **oil** [ɔɪl] 名 油 動 塗油 🔵
Add a few drops of olive **oil** in the salad.
🔺 加幾滴橄欖油在沙拉裡。

28 **overdo** [ˌovə`du] 動 做得過分 🔵
The steak was **overdone** and salad was disappointing.
🔺 牛排煮過頭了，沙拉也很令人失望。

29 **peel** [pil] 動 剝皮 名 果皮 🔵
The maid walked into the kitchen and began **peeling** potatoes.
🔺 女僕走進廚房開始削馬鈴薯皮。

[30] **pepper** [`pɛpə] 名 胡椒 動 使佈滿 ☆2
Please pass me the **pepper**.
🏫 請把胡椒遞給我。

[31] **pickle** [`pɪkḷ] 名 醃菜 動 醃製 ☆3
My mom made her own **pickles**.
🏫 我媽媽自己做醃菜。

[32] **poach** [potʃ] 動 水煮；隔水燉；偷獵 ☆6
She had a light breakfast of **poached** eggs and milk.
🏫 她吃了水煮蛋和牛奶的輕食早餐。

[33] **raw** [rɔ] 形 生的 ☆3
The most popular dish in the buffet is made of **raw** oysters.
🏫 自助餐裡最受歡迎的菜是用生牡蠣做成的。

[34] **recipe** [`rɛsəpɪ] 名 食譜 ☆4
Could I have your **recipe** for oatmeal cookies?
🏫 可以告訴我你製作燕麥餅乾的方法嗎？

[35] **roast** [rost] 動 烘烤 形 烘烤的 ☆3
Do you like the chicken be **roasted** whole or in pieces?
🏫 這隻雞你想要整隻或切塊烘烤？

[36] **salt** [sɔlt] 名 鹽 動 加鹽 ☆1
It would be too salty if you add that much **salt**.
🏫 加那麼多鹽可能會太鹹。

[37] **salty** [`sɔltɪ] 形 鹹的 ☆2
I think this dish is kind of too **salty** for my taste.
🏫 我覺得這道菜對我來說太鹹了。

[38] **sauce** [sɔs] 名 調味醬 動 調味 ☆2
I would like two scoops of strawberry ice cream with chocolate **sauce**.
🏫 我想要兩球草莓冰淇淋加巧克力醬。

[39] **simmer** [`sɪmə] 動 燉 名 沸騰的狀態 ☆5
Turn the heat down a little bit to **simmer** the soup.
🏫 把火關小一點讓湯慢慢燉煮。

[40] **sour** [`saur] 形 酸的 名 酸 ☆1
The stewed pineapple tastes **sour** even with sugar.
🏫 燉鳳梨加了糖後吃起來還是很酸。

41 spice [spaɪs] 名 香料 動 加香料於　③
Angela has a row of **spice** jars in her kitchen.
🏠 安琪拉的廚房有一整排香料罐。

42 spicy [`spaɪsɪ] 形 辛辣的　④
Thai food is too **spicy** for me.
🏠 泰國料理對我而言過於辛辣。

43 starch [stɑrtʃ] 名 澱粉 動 上漿　⑥
Don't eat too much **starch** if you are on a diet.
🏠 如果你正在節食，就不要吃太多澱粉。

44 steam [stim] 動 蒸　②
Steam the potatoes until they begin to be tender.
🏠 蒸馬鈴薯直到正要開始變軟。

45 stew [stju] 動 燉；燜 名 燉菜　⑤
Stew the pineapples to make a thick pulp.
🏠 燉這些鳳梨以製作濃稠的果泥。

46 stuff [stʌf] 動 填充 名 東西；材料　③
The chef **stuffed** the chicken belly with chestnuts.
🏠 這位廚師用栗子將雞的肚子塞滿。

47 sugar [`ʃʊgɚ] 名 糖 動 加糖於　①
I want two teaspoons of **sugar** in my tea.
🏠 我的茶裡要加兩茶匙糖。

48 sweet [swit] 形 甜的　①
The milk tea is much too **sweet**.
🏠 這奶茶太甜了。

49 vanilla [vəˋnɪlə] 名 香草　⑥
Almost everyone likes the flavor of **vanilla**.
🏠 幾乎每個人都喜歡香草的味道。

50 vinegar [`vɪnɪgɚ] 名 醋　④
Helena flavored the fish with sugar and **vinegar**.
🏠 海倫娜用糖和醋給魚調味。

51 yeast [jist] 名 酵母　⑤
Yeast can be used in making yoghurt and steamed buns.
🏠 酵母可用於製作優格和饅頭。

07 飲食類單字 分類

01 appetite [`æpə,taɪt] 名 胃口
Appropriate exercise can give you good **appetite**.
🏛 適度的運動可以讓你胃口大增。

02 batch [bætʃ] 名 一批；一群
The first **batch** of bread was better than the second.
🏛 第一批製成的麵包比第二批好。

03 bowl [bol] 名 碗
My daughter broke a **bowl** this morning.
🏛 我女兒今天早上打破了一個碗。

04 breakfast [`brɛkfəst] 名 早餐 動 吃早餐
What do you want for **breakfast**?
🏛 你早餐想吃什麼？

05 brunch [brʌntʃ] 名 早午餐
I got up late this morning and had a **brunch** in the coffee shop.
🏛 今天早上我很晚起床並在咖啡店裡吃了早午餐。

06 buffet [bʌ`fe] 名 自助餐
This hotel is famous for its **buffet**.
🏛 這家飯店因它的自助餐而出名。

07 cafeteria [,kæfə`tɪrɪə] 名 自助餐館
We usually eat lunch in the **cafeteria** downstairs.
🏛 我們通常在樓下的自助餐館吃午餐。

08 cater [`ketə] 動 承辦宴席
The restaurant can **cater** for receptions of up to 100 guests.
🏛 這家餐廳可以承辦多達一百名賓客的宴席。

09 chunk [tʃʌŋk] 名 厚塊；大部分
Bryan ate a big **chunk** of steak in three minutes.
🏛 布萊恩在三分鐘之內吃完一大塊牛排。

10 cluster [`klʌstə] 名 串；簇 動 群集；串
There is a **cluster** of cherries on the table.
🏛 桌上有一串櫻桃。

11 **crumb** [krʌm] 名 碎屑；小塊
The waiter brushed the **crumbs** from the table.
🏠 服務生擦掉桌上的碎屑。

12 **devour** [dɪ`vaur] 動 狼吞虎嚥
The hungry dog **devoured** the whole hot dog.
🏠 這隻饑餓的狗將整根熱狗狼吞虎嚥吃了下去。

13 **digest** [daɪ`dʒɛst] 動 消化 名 摘要
The baby cannot **digest** solid food yet.
🏠 嬰兒還無法消化固體食物。

14 **digestion** [də`dʒɛstʃən] 名 消化；領悟
This spicy food is bad for your **digestion**.
🏠 這種辣的食物對你的消化不好。

15 **dine** [daɪn] 動 用餐
Sam **dines** alone most nights.
🏠 山姆晚上常常獨自用餐。

16 **dinner** [`dɪnɚ] 名 晚餐
Let's eat **dinner** together.
🏠 一起去吃晚餐吧。

17 **dip** [dɪp] 動 名 浸泡
Dip two tea bags into a pot of hot water for 5 minutes.
🏠 將兩個茶包浸入一壺熱水中五分鐘。

18 **dish** [dɪʃ] 名 盤子；碟子 動 盛…於盤中
The **dishes** are on sale today.
🏠 今天盤子特價。

19 **dissolve** [dɪ`zɑlv] 動 使溶解
Heat gently until the sugar **dissolves** in the water.
🏠 慢慢加熱直到糖溶解於水中。

20 **eat** [it] 動 吃
When did you **eat** your lunch?
🏠 你是什麼時候吃午餐的？

21 **edible** [`ɛdəbl] 形 食用的；可食的
Those wild berries are **edible**.
🏠 那些野莓可以食用。

22 **feed** [fid] 動 餵 名 一餐
My sister **feeds** her cat twice a day.
🏠 我姊姊一天餵她的貓兩次。

23 **glassware** [`glæs‚wɛr] 名 玻璃器皿 6
Well-designed **glassware** can make wine-tasting experience more pleasant.
🏛 設計優良的玻璃器皿可使品酒經驗更愉悅。

24 **greasy** [`grizɪ] 形 油膩的 4
Eating too much **greasy** food is not healthy.
🏛 吃太多油膩的食物不健康。

25 **juicy** [`dʒusɪ] 形 多汁的 2
The watermelon is **juicy** and delicious.
🏛 這個西瓜多汁又美味。

26 **layer** [`leɚ] 名 層 動 分層 5
This cake has three **layers**, and each layer has fresh fruit in it.
🏛 這個蛋糕有三層，而且每一層都有新鮮的水果。

27 **lump** [lʌmp] 名 塊 動 結塊 5
How many **lumps** of sugar do you want in your coffee?
🏛 你咖啡要加幾塊方糖？

28 **lunch** [lʌntʃ] 名 午餐 動 吃午餐 1
She did not enjoy business **lunches**.
🏛 她不喜歡商業午餐。

29 **meal** [mil] 名 一餐 2
Stacy usually has an evening **meal** with her family on Sundays.
🏛 史黛西星期天通常和她的家人一起吃晚餐。

30 **mellow** [`mɛlo] 形 芳醇的；成熟的 動 成熟 6
He drank three glasses of **mellow** wine at the party.
🏛 他在派對上喝了三杯芳醇的葡萄酒。

31 **menu** [`mɛnju] 名 菜單 2
The cafeteria changes its **menu** every month.
🏛 這家自助餐館每個月會更新菜單。

32 **mouth** [mauθ] 名 嘴 動 不動聲地說 1
The boy's **mouth** was full of peanuts when I saw him.
🏛 我看見這個男孩時，他滿嘴都是花生。

33 **nibble** [`nɪbl̩] 動 一點點地咬 名 少量食物 5
The girl started to **nibble** a piece of pizza.
🏛 女孩開始慢慢吃著一片披薩。

34 nourish [`nɜɪʃ] 🔟 滋養　　🅖
The food a mother eats **nourishes** both her and the baby.
🔒 母親所吃的食物同時滋養了她和嬰兒。

35 nourishment [`nɜɪʃmənt] 🅒 營養　　🅖
To keep healthy, we should take **nourishment** from natural food.
🔒 為了保持健康，我們應該從天然食物中攝取營養。

36 preserve [prɪ`zɜv] 🔟 保存；維護　　🅗
Salt and spices help to **preserve** meat.
🔒 鹽和調味料可以幫助保存肉類。

37 restaurant [`rɛstərənt] 🅒 餐廳　　🅑
We celebrated May's birthday in an Italian **restaurant**.
🔒 我們在一家義大利餐廳慶祝梅的生日。

38 scoop [skup] 🅒 勺子 🔟 舀取　　🅒
The set meal comes with coffee and a **scoop** of vanilla ice cream.
🔒 套餐附咖啡和一勺香草冰淇淋。

39 serving [`sɜvɪŋ] 🅒 一份　　🅖
Each **serving** contains 500 calories.
🔒 每一份含有五百大卡。

40 slice [slaɪs] 🅒 薄片 🔟 切成薄片　　🅒
Mary is having a **slice** of bread.
🔒 瑪莉正在吃一片麵包。

41 spoon [spun] 🅒 湯匙 🔟 舀取　　🅐
Maggie stirred her coffee with a **spoon**.
🔒 瑪姬用一支湯匙攪拌她的咖啡。

42 stool [stul] 🅒 凳子　　🅒
Levi sat on a bar **stool** and drank beer.
🔒 李維坐在一張高腳凳上喝啤酒。

43 yummy [`jʌmɪ] 🔶 美味的　　🅐
That Turkish restaurant has **yummy** ice cream.
🔒 那家土耳其餐廳供應美味的冰淇淋。

PART 2

日常生活
單字收納

名 名 詞

動 動 詞

形 形容詞

副 副 詞

1 ~ 6 單字難易度

（分別符合美國一至六年級學生所學範圍）

掃碼即聽

MP3 013～036

01　日常生活相關單字　　分類

01 action [`ækʃən] 名 行動
To fight for freedom is a brave **action**.
👤 為了爭取自由而戰是勇敢的行為。

02 activity [æk`tɪvətɪ] 名 活動
Swimming is a very healthy **activity**.
👤 游泳是個非常健康的活動。

03 bell [bɛl] 名 鐘；鈴
All the church **bells** were ringing when the wedding ceremony began at 8 a.m.
👤 婚禮於早上八點開始時，所有的教堂鐘聲都響了起來。

04 bench [bɛntʃ] 名 長凳
The old couple was sitting on the **bench** and watching sunset together.
👤 這對老夫婦坐在長凳上一同欣賞夕陽。

05 bill [bɪl] 名 帳單 動 開帳單
I need the money or I cannot afford to pay these **bills**.
👤 我需要這筆錢不然我付不起這些帳單。

06 briefcase [`brif.kes] 名 公事包
My colleague forgot to bring the **briefcase** with him when he left the hotel lobby.
👤 我同事離開飯店大廳時忘記帶走公事包。

07 bucket [`bʌkɪt] 名 水桶
Would you help to draw water in this **bucket** from the well outside?
👤 你可以幫忙從外面的水井汲水到這個水桶裡嗎？

08 buckle [`bʌkl] 動 用扣環扣住 名 皮帶扣環
Please **buckle** your seat belt from now on.
👤 從現在起請扣上你的安全帶。

09 candle [`kændl] 名 蠟燭
I can't find the **candle** anywhere in the living room.
👤 我在客廳裡到處都找不到蠟燭。

10 cane [ken] 名 手杖；藤條
The man carrying a **cane** is Professor Kim.
👤 帶著手杖的那個人是金教授。

11 **cardboard** [`kɑrd͵bord] 名 硬紙板 🏮
The boy stored his baseball cards in a **cardboard** box.
🏮 男孩將他的棒球卡存放在一個硬紙盒裡。

12 **carton** [`kɑrtṇ] 名 紙盒 🏮
Remember to buy a two-pint **carton** of milk from the supermarket.
🏮 別忘了從超級市場買一瓶兩品脫紙盒裝的牛奶。

13 **clamp** [klæmp] 名 夾子；鉗子 動 以鉗子夾 🏮
It is illegal to unlock the wheel **clamps** by yourself.
🏮 你自己解開車輪固定夾是非法的。

14 **clip** [klɪp] 名 夾子 動 修剪 🏮
Diana took the **clip** out of her hair.
🏮 黛安娜將夾子從頭髮上拿下來。

15 **cord** [kɔrd] 名 細繩；電線 🏮
Carl tied the pile of newspapers with a plastic **cord**.
🏮 卡爾用一條塑膠繩將這疊報紙綑起來。

16 **disposable** [dɪ`spozəbḷ] 形 免洗的 🏮
Parents nowadays usually use **disposable** diapers for their babies.
🏮 現在的父母通常讓他們的嬰兒使用免洗尿布。

17 **dryer** [`draɪə] 名 烘衣機 🏮
You can use the **dryer** to dry your wet clothes.
🏮 你可以用烘衣機烘乾你的濕衣服。

18 **durable** [`djurəbḷ] 形 耐用的 🏮
The furniture brand is renowned for its **durable** drawers.
🏮 這個傢俱品牌因耐用的抽屜而有名。

19 **erase** [ɪ`res] 動 擦掉 🏮
The student **erased** the whiteboard after class.
🏮 下課後學生將白板擦乾淨。

20 **eraser** [ɪ`resə] 名 橡皮擦 🏮
May I borrow your **eraser**?
🏮 我可以借用你的橡皮擦嗎？

21 **fabric** [`fæbrɪk] 名 布料；紡織品 🏮
The piece of white cotton **fabric** matches your skirt.
🏮 這塊白色棉布料和你的裙子很搭。

🎧 MP3 ⊙ O14

22 **faucet** [`fɔsɪt] 名 水龍頭 ❸
He turned on the **faucet** to wash his hands.
🏠 他打開水龍頭洗手。

23 **flag** [flæg] 名 旗子 動 豎起旗子 ❷
Every taxi carried a small national **flag** on that day.
🏠 那天每輛計程車都懸掛著小國旗。

24 **flashlight** [`flæʃ.laɪt] 名 手電筒 ❷
I put the **flashlight** in the right-hand drawer.
🏠 我把手電筒放在右手邊的抽屜裡。

25 **foam** [fom] 名 泡沫 動 起泡沫 ❹
The meadow was covered with **foam**.
🏠 草地被泡沫覆蓋著。

26 **gas** [gæs] 名 瓦斯 動 放出氣體 ❶
We have run out of **gas** a week ago.
🏠 一個星期前我們就已用完瓦斯了。

27 **glasses** [`glæsɪz] 名 眼鏡 ❶
I cannot find my **glasses** anywhere in my bedroom.
🏠 我在房間裡到處都找不到我的眼鏡。

28 **glue** [glu] 動 黏 名 膠水 ❷
Could you help me **glue** the broken plate?
🏠 你可以幫我把破掉的盤子黏起來嗎？

29 **handle** [`hændl] 動 處理 名 把手 ❷
Does your son **handle** this issue for you?
🏠 你兒子替你處理這個問題嗎？

30 **holder** [`holdɚ] 名 支架；支托物；持有者 ❷
My aunt gave me a pair of copper candle **holders**.
🏠 我姑姑給了我一對銅燭台。

31 **hygiene** [`haɪdʒin] 名 衛生 ❻
It is healthy to be extra careful about personal
hygiene in summer.
🏠 夏天時特別留意個人衛生有益健康。

32 **ink** [ɪŋk] 名 墨汁 動 潑上墨水 ❷
My printer is running out of **ink**.
🏠 我的印表機沒有墨水了。

33 **instance** [`ɪnstəns] 名 例子 動 引證　　2
In this **instance**, you should call the police first.
♬ 在這種情況下，你應該先報警。

34 **key** [ki] 名 鑰匙 形 關鍵的　　1
Sara took a large ring of **keys** from her backpack.
♬ 莎拉從她的背包裡拿出一大串鑰匙。

35 **knob** [nɑb] 名 圓形把手　　3
Joe opened the door by turning the **knob** clockwise.
♬ 喬順時針旋轉圓形把手打開了門。

36 **ladder** [`lædə] 名 梯子　　3
If you need to climb up, use a sturdy **ladder**.
♬ 如果你要爬上去，請使用堅固的梯子。

37 **lantern** [`læntən] 名 燈籠　　2
The Taiwan **Lantern** Festival is an annual event.
♬ 臺灣燈會是一個年度活動。

38 **LCD** 名 液晶顯示器　　6
He finally decided to buy a new **LCD** screen.
♬ 他終於決定買一台新的液晶螢幕。

39 **lens** [lɛnz] 名 鏡片　　3
The **lens** of my camera was broken last night.
♬ 昨晚我相機的鏡片破了。

40 **lid** [lɪd] 名 蓋子　　2
I bought a casserole with a transparent **lid**.
♬ 我買了一個有透明蓋子的砂鍋。

41 **life** [laɪf] 名 生活　　1
Harry had a hard **life** when he was young.
♬ 哈利年輕的時候過得很苦。

42 **light** [laɪt] 名 燈；光 形 明亮的；輕的　　1
Turn on the **lights** when you read.
♬ 閱讀時把燈打開。

43 **lock** [lɑk] 動 上鎖 名 鎖　　2
Madeline forgot to **lock** the front door when she left
home this morning.
♬ 瑪德琳今天早上出門時忘記將前門上鎖。

44 **magnet** [`mægnɪt] 名 磁鐵　　　3
The **magnet** attracts many paper clips.
🏛 這個磁鐵吸了很多迴紋針。

45 **magnetic** [mæg`nɛtɪk] 形 磁性的　　　4
The **magnetic** needle on the compass points south.
🏛 這個指南針上的磁針指向南方。

46 **manual** [`mænjʊəl] 形 手工的 名 手冊　　　4
Making small dollhouses requires **manual** skill.
🏛 製作小型娃娃屋需要手工技藝。

47 **nap** [næp] 名 動 小睡　　　3
All I want to do now is taking a **nap**.
🏛 我現在只想小睡一下。

48 **note** [not] 名 筆記 動 注意　　　1
John always takes **notes** in class.
🏛 約翰上課時總會記筆記。

49 **notebook** [`not͵bʊk] 名 筆記本　　　2
Amber keeps a diary in a **notebook**.
🏛 安柏在筆記本上寫日記。

50 **ornament** [`ɔrnəmənt] 名 裝飾品 動 裝飾　　　5
Iris used beautiful **ornaments** to decorate her house.
🏛 艾瑞絲使用漂亮的裝飾品來裝飾她的房子。

51 **outfit** [`aʊt͵fɪt] 名 全套服裝 動 裝備　　　6
He was wearing a fence **outfit** he had bought the
previous day.
🏛 他穿著他昨天買的全套擊劍服。

52 **overnight** [`ovɚ`naɪt] 形 徹夜的 副 徹夜　　　4
We have reserved **overnight** accommodation for
tonight.
🏛 我們已預訂了今晚過夜的住處。

53 **pack** [pæk] 動 打包 名 一包　　　2
Please remember to **pack** me a toothbrush.
🏛 請記得幫我打包一支牙刷。

54 **pad** [pæd] 名 墊子 動 填滿　　　3
That potted plant needs a **pad** under it.
🏛 那盆盆栽下面要鋪一個墊子。

55 **paper** [`pepɚ] 名 報紙;紙 動 掩蓋;粉飾 🏠
I will make breakfast and you read the **paper**.
🔒 我做早餐你看報紙。

56 **pen** [pɛn] 名 原子筆 動 寫;關起來 🏠
May I borrow your **pen**?
🔒 我可以借用你的原子筆嗎?

57 **pipe** [paɪp] 名 煙斗;管子 動 以管傳送 🏠
Grandpa tamped a wad of tobacco into his **pipe**.
🔒 爺爺將一團菸草塞進他的煙斗裡。

58 **pocketbook** [`pɑkɪt‚bʊk] 名 錢包;口袋書 🏠
I left my **pocketbook** behind.
🔒 我忘了帶錢包。

59 **powder** [`paʊdɚ] 名 粉 動 灑粉 🏠
What is the **powder** in the sack?
🔒 麻袋裡是什麼粉?

60 **rack** [ræk] 名 架子 動 折磨 🏠
This box was too big for the luggage **rack**.
🔒 對於行李架而言這個箱子太大了。

61 **reservation** [‚rɛzɚ`veʃən] 名 預約;保留 🏠
We have made a **reservation** for a table at the restaurant.
🔒 我們已在這間餐廳預訂了一張桌子。

62 **reserve** [rɪ`zɝv] 動 名 保留 🏠
The room with a large balcony had been **reserved** for a special guest.
🔒 有大陽台的那個房間已保留給一位特別來賓。

63 **restroom** [`rɛst‚rum] 名 洗手間 🏠
Would you tell me where the **restroom** is?
🔒 請問洗手間在哪裡?

64 **sack** [sæk] 名 麻袋 🏠
The farmer put the carrots in a big **sack**.
🔒 農夫將紅蘿蔔放進一個大麻袋裡。

65 **service** [`sɝvɪs] 名 服務 動 為…服務 🏠
The restaurant is noted for its fine **service**.
🔒 這家餐廳因極佳的服務聞名。

66 **setting** [`sɛtɪŋ] 名 布景；安置 　🔊
The **settings** on the stage were marvelous.
🏛 舞台上的布景令人驚歎。

67 **smoke** [smok] 名 煙 動 冒煙 　①
Some **smoke** came out of the chimney in the evening.
🏛 傍晚時有些煙從這個煙囪冒了出來。

68 **wreath** [riθ] 名 花圈 　🔊
Janice is making a **wreath** with fresh flowers.
🏛 珍妮絲用鮮花製作花圈。

69 **sponge** [spʌndʒ] 名 海綿 動 用海綿吸收 　🔊
She wiped off the ink stain on the desk with a **sponge**.
🏛 她用一塊海綿擦掉桌上的墨水漬。

70 **stake** [stek] 名 樁 動 綁在樁上 　🔊
Dad put up a **stake** to support the young lemon tree.
🏛 爸爸豎起一根木樁來支撐這棵幼小的檸檬樹。

71 **staple** [`stepḷ] 名 訂書針 動 用訂書針訂 　🔊
Are there any No. 10 **staples** in the drawer?
🏛 抽屜裡有十號訂書針嗎？

72 **stapler** [`steplɚ] 名 訂書機 　🔊
May I borrow your **stapler**?
🏛 我可以借用你的訂書機嗎？

73 **stationery** [`steʃən͵ɛrɪ] 名 文具 　🔊
That bookstore also sells **stationery** on its 2nd floor.
🏛 那家書店的二樓也賣文具。

74 **stick** [stɪk] 動 黏 名 棍棒 　②
We **stuck** up posters all around the city advertising
our stage play.
🏛 我們在這座城市四處張貼海報宣傳我們的舞台劇。

75 **switch** [swɪtʃ] 名 開關 動 轉換 　②
Please turn off the **switch** when you leave the room.
🏛 當你離開房間時請關掉開關。

76 **tack** [tæk] 動 釘住 名 大頭釘 　③
The postman **tacked** a notice to my door.
🏛 郵差在我的門上釘了一張通知單。

77 **tap** [tæp] 動 拍打;接通 名 輕聲拍;水龍頭
Doris **tapped** on his bedroom door and went in.
👤 朵莉絲輕敲他的房門走了進去。

78 **tissue** [`tɪʃu] 名 面紙
Can you give me a piece of **tissue** to blow my nose?
👤 你可以給我一張面紙擤鼻涕嗎?

79 **trash** [`træʃ] 名 垃圾 動 丟棄
Sara and I took out the **trash** after dinner.
👤 莎拉和我晚餐後去倒了垃圾。

80 **tray** [tre] 名 托盤
The waiter brought us a pitcher of lemonade on a **tray**.
👤 服務生用托盤給我們送來一壺檸檬水。

81 **umbrella** [ʌm`brɛlə] 名 雨傘
I left my **umbrella** on the MRT again.
👤 我又把雨傘遺忘在捷運上了。

02 電腦類單字　　　　分類

01 **access** [`æksɛs] 動 使用;接近 名 接近;進入
No one can **access** the confidential file without the password.
👤 沒有密碼的話沒有人可以存取這個機密文件。

02 **AI/artificial intelligence** 名 人工智慧
Artificial intelligence is concerned with making machines work in the way similar to human mind.
👤 人工智慧是關於讓機器以近似人類心智的方式工作。

03 **application** [ˏæplə`keʃən] 名 應用;申請
Angry Birds is still one of the most popular smartphone **applications**.
👤 生氣鳥仍是最受歡迎的智慧型手機應用程式之一。

04 **boot** [but] 動 開機 名 長靴
You can **boot** the computer by pushing the button on this side.
👤 你可以按旁邊的按鈕將電腦開機。

🔊 MP3 ⊙ 017

05 browse [brauz] 動 瀏覽；翻閱 名 瀏覽　　🔵
I will **browse** the Internet and find the information you need.
🏠 我會瀏覽網路找到你需要的資訊。

06 byte [baɪt] 名 (電腦)位元組　　🔵
There is two million **bytes** of data in the hard disk.
🏠 硬碟裡有兩百萬位元組的資料。

07 click [klɪk] 名 卡嗒聲 動 使發卡嗒聲　　🔵
The window opened with a **click** from the mouse.
🏠 滑鼠卡嗒一聲打開了視窗。

08 code [kod] 名 代號 動 編碼　　🔵
Each person has a **code** on this computer.
🏠 在這部電腦上每個人都有一個代號。

09 compatible [kəm`pætəbl] 形 相容的　　🔵
The disc is not **compatible** to the CD player.
🏠 這張光碟不相容於這部光碟播放機。

10 compile [kəm`paɪl] 動 編譯；彙整；蒐集　　🔵
The computer program is under **compiling** now.
🏠 這個電腦程式現在正在編譯中。

11 computer [kəm`pjutə] 名 電腦　　🔵
Dad will buy me a **computer** if I do well in the exam.
🏠 如果我這次考試考好爸爸就會買一部電腦給我。

12 computerize [kəm`pjutə,raɪz] 動 用電腦處理　　🔵
He is trying to **computerize** all the collected data.
🏠 他正試著用電腦處理所有蒐集來的資料。

13 crash [kræʃ] 動 當機；撞毀 名 衝擊　　🔵
My notebook **crashed** twice this morning.
🏠 今天早上我的筆記型電腦當機兩次。

14 data [`detə] 名 資料　　🔵
Please collect the **data** from all the employees.
🏠 請從所有員工處蒐集資料。

15 disk/disc [dɪsk] 名 磁碟；唱片　　🔵
The file takes up 10 megabytes of **disk** space.
🏠 這個檔案占據十百萬位元組的磁碟空間。

16 **document** [`dɑkjəmənt] 名 文件 動 提供文件 ⑤
Please send me the **documents** as soon as possible.
🏠 請盡快將文件寄給我。

17 **download** [`daʊnlod] 動 下載 ④
Customers can **download** the driver from their website.
🏠 顧客可以從他們的網站下載驅動程式。

18 **drag** [dræg] 動 名 拖;拉 ②
You can also use the touch pad to **drag** the file into a folder.
🏠 你也可以用觸控板將檔案拖曳到資料夾內。

19 **DVD/digital video disk** 名 影音光碟機 ④
I bought a new **DVD** player at the computer exhibition.
🏠 我在電腦展買了一台新的影音光碟機。

20 **electronic** [ɪlɛk`trɑnɪk] 形 電子的 ③
This lab is full of expensive **electronic** equipment.
🏠 這間實驗室裡全是昂貴的電子設備。

21 **electronics** [ɪ͵lɛk`trɑnɪks] 名 電子工程學 ④
Walter is studying **electronics** at college.
🏠 華特在大學裡研讀電子工程學。

22 **enter** [`ɛntɚ] 動 輸入;進入 ①
When the window shows up, **enter** your password.
🏠 當這個視窗出現時,輸入你的密碼。

23 **file** [faɪl] 名 檔案 動 歸檔 ③
Please put the **file** of that project into the public folder.
🏠 請將那個專案的檔案放到公用資料夾裡。

24 **flash** [flæʃ] 名 動 閃亮;閃現 ②
The **flash** memory in the computer can store the data temporarily.
🏠 電腦裡的快閃記憶體可以暫時儲存資料。

25 **function** [`fʌŋkʃən] 名 功能 動 運作 ②
The main **function** of this computer system is to organize all the information.
🏠 這個電腦系統的主要功能是組織所有資訊。

26 **hack** [hæk] 動 駭;割;亂砍 ⑥
Someone **hacked** into the computer system of our school last Saturday.
🏠 上週六有人駭進我們學校的電腦系統。

27 **hacker** [`hækə] 名 駭客 ❻
The computer **hacker** broke into the system and demanded money.
🏛 這名電腦駭客侵入系統並要求贖金。

28 **hardware** [`hɑrd‚wɛr] 名 硬體 ❹
The man who spoke is a **hardware** engineer.
🏛 講話的那個男人是一位硬體工程師。

29 **input** [`ɪn‚put] 名 動 輸入 ❹
Input your answers in the column.
🏛 將你的答案輸入這一欄。

30 **install** [ɪn`stɔl] 動 安裝 ❹
May I **install** the software on your computer?
🏛 我可以在你的電腦上安裝這個軟體嗎?

31 **Internet** [`ɪntə‚nɛt] 名 網際網路 ❹
Jerry likes to surf the **Internet**.
🏛 傑瑞喜歡上網。

32 **link** [lɪŋk] 名 動 連結 ❷
You can **link** Internet documents through the server.
🏛 你可以經由伺服器連結網際網路文件。

33 **minimize** [`mɪnə‚maɪz] 動 減到最小 ❻
The new software can **minimize** the storage space of such files.
🏛 這個新的軟體可以將此類檔案的儲存空間減到最小。

34 **password** [`pæs‚wɜd] 名 密碼 ❸
You need a correct **password** to use the computer.
🏛 你需要正確的密碼來使用這台電腦。

35 **paste** [pest] 動 貼上 名 漿糊 ❷
The "**paste**" icon is on the top left-hand corner of the window.
🏛「貼上」圖示在視窗的左上角。

36 **PDA** 名 個人數位助理 ❻
I have recorded the manager's schedule in my **PDA**.
🏛 我已將經理的行程記錄在我的個人數位助理中。

37 **portable** [`portəbl] 形 可攜帶的 ❷
One of the exhibits is a **portable** tablet personal computer.
🏛 其中一項展示品是一台可攜帶的個人平板電腦。

38 printer [`prɪntɚ] 名 印表機

The **printer** in our office ran out of yellow ink.
🏠 我們辦公室的印表機沒有黃色墨水了。

39 program [`progræm] 名 程式 動 設計程式

The chances of an error increase with the size of the computer **program**.
🏠 發生錯誤的機會隨著電腦程式的大小而增加。

40 refresh [rɪ`frɛʃ] 動 更新；始恢復

You can press the "reload" button on the web browser to **refresh** the site.
🏠 你可以按下網頁瀏覽器上的「重新載入」按鈕更新網站。

41 retrieve [rɪ`triv] 動 取回

Computers can instantly **retrieve** enormous information bits.
🏠 電腦可以立即取回龐大的資訊位元。

42 scan [skæn] 動 掃描；瀏覽 名 掃描

The antivirus software will **scan** the USB Flash Drive once it is inserted into the computer.
🏠 隨身碟一旦插入電腦，防毒軟體就會進行掃描。

43 scroll [skrol] 動 捲動

I **scrolled** down text on the screen to find "I-Phone."
🏠 我向下捲動螢幕上的文字尋找「I-Phone」。

44 search [sɜtʃ] 動 搜尋 名 調查

A directory service is provided on the Internet for **searching** for people.
🏠 網際網路上提供搜尋人的目錄服務。

45 server [`sɜvɚ] 名 伺服器；侍者

We need a **server** to set up the computer network.
🏠 我們需要一台伺服器來建立電腦網路。

46 slot [slɑt] 名 插槽；狹縫 動 放入狹槽中

This motherboard has one more **slot** than that one.
🏠 這個主機板比那個多了一個插槽。

47 software [`sɔft͵wɛr] 名 軟體

The **software** was written by a group of computer programmers.
🏠 這個軟體是由一群電腦程式設計師所撰寫。

48 **storage** [`storɪdʒ] 名 儲存；倉庫 　5
You can save these files in the **storage** device of your computer.
🔒 你可以將這些檔案儲存在你電腦的儲存裝置裡。

49 **system** [`sɪstəm] 名 系統 　3
I attended training courses about computer **systems** yesterday.
🔒 我昨天參加了有關電腦系統的訓練課程。

50 **systematic** [ˌsɪstə`mætɪk] 形 有系統的 　4
The engineer designed a computer aided system for **systematic** checking products.
🔒 這位工程師設計了一套系統化檢查產品的電腦輔助系統。

51 **tag** [tæg] 動 加標籤 名 標籤 　3
Most Word processing formats use **tagged** text to describe how the text is displayed and printed.
🔒 大多數的Word處理格式使用標籤化文本來描述如何顯示及列印該文本。

52 **upgrade** [ʌp`gred] 動 改進；提高 名 向上 　6
The repairman quoted NT$5,000 for **upgrading** this computer.
🔒 這位修理工開價新臺幣五千元升級這台電腦。

53 **upload** [ʌp`lod] 動 上傳(檔案) 　4
Please **upload** your file to the network hard drive.
🔒 請將你的檔案上傳到網路硬碟。

54 **virus** [`vaɪrəs] 名 病毒 　4
Can a computer **virus** survive reformatting?
🔒 電腦病毒在重新格式化之後還能存活嗎？

55 **web** [wɛb] 名 網 動 結網 　3
I am browsing through the **Web**.
🔒 我正在瀏覽全球資訊網。

56 **website** [`wɛbˌsaɪt] 名 網站 　4
Please visit our **website** for more information.
🔒 請造訪我們的網站取得更多資訊。

03　郵件類單字　分類

01 address [əˋdrɛs] 動 填上地址 名 地址；致詞　🛡
The letter is **addressed** to you, but the spelling of your name is wrong.
🏠 這封信上收件人地址是你，但是把你的名字拼錯了。

02 airmail [ˋɛr͵mel] 名 航空郵件　🛡
I received a parcel sent by **airmail** from my son who lives abroad.
🏠 我收到住在國外的兒子用航空郵件寄的一個包裹。

03 attach [əˋtætʃ] 動 附加；貼上　🛡
My boss requires me to **attach** medical certificate for my sick leave.
🏠 老闆要求我請病假時附上醫療證明。

04 attachment [əˋtætʃmənt] 名 附著；連接　🛡
Please refer to the **attachment** as daily report.
🏠 請參考附檔的每日報表。

05 correspond [͵kɔrəˋspɑnd] 動 通信；符合　🛡
Stacy **corresponds** with Jerry since they met in the summer camp five years ago.
🏠 史黛西自從五年前在夏令營遇見傑瑞就與他通信至今。

06 correspondence [͵kɔrəˋspɑndəns] 名 通信　🛡
Have you been keeping up **correspondence** with her?
🏠 你一直和她通信嗎？

07 e-mail [ˋimel] 名 電子郵件 動 發電子郵件　🛡
Did you send the **e-mail** yesterday?
🏠 昨天你有寄出那封電子郵件嗎？

08 enclose [ɪnˋkloz] 動 封入；包圍　🛡
I **enclosed** a bookmark with the letter.
🏠 我隨信封入了一個書籤。

09 enclosure [ɪnˋkloʒɚ] 名 附件；圍住　🛡
The e-mail has two **enclosures**.
🏠 這封電子郵件有兩個附件。

10 **envelope** [`ɛnvə,lop] 名 信封 ☆6
He signed and sealed the **envelope** before mailing it.
🏠 他寄信前在信封上簽名加封。

11 **forward** [`fɔrwəd] 動 轉交;發送 名 前鋒 ☆2
Please **forward** my letters to this new address.
🏠 請將我的信轉寄到這個新的地址。

12 **letter** [`lɛtə] 名 信;字母 ☆1
Rita is writing a **letter** to her pen pal.
🏠 芮塔正在寫一封信給她筆友。

13 **mail** [mel] 名 郵件 動 郵寄 ☆1
They will send me the invoice by **mail**.
🏠 他們會用郵件寄發票給我。

14 **package** [`pækɪdʒ] 名 包裹 動 包裝 ☆2
The mailman brought us a large **package**.
🏠 郵差給我們送來一個大包裹。

15 **packet** [`pækɪt] 名 小包;包裹 ☆5
She sent back my wallet in a **packet**.
🏠 她用一個小包寄還我的錢包。

16 **parcel** [`pɑrsl] 名 包裹 動 捆成 ☆3
The mail carrier has brought a **parcel** for her.
🏠 郵差給她送來了一個包裹。

17 **postage** [`postɪdʒ] 名 郵資 ☆3
What is the **postage** on this letter?
🏠 寄這封信要多少郵資?

18 **postcard** [`post,kɑrd] 名 明信片 ☆2
I will mail you a **postcard** postmarked New York.
🏠 我會寄一張蓋了紐約郵戳的明信片給你。

19 **stamp** [stæmp] 名 郵票 動 壓印 ☆2
He stuck a **stamp** on the envelope and mailed it.
🏠 他在信封上貼了一張郵票寄出。

20 **zip code** [`zɪp kod] 名 郵遞區號 ☆5
Do you know our **zip code**?
🏠 你知道我們的郵遞區號嗎?

04　電與動力　分類

01 battery [`bætərɪ] 名 電池　4
It is better for the environment to use rechargeable **batteries**.
🔒 使用可充電式電池對自然環境比較好。

02 bulb [bʌlb] 名 電燈泡　3
The bathroom was lit by only a single **bulb**.
🔒 僅一個電燈泡就照亮了浴室。

03 charge [tʃɑrdʒ] 動 充電；索價 名 費用　2
I forgot to **charge** my cell phone last night.
🔒 昨晚我忘了把手機充電。

04 circuit [`sɜkɪt] 名 電路；環行　5
The thunderstorm broke the electrical **circuit** of our elevator.
🔒 大雷雨毀壞了我們電梯的電路。

05 electric/electrical [ɪ`lɛktrɪk(l)] 形 電的　3
He plays the **electric** guitar in the band.
🔒 他在樂團演奏電吉他。

06 electrician [ɪ,lɛk`trɪʃən] 名 電機工程師　4
An **electrician** is repairing the elevator now.
🔒 一名電機工程師正在修理電梯。

07 electricity [ɪ,lɛk`trɪsətɪ] 名 電　3
The **electricity** had been cut off two days ago.
🔒 電在兩天前就已遭切斷。

08 energy [`ɛnədʒɪ] 名 精力　2
She devoted her **energy** to teaching.
🔒 她將精力投入教學。

09 fuse [fjuz] 名 保險絲 動 熔斷　5
The **fuse** blew as he turned on the air conditioner.
🔒 他一打開冷氣保險絲就燒斷了。

10 generate [`dʒɛnə,ret] 動 產生；引起　6
They burn logs to **generate** heat.
🔒 他們燒原木產生熱。

11 **generator** [`dʒɛnə,retə] 名 發電機;產生者 ⑥
The **generator** is fueled by gasoline.
🎵 這部發電機用汽油作燃料。

12 **plug** [plʌg] 動 接通電源 名 插頭 ③
You can **plug** into the Internet through this line.
🎵 你可以經由這條線接通全球資訊網。

13 **pole** [pol] 名 杆 ③
The workers set twenty electricity **poles** along the new road.
🎵 工人沿著這條新道路豎立了二十根電杆。

14 **socket** [`sakɪt] 名 插座 ④
He took the drilling machine from its case and plugged it into the wall **socket**.
🎵 他從盒子裡拿出鑽孔機插到牆壁插座裡。

15 **spark** [spark] 名 火花 動 冒火花 ④
Lightning is an example of an electric **spark** in nature.
🎵 閃電是大自然中電火花的一個例子。

16 **transistor** [træn`zɪstə] 名 電晶體 ⑥
A **transistor** can amplify current or be used as a switch.
🎵 電晶體可以放大電流或是作開關使用。

05　美容美髮類單字　分類

01 **bald** [bɔld] 形 禿頭的 ④
He worries that he might grow **bald** like his father.
🎵 他擔心他可能會像他父親一樣禿頭。

02 **barber** [`barbə] 名 理髮師 ①
He is an experienced **barber**.
🎵 他是個經驗豐富的理髮師。

03 **barbershop** [`barbə,ʃap] 名 理髮店 ⑤
I went to the **barbershop** to get my hair cut.
🎵 我到理髮店去剪頭髮。

[04] **beard** [bɪrd] 名 鬍子
Who is the man with a **beard**?
留著大鬍子的人是誰？

[05] **beautiful** [`bjutəfəl] 形 美麗的
To me she is the most **beautiful** woman in the world.
對我而言她是世界上最美麗的女人。

[06] **beautify** [`bjutə,faɪ] 動 美化
Zoe spent some money to **beautify** her appearance.
柔伊花了一些錢美化她的外表。

[07] **beauty** [`bjutɪ] 名 美人
The actress was a famous **beauty** in her youth.
這個女演員年輕時是有名的美人。

[08] **blond/blonde** [blɑnd] 形 金髮的 名 金髮者
She has **blond** curls and blue eyes.
她有著金色捲髮和藍色眼睛。

[09] **braid** [bred] 名 髮辮 動 編辮子
Her hair was divided into four **braids**.
她將頭髮分編成四個髮辮。

[10] **comb** [kom] 名 梳子 動 梳
She uses a **comb** to tidy her hair.
她用一把梳子整理頭髮。

[11] **complexion** [kəm`plɛkʃən] 名 氣色；血色
Your **complexion** looks fabulous.
你的氣色看起來好極了。

[12] **cosmetic** [kɑz`mɛtɪk] 形 化妝用的
I bought a **cosmetic** bag from that beauty parlor.
我在那家美容院買了一個化妝包。

[13] **cosmetics** [kɑz`mɛtɪks] 名 化妝品
You can find the **cosmetics** in the top drawer.
你可以在最上層的抽屜裡找到化妝品。

[14] **hair** [hɛr] 名 頭髮；毛髮
She hates her red **hair**.
她討厭她的紅頭髮。

[15] **haircut** [`hɛr,kʌt] 名 理髮
He really needs a **haircut**.
他真的該理髮了。

16 **hairdresser** [`hɛr.drɛsɚ] 名 美髮師；理髮師 🟦
Molly is a professional **hairdresser**.
👤 莫莉是專業美髮師。

17 **hairstyle** [`hɛr.staɪl] 名 髮型 🟩
Her new curly **hairstyle** looks cute.
👤 她新的捲髮造型看起來很可愛。

18 **knot** [nɑt] 動 打結 名 結 🟦
She tied the two ribbons together with a **knot**.
👤 她打了個結將兩條緞帶繫在一起。

19 **lipstick** [`lɪpstɪk] 名 口紅；唇膏 🟦
Normally she puts on **lipstick** at work.
👤 她工作時通常會擦口紅。

20 **lotion** [`loʃən] 名 乳液；化妝水 🟨
The body **lotions** are on sale now.
👤 身體乳液現在正在特價。

21 **makeup** [`mek.ʌp] 名 化妝；構成 🟨
The models on the stage wore a lot of **makeup**.
👤 舞台上的模特兒化著濃妝。

22 **razor** [`rezɚ] 名 刮鬍刀 🟦
He shaved his face with a safety **razor**.
👤 他用一把安全剃刀刮臉。

23 **shampoo** [ʃæm`pu] 名 洗髮精 動 洗頭 🟦
I like the fragrance of this bottle of **shampoo**.
👤 我喜歡這瓶洗髮精的香味。

24 **shave** [ʃev] 動 剃；刮 名 剃刀 🟦
It's a pity he **shaved** his mustache off.
👤 他剃掉了他的鬍鬚真是可惜。

25 **shaver** [`ʃevɚ] 名 刮鬍用具 🟨
An electric **shaver** is a popular Father's Day gift.
👤 電動刮鬍刀是很受歡迎的父親節禮物。

26 **spray** [spre] 動 噴灑 名 噴霧器 🟦
The stylist **sprayed** a sticky liquid on her hair to keep it in place.
👤 造型師在她的頭髮上噴了一種黏稠液體固定頭髮。

27 **wax** [wæks] 動 上蠟 名 蠟
Alice went shopping and had her legs **waxed** at the beauty shop.
愛麗絲去逛街並在美容院做了雙腿上蠟除毛。

28 **wig** [wɪg] 名 假髮
She disguised herself with a brown **wig** and glasses.
她戴著棕色假髮和眼鏡喬裝打扮一下自己。

06 衣著與時尚 分類

01 **accessory** [æk`sɛsərɪ] 名 配件 形 附屬的
Sara is good at collocating all kinds of **accessories**.
莎拉擅於搭配各種配件。

02 **alter** [`ɔltə] 動 修改；改變
My mother **altered** the skirt to fit my younger sister.
我媽媽將裙子修改得合我妹妹的身型。

03 **bag** [bæg] 名 袋子
She bought a **bag** in the department store.
她在百貨公司買了一個袋子。

04 **belt** [bɛlt] 名 皮帶 動 圍繞
He needs a new **belt** to replace the old one.
他需要一條新皮帶來取代舊的。

05 **blouse** [blaʊz] 名 短衫
Melody will wear a pink **blouse** and meet you at the gate.
美樂蒂會穿著粉紅色短衫在大門口與你碰面。

06 **bottom** [`bɑtəm] 名 褲；底部 動 尋根究底
The bikini **bottom** is too skimpy.
這件比基尼褲布料太少了。

07 **brassiere** [brə`zɪr] 名 內衣
She is too shy to buy a **brassiere** alone.
她害羞到不敢自己去買內衣。

08 **button** [`bʌtṇ] 動 用釦子扣住 名 釦子；按鍵
Gary stood up and **buttoned** his coat.
蓋瑞站起來扣上他的外套。

🎧 MP3 ⊙ 023

09 cap [kæp] 名 帽子 動 覆蓋 ⓵

Dad gave me this white baseball **cap**.
🏠 爸爸給我這頂白色的棒球帽。

10 cape [kep] 名 斗篷;海角 ⓸

Grandma likes to wear the woolen **cape** in winter.
🏠 奶奶冬天時喜歡穿這件羊毛斗篷。

11 casual [`kæʒʊəl] 形 非正式的 ⓷

I bought some **casual** clothes for the event.
🏠 我為這個活動買了一些休閒服。

12 clasp [klæsp] 名 鈕環;釦子 動 扣緊 ⓹

The **clasp** of her purse had broken so she must hold it by hand.
🏠 她皮包的鈕環壞了,所以她必須用手握著。

13 clothe [kloð] 動 給…穿衣 ⓶

The mother **clothed** her baby in case he caught a cold.
🏠 媽媽幫她小孩穿上衣服以免受寒。

14 clothes [kloz] 名 衣服 ⓶

I bought a suit of **clothes** for the interview next Monday.
🏠 為了下週一的面試,我買了套衣服。

15 clothing [`kloðɪŋ] 名 衣著 ⓶

There are so many poor people lacking of food and **clothing** in the world.
🏠 世界上有許多衣食缺乏的窮人。

16 coat [kot] 名 外套 動 覆蓋 ⓵

He put on his **coat** and walked into the dark.
🏠 他穿上外套並走進黑暗中。

17 collar [`kɑlɚ] 名 衣領 ⓷

I don't like the coat with a fur **collar**.
🏠 我不喜歡那件有毛皮衣領的外套。

18 costume [`kɑstjum] 名 服裝 ⓸

Her pretty **costume** won her praises.
🏠 她的漂亮服裝為她贏得了讚賞。

19 dress [drɛs] 名 洋裝 動 穿衣服 ⓶

The bride doesn't like the style of the green **dress**.
🏠 新娘不喜歡那件綠色洋裝的款式。

20 **fashion** [`fæʃən] 名 流行 動 製作
The **fashion** world is beyond my understanding.
🏠 我無法理解時尚流行圈的世界。

21 **fashionable** [`fæʃənəbl] 形 流行的
It became **fashionable** to wear big sunglasses.
🏠 戴上大型太陽眼鏡後變得很時髦。

22 **fur** [fɜ] 名 毛皮
They have to wear **furs** in winter.
🏠 冬天時他們必須穿毛皮衣服。

23 **garment** [`gɑrmənt] 名 衣服
Many of the **garments** have buttons on the pockets.
🏠 許多衣服的口袋上有鈕扣。

24 **glove** [glʌv] 名 手套
She put on a pair of white cotton **gloves** and then
took out the vase.
🏠 她戴上一雙白色棉手套然後拿出花瓶。

25 **gown** [gaun] 名 長禮服
Tess will wear a pretty **gown** to the school ball.
🏠 黛絲會穿一件漂亮的長禮服參加學校舞會。

26 **handkerchief** [`hæŋkɚˏtʃɪf] 名 手帕
You should cover your mouth with a **handkerchief**
when you sneeze.
🏠 打噴嚏時應該用手帕遮住嘴巴。

27 **hanger** [`hæŋɚ] 名 衣架；掛鉤
Please put your jacket on a **hanger**.
🏠 請將你的夾克掛在衣架上。

28 **hat** [hæt] 名 帽子
The gentleman put on his **hat** and went out for a walk.
🏠 這位紳士戴上帽子出去散步。

29 **hood** [hud] 名 罩；蓋子 動 遮蔽；覆蓋
Alec covered his bicycle with a **hood**.
🏠 艾力克用罩子蓋住他的腳踏車。

30 **ivory** [`aɪvərɪ] 形 乳白色的 名 象牙
The bride was wearing an **ivory** wedding gown.
🏠 新娘穿著一件乳白色的結婚禮服。

31 jacket [`dʒækɪt] 名 夾克　　🔒
My brother told me not to wear his **jacket**.
🔒 我哥哥叫我不要穿他的夾克。

32 jeans [dʒinz] 名 牛仔褲　　🔒
Tracy looks really good in **jeans**.
🔒 崔西穿牛仔褲真的很好看。

33 knit [nɪt] 動 編織 名 編織物　　🔒
She **knitted** her boyfriend a scarf as a Xmas gift.
🔒 她為男友織了一條圍巾作為聖誕節禮物。

34 lace [les] 名 緞帶；花邊 動 用帶子打結　　🔒
Grandma hemmed my skirt with plain white **lace**.
🔒 奶奶用樸素的白色緞帶縫了我裙子的摺邊。

35 leather [`lɛðɚ] 名 皮革　　🔒
The **leather** shoes are for everyday wear.
🔒 這雙皮鞋供日常穿用。

36 necktie [`nɛk, taɪ] 名 領帶　　🔒
Iron your **necktie**, please.
🔒 請把你的領帶燙一燙。

37 overalls [`ovɚ, ɔlz] 名 工作服；罩衫　　🔒
The workers wear blue **overalls** while they are working.
🔒 這些工人工作時穿著藍色工作服。

38 overcoat [`ovɚ, kot] 名 大衣　　🔒
This **overcoat** is a present from my girlfriend.
🔒 這件大衣是我女朋友送我的禮物。

39 pajamas [pə`dʒæməz] 名 睡衣　　🔒
She walked downstairs and was still in **pajamas**.
🔒 她走下樓來，還穿著睡衣。

40 pants [pænts] 名 褲子　　🔒
The boy needs a new pair of **pants**.
🔒 這個男孩需要一條新的褲子。

41 patch [pætʃ] 動 名 補釘　　🔒
The woman stared their **patched** clothes up and down.
🔒 這位女士上下打量著他們補釘的衣服。

42 **pocket** [`pɑkɪt] 名 口袋 動 裝入袋內 1️⃣
The man stood there with his left hand in his **pocket**.
🏛 這名男士左手插進口袋站在那兒。

43 **purse** [pɜs] 名 錢包 2️⃣
Where did I put my **purse**?
🏛 我把錢包放到哪裡去了？

44 **rag** [ræg] 名 破布；碎片 3️⃣
What can we do with these **rags**?
🏛 這些破布能夠拿來做什麼用？

45 **ribbon** [`rɪbən] 名 絲帶 3️⃣
Michelle's hair was tied up with a **ribbon**.
🏛 蜜雪兒的頭髮用絲帶繫著。

46 **ring** [rɪŋ] 名 戒指；鈴聲 動 按鈴；包圍 1️⃣
Natasha's husband gave her a diamond **ring** as a birthday gift.
🏛 娜塔莎的丈夫送她一枚鑽戒作為生日禮物。

47 **robe** [rob] 名 長袍 動 穿長袍 3️⃣
Go change into your **robe**.
🏛 去換上你的長袍。

48 **sandal** [`sændl] 名 涼鞋 5️⃣
I like to wear **sandals** in spring and summer.
🏛 我喜歡在春天和夏天時穿涼鞋。

49 **scarf** [skɑrf] 名 圍巾；領巾 3️⃣
What color is your **scarf**?
🏛 你的圍巾是什麼顏色？

50 **shirt** [ʃɜt] 名 襯衫 1️⃣
Jeff selected white fabric for his new **shirt**.
🏛 傑夫選了白色布料做他的新襯衫。

51 **shoe** [ʃu] 名 鞋 1️⃣
She put on mismatched **shoes** in a hurry.
🏛 她在匆忙中穿了不成對的鞋子。

52 **shorts** [ʃɔrts] 名 短褲 2️⃣
Rachel looks good in **shorts**.
🏛 瑞秋穿短褲很好看。

[53] **size** [saɪz] 名 大小；尺寸 動 按尺寸排列 🔰
Candy tried the dress on and it was the right **size**.
🏠 凱蒂試穿了這件洋裝，它是正確的尺寸。

[54] **skirt** [skɜt] 名 裙子 動 位於⋯的周圍 2️⃣
They are wearing their traditional **skirts**.
🏠 他們穿著他們的傳統裙子。

[55] **sleeve** [sliv] 名 衣袖 3️⃣
His **sleeves** were rolled up to his elbows.
🏠 他把袖子捲到手肘。

[56] **slipper** [`slɪpə] 名 拖鞋 2️⃣
Slippers are not allowed in the office.
🏠 辦公室裡禁止穿拖鞋。

[57] **sneaker** [`snikə] 名 運動鞋 5️⃣
My grandparents gave me **sneakers** for Christmas.
🏠 我的祖父母送我運動鞋作為聖誕禮物。

[58] **sock** [sak] 名 短襪 2️⃣
I sometimes wear my brother's **socks** by mistake.
我有時候會不小心穿錯哥哥的短襪。

[59] **stitch** [stɪtʃ] 動 縫；繡 名 針線 3️⃣
Mom **stitched** the abbreviation of my English name on the handkerchief.
🏠 媽媽在這條手帕繡上我英文名字的縮寫。

[60] **stocking** [`stakɪŋ] 名 長襪 3️⃣
Both of them like fancy **stockings**.
🏠 她們兩個都喜歡穿花俏的長襪。

[61] **stylish** [`staɪlɪʃ] 形 時髦的 5️⃣
Olivia is wearing a pair of **stylish** shoes.
🏠 奧莉薇亞穿著一雙時髦的鞋子。

[62] **sweater** [`swɛtə] 名 毛衣 2️⃣
Karen is knitting her husband a **sweater**.
🏠 凱倫正在為她先生織一件毛衣。

[63] **tailor** [`telə] 名 裁縫師 動 裁縫 3️⃣
Marvin went to the **tailor** to be measured for a suit.
🏠 馬文找了裁縫師訂做一套西裝。

64 **thread** [θrɛd] 動 穿線 名 線 ③
Sophia **threaded** the beads on a string.
🔊 蘇菲亞把這些珠子穿在一條串繩上。

65 **tie** [taɪ] 名 領帶 動 打結 ①
Peter laid on the couch and loosened his **tie**.
🔊 彼得躺在長椅上鬆開他的領帶。

66 **trousers** [`trauzəz] 名 褲子 ②
A careless waiter spilt some coffee on my **trousers**.
🔊 一個粗心的服務生把一些咖啡濺到我的褲子上。

67 **T-shirt** [`ti.ʃɜt] 名 T恤 ①
We customized a **T-shirt** for this summer camp.
🔊 我們為這個夏令營訂做了一件T恤。

68 **tuck** [tʌk] 動 塞進 名 打摺 ⑤
You can **tuck** your jean legs into your boots.
🔊 你可以將牛仔褲腳塞進靴子裡。

69 **underwear** [`ʌndə.wɛr] 名 內衣 ②
He took off his **underwear** and got into the bathtub.
🔊 他脫掉內衣進到浴缸裡。

70 **uniform** [`junə.fɔrm] 名 制服 形 相同的 ②
Mike looks handsome in his new **uniform**.
🔊 麥克穿著新制服看起來很英俊。

71 **veil** [vel] 名 面紗 動 遮蓋 ⑤
The model's face was covered in a black **veil**.
🔊 這位模特兒的臉被黑色的面紗遮住了。

72 **velvet** [`vɛlvɪt] 名 天鵝絨 形 柔軟的；平滑的 ⑤
I will take that coat with a **velvet** collar over there.
🔊 我要那邊那件有天鵝絨衣領的大衣。

73 **vest** [vɛst] 名 背心 ③
Cindy left her **vest** in your car.
🔊 辛蒂把她的背心遺留在你車裡。

74 **vogue** [vog] 名 時尚；流行物 ⑥
Miniskirts are much more in **vogue** than midiskirts.
🔊 迷你裙比中長裙時尚多了。

75 **wallet** [`wɑlɪt] 名 錢包 ②
I got this **wallet** for my birthday.
🔊 這個錢包是我的生日禮物。

76 **waterproof** [`wɔtə.pruf] 形 防水的 動 使防水 6
I recommend you to bring **waterproof** clothing to
the mountains.
🔒 我建議你帶防水的衣服去山區。

77 **wear** [wɛr] 動 名 穿戴 1
Betty didn't **wear** glasses today.
🔒 貝蒂今天沒有戴眼鏡。

78 **wool** [wul] 名 羊毛 2
Is this a **wool** scarf?
🔒 這條是羊毛圍巾嗎？

79 **zipper** [`zɪpə] 名 拉鍊 動 拉上拉鍊 3
The **zipper** of my backpack got stuck.
🔒 我的背包拉鍊卡住了。

07 紡織材質與質地 分類

01 **coarse** [kors] 形 粗糙的 4
The cheap coat was made of very **coarse** cloth.
🔒 這件便宜的外套由非常粗糙的布料製成。

02 **elastic** [ɪ`læstɪk] 形 有彈性的 名 橡皮筋 4
I bought a skirt with **elastic** straps at the waist.
🔒 我買了一件腰間有鬆緊帶的裙子。

03 **fiber** [`faɪbə] 名 纖維 5
Cotton **fibers** can be spun into yarn.
🔒 棉花纖維可以紡成紗。

04 **linen** [`lɪnɪn] 名 亞麻製品 3
Linda looks terrific in a white **linen** suit.
🔒 琳達穿著白色亞麻套裝看起來美極了。

05 **material** [mə`tɪrɪəl] 名 材料 2
The **material** is soft and comfortable to wear.
🔒 這種料子穿起來柔軟又舒服。

06 **nylon** [`naɪlɑn] 名 尼龍 4
The blouse is 60% **nylon**.
🔒 這件短上衣含百分之六十尼龍。

[07] **sheer** [ʃɪr] 形 極薄的；純粹的　🅖
She was dressed in **sheer** black tights.
🏠 她穿著極薄的黑色緊身衣。

[08] **silk** [sɪlk] 名 絲綢　🅰
I want to buy my mother a **silk** scarf for her birthday.
🏠 我想買一條絲巾送給我母親當生日禮物。

[09] **textile** [`tɛkstaɪl] 名 織布 形 紡織的　🅖
Their RD Division is experimenting with the new
textile.
🏠 他們的研發部門正在試驗這種新的織布。

[10] **texture** [`tɛkstʃɚ] 名 質地；結構　🅖
My aunt doesn't like the **texture** of this cloth.
🏠 我阿姨不喜歡這塊布的質地。

[11] **vulgar** [`vʌlgɚ] 形 粗俗的；粗糙的　🅖
The content of this book is **vulgar**. It is not worth
buying.
🏠 這本書的內容相當粗俗，不值得購買。

[12] **yarn** [jɑrn] 名 紗 動 講故事　🅔
The veil of the bride is made of precious **yarn**.
🏠 新娘的面紗是由珍貴的紗製成的。

08　珠寶　分類

[01] **bead** [bid] 名 珠子 動 串成一串　🅰
The little girl is playing with a string of **beads**.
🏠 這個小女孩正在玩一串珠子。

[02] **bracelet** [`breslɪt] 名 手鐲　🅳
She likes to wear colorful **bracelets** on her wrists.
🏠 她喜歡在手腕上戴色彩鮮豔的手鐲。

[03] **brooch** [brotʃ] 名 胸針；別針　🅔
I made a **brooch** for my mom as her birthday present.
🏠 我做了一個胸針給我媽媽作為她的生日禮物。

[04] **crown** [kraʊn] 名 皇冠 動 加冕　🅒
The king is wearing a **crown** with diamonds.
🏠 國王戴著一個用鑽石裝飾的皇冠。

05 **diamond** [`daɪəmənd] 名 鑽石　　🟡
Sam bought his wife a pair of **diamond** earrings.
🏛 山姆給他太太買了一對鑽石耳環。

06 **jade** [dʒed] 名 玉　　🔵
In the museum we saw a collection of **jades**.
🏛 我們在博物館看到一批玉器。

07 **jewel** [`dʒuəl] 名 珠寶　　🟢
My mother has a crystal box containing precious
jewels.
🏛 我母親有個裝著珍貴珠寶的水晶盒。

08 **jewelry** [`dʒuəlrɪ] 名 珠寶(總稱)　　🟢
Victoria spent a lot on handcrafted **jewelry**.
🏛 薇朵莉亞在手工製作的珠寶上花了很多錢。

09 **necklace** [`nɛklɪs] 名 項鍊　　🟡
The diamonds on her **necklace** are very shining.
🏛 她項鍊上的鑽石非常閃亮。

10 **pearl** [pɝl] 名 珍珠　　🟢
Richard gave his girlfriend a string of **pearls**.
🏛 理查送他女朋友一串珍珠。

11 **ruby** [`rubɪ] 名 紅寶石 形 紅寶石色的　　🔵
Barbara was wearing a **ruby** ring.
🏛 芭芭拉戴著一個紅寶石戒指。

09 形狀；圖樣　　分類

01 **chubby** [`tʃʌbɪ] 形 圓胖的　　🔵
Tim was a **chubby** boy when he was young.
🏛 提姆小時候胖胖的。

02 **circle** [`sɝkḷ] 名 圓形 動 圍繞　　🟡
Jenny drew a **circle** in the sand.
🏛 珍妮在沙灘上畫了一個圓圈。

03 **circular** [`sɝkjələ] 形 圓形的　　🟤
There is a **circular** stair in the building.
🏛 這棟建築物裡頭有一個迴旋狀的樓梯。

04 coil [kɔɪl] 名 線圈 動 捲 ⑤

We used some **coils** and some batteries to do the experiment.

🏛 我們用一些線圈和一些電池做了這個實驗。

05 cube [kjub] 名 立方體 動 立方 ④

Can you bring me some ice **cubes** from the fridge?

🏛 你可以從冰箱拿一些冰塊給我嗎？

06 dot [dɑt] 名 圓點 動 打點 ②

Do you see those black **dots** on the wall?

🏛 你有沒有看見牆上那些黑色圓點？

07 fat [fæt] 形 胖的 名 脂肪 ①

I am too **fat**. I need to lose weight.

🏛 我太胖了，我應該要減肥。

08 formation [fɔr`meʃən] 名 構成；形成 ④

A rectangle can be a **formation** of two squares.

🏛 一個長方形可以由兩個正方形構成。

09 globe [glob] 名 球體 ④

The modern sofa is made as a **globe**.

🏛 這個時髦的沙發製作成像是球體。

10 line [laɪn] 名 線條 動 排隊 ①

Please stand behind the yellow **line**.

🏛 請站在這條黃線後方。

11 liquid [`lɪkwɪd] 名 液體 ②

Vera uses **liquid** soap to wash her hands.

🏛 薇拉用液體肥皂洗手。

12 oblong [`ɑblɔŋ] 形 長方形的 名 長方形 ⑤

He ate an **oblong** bar of chocolate for dessert.

🏛 他吃了一條長方形的巧克力作為甜點。

13 oval [`ovḷ] 形 橢圓形的 名 橢圓形 ④

Gigi has a lovely **oval**-shaped face.

🏛 琪琪有張可愛的鵝蛋臉。

14 pattern [`pætən] 名 圖案；樣式 動 模仿 ②

She wore a dress with a **pattern** of jasmines on it.

🏛 她穿著有茉莉花圖案的洋裝。

15 **pyramid** [`pɪrəmɪd] 名 金字塔　⑤
The bottom surface of a **pyramid** is a square.
🏠 金字塔的底面是一個正方形。

16 **rectangle** [`rɛktæŋgl] 名 長方形　②
She folded the sheet into a neat **rectangle**.
🏠 她將床單摺成一個整齊的長方形。

17 **round** [raʊnd] 形 圓的 介 在…四周　①
Tracy wants a **round** table, not a square one.
🏠 崔西想要一張圓桌，不是方桌。

18 **shape** [ʃep] 名 形狀 動 使成形　①
The mirror is round in **shape**.
🏠 這個鏡子的形狀是圓的。

19 **solid** [`sɑlɪd] 形 立體的；固體的　③
Use the cartography software to draw a **solid** figure.
🏠 用這個繪圖軟體畫一個立體圖形。

20 **sphere** [sfɪr] 名 球；天體　⑥
This orange is not a perfect **sphere**.
🏠 這顆柳丁不是一個很圓的球體。

21 **spiral** [`spaɪrəl] 形 螺旋的 名 螺旋　⑥
We climbed the **spiral** staircase to the tower.
🏠 我們爬上通往塔樓的螺旋樓梯。

22 **spot** [spɑt] 名 點 動 弄髒　②
These red and green **spots** make the painting more colorful.
🏠 這些紅色與綠色點點讓這幅畫更加生動。

23 **square** [skwɛr] 名 正方形；廣場 形 公正的　②
The four sides of a **square** are equal.
🏠 正方形的四個邊等長。

24 **streak** [strik] 名 條紋 動 留下條紋　⑤
I like the **streaks** on this backpack.
🏠 我喜歡這個背包上的紋路。

25 **stripe** [straɪp] 名 條紋　⑤
Simon wears a shirt with **stripes**.
🏠 賽門穿著一件條紋襯衫。

26 **symmetry** [`sɪmɪtrɪ] 名 對稱　6
I like the beauty and **symmetry** of a snowflake.
我喜歡雪花的美麗和對稱。

27 **triangle** [`traɪ‚æŋgl] 名 三角形　2
Please cut the paper into right **triangles**.
🏠 請把紙裁成直角三角形。

10　顏色　分類

01 **black** [blæk] 形 黑色的 名 黑色　1
She wears a **black** suit today.
🏠 她今天穿著黑色套裝。

02 **blue** [blu] 形 藍色的 名 藍色　1
I like the **blue** shirt over there.
🏠 我喜歡那邊那件藍色襯衫。

03 **brown** [braʊn] 名 褐色 形 褐色的　1
Brown is his favorite color.
🏠 褐色是他最喜愛的顏色。

04 **chestnut** [`tʃɛsnət] 名 栗色；栗子 形 栗色的　5
The woman with **chestnut** hair is my aunt.
栗色頭髮的女人是我姑姑。

05 **color** [`kʌlə] 名 顏色 動 上色　1
What **color** is it?
🏠 這是什麼顏色?

06 **colorful** [`kʌləfəl] 形 多彩的　2
The parrot has **colorful** feathers.
🏠 這隻鸚鵡有著色彩鮮豔的羽毛。

07 **crayon** [`kreən] 名 蠟筆　2
We can share these **crayons** together.
🏠 我們可以一起用這些蠟筆。

08 **dull** [dʌl] 形 不鮮明的；單調乏味的 動 使遲鈍　2
That wall was a **dull** purple color.
🏠 那面牆是不鮮明的紫色。

🎧 MP3 ⊙ O29

09 dye [daɪ] 動 染色 名 染料 ❹
Ivy **dyed** her hair blond.
🔒 艾薇將頭髮染金。

10 gray/grey [gre] 形 灰色的 名 灰色 ❶
The lawyer picked out a **gray** suit.
🔒 律師挑了一套灰色西裝。

11 green [grin] 形 綠色的 名 綠色 ❶
Blue and yellow together make **green**.
🔒 藍色和黃色一起會變成綠色。

12 pale [pel] 形 蒼白的 ❸
The nurse looked **pale** and tired after the night shift.
🔒 這位護士值完夜班後臉色看起來蒼白又疲倦。

13 pink [pɪŋk] 形 粉紅色的 名 粉紅色 ❷
The **pink** cherry blossom came out late this year.
🔒 今年粉紅色的櫻花開得很晚。

14 pure [pjʊr] 形 純粹的 ❸
She received a bunch of flowers in a whole range of
purples with the occasional **pure** white.
🔒 她收到一束紫色穿插著純白色的花。

15 purple [`pɝpl] 形 紫色的 名 紫色 ❶
The man in **purple** is her husband.
🔒 那個穿紫色衣服的男子是她先生。

16 ray [re] 名 光線 ❸
The **rays** of the sun make the room bright.
🔒 陽光讓這個房間明亮起來。

17 red [rɛd] 形 紅色的 名 紅色 ❶
Amy often wears a pair of **red** shoes.
🔒 愛咪時常穿一雙紅色鞋子。

18 shine [ʃaɪn] 名 光亮 動 發光 ❶
The **shine** on your shoes attracted my attention.
🔒 你鞋子上的亮光吸引了我的注意。

19 spotlight [`spɑt͵laɪt] 名 聚光燈 動 用聚光燈照 ❺
Can you adjust the **spotlight** to the right?
🔒 你能不能將聚光燈向右調整一點？

20 **vivid** [`vɪvɪd] 形 生動的
We all love the **vivid** blue sky today.
🏠 我們都愛今天的鮮明藍天。

21 **white** [hwaɪt] 形 白色的 名 白色
A **white** broad hat shadowed that woman's face.
🏠 一頂白色的寬邊帽遮住了那位女士的臉。

22 **yellow** [`jɛlo] 形 黃色的 名 黃色
Yellow roses are in flower.
🏠 黃色的玫瑰花正盛開著。

---

11 聲音 分類

01 **aloud** [ə`laʊd] 副 高聲地
The pop singer sang her greatest hit **aloud** on the opening ceremony.
🏠 這位流行歌手在開幕式高聲唱著她的成名曲。

02 **bang** [bæŋ] 動 重擊 名 猛擊
My neighbor **banged** at the door trying to warn him.
🏠 我的鄰居用力敲門試著警告他。

03 **chat** [tʃæt] 動 名 聊天
Sophia has **chatted** with her friend on the phone for one hour.
🏠 蘇菲亞和她朋友已經用電話聊了一小時。

04 **chatter** [`tʃætə] 動 嘮叨 名 喋喋不休
My mom **chattered** about my younger brother's bad behavior.
🏠 我媽媽嘮叨著我弟弟的不良行為。

05 **chirp** [tʃɝp] 動 名 蟲鳴鳥叫
The **chirps** of the small birds sounded close.
🏠 小鳥的叫聲聽起來很近。

06 **creak** [krik] 動 發出嘎吱聲 名 嘎吱聲
The door **creaked** open and an old man came out.
🏠 門嘎吱地打開然後走出一位老先生。

[07] **crunch** [krʌntʃ] 動 嘎吱地咀嚼 名 咀嚼；咬碎　🅕
He **crunched** an ice cube loudly.
🔒 他嘎吱作響地咀嚼一顆冰塊。

[08] **echo** [`ɛko] 名 回音 動 產生回響　🅔
The electric device can receive the **echoes** produced underwater.
🔒 這部電子設備可以接收從水面下發出的回音。

[09] **groan** [gron] 動 名 呻吟　🅕
The worker **groaned** with pain.
🔒 這名工人痛苦地呻吟著。

[10] **hiss** [hɪs] 動 發出噓聲 名 噓聲　🅕
Some local residents **hissed** at the speaker as he entered.
🔒 有些當地居民在發言人進來時對他發出噓聲。

[11] **jingle** [`dʒɪŋgl] 名 叮噹聲 動 叮噹作響　🅕
The silence was broken by the **jingle** of the coins in his pocket.
🔒 他口袋裡硬幣碰撞所發出的叮噹聲劃破了寧靜。

[12] **laughter** [`læftə] 名 笑聲　🅔
All of us burst into **laughter** when we saw his funny face.
🔒 當我們看到他那張好笑的臉時，大家都大笑起來。

[13] **loud** [laʊd] 形 大聲的 副 大聲地　🅐
We heard a **loud** cry at midnight.
🔒 我們在午夜聽見大聲喊叫。

[14] **moan** [mon] 動 呻吟 名 呻吟聲　🅕
My daughter **moaned** in her sleep and then turned over on her side.
🔒 我女兒在睡夢中呻吟然後翻身側睡。

[15] **murmur** [`mɝmə] 動 小聲說話；抱怨 名 低語　🅓
She turned and **murmured** to her manager.
🔒 她轉身對她經理小聲說了一些話。

[16] **mute** [mjut] 動 消音 形 沉默的　🅖
The students began to **mute** their voices when the teacher showed up.
🔒 當老師出現時學生屆時沉默無聲。

17 **noise** [nɔɪz] 名 噪音　🔒
All the **noise** outside awoke the baby.
🔒 外面的噪音把嬰兒驚醒了。

18 **noisy** [`nɔɪzɪ] 形 吵鬧的　🔒
His son was very **noisy** in the mornings.
🔒 他兒子早上都非常吵鬧。

19 **rattle** [`rætl] 動 發出嘎嘎聲 名 嘎嘎聲　🔒
He slammed the door so hard that I heard windows **rattle**.
🔒 他很用力摔門以至於我聽見窗戶發出了嘎嘎聲。

20 **rumble** [`rʌmbl] 動 隆隆作響 名 隆隆聲　🔒
We could hear the cannons **rumbling** far away.
🔒 我們可以聽見遠處大砲隆隆作響。

21 **rustle** [`rʌsl] 動 沙沙作響 名 窸窣聲　🔒
A snake **rustled** through a pile of dry leaves.
🔒 一條蛇沙沙作響穿越一堆乾掉的葉子。

22 **scream** [skrim] 動 名 尖叫　🔒
She **screamed** at the sight of the cobra.
🔒 她一見到眼鏡蛇便開始尖叫。

23 **shriek** [ʃrik] 動 名 尖叫　🔒
Rosie **shrieked** and leapt from the sofa.
🔒 蘿西尖叫著從沙發跳起來。

24 **snarl** [snɑrl] 動 吼叫 名 吼叫聲　🔒
The dog **snarled** at the intruders.
🔒 這隻狗對著闖入者吼叫。

25 **sound** [saund] 名 聲音 動 聽起來　🔒
We heard the **sounds** of children playing from the next room.
🔒 我們聽到隔壁房間傳來小孩玩耍的聲音。

26 **stereo** [`stɛrɪo] 名 立體音響　🔒
Kevin bought a new **stereo** last week.
🔒 凱文上星期買了一台新的立體音響。

27 **supersonic** [ˌsupə`sɑnɪk] 形 超音速的　🔒
This jet can fly in a **supersonic** speed.
🔒 這架噴射機能夠以超音速的速度飛行。

28 **tick** [tɪk] 名 滴答聲 動 發出滴答聲 5
Did you hear the **tick** of the clock?
🔒 你有沒有聽見這座鐘的滴答聲?

29 **splash** [splæʃ] 名 飛濺聲 動 濺起 3
There was a **splash** and something fell into the pond.
🔒 有個飛濺聲,某個東西掉進池塘裡了。

30 **wail** [wel] 動 名 哭泣 5
It is useless to **wail** over mistakes made in the past.
🔒 為過去所犯的錯誤哭泣是沒有用的。

31 **whine** [hwaɪn] 動 發牢騷 名 牢騷 5
My neighbor came to **whine** about trifles once again.
🔒 我鄰居又來找我為瑣事發牢騷。

32 **whistle** [`hwɪsl] 動 吹口哨 名 口哨 3
Oscar always **whistles** when he takes a shower.
🔒 奧斯卡總是在淋浴時吹口哨。

12 教育類單字 分類

01 **academic** [ˌækəˋdɛmɪk] 形 學院的 4
The **academic** standards in modern science are
getting higher and higher.
🔒 現代科學的學術標準越來越高。

02 **academy** [əˋkædəmɪ] 名 學院 5
Martha is studying in a music **academy** in Paris.
🔒 瑪莎正就讀於巴黎的音樂學院。

03 **advanced** [ədˋvænst] 形 高級的;高等的 3
I want to learn **advanced** physics in college.
🔒 我想要在大學裡學高等物理。

04 **assess** [əˋsɛs] 動 評估 6
It would be a matter of **assessing** whether the
student is qualified for the talented class.
🔒 評估這個學生是否有資格班資格將是個問題。

05 assessment [ə`sɛsmənt] 名 評估 6
Mrs. Huang made continuous **assessments** of all her students.
🏫 黃老師對她的所有學生作了連續性評估。

06 assign [ə`saɪn] 動 指派 4
Our teacher **assigned** a lot of homework to us at the end of this semester.
🏫 我們老師在這學期結束時指派了很多功課給我們。

07 assignment [ə`saɪnmənt] 名 作業;分派 4
The **assignment** for this weekend is a research paper about feminism.
🏫 這個週末的作業是有關男女平等主義的研究論文。

08 auditorium [͵ɔdə`torɪəm] 名 禮堂;會堂 5
Kristy's concert will be held in the **auditorium** of our school next Sunday.
🏫 下個星期天克莉絲蒂的音樂會將在我們學校禮堂舉行。

09 bachelor [`bætʃələ] 名 學士;單身漢 5
George finally became a **Bachelor** of Science at the age of sixty.
🏫 喬治六十歲時終於成為理學士。

10 beginner [bɪ`gɪnə] 名 初學者 2
This book is for the **beginners**.
🏫 這本書適合初學者。

11 blackboard [`blæk͵bord] 名 黑板 2
Tommy, please write down the answer on the **blackboard**.
🏫 湯米,請在黑板上寫下答案。

12 borrow [`baro] 動 借入 2
I **borrowed** some books from the library last Sunday.
🏫 上星期天我從圖書館借了一些書。

13 campus [`kæmpəs] 名 校園 3
Motorcycles are not allowed on **campus**.
🏫 校園裡禁止騎乘機車。

14 caretaker [`kɛr͵tekə] 名 工友;管理人 5
The **caretaker** of the school was honest.
🏫 這間學校的工友很誠實。

🎧 MP3 ⊙ 032

15 **ceremony** [`sɛrə,monɪ] 名 典禮
The graduation **ceremony** will be held on June 25th.
🏛 畢業典禮將於六月二十五日舉行。

16 **certificate** [sə`tɪfəkɪt] 名 證書 動 發證書
Don't forget to bring your examination **certificate** tomorrow.
🏛 明天別忘了帶你的合格證書。

17 **chalk** [tʃɔk] 名 粉筆 動 用粉筆寫
Brian wrote down the answer on the blackboard with a piece of **chalk**.
🏛 布萊恩用粉筆在黑板上寫下答案。

18 **cheat** [tʃit] 動 作弊；欺騙 名 騙子
He **cheated** in order to pass the final exam.
🏛 為了通過這門課，他在期末考時作弊。

19 **class** [klæs] 名 班級 動 分等級
The **class** size of elementary schools has been reduced.
🏛 小學的班級人數已減少。

20 **college** [`kɑlɪdʒ] 名 學院
Joan studies at a law **college** in London.
🏛 瓊安就讀於倫敦的法學院。

21 **comprehend** [,kɑmprɪ`hɛnd] 動 理解
The boy is too little to **comprehend** the abstract concept.
🏛 這個男孩還太小，無法理解這個抽象概念。

22 **comprehension** [,kɑmprɪ`hɛnʃən] 名 理解
The question is above her **comprehension**.
🏛 她無法理解這個問題。

23 **comprehensive** [,kɑmprɪ`hɛnsɪv] 形 廣泛的
My daughter graduated from a **comprehensive** school at the age of 18.
🏛 我女兒十八歲時畢業於一所綜合學校。

24 **concentration** [,kɑnsɛn`treʃən] 名 專心
It is hard to keep students' **concentration** nowadays.
🏛 現今很難保持學生的專注力。

25 **course** [kors] 名 課程；路線 動 追逐
Billy took a **course** in social studies with his girlfriend.
🏫 比利和他女朋友一起選讀一門社會研究課程。

26 **curriculum** [kə`rɪkjələm] 名 課程
English is a compulsory foreign language on the school **curriculum**.
🏫 英語是學校課程中的必修外語。

27 **degree** [dɪ`gri] 名 學位；程度
Yvonne took a master's **degree** in math at Oxford.
🏫 伊芳在牛津大學拿到數學碩士學位。

28 **diploma** [dɪ`plomə] 名 文憑
Tom got his **diploma** in architecture ten years ago.
🏫 湯姆在十年前取得他的建築學文憑。

29 **dormitory** [`dɔrmə,tɔrɪ] 名 宿舍
He lived in a college **dormitory**.
🏫 他住大學宿舍。

30 **Dr./doctor** [`dɑktə] 名 博士；醫師
Dr. Don got his academic degree in Los Angeles.
🏫 唐博士在洛杉磯拿到他的學位。

31 **educate** [`ɛdʒʊ,ket] 動 教育
Ruth was **educated** at Lincoln Linguistic School.
🏫 露絲在林肯語言學校受教育。

32 **education** [ɛdʒə`keʃən] 名 教育
My mother was concerned about my **education**.
🏫 我母親關心我的教育。

33 **educational** [,ɛdʒʊ`keʃənl] 形 教育性的
We saw an **educational** movie at school today.
🏫 今天我們在學校看了一部教育性電影。

34 **elementary** [,ɛlə`mɛntərɪ] 形 基本的
She is still in the **elementary** class of English.
🏫 她仍然在英文初級班。

35 **enroll** [ɪn`rol] 動 註冊
She wants to **enroll** in an academy of music.
🏫 她想要註冊音樂學院。

36 enrollment [ɪn`rolmənt] 名 登記;註冊　　　**⑤**
Please accept my **enrollment** and send me the book list.
🏛 請接受我的登記並將書單寄給我。

37 essay [`ɛse] 名 論說文;隨筆　　　**④**
Our teacher asked everyone to write an **essay** about this event.
🏛 老師要求每個人寫一篇有關這次事件的論文。

38 examination [ɪg͵zæmə`neʃən] 名 考試　　　**①**
To my surprise, he passed the **examination**.
🏛 令我吃驚的是,他通過了考試。

39 examinee [ɪg͵zæmə`ni] 名 應試者　　　**④**
I am the twentieth **examinee** of the oral test.
🏛 我是這場口試的第二十位應試者。

40 examiner [ɪg`zæmɪnə] 名 主考官　　　**④**
The **examiner** asked three questions about that news.
🏛 主考官問了三個關於那則新聞的問題。

41 extracurricular [͵ɛkstrəkə`rɪkjələ] 形 課外的　　　**⑥**
We are requested to participate in **extracurricular** activities at school.
🏛 我們在學校被要求參與課外活動。

42 faculty [`fækəltɪ] 名 全體教員　　　**⑥**
The **faculty** agree to improve their teaching to inspire students' abilities.
🏛 全體教員同意改進他們的教學以激發學生能力。

43 fail [fel] 動 不及格;失敗 名 不及格　　　**②**
Nicole **failed** in the midterm exam.
🏛 妮可期中考試不及格。

44 flunk [flʌŋk] 動 名 失敗;不及格　　　**④**
Jack **flunked** the entrance exam.
🏛 傑克入學考試不及格。

45 freshman [`frɛʃmən] 名 新生　　　**④**
She will be a **freshman** this fall.
🏛 今年秋天她將是一名新生。

46 grade [gred] 名 年級 動 評分　　　**②**
Mrs. Yang teaches second **grade** in the junior high school.
🏛 楊老師在這所國中教二年級。

47 **graduate** [`grædʒu, et] 動 畢業 名 畢業生

Vanessa **graduated** in Chinese Literature from National Taiwan University.

凡妮莎畢業於臺灣大學中文系。

48 **graduation** [,grædʒu`eʃən] 名 畢業

He has no plans after **graduation**.

畢業後他沒有任何計畫。

49 **homework** [`hom, wɜk] 名 家庭作業

I am glad that I don't have any **homework** today.

我很高興今天沒有家庭作業。

50 **IQ/intelligence quotient** 名 智商

He is obviously a student of exceptional **IQ**.

顯然他是個智商優異的學生。

51 **junior** [`dʒunjə] 形 年少的 名 年少者

My classmate is **junior** to me by one year.

我同學小我一歲。

52 **kindergarten** [`kɪndə, gɑrtn̩] 名 幼稚園

Our twins are in **kindergarten** now.

我們的雙胞胎現在唸幼稚園。

53 **knowledge** [`nɑlɪdʒ] 名 知識

Knowledge is power.

知識就是力量。

54 **knowledgeable** [`nɑlɪdʒəbl̩] 形 博學的

Rebecca's father is really **knowledgeable**. He is like a walking dictionary.

蕾貝卡的父親十分博學，他就像本活字典。

55 **learn** [lɜn] 動 學習

Nicholas is **learning** to play the cello now.

尼可拉斯正在學大提琴。

56 **learned** [`lɜnɪd] 形 博學的

She is genuinely a **learned** scientist.

她確實是位博學的科學家。

57 **learning** [`lɜnɪŋ] 名 學問

Our teacher is a man of great **learning**.

我們老師是個學識淵博的人。

58 **lecture** [`lɛktʃə] 🔟 對…演講 🔙 演講 ❸
Professor Chen was invited to **lecture** on the history of music.
🔐 陳教授受邀演講音樂史。

59 **lecturer** [`lɛktʃərə] 🔙 講師 ❹
Mr. Robinson is a **lecturer** in Chemistry at Cambridge University.
🔐 羅賓森先生是劍橋大學的化學講師。

60 **lesson** [`lɛsṇ] 🔙 課 ❶
Jolin took drive **lessons** in this cram school.
🔐 喬琳在這家補習班上駕駛課。

61 **librarian** [laɪ`brɛrɪən] 🔙 圖書館員 ❸
Why don't you inquire the **librarian**?
🔐 你何不詢問圖書館員？

62 **library** [`laɪ, brɛrɪ] 🔙 圖書館 ❷
Gary borrowed several books from the **library**.
🔐 蓋瑞從圖書館借了幾本書。

63 **literacy** [`lɪtərəsɪ] 🔙 知識；能力 ❻
Many elders have problems with computer **literacy**.
🔐 許多上了年紀的人有電腦素養的問題。

64 **master** [`mæstə] 🔙 男教師；大師 🔟 精通 ❶
There are six **masters** in that senior high school.
🔐 那所高中裡有六位男教師。

65 **nominate** [`nɑmə, net] 🔟 提名；指定 ❺
Stella was **nominated** as the leader of the team.
🔐 史黛拉被提名為小組領導人。

66 **nomination** [, nɑmə`neʃən] 🔙 提名；任命 ❻
Tim was not happy about his **nomination**. He didn't want the position.
🔐 提姆不高興自己被提名，因為他根本不想要那個職位。

67 **nominee** [, nɑmə`ni] 🔙 被提名人 ❻
There were five **nominees** to the position, and all of them are male.
🔐 被提名人一共有五位，且全部都是男性。

68 **novice** [`nɑvɪs] 名 初學者　🔵
I am still a **novice** to the job. Please forgive me if I make mistakes.
♟ 我在這個工作上還是新手，如果我犯錯的話請多多包涵。

69 **preview** [`privju] 動 名 預習　🔵
Vincent is **previewing** for the English class.
♟ 文生正在為英文課預習。

70 **principal** [`prɪnsəpl] 名 校長 形 首要的　🔵
In 1990, only 15% of junior high school **principals** were female.
♟ 西元一九九零年，只有百分之十五的國中校長是女性。

71 **professor** [prə`fɛsə] 名 教授　🔵
He is a **professor** of engineering at Franklin University.
♟ 他是富蘭克林大學的工程學教授。

72 **pupil** [`pjupl] 名 學生　🔵
There are 15 **pupils** in the class.
♟ 這個班級有十五名學生。

73 **quiz** [kwɪz] 名 測驗 動 施測　🔵
The teacher gave us a **quiz** in Chinese this afternoon.
♟ 老師今天下午對我們進行了國文測驗。

74 **read** [rid] 動 讀　🔵
Our teacher punished Tom for **reading** comic books in class.
♟ 我們老師處罰湯姆在上課時看漫畫。

75 **refer** [rɪ`fɝ] 動 參考；提及　🔵
If you have questions, you can **refer** to the textbooks.
♟ 如果你有問題的話，可以參考課本。

76 **reference** [`rɛfərəns] 名 參考資料　🔵
For more details please refer to the **references** given at the end of the book.
♟ 更多細節請參考這本書最後的參考資料。

77 **register** [`rɛdʒɪstə] 動 登記 名 註冊　🔵
Please **register** your name and address on this piece of paper.
♟ 請在這張紙上登記您的姓名與地址。

分好類**超好背**ㄗ**OOO**單字

🎧 MP3 ⊙ O35

78 **registration** [ˌrɛdʒɪˋstreʃən] 名 註冊　🔼
After you finished your **registration**, you will get a number.
🏠 在你完成註冊之後，你會拿到一個號碼。

79 **report** [rɪˋport] 動 名 報告　🔼
These graduate students **reported** their discoveries to the professor.
🏠 這些研究生向教授報告他們的發現。

80 **research** [rɪˋsɝtʃ] 動 名 研究；調查　🔼
Kevin is **researching** on the spread of AIDS in the medical college.
🏠 凱文正在這所醫學院研究愛滋病的傳播。

81 **researcher** [rɪˋsɝtʃɚ] 名 研究員；調查員　🔼
The university **researcher** received a grant from the government.
🏠 這名大學研究員得到了政府的一筆獎助金。

82 **review** [rɪˋvju] 名 動 複習　🔼
My math tutor arranged a two-hour **review** this Wednesday.
🏠 我的數學家教這週三安排了兩小時的複習。

83 **scholar** [ˋskɑlɚ] 名 學者　🔼
This subject has been studied by many **scholars**.
🏠 這個主題已有許多學者研究過。

84 **scholarship** [ˋskɑlɚˌʃɪp] 名 獎學金　🔼
Mike got a **scholarship** to the Massachusetts Institute of Technology.
🏠 麥克拿到去麻省理工學院讀書的獎學金。

85 **school** [skul] 名 學校 動 教育；訓練　🔼
How do you go to **school**?
🏠 你怎麼去上學？

86 **science** [ˋsaɪəns] 名 科學　🔼
We had **science** and math classes this afternoon.
🏠 我們今天下午上了自然和數學。

87 **scientific** [ˌsaɪənˋtɪfɪk] 形 科學的　🔼
The physics assignment is a **scientific** report regarding water.
🏠 物理課的作業是要寫一份關於水的科學報告。

88 scientist [`saɪəntɪst] 名 科學家 ⚁
We visited a **scientist**'s lab in the field trip today.
🔒 我們在今天的戶外教學中參觀一位科學家的實驗室。

89 semester [sə`mɛstə] 名 學期 ⚁
When will this **semester** begin?
🔒 這個學期將從什麼時候開始？

90 seminar [`sɛmənɑr] 名 研討會 ⚅
Glenda didn't attend the **seminar** on chemistry yesterday.
🔒 葛蘭達昨天沒有參加化學研討會。

91 sophomore [`safə.mor] 名 二年級生 ④
Our college regulated that all **sophomores** should pass the Elementary Level of GEPT.
🔒 我們學院規定所有二年級生都應通過全民英檢初級。

92 student [`stjudṇt] 名 學生 ①
George is the youngest **student** in my class.
🔒 喬治是我班上年紀最小的學生。

93 study [`stʌdɪ] 動 名 學習 ①
For two years Ruby **studied** math with me.
🔒 露比跟我學了兩年數學。

94 subject [`sʌbdʒɪkt] 名 科目；主題 ⚁
He thought this is the least useful of the three **subjects**.
🔒 他認為這個科目是三個科目中最沒有用處的。

95 substitute [`sʌbstə.tjut] 名 代替者 動 代替 ⑤
Linda will be your **substitute** when you are on vacation.
🔒 你去度假的時候，琳達會是你的代理者。

96 summarize [`sʌmə.raɪz] 動 總結 ④
Please **summarize** your work experience.
🔒 請簡要說明你的工作經歷。

97 summary [`sʌmərɪ] 名 摘要 ⑨
I have just read the **summary** of the book. I haven't read the whole context.
🔒 我只讀了這本書的摘要，還沒詳讀整本書的內容。

98 teach [titʃ] 動 教　🏚
Dad had **taught** me how to ride a bike.
🏛 爸爸已教過我如何騎單車。

99 teacher [`titʃɚ] 名 老師　🏚
We have a new math **teacher** this semester.
🏛 我們這學期有個新的數學老師。

100 term [tɜm] 名 術語 動 稱呼　🏚
Jennifer doesn't understand all those technical **terms**.
🏛 珍妮佛聽不懂那些專業術語。

101 test [tɛst] 名 考試 動 考驗　🏚
Our teacher gave us a **test** in English.
🏛 我們老師對我們進行了英文考試。

102 text [tɛkst] 名 課本；文本　🏚
Please refer to the 12th page of the **text** for answers.
🏛 解答請查閱課本第十二頁。

103 textbook [`tɛkst͵bʊk] 名 教科書　🏚
I forgot to bring my English **textbook** today.
🏛 我今天忘了帶我的英文教科書。

104 transcript [`træn͵skrɪpt] 名 成績單；副本　🏚
I haven't received my **transcript** yet.
🏛 我還沒有收到我的成績單。

105 truant [`truənt] 名 翹課學生 動 翹課；逃學　🏚
Truants should be punished somehow.
🏛 翹課學生應該受到某種處罰。

106 tuition [tju`ɪʃən] 名 學費；教學　🏚
Judy's monthly **tuition** in the kindergarten is \$100.
🏛 茱蒂在幼稚園每個月的學費是一百美元。

107 tutor [`tjutɚ] 動 輔導 名 家教　🏚
The teacher **tutored** the foreigner in Chinese.
🏛 這位老師輔導這個外國人學中文。

108 undergraduate [͵ʌndɚ`grædʒuɪt] 名 大學生　🏚
Lily will become an **undergraduate** in September.
🏛 莉莉九月時會成為大學生。

109 university [͵junə`vɜsətɪ] 名 大學　🏚
They want their son to go to **university**.
🏛 他們希望他們的兒子去上大學。

13　保險

01 assurance [əˋʃʊrəns] 名 保證;保險

Mrs. Martha took out a life **assurance** policy from her niece.

🏛 瑪莎太太向她的姪女保了一個壽險。

02 coverage [ˋkʌvərɪdʒ] 名 覆蓋範圍

Such issues are beyond the **coverage** of this policy.

🏛 此類問題不在保單的保險範圍內。

03 insurance [ɪnˋʃʊrəns] 名 保險

Her **insurance** company paid out for her illness.

🏛 她的保險公司為她的疾病付費。

04 insure [ɪnˋʃʊr] 動 投保;確保

They **insure** all passengers' belongings against theft.

🏛 他們為所有旅客的攜帶物品投保失竊險。

NOTE

PART 3

休閒
單字收納

名 名詞

動 動詞

形 形容詞

副 副詞

1～6 單字難易度
（分別符合美國一至六年級學生所學範圍）

掃碼即聽
MP3 037～046

01 電影 分類

01 cinema [`sɪnəmə] 名 電影；電影院 ④
I can't remember last time we went to the **cinema**.
我記不得我們上次是何時去看電影的。

02 documentary [ˌdɑkjə`mɛntərɪ] 名 記錄片 ⑥
We saw a TV **documentary** on African children.
我們看了一部關於非洲兒童的電視記錄片。

03 film [fɪlm] 名 電影 動 拍攝電影 ②
Everything about that **film** was excellent.
那部電影各方面都非常好。

04 flick [flɪk] 名 電影 ⑤
Let's go to the **flicks** tonight.
今晚一起去看電影吧。

05 image [`ɪmɪdʒ] 名 影像；形象 ③
He filmed **images** of his child playing in the garden.
他將他的孩子在花園玩耍的影像拍攝下來。

06 movie [`muvɪ] 名 電影 ①
He has starred in some twenty **movies**.
他主演過大約二十部電影。

07 producer [prə`djusə] 名 製片；製造者 ②
She has signed a contract with a Hollywood **producer**.
她已和好萊塢的製片之一簽約。

08 project [`prɑdʒɛkt ] 名 計畫 動 [ prə`dʒɛkt] 企劃 ②
Some film **projects** have already proposed.
一些電影計畫已被提出。

09 projection [prə`dʒɛkʃən] 名 投射；計畫 ⑥
The studio has the newest **projection** equipment.
這間工作室有最先進的投影設備。

10 screen [skrin] 名 螢光幕 動 放映 ②
He was the ideal man, both on and off **screen**.
他在螢光幕前和幕後都是位模範男士。

11 shot [ʃɑt] 名 鏡頭；拍攝 ①
I remembered a **shot** of a deer running in the woods.
我記得有隻鹿在樹林中奔跑的鏡頭。

[12] **thriller** [`θrɪlə] 名 恐怖片 5
We saw a tense psychological **thriller** last weekend.
🏠 我們上週末看了一部令人緊張的心理恐怖片。

02 運動 分類

[01] **ace** [es] 名 發球得分 形 一流的 5
Finally she defeated her opponent with an **ace**.
🏠 最後她以一個發球得分擊敗對手。

[02] **aim** [em] 動 瞄準 名 目標 2
He **aimed** the arrow at the deer.
🏠 他把箭瞄準那隻鹿。

[03] **arena** [ə`rinə] 名 競技場 5
You can see the ancient **arena** in this movie.
🏠 你可以在這部電影裡看到古代競技場。

[04] **athlete** [`æθlit] 名 運動員 3
Frank wants to be an **athlete** when he grows up.
🏠 法蘭克長大後想成為運動員。

[05] **athletic** [æθ`lɛtɪk] 形 運動的 4
Robert's **athletic** ability got him scholarship.
🏠 羅伯特因為他的運動才能而得到獎學金。

[06] **badminton** [`bædmɪntən] 名 羽毛球 3
I like to play **badminton** with friends in free time.
🏠 閒暇時我喜歡和朋友一起打羽毛球。

[07] **ballet** [bæ`le] 名 芭蕾 4
We are going to go to a **ballet** performance tonight.
🏠 今晚我們要去看一場芭蕾舞表演。

[08] **basketball** [`bæskɪt,bɔl] 名 籃球 1
Playing **basketball** is interesting.
🏠 打籃球很有趣。

[09] **bout** [`baut] 名 (競賽)一回合 6
Tony beat his opponent at the second **bout**.
🏠 湯尼在第二回合打敗他的對手。

10 **bowling** [`bolɪŋ] 名 保齡球 ☑
They used to play **bowling** every night.
🏠 他們過去時常每天晚上打保齡球。

11 **boxer** [`bɑksə] 名 拳擊手 ☑
You must be strong enough to be a **boxer**.
🏠 身為一名拳擊手你必須夠強壯。

12 **boxing** [`bɑksɪŋ] 名 拳擊 ☑
My dad watches **boxing** games on TV every night.
🏠 我爸爸每天晚上都會看電視拳擊賽。

13 **challenge** [`tʃælɪndʒ] 動 名 挑戰 ☑
We **challenged** a team called "Winners."
🏠 我們挑戰了「勝利者」隊。

14 **champion** [`tʃæmpɪən] 名 冠軍 ☑
You will always be the **champion** in my mind.
🏠 在我心中你永遠都會是冠軍。

15 **championship** [`tʃæmpɪən‚ʃɪp] 名 冠軍賽 ☑
She won the world golf **championship**.
🏠 她贏得世界高爾夫冠軍。

16 **cheer** [tʃɪr] 動 名 喝采；歡呼 ☑
The crowd **cheered** the athlete as he walked in.
🏠 當這名運動員走入時群眾向他喝采。

17 **climb** [klaɪm] 動 名 攀登；攀爬 ☑
Annie likes to go mountain **climbing** on weekends.
🏠 安妮喜歡在週末時去爬山。

18 **coach** [kotʃ] 名 教練 ☑
Mark is the **coach** of the baseball team of our school.
🏠 馬克是我們學校棒球隊的教練。

19 **dance** [dæns] 名 舞蹈 動 跳舞 ☑
She thought salsa is a very sexy **dance**.
🏠 她認為騷莎是一種非常性感的舞蹈。

20 **dancer** [`dænsə] 名 舞者 ☑
He is the best **dancer** of the Cloud Gate.
🏠 他是雲門舞集裡最出色的舞者。

21 **defend** [dɪ`fɛnd] 動 防守；保衛 ☑
The goalkeeper failed to **defend** the goal.
🏠 守門員防守球門失敗了。

22 **defensive** [dɪˋfɛnsɪv] 形 防禦的 ④
I enjoy playing **defensive** games.
🏃 我喜愛打防守戰。

23 **dive** [daɪv] 動 名 跳水 ③
She **dived** into the pool to save the drowning girl.
🏃 她跳進游泳池裡救一個快要溺死的女孩。

24 **divide** [dəˋvaɪd] 動 劃分 名 分岐 ②
The coach **divided** the players into two teams.
🏃 教練將運動員劃分成兩隊。

25 **exercise** [ˋɛksə͵saɪz] 動 運動 ②
If you get up early, you can **exercise** more.
🏃 如果你早起，你可以多運動。

26 **fight** [faɪt] 動 搏鬥；打架 名 戰爭 ①
The boxer has **fought** with five opponents.
🏃 這名拳擊手已和五位對手搏鬥過。

27 **fighter** [ˋfaɪtə] 名 戰士 ②
She is a real **fighter** on the tennis court.
🏃 在網球場上她是一名戰士。

28 **final** [ˋfaɪnl] 形 最終的 名 決賽；期末考 ①
He beat all the runners in the **final** race.
🏃 他在最終的比賽中勝過所有跑者。

29 **football** [ˋfʊt͵bɔl] 名 足球 ②
Football is one of the most popular sports in the U.S.
🏃 足球在美國是最受歡迎的運動之一。

30 **foul** [faʊl] 名 犯規 形 犯規的 ⑤
The judge cautioned him for a **foul** on an opponent.
🏃 裁判因他對對手犯規而警告他。

31 **goal** [gol] 名 球門；目標 ②
He scored a point by kicking the ball into the **goal**.
🏃 他將球踢進球門得到一分。

32 **golf** [gɑlf] 名 高爾夫球 動 打高爾夫球 ②
They play **golf** every Sunday morning.
🏃 他們每個星期天早上都打高爾夫球。

33 **gym** [dʒɪm] 名 健身房；體育館 ③
There is an excellent **gym** in that skyscraper.
🏃 那棟摩天大樓裡有一間很棒的健身房。

34 hockey [`hakɪ] 名 曲棍球　　⑤
He played **hockey** for the national team.
🏠 他為國家隊打曲棍球。

35 hole [hol] 名 洞 動 穿孔於　　①
Eric was surprised to discover a **hole** on the wall.
🏠 艾瑞克驚訝地發現牆上有個洞。

36 hurdle [`hɝdl] 名 跨欄；障礙物 動 跳過障礙　　⑥
The runner jumped over three **hurdles** with ease.
🏠 賽跑選手輕而易舉跳過三個跨欄。

37 jog [dʒɑg] 動 名 慢跑　　②
Andrew **jogs** every night before bed.
🏠 安德魯每天晚上睡前慢跑。

38 league [lig] 名 聯盟 動 同盟　　⑤
We formed a baseball **league** with schools nearby.
🏠 我們和附近的學校成立了棒球聯盟。

39 locker [`lɑkɚ] 名 置物櫃　　④
She took out a pair of sneakers from her **locker**.
🏠 她從置物櫃裡拿出一雙運動鞋。

40 marathon [`mærəθɑn] 名 馬拉松　　④
He is an excellent **marathon** runner from Africa.
🏠 他是來自非洲的傑出馬拉松選手。

41 match [mætʃ] 名 比賽 動 相配　　①
Germany won the **match**:13-7.
🏠 德國以十三比七贏得比賽。

42 medal [`mɛdl] 名 獎章　　③
Jason won a silver **medal** in skiing.
🏠 傑森獲得滑雪銀牌。

43 net [nɛt] 名 網子 動 結網　　②
There is a tennis ball stuck in the **net**.
🏠 有一顆網球卡在網子裡。

44 offense [ə`fɛns] 名 冒犯；進攻　　④
Their team's **offense** was badly planned.
🏠 他們隊的進攻全無章法。

45 offensive [ə`fɛnsɪv] 形 冒犯的；進攻的　　④
The football team took an **offensive** style of play.
🏠 這個美式足球隊採取了進攻型風格。

46 **opponent** [ə`ponənt] 名 對手　🅖
Frank defeated his **opponent** in 5 minutes.
🏛 法蘭克在五分鐘內就打敗了對手。

47 **ping-pong** [`pɪŋ͵paŋ] 名 桌球　②
Ping-Pong is my favorite sport.
🏛 桌球是我最愛的運動。

48 **pitcher** [`pɪtʃɚ] 名 投手　⑥
That wonderful **pitcher** is Chien-Ming Wang.
🏛 那位優秀的投手是王建民。

49 **player** [`pleɚ] 名 運動員　❶
The **player** is better at defending.
🏛 這名運動員比較擅長防守。

50 **playground** [`ple͵graʊnd] 名 運動場　❶
They are playing baseball on the **playground**.
🏛 他們正在運動場上打棒球。

51 **point** [pɔɪnt] 名 得分；要點 動 指向；瞄準　❶
Our side needs two more **points** to win the game.
🏛 我方再得兩分就能贏得這場比賽。

52 **position** [pə`zɪʃən] 名 位置 動 放置　❶
What **position** does the football player play?
🏛 這名美式足球運動員在球賽中打什麼位置？

53 **practice** [`præktɪs] 動 名 練習　❶
Practice makes perfect.
🏛 熟能生巧。

54 **race** [res] 名 動 賽跑　❶
She broke the record for the half-mile **race**.
🏛 她打破了半英里賽跑的紀錄。

55 **rally** [`rælɪ] 名 (網球等的)連續對打 動 集合　🅖
Paul won the first point after an eleven-stroke **rally**.
🏛 保羅在連續對打十一下之後率先拿下第一分。

56 **referee** [͵rɛfə`ri] 名 裁判 動 擔任裁判　🅖
A **referee** must give an objective opinion.
🏛 裁判必須給予客觀的意見。

57 **relay** [rɪ`le] 名 接力賽 動 傳達　⑥
We ranked second in the four-hundred meter **relay**.
🏛 我們在四百公尺接力賽中得到第二名。

58 **rival** [`raɪvl`] 名 對手 動 競爭　　🖐
These two were **rivals**, but now they are best friends.
🏠 這兩個人原本是競爭對手，但現在變成了死黨。

59 **rivalry** [`raɪvəlrɪ`] 名 競爭　　6
The **rivalry** between Jill and Iris has lasted for 10 years.
🏠 吉兒與艾瑞絲之間的競爭關係持續了十年。

60 **run** [rʌn] 動 跑　　1
Can she **run** fast?
🏠 她跑得快嗎？

61 **runner** [`rʌnɚ`] 名 跑者　　2
This city has brought forth three champion **runners**.
🏠 這個城市已出了三名冠軍跑者。

62 **score** [skor] 動 得分 名 分數　　2
Morgan **scored** sixteen points before half-time.
🏠 摩根在中場休息前得了十六分。

63 **skate** [sket] 動 溜冰 名 溜冰鞋　　9
Kate is **skating** a figure of eight.
🏠 凱特正在溜八字形。

64 **ski** [ski] 動 滑雪 名 滑雪板　　3
Tyler goes **skiing** in Korea every winter.
🏠 泰勒每年冬天都去韓國滑雪。

65 **snare** [snɛr] 名 陷阱 動 誘惑　　6
This might be a **snare**. You have to be careful.
🏠 這可能是個陷阱，你要小心一點。

66 **soccer** [`sɑkɚ`] 名 足球　　2
The **soccer** ball missed the goal by a few inches.
🏠 足球差了幾英吋沒有射門成功。

67 **spectator** [spɛk`tetɚ`] 名 觀眾；旁觀者　　5
The **spectators** cheered as he neared the finish line.
🏠 當他接近終點線時，觀眾歡呼了起來。

68 **sponsor** [`spɑnsɚ`] 名 贊助者 動 贊助　　6
My father is the **sponsor** of the school soccer team.
🏠 我父親是學校足球隊的贊助者。

69 **sport** [sport] 名 運動　　1
Table tennis is a **sport** which interests me a lot.
🏠 桌球是我感興趣的運動。

70 **sportsman** [`spɔrtsmən] 名 運動員 ④
A cheer arose when the **sportsman** appeared.
🏠 運動員露面時響起了歡呼聲。

71 **sportsmanship** [`spɔrtsmən.ʃɪp] 名 運動道德 ④
The student was praised for his **sportsmanship**.
🏠 這名學生因他的運動精神而備受讚揚。

72 **sprint** [sprɪnt] 名 短距離賽跑 動 衝刺 ⑤
Stella won the first place in the **sprint**.
🏠 史黛拉在短距離賽跑中得到第一名。

73 **stadium** [`stedɪəm] 名 室內運動場 ③
We built a new **stadium** for the Asian Games.
🏠 我們為亞洲運動會建造了一個新的室內運動場。

74 **strike** [straɪk] 動 打擊 名 罷工 ②
The player successfully **struck** the ball away.
🏠 這名球員成功把球打擊出去。

75 **surf** [sɜf] 動 衝浪 名 拍岸浪花 ④
They go **surfing** in Kenting every summer.
🏠 他們每年夏天去墾丁衝浪。

76 **swim** [swɪm] 動 名 游泳 ①
I learned to **swim** at the age of twelve.
🏠 我十二歲時學會游泳。

77 **team** [tim] 名 隊伍 動 結成一隊 ②
The winning **team** will be awarded NT$10,000.
🏠 獲勝的隊伍可得到新台幣一萬元的獎金。

78 **tennis** [`tɛnɪs] 名 網球 ②
Kelly excels at **tennis**.
🏠 凱莉擅長打網球。

79 **throw** [θro] 動 名 投擲 ①
Daniel quickly **threw** the ball to the forward.
🏠 丹尼爾迅速把球傳給前鋒。

80 **tournament** [`tɝnəmənt] 名 競賽 ⑤
He won the championship in the golf **tournament**.
🏠 他在這場高爾夫競賽中贏得冠軍。

81 **trophy** [`trofɪ] 名 戰利品 ⑥
Bill has won many **trophies** in his athletic career.
🏠 比爾已在他的運動生涯中贏得許多戰利品。

82 **tug-of-war** [`tʌgəv`wɔr] 名 拔河　　　　　4
Our team has won the **tug-of-war**.
🏃 我們隊伍贏得這場拔河比賽。

83 **umpire** [`ʌmpaɪr] 動 擔任裁判 名 裁判　　　5
He **umpired** for school baseball games.
🏃 他為學校棒球比賽擔任裁判。

84 **volleyball** [`vɑlɪ.bɔl] 名 排球　　　　　　2
Eric is on the college **volleyball** team.
🏃 艾瑞克是大學排球隊的隊員。

85 **wrestle** [`rɛsl] 名 動 摔角；角力；搏鬥　6
I am not interested in watching **wrestles**.
🏃 我不喜歡看摔角。

86 **yoga** [`jogə] 名 瑜珈　　　　　　　　　　5
She relaxed her body and mind by practicing **yoga**.
🏃 她藉由練習瑜珈讓她的身體和大腦得到休息。

03　棒球　　　　　　　　　　　　　　　分類

01 **base** [bes] 名 壘；基底 動 以…為基礎　1
After hitting the ball, he ran toward the first **base**.
🏃 擊中球後他朝著一壘跑去。

02 **baseball** [`bes.bɔl] 名 棒球　　　　　1
Baseball is Michael's favorite sport.
🏃 棒球是麥克最喜愛的運動。

03 **bat** [bæt] 名 球棒 動 揮打　　　　　　1
Jack's father bought him a new baseball **bat**.
🏃 傑克的父親買了一個新的球棒給他。

04 **batter** [`bætɚ] 名 打擊手 動 連擊　　　5
The people stood up to hail the **batter**.
🏃 人們站起來為打擊手歡呼。

05 **catch** [kætʃ] 動 抓住 名 捕捉　　　　　1
He jumped up to **catch** the ball.
🏃 他跳起來抓住球。

04　園藝　分類

01 garden [`gardn̩] 名 花園 動 從事園藝

Behind the house is a small **garden**.

🏠 房子後面是一個小花園。

02 gardener [`gardənɚ] 名 園丁

The **gardener** comes here twice a week.

🏠 園丁每個星期來這裡兩次。

03 greenhouse [`grin͵haʊs] 名 溫室

They planted various kinds of orchids in the **greenhouse**.

🏠 他們在溫室裡種植各種蘭花。

04 hedge [hɛdʒ] 名 籬笆 動 設定界線

A car appeared suddenly, and I had to jump back into the **hedge** right away.

🏠 突然出現一輛車,我必須立刻跳回籬笆裡。

05 hose [hoz] 名 水管 動 以水管澆洗

Hoses come in several different sizes.

🏠 水管有幾種不同的尺寸。

06 landscape [`lænd͵skep] 名 風景 動 造景

We looked down on the beautiful **landscape** of the palace garden from the hill.

🏠 我們從山丘上眺望皇宮花園的美麗風景。

07 lawn [lɔn] 名 草地

My family will have a barbecue on the **lawn** tomorrow.

🏠 我家明天要在草地上烤肉野餐。

08 prune [prun] 動 修剪;刪除 名 乾梅子

The gardener is **pruning** the roses in the garden.

🏠 園丁正在花園裡修剪玫瑰花。

09 spade [sped] 名 鏟子

Grandma is digging carrots with a **spade** in the yard.

🏠 奶奶正在院子裡用一把鏟子挖胡蘿蔔。

05 遊藝 分類

[01] bet [bɛt] 動 下賭注 2
I **bet** one hundred dollars on a horse called Flash.
🏠 我在一匹名叫閃電的馬身上下了一百元賭注。

[02] bet [bɛt] 名 打賭 2
Does he always put a **bet** on the National team?
🏠 他總是打賭國家隊贏嗎？

[03] bingo [`bɪŋgo] 名 賓果遊戲 3
Bingo is my favorite game in a casino.
🏠 在賭場裡我最喜歡賓果遊戲。

[04] chess [tʃɛs] 名 西洋棋 2
Playing **chess** is interesting.
🏠 玩西洋棋很有趣。

[05] doll [dɑl] 名 洋娃娃；玩偶 1
Cathy is playing with a **doll** in her bedroom.
🏠 凱西正在她房間裡玩洋娃娃。

[06] firecracker [`faɪr͵krækɚ] 名 鞭炮 4
The children are setting off **firecrackers** on the roof.
🏠 孩子正在屋頂放鞭炮。

[07] gamble [`gæmbl] 動 名 賭博 3
Ben **gambled** heavily on the last race.
🏠 班在最後一場比賽上下了大賭注。

[08] game [gem] 名 遊戲；比賽 1
Hide-and-seek is a popular children's **game**.
🏠 捉迷藏是一種受歡迎的兒童遊戲。

[09] kite [kaɪt] 名 風箏 1
The girl flying a red **kite** there is my niece.
🏠 在那裡放紅色風箏的女孩是我姪女。

[10] lottery [`lɑtərɪ] 名 樂透彩券 5
The housewife won the **lottery** for 1 billion dollars.
🏠 一位家庭主婦贏得十億樂透彩金。

[11] odds [ɑdz] 名 勝算；可能性 5
The **odds** are that the team is going to fail.
🏠 這一隊沒多大勝算。

12 **pastime** [`pæs,taɪm] 名 消遣 🔟
What is your favorite **pastime**?
🏚 你最喜歡的消遣是什麼？

13 **play** [ple] 動 玩 名 遊戲 🔟
Eddie has been **playing** the video game for 5 hours.
🏚 艾迪已經玩了五個小時的電動遊戲。

14 **prize** [praɪz] 名 獎品 名 重視 🔟
Freddy won the first **prize** in the speech contest.
🏚 佛瑞迪在演講比賽中獲得第一名。

15 **puppet** [`pʌpɪt] 名 木偶；傀儡 🔟
There was a **puppet** show in the theater at 10 o'clock.
🏚 十點鐘在劇場有一場木偶戲。

16 **puzzle** [`pʌzḷ] 名 難題 動 迷惑 🔟
The boy tried to solve a crossword **puzzle**.
🏚 這個男孩試著解答一道填字遊戲。

17 **relish** [`rɛlɪʃ] 名 嗜好 動 愛好 🔟
Gary has no **relish** for swimming.
🏚 蓋瑞對游泳沒有興趣。

18 **riddle** [`rɪdḷ] 名 謎語 🔟
Can you guess the **riddle**?
🏚 你能猜出這道謎語嗎？

19 **seesaw** [`si,sɔ] 名 翹翹板 動 上下搖動 🔟
Tim likes to play on the **seesaw** with his best friend after school.
🏚 提姆喜歡在放學後和他最要好的朋友一起玩翹翹板。

20 **token** [`tokən] 名 代幣 🔟
You need to use **tokens** to take the subway.
🏚 搭乘地下鐵需要使用代幣。

21 **toy** [tɔɪ] 名 玩具 動 調戲 🔟
The girl stopped crying as soon as she saw her favorite **toy**.
這個女孩一看到她最喜愛的玩具就停止了哭泣。

22 **trick** [trɪk] 名 戲法；詭計 動 欺騙 🔟
The magician showed the audience card **tricks**.
🏚 這位魔術師表演紙牌戲法給觀眾看。

06 戶外活動　　分類

01 backpack [`bæk.pæk] 名 背包 動 放入背包　④
I have a water bottle in my **backpack**.
🏠 我的背包裡有一個水壺。

02 barbecue/BBQ [`bɑrbɪkju] 名 動 烤肉　②
We will have a **barbecue** in the backyard tomorrow.
🏠 明天我們將在後院舉辦烤肉野餐。

03 booth [buθ] 名 攤子；棚子　⑤
You can find Paula at the **booth** around the corner.
🏠 你可以在轉角的攤子找到寶拉。

04 camp [kæmp] 動 名 露營　①
They **camped** near the lake.
🏠 他們在湖邊露營。

05 charcoal [`tʃɑr.kol] 名 炭　⑥
Please prepare the **charcoals** for the BBQ.
🏠 請準備烤肉需要的木炭。

06 compass [`kʌmpəs] 名 羅盤　⑤
We must rely on a **compass** to get there.
🏠 我們必須倚賴羅盤到達那裡。

07 fisherman [`fɪʃəmən] 名 漁夫　②
The biggest fish is caught by an amateur **fisherman**.
🏠 最大的魚是一位業餘漁夫抓到的。

08 hike [haɪk] 動 健行 名 遠足　③
We could **hike** through the forest.
🏠 我們可以健行穿越森林。

09 outdoor [`aut.dor] 形 戶外的　③
There are several **outdoor** cafés along the riverbank.
🏠 沿著河岸有幾家戶外咖啡店。

10 outdoors [`aut`dorz] 副 在戶外　③
It is warm enough to be **outdoors** all night.
🏠 天氣夠暖和可以整晚待在戶外。

11 parade [pə`red] 名 遊行 動 參加遊行　③
The circus **parade** is going to be held next Sunday.
🏠 馬戲團遊行將於下個星期天舉行。

12 **park** [pɑrk] 名 公園

My brother and I played tennis in the **park** every day.
👥 我哥哥和我每天在公園裡打網球。

13 **tent** [tɛnt] 名 帳篷

We put up our **tent** by the lake before sunset.
👥 日落之前我們在湖邊搭起了帳篷。

14 **torch** [tɔrtʃ] 名 火炬 動 放火燒

The **torch** lights up the cave.
👥 火炬照亮了這個洞穴。

07 休閒 分類

01 **album** [`ælbəm] 名 相簿

He showed me his photo **album** in the living room.
👥 他在客廳讓我看他的相簿。

02 **amusement** [ə`mjuzmənt] 名 娛樂；消遣

We went to the **amusement** park last Saturday.
👥 上週六我們去了遊樂園。

03 **aquarium** [ə`kwɛrɪəm] 名 水族館

There is a special exhibition of tropical fish at the **aquarium**.
👥 水族館有個熱帶魚特展。

04 **ball** [bɔl] 名 球

He quickly threw the **ball** to me.
他迅速把球傳給我。

05 **banquet** [`bæŋkwɪt] 名 宴會

Last night she attended a **banquet** for the princess.
👥 昨晚她參加了為公主舉行的宴會。

06 **card** [kɑrd] 名 卡片

You can write an invitation **card** to her.
👥 你可以寫一張邀請卡給她。

07 **carnival** [`kɑrnəvl] 名 嘉年華

We will join the **carnival** time in Brazil this year.
👥 今年我們會去參加巴西的嘉年華會。

[08] **cassette** [kə`sɛt] 名 卡帶　　②
The singer's only album was released on **cassette**.
🔈 這位歌手唯一的專輯是以卡帶發行。

[09] **CD/compact disk** 名 CD；光碟　　④
The top songs of the hit parade will be issued on **CD**.
🔈 排行榜上的歌曲將發行成CD。

[10] **celebrate** [`sɛlə,bret] 動 慶祝　　③
They let off firecrackers to **celebrate** the success.
🔈 他們燃放鞭炮慶祝這次的成功。

[11] **celebration** [,sɛlə`breʃən] 名 慶祝　　④
The party was in **celebration** of Dad's promotion.
🔈 那場派對是為了慶祝爸爸的升遷。

[12] **center** [`sɛntə] 名 中心；中央 動 集中於　　①
She has gone to the art **center** for the concert tonight.
🔈 她已去藝文中心欣賞今晚的音樂會了。

[13] **circus** [`sɜkəs] 名 馬戲團　　③
We went to the **circus** together last night.
🔈 昨晚我們一起去看馬戲團表演。

[14] **club** [klʌb] 名 俱樂部 動 募集　　②
He belongs to the golfing **club** of the community.
🔈 他是社區高爾夫俱樂部的會員。

[15] **disco** [`dɪsko] 名 舞廳　　③
Iris hosted the party in the **disco** last night.
🔈 艾瑞絲主辦昨晚的舞廳派對。

[16] **divert** [dɪ`vɜt] 動 逗…開心　　⑥
Children are usually easily **diverted**.
🔈 通常孩子很容易就會被逗笑。

[17] **fad** [fæd] 名 一時的流行　　⑤
I don't believe eco-friendly concern is a passing **fad**.
🔈 我不相信不破壞生態環境的關懷只是一時的風潮。

[18] **holiday** [`halə,de] 名 假期　　①
We are going to Turkey for our **holidays**.
🔈 我們假期時會去土耳其。

[19] **idol** [`aɪdl] 名 偶像　　④
A great cheer arose as the fans saw their **idol**.
🔈 歌迷一看到他們的偶像，隨即發出如雷的歡呼。

20 **leisure** [`liʒɚ] 名 空閒
She has no **leisure** to watch TV or plant flowers.
🏠 她沒空看電視或種花。

21 **leisurely** [`liʒɚlɪ] 形 悠閒的 副 悠閒地
Dad and I took a **leisurely** walk through the park.
🏠 爸爸和我悠閒散步穿過公園。

22 **lounge** [laʊndʒ] 名 交誼廳 動 閒逛
I spoke to him in the **lounge** of the resort hotel.
🏠 我在度假旅館的交誼廳和他說話。

23 **massage** [məˋsɑʒ] 動 名 按摩
My wife gave me a relaxing **massage** last night.
🏠 昨晚我太太幫我按摩放鬆。

24 **outing** [`aʊtɪŋ] 名 郊遊；遠足
Sunday is for entertainment and **outings**.
🏠 星期天應該娛樂和郊遊。

25 **party** [`pɑrtɪ] 名 派對 動 尋歡作樂
They threw a birthday **party** for me.
🏠 他們為我舉辦了生日派對。

26 **picnic** [`pɪknɪk] 名 動 野餐
We are going on a **picnic** by the lake tomorrow.
🏠 我們明天會在湖邊野餐。

27 **pub** [pʌb] 名 酒館
The **pub** stays open all night.
🏠 這間酒館通宵營業。

28 **recreation** [ˌrɛkrɪˋeʃən] 名 娛樂
My favorite **recreation** is going to the movies.
🏠 我最喜愛的休閒娛樂是看電影。

29 **recreational** [ˌrɛkrɪˋeʃənl̩] 形 娛樂的
You could take part in **recreational** activities more.
🏠 你可以參加更多娛樂活動。

30 **saloon** [səˋlun] 名 酒吧；酒店
I met him at the **saloon** the other night.
🏠 我最近有一晚在酒吧遇見他。

31 **vacation** [veˋkeʃən] 名 假期 動 度假
They went on **vacation** to Europe.
🏠 他們去歐洲度假。

08 旅遊 _{分類}

01 baggage [`bægɪdʒ] 名 行李 ❸
The tourists put their **baggage** in the hotel lobby.
🔲 這些觀光客將他們的行李放在旅館大廳。

02 check-in [`tʃɛk. ɪn] 名 報到；登記 ❺
Please line up in front of the **check-in** counter.
🔲 請在報到櫃檯前排隊。

03 check-out [`tʃɛk. aut] 名 結帳離開 ❺
I'm queuing at the **check-out** in the supermarket
right now.
🔲 我正在超級市場的結帳處排隊。

04 guide [gaɪd] 名 嚮導 動 引導 ❶
They have arranged a walking tour of the park with our
guide.
🔲 他們和我們的嚮導已安排了這個公園的步行導覽。

05 hostel [`hɑstl] 名 青年旅社 ❹
I made a reservation at this **hostel**.
🔲 我向這家青年旅社預訂房間。

06 hotel [ho`tɛl] 名 旅館 ❷
They stayed at that **hotel** during the seminar.
🔲 他們研討會期間住在那家旅館裡。

07 inn [ɪn] 名 旅社；小酒館 ❸
We plan to stay at the **inn** for the next three days.
🔲 我們計畫接下來的三天住在這間旅社。

08 motel [mo`tɛl] 名 汽車旅館 ❸
We checked into a luxurious **motel** at the side of the
highway.
🔲 我們在高速公路旁邊一家豪華的汽車旅館辦好了住宿登記。

09 sightseeing [`saɪt. siɪŋ] 名 觀光 ❹
Sightseeing in this old city is best done by bicycles.
🔲 在這座古老城市裡騎腳踏車觀光最好。

10 souvenir [`suvə. nɪr] 名 紀念品 ❹
You can buy some local handicrafts as **souvenirs** for
your friends.
🔲 你可以買一些當地的手工藝品作為送給朋友的紀念品。

11 **journey** [`dʒɜnɪ] 名 旅程 動 旅遊
I wish you a pleasant **journey**.
🔐 祝妳旅途愉快。

12 **passport** [`pæs,port] 名 護照
Judy's **passport** will lapse next month.
🔐 茱蒂的護照下個月過期失效。

13 **suitcase** [`sut,kes] 名 手提箱
Linda packed her clothes into a **suitcase**.
🔐 琳達把她的衣服裝進一個手提箱內。

14 **suite** [swit] 名 套房
We have reserved a **suite** at a hotel.
🔐 我們已在一家旅館預訂一間套房。

15 **tour** [tur] 動 遊覽 名 旅行
I spent my vacation **touring** Japan.
🔐 我去日本遊覽度假。

16 **tourism** [`turɪzm̩] 名 觀光；遊覽
The island's economy depends on **tourism**.
🔐 這座小島的經濟仰賴觀光。

17 **tourist** [`turɪst] 名 觀光客
The **tourist** carried a backpack on his back.
🔐 這位觀光客背了一個背包。

18 **travel** [`trævl̩] 動 旅行 名 旅遊
They **traveled** by bicycle for a few months.
🔐 他們騎自行車旅行了數月。

19 **traveler** [`trævlə] 名 旅行者
Most business **travelers** transfer their flights at this airport.
🔐 大多數商務旅行者在這個機場轉機。

20 **trip** [trɪp] 名 旅行 動 絆倒
They made a **trip** around South Asia last month.
🔐 他們上個月到南亞各地旅行。

21 **visa** [`vizə] 名 簽證
Her visitor's **visa** will expire on November 30th this year.
🔐 她的旅遊簽證將於今年十一月三十日到期。

22 **visit** [`vɪzɪt] 動 名 參觀;拜訪

We will be **visiting** three castles in Czech Republic next week.

🏛 我們下禮拜將在捷克參觀三座城堡。

23 **visitor** [`vɪzɪtə] 名 訪客;遊客

There are many **visitors** to the Buckingham Palace every year.

🏛 每年都有很多遊客去白金漢宮。

24 **voyage** [`vɔɪɪdʒ] 名 動 航行;旅行

We had a fabulous time during our **voyage** to Italy last month.

🏛 我們上個月去義大利旅行期間過得很開心。

PART 4

文藝類
單字收納

名 名詞

動 動詞

形 形容詞

副 副詞

1 ～ 6 單字難易度
（分別符合美國一至六年級學生所學範圍）

掃碼即聽
MP3 047～055

01 藝術 分類

01 art [ɑrt] 名 藝術 ①
I studied **art** at school today.
今天我在學校上了藝術課。

02 artifact [`ɑrtɪˌfækt] 名 手工藝品 ⑥
Did you buy any **artifact** from that shop?
你有沒有在那家店買任何手工藝品呢？

03 artist [`ɑrtɪst] 名 藝術家 ②
Each T-shirt is signed by the **artist**.
每件T恤都有藝術家簽名。

04 artistic [ɑr`tɪstɪk] 形 美術的；藝術的 ④
Sophie has a good **artistic** sense with colors.
蘇菲對於色彩有很好的美感。

05 bronze [brɑnz] 形 青銅製的 名 青銅 ⑤
There is a **bronze** statue in the garden.
花園裡有一座青銅雕像。

06 calligraphy [kə`lɪgrəfɪ] 名 書法 ⑤
Miss Lee is good at **calligraphy** since she has
studied it for twenty years.
李小姐很擅長書法，因為她已鑽研二十年了。

07 ceramic [sə`ræmɪk] 形 陶瓷的 名 陶瓷器 ③
The doll house was made by **ceramic** tiles.
這個娃娃屋是用陶瓷磚做成的。

08 classic [`klæsɪk] 形 古典的 名 經典 ②
Classic suits are exhibited in that room.
古典服裝在那間房間裡展示。

09 classical [`klæsɪkl] 形 古典的 ③
Linda enjoys listening to **classical** music in her free
time.
琳達閒暇之餘愛聽古典音樂。

10 clay [kle] 名 黏土 ②
This beautiful pot is made of **clay**.
這個美麗的壺是由黏土捏成的。

11 **contemporary** [kən`tɛmpə͵rɛrɪ] 形 當代的 🔄
He writes many **contemporary** songs for pop singers.
🎵 他為流行歌手寫了許多當代歌曲。

12 **craft** [kræft] 名 手工藝 🔄
She learned her **craft** from her mother.
🎵 她向她母親學習手藝。

13 **creative** [krɪ`etɪv] 形 有創造力的 🔄
Lisa was never satisfied like those **creative** people.
🎵 麗莎像許多具有創造力的人一樣從不滿足。

14 **critic** [`krɪtɪk] 名 批評家 🔄
Lauren is a very famous movie **critic**.
🎵 蘿倫是一位非常有名的電影評論家。

15 **critical** [`krɪtɪkl̩] 形 評論的 🔄
Dr. Wang's **critical** analysis aroused their curiosity.
🎵 王博士的評論分析引起他們的好奇心。

16 **criticism** [`krɪtə͵sɪzm] 名 批評 🔄
Did you read the **criticism** of this book?
🎵 你讀過這本書的書評了嗎？

17 **criticize** [`krɪtɪ͵saɪz] 動 批評 🔄
I don't want to **criticize** him.
🎵 我不想批評他。

18 **exhibit** [ɪg`zɪbɪt] 動 展示；展覽 名 展示品 🔄
The master's work was **exhibited** in the best gallery in Taipei.
🎵 這位大師的作品在臺北最好的畫廊展出。

19 **exhibition** [͵ɛksə`bɪʃən] 名 展覽 🔄
Carter went to an **exhibition** of model cars at the museum.
🎵 卡特去博物館參觀模型車展。

20 **express** [ɪk`sprɛs] 動 表達 名 快車；快遞 🔄
The artist **expressed** her passion in this oil painting.
🎵 這位藝術家在這幅油畫裡表達她的熱情。

21 **expression** [ɪk`sprɛʃən] 名 表達 🔄
This sculpture is an **expression** of love.
🎵 這個雕刻品表達的是愛。

22 **handicraft** [`hændɪ,kræft] 名 手工藝品 🅖
The children in the village sell **handicrafts** to the tourists.
🏛 這個村裡的小孩賣手工藝品給觀光客。

23 **masterpiece** [`mæstɚ,pis] 名 傑作 🅖
"Mona Lisa" is one of the greatest **masterpieces** of da Vinci.
🏛 《蒙娜麗莎》是達文西最棒的傑作之一。

24 **muse** [mjuz] 名 繆思 🅖
She was once a model and **muse** to the painter.
🏛 她曾經是這位畫家的模特兒和繆思。

25 **museum** [mju`zɪəm] 名 博物館 🅶
The National Palace **Museum** attracts more than four million visitors a year.
🏛 國立故宮博物院一年吸引超過四百萬名遊客。

26 **piece** [pis] 名 (藝術)作品；一片 🅵
A **piece** of his abstract paintings is hung in the gallery.
🏛 他的一幅抽象畫在美術館展出。

27 **pottery** [`patɚɪ] 名 陶器 🅷
Whitney collected many beautiful **potteries**.
🏛 惠特妮收集了許多漂亮的陶器。

28 **realism** [`rɪəl,ɪzəm] 名 現實主義 🅸
It is a great masterpiece of **realism** art.
🏛 它是現實主義藝術的傑出作品。

29 **renaissance** [rə`nesṇs] 名 文藝復興；再生 🅸
Some **Renaissance** buildings are gorgeous.
🏛 有些文藝復興建築很華麗。

30 **sculptor** [`skʌlptɚ] 名 雕刻家 🅖
Vincent nursed the dream of becoming a great **sculptor**.
🏛 文森懷抱著成為偉大雕刻家的夢想。

31 **sculpture** [`skʌlptʃɚ] 名 雕刻 動 雕塑 🅴
The museum is having a show of **sculptures** of ancient Roman gods.
🏛 博物館正展出古羅馬諸神的雕像。

32 **statue** [`stætʃʊ] 名 雕像
The artist dedicated the bronze **statue** to commemorate his father.
🔒 這位藝術家用這座青銅雕像來紀念他的父親。

33 **studio** [`stjudɪ.o] 名 工作室
The photographer owned a darkroom in his **studio**.
🔒 這位攝影師的工作室裡有一間暗房。

34 **style** [staɪl] 名 風格 動 設計
The manager doesn't like Vincent's **style** of work.
經理不喜歡文生的工作方式。

02　繪畫 分類

01 **brush** [brʌʃ] 動 刷 名 刷子
Please **brush** away the fine sawdust.
🔒 請刷掉細小的鋸木屑。

02 **canvas** [`kænvəs] 名 帆布 動 以帆布覆蓋
The paintings were drawn on **canvas**.
🔒 這些畫作是在帆布上完成的。

03 **draw** [drɔ] 動 畫
Gigi **drew** a giraffe on the blackboard.
🔒 琪琪在黑板上畫了一隻長頸鹿。

04 **drawing** [`drɔɪŋ] 名 繪圖
Bob is good at **drawing**.
🔒 鮑伯擅長繪圖。

05 **frame** [frem] 名 框架；骨架 動 構築
The painter made a picture **frame** by himself.
🔒 這位畫家自己製作了一個畫框。

06 **gallery** [`gælərɪ] 名 畫廊
They went to an exhibition of watercolor paintings at the **gallery**.
🔒 他們去畫廊參觀水彩畫展。

07 miniature [`mɪnɪətʃə] 名 小畫像 形 小型的　合
The **miniature** was drawn on a piece of ancient parchment.
🏛 這張小畫像繪製在一張古代的羊皮紙上。

08 paint [pent] 動 繪畫；油漆 名 油漆；顏料　合
Linda is **painting** a view of the Eiffel Tower.
🏛 琳達正在畫艾菲爾鐵塔的景色。

09 painter [`pentə] 名 畫家　合
A **painter** may exaggerate or distort art forms.
🏛 畫家可能會誇大或扭曲藝術表現形式。

10 painting [`pentɪŋ] 名 繪畫　合
David pursued his hobby of **painting** for many years.
🏛 大衛多年來一直保持著繪畫的嗜好。

11 pencil [`pɛnsl] 名 鉛筆 動 用鉛筆寫　合
She had drawn a landscape sketch in **pencil**.
🏛 她已經用鉛筆畫了一張風景草圖。

12 portrait [`portret] 名 肖像　合
He has been asked to paint a **portrait** of the King.
🏛 他已被要求畫一張國王的肖像。

13 portray [por`tre] 動 描繪　合
A picture of the duchess **portrays** her as a goddess.
🏛 這位公爵夫人的一幅畫將她描繪成一位女神。

14 sketch [skɛtʃ] 動 名 素描　合
Emma **sketched** the ballet dancer in a few minutes.
🏛 艾瑪在幾分鐘內素描了這位芭蕾舞者。

03 表演　分類

01 act [ækt] 動 扮演；行動 名 行為　合
He **acted** Romeo that night.
🏛 那天晚上他扮演羅密歐。

02 actor [`æktə ] / **actress** [ `æktrɪs] 名 (女)演員　合
My neighbor is an **actor**.
🏛 我鄰居是一個演員。

03 **cast** [kæst] 名 演員班底 動 選角
The **cast** of the show was very good.
🔈 這場秀的演員班底很好。

04 **clown** [klaʊn] 名 小丑 動 扮小丑
The **clown** wears colorful clothes.
🔈 小丑穿著色彩鮮豔的衣服。

05 **comedian** [kə`midɪən] 名 喜劇演員
The **comedian** made the audience laugh by telling funny stories.
🔈 喜劇演員藉由說有趣的故事讓觀眾笑了。

06 **comedy** [`kɑmədɪ] 名 喜劇
She is a playwright of **comedies**.
🔈 她是一位喜劇作家。

07 **display** [dɪ`sple] 名 展出 動 展示
We enjoyed the firework **display** very much.
🔈 我們非常欣賞這場煙火。

08 **entertain** [,ɛntə`ten] 動 娛樂
We were **entertained** by the clown's funny tricks.
🔈 小丑的滑稽把戲娛樂了我們大家。

09 **entertainment** [,ɛntə`tenmənt] 名 娛樂
The local **entertainments** are listed in this magazine.
🔈 這本雜誌刊登本地的娛樂活動。

10 **magic** [`mædʒɪk] 名 魔術 形 魔術的
The boy learned to do **magic** from his grandfather.
🔈 這個男孩向他爺爺學習魔術。

11 **magical** [`mædʒɪkl] 形 魔術的
We enjoyed the **magical** show at the party.
🔈 我們很欣賞派對上的魔術表演。

12 **magician** [mə`dʒɪʃən] 名 魔術師
The **magician** let the dove disappear.
🔈 魔術師讓那隻鴿子消失了。

13 **mask** [mæsk] 名 面具 動 遮蓋
All the dancers on the stage wore **masks**.
🔈 舞台上的所有舞者都戴著面具。

14 **perform** [pə`fɔrm] 動 表演；表現　③
Leo had never **performed** the piano concerto before.
🏛 里歐以前從未演奏過這首鋼琴協奏曲。

15 **performance** [pə`fɔrməns] 名 演出　③
Please come and see Vicky in **performance** with the new troupe.
🏛 請來看薇琪在新劇團裡的演出。

16 **performer** [pə`fɔrmə] 名 表演者　⑤
Miss Alice was rated a brilliant **performer**.
🏛 愛麗絲小姐被認為是一位出色的表演者。

17 **presentation** [ˌprɛznˋteʃən] 名 上演；呈現　④
Inside the theater, they are preparing for the **presentation** of Webber's "Cats."
🏛 戲院裡正準備上演韋伯的《貓》。

18 **prompt** [prɑmpt] 名 動 提詞　④
The actor needed an occasional **prompt**.
🏛 這位演員需要偶爾給他提詞。

19 **rehearsal** [rɪˋhɜsl] 名 排演　⑥
The musical was scheduled to begin **rehearsals** for the tour in the North.
🏛 這齣歌舞劇為北方的巡迴演出開始定出排演。

20 **rehearse** [rɪˋhɜs] 動 預演　⑥
They are **rehearsing** an opera with the whole cast, orchestra, etc.
🏛 他們正與全體演出人員、管弦樂隊等預演一齣歌劇。

04　戲劇　　分類

01 **direct** [dəˋrɛkt] 動 導演；指示 形 直接的　①
He **directed** several popular TV shows.
🏛 他導演過好幾部受歡迎的電視節目。

02 **director** [dəˋrɛktə] 名 導演　②
Chaplin is the **director** of this famous film.
🏛 卓別林是這部著名電影的導演。

03 **drama** [`drɑmə] 名 戲劇 ⓶
Melissa met her husband when she was at **drama** school.
🏠 梅麗莎在戲劇學校的時候遇見她老公。

04 **dramatic** [drə`mætɪk] 形 戲劇的；戲劇性的 ⓷
Owen attended a school of **dramatic** arts.
🏠 歐文就讀一所戲劇藝術學校。

05 **fright** [fraɪt] 名 驚恐 ⓶
The audience trembled with **fright** by the movie.
🏠 觀眾被這部電影嚇得發抖。

06 **opera** [`ɑpərə] 名 歌劇 ⓸
The Phantom of the **Opera** is one of the world's best-known musicals.
🏠 《歌劇魅影》是世界上最有名的音樂劇之一。

07 **role** [rol] 名 角色 ⓶
Matthew plays the leading **role** in this film.
🏠 馬修在這部電影中飾演主角。

08 **stage** [stedʒ] 名 舞台 動 上演 ⓶
Two ballet dancers are dancing on the **stage**.
🏠 兩名芭蕾舞者正在舞台上跳舞。

09 **theater** [`θɪətə] 名 戲院 ⓶
The Cloud Gate will give a performance in public at an open-air **theater** next Saturday.
🏠 雲門下週六將在露天劇場公演。

10 **theatrical** [θɪ`ætrɪk]] 形 戲劇的 ⓺
Their **theatrical** scenery was very elegant.
🏠 他們的戲劇布景非常講究。

05 攝影

01 **camera** [`kæmərə] 名 照相機 ⓵
I left my **camera** on the bus.
🏠 我把相機留在公車上了。

02 expose [ɪkˋspoz] 動 曝光　🔒4
Be careful don't **expose** the film to light.
🔒 小心別讓膠卷曝光。

03 photograph [ˋfotə,græf] 名 照片 動 照相　🔒2
I took some **photographs** of the ancient pagoda.
🔒 我拍了一些這座古塔的照片。

04 photographer [fəˋtɑgrəfɚ] 名 攝影師　🔒2
The **photographer** tried to capture the bride in an unguarded moment.
🔒 攝影師試著用鏡頭捕捉這名新娘沒有防備的時刻。

05 photographic [,fotəˋgræfɪk] 形 攝影的　🔒6
The bank will provide **photographic** evidence of who used the ATM.
🔒 這家銀行會提供是誰使用自動存提款機的攝影證據。

06 photography [fəˋtɑgrəfɪ] 名 攝影　🔒4
Max is an expert in **photography**.
🔒 麥克斯是攝影專家。

07 picture [ˋpɪktʃɚ] 名 相片 動 照相　🔒1
Dave keeps a **picture** of his girlfriend in his wallet.
🔒 戴維在他皮夾裡放了一張他女朋友的相片。

08 zoom [zum] 動 將畫面拉近或拉遠 名 嗡嗡聲　🔒5
The photographer **zoomed** in on her face.
🔒 攝影師將畫面拉近到她的臉上。

06　音樂　

01 accompany [əˋkʌmpənɪ] 動 伴奏；陪伴　🔒4
Lulu sang and Gini **accompanied** her on the piano.
🔒 露露唱歌而吉妮彈鋼琴為她伴奏。

02 anthem [ˋænθəm] 名 讚美詩；聖歌　🔒5
My family went to the church to listen to the **anthems** last Saturday night.
🔒 上週六晚上我家人去教堂聆聽讚美詩。

03 **arrange** [ə`rendʒ] 動 改編
The piece of music has been **arranged** by Donna to fit our particular performance.
🔒 這曲音樂已被唐娜改編以配合我們的特殊演出。

04 **arrangement** [ə`rendʒmənt] 名 改編
This CD is an **arrangement** of a well-known piece by Mozart.
🔒 這張CD改編自一首大家熟悉的莫札特作品。

05 **band** [bænd] 名 樂隊
They hired a **band** providing music in the party.
🔒 他們雇用了一個樂團在派對演奏音樂。

06 **bass** [bes] 名 低音樂器 形 低音的
Hank plays the **bass** in a popular music band.
🔒 漢克在流行音樂的樂團中演奏低音吉他。

07 **beat** [bit] 名 節奏 動 打
I like to hear the rhythmical **beat** of the drum.
🔒 我喜歡聽鼓聲有韻律的節奏。

08 **blues** [bluz] 名 藍調；憂鬱
The music of the **blues** is characterized by a slow tempo and a strong rhythm.
🔒 藍調音樂的特點為慢拍子與較強的韻律。

09 **bow** [bau] 名 弓 動 鞠躬
To play a stringed instrument, a **bow** is usually needed.
🔒 演奏有弦樂器通常需要弓。

10 **carol** [`kærəl] 名 頌歌；讚美詞
We sang **carols** from door to door at Christmas.
🔒 我們聖誕節時挨家挨戶唱頌歌。

11 **cello** [`tʃɛlo] 名 大提琴
Cathy plays the **cello** in the symphony orchestra.
🔒 凱西在交響樂團裡演奏大提琴。

12 **choir** [`kwaɪr] 名 唱詩班
It is an honor to be able to join the church **choir**.
🔒 能夠加入教堂唱詩班是一種榮譽。

13 **chord** [kɔrd] 名 和弦；和音
She is responsible for writing the **chord** of the song.
🔒 她負責編寫這首歌的和弦。

14 **chorus** [`korəs] 名 合唱團 🔼

He walked in when the **chorus** was singing "Amazing Grace."

🏛 合唱團正在演唱《奇異恩典》的時候他走了進來。

15 **compose** [kəm`poz] 動 組成;作曲 🔼

Tina uses electronic keyboards to **compose**.

🏛 蒂娜用電子鍵盤作曲。

16 **composer** [kəm`pozɚ] 名 作曲家 🔼

She is not only a **composer** but also a singer.

🏛 她不僅是作曲家而且還是歌手。

17 **concert** [`kɑnsət] 名 音樂會 ❸

I am looking forward to the live rock **concert**.

🏛 我非常期待這場現場搖滾音樂會。

18 **conduct** [kən`dʌkt] 動 指揮 ❺

The choir of our school **conducted** by Mrs. Carlson won the national contest.

🏛 我們學校由卡爾森太太所指揮的合唱團贏得全國比賽。

19 **conductor** [kən`dʌktɚ] 名 指揮 🔼

Ronny aims to be a **conductor** of an orchestra.

🏛 羅尼立志成為管弦樂團的指揮。

20 **drum** [drʌm] 名 鼓 動 打鼓 ❷

Bruce can play the **drums** very well.

🏛 布魯斯很會打鼓。

21 **fiddle** [`fɪdl] 名 小提琴 動 拉小提琴 ❺

Noah plays the **fiddle** in the club.

🏛 諾亞在夜總會裡演奏小提琴。

22 **flute** [flut] 名 笛子 動 吹笛子 ❷

Jessica plays the **flute** beautifully.

🏛 潔西卡笛子吹奏得很動聽。

23 **folk** [fok] 名 民謠;民歌 ❸

We enjoyed every minute of the **folk** concert.

🏛 我們自始至終都很享受這場民謠音樂會。

24 **glee** [gli] 名 重唱曲 ❺

They persuaded my grandpa to join the **glee** chorus.

🏛 他們勸我爺爺加入這個重唱曲合唱團。

25 **guitar** [gɪˋtɑr] 名 吉他
Rex plays the electric **guitar** like a professional.
雷克斯彈電吉他已達到專業人士的水準。

26 **harmonica** [hɑrˋmɑnɪkə] 名 口琴
When did Nathan start to learn **harmonica**?
納森何時開始學口琴的？

27 **harmony** [ˋhɑrmənɪ] 名 和聲；和諧；一致
The students sang in **harmony**.
學生用和聲演唱。

28 **horn** [hɔrn] 名 喇叭
He plays the **horn** in the military band.
他在軍樂隊裡吹喇叭。

29 **instrument** [ˋɪnstrəmənt] 名 樂器
What **instruments** can you play?
你會演奏什麼樂器？

30 **jazz** [dʒæz] 名 爵士樂 動 奏爵士樂
I like **jazz** better than rock music.
我喜歡爵士樂勝於搖滾樂。

31 **keyboard** [ˋki‚bord] 名 鍵盤樂器
Rose played the **keyboard** with dexterity.
蘿絲以純熟的指法彈奏鍵盤樂器。

32 **lullaby** [ˋlʌlə‚baɪ] 名 搖籃曲 動 唱催眠曲
My wife hummed a **lullaby** to our baby.
我太太對我們的寶寶哼搖籃曲。

33 **lyric** [ˋlɪrɪk] 名 歌詞；抒情詩 形 抒情的
Do you know the **lyrics** of the song?
你知道這首歌的歌詞嗎？

34 **melody** [ˋmɛlədɪ] 名 旋律
The **melody** of the song is elegant.
這首歌的旋律很優美。

35 **mouthpiece** [ˋmaʊθ‚pis] 名 樂器吹口
The teacher showed us how to blow into the ivory
mouthpiece.
老師向我們示範如何吹奏象牙吹口。

36 **music** [`mjuzɪk] 名 音樂 🔝
Ivy likes to listen to classical **music** every night.
🎵 艾薇每天晚上喜歡聽古典音樂。

37 **musical** [`mjuzɪk] 名 音樂劇 形 音樂的 🔝
Miss Saigon is a well-known **musical**.
🎵 《西貢小姐》是一齣有名的音樂劇。

38 **musician** [mju`zɪʃən] 名 音樂家 🔝
Both my sisters are accomplished **musicians**.
🎵 我的兩個姊姊都是有造詣的音樂家。

39 **orchestra** [`ɔrkɪstrə] 名 管弦樂隊 🔝
Nathan was the first violin of the **orchestra**.
🎵 南森是這個管弦樂隊的第一小提琴手。

40 **pause** [pɔz] 名 延長記號 動 暫停 🔝
You missed a **pause** here.
🎵 你遺漏了這裡的一個延長記號。

41 **pianist** [pɪ`ænɪst] 名 鋼琴家；鋼琴師 🔝
The child is a very talented **pianist**.
🎵 這個孩子是個很有天賦的鋼琴家。

42 **piano** [pɪ`æno] 名 鋼琴 🔝
Brian played the **piano** with dexterity.
🎵 布萊恩以熟練的指法彈奏鋼琴。

43 **pitch** [pɪtʃ] 名 音高 動 投球 🔝
The singer raised his voice to a higher **pitch**.
🎵 這位歌手將他的聲音提升到較高的音高。

44 **record** [`rɛkəd] 名 唱片；紀錄 🔝
I kept the **record** all the time to remind me of you.
🎵 我一直保存著這張唱片來喚起我對你的記憶。

45 **recorder** [rɪ`kɔrdə] 名 錄音機 🔝
The student switched the **recorder** on.
🎵 這個學生打開了錄音機。

46 **rhythm** [`rɪðəm] 名 節奏 🔝
The violoncellist played the same tune in a different **rhythm**.
🎵 這位大提琴家用不同的節奏演奏同一首曲子。

47 **rhythmic** [`rıðmık] 形 有節奏的　⑥
I enjoyed the **rhythmic** beat of the drum.
🎵 我很欣賞打鼓的節奏感。

48 **sing** [sıŋ] 動 唱　①
Can you **sing** the song?
🎵 你會唱這首歌嗎？

49 **singer** [`sıŋɚ] 名 歌手　①
Flora is really a fine **singer**.
🎵 芙羅拉真是位優秀的歌手。

50 **solo** [`solo] 名 單獨表演 副 單獨地　⑤
The original version featured a trumpet **solo**.
🎵 最初的版本以一段小號獨奏為特色。

51 **song** [sɔŋ] 名 歌曲　①
He has scored a great success with his new **song**.
🎵 他的新歌獲得極大的成功。

52 **symphony** [`sımfənı] 名 交響樂　④
Mr. Huasen is the conductor of the **symphony**
orchestra.
🎵 華森先生是這個交響樂團的指揮。

53 **tempo** [`tɛmpo] 名 節拍　⑤
In his new album, he played the original **tempo** of the
tune.
🎵 他在新專輯中演奏了這首曲子的原始節拍。

54 **theme** [θim] 名 主題　④
The **theme** of the song is hope and optimism.
🎵 這首歌的主題是希望和樂觀。

55 **tone** [ton] 名 音調　①
She lent me a violin with an excellent **tone**.
🎵 她借我一把音色優美的小提琴。

56 **trumpet** [`trʌmpıt] 名 喇叭 動 吹喇叭　②
My brother plays the **trumpet** in the military band.
🎵 我弟弟在軍樂隊中吹奏喇叭。

57 **tune** [tjun] 動 調整音調 名 調子　③
We **tuned** the piano before the concert.
🎵 我們在音樂會之前調整鋼琴的音調。

58 **violin** [ˌvaɪə`lɪn] 名 小提琴　　2
The **violin** is out of tune.
🎵 這把小提琴走調了。

59 **violinist** [ˌvaɪə`lɪnɪst] 名 小提琴手　　5
The **violinist**'s solo was marvelous.
🎵 這個小提琴手的獨奏令人驚歎。

60 **voice** [vɔɪs] 名 聲音 動 表達　　1
The opera singer's **voice** is touching.
🎵 這位歌劇演唱家的聲音很動人。

07　民俗與傳說　　分類

01 **custom** [`kʌstəm] 名 習俗　　2
I have never heard of this **custom** in this country.
🎵 我從來沒聽過這個國家的這項習俗。

02 **customary** [`kʌstəˌmɛrɪ] 形 慣例的　　6
This is just a **customary** gathering in my family.
🎵 這只是我家的例行聚會。

03 **dragon** [`drægən] 名 龍　　2
Dragon is the fifth zodiac animal for Chinese people.
🎵 對中國而言龍是第五個生肖。

04 **dwarf** [dwɔrf] 名 矮子 動 萎縮；使矮小　　5
In stories, **dwarfs** often have magical powers.
🎵 故事裡的小矮人通常具有魔力。

05 **fairy** [`fɛrɪ] 名 仙女 形 神仙的　　3
Each **fairy** in the storybook has a distinct specialty.
🎵 故事書裡的每個仙女都有不同的專長。

06 **folklore** [`fokˌlor] 名 民間傳說　　5
In Chinese **folklore**, the butterfly is an emblem of good fortune.
🎵 中國民間傳說中，蝴蝶是福氣的象徵。

07 **ghost** [gost] 名 鬼　　1
Justin enjoys listening to stories about **ghosts**.
🎵 賈斯汀喜歡聽有關鬼的故事。

[08] **giant** [`dʒaɪənt] 名 巨人 形 巨大的　2
Once upon a time, there was a **giant** who had a golden bird.
🏛 從前有個巨人，他有一隻金鳥。

[09] **hero** [`hɪro] 名 英雄　2
A **hero** always wins at the end of a fairy tale.
🏛 在童話故事的最後，英雄總會獲勝。

[10] **legend** [`lɛdʒənd] 名 傳奇　4
In the **legend**, there were nine suns in the sky.
🏛 傳說天上原本有九個太陽。

[11] **legendary** [`lɛdʒənd‚ɛrɪ] 形 傳說的　6
I am not interested in this **legendary** story.
🏛 我對這個傳奇故事沒有興趣。

[12] **mermaid** [`mɜ‚med] 名 美人魚　5
The sailors fell into a trance after hearing the singing of the **mermaids**.
🏛 水手聽了美人魚的歌聲後陷入出神狀態。

[13] **monster** [`manstə] 名 怪獸　2
Don't be afraid; the closet **monsters** only live in that movie.
🏛 不要害怕；那些衣櫥怪獸只存在那部電影裡。

[14] **mysterious** [mɪs`tɪrɪəs] 形 神秘的　4
The millionaire died in **mysterious** circumstances.
🏛 這位百萬富翁在詭祕的情況下死亡。

[15] **mystery** [`mɪstərɪ] 名 神秘　3
The cause of the accident is wrapped in **mystery**.
🏛 這起事故的起因籠罩著一股詭譎。

[16] **myth** [mɪθ] 名 神話　5
There is a famous Greek **myth** in which the god Zeus took the form of a swan to seduce Leda.
🏛 在著名的希臘神話中，宙斯變成天鵝的外形去引誘麗達。

[17] **mythology** [mɪ`θalədʒɪ] 名 神話　6
In Greek **mythology**, Hera was Zeus's sister and wife.
🏛 希臘神話中，赫拉是宙斯的姊姊和妻子。

18 tradition [trə`dɪʃən] 名 傳統
According to the **tradition**, people should not sleep on New Year's Eve.
🔒 根據傳統，除夕夜不可以睡覺。

19 traditional [trə`dɪʃən]] 形 傳統的
Teresa is making a **traditional** dish for her family.
🔒 泰瑞莎正在為家人烹煮傳統菜餚。

20 witch [wɪtʃ] 名 巫師
There were three **witches** living in the woods.
🔒 有三名女巫住在森林裡。

21 superstition [ˌsupəˋstɪʃən] 名 迷信
The magazine is all rubbish and **superstition**.
🔒 這本雜誌全是胡扯和迷信。

22 superstitious [ˌsupəˋstɪʃəs] 形 迷信的
The landlady is very **superstitious** and believes that black cats bring bad luck.
🔒 這個女房東非常迷信，她相信黑貓會帶來不幸。

23 tale [tel] 名 故事
This folk **tale** has been handed down since the Ching Dynasty.
🔒 這個民間故事從清朝流傳下來。

PART 5

家與家庭
單字收納

名 名 詞

動 動 詞

形 形容詞

副 副 詞

1 ～ 6 單字難易度
(分別符合美國一至六年級學生所學範圍)

掃碼即聽
MP3 056～067

01　家庭關係　分類

01 **aunt** [ænt] 名 阿姨；姑姑；伯母；嬸嬸　🔰
Aunt Betty visits us every Saturday.
🏠 貝蒂阿姨每個星期六來看我們。

02 **baby** [`bebɪ] 名 嬰兒　🔰
My sister has just had a **baby**.
🏠 我姊姊剛生了一個嬰兒。

03 **beloved** [bɪ`lʌvɪd] 名 心愛的人　🔟
Curtis always calls his girlfriend "My **beloved**."
🏠 克帝斯總是稱他女友為「我心愛的」。

04 **boy** [bɔɪ] 名 男孩　🔰
Rick is a cute **boy**.
🏠 瑞克是一個可愛的男孩。

05 **bride** [braɪd] 名 新娘　❸
The **bride** is wearing a beautiful white wedding dress.
🏠 新娘穿著雪白美麗的婚紗。

06 **bridegroom** [`braɪd͵grum] 名 新郎　❹
The **bridegroom** looks nervous.
🏠 新郎看起來很緊張。

07 **brother** [`brʌðɚ] 名 兄弟　🔰
Are you Samuel's younger **brother**?
🏠 你是山繆的弟弟嗎？

08 **brotherhood** [`brʌðɚ͵hud] 名 手足之情　🔟
The crowd was much moved by their **brotherhood**.
🏠 群眾被他們的手足之情深深打動。

09 **clan** [klæn] 名 家族；宗族　🔟
Lydia is from the Franklin **clan**.
🏠 莉迪亞是富蘭克林家族的人。

10 **communicate** [kə`mjunə͵ket] 動 溝通　❸
Irene cannot **communicate** well with her mom.
🏠 艾琳和母親溝通不良。

11 **communication** [kə͵mjunə`keʃən] 名 溝通　④
Good **communication** is the common secret of all marriages.
🏠 良好的溝通是所有婚姻的共同祕訣。

12 **communicative** [kə`mjunə͵ketɪv] 形 暢談的　⑥
The boy has become more **communicative** after he went to school.
🏠 這個男孩去上學之後已變得比較暢談。

13 **conversation** [͵kɑnvɚ`seʃən] 名 交談　②
She waited for him to finish a cell phone **conversation**.
🏠 她在等他講完手機。

14 **converse** [kən`vɝs] 動 談話　④
Lily sat behind the bus driver and **conversed** with him.
🏠 莉莉坐在公車司機後面和他聊天。

15 **couple** [`kʌpl] 名 配偶 動 結合　②
Randy and Joyce are a young **couple**.
🏠 藍迪與喬依絲是一對年輕夫妻。

16 **cousin** [`kʌzṇ] 名 表兄弟姐妹　②
My **cousin** Ellen helped me to mop the floor.
🏠 我的表姊愛倫幫我拖地板。

17 **daddy** [`dædɪ] 名 爸爸　①
I love my **daddy** very much.
🏠 我很愛我的爸爸。

18 **darling** [`dɑrlɪŋ] 名 親愛的人 形 可愛的　③
You are my dearest **darling**.
🏠 妳是我最親愛的人。

19 **daughter** [`dɔtɚ] 名 女兒　①
William has a three-year-old **daughter**.
🏠 威廉有一個三歲的女兒。

20 **dear** [dɪr] 形 親愛的 名 親愛的人　①
This is my **dear** brother, Roy.
🏠 這位是我親愛的弟弟，羅伊。

21 **descendant** [dɪ`sɛndənt] 名 後裔；子孫　⑥
They are **descendants** of the royal family.
🏠 他們是皇室後裔。

22 **divorce** [də`vors] 名 動 離婚 ④
Many marriages end in **divorce** in modern society.
🏠 現在社會中許多婚姻以離婚收場。

23 **family** [`fæməlɪ] 名 家庭 ❶
Fiona has a large **family**.
🏠 費歐娜有一個大家庭。

24 **father** [`faðə] 名 父親 動 做父親 ❶
Her **father** is a lecturer of geography.
🏠 她父親是大學地理科講師。

25 **fiancé/fiancée** [ˌfiən`se] 名 未婚夫(妻) ⑤
Robin's **fiancée** is an elementary school teacher.
🏠 羅賓的未婚妻是小學老師。

26 **grandchild** [`græn(d)ˌtʃaɪld] 名 (外)孫子、女 ❶
Mrs. Madeline only has a **grandchild**.
🏠 瑪德琳太太只有一個孫子。

27 **granddaughter** [`græn(d)ˌdɔtə] 名 (外)孫女 ❶
His **granddaughter** visits him every other week.
🏠 他孫女每隔一週來探望他。

28 **grandfather** [`græn(d)ˌfaðə] 名 (外)祖父 ❶
His **grandfather** is the only barber in the village.
🏠 他祖父是村裡唯一的理髮師。

29 **grandmother** [`græn(d)ˌmʌðə] 名 (外)祖母 ❶
My **grandmother** was from France.
🏠 我祖母來自法國。

30 **grandson** [`græn(d)ˌsʌn] 名 (外)孫子 ❶
Mr. Martin left all his money to his **grandson**.
🏠 馬丁先生將他所有的錢留給孫子。

31 **heritage** [`hɛrətɪdʒ] 名 遺產 ⑥
My uncle left me a **heritage** of NT$10,000,000.
🏠 我叔叔留給我新台幣一千萬元的遺產。

32 **honeymoon** [`hʌnɪˌmun] 名 蜜月 動 度蜜月 ④
They spent their **honeymoon** in Hawaii.
🏠 他們在夏威夷度蜜月。

33 **husband** [`hʌzbənd] 名 丈夫 ❶
My **husband** won first prize at the year-end feast.
🏠 我丈夫在年終尾牙上贏得了頭獎。

34 **income** [`ɪnkʌm] 名 收入　　　2
You need to balance your **income** and expenses.
🏠 你必須平衡你的收入與支出。

35 **intimacy** [`ɪntəməsɪ] 名 親密　　6
The **intimacy** between us helps our cooperation.
🏠 我倆之間的親密關係有助於我們的合作。

36 **intimate** [`ɪntəmɪt] 形 親密的 名 知己　4
Carrie is one of Samantha's **intimate** friends.
🏠 凱莉是珊曼莎的密友之一。

37 **kin** [kɪn] 名 親戚 形 有親戚關係的　5
All my **kin** came to the barbeque party last weekend.
🏠 我所有的親戚都參加了上週末的烤肉聚會。

38 **marriage** [`mærɪdʒ] 名 婚姻　　2
Her second **marriage** ended after three years.
🏠 她的第二次婚姻在三年後結束了。

39 **marry** [`mærɪ] 動 結婚　　1
His daughter didn't **marry** until she was forty.
🏠 他女兒直到四十歲才結婚。

40 **mommy** [`mɑmɪ] 名 媽咪　　1
My **mommy** is mending my socks.
🏠 我媽咪正在幫我補襪子。

41 **mother** [`mʌðə] 名 母親 動 產生出　1
She got a letter from her **mother**.
🏠 她收到她母親寄來的一封信。

42 **motherhood** [`mʌðəhud] 名 母性　5
Vera showed her **motherhood** to those poor kids.
🏠 薇拉對那些可憐的孩子表現出母性。

43 **nephew** [`nɛfju] 名 姪子　　2
My **nephew** likes watching cartoons very much.
🏠 我姪子很喜歡看卡通。

44 **newlywed** [`njulɪˌwɛd] 名 新婚夫妻　6
The **newlywed** will move in the apartment next month.
🏠 這對新婚夫妻下個月會搬進這棟公寓。

45 **niece** [nis] 名 姪女　　2
My brother's daughter is my **niece**.
🏠 我兄弟的女兒是我姪女。

46 **offspring** [`ɔf. sprɪŋ] 名 子孫；後裔 6

The comet is going to come back in 2061 and our **offspring** will be able to see it.
🏠 這個慧星將在西元二零六一年回來，我們的子孫將能看見它。

47 **papa** [`pɑpə] 名 爸爸 1

My **papa** will take me to the mountains next Friday.
🏠 我爸爸下週五要帶我去山上。

48 **parent** [`pɛrənt] 名 雙親；家長 1

He visits his **parents** every weekend.
🏠 他每個週末都去探望他父母。

49 **predecessor** [`prɛdɪ. sɛsə] 名 祖先；前輩 6

You should respect your **predecessors**.
🏠 你應該尊敬祖先。

50 **relative** [`rɛlətɪv] 名 親戚 形 相關的 4

All our **relatives** reunite on New Year's Eve.
🏠 我們所有的親戚在除夕夜團聚。

51 **relic** [`rɛlɪk] 名 遺物 5

Larry didn't leave any **relic** to his family after he died.
🏠 賴利過世後沒有留下任何遺物給他家人。

52 **son** [sʌn] 名 兒子 1

My **son** wants to buy a car of his own.
🏠 我兒子想買一輛自己的車。

53 **spouse** [spauz] 名 夫妻；配偶 6

We may lose our **spouse** through death or divorce.
🏠 我們可能因死亡或離婚失去配偶。

54 **stepchild** [`stɛp. tʃaɪld] 名 繼子 3

She is very strict with her **stepchild**.
🏠 她對她的繼子非常嚴格。

55 **stepfather** [`stɛp. fɑðə] 名 繼父 3

We like our **stepfather** because he tells great stories.
🏠 我們喜歡繼父，因為他很會說故事。

56 **stepmother** [`stɛp. mʌðə] 名 繼母 3

My **stepmother** is very kind and patient to me.
🏠 我繼母對我很好又有耐心。

57 **successor** [sək`sɛsə] 名 後繼者 ⑥
I decided to let Scott to be my **successor**.
🏠 我決定讓史考特擔任我的繼位者。

58 **twin** [twin] 名 雙胞胎 ③
My **twin** brother and I have separate rooms.
🏠 我的雙胞胎哥哥和我有各自的房間。

59 **uncle** [`ʌŋkl] 名 叔叔；伯伯；舅舅；姑父；姨父 ①
My **uncle** always shines his shoes before going out.
🏠 我叔叔出門前總是會先擦亮他的皮鞋。

60 **wed** [wɛd] 動 結婚 ②
Nina **wed** a school teacher one year ago.
🏠 妮娜一年前嫁給一位學校老師。

61 **wedding** [`wɛdɪŋ] 名 婚禮 ①
The bride and the groom looked great together at the
wedding.
🏠 新娘和新郎在婚禮上看起來登對極了。

62 **widow** [`wɪdo] 名 寡婦 動 使喪偶 ⑤
The **widow** survived her husband by fifteen years.
🏠 這名寡婦比她先生多活了十五年。

63 **wife** [waɪf] 名 妻子 ①
My **wife** sang me a love song on my birthday.
🏠 我妻子在我生日那天對我唱了一首情歌。

02 家用設備 分類

01 **air-conditioner** [`ɛr.kən`dɪʃənə] 名 空調設備 ③
Michelle needs a new **air-conditioner**.
🏠 蜜雪兒需要一台新的空調設備。

02 **antique** [æn`tik] 名 古董 形 古董的 ⑤
The bed is a genuine **antique**.
🏠 這張床是真的古董。

03 **appliance** [ə`plaɪəns] 名 家電用品 ④
We will need to buy some household **appliances**
after moving to the new house.
🏠 搬進新家後我們會需要添購一些家電用品。

04 arm [ɑrm] 名 扶手；手臂 動 武裝
One **arm** of the chair is broken.
🏠 這張椅子的一個扶手斷了。

05 armchair [`ɑrm,tʃɛr] 名 手扶椅
He sat on the **armchair** with his cat lying on his lap.
🏠 他坐在手扶椅上，而他的貓躺在他的膝上。

06 bed [bɛd] 名 床
He finally laid down on the **bed** at about 3 a.m.
🏠 他終於在大約凌晨三點時躺在床上。

07 bookcase [`buk,kes] 名 書架
The kid put all his storybooks on the **bookcase**.
🏠 這個孩子將他所有的故事書放在這個書架上。

08 cabinet [`kæbənɪt] 名 櫥櫃
We have a large display **cabinet** in the dining room.
🏠 我們餐廳有一個很大的展示櫃。

09 chair [tʃɛr] 名 椅子 動 主持
Phil rose from his **chair** and ran to the window.
🏠 菲爾從椅子上站起來跑向窗戶。

10 closet [`klɑzɪt] 名 衣櫥
The servant hung her coat in the left **closet**.
🏠 佣人將她的外套掛在左邊的衣櫥裡。

11 couch [kautʃ] 名 沙發 動 躺著
She was so tired that she fell asleep on the **couch**.
🏠 昨晚她累到在沙發上睡著了。

12 cupboard [`kʌbəd] 名 碗櫥
The clean plates are put in the **cupboard**.
🏠 乾淨的盤子放在碗櫥裡。

13 desk [dɛsk] 名 書桌
There are two **desks** in the study.
🏠 書房裡有兩張書桌。

14 drawer [`drɔə] 名 抽屜
I spent half an hour cleaning out my **drawer**.
🏠 我花了半小時清理我的抽屜。

15 dresser [`drɛsə] 名 化妝台
She glanced at herself in the mirror of the **dresser**.
🏠 她照了一下梳妝台的鏡子。

16 **freezer** [`frizə] 名 冷凍庫 🔟
You should put meat and fish in the **freezer**.
🏠 你應該把肉類與魚類放進冷凍庫。

17 **furniture** [`fɜnɪtʃə] 名 家具 🔟
Raymond earned his living by making **furniture**.
🏠 雷蒙以製作家具為生。

18 **heater** [`hitə] 名 暖氣機 🔟
I cannot pass the winter without a **heater**.
🏠 我沒有暖氣機無法過冬。

19 **lamp** [læmp] 名 燈 🔟
She read by the light of the bedside **lamp**.
🏠 她藉著床頭燈的光線閱讀。

20 **mattress** [`mætrɪs] 名 床墊 🔟
It is better to put the **mattress** on a solid bed base.
🏠 將床墊放在結實的床架上比較好。

21 **microwave** [`maɪkro,wev] 名 微波爐 動 微波 🔟
She uses the **microwave** mainly for defrosting food.
🏠 她主要用微波爐來解凍食物。

22 **oven** [`ʌvən] 名 烤箱 🔟
As soon as the apple pie is done, remove it from the **oven**.
🏠 蘋果派一烤好就從烤箱裡拿出來。

23 **radiator** [`redɪ,etə] 名 暖氣機 🔟
I warmed my body with a **radiator**.
🏠 我用一台暖氣機暖和身體。

24 **refrigerator** [rɪ`frɪdʒə,retə] 名 冰箱 🔟
How much milk tea is there in the **refrigerator**?
🏠 冰箱裡有多少奶茶？

25 **seat** [sit] 名 座位 動 坐下 🔟
The stool had a brown plastic **seat**.
🏠 這個凳子有個棕色的塑膠座椅。

26 **shelf** [ʃɛlf] 名 架子 🔟
I put the comic books on the top **shelf**.
🏠 我把漫畫書放到上層書架上。

[27] **sofa** [`sofə] 名 沙發　🏠1

The bottom of the **sofa** is broken.

🏠 這個沙發的底部破了。

[28] **stove** [stov] 名 爐子　🏠2

The casserole is heated on the gas **stove**.

🏠 砂鍋用瓦斯爐加熱。

[29] **table** [`tebl] 名 桌子　🏠1

The **table** is made of oak.

🏠 這張桌子是用橡木做的。

[30] **unit** [`junɪt] 名 單位；一組　🏠1

Each **unit** of furniture in the house suited the modern style.

🏠 這間房子裡的每件家具都具有現代風格。

[31] **wardrobe** [`wɔrd,rob] 名 衣櫃　🏠6

I need one more **wardrobe** to hang my clothes.

🏠 我需要多一個衣櫃來掛我的衣服。

03 住宅　分類

[01] **basement** [`besmənt] 名 地下室　🏠2

My dad's workshop is in the **basement** of our house.

🏠 我父親的工作室在我們家的地下室。

[02] **bath** [bæθ] 名 浴缸；洗澡　🏠1

Andrew bought an exquisite **bath** for his wife.

🏠 安德魯為他妻子買了一個精緻的浴缸。

[03] **bathe** [beð] 動 沐浴　🏠1

The nanny helped me to **bathe** my baby.

🏠 保姆幫我替嬰兒洗澡。

[04] **bathroom** [`bæθ,rum] 名 浴室　🏠1

There is no window in the **bathroom**.

🏠 這間浴室沒有窗戶。

[05] **bedroom** [`bɛd,rum] 名 臥房　🏠2

She went into the **bedroom** to change her clothes.

🏠 她到臥房去換衣服了。

06 **chamber** [`tʃembɚ] 名 房間　🔢4

I am going to take a nap in my **chamber**.

🏠 我要在我的房間小睡一下。

07 **curtain** [`kɜtṇ] 名 窗簾 動 裝上窗簾　🔢2

Her kitchen **curtains** were drawn.

🏠 她廚房的窗簾被拉上了。

08 **door** [dor] 名 門　🔢1

The mail carrier knocked at the front **door** and waited.

🏠 郵差敲了前門並等待著。

09 **doorstep** [`dor,stɛp] 名 門階　🔢5

Philip looked up to see Amy and another boy standing on the **doorstep**.

🏠 菲利浦抬起頭看到艾美和另一個男孩站在門階上。

10 **doorway** [`dor,we] 名 門口；出入口　🔢5

I will wait for you in the **doorway**.

🏠 我在門口等你。

11 **drape** [drep] 名 窗簾 動 覆蓋；裝飾　🔢5

Please draw the **drapes**.

🏠 請把窗簾拉上。

12 **driveway** [`draɪv,we] 名 車道　🔢5

Someone parked the car in our **driveway**.

🏠 有人把車停在我們的車道上。

13 **dwell** [`dwɛl] 動 居住　🔢5

Mr. Douglas has **dwelt** here for 15 years.

🏠 道格拉斯先生在這裡已經住了十五年。

14 **dwelling** [`dwɛlɪŋ] 名 住宅；住處　🔢5

Over 2,000 new **dwellings** are planned for this land.

🏠 這塊土地規畫了超過兩千戶新住宅。

15 **fireplace** [`faɪr,ples] 名 壁爐　🔢4

The architect designed a marble **fireplace** in the ballroom.

🏠 建築師在舞廳設計了一座大理石壁爐。

16 **gate** [get] 名 大門　🔢2

Kyle painted his **gate** red.

🏠 凱爾將他家大門漆成紅色。

137

17 **house** [haʊs] 名 房子 動 住　🏠
He stepped into the **house** and drew the curtains.
🏠 他走進房裡拉上窗簾。

18 **household** [`haʊs, hold] 名 家庭　④
He grew up in a female-headed **household**.
🏠 他在女性單親家庭中長大。

19 **housing** [`haʊzɪŋ] 名 住宅供給　⑤
Due to the **housing** shortage in this area, the
government is considering building apartments here.
🏠 由於此區的住屋短缺問題，政府考慮在此興建公寓。

20 **kitchen** [`kɪtʃɪn] 名 廚房　🏠
Mom is making dinner for us in the **kitchen**.
🏠 媽媽正在廚房為我們做晚餐。

21 **neighbor** [`nebɚ] 名 鄰居 動 與…為鄰　②
Raymond's new **neighbor** is a piano teacher.
🏠 雷蒙的新鄰居是一位鋼琴老師。

22 **neighborhood** [`nebɚ, hʊd] 名 鄰近　③
My cousin lives in my **neighborhood**.
🏠 我堂弟就住在我家附近。

23 **pane** [pen] 名 窗玻璃　⑤
The rain was beating against the window **panes**.
🏠 雨打在窗戶玻璃上。

24 **parlor** [`pɑrlɚ] 名 客廳；起居室　⑤
The baby was lying in the cradle in the **parlor**.
🏠 嬰兒躺在客廳的搖籃裡。

25 **passage** [`pæsɪdʒ] 名 走廊；通道　③
Out classroom is in the middle of the **passage**.
🏠 我們教室在這條走廊的中間。

26 **porch** [portʃ] 名 玄關　⑤
They waited in the **porch** until I got home.
🏠 他們在玄關等到我回家。

27 **room** [rum] 名 房間；空間 動 居住　🏠
The walls of my **room** were paneled with oak.
🏠 我房間的牆壁鑲著橡木。

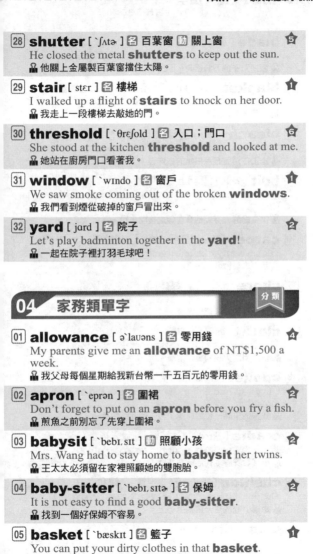

28 **shutter** [`ʃʌtə] 名 百葉窗 動 關上窗　⑤
He closed the metal **shutters** to keep out the sun.
🏠 他關上金屬製百葉窗擋住太陽。

29 **stair** [stɛr] 名 樓梯　①
I walked up a flight of **stairs** to knock on her door.
🏠 我走上一段樓梯去敲她的門。

30 **threshold** [`θrɛʃold] 名 入口；門口　⑥
She stood at the kitchen **threshold** and looked at me.
🏠 她站在廚房門口看著我。

31 **window** [`wɪndo] 名 窗戶　①
We saw smoke coming out of the broken **windows**.
🏠 我們看到煙從破掉的窗戶冒出來。

32 **yard** [jɑrd] 名 院子　②
Let's play badminton together in the **yard**!
🏠 一起在院子裡打羽毛球吧！

04　家務類單字　分類

01 **allowance** [ə`lauəns] 名 零用錢　④
My parents give me an **allowance** of NT$1,500 a week.
🏠 我父母每個星期給我新台幣一千五百元的零用錢。

02 **apron** [`eprən] 名 圍裙　②
Don't forget to put on an **apron** before you fry a fish.
🏠 煎魚之前別忘了先穿上圍裙。

03 **babysit** [`bebɪ͵sɪt] 動 照顧小孩　②
Mrs. Wang had to stay home to **babysit** her twins.
🏠 王太太必須留在家裡照顧她的雙胞胎。

04 **baby-sitter** [`bebɪ͵sɪtə] 名 保姆　②
It is not easy to find a good **baby-sitter**.
🏠 找到一個好保姆不容易。

05 **basket** [`bæskɪt] 名 籃子　①
You can put your dirty clothes in that **basket**.
🏠 你可以把你的髒衣服放進那個籃子裡。

06 blade [bled] 名 刀鋒　　　④
The **blade** of the knife is sharp, so be careful.
🏠 這把刀子的刀鋒很利，因此請小心。

07 blanket [`blæŋkɪt] 名 毛毯 動 如以毯覆蓋　　③
I cover myself with a **blanket** to sleep.
🏠 我蓋著毛毯睡覺。

08 bleach [blitʃ] 動 漂白 名 漂白劑　　⑤
She is **bleaching** her white dress in the bathroom.
🏠 她正在浴室裡漂白她的白洋裝。

09 bolt [bolt] 動 閂上 名 門閂　　⑤
Jack reminded Tiffany that he will **bolt** the door after her.
🏠 傑克提醒蒂芬妮他會在她之後閂上門。

10 carpet [`kɑrpɪt] 名 地毯 動 鋪地毯　　②
I don't really like our living-room **carpet**.
🏠 我不太喜歡我們客廳的地毯。

11 chore [tʃor] 名 家庭雜務　　④
I don't like doing **chores** every day.
🏠 我不喜歡每天處理家務。

12 cloth [klɔθ] 名 布料　　②
They use fireproof **cloth** to make curtains.
🏠 他們用防火布料製作窗簾。

13 cooker [`kʊkə] 名 炊具　　②
One of my neighbors gave me a gas **cooker** when I moved in.
🏠 我搬進來時一位鄰居給了我一個瓦斯炊具。

14 cradle [`kredl] 名 搖籃 動 放入搖籃　　③
The baby is sleeping in the **cradle** quietly.
🏠 小寶寶安靜地在搖籃裡熟睡。

15 cushion [`kʊʃən] 名 坐墊 動 緩和　　④
She put the kitten on the velvet **cushion**.
🏠 她把小貓放在天鵝絨坐墊上。

16 domestic [də`mɛstɪk] 形 家務的　　③
My roommate and I share **domestic** chores.
🏠 我室友和我共同分擔家務。

17 **drain** [dren] 名 排水管 動 排出
The sink **drain** in the kitchen is blocked.
🏠 廚房水槽的排水管堵塞了。

18 **fold** [fold] 動 名 摺疊
Mom always **folded** our clothes neatly in the evening.
🏠 媽媽總是在傍晚時將我們的衣服摺疊整齊。

19 **garbage** [`gɑrbɪdʒ] 名 垃圾
He took out two bags of **garbage** from the kitchen.
🏠 他從廚房拿出兩袋垃圾。

20 **hang** [hæŋ] 動 掛；吊
Joyce was trying to **hang** the portrait to the wall when I came home.
🏠 我回家時喬依絲正試著要將畫像掛在牆上。

21 **housekeeper** [`haʊs‚kipə] 名 管家
The **housekeeper** answered the telephone.
🏠 管家接了電話。

22 **housework** [`haʊs‚wɜk] 名 家事
Can you help me with the **housework**, please?
🏠 能不能請你幫忙做家事？

23 **litter** [`lɪtə] 名 雜物 動 亂丟雜物
This box is full of **litter**.
🏠 這個箱子內裝滿了雜物。

24 **maid** [med] 名 女僕；少女
A **maid** brought us breakfast at 8:30.
🏠 一位女僕在八點半時端早餐給我們。

25 **mat** [mæt] 名 墊子
Please wipe your shoes on the **mat** before coming in.
🏠 進來前請在墊子上清清鞋子。

26 **mirror** [`mɪrə] 名 鏡子 動 反映
She looked at herself in the **mirror** again and again.
🏠 她一再看著鏡子裡的自己。

27 **overflow** [‚ovə`flo] 動 溢出 名 滿溢
The bucket is **overflowing**.
🏠 水桶裡的水溢出來了。

28 **pail** [pel] 名 桶 ③
We built sandcastles with **pails** and spades.
🏰 我們用桶子和鏟子建造了沙堡。

29 **pillow** [`pɪlo] 名 枕頭 動 以…為枕 ②
This **pillow** is too soft. I need a harder one.
🏰 這個枕頭太軟了。我需要一個硬一點的。

30 **quilt** [kwɪlt] 名 棉被 動 製被 ④
Mom made a patchwork **quilt** for me.
🏰 媽媽為我做了一條拼布棉被。

31 **rubbish** [`rʌbɪʃ] 名 垃圾 ⑤
Please pick up the **rubbish** and put it in the trash can.
🏰 請將垃圾撿起來然後放到垃圾桶裡。

32 **rug** [rʌg] 名 地毯 ③
A Persian **rug** covers the hardwood floor.
🏰 一塊波斯地毯鋪在硬木地板上。

33 **screw** [skru] 名 螺絲 動 旋緊 ③
Turn the **screw** counterclockwise to loosen it.
🏰 將螺釘以逆時針方向旋轉鬆開。

34 **sheet** [ʃit] 名 床單 ①
A pile of dirty **sheets** lay by the washing machine.
🏰 一堆髒床單放在洗衣機旁邊。

35 **shower** [`ʃauɚ] 動 名 淋浴 ②
I didn't have enough time to **shower** or change clothes.
🏰 我沒有足夠的時間淋浴或換衣服。

36 **sink** [sɪŋk] 名 水槽 動 沉入 ②
You can find the trash bags under the kitchen **sink**.
🏰 你可以在廚房水槽下面找到垃圾袋。

37 **toilet** [`tɔɪlɪt] 名 廁所；洗手間 ①
I don't like to use public **toilets**.
🏰 我不喜歡上公共廁所。

38 **towel** [`tauəl] 名 毛巾 動 用毛巾擦 ②
Could you bring me a **towel**?
🏰 你可以幫我拿一條毛巾嗎？

[39] **tread** [trɛd] 名 踏板 動 踩;踏;走 　　⑥
The **treads** of the stairs are covered with a thick carpet.
🏠 樓梯的踏板上鋪著厚地毯。

[40] **tub** [tʌb] 名 盆;桶 　　①
Tubs planted with daffodils brightened the yard
outside the door.
🏠 栽種黃水仙的花盆使門外的庭院明亮了起來。

[41] **vase** [ves] 名 花瓶 　　③
Vincent put the Ming **vase** on the mantelpiece.
🏠 文森將這個明朝花瓶放在壁爐臺上。

05 兒童 　　分類

[01] **child** [tʃaɪld] 名 小孩 　　①
When I was a **child** I wanted to be a hero.
🏠 當我是個小孩的時候我想要當英雄。

[02] **childhood** [`tʃaɪld͵hʊd] 名 童年 　　③
Mary had a happy **childhood**.
🏠 瑪莉有個快樂的童年。

[03] **childish** [`tʃaɪldɪʃ] 形 孩子氣的 　　②
His **childish** behavior drove me crazy.
🏠 他孩子氣的行為逼得我發狂。

[04] **childlike** [`tʃaɪld͵laɪk] 形 純真的 　　②
Ann's **childlike** innocence won everyone's
friendship.
🏠 安的純真無邪贏得每個人的友誼。

[05] **infant** [`ɪnfənt] 名 嬰兒 　　④
Bree found an **infant** in a basket in front of her house.
🏠 布莉在她家門口發現一名躺在籃子裡的小嬰兒。

[06] **kid** [kɪd] 名 小孩 動 戲弄 　　①
How many **kids** do you have?
🏠 你有幾個小孩?

[07] **nursery** [`nɜsərɪ] 名 托兒所 　　④
The **nursery** will be able to take care of thirty children.
🏠 這家托兒所能夠照顧三十名孩童。

08 nurture [`nɜtʃə] 動 養育 名 培育　　🚺
Parents always want to know the best way to **nurture** their child.
🏠 父母總是想知道養育孩子的最佳方式。

09 orphan [`ɔrfən] 名 孤兒 動 使成為孤兒　　🚺
She adopted the **orphan** as her own daughter.
🏠 她將這個孤兒收養為自己的女兒。

10 orphanage [`ɔrfənɪdʒ] 名 孤兒院　　🚺
Children in the **orphanage** are taken good care of.
🏠 這家孤兒院的孩童受到良好的照顧。

11 upbringing [`ʌp,brɪŋɪŋ] 名 養育　　🚺
They decided to share the **upbringing** of their children after divorce.
🏠 他們決定在離婚之後共同養育他們的小孩。

06 青少年　　分類

01 adolescence [,ædl`ɛsṇs] 名 青春期　　🚺
Junior high school students are so rebellious because they are in their **adolescence**.
🏠 國中生非常叛逆是因為他們正值青春期。

02 adolescent [,ædl`ɛsṇt] 名 青少年 形 青少年的　🚺
Jonathan is a talented **adolescent**.
🏠 強納生是位才華洋溢的青少年。

03 boyhood [`bɔɪhud] 名 少年期　　🚺
Jason started a miserable **boyhood** when he moved to the USA with his parents.
🏠 傑森與爸媽搬到美國後，他的悲慘童年就此展開。

04 juvenile [`dʒuvənḷ] 名 青少年 形 青少年的　🚺
The **juvenile** protested that he had never done it.
🏠 這名青少年堅稱他沒有做過那件事。

05 teens [tinz] 名 十多歲　　🚺
She lived in the countryside in her **teens**.
🏠 她十幾歲時住在鄉間。

06 teenage [`tin.edʒ] 形 十多歲的　②
Almost 1 in 2 **teenage** students own a cell phone now.
🏠 現在大約兩個十多歲的學生之中，有一個擁有手機。

07 teenager [`tin.edʒɚ] 名 青少年　②
The **teenager** was filled with ambition to become a great scientist.
🏠 這名青少年一心想成為偉大的科學家。

08 young [jʌŋ] 形 年輕的 名 青年們　①
He is too **young** to ride a scooter.
🏠 他還太年輕無法騎機車。

09 youngster [`jʌŋstɚ] 名 年輕人　③
Ricky was full of a **youngster**'s curiosity.
🏠 瑞奇充滿了年輕人的好奇心。

10 youth [juθ] 名 少年時期　②
I often went to the library in my **youth**.
🏠 我少年時期常去那間圖書館。

11 youthful [`juθfəl] 形 年輕的　④
Despite advanced years, she still has **youthful** enthusiasm.
🏠 儘管年事已高，她仍保有年輕時的熱情。

07　工具　分類

01 axe [æks] 名 斧頭 動 劈；砍　③
They still cut wood with **axes** in the countryside.
🏠 在鄉下他們仍然用斧頭劈木材。

02 drill [drɪl] 名 鑽機 動 鑽孔　④
He bought an expensive pneumatic **drill** from the hardware store.
🏠 他從五金行買了一台昂貴的氣壓鑽機。

03 equip [ɪˋkwɪp] 動 裝備　④
George is **equipping** himself for the journey.
🏠 喬治正在為這趟旅行準備行裝。

04 equipment [ɪˋkwɪpmənt] 名 設備　④
I don't know how to use this **equipment**.
🔊 我不知道該如何使用這項設備。

05 hammer [ˋhæmɚ] 名 鐵鎚 動 錘打　②
I need a **hammer** to repair the chair.
🔊 我需要一把鐵鎚來修理這張椅子。

06 kit [kɪt] 名 成套工具　③
The mechanic walked in with his **kit**.
🔊 這位技工帶著他的工具走了進來。

07 label [ˋlebl] 名 標籤 動 標明　③
Remember to read the instructions on the **label** before washing the clothes.
🔊 在洗衣服之前，記得先閱讀標籤上的指示說明。

08 peg [pɛg] 動 釘牢 名 釘子　⑤
Can you help me to **peg** the picture on the wall?
🔊 能不能請你幫我將這幅圖畫釘在牆壁上？

09 pin [pɪn] 名 針 動 釘住　②
Be careful! There is a **pin** on your shirt.
🔊 小心！你的襯衫上有根針。

10 rod [rɑd] 名 竿；棒　⑤
Nick went fishing with a line and a **rod**.
🔊 尼克帶著一條線與一根竿子就去釣魚了。

11 rope [rop] 名 繩 動 用繩拴住　①
The robbers tied Michael up with a **rope**.
🔊 強盜用繩子把麥可綁起來。

12 saw [sɔ] 名 鋸子 動 鋸　①
The woodcutter is cutting logs with a power **saw**.
🔊 樵夫正在用一把電鋸切割原木。

13 scissors [ˋsɪzɚz] 名 剪刀　②
The tailor took a pair of **scissors** and cut the thread.
🔊 裁縫師拿了一把剪刀把線剪斷。

14 screwdriver [ˋskru͵draɪvɚ] 名 螺絲起子　④
The **screwdriver** belongs in the tool box.
🔊 這把螺絲起子應該放在工具箱裡。

15 **shovel** [`ʃʌvl] 名 鏟子 動 剷除　　🟢
Grandma used a **shovel** to dig holes in the garden.
🔒 奶奶用鏟子在花園裡挖洞。

16 **typewriter** [`taɪpˌraɪtɚ] 名 打字機　　🟢
My sister has a **typewriter** at home, but she never uses it.
🔒 我姊姊家裡有一台打字機，但她從來沒有用過。

17 **tool** [tul] 名 工具 動 用工具加工　　🔴
You can find a screwdriver in the **tool** box over there.
🔒 你可以在那裡的工具箱裡找到一把螺絲起子。

08 清潔　　分類

01 **blot** [`blɑt] 名 污漬 動 弄髒　　🟡
There is a **blot** on your left shoe.
🔒 妳的左鞋上有一個污漬。

02 **broom** [brum] 名 掃帚　　🟢
You need a **broom** to sweep the floor.
🔒 你需要一支掃帚來掃地。

03 **clean** [klin] 形 乾淨的 動 打掃　　🔴
She wants to live in a **clean** room.
🔒 她想住在乾淨的房間裡。

04 **cleaner** [`klinɚ] 名 清潔劑　　🔵
My mom tends to use **cleaner** to mop the floor.
🔒 我媽媽較常用清潔劑拖地。

05 **cleanse** [klɛnz] 動 淨化；整潔　　🟤
Cleansing the whole environment is everyone's responsibility.
🔒 環境整潔是所有人的責任。

06 **clear** [klɪr] 動 弄乾淨 形 清楚的　　🔴
We have to **clear** the dinner table before dinner.
🔒 我們必須在晚餐前清空餐桌。

分好類超好背7000單字

MP3 © 066

07 clearance [`klırəns] 名 清潔；打掃
Sally came to our house to make some work of
clearance once a week.
莎莉每週來我家打掃一次。

08 detergent [dɪˋtədʒənt] 名 洗潔劑
Most **detergents** are made of chemical substances.
大多數洗潔劑是用化學物質製成。

09 dirt [dɜt] 名 塵埃
He scrubbed off the **dirt** from his shoes.
他擦掉鞋子上的灰塵。

10 dust [dʌst] 名 灰塵 動 拂去灰塵
The stairs were covered with a thick layer of **dust**.
樓梯上覆蓋著一層厚灰塵。

11 dusty [`dʌstɪ] 形 覆蓋灰塵的
Thank you for cleaning up the **dusty** attic for me.
謝謝你幫我清理覆蓋灰塵的閣樓。

12 flush [flʌʃ] 動 沖水 名 紅暈
He **flushed** the toilet and went back to his room.
他沖了馬桶並回到房間。

13 laundry [`lɔndrɪ] 名 洗衣店；送洗衣物
Send the dirty sheets to the **laundry**, please.
請將髒床單送到洗衣店。

14 mop [mɑp] 動 擦洗 名 拖把
The maid is responsible for **mopping** the stairs.
這名女佣負責擦洗樓梯。

15 mud [mʌd] 名 爛泥
My pants were crumpled and splashed with **mud**.
我的長褲起皺而且濺到了爛泥。

16 muddy [`mʌdɪ] 形 泥濘的
The track was very **muddy** after the heavy rain.
這條小徑在大雨過後變得非常泥濘。

17 neat [nit] 形 整齊的
Everything in her room is **neat** and clean.
她房間裡的每樣東西都整齊又乾淨。

148

[18] **polish** [`pɑlɪʃ] 動 擦亮 名 光澤　④
The gentleman **polishes** his shoes every morning.
🏛 這位紳士每天早上擦亮他的鞋子。

[19] **sanitation** [ˌsænəˋteʃən] 名 公共衛生　⑥
The engineer proposed a plan to improve **sanitation**.
🏛 這位工程師提出了一個改善公共衛生的計畫。

[20] **scrub** [skrʌb] 動 刷洗 名 刷子　③
The surgeon **scrubbed** his hands and arms with soap
and water before operating.
🏛 這位外科醫生在手術前用肥皂和水將他的雙手和雙臂洗乾淨。

[21] **soak** [sok] 動 名 浸泡　⑤
She turned off the tap and left the dirty dishes to **soak**.
🏛 她關上水龍頭讓這些髒盤子浸泡著。

[22] **soap** [sop] 名 肥皂 動 塗肥皂於　①
I bought a bar of lavender **soap** as a souvenir.
🏛 我買了一塊薰衣草肥皂作為紀念品。

[23] **stain** [sten] 名 汙點 動 弄髒　⑤
There is a **stain** on your skirt.
🏛 妳的裙子上有個汙點。

[24] **sweep** [swip] 動 名 掃　②
Dad asked me to **sweep** the balcony.
🏛 爸爸要我去掃陽台。

[25] **tidy** [`taɪdɪ] 動 整理 形 整潔的　③
She **tidied** her room before going out.
🏛 她在出門前整理了她的房間。

[26] **vacuum** [`vækjuəm] 動 以吸塵器打掃 名 真空　⑤
It is good for your health to **vacuum** the carpets
regularly.
🏛 定期用吸塵器打掃地毯對你的健康有益。

[27] **wash** [wɑʃ] 動 名 洗　①
It's your turn to **wash** the dishes after dinner.
🏛 晚餐後輪到你洗碗。

[28] **wipe** [waɪp] 動 名 擦　③
Sheila **wiped** her hands on the towel and picked up
the phone.
🏛 希拉用毛巾擦手，然後接起電話。

29 **wring** [rɪŋ] 動 擰；握緊 名 扭；擰　　　　　⑤
Arthur **wrung** the wet rag out.
🔒 亞瑟把濕抹布擰乾。

09　器具　　　　　　　　　　　　　　分類

01 **bottle** [`batl] 名 瓶子 動 用瓶子裝　　　　　②
Here is a **bottle** of water.
🔒 這裡有一瓶水。

02 **chopstick** [`tʃɑp͵stɪk] 名 筷子　　　　　　②
Using a pair of **chopsticks** is hard for a little child.
🔒 對年幼的孩子來說，使用一雙筷子很困難。

03 **fork** [fork] 名 叉子；岔路 動 分岐　　　　①
They are used to eat with knives and **forks**.
🔒 他們習慣用刀叉吃飯。

04 **jar** [dʒɑr] 名 廣口瓶　　　　　　　　　　③
Mom put plums and crystal sugar in a great glass **jar**.
🔒 媽媽將梅子和冰糖放進一個大玻璃瓶。

05 **jug** [dʒʌg] 名 水壺 動 煮；燉　　　　　　⑤
The **jug** dropped on the ground and smashed into bits.
🔒 水壺掉到地上摔成了碎片。

06 **kettle** [`kɛtl] 名 水壺　　　　　　　　　③
Is the **kettle** boiling?
🔒 水壺裡的水煮開了嗎？

07 **knife** [naɪf] 名 刀 動 切　　　　　　　　①
You may get hurt playing with a **knife** like that.
🔒 你那樣玩刀可能會受傷。

08 **mug** [mʌg] 名 馬克杯　　　　　　　　　①
Stan spooned cocoa powder into a **mug**.
🔒 史丹用湯匙將可可粉舀進馬克杯。

09 **napkin** [`næpkɪn] 名 餐巾紙　　　　　　②
Jamie wiped her lips gracefully with a **napkin**.
🔒 潔咪用一張餐巾紙優雅地擦拭她的嘴唇。

10 **pan** [pæn] 名 平底鍋　📧
Heat the garlic and oil in a large **pan**.
🏠 在一個大平底鍋裡加熱大蒜和油。

11 **plate** [plet] 名 盤子 動 電鍍　📧
She handed me a paper **plate**.
🏠 她遞一個紙盤給我。

12 **poacher** [`potʃɚ] 名 蒸鍋　⑥
Mom poaches eggs in the **poacher** every morning.
🏠 媽媽每天早上用蒸鍋煮水煮蛋。

13 **pot** [pɑt] 名 壺；鍋 動 放入鍋裡　📧
There isn't any black tea in the tea **pot**.
🏠 茶壺裡沒有紅茶了。

14 **saucer** [`sɔsɚ] 名 淺碟　③
We received a boxed set of two cups and **saucers**.
🏠 我們收到兩個杯子和淺碟的盒裝組。

15 **box** [bɑks] 名 箱子；盒子 動 裝箱　①
Kids, don't forget to put your toys back in the **box**.
🏠 孩子們，別忘了把玩具放回箱子裡。

16 **brace** [bres] 名 支架 動 支撐　⑤
Tom hurt his back and now he needs to wear a **brace**.
🏠 湯姆的背受了傷，現在必須架上支架。

17 **container** [kən`tenɚ] 名 容器　④
Linda puts the cookies in a **container**.
🏠 琳達將餅乾放在容器中。

18 **controller** [kən`trolɚ] 名 控制器　②
You can use the **controller** to control this machine.
🏠 你可以使用控制器來控制這架機器。

19 **steamer** [`stimɚ] 名 蒸籠 名 汽車；輪船　⑤
Mom used this **steamer** to steam fish.
🏠 媽媽用這個蒸籠蒸魚。

20 **utensil** [ju`tɛnsl] 名 器皿；用具　⑥
We bought cookware and **utensils** in this store.
🏠 我們在這間商店買了廚房用具和器皿。

21 **whisk** [hwɪsk] 名 攪拌器；小掃帚 動 撢；揮　⑤
Use an electric **whisk** to stir the soup for 1 minute.
🏠 用電子攪拌器攪拌湯汁一分鐘。

NOTE

● PART 6

醫療與疾病
單字收納

名 名 詞

動 動 詞

形 形容詞

副 副 詞

1 ～ 6 單字難易度
（分別符合美國一至六年級學生所學範圍）

掃碼即聽
MP3 068～074

01 醫院 分類

01 ambulance [`æmbjələns] 名 救護車
The patient was sent to the hospital by **ambulance**.
🏥 病人被救護車送到醫院。

02 bandage [`bændɪdʒ] 名 繃帶 動 以繃帶包紮
The nurse put some ointment and a **bandage** on her ankle.
🏥 護士在她的腳踝上了藥膏和繃帶。

03 casualty [`kæʒʊəltɪ] 名 意外事故
Hundreds of passengers were hurt in that **casualty**.
🏥 那場意外事故中有數百名乘客受傷。

04 checkup [`tʃɛk, ʌp] 名 體格檢查；核對
I had a medical **checkup** before going on a trip.
🏥 我在旅行前作了一次體格檢查。

05 clinic [`klɪnɪk] 名 診所
Nina has gone to the **clinic** across from the bank.
🏥 妮娜去銀行對面的診所了。

06 clinical [`klɪnɪkl] 形 臨床的；門診的
She has an appointment with the **clinical** psychologist at 4 p.m.
🏥 她與臨床心理醫師在下午四點有個預約。

07 crutch [krʌtʃ] 名 拐杖；支架
My grandpa can walk without the aid of **crutches**.
🏥 我爺爺走路不需要拐杖的輔助。

08 cure [kjur] 動 名 治療
The doctor has **cured** her of the disease.
🏥 醫生已治好她的疾病。

09 curl [kɝl] 動 使捲曲 名 捲髮
The physical therapist asked him to **curl** his toes.
🏥 物理治療師要求他捲曲他的腳趾。

10 decay [dɪ`ke] 名 蛀蝕；腐爛的物質 動 腐爛
Plaque can cause tooth **decay** and gum disease.
🏥 牙菌斑會造成牙齒蛀蝕和牙齦疾病。

11 **dental** [`dɛnt!] 形 牙齒的
Do you have any **dental** problems?
👤 你有任何牙齒方面的問題嗎？

12 **dentist** [`dɛntɪst] 名 牙醫
My uncle is a **dentist**.
👤 我的叔叔是一位牙醫。

13 **doctor** [`dɑktɚ] 名 醫生
The **doctor** will check his teeth later.
👤 醫生稍後將檢查他的牙齒。

14 **donate** [`donet] 動 捐贈
Some people are willing to **donate** their organs after death.
👤 有些人願意死後捐贈器官。

15 **donation** [do`neʃən] 名 捐贈
The government was urged by charities to encourage organ **donation**.
👤 慈善團體敦促政府鼓勵器官捐贈。

16 **donor** [`donɚ] 名 捐贈者
Doctors removed the healthy heart from the **donor**.
👤 醫生從捐贈者身上摘下健康的心臟。

17 **emergency** [ɪ`mɝdʒənsɪ] 名 緊急情況
In case of **emergency**, call the doctor's cell phone.
👤 若有緊急情況，請撥打醫生的手機。

18 **ethics** [`ɛθɪks] 名 道德標準
The patient's family said the doctor's action was a violation of medical **ethics**.
👤 病患家屬說這位醫生的行為違反了醫療道德標準。

19 **examine** [ɪg`zæmɪn] 動 檢查
Another doctor **examined** her body and could not find anything wrong either.
👤 另一位醫生檢查了她的身體，也沒有發現任何異狀。

20 **hospital** [`hɑspɪt!] 名 醫院
She was sent to the **hospital** last night.
👤 她昨晚被送進醫院了。

21 **inject** [ɪn`dʒɛkt] 動 注入
The nurse **injected** the drug into his arm.
👤 護士把藥注入他的手臂。

22 injection [ɪn`dʒɛkʃən] 名 注射 ⑥
They gave the patient an **injection** to ease her pain.
🔒 他們為病人注射減輕她的疼痛。

23 medical [`mɛdɪk!] 形 醫學的 ③
Two firemen received **medical** treatment for burns.
🔒 兩名消防隊員因燒傷接受了醫學治療。

24 nurse [nɜs] 名 護士 動 看護 ①
The **nurse** injected the drug into my arm.
🔒 護士把藥注射進我的手臂。

25 operate [`ɑpə,ret] 動 動手術；操作 ⑥
The surgeon who **operated** on her is my uncle.
🔒 幫她動手術的外科醫師是我叔叔。

26 operation [,ɑpə`reʃən] 名 手術；操作 ④
Andy is at the hospital recovering from an **operation**
on his leg.
🔒 安迪正在醫院裡從腿部手術中恢復。

27 physician [fɪ`zɪʃən] 名 內科醫師 ④
Consult a **physician** before taking the medicine.
🔒 服藥前請諮詢內科醫師。

28 surgeon [`sɜdʒən] 名 外科醫生 ④
A senior **surgeon** performed the heart operation for
this patient.
🔒 一位資深的外科醫生為這位病人做了心臟手術。

29 surgery [`sɜdʒərɪ] 名 外科手術 ④
His wife has just recovered from brain **surgery**.
🔒 他太太剛從腦部外科手術康復。

30 transplant [træns`plænt] 動 移植 名 移植手術 ⑥
The doctor **transplanted** a healthy kidney to
replace his diseased one.
🔒 醫生移植了一顆健康的腎臟來取代患病的腎臟。

31 treatment [`tritmənt] 名 治療 ②
It took his body a long time to respond to the
treatment.
🔒 他的身體花了很長的時間才對這種治療產生反應。

32 ward [wɔrd] 名 病房；行政區 動 避開 ⑤
She was admitted to a maternity **ward** this morning.
🔒 她今天早上被送進產科病房。

33 **wheelchair** [`hwil`tʃɛr] 名 輪椅 ⑤
He spent the rest of his life in a **wheelchair**.
🔒 他的餘生在輪椅上度過。

34 **X-ray** [`ɛks`re] 名 X光 形 X光的 ③
Her father was advised to have a chest **X-ray**.
🔒 她父親被建議去照胸部X光。

02 疾病與失能

01 **ache** [ek] 動 名 疼痛 ③
My back still **aches** when I lie down.
🔒 躺下時我的背仍然會痛。

02 **acne** [`ækni] 名 粉刺 ⑤
Acne is an annoying skin condition for many people.
🔒 對很多人而言粉刺是一種惱人的皮膚狀況。

03 **AIDS** [`edz] 名 愛滋病 ④
AIDS is an abbreviaion for "acquired immune deficiency syndromes."
🔒 AIDS是「後天免疫不全症候群」的縮寫。

04 **alcoholic** [ˌælkə`hɔlɪk] 名 酗酒者 形 含酒精的 ⑥
He became an **alcoholic** after the divorce.
🔒 離婚後他變成一名酒鬼。

05 **allergic** [ə`lɜdʒɪk] 形 過敏的 ⑤
Vernon is **allergic** to pollen.
🔒 維農對花粉過敏。

06 **allergy** [`ælədʒɪ] 名 過敏 ⑤
Food **allergies** can result in deadly symptoms.
🔒 食物過敏可能引起致死的症狀。

07 **asthma** [`æzmə] 名 氣喘 ⑥
More and more people suffer from **asthma**.
🔒 越來越多人罹患氣喘。

08 **bleed** [blid] 動 流血 ③
He cut his right hand on the broken glass and was **bleeding** badly.
🔒 他的右手被碎玻璃割破而且流了很多血。

09 blind [blaɪnd] 形 瞎的 動 使失明
She is **blind** in one eye from birth.
🏠 她生來就有一隻眼睛失明。

10 blood [blʌd] 名 血
David lost a lot of **blood** in the car accident.
🏠 大衛在車禍中大量失血。

11 bloody [`blʌdɪ] 形 流血的
The man with a mustache gave him a **bloody** nose.
🏠 蓄小鬍子的那個人把他打到流鼻血。

12 breakdown [`brek͵daʊn] 名 崩潰；故障
The pressure from her job led to the complete
breakdown of her health.
🏠 來自工作的壓力讓她累垮了。

13 bruise [bruz] 名 瘀傷 動 使瘀傷
How did you get the **bruise** on your eye?
🏠 你的眼睛怎麼瘀傷了？

14 bump [bʌmp] 名 腫塊 動 碰撞
Luke fell against the desk and had a **bump** on his
forehead.
🏠 路克跌倒撞到書桌，並在額頭上留下腫塊。

15 cancer [`kænsɚ] 名 癌症
Some of my relatives died of **cancer**.
🏠 我的一些親戚死於癌症。

16 cavity [`kævətɪ] 名 蛀洞；腔
I went to see the dentist because there was a **cavity** in
my tooth.
🏠 我去看牙醫，因為我的牙齒有個蛀洞。

17 choke [tʃok] 名 窒息 動 嗆到
She almost died of **choke** this afternoon.
🏠 今天下午她差點窒息而死。

18 chronic [`krɑnɪk] 形 慢性病的；長期的
My grandmother has had **chronic** arthritis for 6 years.
🏠 我奶奶罹患慢性關節炎已經六年了。

19 cold [kold] 名 感冒 形 冷的
You may catch a **cold** if you get wet in the rain.
🏠 你如果淋雨就有可能會感冒。

20 collapse [kə`læps] 名 虛脫；崩潰 動 坍塌　④
Ray's health **collapsed** under the strain of work.
雷因工作過勞而累倒了。

21 condition [kən`dɪʃən] 名 健康狀況；條件　③
Their baby is in a critical **condition** in the hospital.
他們的嬰兒目前在醫院裡處於危急的情況。

22 contagious [kən`tedʒəs] 形 傳染的　⑤
SARS is a highly **contagious** disease.
非典型肺炎是一種傳染性高的疾病。

23 cough [kɔf] 動 名 咳嗽　②
The teacher **coughed** violently in class.
老師在課堂上劇烈咳嗽。

24 cramp [kræmp] 名 動 痙攣；抽筋　⑥
He took a sick leave today because he got stomach
cramps this morning.
他今天請假，因為他今天早上胃痙攣。

25 cripple [`krɪpḷ] 動 使殘廢 名 殘疾者　④
Graham was seriously **crippled** in an accident.
葛蘭在一場事故中嚴重殘廢。

26 damage [`dæmɪdʒ] 動 名 損害　②
Outdoor sunlight can **damage** your skin.
戶外陽光可能損害你的皮膚。

27 deaf [dɛf] 形 耳聾的　②
The child is now profoundly **deaf**.
這個孩子現在為重度聽覺障礙。

28 deafen [`dɛfṇ] 動 使耳聾　③
The noise of the blender **deafened** her.
攪拌機的噪音使她聽不見。

29 diabetes [ˌdaɪə`bitɪz] 名 糖尿病　⑥
She has suffered from **diabetes** since her childhood.
她自童年起就罹患糖尿病。

30 diagnose [`daɪəgnoz] 動 診斷　⑥
The writer was **diagnosed** as having flu.
這位作者被診斷罹患了流行性感冒。

31 **diagnosis** [ˌdaɪəgˋnosɪs] 名 診斷　　6
You should have a second test to confirm the **diagnosis**.
🔊 你應做第二次檢查以確認診斷。

32 **disability** [ˌdɪsəˋbɪlətɪ] 名 失能　　6
Physical **disability** causes mental suffering.
🔊 身體失能會引起心理痛苦。

33 **disable** [dɪsˋebḷ] 動 使傷殘；使無能力　　6
He was **disabled** by leg wounds during the war.
🔊 他在戰爭中因腿傷而殘廢。

34 **disease** [dɪˋziz] 名 疾病　　3
Don't worry about the **disease**, it's not infectious.
🔊 別擔心那個疾病，它不具傳染性。

35 **disorder** [disˋɔrdə] 名 混亂；失調 動 使混亂　　4
She is suffering from a bowel **disorder**.
🔊 她正在鬧肚子痛。

36 **dizzy** [ˋdɪzɪ] 形 暈眩的　　2
After another glass of wine, I began to feel **dizzy**.
🔊 在喝下另一杯酒之後，我開始感到暈眩。

37 **dumb** [dʌm] 形 啞的　　2
He has been **dumb** from birth.
🔊 他生來就啞了。

38 **epidemic** [ˌɛprˋdɛmɪk] 名 傳染病 形 流行的　　6
A killer **epidemic** is sweeping through Europe.
🔊 一種致命的傳染病正席捲歐洲。

39 **faint** [fent] 動 名 暈倒；昏厥　　3
Grandma **fainted** when she heard the bad news.
🔊 奶奶聽到這個壞消息時暈倒了。

40 **fatal** [ˋfetḷ] 形 致命的　　4
The manager had suffered a **fatal** heart attack.
🔊 這位經理遭受致命性心臟病發作。

41 **fever** [ˋfivə] 名 發燒　　2
Symptoms of the disease include **fever**.
🔊 這種病的症狀包括發燒。

42 **flu** [flu] 名 流行性感冒 2
He got the **flu** last week.
他上星期得了流行性感冒。

43 **fracture** [`fræktʃə] 名 動 骨折;挫傷;破碎 6
He was seriously injured, including two **fractures**.
他傷得很重,其中有兩處骨折。

44 **handicap** [`hændɪˏkæp] 動 妨礙 名 障礙 5
She was **handicapped** by poor vision.
她因視力不好而受妨礙。

45 **health** [hɛlθ] 名 健康 1
Vitamins are good for your **health**.
維他命對你的健康有益。

46 **healthful** [`hɛlθfəl] 形 有益健康的 4
It is **healthful** to drink enough water every day.
每天喝足量的水有益健康。

47 **healthy** [`hɛlθɪ] 形 健康的 2
Eating junk food is not **healthy**.
吃垃圾食物不健康。

48 **hospitalize** [`hɑspɪtəˏlaɪz] 動 使入院治療 6
He doesn't have to be **hospitalized** for influenza.
他不需要因為流行性感冒而入院治療。

49 **hysterical** [hɪs`tɛrɪkl] 形 歇斯底里的 6
The crowds became **hysterical** after the gunshot.
槍聲之後群眾變得歇斯底里。

50 **ill** [ɪl] 形 生病的 名 不幸 2
Our class leader is **ill** today.
我們的班長今天生病了。

51 **immune** [ɪ`mjun] 形 免疫的 6
Most adults are **immune** to chicken pox.
大多數成年人對水痘免疫。

52 **infect** [ɪn`fɛkt] 動 使感染 4
The influenza **infected** all children in the kindergarten, raising the alarm to the government.
流行性感冒感染了整間幼稚園的孩童,引起政府警覺。

53 infection [ɪnˋfɛkʃən] 名 感染　　④
I don't want to be exposed to **infection**.
🔒 我不想暴露於受感染的環境。

54 infectious [ɪnˋfɛkʃəs] 形 傳染的　　⑥
They are under the danger of the **infectious** disease.
🔒 他們正處於這種傳染病的危險中。

55 injure [ˋɪndʒə] 動 傷害　　③
The terrible explosion **injured** at least ten people.
🔒 這起可怕的爆炸案至少使十個人受傷。

56 injury [ˋɪndʒərɪ] 名 傷害　　③
Two victims got serious **injuries** in the accident.
🔒 兩名受害者在這次事件中嚴重受傷。

57 malaria [məˋlɛrɪə] 名 瘧疾　　⑥
Periodic fever is one of the symptoms of **malaria**.
🔒 週期性發燒是瘧疾的症狀之一。

58 nearsighted [ˋnɪrˋsaɪtɪd] 形 近視的　　④
I was **nearsighted** and went to the optician.
🔒 我近視了並且去配了眼鏡。

59 pain [pen] 名 痛 動 傷害　　②
His back gives him a lot of **pain**.
🔒 他背痛得厲害。

60 painful [ˋpenfəl] 形 痛苦的　　②
Her neck is still **painful**.
🔒 她的脖子還是很痛。

61 paralyze [ˋpærə͵laɪz] 動 麻痺；癱瘓　　⑥
The stroke **paralyzed** the left side of his body.
🔒 中風使他的左半邊身體癱瘓了。

62 plague [pleg] 名 瘟疫　　⑤
Plague is a highly infectious disease which usually
results in death.
🔒 瘟疫是一種通常會導致死亡的高傳染性疾病。

63 pneumonia [njuˋmonjə] 名 肺炎　　⑥
Most people do not need to be hospitalized for
pneumonia.
🔒 大多數人不需要因為肺炎而住院治療。

64 **prick** [prɪk] 名 刺痛 動 刺；扎 🔵
Shelly felt a **prick** when she stepped on a tack.
🔔 當雪莉踩到一根大頭針時，她感到一陣刺痛。

65 **rash** [ræʃ] 名 疹子 形 輕率的 🔵
The salve is good for soothing skin **rashes**.
🔔 這種軟膏對於減輕皮膚出疹有效。

66 **scar** [skɑr] 名 傷痕 動 使留下疤痕 🔵
The girl has a light **scar** on her upper lip.
🔔 這個女孩的上唇有道淺色傷痕。

67 **shortsighted** [`ʃɔrt`saɪtɪd] 形 近視的 🔵
She is very **shortsighted** without her glasses on.
🔔 她不戴眼鏡時近視非常深。

68 **sick** [sɪk] 形 生病的 🔵
He has been **sick** for days.
🔔 他已經病了好幾天。

69 **smallpox** [`smɔlpɑks] 名 天花 🔵
Has your infant had a **smallpox** vaccine yet?
🔔 你的嬰兒注射過天花疫苗了嗎？

70 **sore** [sor] 形 疼痛的 名 疼痛 🔵
My belly is still **sore** from the surgery.
🔔 我的腹部因手術而仍舊疼痛。

71 **sprain** [spren] 動 名 扭傷 🔵
Carter **sprained** his ankle when he jumped down
from the stage.
🔔 卡特從舞臺上跳下來時扭傷了腳踝。

72 **starvation** [star`veʃən] 名 飢餓 🔵
Many people died of **starvation** due to the drought.
🔔 許多人因乾旱而死於飢餓。

73 **starve** [starv] 動 飢餓 🔵
Some prisoners **starved** to death during the war.
🔔 一些囚犯在戰爭期間飢餓而死。

74 **symptom** [`sɪmptəm] 名 症狀；徵兆 🔵
Students with flu **symptoms** should not go to school.
🔔 有流行性感冒症狀的學生不應該去學校。

75 **trauma** [`trɔmə] 名 創傷；損傷　　　　　6
The psychiatrist traced some of his problems to
childhood **traumas**.
🏛 精神科醫師認為他的一些問題可追溯自童年期的創傷。

76 **tuberculosis** [tju‚bɝkjə`losɪs] 名 肺結核　　6
The man with **tuberculosis** was put in an isolation
ward.
🏛 罹患肺結核的男子住進了隔離病房。

77 **tumor** [`tjumə] 名 腫瘤　　　　　　　　　6
They discovered that there was a malignant **tumor** in
her breasts.
🏛 他們在她的乳房發現惡性腫瘤。

78 **ulcer** [`ʌlsə] 名 潰瘍　　　　　　　　　　6
His stomach **ulcer** has been troubling him a lot.
🏛 他的胃潰瘍一直非常折磨他。

79 **vomit** [`vɑmɪt] 動 名 嘔吐　　　　　　　　6
She **vomited** up all she had just eaten.
🏛 她把她剛剛吃的都吐了出來。

80 **wound** [wund] 名 傷口 動 傷害　　　　　　2
The nurse applied a dressing to his **wound** and
bandaged it.
🏛 護士將藥膏塗在他的傷口上並用繃帶包紮起來。

81 **wrench** [`rɛntʃ] 動 名 扭傷；扭轉　　　　　6
Brian fell from his bike and **wrenched** his wrist.
🏛 布萊恩從單車上跌下，扭傷了手腕。

03　藥品與藥物濫用　　　　　　　　分類

01 **addict** [ə`dɪkt ] 動 上癮 名 [ `ædɪkt] 上癮者　6
Kelly is **addicted** to sleeping pills, and she needs to
take at least two of them every night.
🏛 凱莉對安眠藥上了癮，每天晚上她都必須至少吃兩顆。

02 **addiction** [ə`dɪkʃən] 名 上癮；熱衷　　　　6
To get rid of his drug **addiction**, he must have a
strong will.
🏛 他必須擁有堅強的意志以擺脫藥癮。

03 **antibiotic** [ˌæntɪbaɪˋɑtɪk] 名 抗生素 形 抗生的 6

The doctor prescribed **antibiotics** to treat her infection.

🏛 醫生開了抗生素治療她的感染。

04 **antibody** [ˋæntɪˌbɑdɪ] 名 抗體 6

Our bodies produce **antibodies** to destroy substances that carry disease.

🏛 我們的身體產生抗體以消滅帶有疾病的物質。

05 **aspirin** [ˋæspərɪn] 名 阿斯匹靈 4

Do you have any **aspirin** for my headache?

🏛 你有阿斯匹靈給我止頭痛嗎？

06 **capsule** [ˋkæpsl] 名 膠囊 6

The little girl doesn't know how to swallow a **capsule**.

🏛 這個小女孩不知道怎麼吞膠囊。

07 **dosage** [ˋdosɪdʒ] 名 藥量；劑量 6

Never exceed the recommended **dosage**.

🏛 決不要服用超過建議藥量。

08 **dose** [dos] 名 一劑藥量 動 服藥 3

The nurse administered one **dose** of penicillin to the sick child.

🏛 護士給生病的孩子服用一劑盤尼西林(青黴素)。

09 **drug** [drʌg] 名 藥 動 使服毒品 2

The doctor prescribed a new **drug** for me.

🏛 醫生開了一種新藥給我。

10 **drugstore** [ˋdrʌgˌstor] 名 藥房 2

You can buy medicine and cosmetics in a **drugstore**.

🏛 你可以在藥房買藥品和化妝品。

11 **ecstasy** [ˋɛkstəsɪ] 名 狂喜；入迷 6

She took the illegal drug and was in a state of **ecstasy**.

🏛 她吃了非法藥物而處於狂喜狀態。

12 **fluid** [ˋfluɪd] 名 流體 形 流質的 6

The patient can only keep **fluids** down now.

🏛 這名病人現在只能吃流質食物。

13 **germ** [ˋdʒɝm] 名 細菌 4

This special liquid kills **germs**.

🏛 這個特殊的液體可以殺死細菌。

[14] **heroin** [`hɛroɪn] 名 海洛因 🔠
He is addicted to **heroin**.
🏠 他對海洛因上癮。

[15] **medication** [,mɛdɪ`keʃən] 名 藥物治療 🔠
She is on **medication** now.
🏠 她正在接受藥物治療。

[16] **medicine** [`mɛdəsn̩] 名 藥 🔢
Did you take your **medicine** this morning?
🏠 你早上有吃藥嗎？

[17] **needle** [`nidl̩] 名 針 動 刺激；挑逗 🔢
Grace is afraid of **needles**.
🏠 葛瑞絲害怕針。

[18] **pharmacist** [`fɑrməsɪst] 名 藥師 🔠
The **pharmacist** instructed her to take a dose of cod-liver oil every morning.
🏠 藥師吩咐她每天早上服用一劑魚肝油。

[19] **pharmacy** [`fɑrməsɪ] 名 藥劑學 🔠
We spent three years studying **pharmacy**.
🏠 我們花了三年學習藥劑學。

[20] **pill** [pɪl] 名 藥丸 🔠
Tony took a **pill** to relieve his headache.
🏠 湯尼吃了一顆藥丸來減輕他的頭痛。

[21] **prescribe** [prɪ`skraɪb] 動 開處方 🔠
The doctor **prescribed** some sleeping pills to help me to sleep.
🏠 醫生開了一些安眠藥幫助我睡眠。

[22] **prescription** [prɪ`skrɪpʃən] 名 處方 🔠
This ointment is available on **prescription** only.
🏠 這種藥膏憑處方才買得到。

[23] **relief** [rɪ`lif] 名 減輕；緩和 🔠
What I really need now is the **relief** of my headache.
🏠 我現在最需要的就是減輕我的頭痛。

[24] **relieve** [rɪ`liv] 動 減緩 🔠
These pills may **relieve** your pain.
🏠 這些藥丸可以減緩你的疼痛。

25 **remedy** [`rɛmədɪ] 動 治療 名 補救 ⭐
Natural herbs may **remedy** a toothache.
🔊 天然草藥可治療牙痛。

26 **tablet** [`tæblɪt] 名 塊；片 ⭐
It is not a good habit to take sleeping **tablets** regularly.
🔊 經常吃安眠藥不是一個好習慣。

27 **therapist** [`θɛrəpɪst] 名 治療師 ⭐
The **therapist** told me to exercise more.
🔊 這位治療師告訴我要多運動。

28 **therapy** [`θɛrəpɪ] 名 治療 ⭐
She is having **therapy** to conquer her fear of roaches.
🔊 她正在接受治療以克服對蟑螂的恐懼。

29 **tranquilizer** [`træŋkwɪˌlaɪzɚ] 名 鎮靜劑 ⭐
The doctor prescribed a **tranquilizer** to me.
🔊 醫生開了鎮靜劑給我。

30 **vaccine** [`væksin] 名 疫苗 ⭐
The nurse is injecting the baby with **vaccine**.
🔊 護士正在為這個嬰兒注射疫苗。

04　菸品　分類

01 **cigar** [sɪ`gɑr] 名 雪茄 ⭐
He enjoys smoking a **cigar** after each meal.
🔊 他喜歡在每餐飯後享受一根雪茄。

02 **cigarette** [`sɪgəˌrɛt] 名 香菸 ⭐
Could you buy a packet of **cigarettes** for me?
🔊 你可以幫我買一包香菸嗎？

03 **tar** [tɑr] 名 焦油 動 塗焦油於 ⭐
Tar is a poisonous substance contained in tobacco.
🔊 焦油是菸草中含有的一種有害物質。

04 **tobacco** [tə`bæko] 名 菸草 ⭐
These cigars are made of premium **tobacco**.
🔊 這些雪茄是由優質菸草製成的。

NOTE

_____

_____

_____

_____

_____

_____

_____

_____

_____

_____

_____

_____

_____

_____

_____

_____

_____

_____

_____

_____

PART 7

身體與活動類
單字收納

名 名 詞

動 動 詞

形 形容詞

副 副 詞

1 ～ 6 單字難易度
（分別符合美國一至六年級學生所學範圍）

掃碼即聽
MP3 075～114

01 人體

分類

01 abdomen [`æbdəmən] 名 腹部；下腹
The man has a pain in his **abdomen**.
這個男人腹部疼痛。

02 accommodation [ə,kɑmə`deʃən] 名 適應
Your body is capable of **accommodation** when compelled to do so.
當你的身體不得不如此時就能夠適應。

03 adaptation [,ædæp`teʃən] 名 適應
Her body will be able to make an **adaptation** to the new drug soon.
她的身體將能夠快速適應新藥。

04 ankle [`æŋkl] 名 腳踝
Harry's **ankle** began to swell.
哈利的腳踝開始腫起來了。

05 artery [`ɑrtərɪ] 名 動脈
Arteries carry fresh blood from your heart to the rest of your body.
動脈從你的心臟輸送新鮮的血液到身體的其他部位。

06 back [bæk] 名 背部 動 使後退
Two of the thieves were shot in the **back**.
其中兩名小偷被射中背部。

07 backbone [`bæk,bon] 名 脊柱
The doctor said my **backbone** is not straight enough.
醫生說我的脊柱不夠筆直。

08 being [`biɪŋ] 名 存在
The real nature of **being** is the big issue.
存在的真實本質是個大議題。

09 belly [`bɛlɪ] 名 肚子；腸胃
She laid her hands on her **belly**.
她把雙手放在肚子上。

10 blink [blɪŋk] 動 使眨眼；閃爍 名 眨眼
She kept **blinking** her eyes until the boy saw her.
她持續眨著眼睛直到男孩看見她。

11 **blush** [blʌʃ] 動 名 臉紅　　4
She **blushed** again when she saw the cute boy.
🔒 她看到這個可愛的男孩時又臉紅了。

12 **bodily** [`bɑdɪlɪ] 形 身體上的　副 親身地　　5
Eating is more than just a **bodily** need.
🔒 吃不只是身體上的需求。

13 **body** [`bɑdɪ] 名 身體　　1
His **body** gave a wiggle ten seconds ago.
🔒 十秒鐘前他的身體扭動了一下。

14 **bone** [bon] 名 骨頭　　1
Kevin fell from the roof and fractured his right thigh **bone**.
🔒 凱文從屋頂上摔了下來，右大腿骨折。

15 **bony** [`bonɪ] 形 骨瘦如柴的　　2
The **bony** child was physically abused.
🔒 這個骨瘦如柴的孩子遭受肉體上的虐待。

16 **bowel** [`bauəl] 名 腸；惻隱之心　　5
It is reported that the total length of a human's **bowels** is longer than his height.
🔒 據報導人類腸子的總長度比身高還長。

17 **brain** [bren] 名 腦　　2
The surgeon operated on him to remove the tumor in his **brain**.
🔒 外科醫生為他動手術切除腦部腫瘤。

18 **breast** [brɛst] 名 胸膛　　3
The robber struck his **breast** with a stick.
🔒 搶匪用棍子攻擊他胸膛。

19 **breath** [brɛθ] 名 呼吸　　3
I could smell the garlic on his **breath**.
🔒 在他的呼吸裡我可以聞到大蒜味。

20 **breathe** [brið] 動 呼吸　　3
He sat on the sofa, **breathing** deeply and evenly.
🔒 他坐在沙發上深沉而均勻地呼吸著。

21 **brow** [brau] 名 眉毛　　3
Maria accidentally shaved off her left **brow** this morning.
🔒 今天早上瑪麗亞不小心剃掉了她的左眉毛。

22 **cheek** [tʃik] 名 臉頰 🄃

The little girl kissed me on the **cheek**.
🏠 這個小女孩在我的臉頰上親了一下。

23 **chest** [tʃɛst] 名 胸 🄃

She poked a long finger in Haward's **chest**.
🏠 她用一隻長手指戳了霍華的胸膛。

24 **chew** [tʃu] 動 名 咀嚼 🄃

Chew your food well before you swallow it.
🏠 吞嚥前充分咀嚼你的食物。

25 **chin** [tʃɪn] 名 下巴 🄂

The injury scarred his **chin**.
🏠 傷口在他的下巴上留下疤痕。

26 **clap** [klæp] 動 拍擊 名 鼓掌 🄂

The principal **clapped** the student on the back and praised him.
🏠 校長輕拍這個學生的背並稱讚他。

27 **cry** [kraɪ] 動 哭喊 名 哭聲 🄁

She **cried** with fear and disappointment.
🏠 她因恐懼和失望而哭喊。

28 **dandruff** [ˋdændrəf] 名 頭皮屑 🄆

The lotion eased his **dandruff**.
🏠 這種藥水減少了他的頭皮屑。

29 **ear** [ɪr] 名 耳朵 🄁

Rabbits have long **ears**.
🏠 兔子有對長耳朵。

30 **elbow** [ˋɛlbo] 名 手肘 動 用肘推 🄃

It is impolite to put your **elbows** on the table while dining.
🏠 用餐時將手肘放在桌上不禮貌。

31 **eye** [aɪ] 名 眼睛 動 看 🄁

The baby opened his **eyes** and looked around.
🏠 嬰兒張開了他的眼睛到處看。

32 **eyebrow** [ˋaɪˌbraʊ] 名 眉毛 🄂

Kimberly dyed her **eyebrows** brown, too.
🏠 金柏莉將她的眉毛也染成褐色。

33 **eyelash** [`aɪ.læʃ] 名 睫毛　　🄖
The lady was wearing false **eyelashes**.
🔸 那位女士戴著假睫毛。

34 **eyelid** [`aɪ.lɪd] 名 眼皮　　🄖
His **eyelids** began to swell.
🔸 他的眼皮開始腫起來了。

35 **eyesight** [`aɪ.saɪt] 名 視力　　🄗
My elder brother has good **eyesight**.
🔸 我哥哥的視力很好。

36 **face** [fes] 名 臉 動 面對　　🄐
The boy has a chubby **face**.
🔸 這個男孩的臉圓嘟嘟的。

37 **facial** [`feʃəl] 形 臉的；面部的　　🄓
I don't know how to do a **facial** massage.
🔸 我不知道怎麼做臉部按摩。

38 **figure** [`fɪgjə] 名 身材；體態 動 有道理　　🄑
Gill is dieting to keep her **figure**.
🔸 吉兒正在節食以保持身材。

39 **finger** [`fɪŋgə] 名 手指 動 指出　　🄐
She cut her **finger** while making breakfast this morning.
🔸 她今天早上做早餐時切傷了手指。

40 **fist** [fɪst] 名 拳頭 動 拳打　　🄒
The boy shook his **fists** at the stranger.
🔸 男孩朝陌生人揮動拳頭。

41 **forehead** [`fɔr.hɛd] 名 前額　　🄒
He fell down and bumped his **forehead** against the bookshelf.
🔸 他跌倒，前額撞上書架。

42 **frown** [fraun] 動 皺眉；表示不滿 名 不悅之色　　🄓
The school principal **frowned** at the noise coming from the classroom.
🔸 校長聽到從教室裡傳來的吵鬧聲，皺起了眉頭。

43 **gut** [gʌt] 名 膽量；腸子 動 取出內臟　　🄖
The new chairman has the **guts** to solve the knotty problem.
🔸 新的主席有膽量解決這個複雜的問題。

44 **hand** [hænd] 名 手 動 攙扶
What are you holding in your **hands**?
🔊 你手裡握著什麼？

45 **head** [hɛd] 名 頭腦；首領 動 率領
The ball hit him on the **head**.
🔊 球打中了他的頭。

46 **heart** [hɑrt] 名 心
Sandra has a kind **heart**.
🔊 珊卓有顆善良的心。

47 **heel** [hil] 動 緊跟著 名 腳後跟
He is training his dog to come to **heel**.
🔊 他正在訓練他的狗緊跟著他。

48 **hip** [hɪp] 名 屁股
The guy put his hands on his **hips** and shrugged his shoulders.
🔊 這個小伙子將雙手放在他的屁股上並聳了聳肩。

49 **human** [`hjumən] 名 人 形 人類的
Some parts of the **human** body are still mysteries.
🔊 人體的某些部分仍然成謎。

50 **individual** [͵ɪndə`vɪdʒʊəl] 名 個人 形 個別的
I respect the rights of each **individual**.
🔊 我尊重每個人的權利。

51 **jaw** [dʒɔ] 名 下巴 動 嘮叨
The boxer gave his opponent a punch in the **jaw**.
🔊 拳擊手在對手的下巴上打了一拳。

52 **joint** [dʒɔɪnt] 名 關節；接合處 形 共同的
My grandpa's leg **joints** ache if he exercises.
🔊 我爺爺運動時腿的關節會痛。

53 **kidney** [`kɪdnɪ] 名 腎臟
It is said that black-colored food is good for your **kidneys**.
🔊 據說黑色食物對腎臟很好。

54 **kiss** [kɪs] 名 動 吻
Abby's parents always give her a goodnight **kiss** before she goes to bed.
🔊 艾比的父母總是在她睡覺前給她一個晚安吻。

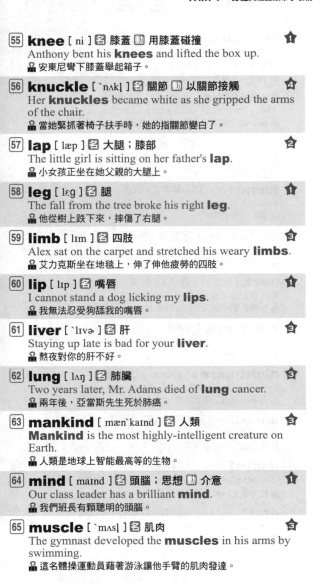

55 knee [ni] 名 膝蓋 動 用膝蓋碰撞
Anthony bent his **knees** and lifted the box up.
🏛 安東尼彎下膝蓋舉起箱子。

56 knuckle [`nʌkḷ] 名 關節 動 以關節接觸
Her **knuckles** became white as she gripped the arms of the chair.
🏛 當她緊抓著椅子扶手時，她的指關節變白了。

57 lap [læp] 名 大腿；膝部
The little girl is sitting on her father's **lap**.
🏛 小女孩正坐在她父親的大腿上。

58 leg [lɛg] 名 腿
The fall from the tree broke his right **leg**.
🏛 他從樹上跌下來，摔傷了右腿。

59 limb [lɪm] 名 四肢
Alex sat on the carpet and stretched his weary **limbs**.
🏛 艾力克斯坐在地毯上，伸了伸他疲勞的四肢。

60 lip [lɪp] 名 嘴唇
I cannot stand a dog licking my **lips**.
🏛 我無法忍受狗舔我的嘴唇。

61 liver [`lɪvɚ] 名 肝
Staying up late is bad for your **liver**.
🏛 熬夜對你的肝不好。

62 lung [lʌŋ] 名 肺臟
Two years later, Mr. Adams died of **lung** cancer.
🏛 兩年後，亞當斯先生死於肺癌。

63 mankind [mæn`kaɪnd] 名 人類
Mankind is the most highly-intelligent creature on Earth.
🏛 人類是地球上智能最高等的生物。

64 mind [maɪnd] 名 頭腦；思想 動 介意
Our class leader has a brilliant **mind**.
🏛 我們班長有顆聰明的頭腦。

65 muscle [`mʌsḷ] 名 肌肉
The gymnast developed the **muscles** in his arms by swimming.
🏛 這名體操運動員藉著游泳讓他手臂的肌肉發達。

66 **muscular** [`mʌskjələ] 形 肌肉的 5
The early symptoms of flu include cough, fever and **muscular** weakness.
🏠 流行性感冒的早期症狀包括咳嗽、發燒和肌肉無力。

67 **mustache** [`mʌstæʃ] 名 小鬍子 4
That young man with a **mustache** is my teacher.
🏠 留小鬍子的那個年輕人是我的老師。

68 **nail** [nel] 名 指甲；釘子 動 釘 2
Jim bites his **nails** when he is nervous.
🏠 吉姆緊張時會咬指甲。

69 **name** [nem] 名 名字 動 命名 1
What is your **name**?
🏠 你叫什麼名字？

70 **navel** [`nevl] 名 肚臍；中心點 6
Everybody has a **navel**.
🏠 每個人都有肚臍。

71 **neck** [nɛk] 名 脖子 動 變窄 1
She threw a scarf over her **neck**.
🏠 她隨手把一條圍巾披在脖子上。

72 **nickname** [`nɪk,nem] 名 綽號 動 取綽號 3
Do you have a **nickname**?
🏠 你有綽號嗎？

73 **nightmare** [`naɪt,mɛr] 名 惡夢 4
Sandra is having that **nightmare** again.
🏠 珊卓拉又做了那個惡夢。

74 **nose** [noz] 名 鼻子 動 聞；探問 1
Amanda wiped her **nose** with a tissue.
🏠 阿曼達用紙巾擦鼻子。

75 **nostril** [`nɑstrəl] 名 鼻孔 5
Her **nostrils** were really red as though she had a cold.
🏠 她的鼻孔好紅，好像感冒了似的。

76 **oral** [`orəl] 形 口部的，口述的 名 口試 4
The dentist was concerned about **oral** hygiene.
🏠 這位牙醫關心口腔衛生。

77 **organ** [`ɔrgən] 名 器官
Skin is the largest **organ** of the body.
🔊 皮膚是人體最大的器官。

78 **palm** [pɑm] 名 手心；手掌
The magician placed a coin in the boy's **palm**.
🔊 魔術師將一枚硬幣放在這個男孩的手心裡。

79 **period** [`pɪrɪəd] 名 期間；週期
Hunter can hold his breath for a long **period** of time.
🔊 漢特可以憋氣很長一段時間。

80 **physical** [`fɪzɪk]] 形 身體的
The illness may cause **physical** and mental problems at the same time.
🔊 這種疾病可同時引起身體和心理問題。

81 **pimple** [`pɪmpl] 名 面皰
Nelson has **pimples** on his face.
🔊 尼爾森臉上有面皰。

82 **pulse** [pʌls] 動 搏動 名 脈搏
Her temples **pulsed** a little, threatening a headache.
🔊 她的太陽穴微微搏動，有頭痛的徵兆。

83 **shoulder** [`ʃoldə] 名 肩膀 動 擔負
He walked into the house with a robin standing on his right **shoulder**.
🔊 他走進房子裡，有隻知更鳥站在他的右肩膀上。

84 **signature** [`sɪgnətʃə] 名 簽名
I need your **signature** on this contract.
🔊 我需要你在這份合約上簽名。

85 **sleep** [slip] 動 睡 名 睡眠
Did you **sleep** well last night?
🔊 昨晚你睡得好嗎？

86 **sleepy** [`slipɪ] 形 想睡的
Studying English makes me **sleepy**.
🔊 讀英文讓我很想睡覺。

87 **sneeze** [sniz] 動 打噴嚏 名 噴嚏
The mother complained that her child **sneezes** often.
🔊 這位母親訴說她的孩子時常打噴嚏。

88 **spine** [spaɪn] 名 脊柱 🔟
Hold this pose and keep your **spine** straight.
🔒 保持這個姿勢不動，脊柱打直。

89 **spit** [spɪt] 動 吐口水 名 唾液 🔟
They **spat** at the beggar and taunted him.
🔒 他們對著這個乞丐吐口水嘲笑他。

90 **stomach** [`stʌmək] 名 胃 🔟
My **stomach** is full; I can't eat anymore.
🔒 我吃飽了，吃不下了。

91 **suck** [sʌk] 動 名 吸 🔟
The little girl clutched the bottle with both hands and **sucked** intently.
🔒 這個小女孩雙手抓住瓶子專心地吸吮。

92 **tan** [tæn] 動 曬黑 名 曬後膚色 🔟
Sandy has ivory skin that never **tans**.
🔒 珊蒂有著從不曬黑的白皮膚。

93 **tear** [tɪr] 名 眼淚；撕扯 動 流淚；撕扯 🔟
My aunt burst into **tears** on the phone.
🔒 我阿姨在電話上哭了出來。

94 **thigh** [θaɪ] 名 大腿 🔟
The shorts chafed the skin on her **thighs**.
🔒 這件短褲把她大腿上的皮膚擦傷了。

95 **throat** [θrot] 名 喉嚨 🔟
She felt her **throat** go dry as she stared at him.
🔒 當她凝視著他時，她感覺喉嚨變乾了。

96 **throb** [θrɑb] 名 動 跳動；搏動 🔟
The steady **throb** of her heart gave the infant comfort.
🔒 她心臟的穩定跳動給了這個嬰兒安慰。

97 **thumb** [θʌm] 名 拇指 動 用拇指翻動 🔟
The boy bit the tip of his right **thumb**, looking at me.
🔒 這個男孩咬著他右手拇指的指尖看著我。

98 **toe** [to] 名 腳趾 動 用腳尖踢 🔟
He kicked the vending machine hard and hurt his **toes**.
🔒 他用力踢了這台自動販賣機，傷了他的腳趾。

99 **tongue** [tʌŋ] 名 舌頭 動 舔　　　　　2
The doctor checked his **tongue** and nostrils.
🔔 醫生檢查了他的舌頭和鼻孔。

100 **tooth** [tuθ] 名 牙齒　　　　　2
My dentist took out my loose **tooth**.
🔔 我的牙醫把我鬆動的牙齒拔掉了。

101 **tummy** [`tʌmɪ] 名 肚子　　　　　1
You should keep the baby's **tummy** warm.
🔔 你應該讓嬰兒的肚子保持溫暖。

102 **waist** [west] 名 腰部　　　　　2
The pants don't fit me at the **waist**.
🔔 這件褲子不合我的腰身。

103 **wink** [wɪŋk] 動 名 眨眼　　　　　3
Karen **winked** at the child to be quiet.
🔔 凱倫向這個孩子眨眼示意他安靜下來。

104 **wrinkle** [`rɪŋkl] 動 皺起 名 皺紋　　　　　4
Laura **wrinkled** her nose at the cat.
🔔 蘿拉對這隻貓皺起了鼻子。

105 **wrist** [rɪst] 名 手腕　　　　　3
The policeman clipped a pair of handcuffs on his **wrists**.
🔔 這名警官在他的手腕銬上一副手銬。

106 **yawn** [jɔn] 名 呵欠 動 打呵欠　　　　　3
The guard stretched lazily with a **yawn**.
🔔 這名警衛打了呵欠、伸了懶腰。

02　人體動作　分類

01 **absorb** [əb`sɔrb] 動 吸收　　　　　4
Human **absorb** nutrients from foods and supplements.
🔔 人類從飲食和補給品中吸收養分。

02 **abuse** [ə`bjuz] 動 虐待 名 濫用　　　　　6
Don't **abuse** your dog.
🔔 不要虐待你的狗。

03 applaud [ə`plɔd] 動 為…鼓掌　　⑤
Everyone **applauded** Sandy for her great performance.
🎓 大家為珊蒂出色的演出鼓掌喝采。

04 applause [ə`plɔz] 名 喝采；鼓勵　　⑤
Judy was touched by the **applause** from her fans.
🎓 茱蒂被她粉絲的喝采打動。

05 autograph [`ɔtə,græf] 名 動 親筆簽名　　⑥
Andy has Madonna's **autograph**.
🎓 安迪有瑪丹娜的親筆簽名。

06 awake [ə`wek] 動 喚醒 形 清醒的　　③
Brian was **awakening** by the telephone ring at 5 o'clock this morning.
🎓 布萊恩今天早上五點鐘被電話鈴聲吵醒。

07 awaken [ə`wekən] 動 覺醒　　③
This in-depth news report **awakened** us face the serious environmental pollution.
🎓 這篇深度新聞報導喚醒我們面對嚴重的環境污染問題。

08 beckon [`bɛkən] 動 點頭示意；招手　　⑥
My father **beckoned** me to sit closer.
🎓 我爸爸示意要我坐得近一點。

09 behave [br`hev] 動 舉止　　③
Tommy **behaves** like a child.
🎓 湯姆的行為舉止像個孩子。

10 behavior [br`hevjə] 名 行為舉止　　④
I can't stand Richard's **behavior** anymore.
🎓 我無法再容忍理查的行為了。

11 bite [baɪt] 動 咬 名 一口之量　　①
Molly's dog **bit** Lucas yesterday.
🎓 莫莉的狗昨天咬了路卡斯。

12 caress [kə`rɛs] 動 名 愛撫　　⑥
The little girl **caressed** her kitten fondly.
🎓 小女孩深情地撫摸著她的小貓。

13 chop [tʃɑp] 動 砍；劈 名 排骨　　③
Ted's uncle is **chopping** wood in the forest.
🎓 泰德的叔叔正在森林裡砍柴。

14 **chuckle** [`tʃʌkl] 動 輕笑 名 滿足的輕笑　　6
The baby **chuckles** when he sees the puppy.
🔒 小寶寶一看見小狗就笑了。

15 **clench** [klɛntʃ] 動 名 緊握　　6
The old lady **clenched** my hands.
🔒 這位老太太緊抓著我的雙手。

16 **cling** [klɪŋ] 動 抓牢；附著　　5
Danny and Janice **clung** to each other.
🔒 丹尼和珍妮絲緊緊抓著彼此。

17 **clutch** [klʌtʃ] 動 名 緊抓；緊握　　5
Vanessa **clutched** at a pole to prevent falling down.
🔒 溫妮莎抓住扶桿以防跌倒。

18 **contemplate** [`kɑntɛm, plet] 動 苦思　　5
I need some time to **contemplate** the meaning of life.
🔒 我需要一點時間來思考人生的意義。

19 **crouch** [krautʃ] 動 名 蹲伏　　5
My sister **crouches** down to play with the cats.
🔒 我妹妹蹲下來和貓咪玩耍。

20 **crumble** [`krʌmbl] 動 弄碎　　6
The thief **crumbled** the vase by accident.
🔒 小偷不小心把花瓶打碎了。

21 **crush** [krʌʃ] 動 壓碎 名 毀壞　　4
The car was **crushed** by the tree.
🔒 車子被樹木壓扁了。

22 **curse** [kɜs] 動 咒罵 名 詛咒　　4
The old man **cursed** the bad weather.
🔒 那個老人咒罵著壞天氣。

23 **cut** [kʌt] 動 切割 名 切口　　1
Christopher **cuts** his finger accidentally.
🔒 克里斯多夫意外地割傷了自己的手指。

24 **do** [du] 動 做　　1
What did you **do** to him?
🔒 你對他做了什麼？

MP3 ⊙ 061

25 dodge [dɑdʒ] 動 名 閃避；閃開 ③
Dodge yourself when encountering danger.
🔒 遇上危險時記得要閃避自保。

26 doze [doz] 動 名 打瞌睡 ④
My co-worker **dozed** when the boss was giving a speech.
🔒 老闆說話時，我的同事打起瞌睡。

27 escape [ə`skep] 動 逃走 名 漏出 ③
That prisoner **escaped** from the jail last Tuesday.
🔒 犯人上星期二從監獄脫逃。

28 falter [`fɔltə] 動 結巴地說 ⑤
Joey **faltered** when answering the question.
🔒 喬伊在回答問題時結結巴巴。

29 fasten [`fæsn̩] 動 繫緊 ③
Please **fasten** your seat belt.
🔒 請繫好安全帶。

30 fetch [fɛtʃ] 動 取得 ④
Can you **fetch** me my book, please?
🔒 能不能請你幫我把我的書拿過來？

31 find [faɪnd] 動 名 找到；發現 ①
I can't **find** my watch.
🔒 我找不到我的手錶。

32 flee [fli] 動 逃走 ④
The prisoner **fled** in the darkness.
🔒 囚犯在黑暗中逃走。

33 follow [`fɑlo] 動 跟隨 ①
A dog was **following** him when he took a walk this afternoon.
🔒 他今天下午去散步時，有一隻狗跟著他。

34 gasp [gæsp] 動 倒抽一口氣 名 喘息 ⑤
Whitney **gasped** and didn't say anything.
🔒 惠特妮倒抽一口氣，不說一句話。

35 gaze [gez] 動 名 凝視 ④
Sonny likes to **gaze** out of the window.
🔒 桑尼喜歡凝視窗外。

36 **give** [gɪv] 動 給予

My parents **gave** me a present yesterday.

🔒 我爸媽昨天給我一個禮物。

37 **glance** [glæns] 動 瞥視 名 一瞥

Mary **glanced** at the man next to her.

🔒 瑪莉瞥視了站在她身旁的男子。

38 **glare** [glɛr] 動 名 怒視

Nathan **glared** at me without saying a word.

🔒 納森瞪著我，一句話都沒說。

39 **glimpse** [glɪmps] 動 名 瞥見

The teacher **glimpsed** the student cheating.

🔒 那位老師瞥見學生作弊。

40 **go** [go] 動 去；走 名 輪到的機會

My brother **goes** swimming every morning.

🔒 我哥哥每天早上去游泳。

41 **gobble** [`gɑbḷ] 動 狼吞虎嚥

George **gobbled** his dinner.

🔒 喬治狼吞虎嚥地吃完晚餐。

42 **gossip** [`gɑsəp] 動 聊是非 名 八卦

Those two women love to **gossip** when they have time.

🔒 那兩個女人一有時間就喜歡聊八卦。

43 **grab** [græb] 動 名 抓住

The robber **grabbed** her purse and ran away.

🔒 強盜抓了她的皮包之後便逃跑了。

44 **grasp** [græsp] 動 名 緊握

Edward knows how to **grasp** opportunities.

🔒 愛德華知道該如何抓住機會。

45 **grin** [grɪn] 動 名 露齒而笑

Paul looked at me and **grinned**.

🔒 保羅看著我，並且露齒而笑。

46 **gulp** [gʌlp] 動 牛飲 名 滿滿一口

Henry **gulped** down his beer.

🔒 亨利將他的啤酒一飲而盡。

47 **hail** [hel] 動 名 歡呼；招呼

People **hailed** the winner.

🔒 人們為贏家歡呼。

48 **hear** [hɪr] 動 聽到
Can you **hear** me?
🔊 你能聽見我說的話嗎？

49 **hold** [hold] 動 持有；舉行 名 握住
Please **hold** the book for me.
🔊 請幫我拿著這本書。

50 **hop** [hɑp] 動 名 單腳跳
The little girl is **hopping** in the backyard.
🔊 小女孩在後院玩著單腳跳。

51 **hug** [hʌg] 動 名 抱；擁抱
Barbie **hugs** her cat with joy.
🔊 芭比開心地抱住她的貓。

52 **hunch** [hʌntʃ] 動 弓起背部 名 瘤
The cat **hunched** its back.
🔊 那隻貓弓起了背部。

53 **itch** [ɪtʃ] 動 發癢 名 癢
My legs **itch**.
🔊 我的雙腿發癢。

54 **jeer** [dʒɪr] 動 名 嘲弄
Sharon **jeered** Debbie's dress.
🔊 雪倫嘲笑黛比的洋裝。

55 **jump** [dʒʌmp] 動 名 跳躍
Scott can **jump** very high.
🔊 史考特可以跳得很高。

56 **kick** [kɪk] 動 名 踢
Jack **kicked** the ball towards the goal.
🔊 傑克把球踢向球門。

57 **kneel** [nil] 動 下跪
William **knelt** down and began to cry.
🔊 威廉跪了下來並且開始哭泣。

58 **knock** [nɑk] 動 名 敲
Someone is **knocking** on the door.
🔊 有人在敲門。

59 **laugh** [læf] 動 名 笑
The joke made me **laugh**.
🔊 那個笑話讓我笑了出來。

60 **lean** [lin] 動 傾斜 形 精瘦的　　　④
Michael is **leaning** out of the window.
麥可將身子傾出窗外。

61 **leap** [lip] 動 名 跳躍　　　③
The rabbit **leaped** a fence.
那隻兔子跳躍過籬笆。

62 **lick** [lɪk] 動 名 舔　　　②
My dog likes to **lick** my face.
我的狗喜歡舔我的臉。

63 **lift** [lɪft] 動 名 舉起　　　①
John can **lift** heavy weights easily.
約翰可以輕易地舉起重物。

64 **linger** [`lɪŋgɚ] 動 徘徊　　　⑤
That old man often **lingers** in the park.
那個老男人經常在公園裡徘徊。

65 **listen** [`lɪsn̩] 動 聽　　　①
Billy likes to **listen** to music.
比利喜歡聽音樂。

66 **mash** [mæʃ] 動 搗碎 名 麥芽漿　　　⑤
The cook is **mashing** the potatoes.
那個廚師正在將馬鈴薯搗成泥狀。

67 **memorize** [`mɛmə͵raɪz] 動 記住　　　③
Andy tries to **memorize** all the names of the
characters in that book.
安迪試著記住那本書裡每個角色的名字。

68 **memory** [`mɛmərɪ] 名 記憶力；記憶　　　②
Brandon has a good **memory**.
布蘭登的記憶力很好。

69 **mount** [maʊnt] 動 攀登 名 山　　　⑤
I finally **mounted** the top of this mountain.
我終於爬上了這座山的山頂。

70 **mumble** [`mʌmbl̩] 動 含糊地說 名 含糊不清的話　⑤
Is that woman **mumbling** something?
那個女人是不是在嘀咕些什麼？

🎧 MP3 ◎ 063

71 **mutter** [`mʌtɚ] 動 低聲含糊地說 名 抱怨 **5**
Elvis likes to **mutter** to himself.
🏠 艾維斯喜歡喃喃自語。

72 **nod** [nɑd] 動 名 點頭 **2**
Jolin **nodded** and then went back to her room.
🏠 裴琳點點頭之後就回去自己的房間了。

73 **pat** [pæt] 動 名 拍；輕拍 **2**
Stephanie **pats** her dog gently.
🏠 史蒂芬妮輕輕地拍著她的狗。

74 **peek** [pik] 動 名 偷看；窺視 **5**
The boy is **peeking** through a hole.
🏠 那個男孩從小洞偷看。

75 **peep** [pip] 動 名 窺視 **3**
My cousin likes to **peep** over the wall.
🏠 我的堂弟喜歡從牆上偷看。

76 **pinch** [pɪntʃ] 動 捏；掐 名 捏；少量 **5**
Stop **pinching** me.
🏠 不要再捏我了。

77 **piss** [pɪs] 動 名 小便 **5**
I need to **piss**.
🏠 我需要上小號。

78 **pluck** [plʌk] 動 摘；採；拔 名 勇氣 **5**
The young lady **plucks** some flowers from the garden.
🏠 那位年輕的女士從花園裡摘了一些花。

79 **plunge** [plʌndʒ] 動 名 跳入 **5**
Jason took off his clothes and **plunged** into water.
🏠 傑生脫去衣服之後便跳入水中。

80 **poke** [pok] 動 名 戳；插 **5**
Colin **pokes** me with a stick.
🏠 柯林用一根棍子戳我。

81 **pose** [poz] 名 姿勢 動 擺姿勢 **2**
The photographer asked the groom to hold the **pose**.
🏠 攝影師要求新郎保持姿勢。

82 **pull** [pʊl] 動 名 拉；拖 **1**
You should be **pulling** the door, not pushing it.
🏠 你應該拉門，而不是用推的。

83 **punch** [pʌntʃ] 動 以拳頭重擊 名 打擊
Wayne **punched** Kyle in the face.
🔊 韋恩在凱爾臉上打了一拳。

84 **push** [puʃ] 動 名 推
Don't **push** me.
🔊 別推我。

85 **put** [put] 動 放置
Kim **puts** her pen on the desk.
🔊 金將她的筆放在桌上。

86 **quarrel** [`kwɔrəl] 動 名 爭執
Ian **quarreled** with his father again last night.
🔊 伊恩昨晚又與他父親吵架了。

87 **reach** [ritʃ] 動 到達；伸手拿 名 可及範圍
Larry **reached** Taipei yesterday.
🔊 賴利昨天抵達台北。

88 **reminder** [rɪ`maɪndɚ] 名 提醒物
This note is just a **reminder** for you.
🔊 這張小紙條只是用來提醒你的。

89 **ridicule** [`rɪdɪkjul] 動 名 嘲笑
You should not **ridicule** that poor old lady.
🔊 你不應該嘲笑那位可憐的老婦人。

90 **rip** [rɪp] 動 扯裂 名 裂口
Samuel **ripped** off his own shirt.
🔊 山繆扯裂了自己的襯衫。

91 **roar** [ror] 動 吼叫 名 怒吼
The angry man **roared** at his noisy child.
🔊 那位生氣的男人對他吵鬧的小孩大吼。

92 **say** [se] 動 說
Please don't **say** anything.
🔊 請你什麼話都不要說。

93 **scramble** [`skræmbḷ] 動 名 攀爬；爭奪
The boys are **scrambling** the fence.
🔊 那些男孩們正在爬籬笆。

94 **scrape** [skrep] 動 刮；擦 名 摩擦
Alice **scraped** her car last Wednesday.
🔊 艾莉絲上個星期刮花了她的車。

95 scratch [skrætʃ] 動 名 抓   ④
Cats like to **scratch**.
🏠 貓喜歡抓東西。

96 see [si] 動 看   ①
I **saw** some beautiful flowers in the park.
🏠 我在公園裡看到一些漂亮的花。

97 seek [sik] 動 尋找   ③
Rachel is **seeking** her glasses.
🏠 瑞秋在尋找她的眼鏡。

98 shake [ʃek] 動 名 搖動   ①
The whole building is **shaking**.
🏠 整棟建築物都在搖晃。

99 shout [ʃaut] 動 喊叫 名 呼喊   ①
Those two men were **shouting** to each other.
🏠 那兩個男人對著彼此大叫。

100 shove [ʃʌv] 動 名 推   ⑤
Kathy is trying to **shove** her sofa.
🏠 凱西正試著推動她的沙發。

101 shrug [ʃrʌg] 動 名 聳肩   ④
Linda **shrugged** her shoulder and didn't say anything.
🏠 琳達聳聳肩，什麼都沒說。

102 shudder [`ʃʌdɚ] 動 名 顫抖   ⑤
The little boy is **shuddering**.
🏠 那個小男孩在發抖。

103 shun [ʃʌn] 動 避開   ⑥
Matt **shunned** his ex-girlfriend by ignoring her phone.
🏠 麥特以不接電話的方式躲避他的前女友。

104 shut [ʃʌt] 動 閉上   ①
Please **shut** the door when you leave.
🏠 離開的時候請關上門。

105 sigh [saɪ] 動 名 嘆息   ③
Bob **sighed** when his favorite team lost the game.
🏠 當鮑伯喜歡的隊伍輸了的時候，他嘆了一口氣。

106 sip [sɪp] 動 名 啜飲   ③
Tina **sipped** her coffee and smiled at me.
🏠 蒂娜啜飲了一口咖啡，並對我微笑。

107 **sit** [sɪt] 動 坐　🔟
Please **sit** down.
👤 請坐下。

108 **slam** [slæm] 動 砰地關上 名 砰然聲　5️⃣
Don't **slam** the door.
👤 別大力甩門。

109 **slap** [slæp] 動 打耳光 名 耳光　5️⃣
Mary **slapped** her husband with anger.
👤 瑪莉生氣地打了她丈夫一個耳光。

110 **smack** [smæk] 動 拍擊 名 拍擊聲　6️⃣
I will **smack** you if you don't behave yourself.
👤 如果你不乖一點，我就要打你了。

111 **smell** [smɛl] 動 聞到 名 氣味　🔟
Did you **smell** something funny?
👤 你有沒有聞到奇怪的味道？

112 **smile** [smaɪl] 動 名 微笑　🔟
My parents **smiled** at me.
👤 我的雙親對我微笑。

113 **smother** [`smʌðɚ] 動 窒息 名 令人窒息之物　6️⃣
Be careful not to **smother** the baby.
👤 小心別讓嬰兒窒息。

114 **snatch** [snætʃ] 動 搶奪；抓取 名 奪取　5️⃣
Carlton tried to **snatch** the gun from the robber.
👤 卡爾頓試著從強盜手中搶過槍。

115 **sneak** [snik] 動 偷偷地走 名 告狀者　5️⃣
My friends **sneaked** into the movie theater without
buying tickets.
👤 我的朋友沒買票偷偷溜進電影院。

116 **sniff** [snɪf] 動 名 聞；吸入　5️⃣
The dog is **sniffing** something on the ground.
👤 這隻狗聞著地上的氣味。

117 **snore** [snor] 動 打鼾 名 鼾聲　5️⃣
Vincent **snores** every night.
👤 文生每晚都打呼。

118 snort [snɔrt] 動 哼著說 名 鼻息

Jeff **snorted** that he will never come back.

🏛 傑夫哼著說他再也不回來了。

119 sprawl [sprɔl] 動 名 任意伸展

Clair was really tired and she **sprawled** on the couch.

🏛 克蕾兒累壞了，攤開四肢躺在長沙發上。

120 squeeze [skwiz] 動 名 擠壓；緊握

My mother is **squeezing** oranges to make orange juice.

🏛 我媽媽正在榨柳橙汁。

121 stab [stæb] 動 刺；戳 名 刺痛；刺傷

The victim was **stabbed** to death.

🏛 受害人是被刺死的。

122 stammer [`stæmə] 動 結巴地說 名 口吃

Morris was so nervous that he **stammered**.

🏛 莫里斯太緊張以至於說話結巴。

123 stand [stænd] 動 站立 名 架子

I was **standing** right in front of the car when it exploded.

🏛 那輛車爆炸的時候，我就站在它的前面。

124 stare [stɛr] 動 名 凝視

Fiona **stared** at me coldly.

🏛 費歐娜冷冷地凝視著我。

125 step [stɛp] 動 踏 名 腳步

Diana **stepped** on my foot by accident.

🏛 黛安娜不小心踩到我的腳。

126 stretch [strɛtʃ] 動 名 伸展

I really need to **stretch** myself after sitting for a long time.

🏛 坐了這麼久，我需要伸伸懶腰。

127 stroke [strok] 動 撫摸 名 中風

Jay gently **strokes** Michelle's hair.

🏛 傑溫柔地撫摸著蜜雪兒的頭髮。

128 stroll [strol] 動 名 漫步

Betty is **strolling** in the garden happily.

🏛 貝蒂開心地在花園裡漫步。

129 **stumble** [`stʌmbḷ] 動 跌倒 名 絆倒　🄐
Penny **stumbled** by the toys on the floor.
🄐 潘妮被地上的玩具絆倒了。

130 **stutter** [`stʌtɚ] 動 結巴地說 名 口吃　🄐
Richard **stuttered** in front of strangers.
🄐 理查在陌生人面前說話結巴。

131 **suffocate** [`sʌfə͵ket] 動 使窒息　🄕
The murderer **suffocated** the victim.
🄐 兇手將受害者悶死。

132 **tackle** [`tækḷ] 動 著手處理　🄐
I will **tackle** this problem by myself.
🄐 我會自己處理這個問題。

133 **take** [tek] 動 拿　❶
Jenny forgot to **take** her cell phone when she left.
🄐 珍妮離開的時候忘了拿她的手機。

134 **talk** [tɔk] 動 講話 名 談話　❶
I don't want to **talk** to you anymore.
🄐 我再也不想跟你說話了。

135 **taunt** [tɔnt] 動 嘲弄 名 辱罵　🄐
Do not **taunt** your sister.
🄐 不可以嘲弄你的妹妹。

136 **tease** [tiz] 動 嘲弄 名 揶揄　🄒
Boris **teased** me because my hair is ugly.
🄐 伯瑞斯嘲弄我的頭髮不好看。

137 **tell** [tɛl] 動 告訴　❶
Would you like to **tell** me the truth now?
🄐 你現在願意告訴我實話了嗎？

138 **think** [θɪŋk] 動 思考　❶
I can't **think** when I am hungry.
🄐 我肚子餓的時候沒有辦法思考。

139 **thrust** [θrʌst] 動 猛塞；推 名 用力推　🄐
Joe **thrusts** himself into the crowded train.
🄐 喬將自己塞進擁擠的火車內。

140 **tickle** [`tɪkḷ] 動 名 搔癢　🄒
My classmate **tickled** me from my back.
🄐 我的同學從我背後搔我癢。

141 **tiptoe** [`tɪp.to] 動 踮腳尖走 名 腳尖　　　⑤
Monica **tiptoed** in the room because the baby was sleeping.
🏠 因為小嬰兒在睡覺，莫妮卡便在房間裡踮腳走。

142 **toss** [tɔs] 動 名 扔；抛；投　　　③
Carrie **tossed** all her old clothes away.
🏠 凱莉將她所有的舊衣服扔掉。

143 **touch** [tʌtʃ] 動 觸碰 名 接觸　　　①
Please don't **touch** that button.
🏠 請勿觸碰那個按鈕。

144 **tramp** [træmp] 動 名 長途跋涉　　　⑤
Tom **tramped** for five hours in the mountains.
🏠 湯姆在山裡行走了五個小時。

145 **trample** [`træmp̩] 動 名 踐踏　　　⑤
The king **trampled** the rights of the poor.
🏠 那個國王踐踏窮人的權利。

146 **trek** [trɛk] 動 長途跋涉 名 移居　　　⑥
The monk **trekked** from the east to the west.
🏠 那位和尚從東方長途跋涉至西方。

147 **tremble** [`trɛmb̩] 動 名 顫抖　　　③
Susan found herself **trembling** with anger.
🏠 蘇珊發現自己憤怒到全身發抖。

148 **tug** [tʌg] 動 用力拉 名 拖拉　　　③
The fisherman **tugged** the net and there was a big fish in it.
🏠 漁夫使勁地拉了漁網，網中有一條大魚。

149 **tumble** [`tʌmb̩] 動 摔跤 名 墜落　　　③
The actress **tumbled** on stage.
🏠 那位女演員在舞台上摔跤。

150 **turn** [tɝn] 動 名 轉　　　①
Lily **turned** her key in the lock but couldn't open the door.
🏠 莉莉轉動了門鎖上的鑰匙，但是沒有辦法打開門。

151 **wade** [wed] 動 名 跋涉　　　⑤
Mike **waded** all the way just to see the beautiful sunrise.
🏠 麥克一路跋涉而來，只為了欣賞美麗的日出。

152 wait [wet] 動 名 等待 🔟

Just **wait** there and don't walk away!

🔒 在那邊等著，千萬別走開！

153 wake [wek] 動 叫醒 2️⃣

Please **wake** me up at 6 o'clock tomorrow morning.

🔒 明天早上六點鐘請叫醒我。

154 waken [`wekn] 動 喚醒 3️⃣

I was **wakening** up by Teresa's singing this morning.

🔒 今天早上我被泰瑞莎的歌聲喚醒。

155 walk [wɔk] 名 散步 動 走 🔟

Let's take a **walk** in the park!

🔒 我們去公園散步吧！

156 wander [`wandə] 動 徘徊；漫步 名 漫遊 3️⃣

Why is that little boy **wandering** in the street?

🔒 那個小男孩為什麼在街上徘徊？

157 weep [wip] 動 名 哭泣 3️⃣

Please **weep** no more, my dear friend.

🔒 我親愛的朋友，請別再哭泣。

158 whip [hwɪp] 動 鞭打 名 鞭子 3️⃣

My father **whipped** the donkey to make it faster.

🔒 我父親鞭打驢子好讓牠走快一點。

159 whisper [`hwɪspə] 動 名 輕聲細語 2️⃣

Mandy **whispered** something in her husband's ear.

🔒 曼蒂在她丈夫耳邊說悄悄話。

03 活動 分類

01 alternate [`ɔltə,net] 動 交替 5️⃣

Teddy **alternated** his work with breaks.

🔒 泰迪交替著工作與休息。

02 animate [`ænə,met] 動 使有活力 形 有活力的 6️⃣

The teacher's encouragement **animated** us all.

🔒 老師的鼓舞讓我們都振奮了起來。

03 **arouse** [ə`rauz] 動 喚起

Linda's good deeds **aroused** Mike's true feelings.
🏠 琳達的善行喚起了麥可的真情。

04 **arrival** [ə`raɪvl] 名 到達

I cleaned up the guest room before Brandon's **arrival**.
🏠 我在布蘭登抵達之前先把客房打掃乾淨了。

05 **arrive** [ə`raɪv] 動 到達

Rachel **arrived** school on time today.
🏠 芮秋今天準時到達學校。

06 **assemble** [ə`sɛmbl] 動 集合

We will **assemble** at the entrance of the park.
🏠 我們將在公園入口處集合。

07 **attend** [ə`tɛnd] 動 出席

I **attended** Carol's wedding party last week.
🏠 我上個星期參加了卡蘿的婚禮。

08 **attendance** [ə`tɛndəns] 名 出席；參加

Judy's **attendance** surprised everyone.
🏠 茱蒂的出席讓大家吃了一驚。

09 **avoid** [ə`vɔɪd] 動 避免

Please try your best to **avoid** any accident.
🏠 請盡量避免意外事故的發生。

10 **award** [ə`wɔrd] 動 頒獎 名 獎賞

Katrina was **awarded** the first prize.
🏠 卡崔娜獲頒第一名。

11 **bait** [bet] 動 誘惑 名 誘餌

Johnny **baited** me with money.
🏠 強尼以錢誘惑我。

12 **beg** [bɛg] 動 乞求

Ivan **begs** Elaine to forgive him.
🏠 艾文乞求伊蓮原諒他。

13 **bind** [baɪnd] 動 綁

The guards **bound** the thief to a pole with a long rope.
🏠 警衛用長繩把賊綁在柱子上。

14 **blend** [blɛnd] 動 使混合 名 混合

Betty **blended** her coffee with milk.
🏠 貝蒂將咖啡和牛奶混合在一起。

15 **blunder** [`blʌndə] 動 犯錯 名 大錯　　　　　　　 6
Henry **blundered** on this case.
🏠 亨利在這個案子上犯了錯。

16 **blur** [blɜ] 動 使模糊 名 模糊；朦朧　　　　　　 5
The heavy rain **blurred** our vision.
🏠 大雨使我們的視線模糊。

17 **bother** [`bɑðə] 動 名 打擾　　　　　　　　　　 2
Don't **bother** me while I am studying.
🏠 我唸書的時候不要打擾我。

18 **bound** [baʊnd] 動 名 跳躍　　　　　　　　　　 5
The dog **bounded** and caught the frisbee.
🏠 小狗跳起來接住了飛盤。

19 **break** [brek] 動 打破 名 休息；裂口　　　　　 1
Stephen **broke** the plate on purpose.
🏠 史蒂芬故意打破盤子。

20 **bring** [brɪŋ] 動 帶來　　　　　　　　　　　　 1
Neil **brings** flowers to Barbra every day.
🏠 尼爾每天帶花來給芭芭拉。

21 **bubble** [`bʌbl] 動 使冒泡 名 泡沫　　　　　　 3
See! The water is **bubbling**.
🏠 看！水在冒泡泡。

22 **bulge** [bʌldʒ] 動 名 腫脹　　　　　　　　　　 5
His left eye **bulged** after being hit by a ball.
🏠 他的左眼被球打中之後腫了起來。

23 **burst** [burst] 動 名 爆炸　　　　　　　　　　 2
The car has been **burst** into pieces.
🏠 那輛車被炸成碎片。

24 **busy** [`bɪzɪ] 動 使忙於 形 繁忙的　　　　　　 1
The waiters **busied** themselves serving tables.
🏠 服務生忙著招呼各桌的客人。

25 **buy** [baɪ] 動 名 買；購買　　　　　　　　　　 1
Wendy wants to **buy** a pair of new shoes.
🏠 溫蒂想買一雙新鞋子。

26 **carry** [`kærɪ] 動 攜帶；搬運　　　　　　　　 1
Regina **carried** her dictionary to the library.
🏠 芮吉娜帶著她的字典到圖書館。

27 **cause** [kɔz] 動 引起 名 原因 🔟
My brother **caused** me a lot of trouble.
🏠 我弟弟為我帶來不少麻煩。

28 **chase** [tʃes] 動 驅逐 名 追逐 🔟
Can you **chase** that big black dog away?
🏠 能不能請你把那隻大黑狗趕走？

29 **collect** [kəˋlɛkt] 動 收集 🙎
Vincent **collects** coins and matches.
🏠 文生收集銅板與火柴。

30 **collide** [kəˋlaɪd] 動 碰撞 🔟
Those two cars **collided** at the intersection.
🏠 那兩輛車在十字路口相撞。

31 **collision** [kəˋlɪʒən] 名 碰撞 🔟
How did the **collision** happen?
🏠 那個碰撞事故是怎麼發生的？

32 **come** [kʌm] 動 來 🔟
My cousin **comes** to my place every Friday evening.
🏠 我堂哥每周五的晚上都會到我家來。

33 **compel** [kəmˋpɛl] 動 迫使 🔟
My parents **compelled** me to learn German.
🏠 我父母強迫我學德文。

34 **complement** [ˋkɑmpləmənt] 動 補充 🔟
Tim **complemented** his collection with more items.
🏠 提姆在他的收藏品中又補充了更多項目。

35 **concentrate** [ˋkɑnsɛn͵tret] 動 集中 🔟
You need to **concentrate** on your studying.
🏠 你應該要專心於你的學業上。

36 **confine** [kənˋfaɪn] 動 限制 🔟
Mandy **confines** her dog in the balcony.
🏠 曼蒂將她的狗限制在陽台區。

37 **conflict** [ˋkɑnflɪkt] 名 衝突 動 [kənˋflɪkt] 衝突 🔟
A lawyer should avoid **conflict** of interests.
🏠 律師應該避免利益衝突。

38 **conform** [kənˋfɔrm] 動 使符合；類似 🔟
Everyone should **conform** to the rules.
🏠 大家應該遵守規則。

39 **contact** [`kɑntækt] 動 與⋯聯絡 名 聯絡　　2
Feel free to **contact** me at anytime you want.
你隨時可以與我聯絡。

40 **contain** [kən`ten] 動 包含　　2
This book **contains** a lot of useful information.
這本書包含許多有用的資訊。

41 **contest** [`kɑntɛst] 名 比賽 動 競爭　　4
David won the **contest** again.
大衛再次於比賽中勝出。

42 **contestant** [kən`tɛstənt] 名 競爭者　　6
There are many **contestants** from all over the world.
有許多來自世界各地的參賽者。

43 **control** [kən`trol] 動 控制　　2
I am sorry. I just can't **control** myself.
不好意思，我實在控制不了自己。

44 **covet** [`kʌvɪt] 動 貪圖；垂涎　　6
Michael's relatives **covet** his money.
麥可的親戚貪圖他的財富。

45 **crack** [kræk] 動 使破裂 名 裂縫　　4
Next, **crack** three eggs into the bowl.
接下來，敲破三顆蛋到碗裡。

46 **cram** [kræm] 動 硬塞　　4
The room is **crammed** with a lot of people.
房間裡擠滿了人。

47 **curb** [kɜb] 動 遏止 名 抑制　　5
The police are trying to **curb** crimes in the city.
警方試圖遏止城市裡的犯罪事件。

48 **damn** [dæm] 動 咒罵 名 詛咒　　4
The old man **damned** the bad weather.
那個老人咒罵著壞天氣。

49 **dazzle** [`dæzl] 動 炫目 名 燦爛　　5
Sunshine **dazzled** my eyes.
陽光讓我的目光炫迷。

50 **deceive** [dɪ`siv] 動 欺騙　　5
Mona **deceived** her husband.
夢娜欺騙了她的丈夫。

51 decorate [`dɛkə,ret] 動 裝飾　②
Let's **decorate** the Christmas tree together!
🔊 讓我們一起來裝飾聖誕樹吧！

52 decoration [,dɛkə`reʃən] 名 裝飾　④
I like the **decoration** in this toy store.
🔊 我喜歡這家玩具店的裝飾。

53 deed [did] 名 行為；行動　③
We truly respect her moral **deeds**.
🔊 我們由衷敬佩她充滿道德感的行為。

54 deem [dim] 動 視為；認為　⑥
Sam's words were **deemed** a serious insult.
🔊 山姆說的話被視為是嚴重的污辱。

55 degrade [dɪ`gred] 動 降級；降等　⑥
Nick was **degraded** due to the big mistake he made.
🔊 尼克因為犯了大錯而被降級。

56 delay [dɪ`le] 名 動 耽擱；延緩　②
The manager allows no **delay** for any reason.
🔊 這位經理不允許任何延遲，不管是什麼理由。

57 depress [dɪ`prɛs] 動 壓下；降低　④
Cathy decided to **depress** her temper so that the
meeting could go on.
🔊 凱西決定壓下自己的情緒，好讓會議繼續進行。

58 deprive [dɪ`praɪv] 動 剝奪　⑥
No one is allowed to **deprive** other's freedom.
🔊 沒有人可以剝奪他人的自由。

59 derive [dɪ`raɪv] 動 源自；引出　⑥
This tradition **derives** from the 18th century.
🔊 這個傳統源自於十八世紀。

60 design [dɪ`zaɪn] 動 名 設計　②
Larry **designs** furniture for living.
🔊 賴利靠著設計家具維生。

61 destroy [dɪ`strɔɪ] 動 毀壞　③
The earthquake **destroyed** their home.
🔊 地震摧毀了他們的家。

62 **destruction** [dɪ`strʌkʃən] 名 破壞
The school suffered **destruction** from the war.
🏛 學校因為戰爭而受到破壞。

63 **destructive** [dɪ`strʌktɪv] 形 毀滅性的
It was the most **destructive** typhoon in 15 years.
🏛 那是十五年來最具毀滅性的颱風。

64 **detach** [dɪ`tætʃ] 動 派遣；分開
The General **detached** the troops to different bases.
🏛 將軍將部隊派遣到不同的基地。

65 **detain** [dɪ`ten] 動 留住；耽擱
The police **detained** Paul for one night.
🏛 警方將保羅拘留一晚。

66 **detect** [dɪ`tɛkt] 動 發現
The investigator **detected** some new evidence.
🏛 這位探員查到了新的證據。

67 **deter** [dɪ`tɜ] 動 妨礙；使停止做
It's already too late to **deter** him now.
🏛 現在要阻止他已經太遲了。

68 **deteriorate** [dɪ`tɪrɪə‚ret] 動 使惡化
Susan's illness **deteriorated** quickly.
🏛 蘇珊的病情急速惡化。

69 **dig** [dɪg] 動 挖掘 名 挖苦
Why are you **digging** a hole in the middle of the road?
🏛 你為什麼要在道路中央挖洞？

70 **disappear** [‚dɪsə`pɪr] 動 消失
The wallet on the table **disappeared** when I came back.
🏛 當我回來的時候，桌上的皮夾已經不見了。

71 **discard** [dɪs`kɑrd] 動 拋棄；丟掉 名 被拋棄的人
Richard **discarded** all his old textbooks.
🏛 理查將他所有的舊課本都扔掉。

72 **discharge** [dɪs`tʃɑrdʒ] 動 卸下 名 排出
The workers **discharged** the goods at the dock.
🏛 工人在碼頭卸貨。

🔲 MP3 ⊙ 090

[73] **discomfort** [dɪs`kʌmfət] 動 使不安 名 不適　　⑥
The news **discomforted** Lucy.
🔏 這個消息讓露西感到不安。

[74] **discover** [dɪs`kʌvə] 動 發現　　①
Alex **discovered** that Jane took away all his money.
🔏 艾力克斯發現珍將他所有的錢都拿走了。

[75] **discovery** [dɪs`kʌvərɪ] 名 發現　　③
The **discovery** of the new mine excited everybody.
🔏 發現新礦場的消息振奮了每個人。

[76] **disguise** [dɪs`gaɪz] 動 假扮 名 掩飾　　④
Joanna **disguised** herself into a boy.
🔏 喬安娜將自己假扮成男孩子。

[77] **distort** [dɪs`tɔrt] 動 扭曲　　⑥
Wayne is trying to **distort** the truth.
🔏 韋恩試圖扭曲事實。

[78] **ditch** [dɪtʃ] 動 丟棄；挖溝 名 水溝　　③
Emily **ditched** her husband to pursue her dream.
🔏 愛蜜莉為了追求夢想而拋棄了她的丈夫。

[79] **dread** [drɛd] 動 畏懼 名 非常害怕　　④
My niece **dreads** to hear the ghost stories.
🔏 我的姪女怕聽鬼故事。

[80] **dream** [drim] 名 夢 動 作夢　　①
My sister had a weird **dream** last night.
🔏 我妹妹昨晚做了個怪夢。

[81] **drip** [drɪp] 動 滴下 名 水滴　　③
The water is **dripping** from Jason's hair.
🔏 水滴從傑生的頭髮上滴下來。

[82] **drop** [drɑp] 動 掉落 名 一滴　　②
An apple **dropped** down from the tree.
🔏 一顆蘋果從樹上掉落下來。

[83] **effect** [ɪ`fɛkt] 動 名 影響　　②
Rosemary tried to **effect** the outcome of that trial.
🔏 蘿絲瑪莉試圖影響那場判決的結果。

[84] **eliminate** [ɪ`lɪmə‚net] 動 消除　　④
We plan to **eliminate** those factors in our experiment.
🔏 我們打算在實驗中排除那些因素。

85 **embrace** [ɪm`bres] 勔 包圍 名 擁抱　　🔟
The mother **embraced** her child.
🔤 那位母親將她的孩子抱在懷中。

86 **emerge** [ɪ`mɜdʒ] 勔 浮現　　🔟
An iceberg **emerged** from a distance.
🔤 遠方出現了一座冰山。

87 **encounter** [ɪn`kaʊntə] 勔 遭遇 名 邂逅　　🔟
George **encountered** an accident on his way to school.
🔤 喬治在上學途中遇上車禍。

88 **endanger** [ɪn`dendʒə] 勔 使遭遇危險　　🔟
Drugs **endanger** people's health.
🔤 毒品危害人們的健康。

89 **enhance** [ɪn`hæns] 勔 提高；增強　　🔟
Markus tried to **enhance** his English ability by reading more.
🔤 馬可斯藉由增加閱讀量來提昇英文能力。

90 **enhancement** [ɪn`hænsmənt] 名 增進　　🔟
Carl is always seeking **enhancement** of his assets.
🔤 卡爾汲營於增加資產。

91 **ensure** [ɪn`ʃʊr] 勔 確保　　🔟
Elvin **ensured** that the work to be done on time.
🔤 艾爾文保證工作可以準時完成。

92 **entitle** [ɪn`taɪt]] 勔 取名為　　🔟
Grace **entitled** her artwork "Love and Peace."
🔤 葛瑞絲將她的藝術作品命名為《愛與和平》。

93 **escort** [`ɛskɔrt] 勔 護送 名 護衛者　　🔟
Can you **escort** my sister to the school?
🔤 能不能請你護送我妹妹到學校？

94 **establish** [əs`tæblɪʃ] 勔 建立　　🔟
Mr. Tsai **established** this school twenty years ago.
🔤 蔡先生在二十年前建立了這所學校。

95 **esteem** [ə`stim] 勔 名 尊重；尊敬　　🔟
We should **esteem** everyone's privacy.
🔤 我們應該尊重每個人的隱私。

🎧 MP3 ⊙ 091

96 **estimate** [`ɛstə.met] 動 名 估計 ⭐4
Peter **estimated** the cost according to his experience.
🔏 彼德根據他的經驗來估計成本。

97 **evacuate** [ɪ`vækju.et] 動 撤離 ⭐6
These guys **evacuated** the room in ten minutes.
🔏 這些人在十分鐘之內將房間清空了。

98 **event** [ɪ`vɛnt] 名 事件 ⭐2
The news **event** shocked everyone.
🔏 每個人對於這個新聞事件感到震驚。

99 **excerpt** [`ɛks3pt] 動 引用 名 摘錄 ⭐6
Mary **excerpted** Kenny's words in her book.
🔏 瑪莉在她的書中引述肯尼的話。

100 **exclaim** [ɪk`sklem] 動 驚叫 ⭐5
Iris **exclaimed** in excitement.
🔏 艾蕊絲因驚喜而大叫。

101 **exclude** [ɪk`sklud] 動 不包含 ⭐5
There were 15 people at the party, the host **excluded**.
🔏 派對上有十五個人,不包含主人。

102 **excuse** [ɪk`skjuz] 動 原諒 名 藉口 ⭐2
Please **excuse** us. We really need to leave early.
🔏 請原諒我們,我們真的必須提早離開。

103 **exert** [ɪg`z3t] 動 運用;盡力 ⭐6
Frank **exerted** his connections to help Vera.
🔏 法蘭克運用他的人脈來幫助薇拉。

104 **exhaust** [ɪg`zɔst] 動 使筋疲力竭 ⭐4
Working out all day **exhausted** Eddie.
🔏 運動一整天讓艾迪筋疲力竭。

105 **exile** [`ɛksaɪl] 動 名 放逐;流亡 ⭐5
The government **exiled** those foreign criminals.
🔏 政府放逐那些外國罪犯。

106 **expect** [ɪk`spɛkt] 動 期望 ⭐2
Don't **expect** too much from Zack.
🔏 別對查克期望太高。

107 **expectation** [.ɛkspɛk`teʃən] 名 期望 ⭐3
Tommy studies hard to meet his parents' **expectation**.
🔏 湯米努力讀書,以達到父母的期望。

108 expedition [ˌɛkspɪˋdɪʃən] 名 探險；遠征　🄶
Jerry enjoyed his **expedition** in Africa.
🔊 傑瑞在非洲探險之旅中玩得很開心。

109 explode [ɪkˋsplod] 動 爆炸　🄳
A bomb **exploded** in a shopping mall yesterday.
🔊 昨天一家購物中心發生炸彈爆炸事件。

110 exploration [ˌɛkspləˋreʃən] 名 探索；探究　🄶
Did you find anything in the **exploration**?
🔊 你在查勘過程中有沒有發現什麼？

111 explore [ɪkˋsplor] 動 探險　🄴
Luke and his friends decided to **explore** the forest.
🔊 路克和他的朋友們決定要到森林裡探險。

112 extend [ɪkˋstɛnd] 動 延長　🄴
The editor **extended** the deadline to next Tuesday.
🔊 編輯將交稿日期延長至下週二。

113 extract [ɪkˋstrækt] 動 拔出；提取 名 提取物　🄶
Andy **extracted** a nail from the wall.
🔊 安迪從牆上拔出一根釘子。

114 facilitate [fəˋsɪləˌtet] 動 利於；使容易　🄶
The MRT **facilitates** our transportation in the city.
🔊 捷運讓我們在城市裡的交通更為便利。

115 fade [fed] 動 逐漸消失　🄳
Finally, the sound **faded** away.
🔊 終於，那個聲音逐漸消失了。

116 farewell [ˋfɛrˋwɛl] 名 歡送會；告別　🄴
We will hold a **farewell** party for Jennifer tomorrow.
🔊 我們明天將為珍妮佛舉辦歡送派對。

117 fascinate [ˋfæsəˌnet] 動 迷住　🄵
James was **fascinated** by Nancy's beauty.
🔊 詹姆士被南西的美貌給迷住了。

118 fill [fɪl] 動 填滿 名 足夠　🄵
Please answer these questions by **filling** out the blanks.
🔊 請以填空的方式回答這些問題。

119 fine [faɪn] 動 處以罰款 名 罰款　🄵
Kevin was **fined** for double parking.
🔊 凱文因為並排停車而被罰款。

120 **finish** [`fɪnɪʃ] 🔺 完成 名 結束

I have **finished** my homework two hours ago.

🔒 我在兩個小時前就已經寫完作業了。

121 **firework** [`faɪr.wɜk] 名 煙火

The colorful **firework** is really amazing.

🔒 五顏六色的煙火相當令人驚艷。

122 **fit** [fɪt] 🔺 名 適合;合身

The new dress really **fits** you.

🔒 這件新洋裝非常適合妳。

123 **fix** [fɪks] 🔺 修理 名 困境

Edward **fixed** the computer by himself.

🔒 愛德華自己修好了電腦。

124 **flicker** [`flɪkɚ] 🔺 飄揚;震動 名 閃耀

The candles are **flickering** in the wind.

🔒 燭光在風中搖曳著。

125 **fling** [flɪŋ] 名 投;猛衝 🔺 投擲

It's your turn. Give a **fling** of the dice.

🔒 輪到你了,擲一下骰子吧!

126 **flip** [flɪp] 🔺 輕拍;翻轉 名 跳動

Bob **flips** the dust from his boots.

🔒 鮑伯將他靴子上的灰塵輕輕拍掉。

127 **float** [flot] 🔺 漂浮 名 浮動

There is a toy boat **floating** down the river.

🔒 有一艘玩具船順著河水漂流而去。

128 **focus** [`fokəs] 🔺 使集中 名 焦點

You should **focus** on your study.

🔒 你應該專注於學業上。

129 **force** [fors] 🔺 強制 名 力量

No one can **force** Tim to do anything.

🔒 沒有人能夠強迫提姆去做任何事。

130 **found** [faʊnd] 🔺 建立

Steve's dream is to **found** a school for poor kids.

🔒 史帝夫的夢想是為貧窮孩童建立一所學校。

131 **freeze** [friz] 🔺 名 凍結

Water will **freeze** at zero degree.

🔒 水在零度時會結冰。

132 **frighten** [`fraɪtṇ] 動 使震驚　🔢2

The horrible news **frightened** everyone.

🏛 那個可怕的新聞讓大家震驚不已。

133 **frustrate** [`frʌs,tret] 動 挫敗　🔢3

The result of the exam **frustrated** Rebecca.

🏛 考試的結果令蕾貝卡感到挫敗。

134 **furnish** [`fɜnɪʃ] 動 供給；裝備　🔢4

The rich man agrees to **furnish** everything the scientists need.

🏛 那個有錢人同意提供科學家們所需的所有物資。

135 **gain** [gen] 動 獲得 名 收穫　🔢2

No pains, no **gains**.

🏛 一分耕耘，一分收穫。

136 **gather** [`gæðɚ] 動 聚集　🔢2

All the students **gathered** in the playground.

🏛 所有的學生聚集在操場上。

137 **gathering** [`gæðərɪŋ] 名 聚集　🔢5

This is just a routine family **gathering** we have every month.

🏛 這只是我們家每個月例行性的家族聚會。

138 **gesture** [`dʒɛstʃɚ] 名 手勢 動 打手勢　🔢3

I don't understand what that **gesture** means.

🏛 我不懂那個手勢的意思。

139 **gleam** [glim] 動 閃爍 名 一絲光線　🔢5

The beautiful stars **gleam** in the dark sky.

🏛 美麗的星星在黑暗的天空中閃爍著。

140 **glide** [glaɪd] 動 名 滑行；滑動　🔢4

A boat is **gliding** on the lake.

🏛 一艘船正在湖面上滑行著。

141 **glisten** [`glɪsṇ] 動 名 閃耀；閃爍　🔢6

Patrick's sweat **glistened** on his chest.

🏛 派翠克的汗水在他的胸膛上發出光亮。

142 **glitter** [`glɪtɚ] 動 閃爍 名 光輝　🔢5

Olivia's diamond ring **glitters** on her finger.

🏛 奧莉薇亞的鑽戒在她的手指上閃閃發亮。

143 grip [grɪp] 名 緊握 動 抓住 🔟
Teresa **gripped** my hands with tears in her eyes.
🏛 泰瑞莎握緊著我的雙手,眼中泛著淚光。

144 grope [grop] 動 名 尋找;摸索 🔟
Richard is trying hard to **grope** for the truth.
🏛 理查努力試著尋找真相。

145 group [grup] 名 團體 動 聚合 🔟
A **group** of students walked in the hall.
🏛 一群學生走進了禮堂。

146 guest [gɛst] 名 客人 動 招待 🔟
Our **guests** will arrive by noon.
🏛 我們的客人中午就會到達。

147 harass [`hærəs] 動 騷擾 🔟
Natasha was **harassed** by a crazy fan.
🏛 娜塔莎被一個瘋狂粉絲騷擾。

148 harassment [`hærəsmənt] 名 騷擾 🔟
If you don't stop your **harassment** to Maggie, I will call the police.
🏛 如果你不停止騷擾瑪姬,我就要報警了。

149 harm [hɑrm] 名 動 傷害 🔟
The typhoon did great **harm** to the village.
🏛 颱風對那個村落造成重大傷害。

150 hasten [`hesn] 動 趕忙 🔟
Lucy **hastened** to leave home after receiving the phone call.
🏛 露西接到那通電話之後就趕忙著出門了。

151 haul [hɔl] 動 名 拖拉 🔟
Those workers **hauled** the machine to the factory.
🏛 那些工人將機器拖到工廠裡。

152 haunt [hɔnt] 動 常出沒於 名 常去的地方 🔟
The building was said to be **haunted** by a headless ghost.
🏛 聽說那棟大樓有個無頭鬼出沒。

153 have [hæv] 動 有 🔟
I **have** two dogs and three cats.
🏛 我有兩隻狗和三隻貓。

154 **heal** [hil] 動 治癒

The doctor **heals** Ivan's disease.

🏛 醫生治好了埃文的病。

155 **heap** [hip] 動 名 堆積

Helen **heaped** many boxes in her storage.

🏛 海倫在倉庫裡堆積了許多箱子。

156 **heed** [hid] 動 名 注意；留心

Please **heed** the signs of warnings.

🏛 敬請注意警告標示！

157 **hire** [haɪr] 動 名 僱用；租用

Gilbert **hires** someone to do it.

🏛 吉伯特僱用了某人去做這件事。

158 **hit** [hɪt] 動 名 打擊

Someone **hit** Frank on the head with a bat.

🏛 某人拿棍子打了法蘭克的頭。

159 **honor** [`ɑnɚ] 動 尊敬 名 榮譽

Everyone **honors** the fireman who saved many people's lives.

🏛 每個人都很尊敬那個救了許多人性命的消防隊員。

160 **hook** [huk] 動 鉤住 名 鉤子

You may **hook** your coat behind the door.

🏛 你可以將你的外套掛在門後。

161 **humiliate** [hju`mɪlɪˌet] 動 汙辱

This failure **humiliated** Mr. Wang.

🏛 這次的失敗讓王先生蒙羞。

162 **hunt** [hʌnt] 動 打獵；獵取 名 打獵

James will go **hunting** with his friends tomorrow.

🏛 詹姆斯明天要與朋友們去打獵。

163 **hurl** [hɝl] 名 動 投擲

Tony **hurled** a coin to decide which to choose.

🏛 東尼擲銅板來決定該選哪一個。

164 **hurt** [hɝt] 動 名 傷害

You can take my money away, but please don't **hurt** me.

🏛 你可以拿走我的錢，但是請不要傷害我。

165 identify [aɪ`dɛntə,faɪ] 勔 認出 ⭐

The victim **identifies** the robber immediately.
🏛 受害人立刻認出了那個強盜。

166 illuminate [ɪ`lumə,net] 勔 照明；點亮 ⭐

David used a flashlight to **illuminate** the path.
🏛 大衛使用手電筒來照亮道路。

167 imitate [`ɪmə,tet] 勔 模仿 ⭐

Christopher can **imitate** the voice of the famous singer.
🏛 克里斯多夫能夠模仿那位知名歌手的聲音。

168 imitation [,ɪmə`teʃən] 名 模仿 ⭐

Your poor **imitation** can not fool me.
🏛 你拙劣的模仿騙不了我。

169 implement [`ɪmpləmənt] 勔 施行 名 工具 ⭐

Our school will **implement** the new program next month.
🏛 我們學校下個月將施行新的課程。

170 impose [ɪm`poz] 勔 強加於 ⭐

Janice **imposed** her ideas on her sister.
🏛 珍妮絲強迫她妹妹接受她的想法。

171 incense [`ɪnsɛns] 勔 激怒 名 香 ⭐

Grant's rude behavior **incensed** me.
🏛 葛蘭特無理的舉止激怒了我。

172 incline [ɪn`klaɪn] 勔 傾向 名 傾斜面 ⭐

Doris **inclines** to take a taxi instead of taking a bus.
🏛 朵莉絲傾向於搭乘計程車而非公車。

173 include [ɪn`klud] 勔 包含 ⭐

Emma **includes** chocolate bars on our shopping list.
🏛 艾瑪將巧克力棒列入我們的購物清單中。

174 increase [ɪn`kris] 勔 名 增加 ⭐

The unemployment rate **increased** quickly.
🏛 失業率快速增長。

175 induce [ɪn`djus] 勔 引誘；引起 ⭐

Fiona **induced** me to dance with her.
🏛 費歐娜引誘我與她共舞。

176 indulge [ɪn`dʌldʒ] 動 沉溺　⑤
Tom **indulged** in drinking and smoking.
🏠 湯姆沉溺於喝酒與抽菸。

177 infer [ɪn`fɝ] 動 推斷；推理　⑥
I **inferred** from her expression that she was innocent.
🏠 我從她的表情推斷她是無辜的。

178 inference [`ɪnfərəns] 名 推理　⑥
Gina thinks that my **inference** was wrong.
🏠 吉娜認為我的推理是錯誤的。

179 inhabit [ɪn`hæbɪt] 動 居住　⑥
Henry has **inhabited** in Taipei for 10 years.
🏠 亨利住在台北已經有十年了。

180 integrate [`ɪntə͵gret] 動 整合　⑥
We are trying to **integrate** our individual projects together.
🏠 我們試著將我們個別的設計整合在一起。

181 intend [ɪn`tɛnd] 動 打算；計畫　④
Ivan **intended** to watch that new movie this evening.
🏠 埃文打算今晚去看那部新的電影。

182 interact [͵ɪntɚ`ækt] 動 互動　④
Kevin doesn't want to **interact** with his parents.
🏠 凱文不想和他的雙親互動。

183 interaction [͵ɪntɚ`ækʃən] 名 互動　④
There was no **interaction** between those two girls.
🏠 那兩個女生之間沒有互動。

184 interest [`ɪntərɪst] 動 使發生興趣 名 興趣；利益　①
What she said **interests** me a lot.
🏠 她所說的話讓我深感興趣。

185 interfere [͵ɪntɚ`fɪr] 動 妨礙　④
You should not **interfere** with their work.
🏠 你不應該干擾他們工作。

186 interference [͵ɪntɚ`fɪrəns] 名 妨礙；干擾　⑤
Jason's **interference** makes me angry.
🏠 傑生的干擾行為讓我惱怒。

187 interrupt [ˌɪntəˋrʌpt] 動 干擾 ❸
Do not **interrupt** me while I am talking.
👤 我在說話的時候不要打斷我。

188 interruption [ˌɪntəˋrʌpʃən] 名 妨礙；中斷 ❹
Please make no **interruption** in the meeting.
👤 請勿在會議中造成任何干擾。

189 intervene [ˌɪntəˋvin] 動 干擾 ❻
Nothing can **intervene** our plan.
👤 沒有任何事情可以阻撓我們的計畫。

190 intervention [ˌɪntəˋvɛnʃən] 名 干預；調停 ❻
The government's **intervention** of the parade
surprised everyone.
👤 政府出面干預這場遊行的舉動讓大家震驚。

191 intimidate [ɪnˋtɪməˌdet] 動 恐嚇 ❻
Paul **intimidated** Zoe to give up her idea.
👤 保羅恐嚇柔伊，要她放棄她的想法。

192 introduce [ˌɪntrəˋdjus] 動 介紹 ❷
I would **introduce** my new girlfriend to you.
👤 請容我為你介紹我的新女友。

193 introduction [ˌɪntrəˋdʌkʃən] 名 介紹 ❸
The **introduction** of the book seems interesting.
👤 這本書的介紹似乎十分有趣。

194 intrude [ɪnˋtrud] 動 侵入；打擾 ❻
Somebody **intruded** his house last night.
👤 昨晚有人侵入了他家。

195 invitation [ˌɪnvəˋteʃən] 名 邀請 ❷
Thank you very much for your **invitation**.
👤 非常感謝您的邀請。

196 invite [ɪnˋvaɪt] 動 名 邀請 ❷
Jessica **invites** me to her party.
👤 潔西卡邀請我去參加她的派對。

197 involve [ɪnˋvɑlv] 動 牽連；包括 ❹
I don't want to get **involved** in this trouble.
👤 我不想被牽扯進這個麻煩中。

198 **involvement** [ɪn`vɑlvmənt] 名 捲入；連累 ④
My **involvement** in this case was a huge mistake.
👤 我被牽連到這個案件中是個大錯誤。

199 **join** [dʒɔɪn] 動 參加；連接 名 連接處 ❶
Do you want to **join** us to see the movie?
👤 你要不要跟我們一起去看電影？

200 **justify** [`dʒʌstə͵faɪ] 動 證明合法 ⑤
Can you **justify** your behavior?
👤 你能夠證明你行為的合法性嗎？

201 **keep** [kip] 動 保持 名 生計 ❶
Everyone must **keep** quiet in a library.
👤 每個人在圖書館中都必須保持安靜。

202 **kill** [kɪl] 動 殺 名 獵獲物 ❶
The murderer **killed** six people in that house.
👤 那個殺人兇手在那房子裡殺害了六個人。

203 **kindle** [`kɪndl̩] 動 生火 ⑤
Larry knows how to **kindle** without matches.
👤 賴利知道如何不使用火柴生火。

204 **know** [no] 動 知道 ❶
I **know** what you did yesterday.
👤 我知道你昨天做了什麼。

205 **lack** [læk] 動 名 缺乏 ❶
Alice **lacks** of confidence and courage.
👤 愛麗絲缺乏自信與勇氣。

206 **lament** [lə`mɛnt] 動 哀悼 名 悲痛 ⑥
We all **lamented** the death of Dr. Chen.
👤 我們哀悼陳博士的辭世。

207 **leak** [lik] 動 漏出；滲透 名 漏洞 ③
Your oil tank is **leaking**.
👤 你的油箱正在漏油。

208 **lend** [lɛnd] 動 借出 ②
Can you **lend** me your dictionary?
👤 你能不能借我你的字典？

209 **let** [lɛt] 動 讓 ❶
My mother doesn't **let** me eat the cake.
👤 我媽媽不讓我吃蛋糕。

210 liberate [`lɪbəˌret] 動 使自由
Alec **liberated** his birds.
艾力克放走他的鳥兒。

211 liberation [ˌlɪbəˈreʃən] 名 解放
Dr. Chang emphasizes the **liberation** of one's thoughts.
張博士強調思想的解放。

212 lighten [`laɪtn] 動 減輕；變亮
If you take out those books, you will **lighten** your luggage.
如果你把那些書拿出來，你的行李就會變輕。

213 limp [lɪmp] 動 名 跛行
Robert hurt his left ankle and had to **limp** to school.
羅伯特傷了他的左腳踝，因此必須跛行著去學校。

214 live [lɪv] 動 生存 形 有生命的
Mark has **lived** in the country for ten years.
馬克已經在鄉下住了十年。

215 look [luk] 動 名 看
Look at the flowers; they are so lovely, aren't they?
看這繁花，它們是多麼可愛啊，不是嗎？

216 lose [luz] 動 遺失
I couldn't find my keys. I guess I must have **lost** them when I went out.
我找不到我的鑰匙，想必是出門的時候把鑰匙弄丟了。

217 lure [lur] 動 誘惑 名 誘餌
Nick **lured** me away from studying.
尼克誘惑我疏於用功。

218 maintain [menˈten] 動 維持
Lydia **maintained** her smile for 5 hours.
莉迪亞的笑容維持了五個小時。

219 maintenance [`mentənəns] 名 維修；保持
The **maintenance** of this instrument is important.
這台儀器的維修保養十分重要。

220 make [mek] 動 製作
Nancy knows how to **make** cakes.
南西知道如何製作蛋糕。

221 **manifest** [`mænə,fɛst] 動 顯示 形 明顯的
Can you **manifest** all the related data in one document?
🏛 你能不能將所有相關的資料顯示在一份文件中？

222 **manipulate** [mə`nɪpjə,let] 動 竄改(帳目)
Jack **manipulated** the accounts to cheat his boss.
🏛 傑克竄改帳目來欺騙他的老闆。

223 **mar** [mɑr] 動 毀損
You should not **mar** his computer.
🏛 你不應該毀損他的電腦。

224 **mark** [mɑrk] 名 記號 動 標記
There is a **mark** on the wall.
🏛 牆上有一個記號。

225 **matter** [`mætə] 動 要緊 名 事情
It doesn't **matter** whether you like my hat or not.
🏛 你喜不喜歡我的帽子並不重要。

226 **mediate** [`midɪ,et] 動 調解
The teacher **mediated** between Lisa and Nicole.
🏛 老師為麗莎和妮可調解。

227 **meet** [mit] 動 遇到 名 集會
I **met** Lawrence in a bookstore yesterday.
🏛 我昨天在書店遇見羅倫斯。

228 **menace** [`mɛnɪs] 動 名 威脅
Dennis **menaced** me with his fist.
🏛 丹尼斯以拳頭威脅我。

229 **mend** [mɛnd] 動 修補；修改
I asked Mr. Wu to **mend** my watch.
🏛 我請吳先生修理我的手錶。

230 **mimic** [`mɪmɪk] 動 模仿 名 模仿者
Can you **mimic** the famous singer?
🏛 你能模仿那位知名歌手嗎？

231 **mingle** [`mɪŋgl] 動 混合
Francis likes to **mingle** coffee and tea.
🏛 法蘭西絲喜歡將咖啡與茶混合在一起。

232 **mischief** [`mɪstʃɪf] 名 胡鬧；危害
The teacher is annoyed by Tommy's **mischief**.
🏛 老師被湯米的胡鬧弄得相當苦惱。

233 **miss** [mɪs] 動 想念 名 小姐 1️⃣
I will **miss** you a lot.
🏠 我將會非常想念你。

234 **mix** [mɪks] 動 名 混合 2️⃣
Elaine **mixed** apple juice and orange juice in one bottle.
🏠 伊蓮將蘋果汁與橘子汁混合在一個瓶子裡。

235 **modify** [`mɑdə͵faɪ] 動 調整 5️⃣
You should **modify** the error immediately.
🏠 你應該立刻修正這個錯誤。

236 **mold** [mold] 動 塑造 名 模子；黴菌 6️⃣
Louie **molds** many figures in clay.
🏠 路易使用黏土塑造出許多人形。

237 **move** [muv] 動 移動；感動 1️⃣
Kenny has **moved** to Hong Kong last year.
🏠 肯尼去年搬到香港去了。

238 **movement** [`muvmənt] 名 活動；運動 1️⃣
This **movement** is planned by Michael.
🏠 這個活動是由麥可企劃的。

239 **need** [nid] 動 名 需要 1️⃣
I really **need** some money. Can you lend me NT$1,000?
🏠 我真的很需要錢。能不能請你借我新台幣一千元？

240 **neglect** [nɪg`lɛkt] 動 名 忽略；疏忽 4️⃣
Nora **neglected** her brother's feelings.
🏠 諾拉忽略了她弟弟的感受。

241 **observation** [͵ɑbzɚ`veʃən] 名 觀察 4️⃣
Thomas is a man with good **observation**.
🏠 湯瑪斯是個具有良好觀察力的人。

242 **observe** [əb`zɝv] 動 觀察 3️⃣
Debbie likes to **observe** the behavior of little children.
🏠 黛比喜歡觀察小孩子的行為。

243 **observer** [əb`zɝvɚ] 名 觀察者 5️⃣
Observers may sit in the back row.
🏠 旁聽者可以坐在後排。

244 **obtain** [əb`ten] 動 獲得
Tiffany **obtained** a diamond necklace from her husband.
🏠 蒂芬妮從她丈夫那邊獲得一個鑽石項鍊。

245 **occur** [ə`kɜ] 動 發生
A terrible accident **occurred** in school yesterday.
🏠 昨天學校發生了一起可怕的意外。

246 **occurrence** [ə`kɜəns] 名 發生；出現
The **occurrence** of the accident surprised Simon.
🏠 意外的發生讓賽門大吃一驚。

247 **omit** [o`mɪt] 動 忽略不做；省略
You can **omit** this article.
🏠 你可以不理會這篇文章。

248 **orient** [`orɪənt] 動 使適應 名 東方
Rick **orients** himself to new environments easily.
🏠 瑞克能輕易地適應新環境。

249 **ought** [ɔt] 動 應該
Wendy **ought** to take care of her little sister.
🏠 溫蒂應該要照顧她的妹妹。

250 **outbreak** [`aʊt,brek] 名 爆發
The **outbreak** of the war shocked the whole world.
🏠 這場戰爭的爆發震驚全世界。

251 **outdo** [aʊt`du] 動 勝過
Maggie will **outdo** her sister in the future.
🏠 瑪姬將來會勝過她姊姊。

252 **overcome** [,ovə`kʌm] 動 擊敗；克服
You need to **overcome** your fear.
🏠 你需要克服你的恐懼。

253 **overhear** [,ovə`hɪr] 動 無意中聽到
Sandy **overheard** Anita's secret.
🏠 珊蒂無意中聽見阿妮塔的秘密。

254 **overlap** [,ovə`læp] 動 重疊 名 重疊的部分
Two of my meetings **overlapped** with each other.
🏠 我的兩場會議時間重疊了。

255 **overlook** [,ovə`lʊk] 動 俯瞰；忽略
You may **overlook** the city on the top of the hill.
🏠 你可以從山丘上俯瞰這座城市。

256 oversleep [`ovə`slip] 動 睡過頭 5
Penny **overslept** again today.
👩 潘妮今天又睡過頭。

257 overwork [`ovə`wɜk] 動 過度工作 名 工作過度 5
You mustn't **overwork**; think of your family.
👩 你千萬別過度工作了，想想你的家人。

258 owe [o] 動 虧欠 3
Alex **owed** me NT$5,000. I hope he will repay me before Tuesday.
👩 艾利克斯欠我新台幣五千元，我希望他會在星期二之前還我。

259 perceive [pə`siv] 動 察覺 5
My boyfriend didn't **perceive** my sadness.
👩 我的男朋友沒有察覺我的哀傷。

260 perception [pə`sɛpʃən] 名 感覺 6
Frank didn't care about my **perception**.
👩 法蘭克不在乎我的感覺。

261 peril [`pɛrəl] 動 使…有危險 名 危險 5
Sherry **perils** herself to rescue her dog.
👩 雪莉為了救她的小狗而讓自己身陷危險。

262 pick [pɪk] 動 名 挑選 2
I **picked** the blue hat and my brother picked the red one.
👩 我選藍色的帽子，我哥哥選紅色的。

263 pierce [pɪrs] 動 刺穿 6
Jerry wants to **pierce** his ears.
👩 傑瑞想去穿耳洞。

264 pile [paɪl] 動 堆積 名 堆 2
The secretary **piled** the documents on her desk.
👩 秘書將文件堆放在她桌上。

265 pioneer [ˌpaɪə`nɪr] 動 開拓 名 先鋒 4
David **pioneered** to wear ties to school.
👩 大衛開創戴領帶上學的先例。

266 pit [pɪt] 動 挖坑 名 坑洞 3
The ground has been **pitted** by the bombing.
👩 地面被炸彈轟炸成坑。

267 **plan** [plæn] 動 名 計畫 🔟
Billy **plans** to go to Europe next month.
🐷 比利計畫下個月去歐洲。

268 **possess** [pə`zɛs] 動 擁有 4️⃣
Leo **possesses** this house.
🐷 里歐擁有這間房子。

269 **possession** [pə`zɛʃən] 名 擁有物 4️⃣
Julia treasures her **possession**.
🐷 茱莉亞珍視她所擁有的東西。

270 **postpone** [post`pon] 動 延緩 3️⃣
Connie **postponed** her trip due to her illness.
🐷 康妮因為生病的關係延後了她的旅行。

271 **postponement** [post`ponmənt] 名 延後 3️⃣
Elvin is not happy with the **postponement** of his trip.
🐷 艾爾文因為旅行延後而不開心。

272 **preside** [prɪ`zaɪd] 動 主持 6️⃣
Rex will **preside** over the meeting.
🐷 雷克斯將主持那場會議。

273 **pretend** [prɪ`tɛnd] 動 假裝 3️⃣
Andy **pretended** to be his brother.
🐷 安迪假裝成他哥哥。

274 **prevail** [prɪ`vel] 動 普及；戰勝 5️⃣
This song **prevails** in campus.
🐷 這首歌曲在校園中流行起來。

275 **prevent** [prɪ`vɛnt] 動 防止；預防 3️⃣
People try hard to **prevent** wars.
🐷 人們努力防止戰爭發生。

276 **prevention** [prɪ`vɛnʃən] 名 預防 4️⃣
Prevention is better than cure.
🐷 預防勝於治療。

277 **proceed** [prə`sid] 動 進行 4️⃣
The police continued to **proceed** their investigation.
🐷 警方繼續進行調查。

278 **prolong** [prə`lɔŋ] 動 延長 5️⃣
Luke decided to **prolong** his vacation.
🐷 路克決定延長他的假期。

279 **promise** [`prɑmɪs] 動 承諾；約定 名 諾言　　🎵2
Sonny **promised** to come home early tonight.
🎎 桑尼答應今晚早點回家。

280 **prop** [prɑp] 動 名 支撐　　🎵5
Brian **props** himself with a stick.
🎎 布萊恩使用一根棍子來支撐他的身子。

281 **prosper** [`prɑspə] 動 興盛　　🎵4
This country began to **prosper**.
🎎 這個國家開始興盛起來。

282 **protect** [prə`tɛkt] 動 保護　　🎵2
Don't worry. Keith will **protect** you.
🎎 別擔心，奇斯會保護你。

283 **protection** [prə`tɛkʃən] 名 保護　　🎵3
Jennifer lives under her parents' **protection**.
🎎 珍妮佛在她雙親的保護下生活。

284 **puff** [pʌf] 動 噴出 名 噴；吹　　🎵5
Harry smoked and **puffed**.
🎎 哈利吸了一口菸，然後吐出來。

285 **quench** [kwɛntʃ] 動 解渴；弄熄　　🎵6
I need some water to **quench** my thirst.
🎎 我需要喝些水來解渴。

286 **quiver** [`kwɪvə] 動 顫抖 名 顫動　　🎵5
Yvonne **quivered** when she saw Mr. Lin walking towards her.
🎎 伊芳看見林先生朝她走來，不禁全身顫抖。

287 **ravage** [`rævɪdʒ] 動 名 毀壞　　🎵6
Did you **ravage** my garden?
🎎 是你破壞了我的花園嗎？

288 **receive** [rɪ`siv] 動 收到　　🎵1
Have you **received** my email?
🎎 你有沒有收到我寄給你的電子郵件？

289 **reckon** [`rɛkən] 動 認為；考慮　　🎵5
She was **reckoned** to be a beauty though she had passed away for many years.
🎎 雖然她已逝世多年，仍被人們認為是一代美女。

290 reconcile [`rɛkən.saɪl] 動 和解；調停 6
The two boys were soon **reconciled**.
🎓 這兩個男孩子很快就言歸於好了。

291 recover [rɪ`kʌvə] 動 恢復 3
Mandy will **recover** from her illness soon.
🎓 曼蒂將可很快地從疾病中恢復。

292 recovery [rɪ`kʌvərɪ] 名 恢復 4
Nelson thanked Dr. Huang for his fast **recovery**.
🎓 尼爾森感謝黃醫生讓他快速復原。

293 recur [rɪ`kɜ] 動 重現 6
Those horrible memories always **recur** to me.
🎓 那些恐怖的記憶經常在我腦中重現。

294 regret [rɪ`grɛt] 動 後悔 名 悔意 3
Don't **regret** what you have done.
🎓 做過的事情就不要後悔。

295 reinforce [.riɪn`fɔrs] 動 增強 6
The noise **reinforced** again and again.
🎓 噪音一次又一次地增強。

296 rejoice [rɪ`dʒɔɪs] 動 歡喜 5
Oliver **rejoiced** to hear the good news.
🎓 奧利佛聽見那個好消息極為開心。

297 relate [rɪ`let] 動 有關；敘述 3
These crimes **relate** to Patrick.
🎓 這些犯罪行為與派翠克有關。

298 release [rɪ`lis] 動 名 釋放；解放 3
The prisoner was **released** last Friday.
🎓 那名囚犯上周五獲釋了。

299 remain [rɪ`men] 動 保持 3
Rebecca **remained** her beauty all these years.
🎓 這些年來蕾貝卡的美貌保持不變。

300 remember [rɪ`mɛmbə] 動 記得 1
Do you **remember** what Tim said last night?
🎓 你還記得提姆昨晚說了什麼嗎？

301 remind [rɪ`maɪnd] 動 提醒 3
Stacy **reminds** me to take my medicine.
🎓 史黛西提醒我服藥。

302 **removal** [rɪ`muvl] 名 移動 🌀
The **removal** of his name from the list is not my idea.
🏫 將他從名單上刪除不是我的主意。

303 **remove** [rɪ`muv] 動 移動 🌀
I can't **remove** this sofa by myself.
🏫 我沒有辦法自己一個人搬動這張沙發。

304 **render** [`rɛndɚ] 動 讓與 🌀
Vanessa **rendered** her seat to an old lady on the bus.
🏫 凡妮莎在公車上將她的座位讓給一名老婦人。

305 **repair** [rɪ`pɛr] 動 名 修理 🌀
Willy helped me **repair** my car.
🏫 威利幫我修車。

306 **repay** [rɪ`pe] 動 償還；報答 🌀
I will **repay** you tomorrow.
🏫 我明天還你錢。

307 **repeat** [rɪ`pit] 動 名 重複 🌀
Can you **repeat** what you just said?
🏫 能不能請你重複你剛剛說的話？

308 **repetition** [ˌrɛpɪ`tɪʃən] 名 重複 🌀
This seems to be a **repetition** of the history.
🏫 這看起來像是歷史重演。

309 **replace** [rɪ`ples] 動 代替 🌀
I can't believe that the CFO has been **replaced** by Nick so quickly.
🏫 我真不敢相信財務長這麼快就被尼克取代了。

310 **replacement** [rɪ`plesmənt] 名 取代 🌀
I am surprised by Steve's **replacement** of Richie.
🏫 我很驚訝史帝夫取代了瑞奇。

311 **repress** [rɪ`prɛs] 動 抑制 🌀
Johnny tries to **repress** his anger.
🏫 強尼試著抑制自己的憤怒。

312 **rescue** [`rɛskju] 動 名 救援 🌀
Dick **rescued** the boy from danger.
🏫 迪克將那個男孩從危險中救出。

313 **resort** [rɪˋzɔrt] 動 求助；訴諸 名 休閒勝地　🔒
Teddy **resorted** to the police immediately.
🔒 泰迪立刻向警方求助。

314 **rest** [rɛst] 動 休息；仰賴 名 休息　🔒
Please let me **rest** for a while.
🔒 請讓我休息一會兒。

315 **restrain** [rɪˋstren] 動 抑制　🔒
It's not easy for Monica to **restrain** her temper.
🔒 要讓莫妮卡抑制自己的脾氣並不容易。

316 **restraint** [rɪˋstrent] 名 限制；抑制　🔒
Emily puts a **restraint** on her dog's activity.
🔒 愛蜜莉限制她的小狗的行動。

317 **restrict** [rɪˋstrɪkt] 動 限制　🔒
That tall building **restricts** our vision.
🔒 那棟高樓限制了我們的視野。

318 **restriction** [rɪˋstrɪkʃən] 名 限制　🔒
I don't like any unreasonable **restriction**.
🔒 我不喜歡任何不合理的限制。

319 **retain** [rɪˋten] 動 保持　🔒
Sean still **retains** a clear memory of those days.
🔒 史恩對那段日子記憶猶新。

320 **retaliate** [rɪˋtælɪ͵et] 動 報復　🔒
Teresa **retaliated** her husband by spending his money.
🔒 泰瑞莎以花錢來報復她的丈夫。

321 **return** [rɪˋtɜn] 動 名 返回　🔒
Andrew promised that he will **return** home by 11 o'clock.
🔒 安德魯承諾他會在十一點之前回到家。

322 **reunion** [riˋjunjən] 名 重聚　🔒
We always have fun at the class **reunion**.
🔒 我們總是在同學會上玩得很開心。

323 **reveal** [rɪˋvil] 動 顯示　🔒
The journalist decided to **reveal** the scandal.
🔒 那名記者決定揭發這件醜聞。

324 **revelation** [͵rɛvəˋleʃən] 名 揭發　🔒
Peggy was angry about the **revelation** of her secrets.
🔒 佩姬對於自己的秘密被洩漏感到生氣。

325 **revenge** [rɪ`vɛndʒ] 動 名 報復;報仇　④
I will **revenge** what you've done to me.
🔒 我會報復妳對我所做的一切。

326 **reverse** [rɪ`vɜs] 動 反轉 形 相反的　⑤
Janet doesn't know how to **reverse** her car.
🔒 珍妮特不會倒車。

327 **revival** [rɪ`vaɪvl̩] 名 重演;復甦　⑥
We expect the **revival** of this play may come true
next year.
🔒 我們期待這齣戲劇能在明年重新上演。

328 **revive** [rɪ`vaɪv] 動 復原;復甦　⑤
Those data were destroyed and could not be **revived**.
🔒 那些資料已經損毀,無法復原。

329 **revolve** [rɪ`vɑlv] 動 旋轉;循環　⑤
Ryan can **revolve** a pen between his fingers.
🔒 萊恩能以手指旋轉原子筆。

330 **rid** [rɪd] 動 擺脫 形 擺脫的　③
The movie star couldn't **rid** those paparazzi.
🔒 那位電影明星甩不掉狗仔隊。

331 **roll** [rol] 動 捲 名 名冊　①
Barbra is **rolling** the wool into a ball.
🔒 芭芭拉將毛線捲成球狀。

332 **rotate** [`rotet] 動 旋轉　⑥
The earth **rotates** around the sun.
🔒 地球繞著太陽旋轉。

333 **rotation** [ro`teʃən] 名 旋轉　⑥
The **rotation** of the earth takes about one day.
🔒 地球自轉約需費時一天。

334 **rub** [rʌb] 動 名 摩擦　①
You should **rub** your hands with soap.
🔒 你應該在手上抹些肥皂。

335 **ruin** [`ruɪn] 動 破壞 名 斷垣殘壁　④
Klein will **ruin** his future if he continues to abuse drugs.
🔒 如果克萊繼續濫用藥物,他將會毀掉自己的前途。

336 rush [rʌʃ] 動 急送 名 緊急；繁忙　　　②
Everybody **rushed** out of the room.
所有的人急忙從房間衝出來。

337 safeguard [`sef͵gɑrd] 動 保護 名 保護者　　⑥
Eddie will **safeguard** the ring from the thieves.
艾迪將會保護這個戒指，不讓小偷偷走。

338 scatter [`skætɚ] 動 使分散 名 分散　　③
The wind **scattered** the files to the floor.
風把文件吹散到地上。

339 scold [skold] 動 名 責罵　　④
Stephanie was **scolded** for being late.
史蒂芬妮因為遲到而被責罵。

340 scrap [skræp] 動 丟棄 名 碎片；少許　　⑤
My neighbor **scrapped** his old dining table yesterday.
我的鄰居昨天把他的舊餐桌丟了。

341 seal [sil] 動 密封；蓋章 名 印章　　③
The secretary **sealed** the letters carefully.
秘書小心地將信件彌封起來。

342 seduce [sɪ`djus] 動 引誘；慫恿　　⑥
Money **seduced** him to go on the wrong track.
金錢誘使他走向邪惡的道路。

343 seem [sim] 動 似乎　　①
There **seems** to be something wrong with the cell phone.
手機似乎有點問題。

344 seize [siz] 動 抓住　　③
You have to **seize** the opportunity.
你必須要抓住這個機會。

345 send [sɛnd] 動 寄　　①
My cousin **sent** me a letter last week.
我的堂弟上星期寄了一封信給我。

346 serve [sɝv] 動 服務　　①
How may I **serve** you?
我能為您服務嗎？

347 settle [`sɛtl̩] 動 解決　　②
I am sure he can **settle** the problem.
我確信他可以解決這個問題。

348 sew [so] 勔 縫　　　③
Claire is **sewing** the buttons on for her brother.
👧 克蕾兒幫她弟弟縫上釦子。

349 shall [ʃæl] 勔 將；會　　　①
I **shall** give you a present next week.
👧 我下個禮拜將給你一份禮物。

350 share [ʃɛr] 勔 分享 名 一份　　　②
Thank you for **sharing** the important information with me.
👧 謝謝你與我分享這個重要的訊息。

351 sharpen [`ʃɑrpn] 勔 使銳利　　　⑤
Can you **sharpen** this pencil for me?
👧 能不能請你幫我把這隻鉛筆削尖？

352 shatter [`ʃætɚ] 勔 粉碎　　　⑤
Spike's dreams **shattered** when his girlfriend passed away.
👧 當史派克的女友過世時，他的夢想粉碎了。

353 shift [ʃɪft] 勔名 變換　　　④
The wind **shifted** to the south.
👧 風向改變成往南方吹。

354 shiver [`ʃɪvɚ] 勔名 顫抖　　　⑤
Linda **shivered** in the cold rain.
👧 琳達在冷雨中顫抖。

355 shorten [`ʃɔrtn] 勔 縮短；使變少　　　③
Diana asked the tailor to **shorten** her skirt.
👧 黛安娜請裁縫師將她的裙子改短。

356 show [ʃo] 勔 出示 名 展覽　　　①
Please **show** me your identification.
👧 請出示您的身分證件。

357 shred [ʃrɛd] 勔 撕成碎片 名 碎片　　　⑤
Jill broke up with Sam last week, and she **shredded** all the love letters that Sam wrote to her.
👧 吉兒上週和山姆分手了，她將山姆寫給她的情書全都撕成碎片。

358 shrink [ʃrɪŋk] 勔 收縮；退縮　　　③
My sweater **shrank** after my mother washed it.
👧 我母親洗過我的毛衣之後，毛衣就縮水了。

359 sign [saɪn] 動 簽署 名 記號 ②
Rick **signed** the contract yesterday afternoon.
🏠 瑞克昨天下午簽署了合約。

360 signal [`sɪɡl̩] 動 打信號 名 信號 ③
I **signaled** Frank to come over.
🏠 我向法蘭克打暗號，叫他過來。

361 skim [skɪm] 動 撇除 名 撇去 ⑥
Dolly **skimmed** the cream off the milk.
🏠 桃莉將牛奶上的奶油撇去。

362 skip [skɪp] 動 略過 名 省略 ③
Wilson **skipped** his Math class again.
🏠 威爾森又翹了數學課。

363 slide [slaɪd] 動 滑動 名 下滑 ②
The car **slid** on the slope.
🏠 車子在斜坡上滑動。

364 slip [slɪp] 動 滑倒 名 滑動 ②
I **slipped** on the ground in the rain.
🏠 我在雨中滑倒在地上。

365 smash [smæʃ] 動 名 粉碎；碰撞 ⑤
The bullet **smashed** the glass wall.
🏠 子彈粉碎了整片玻璃牆。

366 soar [sor] 動 上升 ⑥
The prices **soar** quickly.
🏠 價格快速上升。

367 soothe [suð] 動 安慰 ⑥
I took some medicine to **soothe** my headache.
🏠 我服了一些藥來減緩頭痛。

368 sort [sort] 動 排列 名 種 ②
The student is **sorting** the books on the shelves.
🏠 那個學生在排列書架上的書。

369 sparkle [`spɑrkl̩] 動 名 閃爍 ④
Stars **sparkle** in the sky.
🏠 星星在天空中閃爍。

370 spend [spɛnd] 動 花費 ①
I **spent** NT$500 on that shirt.
🏠 我花了新台幣五百元買那件襯衫。

371 **spike** [spaɪk] 動 以尖釘釘牢 名 長釘 🔟
My father **spiked** the walls.
🏠 我父親在牆上釘上尖釘。

372 **spill** [spɪl] 動 使溢出 名 溢出 🔟
Jenny **spilled** the milk from her glass.
🏠 珍妮把玻璃杯裡的牛奶灑了出來。

373 **spin** [spɪn] 動 名 旋轉 🔟
I got drunk and felt the whole world **spinning**.
🏠 我喝醉了，覺得整個世界在轉動。

374 **split** [splɪt] 動 裂開 名 裂口 🔟
The carpenter **split** the board with an axe.
🏠 木匠用斧頭劈開木板。

375 **spoil** [spɔɪl] 動 寵壞；損壞 🔟
Those parents **spoiled** their children.
🏠 那些父母親寵壞了他們的孩子。

376 **spread** [sprɛd] 動 名 散佈；擴散 🔟
Donna is the one who **spread** the rumors.
🏠 唐娜就是散佈謠言的人。

377 **sprinkle** [`sprɪŋkl] 動 澆；灑 名 小雨；少量 🔟
Can you **sprinkle** some water on the flowers for me?
🏠 能不能請你幫我澆花？

378 **squash** [skwɑʃ] 動 壓扁 名 擠壓；果汁飲料 🔟
My brother **squashed** tomatoes by accident.
🏠 我弟弟不小心把番茄壓扁了。

379 **squat** [skwɑt] 名 蹲姿 動 蹲下 🔟
The little boy in **squat** is my nephew.
🏠 蹲著的小男孩是我的外甥。

380 **stagger** [`stægɚ] 動 搖晃 名 蹣跚 🔟
The ducks **staggered** across the road.
🏠 鴨子搖搖晃晃地穿過馬路。

381 **stalk** [stɔk] 動 追蹤；跟蹤 名 偷偷靠近 🔟
A mysterious guy **stalked** Ruth when she came home last night.
🏠 昨夜有個奇怪的人在茹絲回家時跟蹤她。

382 **stall** [stɔl] 動 拖延 名 商品攤位　　🄓
The truck **stalled** in the mud.
🔒 卡車陷在泥濘中動彈不得。

383 **start** [stɑrt] 動 名 開始　　🄐
The movie **started** 10 minutes ago.
🔒 電影在十分鐘前就開始了。

384 **startle** [`stɑrtḷ] 動 使驚嚇　　🄓
My cousin **startled** when he heard the news.
🔒 我堂哥聽到這個消息時大為震驚。

385 **stimulate** [`stɪmjə,let] 動 刺激　　🄔
Doris **stimulated** her father's sentiment.
🔒 朵莉絲刺激了她父親的情緒。

386 **stimulation** [,stɪmjə`leʃən] 名 刺激；興奮　　🄔
I can't take any **stimulation** at this moment.
🔒 我現在不能受到任何刺激。

387 **stink** [stɪŋk] 動 發出惡臭 名 惡臭　　🄓
The refrigerator **stinks**.
🔒 冰箱發出惡臭。

388 **stir** [stɝ] 動 名 攪拌　　🄒
Helen **stirred** her coffee to mix sugar.
🔒 海倫攪拌咖啡讓砂糖溶解。

389 **stock** [stɑk] 動 貯存 名 股票；家畜　　🄔
They need to **stock** more food.
🔒 他們需要貯存更多食物。

390 **stoop** [stup] 動 名 彎腰；駝背　　🄓
The boy **stooped** down to pick up his hat.
🔒 那個男孩彎下腰來撿他的帽子。

391 **straighten** [`stretṇ] 動 弄直；整頓　　🄓
The hair stylist suggested Mia to **straighten** her hair.
🔒 造型師建議米亞將頭髮弄直。

392 **strain** [stren] 動 拉緊 名 張力　　🄓
Don't forget to **strain** the spiral power spring.
🔒 別忘了轉緊發條。

393 **strap** [stræp] 動 綑綁 名 皮帶　　🄓
The hunters **strapped** the lion and then caged it.
🔒 獵人們將獅子綑綁起來，然後關進籠裡。

394 stride [straɪd] 名 跨步 動 大步走

Larry likes to **stride** along the street.
賴利喜歡在街上大步走。

395 string [strɪŋ] 動 連成一串 名 繩子

The old lady planned to **string** her pearls and then give them to her daughter.
那位老婦人打算將她的珍珠串起，然後送給她的女兒。

396 strip [strɪp] 動 剝除 名 條

Sabrina usually **strips** the skins when she eats grapes.
莎賓娜吃葡萄時通常會去皮。

397 strive [straɪv] 動 努力；苦幹

Hillary **strives** to realize her dreams.
希拉蕊努力實現自己的夢想。

398 stun [stʌn] 動 大吃一驚

Ella's reaction **stunned** us.
艾拉的反應讓我們大吃一驚。

399 stunt [stʌnt] 動 阻礙 名 特技表演

Lack of sleep will **stunt** the growth of children.
缺乏睡眠會阻礙孩童成長。

400 submit [səb`mɪt] 動 屈服；提交

Everyone had to **submit** to the king in the past.
過去大家都必須臣服於國王。

401 subtract [səb`trækt] 動 扣除

Subtract nine from seven and you'll have two.
九減七等於二。

402 suffer [`sʌfɚ] 動 受苦；遭受

Tom didn't **suffer** much before he passed away.
湯姆在過世之前沒有受太多苦。

403 suit [sut] 動 適合 名 套裝

This pink dress really **suits** you.
這套粉紅色的洋裝很適合妳。

404 summon [`sʌmən] 動 召集

The General **summoned** the army to protect the President.
將軍召集軍隊保護總統。

405 **surge** [sɜdʒ] 動 洶湧 名 大浪　⑤
The waves **surge** in the sea.
🔒 海面上波濤洶湧。

406 **surpass** [sə`pæs] 動 超越　⑥
I think Annie will **surpass** me in the exam.
🔒 我認為安妮會在考試中超越我。

407 **surround** [sə`raʊnd] 動 環繞　③
The students **surrounded** the teacher.
🔒 學生們環繞著老師。

408 **sustain** [sə`sten] 動 支持；支撐　⑤
The little boy **sustained** his living by himself.
🔒 那個小男孩自立維生。

409 **swap** [swɑp] 動 名 交換　⑥
Let's **swap** the books after we finish reading our own ones!
🔒 我們讀完自己的書之後，來交換閱讀吧！

410 **sway** [swe] 動 名 搖擺　④
Jasmine's skirt **swayed** in the wind.
🔒 茉莉的裙子在風中搖擺。

411 **swell** [swɛl] 動 腫脹 名 膨脹　③
Adam's twisted ankle begins to **swell** up.
🔒 亞當扭到的腳踝開始腫脹。

412 **swing** [swɪŋ] 動 名 搖動；搖擺　②
Kris **swings** his hand to say goodbye.
🔒 克里斯揮手道別。

413 **tangle** [`tæŋɡl] 動 使糾結 名 糾結　⑤
These problems have **tangled** me for a long time.
🔒 這些問題已經困擾我好長一段時間。

414 **tempt** [tɛmpt] 動 誘惑；引起　⑤
Scott **tempted** me to buy a new laptop.
🔒 史考特引誘我購買新的筆記型電腦。

415 **temptation** [tɛmp`teʃən] 名 誘惑　⑤
Christopher can not resist the **temptation**.
🔒 克里斯多夫無法抵抗誘惑。

416 **terminate** [`tɜmə,net] 🔟 使終止　　🔓
Paulina **terminated** our friendship without saying a word.
🔒 寶琳娜什麼話都沒說就與我絕交了。

417 **threat** [θrɛt] 🔒 威脅；恐嚇　　🔓
Your words may constitute a **threat**.
🔒 你說的話可能構成威脅。

418 **threaten** [`θrɛtṇ] 🔟 威脅　　🔓
Jason **threatens** to kill everyone in class.
🔒 傑生威脅著要殺害全班的人。

419 **tighten** [`taɪtṇ] 🔟 使堅固　　🔓
The father **tightens** the tree house for the kids.
🔒 那位父親幫孩子們穩固樹屋。

420 **tilt** [tɪlt] 🔟 🔒 傾斜　　🔓
The table **tilted** to the left.
🔒 桌子向左邊傾斜。

421 **tire** [taɪr] 🔟 使疲倦 🔒 輪胎　　🔓
I really need a vacation! Heavy workload **tires** me.
🔒 我需要渡假！沉重的工作負擔讓我心生厭倦。

422 **toil** [tɔɪl] 🔟 苦幹 🔒 辛勞　　🔓
Brandon **toiled** in the office every day.
🔒 布蘭登每天在辦公室裡辛苦地工作。

423 **torture** [`tɔrtʃɚ] 🔟 🔒 折磨；拷打　　🔓
That bad boy maliciously **tortured** these poor dogs.
🔒 那個壞孩子惡意地折磨這些可憐的小狗。

424 **tow** [to] 🔟 🔒 拖曳　　🔓
My car was **towed** when I came back within 10 minutes.
🔒 我十分鐘內回來的時候，我的車已經被拖走了。

425 **trace** [tres] 🔟 追溯 🔒 蹤跡　　🔓
Grace **traced** the footprints and then found out who the thief was.
🔒 葛瑞絲追溯著足跡，然後發現了小偷的真面目。

426 **track** [træk] 🔟 追蹤 🔒 蹤跡　　🔓
William uses the device to **track** the location of the robber.
🔒 威廉使用那個設備來追蹤搶匪的所在位置。

427 trap [træp] 動 誘捕 名 圈套　　②

The hunter used a piece of meat to **trap** the wolf.
🏠 獵人以肉塊來誘捕野狼。

428 treat [trit] 動 對待 名 款待　　②

How could you **treat** me like that?
🏠 你怎麼能夠如此對待我？

429 trim [trɪm] 動 名 修剪；修整　　⑤

Jerry asked the barber to **trim** his hair.
🏠 傑瑞請理髮師修剪他的頭髮。

430 try [traɪ] 動 名 嘗試　　①

Peter **tried** three times and finally he made it.
🏠 彼德嘗試了三次，最後終於成功了。

431 twinkle [`twɪŋkl̩] 動 名 閃爍　　④

The stars are **twinkling** in the dark night.
🏠 星星在暗夜中閃爍。

432 twist [twɪst] 動 名 扭傷；扭曲　　③

Edward **twisted** his ankle last Tuesday.
🏠 愛德華上個星期二扭到腳。

433 uncover [ʌn`kʌvɚ] 動 揭開　　⑥

I swear I will **uncover** your plot.
🏠 我發誓我將會揭發你的陰謀。

434 underestimate [`ʌndɚˋɛstəˏmet] 名 動 低估　　⑥

Susan's **underestimate** of his ability was a huge mistake.
🏠 蘇珊低估他的能力實在是個大錯。

435 underline [ˏʌndɚˋlaɪn] 動 畫底線 名 底線　　⑤

Lucy **underlines** the sentences she likes.
🏠 露西在她喜歡的句子底下畫線。

436 undermine [ˏʌndɚˋmaɪn] 動 破壞；削弱基礎　　⑥

Mark's rival **undermines** his reputation.
🏠 馬克的競爭對手破壞他的聲譽。

437 undo [ʌn`du] 動 消除；取消　　⑥

It's impossible to **undo** the injury of his heart.
🏠 他心中的傷痕不可能消除得了。

438 unfold [ʌn`fold] 動 打開；攤開　　6
Bridget **unfolds** her diary and begins to write down something.
🏠 布莉姬打開了她的日記，並且開始書寫。

439 unify [`junə,faɪ] 動 聯合；使一致　　6
George tried to **unify** all his friends to carry out his plan.
🏠 喬治試圖聯合他所有的朋友來實現他的計畫。

440 unlock [ʌn`lak] 動 開鎖；揭開　　6
Can you **unlock** the door for me?
🏠 能不能請你幫我打開門鎖？

441 unpack [ʌn`pæk] 動 解開；卸下；打開行李　　6
Howard **unpacked** his luggage in his room.
🏠 霍華在他的房間裡打開他的行李箱。

442 usage [`jusɪdʒ] 名 使用；習慣　　4
Your **usage** of this instrument is not correct.
🏠 你使用這個儀器的方法是不正確的。

443 use [juz] 動 使用 名 利用　　1
My mother doesn't know how to **use** this machine.
🏠 我母親不知道該如何使用這台機器。

444 usher [`ʌʃɚ] 動 護送；招待 名 引導員　　6
The guards **ushered** us to go into the house.
🏠 警衛護送著我們走進屋內。

445 vanish [`vænɪʃ] 動 消失　　3
The book **vanished** when I returned to the room.
🏠 當我回到房間的時候，那本書消失不見了。

446 vary [`vɛrɪ] 動 改變；使不同　　3
Julia's hairstyle **varies** every two months.
🏠 茱莉亞每兩個月就改變髮型。

447 vibrate [`vaɪbret] 動 震動　　5
Your cell phone is **vibrating**.
🏠 你的手機在震動。

448 vibration [vaɪ`breʃən] 名 震動　　6
Can you feel the **vibration** of the stair?
🏠 你能感受到樓梯的震動嗎？

449 **victimise** [`vɪktɪm͵aɪz] 動 使受苦；使受騙 6
Daniel **victimised** himself to save his brother.
🔒 丹尼爾為了解救他的弟弟，寧可讓自己受苦。

450 **violate** [`vaɪə͵let] 動 違反 4
You should not **violate** the rules.
🔒 你不應該違反規則。

451 **violation** [͵vaɪə`leʃən] 名 違反；侵害 4
Adam does not tolerate any **violation** of the rules.
🔒 亞當不容許任何犯規情事發生。

452 **violence** [`vaɪələns] 名 暴力 3
We are against any kind of **violence**.
🔒 我們反對任何形式的暴力。

453 **warn** [wɔrn] 動 警告 3
Calvin **warns** me not to swim alone.
🔒 凱爾文警告我不可自己一個人去游泳。

454 **watch** [wɑtʃ] 動 留意；注視 名 注視；手錶 1
Parents should **watch** their children with care.
🔒 父母親應該小心留意他們的孩子。

455 **weaken** [`wikən] 動 使變弱 3
The typhoon **weakened** in the afternoon.
🔒 颱風到了下午就減弱了。

456 **weave** [wiv] 動 編織 名 織法 3
Betty can **weave** beautiful sweaters.
🔒 貝蒂會編織漂亮的毛衣。

457 **welcome** [`wɛlkəm] 動 歡迎 形 受歡迎的 1
Rachel's family **welcomed** me at the front door of
their home.
🔒 芮秋的家人在他們家門口迎接我。

458 **whirl** [hwɜl] 動 迴轉 名 旋轉 5
The coin is **whirling** on the ground.
🔒 銅板在地上旋轉。

459 **wish** [wɪʃ] 動 許願 名 願望 1
We **wish** you a merry Christmas.
🔒 我們祝福你聖誕快樂。

460 **wit** [wɪt] 名 機智；賢人
John solved the problem with his **wit**.
🔒 約翰以他的機智解決了這個問題。

461 **withdraw** [wɪðˋdrɔ] 動 收回；撤出
The little boy **withdrew** his hand from the drawer when his mother walked in the room.
🔒 當小男孩的母親走進房間時，他連忙把手從抽屜處縮回來。

462 **withstand** [wɪðˋstænd] 動 抵擋；耐得住
Can you **withstand** the temptation?
🔒 你能夠抵擋誘惑嗎？

463 **woo** [wu] 動 求婚；求愛
Ian bought a ring to **woo** his girlfriend.
🔒 伊恩買了一枚戒指來向他的女友求婚。

464 **wrap** [ræp] 動 名 包裝
Linda **wrapped** the presents with care.
🔒 琳達小心地包裝著禮物。

465 **write** [raɪt] 動 書寫
Please **write** down your name and address.
🔒 請寫下你的姓名與地址。

466 **xerox** [ˋzɪrɑks] 動 名 影印
Katrina helps me to **xerox** the documents.
🔒 卡崔娜幫我影印這些文件。

467 **yield** [jild] 動 生產；讓出 名 產量
These apple trees **yield** two tons of apples every year.
🔒 這些蘋果樹每年生產兩噸的蘋果。

04 表達

01 **admit** [ədˋmɪt] 動 承認；容許進入
I **admit** that I did it on purpose.
🔒 我承認我是故意這麼做的。

02 **advice** [ədˋvaɪs] 名 忠告
Thank you for your **advice**.
🔒 謝謝您的忠告。

03 **advise** [əd`vaɪz] 勔 勸告；建議 ⓒ
The doctor **advises** me to take care of my health.
🏠 醫生勸我照顧好自己的身體健康。

04 **agree** [ə`gri] 勔 同意 ⓐ
I don't **agree** with you.
🏠 我不同意你的看法。

05 **alert** [ə`lɜt] 勔 警告 圈 警覺的 ⓓ
We need to do something to **alert** Paul.
🏠 我們必須做點什麼事情來警告保羅。

06 **appeal** [ə`pil] 勔 吸引；呼籲 呂 吸引力 ⓒ
Bright colors **appeal** to children.
🏠 鮮豔的色彩吸引小孩的目光。

07 **argue** [`ɑrgju] 勔 爭論 ⓑ
Don't **argue** about that anymore.
🏠 別再為那件事情爭論不休了。

08 **argument** [`ɑrgjumənt] 呂 論點 ⓑ
Daniel's **argument** was persuasive.
🏠 丹尼爾的論點很有說服力。

09 **articulate** [ɑr`tɪkjəlet] 勔 清晰地發音 ⓕ
Frank **articulated** that he will never give up.
🏠 法蘭克清楚地表示他絕對不放棄。

10 **ask** [æsk] 勔 詢問；要求 ⓐ
May I **ask** you a question?
🏠 我能不能請教您一個問題？

11 **assure** [ə`ʃur] 勔 保證；使確信 ⓓ
The salesman **assured** the quality of the product.
🏠 銷售人員保證這項商品的品質優良。

12 **blame** [blem] 勔 呂 責備 ⓒ
I won't **blame** you because it's not your fault.
🏠 我不會責怪你，因為這不是你的錯。

13 **boast** [bost] 勔 呂 吹噓；自誇 ⓓ
Rick **boasts** that he can finish the work in 10 minutes.
🏠 瑞克吹噓自己可以在十分鐘內完成這項工作。

14 **clarify** [`klærə,faɪ] 勔 澄清 ⓓ
We should **clarify** our main purpose.
🏠 我們應該釐清我們主要的目的。

15 **clash** [klæʃ] 名 動 衝突；猛撞 🔼
There is a **clash** between the two brothers.
🔒 這兩個兄弟之間發生了衝突。

16 **commemorate** [kə`mɛmə,ret] 動 慶祝；祝賀 🔟
We will **commemorate** the 100th anniversary of the school.
🔒 我們即將慶祝建校一百週年。

17 **compliment** [`kɑmpləmənt] 名 動 恭維 🔟
Thanks for the **compliment**!
🔒 多謝讚美！

18 **conceal** [kən`sil] 動 隱瞞；隱藏 🔟
Emma tried to **conceal** her real face from us.
🔒 艾瑪試圖向我們隱瞞她的真面目。

19 **concede** [kən`sid] 動 承認 🔟
I **concede** that he is an outstanding actor.
🔒 我承認他是一位非常傑出的演員。

20 **confer** [kən`fɝ] 動 商議；商討 🔟
I have to **confer** with my lawyer before giving you an answer.
🔒 在答覆你之前，我必須先與我的律師商量。

21 **conference** [`kɑnfərəns] 名 會議 🔼
Julia was late for the **conference** again.
🔒 茱莉亞開會又遲到了。

22 **congratulate** [kən`grætʃə,let] 動 恭喜 🔼
I want to **congratulate** you on your marriage.
🔒 我要恭賀你結婚快樂。

23 **congratulation** [kən,grætʃə`leʃən] 名 恭喜 🔟
Congratulations on your birthday!
🔒 祝你生日快樂！

24 **constructive** [kən`strʌktɪv] 形 建設性的 🔼
Can you propose something more **constructive**?
🔒 能不能請你提供一些更有建設性的意見？

25 **consult** [kən`sʌlt] 動 請教；查詢 🔼
Why don't you **consult** Peter on the matter?
🔒 你為什麼不請教彼得對這件事的看法？

26 **consultation** [ˌkɑnsəlˈteʃən] 名 諮詢　⑥
I am willing to offer you a free **consultation**.
🔒 我願意免費提供你諮詢服務。

27 **controversial** [ˌkɑntrəˈvɝʃəl] 形 爭議的　⑥
Please don't do anything **controversial**.
🔒 請不要做出任何引起爭議的事情。

28 **controversy** [ˈkɑntrəˌvɝsɪ] 名 爭論；辯論　⑥
There's a **controversy** between my best friend and I.
🔒 我和我最好的朋友有點爭執。

29 **convey** [kənˈve] 動 傳達；運送　④
Lucy doesn't know how to **convey** the idea to her boss.
🔒 露西不知道應該如何將這個想法傳達給她的上司。

30 **debate** [dɪˈbet] 名 動 辯論　②
After a long **debate**, the bill was passed in Congress.
🔒 經過漫長的辯論，國會終於通過這項法案。

31 **declaration** [ˌdɛkləˈreʃən] 名 宣告；聲明　⑤
I have no further **declaration** to make.
🔒 我沒有其他的事情要宣告了。

32 **declare** [dɪˈklɛr] 動 宣告　④
The CEO **declares** that Andy has got the promotion.
🔒 執行長宣布安迪被升職了。

33 **define** [dɪˈfaɪn] 動 下定義　③
It's hard to **define** their relationship.
🔒 他們之間的關係很難定義。

34 **definition** [ˌdɛfəˈnɪʃən] 名 定義　③
Can you tell me the **definition** of this word?
🔒 能不能請你告訴我這個字的定義？

35 **demand** [dɪˈmænd] 動 名 要求　④
Tammy **demands** me to take action right away.
🔒 泰咪要求我立即採取行動。

36 **denial** [dɪˈnaɪəl] 名 否認　⑤
Don't show your **denial** immediately.
🔒 不要否認得那麼快。

37 **denounce** [dɪ`naʊns] 動 公然抨擊

The media **denounced** the corruption of the prime minister.

🏠 媒體抨擊首相的腐敗行為。

38 **depict** [dɪ`pɪkt] 動 描述

These photos can hardly **depict** the beautiful of my country.

🏠 這些照片無法描繪出我國之美。

39 **describe** [dɪ`skraɪb] 動 描述

Barbra **described** the look of the suspect.

🏠 芭芭拉形容了那名嫌犯的長相。

40 **description** [dɪ`skrɪpʃən] 名 描述

According to your **description**, I think I know who did it.

🏠 根據你的描述,我想我已經知道是誰做的了。

41 **descriptive** [dɪ`skrɪptɪv] 形 描述的

Please read those **descriptive** sentences carefully.

🏠 請仔細閱讀那些描述性的句子。

42 **detail** [`ditel] 名 細節 動 詳述

I want to know every **detail**.

🏠 我想知道每一個細節。

43 **disagree** [ˌdɪsə`gri] 動 不同意

I am sorry but I **disagree** on what you just said.

🏠 很抱歉,但是我不同意你剛剛說的話。

44 **disagreement** [ˌdɪsə`grimənt] 名 意見不合

There is **disagreement** between Lucy and Mina.

🏠 露西與米娜意見不合。

45 **disapprove** [ˌdɪsə`pruv] 動 反對

My parents **disapproved** of my dropping out from the debate team.

🏠 我父母反對我退出辯論隊。

46 **disclose** [dɪs`kloz] 動 暴露

It's time to **disclose** the truth.

🏠 現在是揭曉真相的時候了。

47 **disclosure** [dɪs`kloʒə] 名 揭發

The **disclosure** of what was hidden will be surprising.

🏠 將隱藏的事件揭發開來將會令人大吃一驚。

48 **discuss** [dɪˋskʌs] 勔 討論 🖈
Let's **discuss** this issue after lunch.
🔊 我們吃過午餐後來討論這個議題吧。

49 **discussion** [dɪˋskʌʃən] 名 討論 🖈
They still don't know what to do after the **discussion**.
🔊 討論之後，他們還是不知道該怎麼做。

50 **dispute** [dɪˋspjut] 名 勔 爭論 🖈
Emily and I **disputed** over the issue for a moment.
🔊 艾蜜莉和我為了那個議題爭吵了一下子。

51 **dissident** [ˋdɪsədənt] 形 有異議的 名 異議者 🖈
I am **dissident** from Martha's opinion.
🔊 我對瑪莎的意見持有異議。

52 **dissuade** [dɪˋswed] 勔 勸阻；阻止 🖈
Louie tried to **dissuade** Dillon to go surfing under
the furious weather.
🔊 路易勸阻狄倫不要在這種鬼天氣去衝浪。

53 **doubt** [daʊt] 勔 懷疑 名 懷疑 🖈
Jennifer **doubted** the truth of Monica's story.
🔊 珍妮佛質疑莫妮卡的故事不實。

54 **doubtful** [ˋdaʊtfəl] 形 可疑的 🖈
What he did was really **doubtful**.
🔊 他的所作所為相當可疑。

55 **elaborate** [ɪˋlæbəˏret] 勔 詳述 形 精心的 🖈
Can you **elaborate** your idea?
🔊 你能不能詳述你的想法呢？

56 **eloquence** [ˋɛləkwəns] 名 雄辯的口才 🖈
David has got really good **eloquence**.
🔊 大衛具有雄辯的口才。

57 **eloquent** [ˋɛləkwənt] 形 辯才無礙的 🖈
Doris is an **eloquent** girl, but she becomes speechless
when she sees the boy she likes.
🔊 朵莉絲是個辯才無礙的女孩，但是當她看見心儀的男孩時，就
一句話都說不出來。

58 **emphasis** [ˋɛmfəsɪs] 名 強調；重點 🖈
The professor put **emphasis** upon his new theory.
🔊 這位教授強調他的新學說。

59 **emphasize** [`ɛmfə͵saɪz] 動 強調
Peter **emphasized** the harm of using drugs.
🔈 彼德強調使用毒品所造成的傷害。

60 **emphatic** [ɪm`fætɪk] 形 引人注目的
The bright yellow dress you are wearing is **emphatic**.
🔈 妳身上穿的鮮黃色洋裝十分醒目。

61 **encourage** [ɪn`kɝɪdʒ] 動 鼓勵
My teacher **encouraged** me to try again.
🔈 老師鼓勵我再試一次。

62 **encouragement** [ɪn`kɝɪdʒmənt] 名 鼓勵
Your **encouragement** means a lot to me.
🔈 你的鼓勵對我來說意義重大。

63 **explain** [ɪk`splen] 動 解釋
Who can **explain** how this happened?
🔈 誰能夠解釋這件事情是怎麼發生的?

64 **explanation** [͵ɛksplə`neʃən] 名 解釋;說明
Mike gave the **explanation** for delaying the meeting.
🔈 麥克對於會議的延遲做出解釋。

65 **expressive** [ɪk`sprɛsɪv] 形 表達的
My little sister is very **expressive**.
🔈 我的小妹善於表達。

66 **feedback** [`fid͵bæk] 名 回饋
Can you give me some **feedback**?
🔈 能不能給我一些回應?

67 **flatter** [`flætɚ] 動 諂媚
Don't **flatter** me.
🔈 不要過分誇獎我。

68 **forgive** [fɚ`gɪv] 動 原諒
I will never **forgive** you for breaking my heart.
🔈 你傷了我的心,我永遠都不會原諒你。

69 **formulate** [`fɔrmjə͵let] 動 明確陳述
The scientist **formulated** how this happened.
🔈 科學家以公式明確陳述這個事件發生的原因。

70 **frank** [fræŋk] 形 坦白的
Please be **frank** to me.
🔈 請對我坦白。

71 **goodbye** [gʊd`baɪ] 名 再見
Saying **goodbye** is never easy for me.
🔊 道別對我而言並不容易。

72 **grant** [grænt] 動 答應 名 許可
My brother **granted** to lend me his car.
🔊 我哥哥答應把車子借給我。

73 **grateful** [`gretfəl] 形 感激的
We were really **grateful** that the teacher didn't fail us.
🔊 我們很感激老師沒有當掉我們。

74 **gratitude** [`grætə,tjud] 名 感激
You should at least show some **gratitude**.
🔊 你至少應該表達一些感激之意。

75 **greet** [grit] 動 迎接
Everyone **greets** this special guest in the lobby.
🔊 大家在大廳迎接這位貴賓。

76 **greeting** [`gritɪŋ] 名 問候
I have received his **greetings**.
🔊 我已經收到了他的問候。

77 **hearty** [`hɑrtɪ] 形 由衷的
This is my **hearty** wishes for you.
🔊 這是我對你由衷的祝福。

78 **hello** [hə`lo] 名 哈囉
Mr. Wang gave me a pleasant **hello**.
🔊 王先生愉快地向我打招呼。

79 **hide** [haɪd] 動 隱藏
Bill **hides** a gun in his home.
🔊 比爾在家裡藏了一把槍。

80 **highlight** [`haɪ,laɪt] 動 照亮；強調 名 精彩畫面
The moonlight **highlights** his face.
🔊 月光照亮了他的臉龐。

81 **hint** [hɪnt] 名 動 暗示
Please give me a **hint**.
🔊 請給我一個暗示。

82 **honest** [`ɑnɪst] 形 誠實的
Ruth is a very **honest** girl.
🔊 露絲是個非常誠實的女孩子。

83 **honesty** [`ɑnɪstɪ] 名 誠實
Honesty is the best policy.
🔒 誠實為上策。

84 **humor** [`hjumə] 名 幽默
Jack's story was full of **humor**.
🔒 傑克的故事充滿幽默。

85 **humorous** [`hjumərəs] 形 幽默的
This book is extremely **humorous**.
🔒 這本書非常幽默。

86 **hush** [hʌʃ] 動 使寂靜 名 寂靜
Everybody **hushed** when he walked into the room.
🔒 當他走過來的時候，大家都安靜了下來。

87 **implication** [ˌɪmplɪ`keʃən] 名 暗示
Andrew didn't understand my **implication**.
🔒 安德魯不懂我的暗示。

88 **implicit** [ɪm`plɪsɪt] 形 含蓄的；不明確的
The words in his letter are **implicit**.
🔒 他信裡寫得相當含蓄。

89 **imply** [ɪm`plaɪ] 動 暗示；含有
What are you **implying**?
🔒 你在暗示什麼？

90 **indicate** [`ɪndə,ket] 動 暗示；指出
Linda **indicated** that Mr. Liu did it.
🔒 琳達暗示著是劉先生做的。

91 **indication** [ˌɪndə`keʃən] 名 暗示；表示
I am not sure whether I get Susan's **indication**.
🔒 我不確定我是不是明白蘇珊的暗示。

92 **inform** [ɪn`fɔrm] 動 通知
Please **inform** me if anything happens.
🔒 如果發生任何事情的話，請通知我。

93 **information** [ˌɪnfə`meʃən] 名 報告；消息
Grace just told me an important **information**.
🔒 葛瑞絲剛剛告訴我一個重要的消息。

94 **informative** [ɪn`fɔrmətɪv] 形 情報的
Howard's words are truly **informative**.
🔒 霍華所說的話深具情報價值。

95 inquire [ɪn`kwaɪr] 動 詢問　⑤
The reporter tried to **inquire** Sally's personal life.
🔒 那個記者試圖詢問莎莉的私生活。

96 inquiry [ɪn`kwaɪrɪ] 名 詢問；調查　⑥
Joni responded nothing to my **inquiry**.
🔒 裘妮沒有答覆我的探問。

97 instruct [ɪn`strʌkt] 動 指導；教導　④
The teacher **instructed** the students to do their
science project.
🔒 老師指導學生製作科學作業。

98 instruction [ɪn`strʌkʃən] 名 操作指南　③
Have you read the **instruction** yet?
🔒 你讀過操作指南了嗎？

99 instructor [ɪn`strʌktə] 名 指導者　④
Dr. Lee will be your **instructor**.
🔒 李博士將擔任你的指導老師。

100 joke [dʒok] 動 開玩笑 名 笑話　①
Chris likes to **joke** around.
🔒 克里斯喜歡到處開玩笑。

101 lame [lem] 形 無說服力的 動 使跛腳　⑤
I think the story is really **lame**.
🔒 我覺得這個故事沒有說服力。

102 liar [`laɪə] 名 說謊者　③
Don't call me a **liar**. What I said was true.
🔒 別叫我騙子，我說的是真的。

103 lie [laɪ] 動 說謊 名 謊言　①
Please don't **lie** to me anymore.
🔒 請別再對我說謊了。

104 mean [min] 動 意指 形 惡劣的　①
What do you **mean** by that?
🔒 你的意思是什麼？

105 meaning [`minɪŋ] 名 意義　②
I don't understand the **meaning** of this word.
🔒 我不了解這個字的意思。

106 meaningful [`minɪŋfəl] 形 有意義的 ③
What you did was really **meaningful** to me.
🏛 你所做的事情對我來說意義重大。

107 mention [`mɛnʃən] 動 名 提起;提及 ③
Did you just **mention** his name?
🏛 你剛剛是不是提到了他的名字?

108 message [`mɛsɪdʒ] 名 訊息 ②
Please leave a **message** after the beep.
🏛 請在嗶聲後留下您的訊息。

109 messenger [`mɛsṇdʒɚ] 名 信差;使者 ④
I just received his letter from the **messenger**.
🏛 我剛剛從信差那邊接到了他的來信。

110 mislead [mɪs`lid] 動 誤導 ④
Are you trying to **mislead** me?
🏛 你是不是想要誤導我?

111 mock [mɑk] 動 嘲笑 形 模擬的 ⑤
We shouldn't **mock** his accent.
🏛 我們不應該嘲笑她的口音。

112 nonsense [`nɑnsɛns] 名 廢話 ④
Stop talking **nonsense**.
🏛 別再說廢話了。

113 notify [`notə,faɪ] 動 通知;報告 ⑤
My sister just **notified** me that she's getting married.
🏛 我妹妹剛才通知我她即將要結婚了。

114 O.K./OK/okay [o`ke] 名 好;沒問題 形 好的 ①
It's **OK** if you want to leave early.
🏛 如果你想提早離開,沒有問題。

115 order [`ɔrdɚ] 動 命令 名 次序 ①
The mother **ordered** the kids to go to bed right away.
🏛 母親命令孩子們立刻上床睡覺。

116 paradox [`pærə,dɑks] 名 自相矛盾的言論 ⑤
I think there are some **paradoxes** in this book.
🏛 我覺得這本書裡有些自相矛盾的言論。

117 pardon [`pɑrdṇ] 動 名 寬恕;原諒 ②
Please **pardon** my mistake.
🏛 請寬恕我的過錯。

118 plea [pli] 名 藉口　🔟
A **plea** for pity helped Justin to be excused by his boss.
🏛 賈斯汀以懇求憐憫的方式獲得老闆的原諒。

119 plead [plid] 動 懇求　🔟
Iris **pleads** for more time for her.
🏛 艾蕊絲懇求再給她多一點時間。

120 pledge [plɛdʒ] 名 誓言 動 發誓　🔟
I am willing to take a **pledge** if you want me to.
🏛 我願意發誓，如果你要我這麼做的話。

121 predict [prɪ`dɪkt] 動 預測　🔟
It's easy to **predict** what he will do next.
🏛 要預測他的下一步很簡單。

122 prediction [prɪ`dɪkʃən] 名 預言　🔟
No one believes his **prediction**.
🏛 沒有人相信他的預言。

123 proposal [prə`pozl] 名 提議　🔟
The clients like his **proposal**.
🏛 客戶們喜歡他的提案。

124 propose [prə`poz] 動 求婚；提議　🔟
Luke **proposed** to Sandra yesterday.
🏛 路克昨天向珊卓拉求婚了。

125 provide [prə`vaɪd] 動 提供　🔟
Can you **provide** us more useful information?
🏛 能不能請你提供更有用的資訊呢？

126 quarrelsome [`kwɔrəlsəm] 形 愛爭吵的　🔟
The kids are **quarrelsome**.
🏛 孩子們喜歡爭吵。

127 react [rɪ`ækt] 動 反應　🔟
I don't know how to **react** towards this issue.
🏛 我不知道該如何對這個議題做出反應。

128 reaction [rɪ`ækʃən] 名 反應　🔟
Michael's **reaction** towards the news was really funny.
🏛 麥可對於這個新聞的反應非常好笑。

129 recommend [ˌrɛkə`mɛnd] 動 推薦　🔟
Oliver **recommends** us to try this dish.
🏛 奧利弗推薦我們試試這道菜。

130 recommendation [ˌrɛkəmɛnˋdeʃən] 名 推薦 ⑥
Pamela got the job with her teacher's
recommendation.
🔊 透過老師的推薦，潘蜜拉得到了這份工作。

131 reject [rɪˋdʒɛkt] 動 拒絕 ②
Tina has **rejected** me twice.
🔊 提娜拒絕了我兩次。

132 rejection [rɪˋdʒɛkʃən] 名 拒絕 ④
I just received the **rejection** from that school.
🔊 我剛剛收到那間學校的拒絕通知。

133 remark [rɪˋmɑrk] 名 動 評論 ④
What's your **remark** on his new book?
🔊 你對他的新書有何評論？

134 reply [rɪˋplaɪ] 動 名 答覆；回答 ②
Please **reply** this email as soon as you can.
🔊 請您盡快回覆這封電子郵件。

135 request [rɪˋkwɛst] 動 名 要求；請求 ③
Vincent **requests** a better salary.
🔊 文生要求更高的薪資。

136 require [rɪˋkwaɪr] 動 需要 ②
The students **require** their teachers' help.
🔊 學生需要老師的協助。

137 requirement [rɪˋkwaɪrmənt] 名 需要 ②
I have no further **requirements**.
🔊 我沒有其他的需求了。

138 resolve [rɪˋzɑlv] 動 解決；分解 名 決心 ④
I can **resolve** the problem easily.
🔊 我可以輕易地解決這個問題。

139 respond [rɪˋspɑnd] 動 回應 ③
Thank you for **responding** my question so quickly.
🔊 謝謝您這麼迅速地回覆我的問題。

140 response [rɪˋspɑns] 名 回覆 ③
What's your **response** towards this?
🔊 你對於這件事情的回應是什麼？

141 **retort** [rɪˋtɔrt] 動 名 反駁　　🖐

Dillon **retorted** me immediately after I had finished my sentence.

🏠 我的話才剛說完，狄倫便立刻反駁我。

142 **rumor** [ˋrumɚ] 名 謠言 動 謠傳　　3

There are **rumors** about this movie star.

🏠 有些關於這位電影明星的謠言。

143 **scorn** [skɔrn] 動 名 輕蔑　　🖐

Abby **scorns** her poor classmates.

🏠 艾比瞧不起那些貧窮的同學。

144 **secret** [ˋsikrɪt] 名 秘密 形 祕密的　　2

I know what your **secrets** are.

🏠 我知道你的秘密是什麼。

145 **signify** [ˋsɪgnə͵faɪ] 動 表示　　6

What does that symbol **signify**?

🏠 那個符號代表什麼意思？

146 **sincerity** [sɪnˋsɛrətɪ] 名 誠懇　　4

I can feel his **sincerity** from what he said.

🏠 從他的話語中，我能感受到他的誠懇。

147 **suggest** [səˋdʒɛst] 動 建議；提議　　3

Jason **suggests** me buying this book.

🏠 傑生建議我買這本書。

148 **suggestion** [səˋdʒɛstʃən] 名 建議　　4

What is your **suggestion**?

🏠 您的建議是什麼？

149 **support** [səˋport] 動 名 支持　　2

Whatever you do, I will **support** you.

🏠 不論你做什麼，我都支持你。

150 **swear** [ˋswɛr] 動 發誓　　3

John **swears** that he knows nothing about it.

🏠 約翰發誓他什麼都不知道。

151 **talkative** [ˋtɔkətɪv] 形 健談的　　2

Fiona is a **talkative** girl.

🏠 費歐娜是個健談的女孩子。

152 **thank** [θæŋk] 動 名 感謝
Thank you for being so kind to me.
🏛 謝謝你對我這麼好。

153 **thankful** [`θæŋkfəl] 形 感激的;感謝的
Gina is very **thankful** for Nick's help.
🏛 吉娜很感謝尼克的幫忙。

154 **trust** [trʌst] 動 相信 名 信任
I don't **trust** him anymore.
🏛 我不再相信他了。

155 **yell** [jɛl] 動 名 大叫;叫喊
Please don't **yell** at me.
🏛 請別對著我大聲喊叫。

156 **yes** [jɛs] 副 是的 名 是
Yes, I do know him.
🏛 是的,我確實認識他。

PART 8

心理活動
單字收納

名　名　詞

動　動　詞

形　形容詞

副　副　詞

1 ~ 6 單字難易度
（分別符合美國一至六年級學生所學範圍）

掃碼即聽
MP3 115~137

01 想法 分類

01 abolish [ə`balɪʃ] 動 廢止；革除 ④
The government decided to **abolish** death penalty.
🏛 政府決定廢除死刑。

02 accordance [ə`kɔrdəns] 名 依照；根據 ⑥
Alec took his shoes off in **accordance** with the custom.
🏛 艾力克依照習俗脫掉了鞋子。

03 acquaint [ə`kwent] 動 使認識 ④
Pamela became **acquainted** with Leo.
🏛 潘蜜拉開始認識里歐。

04 admission [əd`mɪʃən] 名 准許進入 ④
Bridget got the **admission** to Columbia University.
🏛 布莉姬獲得哥倫比亞大學的入學許可。

05 affect [ə`fɛkt] 動 影響 ③
The typhoon **affects** our plan for a field trip.
🏛 颱風影響了我們的遠足計畫。

06 alienate [`eljən͵et] 動 使感情疏遠 ⑥
Jacob **alienated** himself from his family for some reason.
🏛 雅各因為某種理由和家人的感情疏離了。

07 alternative [ɔl`tɜnətɪv] 名 二選一 形 二選一的 ⑥
You have the **alternative** of going with us or staying home alone.
🏛 你可以選擇跟我們去或是獨自待在家裡。

08 appoint [ə`pɔɪnt] 動 任命；約定 ④
My boss **appointed** Laura to be the sales manager.
🏛 我的老闆指派蘿拉為業務經理。

09 appointment [ə`pɔɪntmənt] 名 約會；指定 ④
Don't be late for your **appointment** with Tracy.
🏛 你和崔西的約會可別遲到了。

10 assert [ə`sɜt] 動 主張；斷言 ⑥
Ivan **asserted** that we should keep on going.
🏛 埃文主張我們應該繼續前進。

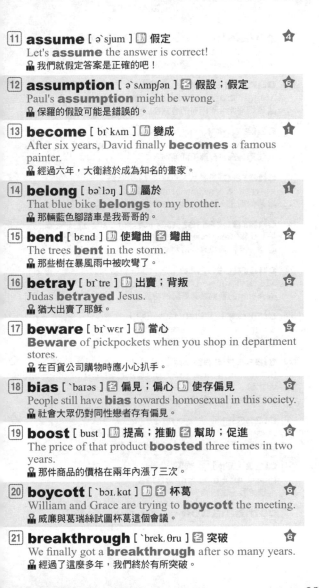

11 **assume** [əˋsjum] 動 假定　④
Let's **assume** the answer is correct!
🔒 我們就假定答案是正確的吧！

12 **assumption** [əˋsʌmpʃən] 名 假設；假定　⑥
Paul's **assumption** might be wrong.
🔒 保羅的假設可能是錯誤的。

13 **become** [bɪˋkʌm] 動 變成　①
After six years, David finally **becomes** a famous painter.
🔒 經過六年，大衛終於成為知名的畫家。

14 **belong** [bəˋlɔŋ] 動 屬於　①
That blue bike **belongs** to my brother.
🔒 那輛藍色腳踏車是我哥哥的。

15 **bend** [bɛnd] 動 使彎曲 名 彎曲　②
The trees **bent** in the storm.
🔒 那些樹在暴風雨中被吹彎了。

16 **betray** [brˋtre] 動 出賣；背叛　⑥
Judas **betrayed** Jesus.
🔒 猶大出賣了耶穌。

17 **beware** [bɪˋwɛr] 動 當心　⑤
Beware of pickpockets when you shop in department stores.
🔒 在百貨公司購物時應小心扒手。

18 **bias** [ˋbaɪəs] 名 偏見；偏心 動 使存偏見　⑥
People still have **bias** towards homosexual in this society.
🔒 社會大眾仍對同性戀者存有偏見。

19 **boost** [bust] 動 提高；推動 名 幫助；促進　⑥
The price of that product **boosted** three times in two years.
🔒 那件商品的價格在兩年內漲了三次。

20 **boycott** [ˋbɔɪ͵kɑt] 動 名 杯葛　⑥
William and Grace are trying to **boycott** the meeting.
🔒 威廉與葛瑞絲試圖杯葛這個會議。

21 **breakthrough** [ˋbrɛk͵θru] 名 突破　⑥
We finally got a **breakthrough** after so many years.
🔒 經過了這麼多年，我們終於有所突破。

251

22 **breakup** [`brek,ʌp] 名 分手；瓦解 6
Our **breakup** doesn't mean the end of our friendship.
🏠 我們雖然分手了，卻不代表連友誼也跟著結束。

23 **cancel** [`kænsl] 動 取消 2
Maggie **canceled** all her meetings today.
🏠 瑪姬將她今天所有的會議都取消了。

24 **category** [`kætə,gorɪ] 名 分類 5
These two products belong to different **categories**.
🏠 這兩件商品分屬不同類別。

25 **character** [`kærɪktə] 名 個性 2
Lawrence is a man of fine **character**.
🏠 羅倫斯是一位個性良好的男士。

26 **characteristic** [,kærəktə`rɪstɪk] 名 特徵 4
What is the **characteristic** of this kind of criminals?
🏠 這一類的罪犯有什麼特徵呢？

27 **characterize** [`kærɪktə,raɪz] 動 具有…特徵 6
Mozart's music is **characterized** as magnificence.
🏠 莫札特的音樂具有華麗的特質。

28 **clarity** [`klærətɪ] 名 透明；清楚 6
Stella's voice is famous for its **clarity**.
🏠 史黛拉的歌聲以純淨聞名。

29 **classification** [,klæsəfə`keʃən] 名 分類 4
I don't know how the **classification** of these books works.
🏠 我不知道這些書是如何分類的。

30 **classify** [`klæsə,faɪ] 動 分類 4
Jasper doesn't know how to **classify** these items.
🏠 賈斯伯不知道該如何將這些物品分類。

31 **clue** [klu] 名 線索 3
Please give me some **clues**.
🏠 請給我一些線索。

32 **combination** [,kɑmbə`neʃən] 名 結合 4
You and me are the right **combination**.
🏠 你和我是最佳拍檔。

33 **combine** [kəm`baın] 動 結合
The movie **combines** education and entertainment.
🏛 那部電影結合了教育與娛樂。

34 **concept** [`kɑnsɛpt] 名 概念
Scott likes my **concept**.
🏛 史考特喜歡我的概念。

35 **conception** [kən`sɛpʃən] 名 概念；構想
You should try harder to realize the **conception**.
🏛 你應該更努力實現這個構想。

36 **concession** [kən`sɛʃən] 名 妥協；讓步
With their **concession**, we finally finished the project.
🏛 由於他們的妥協，我們終於完成了這個專案。

37 **conclusion** [kən`kluʒən] 名 結論
Have you got a **conclusion**?
🏛 你們得到結論了嗎？

38 **confirm** [kən`fɜm] 動 證實
The police have **confirmed** the identity of the robber.
🏛 警方已經證實強盜的身分。

39 **consequent** [`kɑnsə,kwɛnt] 形 必然的
I think the result is **consequent** and foreseeable.
🏛 我認為這個結果是必然而且可以預見的。

40 **conservative** [kən`sɜvətɪv] 名 保守主義者
Both of Sean's parents are **conservatives**.
🏛 史恩的父母親都是保守主義者。

41 **consider** [kən`sɪdə] 動 仔細考慮
Would you **consider** buying that house?
🏛 你願意考慮買下那間房子嗎？

42 **consideration** [kənsɪdə`reʃən] 名 考慮
I need a serious **consideration** before answering your question.
🏛 在回答你的問題之前，我必須仔細考慮一下。

43 **contemplation** [,kɑntɛm`pleʃən] 名 沉思
Contemplation helps Michelle to clear her thoughts.
🏛 沉思讓蜜雪兒釐清她的思緒。

44 **contend** [kən`tɛnd] 動 抗爭;奮鬥　　　5
Kevin and Paul **contended** on a tiny problem.
凱文和保羅為了一個小問題而爭吵。

45 **conventional** [kən`vɛnʃən!] 形 傳統的　　　4
Some **conventional** opinions should be adjusted to meet the modern trend.
某些傳統觀念應該調整以順應現代潮流。

46 **coordinate** [ko`ɔrdənet] 動 協調;使同等　　6
Tina will help to **coordinate** the different opinions from everybody.
提娜會幫忙協調每個人不同的意見。

47 **correct** [kə`rɛkt] 形 正確的 動 改正　　　1
All of Alex's answers are **correct**.
亞歷克斯所有的答案都是正確的。

48 **criterion** [kraɪ`tɪrɪən] 名 標準;基準　　　6
Teddy is a man with a high moral **criterion**.
泰迪是個有道德標準的人。

49 **cue** [kju] 名 動 暗示　　　4
Do you see any **cue** in the letter?
你有沒有從信中看出任何暗示?

50 **demonstrate** [`dɛmən,stret] 動 證明;示威　4
Timothy **demonstrated** the theory to be wrong.
提摩西證明了那個理論是錯誤的。

51 **demonstration** [,dɛmən`streʃən] 名 證明　4
Katherine's **demonstration** seems to be interesting.
凱薩琳的論證似乎相當有趣。

52 **deny** [dɪ`naɪ] 動 拒絕　　　2
No one can **deny** the fact.
沒有人能夠否認這個事實。

53 **depression** [dɪ`prɛʃən] 名 沮喪　　　4
Sandra doesn't know what to do with her **depression**.
珊卓拉不知道該如何處理自己沮喪的情緒。

54 **designate** [`dɛzɪg,net] 動 指定 形 選派的　6
Do you want to **designate** Gavin as the team leader?
你想要指定蓋文擔任小組長嗎?

55 **desirable** [dɪˋzaɪrəbḷ] 形 合意的
Barbie bought a **desirable** skirt.
芭比買了一件令她滿意的裙子。

56 **destiny** [ˋdɛstənɪ] 名 命運
It's Arthur's **destiny** to be king.
亞瑟命中註定該成為國王。

57 **devise** [dɪˋvaɪz] 動 想出；設計
Karl has **devised** a wonderful plan.
卡爾想出一個很棒的計畫。

58 **disadvantage** [ˏdɪsədˋvæntɪdʒ] 名 不利
I think Mandy is at a **disadvantage** this time.
我認為這次曼蒂處於不利的地位。

59 **discriminate** [dɪˋskrɪməˏnet] 動 差別對待
How can you **discriminate** those poor people?
你怎麼可以歧視那些可憐的人？

60 **distract** [dɪˋstrækt] 動 分散
The noise **distracted** my attention from studying.
那個噪音讓我在讀書時分心。

61 **distraction** [dɪˋstrækʃən] 名 分心；不安
The teacher was not happy with Joey's **distraction**.
老師因為喬伊分心而不高興。

62 **doom** [dum] 名 厄運 動 注定
John is ready for his **doom**.
約翰已經準備好面對自己的厄運。

63 **dump** [dʌmp] 動 拋下 名 垃圾場
Luke **dumped** his girlfriend last Thursday.
路克上個星期四甩了他女友。

64 **eager** [ˋigɚ] 形 渴望的
Penny is **eager** to win the first prize.
潘妮渴望得到第一名。

65 **engage** [ɪnˋgedʒ] 動 占用；預訂
May I **engage** you for a moment?
我可以佔用你一點時間嗎？

66 **engagement** [ɪnˋgedʒmənt] 名 訂婚
Will you attend Justin's **engagement** party?
你會不會參加賈斯汀的訂婚派對呢？

67 evaluate [ɪˋvæljʊˏet] 動 評估　　④
The boss will **evaluate** Charlie's performance tomorrow.
🔒 老闆明天會評估查理的工作表現。

68 evaluation [ɪˏvæljʊˋeʃən] 名 評估　　④
I have given the **evaluation** report to Rex.
🔒 我已經把評估報告交給雷克斯了。

69 example [ɪgˋzæmpl] 名 例子　　①
Nate sets us a good **example**.
🔒 奈特為我們樹立了一個好榜樣。

70 fancy [ˋfænsɪ] 動 幻想 形 花俏的　　③
Monica **fancied** that someone wants to kill her.
🔒 莫妮卡幻想著有人要殺害她。

71 fantastic [fænˋtæstɪk] 形 想像中的　　④
This was just my **fantastic** idea.
🔒 這只是我的異想。

72 fate [fet] 名 命運　　③
Gina never believes in **fate**.
🔒 吉娜從來不相信命運。

73 fidelity [fɪˋdɛlətɪ] 名 忠實；誠實　　⑥
It is important to have **fidelity** in a person.
🔒 人貴在忠誠。

74 foresee [forˋsi] 動 預知；看穿　　⑥
Zack has the ability to **foresee** the future.
🔒 查克具有預知未來的能力。

75 forget [fəˋgɛt] 動 忘記　　①
Jenny **forgot** to turn off the lights when she left home.
🔒 珍妮出門的時候忘記關燈。

76 forsake [fəˋsek] 動 拋棄；放棄　　⑥
You should **forsake** your past and move on.
🔒 你應該拋下過去的種種，向前邁進。

77 guess [gɛs] 動 名 猜想；猜測　　①
I **guess** Linda will be late again today.
🔒 我猜琳達今天又會遲到。

78 hesitate [ˋhɛzəˏtet] 動 遲疑　　③
Don't **hesitate** to do the right things.
🔒 做正確的事情不要遲疑。

⑲ **hesitation** [ˌhɛzəˋteʃən] 名 猶豫　④

I can feel her **hesitation**.

🏠 我能感受到她的猶豫。

⑳ **hostile** [ˋhɑstl] 形 敵意的　⑤

The dog seems to be **hostile**.

🏠 那隻狗似乎有些敵意。

㉑ **hostility** [hɑsˋtɪlətɪ] 名 敵意　⑥

Robert is showing **hostility** towards Tony.

🏠 羅伯特對東尼表現出敵意。

㉒ **idea** [aɪˋdiə] 名 主意　❶

It's not my **idea** to do this.

🏠 做這件事並不是我的主意。

㉓ **ideal** [aɪˋdiəl] 形 理想的 名 理想；典範　③

Mark is the **ideal** type of guy that I want to date.

🏠 馬克是我想要約會的理想類型。

㉔ **imaginable** [ɪˋmædʒɪnəbl] 形 可想像的　④

Your excitement is **imaginable**.

🏠 你的興奮不難想像。

㉕ **imaginary** [ɪˋmædʒəˌnɛrɪ] 形 想像的　④

Little Sarah has an **imaginary** friend named Lulu.

🏠 小莎拉有一個假想的朋友叫做露露。

㉖ **imagination** [ɪˌmædʒəˋneʃən] 名 想像力　③

Use your **imagination** to look at this world.

🏠 運用你的想像力來觀看這個世界。

㉗ **imaginative** [ɪˋmædʒəˌnetɪv] 形 有想像力的　④

Andrew is an **imaginative** writer.

🏠 安德魯是個很有想像力的作家。

㉘ **imagine** [ɪˋmædʒɪn] 動 想像　②

I can't **imagine** that John is getting married.

🏠 我不敢相信約翰要結婚了。

㉙ **impress** [ɪmˋprɛs] 動 留下深刻印象　③

Tommy tried to **impress** the beautiful girl by playing cool.

🏠 湯米為了讓那漂亮的女孩留下深刻印象而裝酷。

90 impression [ɪm`prɛʃən] 名 印象　④
Victor has won the teacher's good **impression**.
🏛 維特已經在老師心中留下良好的印象。

91 impressive [ɪm`prɛsɪv] 形 令人印象深刻的　③
Lucy's performance was really **impressive**.
🏛 露西的表演令人印象深刻。

92 instinct [`ɪnstɪŋkt] 名 直覺；本能　④
Just follow your **instinct**.
🏛 順從你的直覺。

93 merit [`mɛrɪt] 名 優點；價值　④
Everyone has his **merits**.
🏛 每個人都有優點。

94 miserable [`mɪzərəb!] 形 不幸的　④
Aaron had a **miserable** day today.
🏛 亞倫今天過得很糟。

95 misery [`mɪzərɪ] 名 悲慘　③
I am so sorry for their **misery**.
🏛 對於她們的不幸，我感到相當難過。

96 misfortune [mɪs`fɔrtʃən] 名 不幸　④
I hope their **misfortune** may go away soon.
🏛 我希望他們的不幸能夠早點結束。

97 mistake [mɪ`stek] 名 錯誤 動 誤解　①
I made a huge **mistake** to let you go. Would you forgive me?
🏛 拋棄妳是我犯的大錯。妳願意原諒我嗎？

98 misunderstand [ˌmɪsʌndə`stænd] 動 誤解　④
I think Lily **misunderstood** what I meant.
🏛 我猜莉莉可能誤會我的意思了。

99 moral [`mɔrəl] 名 道德 形 道德上的　③
We are disciplined by the high standard of **morals**.
🏛 我們受到高道德標準之規範。

100 motto [`mɑto] 名 座右銘　⑥
What is your **motto**?
🏛 你的座右銘是什麼呢？

101 **notion** [`noʃən] 名 觀念；意見 🔳
Howard maintained his **notion** no matter what other people say.
🔳 不論大家怎麼說，霍華還是堅持他的想法。

102 **oath** [oθ] 名 誓約；宣示 🔳
They took an **oath** in the ceremony.
🔳 他們在典禮中宣誓。

103 **objection** [əb`dʒɛkʃən] 名 反對 🔳
I have no **objection** to your proposal.
🔳 我不反對你的提議。

104 **objective** [əb`dʒɛktɪv] 名 目標 形 客觀的 🔳
My **objective** is to become a superstar.
🔳 我的目標是要成為一名超級巨星。

105 **opinion** [ə`pɪnjən] 名 意見 🔳
This is just my humble **opinion**.
🔳 這只是我的淺見。

106 **outlook** [`aʊt.lʊk] 名 觀點；態度 🔳
Luke supports Mike's **outlook**.
🔳 路克支持麥可的觀點。

107 **outsider** [.aʊt`saɪdə] 名 局外人 🔳
I am just an **outsider**. Don't get me involved in this.
🔳 我只是局外人，別把我扯進來。

108 **perspective** [pə`spɛktɪv] 名 觀點 形 透視的 🔳
The professor agreed with Adam's **perspective**.
🔳 教授認同亞當的觀點。

109 **ponder** [`pɑndə] 動 仔細考慮 🔳
Do you need some time to **ponder**?
🔳 你需要時間考慮嗎？

110 **praise** [prez] 動 讚美 名 稱讚 🔳
The teacher **praised** Mark for his outstanding performance.
🔳 老師讚美馬克的傑出表現。

111 **principle** [`prɪnsəpl] 名 原則 🔳
Grant does everything in accordance with his **principle**.
🔳 葛蘭特依照自己的原則行事。

112 priority [praɪˋɔrətɪ] 名 優先權 ⑤
You should yield the **priority** seat to the old lady.
🔒 你應該把博愛座讓給這位老太太。

113 problem [ˋprɑbləm] 名 問題 ①
Kevin doesn't know how to solve this **problem**.
🔒 凱文不知道該如何解決這個問題。

114 purpose [ˋpɝpəs] 名 目的 ①
What is your **purpose** of doing so?
🔒 你這麼做的目的是什麼？

115 pursue [pɚˋsu] 動 追求 ③
Molly wants to **pursue** a career as a flight attendant.
🔒 莫莉想要成為一名空服員。

116 pursuit [pɚˋsut] 名 追求 ④
In a hot **pursuit**, the police shot the robber's leg.
🔒 在激烈的追逐過程中，警方開槍射中搶匪的腿。

117 query [ˋkwɪrɪ] 名 問題 動 質疑 ⑥
Your **query** will be answered by my boss.
🔒 我老闆將會回答你的問題。

118 quest [kwɛst] 名 探索；探求 ⑤
Jack left home in **quest** of adventure.
🔒 傑克為了冒險而離家出走。

119 question [ˋkwɛstʃən] 名 問題 動 質疑 ①
How many **questions** do you have?
🔒 你有多少個問題？

120 questionnaire [ˌkwɛstʃənˋnɛr] 名 問卷 ⑥
Please fill in this **questionnaire** for me.
🔒 請幫我填寫這份問卷。

121 reason [ˋrizn] 名 理由 動 推理 ①
Barbra began to cry for no **reason**.
🔒 芭芭拉毫無理由地開始哭泣。

122 reasonable [ˋriznəbl] 形 合理的 ③
Helen's reaction is **reasonable**.
🔒 海倫的反應是合理的。

123 recognition [ˌrɛkəgˋnɪʃən] 名 認可；認出 ④
Elaine's artwork received much **recognition**.
🔒 伊蓮的藝術作品大大地受到賞識。

124 **recognize** [`rɛkəg,naɪz] 動 認知
I couldn't **recognize** Tim. He became so fat.
♟ 我認不出提姆，因為他變得很胖。

125 **refusal** [rɪ`fjuzl] 名 拒絕
I don't take a **refusal** for an answer.
♟ 我不准你拒絕我。

126 **refuse** [rɪ`fjuz] 動 拒絕
Rick **refused** to lend me that book.
♟ 瑞克拒絕借我那本書。

127 **refute** [rɪ`fjut] 動 反駁
Jessica **refuted** Bob's argument.
♟ 潔西卡反駁了鮑伯的論點。

128 **regard** [rɪ`gɑrd] 動 認為 名 注意
The teachers **regard** Sam as a terrible student.
♟ 老師們認為山姆是個糟糕的學生。

129 **regardless** [rɪ`gɑrdlɪs] 副 形 不關心地(的)
Richard left home **regardless** of his wife's feelings.
♟ 理查不顧妻子的感受離家出走。

130 **reliance** [rɪ`laɪəns] 名 信賴；依賴
Maggie's **reliance** on me stressed me out.
♟ 瑪姬對我的信任讓我備感壓力。

131 **reluctant** [rɪ`lʌktənt] 形 不情願的
Iris was **reluctant** to help the old lady.
♟ 艾蕊絲不情願地幫助那位老婦人。

132 **rely** [rɪ`laɪ] 動 依賴
Gina **relies** on her parents' support.
♟ 吉娜仰賴父母的支持。

133 **result** [rɪ`zʌlt] 名 結果 動 導致
Have you checked out the **result** of the exam on the Internet?
♟ 你上網查考試成績了嗎？

134 **rule** [rul] 名 規則 動 統治
There are some **rules** that you need to follow.
♟ 有幾項規則你必須遵守。

135 **sake** [sek] 名 緣故;理由　🔳
We decided not to go swimming for the **sake** of the bad weather.
🏠 因為天氣不好的緣故,我們決定不去游泳。

136 **sanction** [`sæŋkʃən] 名 認可 動 批准　🔳
Have you got the **sanction** from the government?
🏠 妳有沒有受到政府的許可?

137 **schedule** [`skɛdʒʊl] 名 計畫表 動 將…列表　🔳
Wait a minute. I have to check my **schedule**.
🏠 等等,我要查一下我的計畫表。

138 **special** [`spɛʃəl] 形 特別的　🔳
This is a **special** day for us.
🏠 今天對我們來說是特別的日子。

139 **specific** [spɪ`sɪfɪk] 形 具體明確的;特殊的　🔳
John is the **specific** person that I want to meet.
🏠 約翰就是我想見的那個人。

140 **specify** [`spɛsə‚faɪ] 動 詳述　🔳
Grant doesn't want to **specify** what he has in mind.
🏠 葛蘭特不願說明他的想法。

141 **speculate** [`spɛkjə‚let] 動 沉思　🔳
Judy is **speculating** the meaning of life.
🏠 茱蒂在沉思人生的意義。

142 **spite** [spaɪt] 名 惡意　🔳
When I found out that Tony did it out of **spite**, I was totally stunned.
🏠 當我發現東尼那麼做是出於惡意時,我整個人目瞪口呆。

143 **statement** [`stetmənt] 名 陳述　🔳
The president's **statement** touched everyone's heart.
🏠 總統的聲明感動了每個人。

144 **stereotype** [`stɛrɪə‚taɪp] 名 刻板印象　🔳
Maybe it's time for you to change that **stereotype**.
🏠 或許現在是你改變刻板印象的時候了。

145 **stubborn** [`stʌbən] 形 頑固的　🔳
My boss is very **stubborn** and old fashioned.
🏠 我的老闆相當頑固且守舊。

146 **subjective** [səb`dʒɛktɪv] 形 主觀的 名 主格 6
That is just my **subjective** opinion.
🔒 這只是我個人主觀的看法。

147 **suppose** [sə`poz] 動 假定；猜想 3
I **supposed** that he understood what I meant.
🔒 我猜他明白我的意思。

148 **tend** [tɛnd] 動 傾向 3
People **tend** to get up later in winter.
🔒 人們在冬天會較晚起床。

149 **tendency** [`tɛndənsɪ] 名 傾向 4
There is a **tendency** for young girls to wear
miniskirts in summer.
🔒 年輕女孩通常會在夏天穿著迷你裙。

150 **thirst** [θɜst] 名 口渴；渴望 3
James suffered hunger and **thirst** in the desert.
🔒 詹姆士在沙漠中忍受飢渴。

151 **thought** [θɔt] 名 思維 1
Would you like to share your **thoughts** with me?
🔒 你願不願意與我分享你的想法？

152 **understand** [ˌʌndɚ`stænd] 動 了解 1
Joyce doesn't **understand** why her boss fired her.
🔒 喬依絲不了解為什麼她的老闆要炒她魷魚。

153 **understandable** [ˌʌndɚ`stændəbl] 形 可理解的 5
Karl's anger is **understandable**.
🔒 卡爾的憤怒是可以理解的。

154 **undoubtedly** [ʌn`dautɪdlɪ] 副 毋庸置疑地 5
Janice is **undoubtedly** the most beautiful girl in our
class.
🔒 珍妮絲無庸置疑是我們班上最漂亮的女孩。

155 **uphold** [ʌp`hold] 動 支持 6
Do your parents **uphold** your decision?
🔒 妳爸媽支持妳的決定嗎？

156 **upset** [ʌp`sɛt] 動 使心煩 形 不適的 3
The bad news **upset** my brother.
🔒 那則壞消息讓我哥哥心煩。

157 **vow** [vaʊ] 名 誓言 動 發誓 ⑤
They exchanged their **vows** at the wedding.
🏛 他們在婚禮上交換誓詞。

158 **why** [hwaɪ] 名 原因；理由 副 為什麼 ⭐
This is **why** I don't want to come to the party!
🏛 這就是我不想參加這場派對的原因！

159 **wonder** [`wʌndə] 動 納悶；想知道 名 奇觀 ②
I **wondered** how the thief got in.
🏛 我納悶著小偷是如何進來的。

160 **yearn** [jɜn] 動 渴望；懷念 ⑥
The little boy **yearned** for the love from his parents.
🏛 那個小男孩渴望父母的疼愛。

161 **yucky** [jʌkɪ] 形 令人厭惡的；噁心的 ⭐
The food in that restaurant is **yucky**.
🏛 那家餐廳的食物令人作嘔。

02 意願

分類

01 **behalf** [bɪ`hæf] 名 代表；利益 ⑤
Kevin made several calls on Jason's **behalf**.
🏛 凱文代表傑森打了幾通電話。

02 **chance** [tʃæns] 名 機會 動 碰巧；冒險 ⭐
Please give me one more **chance**.
🏛 請再給我一次機會。

03 **effort** [`ɛfət] 名 努力 ②
Wilson's **efforts** ended in failure.
🏛 威爾森的努力終歸失敗。

04 **accept** [ək`sɛpt] 動 接受 ②
Adrian decided to **accept** his friend's apology.
🏛 安卓恩決定接受他朋友的道歉。

05 **acceptable** [ək`sɛptəbl] 形 可接受的 ③
Jason thinks every opinion is **acceptable**.
🏛 傑森覺得每個意見都是可接受的。

06 acceptance [ək`sɛptəns] 名 接受 4
Senator Lin's urban renewal plan has obtained **acceptance** with the public.
🏛 林姓參議員的都市更新計畫已被民眾接受。

07 accountable [ə`kauntəbḷ] 形 應負責的 6
Christina should be part of this company because of her **accountable** behavior.
🏛 像克莉絲汀這麼負責的人應該進入這間公司。

08 accustom [ə`kʌstəm] 動 使習慣於 5
James had a hard time getting **accustomed** to New York's living environment.
🏛 詹姆士很難適應紐約的生活環境。

09 acknowledge [ək`nɑlɪdʒ] 動 承認 5
After the race, Albert **acknowledged** that his competitor, John, was really fast.
🏛 經過這次競賽，艾伯承認他的對手約翰速度非常快。

10 acknowledgement [ək`nɑlɪdʒmənt] 名 承認 5
My supervisor gave an **acknowledgement** to my hard work as an administrator.
🏛 我的老闆感謝我管理公司的辛勞。

11 admirable [`ædmərəbḷ] 形 值得讚揚的 4
I've been to many **admirable** places, but no place is as **admirable** as Taiwan.
🏛 我去過很多令人讚嘆的國家，但都比不上台灣。

12 admiration [ˌædmə`reʃən] 名 敬佩 4
Admiration can be earned with hard work or with determination.
🏛 人可透過努力或決心而贏得敬佩。

13 admire [əd`maɪr] 動 欽佩；讚賞 3
Dr. Martin Luther King Jr. is the person that I **admired** the most.
🏛 馬丁・路德・金恩博士是我最欽佩的人。

14 adore [ə`dor] 動 崇拜；敬愛 5
Laura **adores** her father's cooking for special occasions.
🏛 蘿拉很喜愛她父親在特別節日下廚。

15 **allow** [əˋlau] 動 允許
I will **allow** my cousin to stay in my room for one night.
🏠 我允許堂哥在我房間待一晚。

16 **ambition** [æmˋbɪʃən] 名 企圖心；野心
Ambition is necessary in order to achieve long term goals.
🏠 為了達成長期目標必須有企圖心。

17 **ambitious** [æmˋbɪʃəs] 形 有野心的
My sister, Erica, is a very **ambitious** person.
🏠 我姊姊艾莉卡是個很有野心的人。

18 **apologize** [əˋpɑləˏdʒaɪz] 動 道歉
The manager **apologized** for his lateness.
🏠 經理為他的遲到道歉。

19 **apology** [əˋpɑlədʒɪ] 名 道歉
Samantha deserves an **apology** for waiting outside in a cold and rainy day.
🏠 在寒冷又下雨的天氣在外面等候，莎曼珊理應得到道歉。

20 **appreciate** [əˋpriʃɪˏet] 動 欣賞
Not every person can **appreciate** your help.
🏠 不是所有人都會感激你的協助。

21 **appreciation** [əˏpriʃɪˋeʃən] 名 賞識
I showed my **appreciation** of your assistance.
🏠 我對你的協助表示感謝。

22 **approval** [əˋpruvl] 名 同意
Many teenagers drink alcohol without parents' **approval**.
🏠 很多青少年未經父母同意就喝酒。

23 **approve** [əˋpruv] 動 批准；認可
Jeremy's mom **approves** him of going to a night club with his friends.
🏠 傑洛米的母親同意他跟朋友去夜店。

24 **attempt** [əˋtɛmpt] 動 名 嘗試；企圖
Nancy **attempts** to discover the cause of her husband's death.
🏠 南西試著找出她先生的死因。

25 **care** [kɛr] 動 名 關心；照料
Sandy doesn't **care** what other people think of her.
🏠 珊蒂不在乎別人怎麼看她。

26 **choice** [tʃɔɪs] 名 選擇 形 精選的
You should think twice before making **choices**.
🏠 選擇前請三思。

27 **choose** [tʃuz] 動 選擇
It's hard for Maggie to **choose** her major in college.
🏠 對瑪姬來說，選擇大學主修是困難的。

28 **comfort** [`kʌmfət] 動 安慰 名 舒適
When I'm depressed, Kate would take her time to **comfort** me.
🏠 當我沮喪的時候，凱特願意花時間安慰我。

29 **commitment** [kə`mɪtmənt] 名 承諾
After making a **commitment** with his friends, Adam would never retract.
🏠 亞當從不反悔對朋友所做的承諾。

30 **compromise** [`kɑmprə͵maɪz] 名 和解 動 妥協
The thief made a **compromise** by paying me USD 1,000, so I intended not to sue him.
🏠 小偷支付我一千元美金以示和解，所以我不打算提出告訴。

31 **confront** [kən`frʌnt] 動 面對
I always take a deep breath first before **confronting** huge difficulties.
🏠 當我面對極大的困難，我總會先深吸一口氣。

32 **confrontation** [͵kɑnfrən`teʃən] 名 對抗；對峙
Only 7 years old, the little child makes his utmost effort to be in **confrontation** of his illness.
🏠 雖然這小孩只有七歲，他卻竭盡心力對抗病魔。

33 **conscience** [`kɑnʃəns] 名 良知；良心
A successful business relationship should be based on both sides' **conscience**.
🏠 成功的商業關係必須建立在雙方的良知上。

34 **conscious** [`kɑnʃəs] 形 意識到的
She decides to go on a diet when she is **conscious** of her surging weight.
🏠 意識到自己激增的體重後，她下定決心要減肥。

35 **consent** [kən`sɛnt] 動 名 同意；贊同
The president **consented** that all employees could bring their children to the office after 5 p.m.
🏠 總裁同意所有同仁於晚上五點後帶孩子來公司。

36 cooperate [ko`ɑpə,ret] 動 合作

After graduating from NYU, I **cooperated** with my cousin to set up a trade company.

🔒 從紐約大學畢業後，我與表姊合作成立了一間貿易公司。

37 cooperation [ko,ɑpə`reʃən] 名 合作

From 2008, my company has been successfully making **cooperation** with several well-known distributors.

🔒 自二零零八年起，我的公司成功與數家知名經銷商合作。

38 cooperative [ko`ɑpə,retɪv] 形 合作的

Due to her **cooperative** spirit on the team, we spent only three days finishing this difficult project.

🔒 由於她在團隊工作上的合作精神，我們只花了三天時間就完成了這件困難的計劃。

39 dare [dɛr] 動 敢；竟敢

How **dare** you!

🔒 你好大膽！

40 dedicate [`dɛdə,ket] 動 奉獻；貢獻

My mom **dedicates** her life to the family.

🔒 我的母親全心奉獻於家庭。

41 dedication [,dɛdə`keʃən] 名 奉獻

Even he made a lot of **dedication**, she will never marry him.

🔒 即使他無止盡地奉獻，她還是不可能嫁給他。

42 determination [dɪ,tɜmə`neʃən] 名 決心

After breaking up with her boyfriend, my sister made a strong **determination** to move on to life.

🔒 與男朋友分手後，我妹妹下了很大的決心重新振作。

43 determine [dɪ`tɜmɪn] 動 決定

I **determined** to read a lot of western literature to expand my horizon.

🔒 我決定大量閱讀西方文學以增廣見聞。

44 endeavor [ɪn`dɛvə] 名 動 努力；盡力

In order to earn his family a better life, he made a deep **endeavor** on his job.

🔒 為了讓家人享受更好的生活，他非常努力工作。

45 generosity [ˌdʒɛnəˈrɑsətɪ] 名 慷慨
My father is a man full of **generosity**. He always comes to his friends' aid when they have difficulties.
🔒 我爸爸是個慷慨的人，他總是幫助遇到困難的朋友。

46 generous [ˈdʒɛnərəs] 形 慷慨的
He is so **generous** and kind, so I immediately accept his proposal.
🔒 他是如此慷慨和仁慈，所以我馬上答應了他的求婚。

47 help [hɛlp] 動 幫忙
I **help** my friend take care of his family because he has been sick for a period of time.
🔒 我幫忙我的朋友照顧他的家人，因為他已經生病一陣子了。

48 helpful [ˈhɛlpfəl] 形 有用的
Having a notebook on hand is very **helpful** and important for meetings.
🔒 擁有一本筆記本對於參加會議是非常有用且重要的。

49 improve [ɪmˈpruv] 動 改善
I try to exercise twice a week to **improve** my health condition.
🔒 我一週運動兩次以改善我的健康狀況。

50 improvement [ɪmˈpruvmənt] 名 改善
Ken indeed made a big **improvement** in English by spending 3 hours everyday listening to English programs.
🔒 藉由每天花三小時聆聽英語節目，肯的英文能力確實大大提昇。

51 insist [ɪnˈsɪst] 動 堅持
I **insist** on living meaningfully even though my doctor told me that I have only 3 years to live.
🔒 我堅持要活得有意義，即使醫師說我只剩三年可活。

52 insistence [ɪnˈsɪstəns] 名 堅持
Thanks for your **insistence**, I didn't give up my work and now I earn USD 5,000 every month!
🔒 多虧有您的堅持，讓我沒有放棄工作，而且現在每個月可賺美金五千元！

53 inspiration [ˌɪnspəˈreʃən] 名 鼓舞；激勵
Due to my friend's **inspiration**, I decided to expand my business field to Europe.
🔒 由於朋友的鼓勵，我決定將商業版圖擴展至歐洲。

54 inspire [ɪnˋspaɪr] 動 鼓舞；啟發

My sister **inspires** me to set up an international trade company after graduation.

🔒 我姊姊鼓勵我畢業後成立一間國際貿易公司。

55 motion [ˋmoʃən] 名 動作 動 打手勢

Her unnatural **motion** is finally caused the police's attention, and she was caught within three days.

🔒 她不自然的動作終於引起警方注意，並且在三天內被捕。

56 motivate [ˋmotə͵vet] 動 刺激；激發

The strong desire of fame **motivates** Jane to make more and more money.

🔒 對名利強烈的欲望刺激著珍賺愈來愈多的錢。

57 motivation [͵motəˋveʃən] 名 動機

Her **motivation** to go on a diet is to become healthier.

🔒 她減肥的動機是想變得更健康。

58 motive [ˋmotɪv] 名 動機

The **motive** of his stealing is still unknown.

🔒 他偷竊的動機仍然未知。

59 obedience [əˋbidjəns] 名 服從；遵守

Obedience to the majority is the basic principle of teamwork.

🔒 服從多數人的意見是團隊工作的基本原則。

60 obedient [əˋbidjənt] 形 服從的

She is **obedient** to her family rules. She never comes home later than 10 p.m.

🔒 她很遵守家規，從不超過晚上十點回家。

61 obey [əˋbe] 動 遵守

Obeying the law is every citizen's responsibility.

🔒 遵守法律是每個公民的責任。

62 obligation [͵ɑbləˋgeʃən] 名 責任；義務

Taking care of children's health and safety is parents' **obligation**.

🔒 照顧孩子的健康以及安全是父母的責任。

63 oblige [əˋblaɪdʒ] 動 強迫

Every citizen is **obliged** to pay taxes.

🔒 每位公民都有納稅的義務。

64 **participant** [parˋtɪsəpənt] 名 參與者
All **participants** should bring their children to attend this activity without exception.
🔒 所有參與者都要帶著孩子參加活動，沒有任何例外。

65 **participate** [parˏtɪsəˏpet] 動 參與
I **participate** in a lot of extracurricular activities.
🔒 我參與許多課外活動。

66 **participation** [parˏtɪsəˋpeʃən] 名 參與
The **participation** of your wedding anniversary makes me think of my dead husband.
🔒 參加你的結婚週年紀念日，使我想起了已故的丈夫。

67 **passive** [ˋpæsɪv] 形 被動的
After getting fired, he is so **passive** that even his résumé has not been updated yet.
🔒 自從被炒魷魚後，他消極到甚至連履歷表都還沒更新。

68 **perseverance** [ˏpɝsəˋvɪrəns] 名 堅忍；毅力
Perseverance determines success.
🔒 成功取決於持續不懈的態度。

69 **persevere** [ˏpɝsəˋvɪr] 動 堅持
Robbie **perseveres** in his dream of being a doctor.
🔒 羅比堅持他成為一名醫生的夢想。

70 **persist** [pɚˋsɪst] 動 堅持
Anya always **persists** reaching a goal she desired.
🔒 安雅總是努力不懈追求她渴望的目標。

71 **persistence** [pɚˋsɪstəns] 名 堅持；固執
His **persistence** won people's admiration.
🔒 他的堅持贏得大家的推崇。

72 **persistent** [pɚˋsɪstənt] 形 固執的
Why is Anny **persistent** on insolvable issues?
🔒 為何安妮執著於無法解決的問題？

73 **prone** [pron] 形 易於
John is not an aggressive person; he's **prone** to quit everything quickly.
🔒 約翰不是積極的人，他易於放棄。

74 **resolute** [ˋrɛzəˏlut] 形 堅決的
Xavier is a **resolute** man who never regrets.
🔒 哈維爾是位果決的男人，做事從不後悔。

75 **resolution** [ˌrɛzəˋluʃən] 名 決議

We need to come out a **resolution** by the end of this week.

🏛 我們在本週結束前需想出解決方案。

76 **select** [səˋlɛkt] 動 挑選 形 挑選出來的

Amy's boyfriend **selected** a flawless ring and decided to propose to her.

🏛 艾咪的男友挑選了一枚完美無瑕的戒指，並決定向她求婚。

77 **selection** [səˋlɛkʃən] 名 選擇

Natural **selection** is the basic way of revolution in biology.

🏛 在生物學上，天擇是演化的基本形式。

78 **selective** [səˋlɛktɪv] 形 精挑細選的

Jessie is always **selective** when purchasing handbags.

🏛 潔西購買手提包時總是精挑細選。

79 **spontaneous** [spanˋtenɪəs] 形 自發的

My affection toward you when we first met is **spontaneous**.

🏛 我們第一次見面時，對你的情感是發自內心的。

80 **voluntary** [ˋvɑlənˌtɛrɪ] 形 自願的

Aileen is **voluntary** to help the poor family by providing food for them.

🏛 艾琳自願提供食物給貧困的家庭。

81 **volunteer** [ˌvɑlənˋtɪr] 名 志工 動 自願做

Serena has been a Red-Cross **volunteer** for 10 years.

🏛 莎琳娜已在紅十字會擔任志工十年了。

82 **want** [want] 動 想要 名 缺乏

Helen **wants** to take a rest after a hard day's work.

🏛 海倫在辛苦工作一天後想要休息一下。

83 **will** [wɪl] 名 意志 動 將；會

Where there is a **will**, there is a way.

🏛 有志者事竟成。

84 **worry** [ˋwɝɪ] 動 名 擔心；煩惱

Don't **worry** about me!

🏛 別擔心我！

03　情緒與態度　分類

01 affection [əˋfɛkʃən] 名 情感；情愛
Jessica has strong **affection** for Hello Kitty.
🔒 潔西卡非常喜歡凱蒂貓。

02 affectionate [əˋfɛkʃənɪt] 形 和藹的；摯愛的
Angela is an **affectionate** teacher who treats her students with patience.
🔒 安琪拉是位和藹的老師，對學生很有耐心。

03 afraid [əˋfred] 形 害怕的
I'm **afraid** that I will fail in Math.
🔒 我很怕數學被當。

04 agreeable [əˋgriəbl] 形 令人愉快的
My auntie always cooks **agreeable** food to feast the guests.
🔒 我阿姨總是料理可口的佳餚來招待客人。

05 amaze [əˋmez] 動 使吃驚
Wendy's boyfriend **amazed** her on Valentine's Day.
🔒 溫蒂的男朋友在情人節當天給她驚喜。

06 amazement [əˋmezmənt] 名 驚訝
To my **amazement**, Denny went to a national university.
🔒 丹尼考上國立大學讓我很驚訝。

07 amiable [ˋemɪəbl] 形 友善的；和藹可親的
Kathy is one of my **amiable** neighbors and she helps me a lot.
🔒 凱西是我好鄰居之一，她幫我很多忙。

08 amuse [əˋmjuz] 動 使歡樂
My grandfather has been married with my grandmother for 50 years. He likes to **amuse** her.
🔒 我祖父跟我祖母已結婚五十年，他喜歡逗她開心。

09 anecdote [ˋænɪk͵dot] 名 趣聞；軼事
The judge shared the **anecdotes** about the verdicts from local courts with me.
🔒 法官與我分享許多地方法院判決的軼事。

10 **anger** [`æŋgɚ] 名 憤怒 🔟
I don't like people who vent their **anger** easily.
🎓 我不喜歡易怒的人。

11 **angry** [`æŋgrɪ] 形 生氣的 🔟
Leo was too **angry** to talk to anyone yesterday.
🎓 李歐昨天氣到不跟任何人說話。

12 **annoy** [ə`nɔɪ] 動 使惱怒 🔟
My younger brother stole my money. It did **annoy** me a lot.
🎓 我弟弟偷我錢，這真的惹惱我了。

13 **annoyance** [ə`nɔɪəns] 名 煩惱 🔟
Pimples are my biggest **annoyance**.
🎓 青春痘是我最大的煩惱。

14 **anticipate** [æn`tɪsə͵pet] 動 期待；預期 🔟
Olivia **anticipated** joining the party this weekend.
🎓 奧利維亞很期待這個週末的派對。

15 **anticipation** [æn͵tɪsə`peʃən] 名 期待；預期 🔟
Don't put any **anticipation** on anyone.
🎓 別對他人有任何期待。

16 **anxiety** [æŋ`zaɪətɪ] 名 不安 🔟
She's waiting for the final verdict with **anxiety** and tension.
🎓 她帶著不安與緊張等待最終的判決。

17 **anxious** [`æŋkʃəs] 形 擔憂的 🔟
David didn't study hard this time so he felt **anxious** about the final exam.
🎓 大衛這次沒有認真念書，所以他對於期末考感到十分焦慮。

18 **arrogant** [`ærəgənt] 形 傲慢的 🔟
Although she's pretty, nobody likes this **arrogant** princess.
🎓 雖然她很漂亮，但是沒人喜歡這位傲慢的公主。

19 **ashamed** [ə`ʃemd] 形 引以為恥的 🔟
I felt **ashamed** because I cheated in final exam.
🎓 我在期末考作弊，使我感到羞恥。

20 **astonish** [ə`stɑnɪʃ] 動 使吃驚 🔟
The sudden climate change **astonished** me very much.
🎓 氣候的巨變令我非常吃驚。

21 **astonishment** [ə`stɑnɪʃmənt] 名 吃驚 ⑤
To my **astonishment**, I saw a snake swallowing a mouse.
🏠 我嚇出一身冷汗，因為我看到一條蛇吞下一隻老鼠。

22 **attitude** [`ætətjud] 名 態度 ③
Do not use that **attitude** to talk to me once again.
🏠 別再用那種態度跟我說話。

23 **attract** [ə`trækt] 動 吸引 ③
The beautiful dress in the display window **attracts** my attention.
🏠 櫥窗裡的美麗洋裝吸引我的注意。

24 **attraction** [ə`trækʃən] 名 吸引力 ④
The best tourist **attraction** in Taipei is Yang Ming Mountain that attracts over 1 million tourists per year.
🏠 台北最具吸引力的景點是陽明山，每年吸引超過百萬人次。

25 **attractive** [ə`træktɪv] 形 迷人的 ③
Mandy is 50 years old but she's still very **attractive**.
🏠 曼蒂已經步入天命之年，但仍舊非常迷人。

26 **awe** [ɔ] 動 名 敬畏；畏怯 ⑤
The employees were **awed** by the boss's rage.
🏠 這些員工因老闆的暴怒而感到害怕。

27 **awful** [`ɔful] 形 可怕的 ③
It was an **awful** mistake; Garry should have not cheated on his wife.
🏠 這是個可怕的錯誤，蓋瑞不該對他老婆不忠。

28 **bore** [bor] 動 使厭煩 名 令人厭煩的人 ③
I don't have any interest in government class; it **bores** me a lot.
🏠 我對政府管理學沒有什麼興趣，它使我感到無聊。

29 **boredom** [`bordəm] 名 無聊；乏味 ⑤
Teddy is fond of traveling. He never experiences **boredom**.
🏠 泰迪對旅遊很感興趣，他從未為此感到無聊。

30 **brave** [brev] 形 勇敢的 ①
She is a **brave** teacher who saved many children from the fire.
🏠 她是個從火場中救出許多孩子的勇敢老師。

🔊 MP3 ⊙ 128

31 **bravery** [`brevərɪ] 名 勇氣　③
Bravery is built on encouragement and confidence.
🏛 勇敢建立在鼓勵與自信上。

32 **carefree** [`kɛr͵fri] 形 不負責任的　⑤
I need to make sure our baby sitter is not a **carefree** person.
🏛 我必須確認我們的保母是否不負責任。

33 **careful** [`kɛrfəl] 形 小心的　①
When I was a child, I was always told to be **careful** while crossing the street.
🏛 當我還是小孩時，總被告知過馬路時要小心。

34 **caution** [`kɔʃən] 名 警告；謹慎 動 使小心　⑤
There are many **caution** signs in the chemical lab.
🏛 化學實驗室裡有很多警告標誌。

35 **cautious** [`kɔʃəs] 形 小心的　⑤
I like taking walks at night, but sometimes I need to be very **cautious** about the fog.
🏛 我喜歡在晚上散步，但有時候必須小心霧氣。

36 **charitable** [`tʃærətəbl] 形 仁慈的　⑥
Shakira, the famous Colombian singer, is a **charitable** person.
🏛 哥倫比亞歌手夏奇拉是個十分仁慈的人。

37 **cheerful** [`tʃɪrfəl] 形 愉快的　③
My English teacher is a **cheerful** person and I love her class.
🏛 我的英文老師是位開朗的人，我喜歡上她的課。

38 **cherish** [`tʃɛrɪʃ] 動 珍惜　④
I would like to **cherish** every moment I spend with my family.
🏛 我願珍惜與家人相處的每一刻。

39 **compassion** [kəm`pæʃən] 名 同情　⑤
People who suffer hardship and distress deserve **compassion**.
🏛 經歷困苦與不幸的人需要別人的同情。

40 **compassionate** [kəm`pæʃənɪt] 形 憐憫的　⑤
Ms. Jacob is a deeply **compassionate**, strong, and charitable woman.
🏛 雅各女士是位有同情心、堅強且樂於助人的人。

41 **complain** [kəm`plen] 動 抱怨

My coworkers always **complain** about the long working hours.

我同事總是抱怨工時過長。

42 **complaint** [kəm`plent] 名 抱怨

The committee does not investigate **complaints** about customer service or quality.

委員會從未調查關於顧客服務及品質的抱怨。

43 **concern** [kən`sɚn] 名 關心的事 動 關心

Any further price rise would be a serious **concern** for those living on low incomes.

對於低收入的家庭而言，物價調漲將會成為他們嚴重的憂慮。

44 **confidence** [`kɑnfədəns] 名 信心

Jean has **confidence** in her appearance.

金對她的外表有自信。

45 **confident** [`kɑnfədənt] 形 有信心的

The national baseball team was **confident** of winning the championship.

這支國家棒球代表隊對於贏得冠軍充滿自信。

46 **conscientious** [ˌkɑnʃɪ`ɛnʃəs] 形 認真的

They are very **conscientious** about their finals.

他們非常認真看待期末考。

47 **considerate** [kən`sɪdərɪt] 形 體貼的

Mr. Smith is such a **considerate** person that he always helps his wife with house chores.

史密斯先生是位體貼的人，他總是幫太太做家事。

48 **consolation** [ˌkɑnsə`leʃən] 名 撫慰；安慰

My friends send me a lot of letters of **consolation** for my sickness.

朋友在我生病時寄給我很多封慰問信。

49 **console** [kən`sol] 動 安慰；慰問

My father always **consoles** me when I have problems.

我父親在我遇到麻煩的時候，都會過來安慰我。

50 **contempt** [kən`tɛmpt] 名 輕蔑；鄙視

The man feels **contempt** for the unfaithful people because his father cheated on his mother.

這個男人藐視不忠的人，因為他父親對他母親不忠。

51 **content** [kən`tɛnt] 形 滿意的
I was very **content** because my GPA was beyond my expectation.
我非常滿意這次的平均成績，超出我預期的好。

52 **content** [`kɑntɛnt] 名 內容；目錄
The **content** of the book was very sentimental.
這本書的內容非常感性。

53 **contentment** [kən`tɛntmənt] 名 滿足
Contentment flows from Holly's face after knowing her result of entrance exam.
知道入學考試成績後，荷莉的臉上散發出滿足的神情。

54 **courage** [`kɝɪdʒ] 名 勇氣
Hopefully, Jay as a shy reader will have the **courage** to read out loud.
希望害羞的杰有勇氣可以大聲朗誦。

55 **courageous** [kə`redʒəs] 形 勇敢的
Many great people have become **courageous** because of their belief and their desire to succeed.
很多偉人因為他們對成功的堅信與渴望而變得勇敢。

56 **courteous** [`kɝtɪəs] 形 有禮貌的
My experience in Taiwan was great; most of the people were very **courteous**.
我對台灣的感覺很好，大部分的人都很有禮貌。

57 **courtesy** [`kɝtəsɪ] 名 禮貌
As an international receptionist, Gary showed his **courtesy** to all the guests.
身為國際級的接待人員，蓋瑞有禮貌地對待每位賓客。

58 **coward** [`kauəd] 名 懦夫
Eason is not a **coward**. He's just not that into fighting.
義森不是個懦夫，他只是不喜歡爭執。

59 **cowardly** [`kauədlɪ] 副 形 怯懦地(的)
The fight became so violent that many people decided to run **cowardly**.
這場爭執變得越來越暴力，使很多人怯懦地離開。

60 **crude** [krud] 形 生的；粗俗的；天然的
The country exports lots of **crude** rubber.
這個國家出口大量橡膠原料。

61 **cruel** [`kruəl] 形 殘酷的
Even till today, many animals are still treated with **cruel** actions.
即使至今，很多動物還是被殘暴地對待。

62 **cruelty** [`kruəltɪ] 名 殘酷
It has been proven that many animals are being treated with **cruelty** in many farms.
經證實，很多動物在農場仍舊被殘忍地對待。

63 **cunning** [`kʌnɪŋ] 形 狡猾的 名 狡猾；熟練
Kate likes to take advantage of others. She's like a **cunning** fox.
凱特喜歡利用別人，她就像隻狡猾的狐狸。

64 **curiosity** [ˌkjʊrɪ`ɑsətɪ] 名 好奇心
Many babies have so much **curiosity** toward new things.
很多寶寶對於新事物都感到好奇。

65 **curious** [`kjʊrɪəs] 形 好奇的
The boy was **curious** about everything he heard.
那男孩對於所聽到的一切好奇。

66 **deliberate** [dɪ`lɪbəret] 形 故意的 動 仔細考慮
Karen wanted to hang out with her friends. That's why she treated her sister with **deliberate** ignorance.
凱倫想和朋友出去，所以她故意不理她妹。

67 **delight** [dɪ`laɪt] 動 使高興 名 欣喜
I was **delighted** with breeze and felt refreshed after a long day of work.
工作一天後，我很高興微風拂來，使我感到清涼。

68 **delightful** [dɪ`laɪtfəl] 形 令人欣喜的
It is **delightful** that we won the championship of national swimming competition.
我們贏得全國游泳比賽冠軍，真是令人欣喜若狂。

69 **desire** [dɪ`zaɪr] 動 名 渴望
I have **desired** to become a professional soccer player since my childhood.
打從我童年時代開始就想要成為一名職業級的足球選手了。

70 **despair** [dɪ`spɛr] 名 動 絕望
Judy was in **despair** for losing her job.
茱蒂因失業而陷入絕望。

71 **desperate** [`dɛspərɪt] 形 不顧一切的；亡命的 ▲
She was **desperate** for a job to raise her children.
🔒 她極度渴望一份工作以撫養小孩。

72 **despise** [dɪ`spaɪz] 動 鄙視 ⑤
A famous actor **despises** those who come from Africa.
🔒 一位有名的演員鄙視來自非洲的人。

73 **devote** [dɪ`vot] 動 貢獻於… ▲
I **devote** my time to my wife because I love her and care about her.
🔒 我將全部的時間獻給我太太，因為我愛她、關心她。

74 **devotion** [dɪ`voʃən] 名 摯愛；奉獻 ⑤
I have great **devotion** to baseball.
🔒 我非常熱愛棒球。

75 **diligence** [`dɪlədʒəns] 名 勤勉；勤奮 ▲
Pushing herself to the point of utter exhaustion, she won the race through consistent **diligence**.
🔒 她累到臨界點，藉由持續不斷的努力贏得比賽。

76 **diligent** [`dɪlədʒənt] 形 勤勉的 ⑤
Martin was **diligent** enough that he won first place in the science project.
🔒 馬丁勤勉不懈，所以他贏得科學大賞首獎。

77 **disappoint** [,dɪsə`pɔɪnt] 動 使失望 ⑤
My mother was so **disappointed** when she saw my report card.
🔒 我媽媽看到我的成績單時感到很失望。

78 **disappointment** [,dɪsə`pɔɪntmənt] 名 失望 ⑤
When my mother has a feeling of **disappointment**, it's really difficult to cheer her up.
🔒 當我媽媽感到失望時，要使她開心是很難的。

79 **discourage** [dɪs`kɝɪdʒ] 動 使沮喪；妨礙 ▲
After my third time trying, I felt **discouraged** and decided to quit.
🔒 在我第三次嘗試之後，我感到失望並決定放棄。

80 **discouragement** [dɪs`kɝɪdʒmənt] 名 失望 ▲
I usually have the feeling of **discouragement** when I don't get what I want.
🔒 當我得不到想要的東西時，我常常感到失望。

81 **disgust** [dɪsˋgʌst] 動 使厭惡 名 厭惡
The food I had last year at the Super Bowl was **disgusting**.
我去年在超級盃吃的食物很噁心。

82 **dishonest** [dɪsˋɑnɪst] 形 不誠實的
A **dishonest** person does not deserve to work for my company.
一個不誠實的人不值得為我的公司工作。

83 **dislike** [dɪsˋlaɪk] 動 討厭 名 反感
I **disliked** Fatima when I first met her, but I changed my mind after I got to know her more.
初遇法蒂瑪時,我不喜歡她;但開始認識她後,我改變了想法。

84 **dismay** [dɪsˋme] 名 沮喪 動 使沮喪
The enemy ran away with **dismay**.
敵軍沮喪敗逃。

85 **displease** [dɪsˋpliz] 動 使不快;得罪
There is no way John will **displease** me after we have such a great time together.
我與約翰玩得很愉快,他不可能讓我不開心。

86 **disregard** [ˎdɪsrɪˋgɑrd] 動 名 輕蔑;忽視
Sergeant Jackson was **disregard** from the platoon and was leaving the camp.
傑克森中士被軍排輕蔑,並且要離開營隊。

87 **distress** [dɪˋstrɛs] 名 苦惱 動 使悲痛
Recently, William noticed a huge change in his body; his legs are usually **distressed** after sport activities.
最近威廉發現身體的巨變。運動過後,他的腳總是疼痛。

88 **distrust** [dɪsˋtrʌst] 動 名 不信任
She **distrusted** her own husband.
她不信任自己的丈夫。

89 **dreary** [ˋdrɪərɪ] 形 陰鬱的
I can't go out with a **dreary** mood.
我不能帶著陰鬱的心情出門。

90 **earnest** [ˋɝnɪst] 形 誠摯的 名 誠摯
The **earnest** couple has just got married in a Christian church.
這對誠摯的伴侶剛在一座基督教教堂內完婚。

91 elegant [`ɛləgənt] 形 優雅的

The top model, Adriana Lima, always looks **elegant** and stylish.

🏫 頂尖模特兒莉瑪看起來總是很優雅時尚。

92 embarrass [ɪm`bærəs] 動 使困窘

Kathy continues to **embarrass** herself to get everyone's attention in the lobby.

🏫 凱西在大廳裡不斷地出糗以吸引大家注意。

93 embarrassment [ɪm`bærəsmənt] 名 困窘

It was a total **embarrassment** when Mike fell down the stairs during the graduation ceremony.

🏫 畢業典禮時,麥克從樓梯摔下,真是糗。

94 emotion [ɪ`moʃən] 名 情感

I tend to have a great **emotion** when I see my favorite baseball team entering the finals.

🏫 當看到最喜歡的棒球隊打進決賽,我情緒激動。

95 emotional [ɪ`moʃənḷ] 形 感情脆弱的

The feeling I had when I saw her for the first time was hard to describe. I was so **emotional** at that moment.

🏫 第一次看到她的感覺很難形容,我的感情掀起了漣漪。

96 enjoy [ɪn`dʒɔɪ] 動 享受

Bubble tea is a drink I love to drink slowly, otherwise I will not **enjoy** it.

🏫 珍珠奶茶是一種適合慢慢品嘗的飲料,不然我無法享受。

97 enjoyable [ɪn`dʒɔɪəbḷ] 形 愉快的

Tonight is so **enjoyable**; I really don't want to go to bed at all.

🏫 今晚很愉快,我捨不得睡。

98 enjoyment [ɪn`dʒɔɪmənt] 名 享受

I hope the movie I'm going to watch tonight will be full of **enjoyment**.

🏫 希望今晚我要看的電影將會很有趣。

99 enthusiasm [ɪn`θjuzɪ‚æzəm] 名 熱情

I felt so much **enthusiasm** when I heard my favorite song at the concert.

🏫 當我在演唱會聽到最喜歡的歌時,我感到狂喜。

100 **enthusiastic** [ɪn‚θjuzɪˋæstɪk] 形 熱情的 ⑤
What an **enthusiastic** person!
🏛 多麼熱情的人呀！

101 **envious** [ˋɛnvɪəs] 形 羨慕的；嫉妒的 ④
I felt **envious** when I saw my neighbor driving a brand new car.
🏛 當我看到鄰居開新車時，我好生羨慕。

102 **envy** [ˋɛnvɪ] 動 名 羨慕；嫉妒 ③
I **envy** professional soccer players so much, and I want to be one of them.
🏛 我好羨慕職業足球選手，而且我想要成為他們的一員。

103 **EQ** [iˋkwju] 名 情緒智商 ⑥
Michael has high **EQ**; he can put himself into other's shoes.
🏛 麥克的情緒商數很高，他能設身處地為人著想。

104 **evil** [ˋivl] 形 邪惡的 名 邪惡 ③
Jonathan has an **evil** side when he gets angry.
🏛 當強納生生氣時，他變得很邪惡。

105 **excite** [ɪkˋsaɪt] 動 刺激 ②
Consuming **excites** the economical growth.
🏛 消費刺激經濟成長。

106 **excitement** [ɪkˋsaɪtmənt] 名 興奮；刺激 ②
There was so much **excitement** in the concert which was held in Time Square.
🏛 在時代廣場辦的演唱會充滿刺激。

107 **favor** [ˋfevə] 動 名 贊成；相信 ②
We **favor** Molly's project. It's so excellent!
🏛 我們贊成茉莉的案子，它非常出色！

108 **favorable** [ˋfevərəbl] 形 有幫助的；有利的 ④
John, the **favorable** captain of our football team, won the vote for the following year.
🏛 我們足球隊的得力隊長約翰，來年又眾望所歸成為隊長。

109 **favorite** [ˋfevərɪt] 形 最喜歡的 名 受寵的人 ②
Everyone has a **favorite** color, and so do I.
🏛 每一個人都有喜歡的顏色，我也不例外。

110 **feel** [fil] 名 動 感覺

I **feel** that my legs are going to explode after every running practice.

🏠 每一次的跑步練習後，我都覺得我的腿要爆炸了。

111 **feeling** [`filɪŋ] 名 感受

I have a bad **feeling** about tomorrow's ceremony because of the predicted rainfall.

🏠 我對明天舉辦的典禮有不祥的預感，因為有可能會下雨。

112 **feelings** [`filɪŋs] 名 情緒

Feelings are very important to people; therefore, we shouldn't offend them for any reason.

🏠 一個人的情緒是很重要的，所以我們不應加以冒犯。

113 **flare** [flɛr] 動 發怒 名 閃光

He **flared** at his wife after he got fired by McDonald's.

🏠 被麥當勞解雇後，他對太太發火。

114 **fond** [fɑnd] 形 喜歡的

Joanna is **fond** of learning English, so her English grade is better than anyone else.

🏠 喬安娜非常喜歡學英文，所以她的英文成績比任何人都好。

115 **frantic** [`fræntɪk] 形 發狂的

The **frantic** wind seemed to blow the city off.

🏠 發狂的風好像要把整座城市吹走一樣。

116 **fret** [frɛt] 動 煩躁；焦慮

My cousin **frets** every time he has to wait .

🏠 每當要等候時，我堂弟就會煩躁。

117 **friendly** [`frɛndlɪ] 形 友善的

Vanessa is a **friendly** girl. No one dislikes her.

🏠 凡妮莎是個友善的女孩，沒有人不喜歡她。

118 **furious** [`fjʊrɪəs] 形 狂怒的

The hut on the island was destroyed by a **furious** storm.

🏠 島上的小屋被暴雨摧毀。

119 **fuss** [fʌs] 名 大驚小怪 動 焦急

Do not make such a **fuss**.

🏠 不要這麼大驚小怪。

120 **gentle** [`dʒɛntl] 形 溫柔的　②
Being **gentle** is one of the important factors to please people.
🏛 表現溫柔是取悅他人的要素之一。

121 **giggle** [`gɪgl] 名 動 咯咯笑　④
Many kids burst into **giggle** when their teacher fell into the pool.
🏛 老師掉入游泳池時讓很多小孩咯咯笑。

122 **glad** [glæd] 形 高興的　①
She's **glad** to meet her father again at the airport.
🏛 她很高興能在機場再次見到她爸爸。

123 **grace** [gres] 名 優雅 動 使優雅　④
Helena danced with **grace**.
🏛 海琳娜優雅地跳著舞。

124 **graceful** [`gresfəl] 形 優雅的　④
Rebecca is the most **graceful** woman in the world.
🏛 蕾貝卡是全世界最優雅的女人。

125 **gracious** [`greʃəs] 形 親切的；慈祥的　④
Her **gracious** grandmother bakes cookies for her every morning.
🏛 她慈祥的奶奶每天早上替她烤餅乾。

126 **greed** [grid] 名 貪心；貪婪　⑤
His **greed** for power may corrupt his nature.
🏛 他對權力的貪婪可能會腐蝕他的天性。

127 **greedy** [`gridɪ] 形 貪婪的　②
Greedy people are usually not welcome.
🏛 貪婪的人通常不受歡迎。

128 **grief** [grif] 名 悲傷　④
It's a **grief** that the mother lost her child.
🏛 母親失去孩子，真是令人悲痛。

129 **grieve** [griv] 動 使悲傷　④
It **grieves** me to see her change.
🏛 見到她變了，我很傷心。

130 **growl** [graul] 動 (動物)嗥叫 名 咆哮聲　⑤
The stray dogs **growl** every night in the park.
🏛 流浪狗群每晚在公園嗥叫。

131 **grumble** [`grʌmbḷ] 動 抱怨 名 牢騷　⑤
Stop **grumbling**! We should move on instead of complaining.
🏠 不要再抱怨了！我們應該前進而非抱怨。

132 **guilt** [gɪlt] 名 罪；內疚　④
She's trying to defend her **guilt** of stealing.
🏠 她試圖辯駁她的偷竊行為。

133 **guilty** [`gɪltɪ] 形 有罪的　④
That **guilty** criminal was issued a life sentence.
🏠 這個罪犯被判無期徒刑。

134 **happy** [`hæpɪ] 形 快樂的　①
Are you **happy** having company with me?
🏠 你高興有我作伴嗎？

135 **hate** [het] 動 名 憎恨　①
I **hate** people who are not punctual.
🏠 我討厭不準時的人。

136 **hateful** [`hetfəl] 形 可恨的　②
The murderer is so **hateful**! He killed hundreds of innocent students overnight.
🏠 這個兇手太可惡了！他在一夕之間殺了數以百計的學生。

137 **hatred** [`hetrɪd] 名 憎惡　④
Hatred is the seed of battle.
🏠 憎恨是戰爭的種子。

138 **homesick** [`hom͵sɪk] 形 想家的　②
I had strong **homesick** when I moved to Spain.
🏠 當我搬到西班牙的時候，我非常想家。

139 **hometown** [`hom`taun] 名 家鄉　③
Emily's **hometown** is in a peaceful countryside.
🏠 艾蜜莉的家鄉位於平和靜謐的鄉村。

140 **horrible** [`hɔrəbḷ] 形 可怕的　③
This is the most **horrible** movie I have ever seen.
🏠 這是我看過最可怕的電影。

141 **horrify** [`hɔrə͵faɪ] 動 使害怕　④
Ali was **horrified** when seeing a big boar got killed.
🏠 看到豬被殺，阿里感到恐懼。

142 **horror** [`hɔrə] 名 恐怖

She was stunned by the **horror** movie and couldn't sleep all night long.

🏠 她被恐怖電影嚇到，所以整晚不敢睡。

143 **howl** [haul] 動 怒吼 名 怒號

Jason's girlfriend **howled** that she doesn't want a breakup.

🏠 傑森的女友怒吼著說不要分手。

144 **humble** [`hʌmbl] 形 謙虛的 動 使謙卑

Being a **humble** person can earn the respect from people.

🏠 謙虛者可以贏得他人的尊重。

145 **indifference** [ɪn`dɪfərəns] 名 冷漠

Aaron showed his **indifference** toward his coworker because they didn't get along well.

🏠 艾倫對他的同事漠不關心，因為他們處得不好。

146 **indifferent** [ɪn`dɪfərənt] 形 漠不關心的

You are such an **indifferent** person who always ignores others' feelings.

🏠 你真是個冷漠的人，總是無視他人的感受。

147 **indignant** [ɪn`dɪgnənt] 形 憤怒的

Ryan is **indignant** at his professor who gave him the lowest grade on Math 101.

🏠 萊恩對他的教授感到氣憤，因為給他普數成績全班最低。

148 **indignation** [ˏɪndɪg`neʃən] 名 憤怒

To my **indignation**, this serial killer just sentenced 25 years.

🏠 令我憤怒的是，這個連續殺人犯只判二十五年有期徒刑。

149 **insult** [`ɪnsʌlt] 名 侮辱；冒犯 動 侮辱

Your **insult** is unbearable to me

🏠 我無法忍受妳對我的侮辱。

150 **ironic** [aɪ`rɑnɪk] 形 諷刺的

It is **ironic** that the unfaithful business tycoon held a press conference, swearing how much he loves his wife.

🏠 諷刺的是，這位不忠的企業大亨開記者會發誓他有多愛老婆。

151 **irritable** [`ɪrətəbl] 形 易怒的；暴躁的　🌀
Audrey has an **irritable** character. When she faces difficulties, she gets angry easily.
🔒 奧黛莉有易怒的性格，當她遇到困難時便立刻生氣。

152 **irritate** [`ɪrə‚tet] 動 使生氣　🌀
Lenny **irritates** her mother all the time. She's a mischievous girl.
🔒 蘭妮總是惹媽媽生氣，她是個淘氣的女孩。

153 **irritation** [‚ɪrə`teʃən] 名 煩躁　🌀
The **irritation** recrudesced again while I danced.
🔒 當我跳舞時，煩躁感再度襲來。

154 **isolate** [`aɪs‚et] 動 隔離；孤立　🌀
Emancipation means stop **isolating** different races of people.
🔒 解放運動代表停止種族隔離。

155 **isolation** [‚aɪs`eʃən] 名 分離；孤獨　🌀
Shelly was in complete **isolation** in the country in her childhood.
🔒 雪莉童年時在鄉間與外界完全隔絕。

156 **jealous** [`dʒɛləs] 形 嫉妒的　🌀
Daniel is so **jealous** that he couldn't allow his wife talking to other men.
🔒 丹尼爾因嫉妒而不許太太與別的男人說話。

157 **jealousy** [`dʒɛləsɪ] 名 嫉妒　🌀
Jealousy may burn a man's heart.
🔒 忌妒會燒毀男人的心。

158 **jolly** [`dʒɑlɪ] 形 愉快的 動 開玩笑　🌀
We had a **jolly** time last night.
🔒 我們昨夜擁有愉快時光。

159 **joy** [dʒɔɪ] 名 喜悅　🌀
The greatest **joy** in the world is to love someone who loves you.
🔒 世界上最大的喜悅是愛著愛你的人。

160 **joyful** [`dʒɔɪfəl] 形 愉快的　🌀
What a **joyful** atmosphere!
🔒 多麼歡樂的氣氛阿！

161 **joyous** [`dʒɔɪəs] 形 歡喜的；高興的　　　6
It's a **joyous** moment that all the family reunite together once a year.
🏠 這是個歡樂的時刻，家人一年一度重聚在一起。

162 **keen** [kin] 形 熱切的　　　4
Julia is **keen** to invite her friends to her villa.
🏠 茱莉亞熱切地邀請朋友到她家別墅作客。

163 **lazy** [`lezɪ] 形 懶惰的　　　1
Ivy cannot lose weight because she's been **lazy** all the time.
🏠 艾薇無法減重，因為她一直都很懶惰。

164 **love** [lʌv] 動 名 愛　　　1
Do you think Hank really **loves** you?
🏠 你覺得漢克是真的愛你嗎？

165 **lovely** [`lʌvlɪ] 形 可愛的　　　2
Anita is a **lovely** girl who carries a big smile every day.
🏠 安妮塔是位可愛的女孩，每天都帶著大大的笑容。

166 **lover** [`lʌvɚ] 名 愛人；情人　　　2
Sonia has had many **lovers**.
🏠 娑妮雅擁有過許多情人。

167 **manner** [`mænɚ] 名 禮貌；方法　　　3
Charles has very good **manners**.
🏠 查爾斯非常有禮貌。

168 **merry** [`mɛrɪ] 形 快樂的　　　3
Lily has a **merry** mood since her boyfriend just proposed to her.
🏠 莉莉心情不錯，因為她男友剛跟她求婚。

169 **mood** [mud] 名 心情　　　3
Peggy traveled around the island with a good **mood**.
🏠 佩姬帶著好心情環遊全島。

170 **nag** [næg] 動 使煩惱 名 嘮叨的人　　　5
Insomnia has been **nagging** me for a while.
🏠 失眠已經困擾我好一陣子了。

171 **nuisance** [`njusəns] 名 討厭的人；麻煩事　　　6
Ivan is not only a trouble maker but also a **nuisance**.
🏠 艾凡不僅是一個麻煩製造者，還是個討厭鬼。

172 **oppose** [ə`poz] 動 反對 4
Dillon's parents **opposed** his plan.
🏠 狄倫的父母反對他的計畫。

173 **opposition** [ˌɑpə`zɪʃən] 名 反對 6
Grant dropped out of school regardless of his parents'
opposition.
🏠 葛蘭特不顧父母的反對，逕自退了學。

174 **oppress** [ə`prɛs] 動 壓迫 6
The landowner **oppressed** the poor tenant farmer
year after year.
🏠 地主年復一年壓迫著佃農。

175 **oppression** [ə`prɛʃən] 名 壓迫；壓制 6
Scott plans to fight the **oppression** from the top.
🏠 史考特計畫反抗上層的壓迫。

176 **passion** [`pæʃən] 名 熱情 3
Passion determines your work efficiency.
🏠 熱情決定你的工作效率。

177 **passionate** [`pæʃənɪt] 形 熱情的 5
The people in Taiwan are **passionate**, kind and
hospitable.
🏠 台灣人熱情、友善又好客。

178 **pathetic** [pə`θɛtɪk] 形 悲慘的 6
What a **pathetic** world! Everyone is so greedy.
🏠 多麼悲慘的世界啊！每個人都如此貪得無厭。

179 **patience** [`peʃəns] 名 耐心 3
Tiffany is not a stable employee. She needs more
patience to finish her work.
🏠 蒂芬妮不是一個穩定的員工，她需要更有耐心來完成她的工作。

180 **patient** [`peʃənt] 形 有耐心的 名 病人 2
My soccer coach is **patient** to instruct the high school
soccer team.
🏠 我的足球教練很有耐心指導本高中足球隊。

181 **pessimism** [`pɛsə,mɪzəm] 名 悲觀 5
Your **pessimism** towards life may lead to sickness.
🏠 你看待人生的悲觀態度可能會導致生病。

182 **pessimistic** [ˌpɛsə`mɪstɪk] 形 悲觀的　4
Jolie is a **pessimistic** girl. She's desperate to this world.
🏠 裘莉是個悲觀的女孩，她對這個世界感到絕望。

183 **pity** [`pɪtɪ] 名 遺憾；同情 動 憐憫　3
What a **pity** that I cannot celebrate your birthday!
🏠 我很遺憾不能幫你慶祝生日！

184 **pleasant** [`plɛznt] 形 愉快的　2
It's a **pleasant** weather which makes me want to go camping.
🏠 這麼好的天氣讓我想去露營。

185 **please** [pliz] 動 使高興；請　1
Tina is always eager to **please** every customer in the restaurant.
🏠 蒂娜總是渴望取悅餐廳裡的客人。

186 **pleasure** [`plɛʒə] 名 愉悅　2
It's my **pleasure** to invite you to my place.
🏠 邀請你來我家是我的榮幸。

187 **prefer** [prɪ`fɜ] 動 偏愛　2
Sydney **prefers** Italian food to Chinese food.
🏠 跟中國菜比起來，席妮比較喜歡義大利菜。

188 **preferable** [`prɛfərəbl] 形 較好的　4
Veronica's market strategy is much more **preferable** to her boss's.
🏠 薇若妮卡的市場策略比她老闆的來得好。

189 **preference** [`prɛfərəns] 名 偏好　5
I don't have any **preference** toward sweets.
🏠 我對甜食沒有什麼偏好。

190 **prejudice** [`prɛdʒədɪs] 名 偏見 動 使存有偏見　6
Don't hold any **prejudice** before you really talk to that person.
🏠 還沒真正跟那個人說話前，別先有偏見。

191 **pressure** [`prɛʃə] 名 壓力 動 施壓　3
Stop giving me **pressure**.
🏠 別再給我壓力了。

192 **pretty** [`prɪtɪ] 形 漂亮的 副 相當；頗　🔟
Yoyo is a **pretty** and polite girl. Everyone likes to talk to her.
🏛 優優是一個漂亮且有禮貌的女孩，大家都喜歡和她說話。

193 **provoke** [prə`vok] 動 激起　🔟
The speech addressed by the senator **provoked** much discussion from the crowd.
🏛 這位眾議員的演講引起了眾人的熱烈討論。

194 **rage** [redʒ] 名 狂怒 動 暴怒　🔟
When I asked Tim to pay me what he owed, he went purple with **rage**.
🏛 當我向提姆討債時，他憤怒到臉都發紫了。

195 **resent** [rɪ`zɛnt] 動 憤恨　🔟
We shouldn't **resent** someone who doesn't like us.
🏛 我們不該恨那些不喜歡我們的人。

196 **resentment** [rɪ`zɛntmənt] 名 憤慨　🔟
Don't show your **resentment** to people easily.
🏛 別輕易對他人表現憤怒。

197 **respect** [rɪ`spɛkt] 動 名 尊敬　🔟
I hope you will **respect** my decision.
🏛 我希望你能尊重我的決定。

198 **respectable** [rɪ`spɛktəbl] 形 可尊敬的　🔟
Raymond is a **respectable** leader.
🏛 雷蒙是一位可敬的領導者。

199 **respectful** [rɪ`spɛktfəl] 形 有禮的　🔟
You should be **respectful** to your teacher.
🏛 你應該要尊敬老師。

200 **sad** [sæd] 形 難過的　🔟
Lisa is **sad** because her mother is sick.
🏛 麗莎的母親生病了，所以她很傷心。

201 **scare** [skɛr] 動 害怕 名 驚嚇　🔟
The lizard is the animal that **scares** me the most.
🏛 最令我感到害怕的動物是蜥蜴。

202 **scary** [`skɛrɪ] 形 可怕的　🔟
It's **scary** for Penny to make a speech in front of the audience.
🏛 在觀眾面前演講，對佩妮來說是很可怕的。

203 **sensation** [sɛn`seʃən] 名 知覺；感覺　5

Human beings have five **sensations**.

🏛 人類擁有五種知覺。

204 **sense** [sɛns] 名 感覺；意義 動 感覺到；了解　1

Kelvin has a **sense** of humor and girls like him.

🏛 凱文很有幽默感，女生都愛他。

205 **sensible** [`sɛnsəbl] 形 有判斷力的；理性的　3

Jolin is not **sensible** with money.

🏛 裘琳對錢沒有概念。

206 **sensitive** [`sɛnsətɪv] 形 敏感的　3

Abby is **sensitive** to strong odor.

🏛 愛比對於強烈的氣味很敏感。

207 **sensitivity** [ˌsɛnsə`tɪvətɪ] 名 敏感度　5

The new camera I bought has good light **sensitivity**.

🏛 我新買的相機感光度很好。

208 **sentiment** [`sɛntəmənt] 名 傷感；情緒　5

The melody of this song arouses my **sentiment**.

🏛 這首歌的旋律引起我的傷感。

209 **sentimental** [ˌsɛntə`mɛntl] 形 易感的　6

Helen is touched by his **sentimental** love stories.

🏛 海倫被他感傷的愛情故事感動。

210 **serious** [`sɪrɪəs] 形 嚴重的；正經的　2

They have made a **serious** mistake.

🏛 他們犯了一個嚴重的錯誤。

211 **shame** [ʃem] 名 羞愧 動 使羞愧　3

Shame on you!

🏛 真丟臉啊你！

212 **shameful** [`ʃemfəl] 形 丟臉的　4

It's a **shameful** experience that I would never forget.

🏛 這是一個令我難以忘懷的丟臉經驗。

213 **shy** [ʃaɪ] 形 害羞的　1

Brian is a **shy** boy who never speaks to girls.

🏛 布萊恩是位害羞的男孩，他從未跟女孩說過話。

214 **sneer** [snɪr] 動 嘲笑著說 名 冷笑　6

I can feel those people **sneering** at my Chinglish.

🏛 我可以感覺那些人在嘲笑我的中式英文。

215 **sob** [sab] 動名 啜泣　　④
Molly **sobs** after she heard the news.
🔒 莫莉聽完那個消息之後就啜泣了起來。

216 **sorrow** [`saro] 名 悲傷 動 感到哀傷　　③
The movie is full of **sorrow** and it makes me cry.
🔒 這部電影充滿悲傷，使我哭泣。

217 **sorrowful** [`sarəfəl] 形 悲傷的　　④
It was such a **sorrowful** scene I saw them farewell at the airport.
🔒 他們在機場離別的情景令人難過。

218 **sorry** [`sɔrɪ] 形 難過的；抱歉的　　①
I'm **sorry** to hear that your father passed away.
🔒 我對你父親的逝世感到難過。

219 **straight** [stret] 形 坦率的 名 直線　　②
The officials are not totally **straight** to people.
🔒 政府官員對人民不夠坦誠。

220 **straightforward** [`stret.fɔrwəd] 副 直接地　　⑤
Xavier speaks too **straightforward** to hurt others' feelings.
🔒 哈維爾說話太直接以至於傷了別人的感受。

221 **surprise** [sə`praɪz] 動 使驚喜 名 驚喜　　①
Lydia's confession **surprised** us all.
🔒 莉迪雅的自白讓大家吃了一驚。

222 **sympathetic** [ˌsɪmpə`θɛtɪk] 形 同情的　　④
They were **sympathetic** to cancer patients.
🔒 他們對於癌症病患感到同情。

223 **sympathize** [`sɪmpəˌθaɪz] 動 同情　　⑤
How can I not **sympathize** with my ill brother?
🔒 我怎能不同情我病入膏肓的弟弟呢？

224 **sympathy** [`sɪmpəθɪ] 名 同情　　④
She put her **sympathy** on disabled people.
🔒 她同情殘障人士。

225 **temper** [`tɛmpə] 名 脾氣　　③
Lillian had a good **temper** before getting married.
🔒 在結婚前，莉莉安的脾氣很好。

226 **temperament** [`tɛmprəmənt] 名 氣質；性情 6
Leonardo buys his girlfriend roses; he's full of romantic **temperament**.
李奧納多買花給他的女友。他富有浪漫情懷。

227 **tender** [`tɛndə] 形 溫柔的 3
Jimmy's mother is a **tender** woman who never gets angry easily.
傑米的媽媽是位溫柔的女性，從不輕易生氣。

228 **tense** [tɛns] 形 緊張的 動 緊張 4
Karl was really **tense** in the interview.
卡爾在面試的時候相當緊張。

229 **tension** [`tɛnʃən] 名 張力；緊張 4
There is a **tension** between Hank and Janice.
漢克和珍妮絲之間存在著一股緊張的氣氛。

230 **terrible** [`tɛrəbl] 形 嚇人的 2
What happened to you? You look **terrible**.
你怎麼了？臉色看起來很糟糕。

231 **terrific** [tə`rıfık] 形 驚人的；非常好的 2
This is the most **terrific** scene I have ever seen.
這是我看過最恐怖的場景。

232 **terrify** [`tɛrə͵faɪ] 動 使恐懼 4
Scary movies **terrify** Gigi all the time.
恐怖電影總是嚇破琪琪的膽。

233 **thrill** [θrɪl] 動 使激動 名 顫慄；興奮 5
Frank **thrilled** to see his favorite writer.
法蘭克因見到他最愛的作家而激動無比。

234 **vulnerable** [`vʌlnərəbl] 形 脆弱的；敏感的 6
After breaking up with her boyfriend, Nichole was too **vulnerable** to accept new wooers.
自從與她男友分手後，妮可變得非常脆弱而不能接受新的追求者。

235 **woe** [wo] 名 悲痛；不幸 5
Elaine told me all her **woes**.
伊蓮將她所有的不幸都告訴了我。

236 **zeal** [zil] 名 熱忱 6
Cindy feels **zeal** for fighting for child welfare.
辛蒂熱衷於爭取兒童福利。

NOTE

PART 9

人格、人生、宗教
單字收納

名 名 詞

動 動 詞

形 形容詞

副 副 詞

1 ～ 6 單字難易度
(分別符合美國一至六年級學生所學範圍)

掃碼即聽
MP3 138～156

分類

01 性格

01 **conceit** [kən`sit] 名 自負；自大 🏆
Simon is full of **conceit**.
🏛 賽門極其自負。

02 **dignity** [`dɪgnətɪ] 名 尊嚴；威嚴 📘
Even though I am poor, I still have my **dignity**.
🏛 雖然我很窮，我仍保有尊嚴。

03 **discreet** [dɪ`skrit] 形 謹慎的 🏆
Justin is **discreet** in his behavior.
🏛 賈斯汀行為謹慎。

04 **eccentric** [ɪk`sɛntrɪk] 形 古怪的 名 古怪的人 🏆
Lisa is an **eccentric** person.
🏛 麗莎是個古怪的人。

05 **fanatic** [fə`nætɪk] 名 狂熱者 形 狂熱的 📗
A **fanatic** left some scary messages to him.
🏛 某個狂熱分子留了一些駭人的訊息給他。

06 **freak** [frik] 名 怪胎 動 使發瘋 🏆
You are such a **freak**!
🏛 你真是個怪胎！

07 **hypocrisy** [hɪ`pɑkrəsɪ] 名 虛偽 🏆
I don't like Mr. Wang's **hypocrisy**.
🏛 我不喜歡王先生的虛偽。

08 **hypocrite** [`hɪpəkrɪt] 名 偽君子 🏆
William is a notorious **hypocrite**.
🏛 威廉是個聲名狼藉的偽君子。

09 **integrity** [ɪn`tɛgrətɪ] 名 正直 🏆
Johnny's **integrity** impressed me a lot.
🏛 強尼的正直讓我印象深刻。

10 **kind** [kaɪnd] 形 仁慈的 名 種類 🏅
Paula is a very **kind** girl.
🏛 寶拉是一個非常仁慈的女孩。

11 **listener** [`lɪsnə] 名 聽眾 📙
Andy's speech inspired all the **listeners**.
🏛 安迪的演說啟發了所有的聽眾。

12 **loyalty** [`lɔɪəltɪ] 名 忠誠
You can trust my **loyalty** to you.
🏠 你可以信任我對你的忠誠。

13 **lunatic** [`lunə,tɪk] 名 瘋子 形 瘋癲的
Vincent becomes a **lunatic** when he focuses on his work.
🏠 當文生專注於工作時,他就變成了一個瘋子。

14 **mercy** [`mɜsɪ] 名 慈悲
The killer gives no **mercy**.
🏠 那個殺手毫不留情。

15 **miser** [`maɪzə] 名 小氣鬼
Richard is a **miser** and no girl wants to go out with him.
🏠 理查是個小氣鬼,沒有女生想與他約會。

16 **morality** [mə`rælətɪ] 名 道德;德行
Morality is an important subject for little children.
🏠 道德教育對小朋友而言是重要的課程。

17 **nice** [naɪs] 形 善良的;好的
The **nice** boy helped the dog get out of the hole.
🏠 那個善良的男孩幫助小狗從坑洞裡爬出來。

18 **obstinate** [`ɑbstənɪt] 形 頑固的
My grandfather is an **obstinate** old man.
🏠 我的祖父是一位頑固的老先生。

19 **polite** [pə`laɪt] 形 有禮貌的
Tony's children are very **polite**.
🏠 東尼的小孩很有禮貌。

20 **pride** [praɪd] 名 動 自豪
Matthew is his parents' **pride**.
🏠 馬修是他父母親的驕傲。

21 **proud** [praʊd] 形 驕傲的
I am very **proud** of my brother.
🏠 我以我哥哥為榮。

22 **reckless** [`rɛklɪs] 形 魯莽的
The **reckless** driver caused this car accident.
🏠 那個魯莽的司機造成這次的車禍事件。

MP3 ⊙ 139

23 **reliable** [rɪ`laɪəbl̩] 形 可靠的 ❸
Louie is a very **reliable** man.
🔒 路易是一個十分可靠的男人。

24 **rude** [rud] 形 粗魯的 ❷
Don't be **rude** to your teacher.
🔒 不可以對你的老師無禮。

25 **sly** [slaɪ] 形 狡猾的 ❺
I can't believe that you are such a **sly** person!
🔒 我不敢相信你是個如此狡猾的人!

26 **sophisticated** [sə`fɪstɪ͵ketɪd] 形 久經世故的 ❻
Jimmy's new boss is a **sophisticated** woman.
🔒 吉米的新老闆是個世故老練的女人。

27 **stern** [stɜn] 形 嚴格的 ❺
Karen has been trained to be a **stern** teacher.
🔒 凱倫被訓練成一名嚴格的教師。

28 **stingy** [`stɪndʒɪ] 形 吝嗇的;有刺的 ❹
No one likes Fiona because she is **stingy**.
🔒 沒有人喜歡費歐娜,因為她很吝嗇。

29 **tact** [tækt] 名 老練;圓滑 ❻
Maria has **tact** in teaching little kids.
🔒 瑪麗亞在教導小孩方面十分熟練。

30 **thoughtful** [`θɔtfəl] 形 體貼的 ❹
It's **thoughtful** of you to help the old lady.
🔒 你幫助那位老太太的舉動真是體貼。

31 **timid** [`tɪmɪd] 形 膽小的 ❹
My sister is as **timid** as a rabbit.
🔒 我妹妹如兔子般膽小。

32 **valiant** [`væljənt] 形 勇敢的 ❻
Nate is a **valiant** young man.
🔒 奈特是一個勇敢的年輕人。

33 **vanity** [`vænətɪ] 名 虛榮心 ❺
Mary lied out of her **vanity**.
🔒 瑪莉出於虛榮心而說謊。

34 **vicious** [`vɪʃəs] 形 邪惡的;不道德的 ❻
The rumors were spread by that **vicious** woman.
🔒 謠言是那個邪惡的女人散佈的。

[35] **virtue** [`vɜtʃu] 名 美德
Jennifer is a good girl with **virtues**.
🏛 珍妮佛是個有美德的好女孩。

02 性別 分類

[01] **female** [`fimel] 名 女性 形 女性的
The hot spring on the right side is for **females** only.
🏛 右邊的溫泉僅供女性使用。

[02] **feminine** [`fɛmənɪn] 形 女性的 名 女性
There are few **feminine** members in the Executive Yuan.
🏛 行政院的女性成員很少。

[03] **gender** [`dʒɛndə] 名 性別
Nowadays, most parents want to know their babies' **gender** before giving birth.
🏛 現今，大部分的父母想在小孩出生前得知他們的性別。

[04] **gentleman** [`dʒɛnt]mən] 名 紳士
Mr. Brown is a **gentleman**; he always treats people with good manner.
🏛 布朗先生是位紳士，他待人接物總是十分禮貌。

[05] **girl** [gɜl] 名 女孩
Jenny is a **girl** who likes to sing.
🏛 珍妮是個愛唱歌的女孩。

[06] **guy** [gaɪ] 名 傢伙
Who is the tall **guy** standing next to Jeff?
🏛 那個站在傑夫旁邊的高個子是誰？

[07] **jack** [dʒæk] 名 普通人；男孩 動 用起重機舉起
Luke works hard to prove that he's not just an ordinary **jack**.
🏛 路克認真工作以證明自己不只是個普通人。

[08] **lad** [læd] 名 (口語)老弟
What's up, my **lad**?
🏛 怎麼了，我的小老弟？

09 **lady** [`ledɪ] 名 女士;淑女 🛉

Tina is a fair **lady** who usually attracts people's attention.

🏠 蒂娜是位優雅的淑女,時常吸引眾人目光。

10 **madam** [`mædəm] 名 夫人;女士 4️⃣

May I help you, **madam**?

🏠 夫人,有什麼需要幫忙的嗎?

11 **maiden** [`medṇ] 形 少女的 名 少女 5️⃣

What is your **maiden** name, Mrs. Smith?

🏠 史密斯太太,您本姓為何?

12 **male** [mel] 名 男性 形 男性的 2️⃣

Young **males** in their teens and twenties often act out of blind impulse.

🏠 年輕男性在他們十幾二十歲時常憑盲目的衝動行事。

13 **man** [mæn] 名 男人 動 配置人員 🛉

A real **man** is always responsible for his family.

🏠 一個真正的男人會永遠對他的家庭負責。

14 **masculine** [`mæskjəlɪn] 形 男性的 名 男性 5️⃣

Not all men are **masculine**.

🏠 不是所有男人都具備男子氣概。

15 **mistress** [`mɪstrɪs] 名 女主人;女教師 5️⃣

The **mistress** of this mansion had passed away.

🏠 這座莊園的女主人已經去世。

16 **Mr./mister** [`mɪstɚ] 名 先生 🛉

Mr. Blake is known for his hospitality and generosity.

🏠 布萊克先生以他的好客和慷慨聞名。

17 **Mrs.** [`mɪsɪz] 名 夫人 🛉

Mrs. Anderson likes to do gardening.

🏠 安德森太太喜歡從事園藝活動。

18 **Ms.** [mɪz] 名 女士 🛉

Ms. Lin is my favorite English teacher.

🏠 林女士是我最喜歡的英文老師。

19 **sir** [sɝ] 名 先生 🛉

Sir, May I take your order?

🏠 先生,可以替您點餐嗎?

[20] **sister** [`sɪstə] 名 姐妹
How many **sisters** does Sammie have?
🏛 珊米有多少個姊妹？

[21] **woman** [`wʊmən] 名 婦女
You can say Gina is a **woman** of the world for she is the oldest housekeeper in the family.
🏛 你可以說吉娜是個人情練達的女人，因為她是家族裏最年長的女管家。

03　能力 分類

[01] **ability** [ə`bɪlətɪ] 名 能力
She has the **ability** to finish this work by herself.
🏛 她有能力獨自作業。

[02] **able** [`ebl] 形 有能力的
Jane is **able** to speak Japanese.
🏛 珍能夠說日文。

[03] **accommodate** [ə`kɑmə‚det] 動 使適應
Jack thinks it difficult to **accommodate** to living in China, so he rejects to work in that company.
🏛 傑克認為大陸的生活很難適應，所以他拒絕進入那間公司工作。

[04] **accomplish** [ə`kɑmplɪʃ] 動 完成
Yi-Jie had **accomplished** 5,000 kilometer marathon recently.
🏛 義傑最近剛完成五千公里的超級馬拉松競賽。

[05] **accomplishment** [ə`kɑmplɪʃmənt] 名 成就
He finally made an **accomplishment** to become a famous cook.
🏛 他終有所成的成為有名的廚師。

[06] **accumulate** [ə`kjumjə‚let] 動 累積
He **accumulated** abundant wealth and decided to move to the U.S.
🏛 他累積了一筆雄厚的財富並決定搬到美國。

[07] **accumulation** [ə‚kjumjə`leʃən] 名 累積
Accumulation of wealth needs a lot of efforts and a little luckiness.
🏛 財富的累積需要許多努力和一點運氣。

08 achieve [ə`tʃiv] 動 實現 ⓑ
Jeremy finally **achieved** his dream to become a doctor.
🔒 傑瑞米終於實現夢想，當上了醫生。

09 achievement [ə`tʃivmənt] 名 完成 ⓑ
She made the **achievement** to study abroad.
🔒 他實現夢想去留學。

10 acquire [ə`kwaɪr] 動 取得 ⓓ
She **acquires** the job totally because of her father's connection.
🔒 她能得到這份工作完全是靠著父親的人脈。

11 acquisition [ˌækwə`zɪʃən] 名 獲得 ⓖ
The **acquisition** of fame needs a lot of luckiness and good outlets.
🔒 成名需要很多運氣及良好的通路。

12 acute [ə`kjut] 形 敏銳的 ⓖ
Tina is an **acute** girl who could easily understand people's thoughts and emotion.
🔒 蒂娜是一個敏銳的女孩，她可以輕易了解別人的想法和情緒。

13 adjustment [ə`dʒʌstmənt] 名 調整 ⓓ
You need to make a good **adjustment** of your daily routine.
🔒 你必須好好調整日常作息。

14 advantage [əd`væntɪdʒ] 名 優勢；利益 ⓒ
Use your **advantages** well.
🔒 善用你的優勢。

15 adventure [əd`vɛntʃɚ] 名 冒險 ⓒ
Anna wanted to make an exciting **adventure** with her boyfriend in Africa this summer.
🔒 安娜想和男友在今年夏天去非洲探險。

16 affirm [ə`fɝm] 動 斷言；證實 ⓖ
Without enough evidence, you can not **affirm** Jack is the thief.
🔒 沒有足夠證據，你不能斷言傑克就是小偷。

17 afford [ə`ford] 動 能夠負擔 ⓒ
I can not **afford** to live in luxury.
🔒 我無法負擔奢華的生活。

18 **aid** [ed] 名 動 援助；幫助 🔟
Christina is my good friend who always comes to my **aid** when I have difficulties.
🏛 克莉絲汀娜是我的好友，她總在我困難時給予幫助。

19 **applicable** [`æplɪkəbl] 形 適用的 🔟
I think Selina could be our **applicable** team member.
🏛 我認為薩琳娜是適合我們團隊的人。

20 **applicant** [`æplɪkənt] 名 應徵者；申請人 🔟
All **applicants** should fill in this form and answer all questions within thrity minutes.
🏛 所有應徵者需填好表格，並在三十分鐘內完成作答。

21 **apply** [ə`plaɪ] 動 申請 🔟
My brother **applied** to be an overseas sales representative in this company.
🏛 我哥申請這間公司的國外業務職缺。

22 **apt** [æpt] 形 適當的 🔟
You should use **apt** remarks with your colleagues.
🏛 你應該使用適當的言辭與同事溝通。

23 **aptitude** [`æptə.tjud] 名 才能；資質 🔟
She indeed has the **aptitude** to be a singer.
🏛 她的確有當歌手的才能。

24 **assist** [ə`sɪst] 動 援助 🔟
My mother **assists** my younger sister with her homework every day.
🏛 我母親天天協助我妹完成功課。

25 **assistance** [ə`sɪstəns] 名 協助 🔟
She gave me a lot of **assistance** on this project.
🏛 她在這件案子上協助我很多。

26 **attain** [ə`ten] 動 達成；獲得 🔟
He successfully **attained** the sales target this month.
🏛 他成功的在這個月達到業績目標。

27 **attainment** [ə`tenmənt] 名 到達；獲得 🔟
The **attainment** of success seems difficult to me.
🏛 獲得成功對我來說似乎很難。

28 **attention** [ə`tɛnʃən] 名 注意 🔟
Please pay **attention** to my following words.
🏛 請注意我接下來所說的話。

29 **awkward** [`ɔkwəd] 形 笨拙的
Jack is so **awkward** that no one wants to hire him.
傑克非常笨拙，所以沒人想僱用他。

30 **barrier** [`bærɪr] 名 障礙；阻礙
There is a language **barrier** between these two people.
這兩個人之間有語言隔閡。

31 **belongings** [bə`lɔŋɪŋz] 名 所有物
Please take care of your own **belongings**.
請注意您的個人物品。

32 **born** [bɔrn] 形 天生的
I was **born** in Indonesia but moved to Taiwan when I was two years old.
我在印尼出生，但兩歲時搬來台灣。

33 **bosom** [`buzəm] 名 胸懷
Ashley only shares her true feelings with her **bosom** friends.
艾希莉只與知心好友分享真實感受。

34 **burden** [`bɝdən] 名 動 負擔；負荷
I don't want to be your **burden**.
我不想成為你的負擔。

35 **calm** [kɑm] 動 使平靜 形 平靜的
My boyfriend tried to **calm** me down when I got the news that my parents had an accident.
我男友試圖在我得知父母發生意外時讓我冷靜。

36 **capability** [ˌkepə`bɪlətɪ] 名 能力
My father has a good **capability** of making friends.
我爸很會交朋友。

37 **capable** [`kepəbl] 形 有能力的
She is very **capable** of managing money.
她很會管理錢財。

38 **certainty** [`sɝtəntɪ] 名 確實；必然的情況
I can answer your question with clear **certainty**.
我可以清楚肯定地回答你的問題。

39 **certify** [`sɝtə.faɪ] 動 證明
Please **certify** that you indeed have a crush on Jane instead of her sister.
請證明你煞到的是珍、而不是她妹妹。

40 charm [tʃɑrm] 名 魅力 動 吸引

No one can resist his **charm**.

沒有人能夠抵擋他的魅力。

41 clever [`klɛvə] 形 聰明伶俐的

You are very **clever** to answer all questions correctly within ten minutes!

你好聰明，十分鐘內就正確地回答了所有問題！

42 clumsy [`klʌmzɪ] 形 笨拙的

He is a **clumsy** guy who can not express his feelings clearly.

他是個笨拙的人，不太會清楚表達自己的感受。

43 combat [`kɑmbæt] 動 名 戰鬥

I really hate to **combat** with people and I enjoy peaceful working environment.

我真的很討厭和別人鬥爭，我喜歡和平的工作環境。

44 compete [kəm`pit] 動 競爭

I don't know why Norman always wants to **compete** with me.

我不懂為何諾曼老是想和我競爭。

45 competition [ˌkɑmpə`tɪʃən] 名 競爭

My elder sister wanted to win this beauty **competition**, so she put a lot of efforts to go on a diet.

我姐很想在選美比賽中獲勝，所以她非常努力的減肥。

46 competitive [kəm`pɛtətɪv] 形 競爭的

This **competitive** atmosphere made me want to escape for a moment.

這種競爭的環境使我想要暫時逃離。

47 competitor [kəm`pɛtətə] 名 競爭者

All **competitors** should immediately come to the swimming pool within 5 minutes.

所有參賽者立刻於五分鐘內前往游泳池。

48 confuse [kən`fjuz] 動 使疑惑

Please do not **confuse** me by telling lies!

請不要以說謊來混淆我。

49 confusion [kən`fjuʒən] 名 迷惑

Michelle was in **confusion** of her teacher's speech.

蜜雪兒對老師的演講感到疑惑。

50 contribute [kən`trɪbjut] 動 貢獻
She **contributed** huge sum of money to help the homeless people.
🏛 她大量捐款以幫助無家可歸的人們。

51 contribution [,kɑntrə`bjuʃən] 名 貢獻
His wife made a lot of **contribution** to his work and his family.
🏛 他的太太對他的工作和家庭貢獻很大。

52 convince [kən`vɪns] 動 使確信；使信服
Nicole tried to **convince** me of her brother's innocence.
🏛 妮可試圖讓我相信她哥哥是無辜的。

53 cope [kop] 動 處理
I can not go home because I still have some work to **cope** with.
🏛 我不能回家，因為我還有一些工作要處理。

54 create [krɪ`et] 動 創造
I deeply appreciate you for **creating** such a masterpiece!
🏛 創造出如此偉大的傑作，我非常欣賞你！

55 creativity [,krie`tɪvətɪ] 名 創造力
I believe you have brilliant **creativity** on clothes design.
🏛 我相信你有優異的服裝設計創意。

56 creator [krɪ`etɚ] 名 創造者
Thomas Edison is the great **creator** of light bulb.
🏛 愛迪生是發明電燈的偉人。

57 credibility [,krɛdə`bɪlɪtɪ] 名 可信度；確實性
Your evidence has no **credibility** so we would not take it into consideration.
🏛 你的證據沒有可信度，所以我們不會予以採信。

58 credible [`krɛdəbl] 形 可信的
Stories on tabloids are barely **credible**.
🏛 小報上的報導幾乎不可信。

59 decide [dɪ`saɪd] 動 決定
Leslie **decided** to move out of his family after graduating from university.
🏛 萊斯里決定大學畢業後搬出家裡。

60 decision [dɪ`sɪʒən] 名 決定

Making **decisions** is hard for dubious people.

對猶豫不決的人而言，下決定是很難的。

61 decisive [dɪ`saɪsɪv] 形 決定性的

The Tiananmen Square protests was **decisive** for China's democratization.

天安門事件是中國民主化一場決定性的抗爭活動。

62 defeat [dɪ`fit] 動 名 擊敗

Chinese Taipei **defeated** Japan by 85-76 on basketball tournament last night.

昨晚籃球比賽，中華台北以八十五比七十六大敗日本隊。

63 defect [`dɪfɛkt] 名 缺陷；缺點 動 逃離

There are **defects** in this product.

這項產品有缺陷。

64 defensible [dɪ`fɛnsəbl] 形 可防禦的

Tim's offensive behavior toward that criminal is totally **defensible**.

提姆對於那名罪犯的攻擊行為完全是可以辯解的。

65 deficiency [dɪ`fɪʃənsɪ] 名 缺陷；不足

I can't stand any **deficiency**.

我不能忍受任何缺點。

66 depend [dɪ`pɛnd] 動 依賴

We shouldn't **depend** on our parents' financial aid after we have graduated.

我們畢業後不能再靠父母經濟協助。

67 dependable [dɪ`pɛndəbl] 形 可靠的

Jennifer is a **dependable** business partner; she can provide us volumes of assistance.

珍妮佛是位可靠的生意夥伴，她可以提供我們大量協助。

68 dependent [dɪ`pɛndənt] 名 從屬者 形 依賴的

She is the **dependent** of her husband.

她是她丈夫的眷屬。

69 deserve [dɪ`zɜv] 動 應得

You **deserve** a better man to be your husband!

找個好男人當老公是你應得的！

70 **differ** [`dɪfə] 動 不同;相異 ④

Racism is the attempt to **differ** people with their racial background.

種族歧視是將不同種族背景的人加以分化。

71 **difference** [`dɪfərəns] 名 差異 ②

Did you notice any **difference** in John today?

你有發現約翰今天哪裡怪怪的嗎?

72 **different** [`dɪfərənt] 形 不同的 ①

Nina has many friends from **different** countries.

妮娜擁有來自世界各地的朋友。

73 **differentiate** [dɪfə`rɛnʃɪˌet] 動 區辨;區分 ⑥

Try to **differentiate** various herbs in the backyard.

試著分辨後院不同的草藥。

74 **difficult** [`dɪfəˌkəlt] 形 困難的 ①

It's **difficult** for a two-months-old baby to speak.

對兩個月大的小嬰兒來說,說話太困難了。

75 **difficulty** [`dɪfəˌkʌltɪ] 名 困難 ②

Did you meet any **difficulty** before accomplishing the research?

在完成這項研究前,你有遇到任何困難嗎?

76 **distinguish** [dɪ`stɪŋgwɪʃ] 動 分辨 ④

He can **distinguish** genuine leather from compound ones.

他可以分辨真皮與合成皮的不同。

77 **distinguished** [dɪ`stɪŋgwɪʃt] 形 卓越的 ④

Allen is **distinguished** for his selling skills.

艾倫以他的銷售技巧聞名。

78 **dominant** [`dɑmənənt] 形 支配的 ④

Mr. Kim is a **dominant** businessman in IC industry.

金先生在資訊界佔支配地位。

79 **dominate** [`dɑməˌnet] 動 支配 ④

Tom is not good at **dominating** his time; he's always fooling around.

湯姆不懂得如何支配他的時間,他總是在閒晃。

80 **drawback** [`drɔˌbæk] 名 缺點;不利條件 ⑥

The only **drawback** is we don't have enough money.

唯一的不利條件是我們的錢不夠。

81 **effective** [ɪˋfɛktɪv] 形 有效果的 🙂
The medicine is very **effective**.
🏠 這個藥很有效。

82 **efficiency** [ɪˋfɪʃənsɪ] 名 效率 🙂
Ted is a man of **efficiency**.
🏠 泰德是個有效率的人。

83 **efficient** [ɪˋfɪʃənt] 形 有效率的 🙂
Joni becomes more **efficient** with Claire's help.
🏠 在克蕾兒的幫助下，裘妮變得更有效率。

84 **elite** [eˋlit] 名 菁英 形 菁英的 🙂
Elites from all fields got together in this meeting.
🏠 各界菁英在這個會議中聚首。

85 **enable** [ɪnˋeb]] 動 使能夠 🙂
My friends' encouragement **enables** me to move on with my life.
🏠 朋友的鼓勵使我的人生能夠繼續前進。

86 **endurance** [ɪnˋdjʊrəns] 名 耐力 🙂
Running marathon requires much **endurance**.
🏠 跑馬拉松需要耐力。

87 **endure** [ɪnˋdjʊr] 動 忍受 🙂
I couldn't **endure** a person like Hunter who never cooperates with anyone.
🏠 我再也不能忍受像杭特一樣的人，他從不與人合作。

88 **exceed** [ɪkˋsid] 動 超過 🙂
Cindy is a straight-A student; her achievement has **exceeded** her father's expectation.
🏠 欣蒂是位優等生，她的成就已超越父親對她的期待。

89 **excel** [ɪkˋsɛl] 動 擅長；突出；勝過 🙂
Kitty **excels** at algebra.
🏠 凱蒂擅長代數。

90 **excellence** [ˋɛksələns] 名 傑出；優點 🙂
Gary's performance is beyond **excellence**.
🏠 蓋瑞的表現超乎完美。

91 **excellent** [ˋɛksələnt] 形 最好的；優秀的 🙂
He's an **excellent** surgeon in this small town.
🏠 他是這個小鎮優秀的外科醫生。

92 exception [ɪk`sɛpʃən] 名 例外　　④
I work from Monday to Saturday; only Sunday is the **exception**.
🏛 我從星期一工作到星期六，只有星期日例外。

93 exceptional [ɪk`sɛpʃən!] 形 優秀的　　⑤
Tom Hanks is an **exceptional** actor, winning his fame with awards and applause.
🏛 湯姆漢克是位傑出的演員，以多座獎項及觀眾的支持贏得名氣。

94 exploit [`ɛksplɔɪt] 動 利用；剝削 名 功績　　⑥
Most of the natural resources have been **exploited** in the last twenty years.
🏛 大部分的自然資源在近二十年來遭過度開發。

95 false [fɔls] 形 錯誤的；假的　　①
Peter thinks the story is **false**.
🏛 彼德認為這個故事是假的。

96 fame [fem] 名 聲望　　④
Teresa has lost in her **fame**.
🏛 泰瑞莎迷失在她的名聲之中。

97 fascination [ˌfæsə`neʃən] 名 魅力；迷惑　　⑥
The fans found certain **fascination** in her songs.
🏛 粉絲們覺得她的歌曲有種特殊的魅力。

98 fault [fɔlt] 名 錯誤 動 弄錯　　②
It's all my **fault**.
🏛 一切都是我的錯。

99 flaw [flɔ] 名 瑕疵 動 使破裂　　⑤
Everyone has **flaws**.
🏛 每個人都有缺點。

100 follower [`faləwɚ] 名 跟隨者　　③
We need a pioneer, not a **follower**.
🏛 我們需要的是開創者，不是跟隨者。

101 fool [ful] 名 傻子 動 愚弄　　②
You are such a **fool** to believe him.
🏛 妳真是個傻子，居然相信他。

102 foolish [`fulɪʃ] 形 愚笨的　　②
How **foolish** I am to fall in love with someone like him?
🏛 我怎麼會愛上像他這樣的人？

103 **forbid** [fə`bɪd] 動 禁止

Terry's mom **forbade** him going to parties on weekends.

🏠 泰瑞的媽媽禁止他週末參加派對。

104 **fulfill** [fʊl`fɪl] 動 滿足;實現

Can you **fulfill** my needs?

🏠 你能否滿足我的需求?

105 **fulfillment** [fʊl`fɪlmənt] 名 實現

Randy is very happy that his dreams come to **fulfillment**.

🏠 藍迪很高興能夠實現夢想。

106 **genius** [`dʒinjəs] 名 天才

Albert Einstein is a well-known **genius**.

🏠 愛因斯坦是眾所皆知的天才。

107 **gift** [gɪft] 名 禮物;天賦

My sister sent me a **gift** from Africa.

🏠 我姐姐從非洲寄物給我。

108 **gifted** [`gɪftɪd] 形 有天賦的

Jeter is a **gifted** baseball player, but he still practices hard every day.

🏠 吉特是個有天賦的棒球選手,但他每天仍努力練習。

109 **glamour** [`glæmə] 名 魅力

No one can resist Amy's **glamour**.

🏠 沒有人能抵擋艾咪的魅力。

110 **glow** [glo] 動 發光 名 光輝

The cat's eyes **glow** in the dark.

🏠 那隻貓的眼睛在黑暗中發光。

111 **honorable** [`ɑnərəbl] 形 可敬的

His father is an **honorable** scientist.

🏠 他的父親是一位可敬的科學家。

112 **idiot** [`ɪdɪət] 名 笨蛋

Don't be like an **idiot**!

🏠 別像個笨蛋一樣!

113 **ignorance** [`ɪgnərəns] 名 無知

Ignorance would decrease one's beauty.

🏠 無知會減損一個人的美。

114 ignorant [`ɪɡnərənt] 形 無知的 📘

Mario is an **ignorant** boy. He doesn't know anything.
🏫 馬力歐只是個無知的小孩,他什麼都不知道。

115 ignore [ɪɡ`nor] 動 忽略 📗

During the meeting, my supervisor **ignored** my
opinion about the financial crisis next season.
🏫 會議中,關於下季的財務危機,經理一直忽略我的意見。

116 influence [`ɪnfluəns] 名 動 影響 📗

The **influence** of climate change is obvious.
🏫 氣候變遷所造成的影響顯而易見。

117 influential [ˏɪnflu`ɛnʃəl] 形 有影響力的 📘

Madonna is the most **influential** pop star in the 80s.
🏫 瑪丹娜是八零年代最具影響力的流行歌手。

118 ingenious [ɪn`dʒinjəs] 形 巧妙的 📙

There are many **ingenious** teenagers inventing
something beneficial to people.
🏫 很多具有創意的青少年創造出對人類有益的發明。

119 ingenuity [ˏɪndʒə`nuətɪ] 名 發明才能;獨創性 📙

Those architects showed their **ingenuity** of
redesigning the Baroque construction.
🏫 那群建築師展現他們的創造力,重新設計巴洛克時期的建築。

120 inherent [ɪn`hɪrənt] 形 與生俱來的;固有的 📙

Competition is an **inherent** part of free market.
🏫 競爭是自由貿易市場的本質。

121 innovation [ˏɪnə`veʃən] 名 革新 📙

The television is one of the most important
innovations in the 20th century.
🏫 電視是二十世紀最重要的發明之一。

122 innovative [`ɪnoˏvetɪv] 形 創新的 📙

Mia is full of **innovative** ideas about the new
advertisement.
🏫 對於新的廣告,蜜亞有許多新點子。

123 insight [`ɪnˏsaɪt] 名 洞察力;洞悉 📙

I really admire your **insights**.
🏫 我很欣賞你的洞察力。

124 **intellect** [`ɪntə͵lɛkt] 名 理解力；智力 6
My mom needs to take care of my **intellect** disabled sister.
🔐 我母親必須照顧我那智能障礙的妹妹。

125 **intellectual** [͵ɪntl̩`ɛktʃʊəl] 形 智力的 4
The usage of **intellectual** property rights has become pretty common nowadays.
🔐 現今智慧財產權的使用變得十分普遍。

126 **intelligence** [ɪn`tɛlədʒəns] 名 智力 4
Intelligence won't determine your success.
🔐 智力不會決定你的成功與否。

127 **intelligent** [ɪn`tɛlədʒənt] 形 聰明的 4
Isa is an **intelligent** woman. She never fights against her husband in public.
🔐 怡莎是個聰明的女人，她絕不在公開場合跟老公吵架。

128 **intent** [ɪn`tɛnt] 名 意圖 形 熱切的 5
The man was accused of his **intent** to murder.
🔐 這個男人因蓄意謀殺遭起訴。

129 **intention** [ɪn`tɛnʃən] 名 意圖；意向 4
I don't have any **intention** toward your possessions.
🔐 我對你的財物沒有任何意圖。

130 **intuition** [͵ɪntju`ɪʃən] 名 直覺 5
Sometimes you have to trust your **intuition**.
🔐 有時候你必須相信自己的直覺。

131 **invent** [ɪn`vɛnt] 動 發明；創造 2
Each elementary student is required to **invent** with plastic bottles for the summer project.
🔐 每個小學生的暑假作業是要用寶特瓶來發明物品。

132 **invention** [ɪn`vɛnʃən] 名 發明；創造 4
Ryan is proud of his new **invention** because it got recognized by world patent association.
🔐 萊恩對他的新發明感到驕傲，因為得到了全球專利協會的認可。

133 **inventor** [ɪn`vɛntɚ] 名 發明家 3
Thomas Edison is one of greatest **inventors** in history.
🔐 愛迪生是歷史上偉大的發明家之一。

134 **judgment** [`dʒʌdʒmənt] 名 判斷力 🔟
Lucy infers a conclusion on her own **judgment**.
🏛 露西用自己的判斷力推出結論。

135 **lead** [lid] 動 帶領 名 領導；鉛 🔟
What **led** him to quit smoking?
🏛 什麼事導致他戒煙？

136 **leader** [`lidə] 名 領導者 🔟
Josh is a great **leader** and nobody dislikes him in the office.
🏛 喬許是個成功的領導者，公司裡沒有人不喜歡他。

137 **leadership** [`lidəʃɪp] 名 領導力 🔟
Ian indeed has great **leadership,** so he becomes a successful manager within 3 years.
🏛 以恩不愧具有優異的領導力，所以能在三年內成功晉升經理。

138 **loser** [`luzə] 名 失敗者 🔟
Elvin is a graceful **loser**.
🏛 艾爾文是一位有風度的輸家。

139 **mastery** [`mæstərɪ] 名 掌握；精通 🔟
He has obtained the **mastery** of cooking.
🏛 他已掌握烹飪的技巧。

140 **mature** [mə`tjʊr] 形 成熟的 🔟
Mr. Smith is a **mature** gentleman.
🏛 史密斯先生是位成熟的紳士。

141 **maturity** [mə`tjʊrətɪ] 名 成熟 🔟
Maturity is to know how to control your own behavior.
🏛 成熟是要懂得如何控制自己的行為。

142 **means** [minz] 名 方法 🔟
Oliver used all **means** to find his lost dog.
🏛 奧利佛用盡一切辦法來尋找他走失的小狗。

143 **method** [`mɛθəd] 名 方法 🔟
The teacher used a new **method** to solve the problem.
🏛 老師使用新的方法來解題。

144 **might** [maɪt] 名 力氣；能力 🔟
My dad lifts up a rock with all his **might**.
🏛 我爸爸用盡全力抬起石頭。

145 **mighty** [`maɪtɪ] 形 有力的；強大的

He raised the rock and struck the wall with a **mighty** blow.
🏛 他舉起岩石，重重砸在牆上。

146 **millionaire** [ˌmɪljənˋɛr] 名 百萬富翁

My uncle is a **millionaire**, but he chooses to live in a tiny old house.
🏛 我的叔叔是個百萬富翁，但是他選擇住在一間狹小的老房子裡。

147 **norm** [nɔrm] 名 規範；基準

The company has set the **norms** for the employees to follow.
🏛 公司已設立規範讓員工遵守。

148 **opportunity** [ˌɑpəˋtjunətɪ] 名 機會

I'm happy to have this **opportunity** of meeting you.
🏛 我很高興有機會見到你。

149 **originality** [əˌrɪdʒəˋnælətɪ] 名 獨創力

Rick likes the **originality** of Peggy's drawings.
🏛 瑞克喜歡佩姬畫中的原創力。

150 **originate** [əˋrɪdʒəˌnet] 動 創造

Those students **originated** a new game.
🏛 那些學生創造出一種新遊戲。

151 **outstanding** [autˋstændɪŋ] 形 傑出的

Andrew is the most **outstanding** student in class.
🏛 安德魯是班上最傑出的學生。

152 **persuade** [pəˋswed] 動 說服

Gordon **persuaded** his boss into buying competitor's firm.
🏛 高登說服他的老闆收購對手的公司。

153 **persuasion** [pəˋsweʒən] 名 說服

I decided to eat organic food by her **persuasion**.
🏛 她說服我開始吃有機食品。

154 **persuasive** [pəˋswesɪv] 形 有說服力的

That is a **persuasive** theory and many scientists continue using it.
🏛 那是個具說服力的理論，很多科學家沿用至今。

155 plight [plaɪt] 名 困境   6
Cindy lives in a **plight**.
🏛 辛蒂的生活十分艱困。

156 potential [pə`tɛnʃəl] 名 潛力 形 潛在的   5
I can see your **potential** of being a remarkable salesperson.
🏛 我看得出來你擁有成為傑出業務的潛能。

157 power [`pauɚ] 名 權力；力量 動 提供動力   1
The president has the **power** to command the army.
🏛 總統有指揮軍隊的權力。

158 proficiency [prə`fɪʃənsɪ] 名 精通   6
Mia's **proficiency** in English surprised everyone.
🏛 米亞精通英文的程度讓大家吃驚。

159 promising [`prɑmɪsɪŋ] 形 有前途的   4
Jerry has a **promising** future in 10 years.
🏛 傑瑞未來十年前景一片看好。

160 promote [prə`mot] 動 晉升   3
My father had been working so hard and finally he was **promoted** this summer.
🏛 我父親一直非常認真工作，終於在今年夏天獲得升遷。

161 promotion [prə`moʃən] 名 升遷   4
I am so glad to get the **promotion** after successfully collaborating with the most well-known distributor in Asia.
🏛 我很榮幸在成功與亞洲最知名的經銷商合作後，可以獲得升遷。

162 realization [ˏrɪələ`zeʃən] 名 領悟   6
I finally got the **realization** that my boyfriend broke up with me because of my bad temper.
🏛 我終於領悟到男友和我分手是因為我的壞脾氣所致。

163 realize [`rɪəlaɪz] 動 實現   2
When my sister **realized** that she was cheated by her boyfriend, she stop offering him economic assistance immediately.
🏛 我妹妹一得知男友欺騙她，就馬上停止對男友的經濟援助。

164 **remarkable** [rɪ`mɑrkəbl̩] 形 卓越的
She has been interested in performing in front of people, so she has become a **remarkable** singer after graduation.
🏛 她喜歡在眾人面前表演，所以在畢業後成為一名卓越的歌手。

165 **reputation** [,rɛpjə`teʃən] 名 名聲
Howard is a man of bad **reputation**.
🏛 霍華是個名聲不好的男人。

166 **resist** [rɪ`zɪst] 動 抵抗
The general can't **resist** the invasion from his enemy.
🏛 將軍無法抵抗敵人的侵略。

167 **resistance** [rɪ`zɪstəns] 名 抵抗
She always makes the **resistance** to discuss fashion with her mom.
🏛 她總是拒絕和媽媽討論時尚議題。

168 **resistant** [rɪ`zɪstənt] 形 抵抗的
Alice has the **resistant** attitude toward her brother because he often laughs at her appearance.
🏛 艾麗斯總是反抗她哥，因為哥哥經常嘲笑她的長相。

169 **responsibility** [rɪ,spɑnsə`bɪlɪtɪ] 名 責任
Tom will take the **responsibility** for this matter.
🏛 湯姆會為這件事情負責。

170 **responsible** [rɪ`spɑnsəbl̩] 形 負責任的
Jolin is a **responsible** mother.
🏛 裘琳是一位負責任的母親。

171 **satisfaction** [,sætɪs`fækʃən] 名 滿足
When eating delicious food, she always gets strong **satisfaction**.
🏛 她只要一吃到美味的食物，就能得到極大的滿足。

172 **satisfactory** [,sætɪs`fæktərɪ] 形 令人滿意的
Her speech led to a **satisfactory** result; even the president burst into tears!
🏛 她的演講令人滿意到連總統都哭了！

173 **satisfy** [`sætɪs,faɪ] 動 使滿足
My mother **satisfied** my younger sister by taking her to Taipei Zoo.
🏛 我媽帶我妹去台北動物園玩，好讓她開心。

174 **setback** [`sɛt,bæk] 名 挫折；逆轉　　　6
Larry does not take **setbacks** well.
🔊 賴利不太能接受挫折。

175 **shortcoming** [`ʃɔrt,kʌmɪŋ] 名 缺點；短處　5
There are a lot of **shortcomings** in Eddie.
🔊 艾迪有很多缺點。

176 **silly** [`sɪlɪ] 形 傻的　　　1
It's really **silly** to do this kind of thing.
🔊 做這種事情真的很傻。

177 **skill** [`skɪl] 名 技能　　　1
To make his **skills** perfect, Steve practices over and over again.
🔊 史帝夫一再地練習，好讓他的技術達到完美的境界。

178 **skillful** [`skɪlfəl] 形 熟練的；靈巧的　2
Dillon is a **skillful** driver.
🔊 狄倫是個熟練的駕駛。

179 **smart** [smɑrt] 形 聰明的　　　1
The manager decided to hire Jack because she had a good impression on his **smart** words.
🔊 主管決定雇用傑克，因為她對他機伶的談吐有很好的印象。

180 **specialist** [`spɛʃəlɪst] 名 專家　　　5
Eunice is a **specialist** in cooking.
🔊 尤尼斯擅長煮菜。

181 **specialize** [`spɛʃəl,aɪz] 動 專長於　6
My mother **specializes** in dancing and she practices twice a week.
🔊 我媽擅長跳舞，她一週會練習兩次。

182 **specialty** [`spɛʃəltɪ] 名 專門職業；專長　6
Her **specialty** is criticizing people, so no one wants to be her sincere friends.
🔊 她老愛說長道短，所以沒人想和她當真心的朋友。

183 **strength** [strɛŋθ] 名 力氣；力量　3
It needs great **strength** to remove this big rock.
🔊 要搬開這塊大石頭需要很大的力氣。

184 **strengthen** [`strɛŋθən] 動 加強；增強　4
Milk can **strengthen** your body.
🔊 牛奶可以強健你的身體。

185 **stupid** [`stjupɪd] 形 笨的
The **stupid** thief was caught by the police instantly.
🏛 那個笨賊立刻遭警方逮捕。

186 **succeed** [sək`sid] 動 成功
He **succeeded** to set up a restaurant in the U.S. and become a famous cook there.
🏛 他成功的在美國開了一間餐廳，成為當地名廚。

187 **success** [sək`sɛs] 名 成功
Success needs a lot of efforts and a little luckiness.
🏛 成功需要很多努力及一點運氣。

188 **successful** [sək`sɛsfəl] 形 成功的
In order to be **successful**, she even broke up with her boyfriend and accepted her boss's proposal!
🏛 為了成功，她不惜和男友分手並且答應老闆的求婚！

189 **superiority** [sə,pɪrɪ`ɔrətɪ] 名 優越；卓越
Brian's **superiority** makes his parents proud.
🏛 布萊恩的優等讓他的雙親感到驕傲。

190 **talent** [`tælənt] 名 天賦；才能
My father knew my brother has a **talent** in painting, so he encouraged him to enter an artistic college.
🏛 父親知道哥哥有繪畫天份，所以鼓勵他去念藝術學院。

191 **tolerable** [`tɑlərəbl] 形 可容忍的
She deeply loves her boyfriend and is **tolerable** for his bad temper.
🏛 她深愛著男友，並且容忍著他的壞脾氣。

192 **tolerance** [`tɑlərəns] 名 寬容
You need to have **tolerance** with mischievous children, or you can not be a good teacher.
🏛 你必須能忍受頑皮的小孩，否則你將無法成為好老師。

193 **tolerant** [`tɑlərənt] 形 忍耐的
My mom is **tolerant** of my father's coldness all the time.
🏛 我母親總是忍受我爸如此冷淡。

194 **tolerate** [`tɑlə,ret] 動 忍受
I can't **tolerate** that your room is always in a mess!
🏛 我不能忍受你的房間總是一團亂！

195 triumph [`traɪəmf] 動 獲勝 名 勝利

Our team **triumphed** over theirs.
🏠 我們的隊伍勝過他們那隊。

196 triumphant [traɪ`ʌmfənt] 形 成功的

The **triumphant** team will be awarded NT$5,000.
🏠 優勝隊伍可獲頒新台幣五千元。

197 undergo [ˌʌndə`go] 動 經歷；度過

I have **undergone** a miserable period of time.
🏠 我曾經歷過一段悲慘歲月。

198 undertake [ˌʌndə`tek] 動 承擔；保證

The government is willing to **undertake** this Green Environment project.
🏠 政府樂意承擔「綠化環境」計畫。

199 utility [ju`tɪlətɪ] 名 效用

The **utility** of this new machine impressed us.
🏠 這台新機器的效用讓我們印象深刻。

200 utilize [`jutḷˌaɪz] 動 利用

Human **utilizes** solar energy to generate electricity.
🏠 人類利用太陽能發電。

201 value [`vælju] 名 價格；價值 動 評價

The **value** of this apartment goes up to our surprise.
🏠 我們驚訝地發現這間公寓的價格上漲。

202 versatile [`vɜsətəl] 形 多才多藝的

George can play many kinds of instruments. He is **versatile**.
🏠 喬治會彈奏多種樂器，他十分多才多藝。

203 wealth [wɛlθ] 名 財富

Ruby works hard to accumulate **wealth** for future's sake.
🏠 露比努力工作以為將來累積足夠財富。

204 win [wɪn] 動 獲勝 名 贏

We will try our best to **win** this game.
🏠 我們會盡全力以贏得這場比賽。

205 winner [`wɪnə] 名 勝利者

Patrick is the **winner** in the match.
🏠 派翠克是這場賽事中的勝利者。

206 wisdom [`wɪzdəm] 名 智慧 ③

Reading a lot of western literature helps you grow your **wisdom** and expand your horizon.

🏛 閱讀大量西洋文學可幫助你增長智慧並拓展視野。

207 wise [waɪz] 形 聰明的 ②

John is a **wise** man; he's never affected by people's opinions.

🏛 約翰是個智者，他從不被他人意見左右。

208 witty [`wɪtɪ] 形 機智的 ⑥

My younger sister told a **witty** joke and won Jeremy's heart.

🏛 我妹妹講了則機智的笑話，贏得傑瑞米的心。

04 外型

分類

01 handsome [`hænsəm] 形 英俊的 ②

Alec looks very **handsome** in that new suit.

🏛 艾力克穿上那套新西裝之後看起來非常帥。

02 outline [`aʊtlaɪn] 名 外型；輪廓 動 畫出輪廓 ③

The **outline** of that architecture is fantastic.

🏛 那棟建築物的外型相當奇特。

03 profile [`profaɪl] 名 輪廓；側面 動 畫側面像 ⑤

You can see the **profile** of the house from this picture.

🏛 你可以從這張照片看出這棟房子的外觀。

04 shabby [`ʃæbɪ] 形 衣衫襤褸的 ⑤

A **shabby** old man is standing at the corner.

🏛 一個衣衫襤褸的老人站在角落。

05 sharp [ʃɑrp] 形 尖銳的 副 尖銳地 ①

Be careful! The knife is **sharp**.

🏛 小心！刀子相當鋒利。

06 skinny [`skɪnɪ] 形 皮包骨的 ②

Look at those poor kids. How **skinny** they are!

🏛 看看那些可憐的孩子們，他們瘦成皮包骨了！

07 **slender** [`slɛndə] 形 苗條的　　　　②

Mike's new girlfriend is beautiful and **slender**.
🔊 麥克的新女友既漂亮又苗條。

08 **slim** [slɪm] 形 苗條的 動 瘦身　　　　②

Sandra has a **slim** figure.
🔊 珊卓拉有著苗條的身材。

09 **stature** [`stætʃə] 名 身高　　　　⑥

Daniel is a young man of tall **stature**.
🔊 丹尼爾是位高個子的年輕人。

10 **stiff** [stɪf] 形 僵硬的　　　　③

My neck feels **stiff** today.
🔊 我的脖子今天有點僵硬。

11 **stout** [staut] 形 肥胖的；堅固的　　　　⑤

The **stout** man sitting over there is the owner of this
restaurant.
🔊 坐在那邊的那個肥胖的男人是這家餐廳的老闆。

12 **strong** [strɔŋ] 形 強壯的　　　　①

Max is a **strong** and healthy man.
🔊 麥克斯是個強壯又健康的男子。

05　人際　　　　分類

01 **acquaintance** [ə`kwentəns] 名 認識的人　　④

Cindy is an **acquaintance** of mine.
🔊 辛蒂是我一位熟識的朋友。

02 **companion** [kəm`pænjən] 名 同伴　　　④

Roger is my **companion** in my childhood.
🔊 羅傑是我兒時的玩伴。

03 **companionship** [kəm`pænjən.ʃɪp] 名 友誼　　⑥

I really enjoy the **companionship** of Kenny.
🔊 我很高興與肯尼為友。

04 **comrade** [`kɑmræd] 名 同事；夥伴　　　⑤

They are both my **comrades** in my previous job.
🔊 他們兩位都是我前一份工作的同事。

05 **friend** [frɛnd] 名 朋友

I decided to give my best **friend** Christina a big surprise on her wedding day.

🏛 我決定在摯友克莉絲汀娜的婚禮上給她一份大驚喜。

06 **friendship** [`frɛndʃɪp] 名 友誼

I really cherish Debbie's **friendship**.

🏛 我非常珍視黛比的友誼。

07 **pal** [pæl] 名 夥伴

Wendy is one of my pen **pals**.

🏛 溫蒂是我的筆友之一。

08 **peer** [pɪr] 名 同儕 動 凝視

Jack's cooking skill is without a **peer**.

🏛 傑克的烹飪技術無人可比。

09 **people** [`pipl] 名 人 動 居住在

There were so many **people** in the department store last Saturday.

🏛 上星期六百貨公司裡有好多人。

10 **person** [`pɜsn] 名 人

Each **person** has 5 minutes to talk on the phone.

🏛 每個人有五分鐘的時間可以通電話。

11 **personal** [`pɜsənl] 形 個人的

I don't want to talk about my **personal** issues here.

🏛 我不想在這裡討論我個人的事情。

12 **relation** [rɪ`leʃən] 名 關係

Robin has a close **relation** with the CEO.

🏛 羅賓和執行長的關係密切。

13 **relationship** [rɪ`leʃən,ʃɪp] 名 關係

My cousin and I are in a good **relationship**.

🏛 我和我堂哥的關係很好。

14 **respective** [rɪ`spɛktɪv] 形 個別的

They waved goodbye and got on their **respective** buses.

🏛 他們揮手道別，然後搭上各自的公車。

15 **sociable** [`soʃəbl] 形 愛交際的

Katherine is a **sociable** girl.

🏛 凱薩琳是一個喜愛交際的女孩。

16 **solidarity** [ˌsɑləˋdærətɪ] 名 團結
Our **solidarity** is our strength.
🔖 我們團結的精神正是我們的力量。

17 **solitary** [ˋsɑləˌtɛrɪ] 形 單獨的 名 獨居者
Peter likes to take a **solitary** walk in the afternoon.
🔖 彼德喜歡在下午的時候獨自去散步。

18 **solitude** [ˋsɑləˌtjud] 名 獨居；獨處
George's grandmother lives in **solitude**.
🔖 喬治的祖母獨自居住。

19 **stranger** [ˋstrendʒɚ] 名 陌生人
Don't talk to **strangers**.
🔖 不要跟陌生人說話。

20 **throng** [θrɔŋ] 名 群眾 動 群集
A **throng** of people were standing in front of the movie theater.
🔖 一大群人站在電影院門口。

21 **viewer** [ˋvjuɚ] 名 觀看者
This TV show has got more than a million **viewers**.
🔖 超過一百萬人收看這個電視節目。

06 生育 分類

01 **abortion** [əˋbɔrʃən] 名 墮胎
Jessica had an **abortion** last month.
🔖 潔西卡上個月去墮了胎。

02 **barren** [ˋbærən] 形 不生育的
Joe prayed that his **barren** wife could have a child in the near future.
🔖 喬祈禱他不孕的妻子在不久的將來可以生一個孩子。

03 **bear** [bɛr] 動 忍受 名 熊
No man should **bear** the misery of living in fear.
🔖 沒有人應該忍受生活在恐懼中的痛苦。

[04] **birth** [bɜθ] 名 出生；血統 🔼

The **birth** of her son gave her the greatest pleasure in her life.

🏠 在她的生命裡，她兒子的出生給予她最大的喜悅。

[05] **conceive** [kən`siv] 動 懷孕；構思 🔼

Please give up smoking before you plan to **conceive** a child.

🏠 在你計畫懷孕之前請戒菸。

[06] **crib** [krɪb] 名 嬰兒床 動 放進糧倉 🔼

He made a **crib** for his newly born baby.

🏠 他為他的新生嬰兒造了一架嬰兒床。

[07] **deliver** [dɪ`lɪvə] 動 接生；傳送 🔼

The doctor had to **deliver** the baby at midnight.

🏠 醫生必須在半夜接生嬰兒。

[08] **delivery** [dɪ`lɪvərɪ] 名 分娩；傳送 🔼

In the end, the mother still had a difficult **delivery**.

🏠 最後，那位母親仍然難產。

[09] **diaper** [`daɪəpə] 名 尿布 🔼

It is harmful to the environment to use disposable **diapers**.

🏠 使用可拋棄式尿布有害生態環境。

[10] **pregnancy** [`prɛgnənsɪ] 名 懷孕 🔼

It's wiser to eat nutritious food during **pregnancy**.

🏠 在懷孕期間吃有營養的食物比較明智。

[11] **pregnant** [`prɛgnənt] 形 懷孕的 🔼

Bridged was **pregnant** with their first son.

🏠 布麗姬懷著他們的第一個兒子。

07 死亡 分類

[01] **burial** [`bɛrɪəl] 名 葬禮；下葬；埋葬 🔼

She should have a more decent **burial**.

🏠 她應該有個更體面的葬禮。

02 **bury** [`bɛrɪ] 動 埋　　　3
Squirrels **bury** nuts and seeds by instinct.
松鼠出於本能埋藏堅果和種子。

03 **cemetery** [`sɛmə,tɛrɪ] 名 公墓　　　6
My grandfather was buried in a Catholic **cemetery**.
我爺爺被葬在一個天主教墓園裡。

04 **coffin** [`kɔfɪn] 名 棺材　　　6
His relatives and friends each put a flower on his **coffin**.
他的親戚和朋友每個人都在他的棺材上放一朵花。

05 **corpse** [kɔrps] 名 屍體　　　6
The police found the **corpse** in the tunnel last Monday.
上星期一警方在隧道裡發現這具屍體。

06 **dead** [dɛd] 形 死的　　　1
Please take out those **dead** plants.
請把那些死掉的植物拿出去。

07 **death** [dɛθ] 名 死亡　　　1
Next Wednesday is the fifth anniversary of her **death**.
下星期三是她死亡五週年的忌日。

08 **die** [daɪ] 動 死　　　1
My dog **died** two years ago.
我的狗兩年前死了。

09 **drown** [draʊn] 動 淹沒　　　3
A swimmer was **drowned** in the pool last night.
昨晚有個泳客在游泳池裡淹死了。

10 **end** [ɛnd] 名 盡頭；末端 動 結束　　　1
The old lady met her **end** in the fire.
這位年老的夫人在這場火災中死去。

11 **expire** [ɪk`spaɪr] 動 死亡；終止　　　6
Her stepfather **expired** during winter.
她的繼父在冬天裡死去。

12 **funeral** [`fjunərəl] 名 葬禮　　　4
Her **funeral** will be on Sunday at the downtown church.
她的葬禮將在星期天於城裡教堂舉行。

13 **grave** [grev] 名 墳墓 形 嚴重的　　　4
We used to visit his **grave** once a month.
我們之前每個月都去他的墳前探望一次。

14. **mourn** [morn] 動 哀慟；哀悼 五

The whole country is **mourning** the death of the president.

🏠 整個國家正哀悼著總統的辭世。

15. **mournful** [`mornfəl] 形 令人悲慟的 六

I can't forget the **mournful** expression on the widow's face.

🏠 我無法忘記那個寡婦臉上令人悲慟的神情。

16. **perish** [`pɛrɪʃ] 動 死去；消滅 五

Thousands of people **perished** in the tsunami occurred last month.

🏠 數千人死於上個月發生的海嘯。

17. **tomb** [tum] 名 墳墓 四

No one knows the exact site of the king's **tomb**.

🏠 沒有人知道國王墳墓的確切地點。

08 宗教 分類

01. **angel** [`endʒəl] 名 天使 三

My baby nephew looks like an **angel** only when he falls asleep.

🏠 我的小外甥只有在睡著時才看起來像天使。

02. **belief** [bɪ`lif] 名 相信 二

The movement leader had a **belief** in personal liberty.

🏠 這個運動的領導者相信個人自由。

03. **believable** [bɪ`livəbl] 形 可信任的 二

This storybook is full of **believable** characters.

🏠 這本故事書裡充滿可信的角色。

04. **believe** [bɪ`liv] 動 相信 一

You can choose to **believe** it or not.

🏠 你可以選擇相信它或不相信。

05. **bible** [`baɪbl] 名 聖經 三

A **bible** can give her some comfort.

🏠 一本聖經可以給她一些安慰。

06 **bless** [blɛs] 勔 祝福；保佑　　③
God will **bless** you.
🏛 上帝將會保佑你。

07 **blessing** [`blɛsɪŋ] 名 恩典；祝福　　④
They prayed for the **blessing** of prosperity.
🏛 他們祈求繁榮的恩典。

08 **cathedral** [kə`θidrəl] 名 大教堂　　⑤
I am going to visit St. Paul's **Cathedral** in London
next week.
🏛 下星期我將要去參觀在倫敦的聖保羅大教堂。

09 **chant** [tʃænt] 名 讚美詩歌 勔 吟唱　　⑤
They always go to the church and sing many **chants**
on Sundays.
🏛 星期天的時候他們總是去教堂，並唱很多讚美詩歌。

10 **Christmas/Xmas** [`krɪsməs] 名 聖誕節　　①
Christmas is coming.
🏛 聖誕節快要到了。

11 **church** [tʃɜtʃ] 名 教堂　　①
They got married in the **church** downtown.
🏛 他們在市區的教堂裡結婚。

12 **confession** [kən`fɛʃən] 名 告解　　⑤
Amy goes to **confession** every other week.
🏛 艾咪每兩週作一次告解。

13 **convert** [kən`vɜt] 勔 變換　　⑤
The nun **converted** many local people to Buddhism.
🏛 這位尼姑使許多當地民眾改信佛教。

14 **devil** [`dɛvl] 名 惡魔　　③
Vicky's jealousy has turned her into a **devil**.
🏛 維琪的嫉妒心讓她變成了惡魔。

15 **disciple** [dɪ`saɪpl] 名 信徒　　⑤
He is a **disciple** of Buddhism.
🏛 他是名佛教徒。

16 **divine** [də`vaɪn] 形 超凡的　　④
They claimed that this is a **divine** donation.
🏛 他們聲稱這是超凡的奉獻。

17 **doctrine** [`daktrɪn] 名 教條

She studied hard to comprehend Catholic **doctrines**.
🔒 她努力用功以便理解天主教教條。

18 **enlighten** [ɪn`laɪtn̩] 動 啟發

Could you **enlighten** me on the dilemma?
🔒 你可以在這個難題上啟發我嗎？

19 **enlightenment** [ɪn`laɪtn̩mənt] 名 啟蒙；教化

She had a moment of **enlightenment**.
🔒 她有過片刻的啟蒙。

20 **faith** [feθ] 名 信念；信仰

He lost his **faith** during the war.
🔒 他在戰爭期間失去了信念。

21 **feast** [fist] 名 節日；宴會 動 盛宴款待

Easter is an important **feast** for Christians.
🔒 復活節是基督徒的重要節日。

22 **god** [gɑd] / **goddess** [`gɑdɪs] 名 神；女神

Do you believe in **god**?
🔒 你信仰上帝嗎？

23 **gospel** [`gɑspl̩] 名 福音；真理

The priest preached the **Gospel** to a packed church.
🔒 牧師向擠滿教堂的人們傳布福音。

24 **guardian** [`gɑrdɪən] 名 守護者

They are self-appointed **guardians** of morality.
🔒 他們自封為道德守護者。

25 **heaven** [`hɛvn̩] 名 天堂

The believers believe that they will be part of the **heaven** someday.
🔒 信徒們相信他們有朝一日會成為天堂的一份子。

26 **heavenly** [`hɛvənlɪ] 形 神聖的；天空的

She claimed that she saw the **heavenly** vision in her dream.
🔒 她聲稱在夢裡看過天國美景。

27 **hell** [hɛl] 名 地獄

In some religions, **hell** is the place where the devils live.
🔒 在某些宗教中，地獄是惡魔的住所。

28 **holy** [`holɪ] 形 神聖的

To them this is a **holy** place.

🔊 對他們而言這是一個神聖的地方。

29 **hymn** [hɪm] 名 讚美詩 動 唱讚美詩

My grandmother likes singing **hymns**.

🔊 我奶奶喜歡唱讚美詩。

30 **meditate** [`mɛdə,tet] 動 冥想；沉思

Some nuns **meditate** an hour before breakfast every morning.

🔊 某些修女每天早上在早餐前會冥想一小時。

31 **meditation** [,mɛdə`teʃən] 名 冥想；熟慮；沉思

The **meditation** was conducted by a priest.

🔊 這場冥想由一位牧師主持。

32 **miracle** [`mɪrək!] 名 奇蹟

They believe in Jesus's ability to perform **miracles**.

🔊 他們相信耶穌實現奇蹟的能力。

33 **miraculous** [mə`rækjələs] 形 奇蹟的

His recovery from unconsciousness was regarded as a **miraculous** healing caused by God.

🔊 他恢復意識被視為是來自上帝的奇蹟。

34 **missionary** [`mɪʃən,ɛrɪ] 名 傳教士 形 傳教的

I met a foreign **missionary** on the street and he taught me about Christianity.

🔊 我在街上遇見一位外國傳教士，他對我講授基督教教義。

35 **monk** [mʌŋk] 名 僧侶

Buddhist **monks** recited scriptures in the funeral.

🔊 佛教僧侶在這場喪禮中吟誦經文。

36 **nun** [nʌn] 名 修女；尼姑

May decided to become a Catholic **nun** at 20.

🔊 梅在二十歲時決定成為天主教修女。

37 **paradise** [`pærə,daɪs] 名 天堂

The religion depicts **Paradise** as a place full of joy.

🔊 這個宗教描述「天堂」為充滿歡樂的地方。

38 **piety** [`paɪətɪ] 名 虔誠

Her **piety** is not unusual; it's common among her kin.

🔊 她的虔誠並非不尋常；這在她的親屬之間很平常。

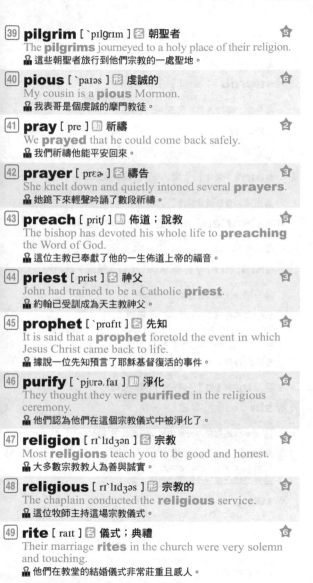

39 **pilgrim** [`pɪlɡrɪm] 名 朝聖者
The **pilgrims** journeyed to a holy place of their religion.
🏛 這些朝聖者旅行到他們宗教的一處聖地。

40 **pious** [`paɪəs] 形 虔誠的
My cousin is a **pious** Mormon.
🏛 我表哥是個虔誠的摩門教徒。

41 **pray** [pre] 動 祈禱
We **prayed** that he could come back safely.
🏛 我們祈禱他能平安回來。

42 **prayer** [prɛə] 名 禱告
She knelt down and quietly intoned several **prayers**.
🏛 她跪下來輕聲吟誦了數段祈禱。

43 **preach** [pritʃ] 動 佈道；說教
The bishop has devoted his whole life to **preaching** the Word of God.
🏛 這位主教已奉獻了他的一生佈道上帝的福音。

44 **priest** [prist] 名 神父
John had trained to be a Catholic **priest**.
🏛 約翰已受訓成為天主教神父。

45 **prophet** [`prɑfɪt] 名 先知
It is said that a **prophet** foretold the event in which Jesus Christ came back to life.
🏛 據說一位先知預言了耶穌基督復活的事件。

46 **purify** [`pjʊrə͵faɪ] 動 淨化
They thought they were **purified** in the religious ceremony.
🏛 他們認為他們在這個宗教儀式中被淨化了。

47 **religion** [rɪ`lɪdʒən] 名 宗教
Most **religions** teach you to be good and honest.
🏛 大多數宗教教人為善與誠實。

48 **religious** [rɪ`lɪdʒəs] 形 宗教的
The chaplain conducted the **religious** service.
🏛 這位牧師主持這場宗教儀式。

49 **rite** [raɪt] 名 儀式；典禮
Their marriage **rites** in the church were very solemn and touching.
🏛 他們在教堂的結婚儀式非常莊重且感人。

50 **ritual** [`rɪtʃuəl] 名 儀式 形 儀式的 🌀
Some religions lay stress on **ritual** more than others.
🏛 有些宗教比其他宗教更著重儀式。

51 **sacred** [`sekrɪd] 形 神聖的 🌀
The cow is a **sacred** animal for Indians.
🏛 牛對於印度人而言是種神聖的動物。

52 **sacrifice** [`sækrə͵faɪs] 動 犧牲；祭祀 名 犧牲 🌀
They **sacrificed** a huge pig to the gods.
🏛 他們以一頭大豬祭祀眾神。

53 **saint** [sent] 名 聖人 動 使成為聖徒 🌀
12 **saints** were depicted on the stained glass window.
🏛 這處彩色玻璃窗描繪了十二門徒。

54 **salvation** [sæl`veʃən] 名 拯救；救助 🌀
The church's **salvation** message has changed his life.
🏛 教堂的拯救訊示已改變了他的人生。

55 **sanctuary** [`sæŋktʃu͵ɛrɪ] 名 聖堂；庇護所 🌀
A sermon was held in the **sanctuary** last night.
🏛 一場佈道昨晚在這間聖堂裡舉行。

56 **sermon** [`sɝmən] 名 佈道 🌀
The crowd dispersed peacefully after **sermons**.
🏛 群眾在佈道之後平靜地散去。

57 **shrine** [ʃraɪn] 名 祠；廟 🌀
The enterpriser built a **shrine** to his mother's memory.
🏛 這位企業家建了一座紀念母親的聖祠。

58 **sin** [sɪn] 名 罪惡 動 犯罪 🌀
Joyce confesses her **sins** to a priest every Sunday.
🏛 喬伊絲每個星期天都向神父告解她的罪惡。

59 **soul** [sol] 名 靈魂 🌀
She prays for the **soul** of her late son.
🏛 她為她已故兒子的靈魂祈禱。

60 **temple** [`tɛmpl] 名 廟宇 🌀
My grandma made a donation to the Mazu **Temple**.
🏛 我奶奶捐款給這座媽祖廟。

61 **worship** [`wɝʃɪp] 動 名 祭祀 🌀
He had **worshipped** the Bodhisattva for years.
🏛 他已祭祀了菩薩好多年。

PART 10

學術類
單字收納

名 名 詞

動 動 詞

形 形容詞

副 副 詞

1 ～ 6 單字難易度

（分別符合美國一至六年級學生所學範圍）

掃碼即聽
MP3 157～180

01 人類學 分類

01 civilization [ˌsɪvḷəˋzeʃən] 名 文明
The ancient **civilization** of Cambodia was found by a French explorer.
🔒 一位法國探險家發現柬埔寨古文明。

02 civilize [ˋsɪvəˌlaɪz] 動 使文明
It is impossible to **civilize** all the Indian tribes.
🔒 讓所有印第安部落都變得文明是不可能的。

03 ethnic [ˋɛθnɪk] 形 民族的
The **ethnic** tension in the Middle East is in the headlines again.
🔒 中東的民族緊張局勢再次成了頭條新聞。

04 primitive [ˋprɪmətɪv] 形 原始的
He has made great progress in the studies of **primitive** societies.
🔒 他對原始社會的研究已有很大的進展。

05 savage [ˋsævɪdʒ] 名 野蠻人 形 野蠻的
Those caves used to be peopled with uncouth **savages**.
🔒 那些山洞過去曾經住著未開化的野蠻人。

06 settler [ˋsɛtlə] 名 殖民者
The town was founded by the earliest **settlers** in America.
🔒 這座城鎮由美國最早的殖民者所建立。

07 tribal [ˋtraɪbḷ] 形 部落的
The province was riven by **tribal** conflicts.
🔒 這個省因部落衝突而分裂。

08 tribe [traɪb] 名 部落
The two **tribes** battled against each other for territorial rights.
🔒 這兩個部落為了領土權而兵戎相見。

02 天文學

01 **alien** [`eliən] 名 外星人 形 外國的；外星的
Some people believe that there are **aliens** living in outer space.
🏛 有些人相信有外星人住在外太空。

02 **astronaut** [`æstrə,nɔt] 名 太空人
To be an **astronaut**, you must study hard from now on.
🏛 想成為一位太空人，你必須從現在開始努力用功。

03 **astronomer** [ə`strɑnəmɚ] 名 天文學家
He is an **astronomer** who mainly studies stars in space.
🏛 他是一位天文學家，主要研究太空中的星體。

04 **astronomy** [ə`strɑnəmɪ] 名 天文學
Danny has lost his interest in **astronomy**.
🏛 丹尼已對天文學失去興趣。

05 **comet** [`kɑmɪt] 名 彗星
Comets can be seen by eyes when they come close to the earth.
🏛 當慧星靠近地球時用肉眼就可以看得見。

06 **earth** [ɝθ] 名 地球
The spaceship will return to the **earth** tomorrow night.
🏛 明天晚上這艘太空船將返回地球。

07 **eclipse** [ɪ`klɪps] 名 蝕 動 遮蔽；使失色
Did you observe the total lunar **eclipse** last weekend?
🏛 你有觀測上週末的月全蝕嗎？

08 **galaxy** [`gæləksɪ] 名 星系；星雲
Several astronomers have discovered a new **galaxy** in the distance.
🏛 幾位天文學家已發現遠處一個新的星系。

09 **launch** [lɔntʃ] 動 發射 名 開始
The research institute plans to **launch** a satellite to study the moon.
🏛 這個研究所計畫發射衛星仔細觀察月球。

10 **lunar** [`lunə] 形 月亮的；陰曆的

There will be a **lunar** eclipse next month.

🔊 下個月將有月蝕。

11 **moon** [mun] 名 月亮

The **moon** is in the shape of a crescent tonight.

🔊 今晚的月亮是新月。

12 **orbit** [`ɔrbɪt] 動 繞軌道運行 名 軌道

The scientists launched two communication satellites to **orbit** the earth.

🔊 這些科學家發射兩顆通訊衛星繞行地球。

13 **planet** [`plænɪt] 名 行星

This photo shows five of the eight **planets** in the solar system.

🔊 這張照片顯示太陽系八大行星中的五顆。

14 **rocket** [`rɑkɪt] 名 火箭 動 發射火箭

NASA planned to send a **rocket** to Venus.

🔊 美國太空總署計畫向金星發射一枚火箭。

15 **satellite** [`sæt‚l‚aɪt] 名 衛星

The number of known **satellites** of Jupiter is sixty three.

🔊 木星已知的衛星數量是六十三顆。

16 **solar** [`solə] 形 太陽的

There will be a total **solar** eclipse the day after tomorrow.

🔊 後天將有日全蝕。

17 **spacecraft** [`spes‚kræft] 名 太空船

Would you like to know why astronauts float in a **spacecraft**?

🔊 你想知道太空人為何會在太空船裡漂浮嗎？

18 **star** [stɑr] 名 星星 動 主演

That night Ella made a wish to a falling **star**.

🔊 那晚艾拉對一顆流星許了個願望。

19 **telescope** [`tɛlə‚skop] 名 望遠鏡

I used the **telescope** to take some pictures of the lunar eclipse.

🔊 我用這部望遠鏡拍了幾張月蝕的照片。

20 **universe** [`junə,vɜs] 名 宇宙
Early astronomers thought that the earth was the center of the **universe**.
🏠 早期的天文學家認為地球是宇宙的中心。

03 生物學

01 **bacteria** [bæk`tırıə] 名 細菌
Chlorine is added to the swimming pool to kill **bacteria**.
🏠 游泳池裡會加氯殺菌。

02 **biochemistry** [,baıo`kɛmıstrı] 名 生物化學
Dr. Lin is a **biochemistry** professor.
🏠 林博士是一位生物化學教授。

03 **biological** [,baıə`lɑdʒıkl] 形 生物學的
This is just a normal **biological** response.
🏠 這只是一個正常的生物反應。

04 **biology** [baı`ɑlədʒı] 名 生物學
My brother was fascinated with **biology**.
🏠 我哥哥對生物學著迷。

05 **breed** [brid] 動 生育 名 品種
Frogs usually **breed** in ponds.
🏠 青蛙通常會在池塘裡生育。

06 **cell** [sɛl] 名 細胞
The **cell** will shrink once you add salty water in the glass.
🏠 一旦你在玻璃杯裡加入鹽水，細胞就會縮小。

07 **clone** [klon] 動 名 複製
The scene of **cloning** extinct animals can only be found in fiction.
🏠 只有在小說裡才看得到複製絕種動物的場景。

08 **creature** [`kritʃə] 名 生物
Many small **creatures** live in the garden.
🏠 許多小生物住在花園裡。

09 evolution [ˌɛvəˋluʃən] 名 發展　6
We studied the **evolution** of butterflies from caterpillars to cocoons.
🏛 我們研究蝴蝶從毛毛蟲到繭的發展過程。

10 evolve [ɪˋvɑlv] 動 演化　6
Darwin thought that human beings **evolved** from apes.
🏛 達爾文認為人類是由大猩猩演化而來的。

11 flesh [flɛʃ] 名 肉體　3
Bears like to eat the pink **flesh** of trout and salmon.
🏛 熊喜歡吃鱒魚和鮭魚的粉紅色魚肉。

12 gene [dʒin] 名 基因　4
They said that there is a defect in the child's **genes**.
🏛 他們說這個孩子的基因裡有個缺陷。

13 genetic [dʒəˋnɛtɪk] 形 遺傳學的　6
He suffers from a **genetic** disease passed from his father.
🏛 他受遺傳自父親的遺傳性疾病所苦。

14 genetics [dʒəˋnɛtɪks] 名 遺傳學　6
Karen got good grades in **genetics**.
🏛 凱倫的遺傳學成績很好。

15 grow [gro] 動 成長　1
Tadpoles **grow** into frogs.
🏛 蝌蚪成長為青蛙。

16 growth [groθ] 名 成長　2
Lack of nutrition will stunt a child's **growth**.
🏛 營養不足會影響孩子的成長。

17 habitat [ˋhæbəˌtæt] 名 棲息地　6
In its natural **habitat**, this frog will grow up to 20 centimeters in length.
🏛 這種青蛙在自然棲息地會長到二十公分長。

18 hormone [ˋhɔrmon] 名 荷爾蒙　6
She has a **hormone** imbalance problem.
🏛 她有荷爾蒙失調的問題。

19 impulse [ˋɪmpʌls] 名 衝動　5
A nerve **impulse** is a stimulating force in a nerve that causes a reaction.
🏛 神經衝動是在神經裡引起反應的一種刺激力量。

20 **migration** [maɪˋɡreʃən] 名 遷移
The **migration** of those birds occurs every winter.
🏛 那些鳥每年冬天會遷徙。

21 **nerve** [nɝv] 名 神經
His spinal **nerves** were hurt in the traffic accident.
🏛 他的脊髓神經在這次的交通事故中受傷了。

22 **organic** [ɔrˋɡænɪk] 形 有機的
Organic compounds comprise carbon in their molecules.
🏛 有機化合物的分子中含碳。

23 **organism** [ˋɔrɡənˏɪzəm] 名 生物體；有機體
For a month Leslie has studied the minute **organisms** in water.
🏛 萊斯利已經研究了一個月的水中微生物。

24 **premature** [ˏpriməˋtjʊr] 形 過早的；未熟的
A twenty-six-year-old young man suffers from **premature** baldness.
🏛 一名二十六歲的年輕男子患有少年早禿。

25 **reproduce** [ˏriprəˋdjus] 動 再生；複製
Most human cells are frequently **reproduced** and replaced during the life of an individual.
🏛 大多數的人類細胞會在一生中不斷再生及更新。

26 **sex** [sɛks] 名 性別；性
What **sex** is your kitten?
🏛 你的小貓是什麼性別？

27 **sexual** [ˋsɛkʃʊəl] 形 性的
The little girl has noticed some **sexual** characteristics on her body.
🏛 這個小女孩已察覺到她身體上的某些性別特徵。

28 **skeleton** [ˋskɛlətn̩] 名 骨架
The showroom is taken up by the **skeletons** of apes.
🏛 這間陳列室被猿猴的骨架佔滿了。

29 **skin** [skɪn] 名 皮膚 動 剝皮
The only difference between them is the color of their **skin**.
🏛 他們之間唯一的不同點是他們的膚色。

30 skull [skʌl] 名 頭蓋骨 ⑤
His death wound was a fractured **skull**.
🏠 他的致命傷是頭蓋骨破裂。

31 species [ˋspiʃiz] 名 物種 ④
The black-faced spoonbill is an endangered **species**.
🏠 黑面琵鷺是瀕臨絕種的動物。

32 specimen [ˋspɛsəmən] 名 樣本；樣品 ⑤
Over one hundred **specimens** of virus are kept in the laboratory.
🏠 這間實驗室存放了超過一百個病毒樣本。

33 stimulus [ˋstɪmjələs] 名 刺激物；刺激 ⑥
The nutrients in the soil act as a **stimulus** to make the tree grow.
🏠 土壤中的養分作為讓這棵樹成長的刺激物。

34 sweat [swɛt] 動 流汗 名 汗水 ③
Our skin **sweats** to eliminate some waste products of metabolism.
🏠 我們的皮膚會流汗排出一些新陳代謝後的廢物。

35 urine [ˋjʊrɪn] 名 尿 ⑥
You have to provide a **urine** sample before you leave.
🏠 你離開之前必須提供尿液檢體。

36 vein [ven] 名 靜脈 ⑤
Your blood flows towards your heart through **veins**.
🏠 你的血液經由靜脈流向心臟。

04 化學 分類

01 acid [ˋæsɪd] 名 酸性物質 形 酸的 ④
Don't touch any **acid** with bare hands.
🏠 不要徒手碰觸任何酸性物質。

02 active [ˋæktɪv] 形 活躍的 ②
Sodium is an **active** element in air.
🏠 鈉在空氣中是活躍的元素。

03 chemical [`kɛmɪk!] 名 化學藥品 形 化學的
The food chain has been affected by **chemicals**.
食物鏈已受化學製品影響。

04 chemist [`kɛmɪst] 名 藥劑師；化學家
He works as a **chemist** in the pharmacy near his house.
他在家附近的藥房當藥劑師。

05 chemistry [`kɛmɪstrɪ] 名 化學
I plan to study **chemistry** next Tuesday.
我計畫下星期二唸化學。

06 condense [kən`dɛns] 動 凝結；縮小
Water vapor in the sky will **condense** to form clouds soon.
天空中的水蒸氣很快就會凝結成雲。

07 mixture [`mɪkstʃɚ] 名 混合物
Please keep stirring the **mixture** in the tube.
請繼續攪拌試管裡的混合物。

08 molecule [`mɑlə.kjul] 名 分子
The chemical structure of the **molecule** is very unusual.
這個分子的化學結構非常奇特。

09 neon [`ni.ɑn] 名 霓虹燈；氖
The little girl likes the beauty of the **neon** light.
這個小女孩喜歡霓虹燈呈現出來的美感。

10 sulfur [`sʌlfɚ] 名 硫磺
The air near the mouth of the volcano reeks of **sulfur**.
在火山口附近的空氣散發出濃烈的硫磺味。

11 synthetic [sɪn`θɛtɪk] 名 合成物 形 人造的
The chemical process combined the two elements into a **synthetic**.
這個化學製程將這兩種元素結合成一種合成物。

05 元素 分類

01 aluminum [əˋlumɪnəm] 名 鋁 ☆

You should recycle those **aluminum** cans in the basket.

🏛 你應該回收籃子裡的那些鋁罐。

02 brass [bræs] 名 銅器 形 銅器的 ☆

Karl cleans his **brass** collection carefully every day.

🏛 卡爾每天小心擦拭他的銅器收藏。

03 calcium [ˋkælsɪəm] 名 鈣 ☆

To grow healthy bones and teeth, **calcium** and magnesium are needed in your food.

🏛 為了讓骨骼和牙齒長得健康，飲食中需攝取鈣和鎂。

04 carbon [ˋkɑrbən] 名 碳 ☆

It is interesting that both diamonds and coal are made up of **carbon**.

🏛 有趣的是，鑽石和煤都是由碳組成的。

05 component [kəmˋponənt] 名 成分 形 構成的 ☆

What are the **components** of it?

🏛 它的成分是什麼？

06 comprise [kəmˋpraɪz] 動 由⋯構成 ☆

A water molecule **comprises** 1 atom of oxygen and 2 of hydrogen.

🏛 水分子由一個氧原子與兩個氫原子構成。

07 consist [kənˋsɪst] 動 組成 ☆

The concrete **consists** of sand and cement.

🏛 混凝土由沙與水泥組成。

08 constitute [ˋkɑnstə͵tjut] 動 構成 ☆

People are more interested in what a diamond represents than what **constitutes** a diamond.

🏛 比起鑽石的組成成分，人們對於鑽石所代表的意義更感興趣。

09 copper [ˋkɑpɚ] 形 銅製的 名 銅 ☆

For my birthday my aunt gave me a pair of **copper** candlesticks.

🏛 我阿姨給了我一對銅製燭台作為生日禮物。

10 **element** [`ɛləmənt] 名 要素 📄
You can find the **element** in the Chemical Elements Periodic Table.
🏠 你可以在化學元素週期表中找到這個元素。

11 **gold** [gold] 名 金子 形 金的 🏆
Gold is a kind of precious metals.
🏠 金子是一種貴重金屬。

12 **golden** [`goldn] 形 金色的；黃金的 📄
The solution will become **golden** if you add in the liquid.
🏠 如果你加入這個液體，溶液將會變成金色。

13 **hydrogen** [`haɪdrədʒən] 名 氫 📄
Hydrogen is also a colorless gas.
🏠 氫也是無色氣體。

14 **iron** [`aɪən] 名 鐵 動 燙平 🏆
Great heat will melt **iron**.
🏠 高溫將能熔鐵。

15 **metal** [`mɛtl] 名 金屬 形 金屬的 📄
Zinc is a kind of **metal**.
🏠 鋅是一種金屬。

16 **oxygen** [`aksədʒən] 名 氧 📄
We can't live without **oxygen**.
🏠 沒有氧我們就活不下去。

17 **silicon** [`sɪlɪkən] 名 矽 📄
Silicon is used to make parts of computers and electronic equipment.
🏠 矽是用來製造電腦和電子設備的零件。

18 **silver** [`sɪlvə] 形 銀製的；銀色的 名 銀 🏆
She gave me a **silver** letter opener as a birthday present.
🏠 她送我一把銀製拆信刀作為生日禮物。

19 **sodium** [`sodɪəm] 名 鈉 📄
Salt contains **sodium** and chlorine.
🏠 鹽含有鈉和氯。

20 **tin** [tɪn] 名 錫 動 鍍錫 📄
The factory uses scrap metal to make **tin** cans.
🏠 這家工廠使用廢金屬製造錫罐。

21 uranium [juˋrenɪəm] 名 鈾 🄲
Uranium is a radioactive metal used to produce nuclear energy and weapons.
🏛 鈾是用於製造核能和武器的一種放射性金屬。

22 zinc [zɪŋk] 名 鋅 🄳
We can use **zinc** to protect other metals from corrosion.
🏛 我們可以用鋅來保護其他金屬避免鏽蝕。

06 經濟學 分類

01 bankrupt [ˋbæŋkrʌpt] 形 破產的 名 破產者 🄲
Mr. Simpson was declared **bankrupt** after failing to pay the loan.
🏛 辛普森先生在無法償還這筆貸款後被宣告破產。

02 boom [bum] 名 繁榮；隆隆聲 動 發出隆隆聲 🄳
An economic **boom** followed, especially in luxuries.
🏛 經濟繁榮隨之而來，尤其在奢侈品的消費方面。

03 budget [ˋbʌdʒɪt] 名 預算 動 編列預算 🄱
This year's **budget** for education probably will be cut down.
🏛 今年的教育預算可能會被刪減。

04 capitalism [ˋkæpətˌɪzəm] 名 資本主義 🄲
Capitalism is an economic and political system basing on private ownership.
🏛 資本主義是基於私有制的一種經濟和政治制度。

05 capitalist [ˋkæpətəlɪst] 名 資本家 🄲
Capitalists and workers are usually in opposing positions.
🏛 資本家和勞工常處於對立的局面。

06 commodity [kəˋmɑdətɪ] 名 日用品；商品 🄱
The prices of several basic **commodities** like flour and sugar have been raised.
🏛 一些基本日用品像是麵粉和糖已漲價。

07 **consumer** [kənˋsjumə] 名 消費者

The campaign is mainly aimed at improving public services and **consumer** rights.

🏛 這場運動主要針對改善公共服務和消費者權利。

08 **consumption** [kənˋsʌmpʃən] 名 消耗量;消費

The **consumption** of coffee in Taiwan increased two times.

🏛 臺灣的咖啡消耗量增加了兩倍。

09 **debt** [dɛt] 名 債

Two years later, she still cannot get out of **debt**.

🏛 兩年後,她仍然無法清償債務。

10 **diversify** [daɪˋvɝsəˌfaɪ] 動 使多樣化

The factory has been encouraged to **diversify** its markets.

🏛 這家工廠已受鼓勵從事多樣化市場經營。

11 **economic** [ˌikəˋnamɪk] 形 經濟上的

The new government made many radical **economic** reforms.

🏛 新政府進行許多徹底的經濟改革。

12 **economics** [ˌikəˋnamɪks] 名 經濟學

Mr. Hunter is professor of **economics** at California University.

🏛 杭特先生是加州大學的經濟學教授。

13 **economist** [ɪˋkanəmɪst] 名 經濟學家

The **economists** thought the pace of economic growth is picking up.

🏛 經濟學家認為經濟成長的速度正迎頭趕上。

14 **economy** [ɪˋkanəmɪ] 名 經濟

The **economy** is growing in that country.

🏛 那個國家的經濟正在成長。

15 **exchange** [ɪksˋtʃendʒ] 動 交換 名 交易

We **exchanged** views about the markets in the meeting.

🏛 我們在會議中互相交換對於市場的看法。

16 **goods** [gʊdz] 名 商品

She buys and sells a wide range of consumer **goods**.

🏛 她買賣各式各樣的消費商品。

[17] **import** 🔟 [ɪm`port ] 名 [ `ɪmport] 進口 🌀
We **import** a lot of clothes from Korea.
🏠 我們從韓國進口很多衣服。

[18] **inflation** [ɪn`fleʃən] 名 通貨膨脹 🌀
The public demanded a curb on **inflation**.
🏠 民眾要求限制通貨膨脹。

[19] **recession** [rɪ`sɛʃən] 名 衰退期 🌀
We have been in the midst of economic **recession** for many years.
🏠 我們已經長達多年處於經濟衰退。

[20] **slump** [slʌmp] 🔟 下跌 名 不景氣 🌀
The power plant's annual net profit **slumped** by 9%.
🏠 這家發電廠的年度淨利下跌了百分之九。

[21] **surplus** [`sɝplʌs] 形 過多的 名 盈餘 🌀
I will buy that cell phone if I have **surplus** cash next month.
🏠 如果我下個月有多餘的現金就會買那台手機。

07 歷史

[01] **ancestor** [`ænsɛstɚ] 名 祖先 🌀
We should respect our **ancestors**.
🏠 我們應該尊敬我們的祖先。

[02] **era** [`ɪrə] 名 時代 🌀
It is an **era** of eco-awareness now.
🏠 現在是環保意識抬頭的時代。

[03] **historian** [hɪs`torɪən] 名 歷史學家 🌀
The writer of the book is a famous **historian**.
🏠 這本書的作者是個有名的歷史學家。

[04] **historic** [hɪs`tɔrɪk] 形 歷史性的 🌀
The movie showed the **historic** event vividly.
🏠 這部電影生動逼真的呈現這個歷史性事件。

[05] **historical** [hɪs`tɔrɪkḷ] 形 歷史的 🌀
Kublai Khan is an important **historical** figure.
🏠 忽必烈是個重要的歷史人物。

06 **history** [`hɪstərɪ] 名 歷史

Egypt is a country with a long **history**.

🏛 埃及是個歷史悠久的國家。

07 **medieval** [ˌmɪdɪ`ivəl] 形 中世紀的

A local guide showed us round the **medieval** castle.

🏛 一位當地導遊陪我們參觀這座中世紀城堡。

08 **prehistoric** [ˌprihɪs`tɔrɪk] 形 史前的

They visited the famous **prehistoric** cave paintings discovered two years ago.

🏛 他們參觀了兩年前發現的著名史前洞穴壁畫。

08 語言學　分類

01 **accent** [`æksɛnt] 名 腔調

Linda had developed a British **accent**.

🏛 琳達已養成英國腔調。

02 **alphabet** [`ælfə.bɛt] 名 字母

The Korean **alphabet** has only 24 letters.

🏛 韓語只有二十四個字母。

03 **antonym** [`æntə.nɪm] 名 反義字

"Tall" is the **antonym** of "short."

🏛 「高」是「矮」的反義字。

04 **colloquial** [kə`lokwɪəl] 形 口語的；白話的

A **colloquial** expression is informal and is used mainly in conversation.

🏛 口語表達較不正式且主要用於談話中。

05 **consonant** [`kɑnsənənt] 名 子音

The English alphabet has 21 **consonants**.

🏛 英語有二十一個子音。

06 **context** [`kɑntɛkst] 名 上下文；文章脈絡

Without a **context**, it is difficult to tell the meaning of the word.

🏛 沒有上下文很難知道這個字的意思。

07 **dialect** [`daɪəlɛkt] 名 方言 　　　🔟
Many Italians only speak local **dialects**.
🔓 很多義大利人只說地方方言。

08 **dictate** [`dɪktet] 動 口述；命令 　　🔟
My boss **dictated** two letters to me this morning.
🔓 今天早上我老闆對我口述了兩封信。

09 **dictation** [dɪk`teʃən] 名 口述；命令 🔟
The students wrote down the speaker's **dictation**.
🔓 學生寫下演講者的口述。

10 **English** [`ɪŋglɪʃ] 名 英語 形 英國(人)的 🔟
He does not speak **English**.
🔓 他不會說英語。

11 **fluency** [`fluənsɪ] 名 流暢；流利 　　🔟
She speaks Spanish with great **fluency**.
🔓 她西班牙語說得非常流利。

12 **fluent** [`fluənt] 形 流利的 　　　　🔟
My son-in-law can speak **fluent** Taiwanese.
🔓 我女婿會說流利的台語。

13 **idiom** [`ɪdɪəm] 名 成語；慣用語 　　🔟
Don't overuse **idioms** in your compositions.
🔓 文章中不要過度使用成語。

14 **intonation** [ˌɪntə`neʃən] 名 語調 　🔟
The man's voice has a slight Taiwanese **intonation**.
🔓 這個男人的聲音帶著輕微的臺語腔調。

15 **language** [`læŋgwɪdʒ] 名 語言 　　🔟
How many **languages** can you speak?
🔓 你會說幾種語言？

16 **linguist** [`lɪŋgwɪst] 名 語言學家 　🔟
She is an outstanding **linguist**.
🔓 她是個傑出的語言學家。

17 **Mandarin** [`mændərɪn] 名 國語 　🔟
Joan came to Beijing to learn **Mandarin**.
🔓 瓊安來北京學華語。

18 **pronounce** [prə`naʊns] 動 發音 　🔟
Have I **pronounced** your name correctly?
🔓 我有念錯你的名字嗎？

19 **pronunciation** [prə,nʌsɪˋeʃən] 名 發音
The teacher's **pronunciation** is distinct.
🏛 這位老師的發音清晰。

20 **proverb** [ˋprɑvɝb] 名 諺語
An old **proverb** says, "No pains, no gains."
🏛 一句古老的諺語說：「一分耕耘，一分收穫。」

21 **slang** [slæŋ] 名 俚語 動 用粗話罵
He used lots of **slang** to chat with his neighbor.
🏛 他用了很多俚語和他的鄰居聊天。

22 **speak** [spik] 動 說話
He said he must **speak** with you right away.
🏛 他說他必須馬上和你說話。

23 **speaker** [ˋspikɚ] 名 演說者；說話者
The **speaker** is one of the famous American writers.
🏛 演說者是一位美國知名作家。

24 **speech** [spitʃ] 名 演講
Phil is due to make a **speech** in the meeting tomorrow.
🏛 菲爾預定在明天的會議中演講。

25 **spell** [spɛl] 動 用字母拼
Can you **spell** the word?
🏛 你可以用字母拼這個單字嗎？

26 **spelling** [ˋspɛlɪŋ] 名 拼字
The student's **spelling** is very poor.
🏛 這個學生的拼字能力很差。

27 **syllable** [ˋsɪləbl] 名 音節
In the word "mobile," the emphasis is on the first **syllable**.
🏛 「mobile」這個單字的重音落在第一個音節。

28 **synonym** [ˋsɪnə,nɪm] 名 同義字
"Small" and "little" are **synonyms**.
🏛 「small」和「little」是同義字。

29 **translate** [ˋtræns,let] 動 翻譯
We waited for Mr. Lin to **translate** our words into Japanese.
🏛 我們等著林先生將我們的話翻成日文。

30 **translation** [træns`leʃən] 名 翻譯 ④
The report has been sent to Pakistan for **translation**.
🏛 這份報告已被送到巴基斯坦翻譯。

31 **translator** [`træns,letə] 名 譯者 ④
The general manager introduced the **translator** to the audience.
🏛 總經理將譯者介紹給觀眾。

32 **vocabulary** [və`kæbjə,lɛrɪ] 名 字彙 ②
Though he has limited **vocabulary**, he wrote a good composition.
🏛 雖然他的字彙有限，但他寫了一篇好作文。

33 **vocal** [`vokḷ] 形 聲音的；直言不諱的 ⑥
The tongue, the lips and the vocal cords are all **vocal** organs.
🏛 舌頭、雙唇和聲帶都是發音器官。

34 **vowel** [`vauəl] 名 母音 ④
The **vowel** in words like "ice" and "pie" is not hard to pronounce.
🏛 在像「ice」和「pie」單字中的母音不難發音。

35 **word** [wɝd] 名 單字 動 用言語表達 ①
How many **words** are there in this sentence?
🏛 這個句子裡有幾個單字？

---

09 文法 分類

01 **abbreviate** [ə`brivɪ,et] 動 縮寫 ⑥
She **abbreviated** her first name to Eliza.
🏛 她將她的名字縮寫成Eliza。

02 **abbreviation** [ə,brivɪ`eʃən] 名 縮寫 ⑥
"UFO" is the **abbreviation** of "unidentified flying object."
🏛 「UFO」是「unidentified flying object」的英文縮寫。

03 **adjective** [`ædʒɪktɪv] 名 形容詞 ④
It would be better to use more **adjectives** in your composition.
🏛 多用一些形容詞會讓你的文章更好。

04 **adverb** [`ædvəb] 名 副詞

Can you think of an **adverb** to add information about the action?

🏛 你可以想出一個副詞來增加這個動作所要傳遞的訊息嗎？

05 **auxiliary** [ɔg`zɪljərɪ] 名 助動詞

An **auxiliary** should be used with a main verb.

🏛 助動詞應該和主要動詞一起使用。

06 **clause** [klɔz] 名 子句

Sentences sometimes contain one or more **clauses**.

🏛 句子有時候包含一個或多個子句。

07 **comma** [`kɑmə] 名 逗號

You should use a **comma** here, not a period.

🏛 這裡你應該用逗號，不是句點。

08 **comparative** [kəm`pærətɪv] 名 比較級

"Best" is the **comparative** of "better."

🏛 「best」是「better」的比較級。

09 **comparison** [kəm`pærəsṇ] 名 比較

It is often confusing for students to learn **comparisons** about adjectives and adverbs.

🏛 對學生來說，學習關於形容詞和副詞的比較常令人困惑。

10 **compound** [kɑm`paʊnd] 形 複合的

"Red-haired" is a **compound** adjective.

🏛 「Red-haired」是一個複合形容詞。

11 **conjunction** [kən`dʒʌŋkʃən] 名 連接；關聯

Words like "and" and "but" are all **conjunctions**.

🏛 單字如「and」及「but」都是連接詞。

12 **countable** [`kaʊntəbḷ] 形 可數的

"Apple" is a **countable** noun.

🏛 「Apple」是一個可數名詞。

13 **dash** [dæʃ] 名 破折號 動 猛衝

It is correct to use a **dash** to separate two main clauses whose meanings are closely connected.

🏛 用破折號分隔兩個意思相近的主要子句是正確的。

14 finite [`faɪnaɪt] 形 限定的；有限的

"Am," "is," "are," "was" and "were" are the **finite** forms of "be."

🏛 「Am」、「is」、「are」、「was」和「were」是「be」的限定形式。

15 grammar [`græmɚ] 名 文法

She doesn't acquire mastery of the basic rules of English **grammar** yet.

🏛 她還沒掌握英文文法的基本規則。

16 grammatical [grə`mætɪk]] 形 文法上的

There are two **grammatical** errors in the sentence.

🏛 這個句子中有兩個文法上的錯誤。

17 noun [naʊn] 名 名詞

An uncountable **noun** is a noun such as "coffee," "fish," or "water" which has only one form.

🏛 不可數名詞是例如「coffee」、「fish」或「water」只有一個形式的名詞。

18 participle [`pɑrtəsəp]] 名 分詞

"Taking" and "taken" are the present and past **participles** of "take."

🏛 「taking」和「taken」是「take」的現在分詞和過去分詞。

19 phrase [frez] 名 片語 動 用言語表達

It is impossible to entrance someone simply by saying a specific word or **phrase**.

🏛 僅藉由說一個特定的字或片語就催眠某個人是不可能的。

20 plural [`plʊrəl] 形 複數的 名 複數

"Media" is a **plural** noun.

🏛 「media」是一個複數名詞。

21 preposition [ˌprɛpə`zɪʃən] 名 介系詞

Ending a sentence with a **preposition** is acceptable in the rules of grammar.

🏛 用一個介系詞結束句子在文法規則中是可接受的。

22 pronoun [`pronaʊn] 名 代名詞

The personal **pronoun** "he" is a better substitute here.

🏛 人稱代名詞「he」在這裡是比較好的替代字。

23 **sentence** [`sɛntəns] 名 句子 動 判決　🔼

Can you make a **sentence** with the word?

🏠 你可以用這個單字造一個句子嗎？

24 **singular** [`sɪŋgjələ] 名 單數 形 單一的　🔼

The **singular** of "teeth" is "tooth."

🏠 「teeth」的單數形是「tooth」。

25 **slash** [slæʃ] 名 斜線；砍傷 動 亂砍　🔼

Mario added a **slash** between two words.

🏠 馬力歐在兩字中間加了條斜線。

26 **verb** [vɜb] 名 動詞　🔼

In the sentence the **verb** is understood.

🏠 在這個句子裡，動詞被省略了。

27 **verbal** [`vɜbl] 形 動詞的；口頭上的 名 準動詞　🔼

"Jogging" is a **verbal** noun in the sentence "Jogging is good for your health."

🏠 「Jogging」在「Jogging is good for your health.」的句子中是一個動名詞。

10　文學　分類

01 **adapt** [ə`dæpt] 動 改編；改寫　🔼

The author is about to **adapt** his novel for movie.

🏠 作者即將把他的小說改編成電影。

02 **analects** [`ænə,lɛkts] 名 語錄；選集　🔼

Have you ever read the **Analects** of Confucius?

🏠 你讀過論語嗎？

03 **article** [`ɑrtɪkl] 名 文章；論文；物品　🔼

She wrote an **article** on this event.

🏠 她寫了一篇關於這個事件的文章。

04 **biography** [baɪ`ɑgrəfɪ] 名 傳記　🔼

The enterpriser's grandchildren published his **biography** after his death.

🏠 這位企業家的孫子在他死後出版他的傳記。

05 **climax** [`klaɪmæks] 名 高潮；頂點 動 達到頂點 🔶
You definitely can not miss the **climax** in the last chapter of the book.
🔒 你當然不能錯過這本書最後一章的高潮。

06 **dialogue** [`daɪə‚lɔg] 名 對話 🔶
The **dialogue** is amusing but the tempo of the plot is too slow.
🔒 對話很有趣但是情節的節奏太慢。

07 **draft** [dræft] 名 草稿 動 草擬 🔶
She rewrote my first **draft**, which was published under both of our names.
🔒 她改寫了我的首稿，以我們兩個人的名字共同出版。

08 **ending** [`ɛndɪŋ] 名 結局 🔶
I don't like the **ending** of the story.
🔒 我不喜歡這個故事的結局。

09 **fable** [`febḷ] 名 寓言 🔶
A **fable** is a short story which teaches us a moral lesson.
🔒 寓言是含有寓意的短篇故事。

10 **fantasy** [`fæntəsɪ] 名 幻想；空想 🔶
The film is merely a **fantasy**.
🔒 這部影片只是一個幻想。

11 **fiction** [`fɪkʃən] 名 小說 🔶
He has written several science **fictions**.
🔒 他寫過幾本科幻小說。

12 **heroic** [hɪ`roɪk] 形 英雄的 🔶
We read a **heroic** poem in class today.
🔒 我們今天在課堂上讀了一首英雄史詩。

13 **interpret** [ɪn`tɝprɪt] 動 解讀；翻譯 🔶
Nina couldn't **interpret** this ancient poem.
🔒 妮娜無法解讀這首古詩。

14 **interpretation** [ɪn‚tɝprɪ`teʃən] 名 解釋；說明 🔶
After listening to your **interpretation**, I totally understand the story.
🔒 聽過你的解釋後，我完全明白這個故事了。

15 **irony** [`aɪrənɪ] 名 反諷 🔶
There is much **irony** in the playwright's works.
🔒 這位劇作家的作品有很多反諷。

16 **literal** [`lɪtərəl] 形 文字的

The publishing company published a **literal** transcript of the speech.
🏛 這家出版公司出版了這場演說的全文抄本。

17 **literary** [`lɪtə,rɛrɪ] 形 文學的

He is the **literary** editor of the magazine.
🏛 他是這本雜誌的文字編輯。

18 **literate** [`lɪtərɪt] 形 有文化修養的 名 有學識的人

She is no doubt a **literate** lady.
🏛 她的確是個有文化修養的女士。

19 **literature** [`lɪtərətʃə] 名 文學

I intend to read classic works of **literature** during my summer vacation.
🏛 我打算在暑假期間閱讀文學名著。

20 **manuscript** [`mænjə,skrɪpt] 名 手稿；原稿

I am lucky to read the novelist's early chapters in **manuscript**.
🏛 我很幸運能閱讀這位小說家的前幾章手稿。

21 **metaphor** [`mɛtəfə] 名 隱喻；象徵

Our professor wrote an essay on the writer's use of **metaphor**.
🏛 我們教授寫了一篇關於這位作家使用隱喻手法的文章。

22 **narrate** [næ`ret] 動 敘述故事

The story is **narrated** by its heroine.
🏛 這個故事是由女主角親身講述的。

23 **narrative** [`nærətɪv] 形 敘事的 名 敘述

Stories and novels belong in **narrative** literature.
🏛 故事和小說屬於敘事文學。

24 **narrator** [næ`retə] 名 敘述者

The story's **narrator** is also a mother.
🏛 這個故事的敘述者也是一位母親。

25 **novel** [`nɑvl] 名 長篇小說 形 新奇的

This is an abridged version of his most popular **novel**.
🏛 這是他最受歡迎的長篇小說的簡易本。

26 **novelist** [`nɑvlɪst] 名 小說家

It is written by a nameless young **novelist**.
🏛 這是一位不知名的年輕小說家所寫的。

27 paragraph [`pærə,græf] 名 段落　　④
Readers will suddenly realize who the real killer is in the last **paragraph**.
🏛 讀者將在最後一段恍然大悟誰才是真正的兇手。

28 playwright [`ple,raɪt] 名 劇作家　　⑤
She was an obscure **playwright** before 30.
🏛 她在三十歲以前是個無名的劇作家。

29 plot [plɑt] 名 情節 動 預謀　　④
The **plot** of the play was too complicated for me to follow.
🏛 這齣戲的情節對我來說複雜到看不太懂。

30 poem [`poɪm] 名 詩　　②
The students were asked to compose a **poem** in class.
🏛 學生被要求在課堂上作一首詩。

31 poet [`poɪt] 名 詩人　　②
The **poet** had been an unknown until he published his poetry anthology.
🏛 這位詩人在出版他的詩集之前一直是個默默無聞的人。

32 poetic [po`ɛtɪk] 形 詩意的　　⑤
I plan to make a collection of her entire **poetic** output.
🏛 我計畫收藏她的全部詩作。

33 poetry [`poɪtrɪ] 名 (總稱)詩；詩歌　　①
Shakespeare wrote a great deal of **poetry**.
🏛 莎士比亞寫了很多詩。

34 preface [`prɛfɪs] 名 序言 動 加序言　　⑥
From what writer does this **preface** come?
🏛 這篇序言出自哪位撰稿人？

35 prose [proz] 名 散文　　⑥
An anonymous author wrote this **prose**.
🏛 這篇散文出自無名氏之手。

36 quotation [kwo`teʃən] 名 引述；引用　　④
She illustrated her argument by **quotation**.
🏛 她用引述來說明她的論點。

37 quote [kwot] 動 名 引用　　③
The student **quoted** a few lines from Keats.
🏛 這名學生引用了濟慈的幾行詩。

38 **recite** [rɪˋsaɪt] 動 背誦 ④
They are very fond of **reciting** poetry to one another.
🏛 他們非常喜歡互相背誦詩歌。

39 **rhetoric** [ˋrɛtərɪk] 名 修辭學 ⑥
Nina is clever at **rhetoric**.
🏛 妮娜擅長修辭學。

40 **rhyme** [raɪm] 動 押韻 名 韻文 ④
You can **rhyme** "light" with "knight."
🏛「light」可以和「knight」押韻。

41 **romance** [roˋmæns] 名 愛情故事 ④
Could you recommend a **romance** to me?
🏛 你可以推薦一本愛情故事給我嗎？

42 **romantic** [rəˋmæntɪk] 形 浪漫的 名 浪漫的人 ③
We went to see a **romantic** comedy.
🏛 我們去看了一部浪漫喜劇。

43 **script** [skrɪpt] 名 劇本；原稿 動 編寫 ⑥
The **script** was based on real life.
🏛 這個劇本是根據真實生活寫成的。

44 **topic** [ˋtɑpɪk] 名 主題；題目 ②
The **topic** of his essay is about the education in elementary school.
🏛 他論文的主題是有關國民小學的教育。

45 **stanza** [ˋstænzə] 名 節；段 ⑤
She recited the first **stanza** of the poem in her speech.
🏛 她在演講中朗誦了這首詩的第一節。

46 **story** [ˋstorɪ] 名 故事；樓層 ①
He wrote a **story** about three little caterpillars.
🏛 他寫了一個有關三隻小毛毛蟲的故事。

47 **title** [ˋtaɪtl] 名 標題 動 加標題 ②
Which **title** do you like?
🏛 你喜歡哪一個標題？

48 **tragedy** [ˋtrædʒədɪ] 名 悲劇 ④
This play has elements of **tragedy**.
🏛 這部劇本中有悲劇的要素。

49 **tragic** [`trædʒɪk] 形 悲劇的 ✿
Harry identified with the **tragic** hero of the novel.
🔓 哈利與這部小說中的悲劇英雄有同感。

50 **verse** [vɝs] 名 詩句；詩 ✿
She wrote a few lines of **verse** to describe her feelings.
🔓 她寫了幾行詩句描述她的感受。

51 **volume** [`valjəm] 名 卷；冊；音量 ✿
There are twenty **volumes** in the series.
🔓 這個系列有二十冊。

52 **writer** [`raɪtɚ] 名 作家 ✿
Mark Twain is my favorite **writer**.
🔓 馬克吐溫是我最喜愛的作家。

---

11 數學 分類

01 **algebra** [`ældʒəbrə] 名 代數學 ✿
We had **algebra** class at school this morning.
🔓 今天早上我們在學校上了代數課。

02 **angle** [`æŋgl] 名 角度 ✿
Jessie is trying to solve the unknown **angle** in this geometry question.
🔓 傑西正試著解出這個幾何學問題中的未知角度。

03 **area** [`ɛrɪə] 名 面積；地區 ✿
The island covers an **area** of 10 square kilometers.
🔓 這個小島的面積為十平方公里。

04 **arithmetic** [ə`rɪθmə,tɪk] 名 算術 形 算術的 ✿
Shelly is good at numbers and so she always gets good grades in **arithmetic** tests.
🔓 雪莉很擅長算術，因此她總是在算術測驗中得到好成績。

05 **chart** [tʃɑrt] 名 圖表 動 繪圖 ✿
The **chart** shows the top 20 students.
🔓 這張圖表顯示前二十名學生。

06 **compute** [kəm`pjut] 動 計算 ⑤
The farmer tried to **compute** the cash value of his losses.
農夫試著計算他所損失的現金價值。

07 **curve** [kɜv] 名 曲線 動 彎曲 ④
The tool is designed to draw **curves**.
這個工具設計來繪製曲線。

08 **diagram** [`daɪə‚græm] 名 圖表 動 圖解 ⑥
Dr. Bob used several **diagrams** to explain the concept.
鮑伯博士用幾張圖表來解釋這個觀念。

09 **diameter** [daɪ`æmətə] 名 直徑 ⑥
The fiber is less than a sixth of the **diameter** of a human hair.
這種纖維比人類頭髮直徑的六分之一還細。

10 **equation** [ɪ`kweʃən] 名 方程式 ⑥
"3+5=8" is an **equation**.
「3+5=8」是一個方程式。

11 **formula** [`fɔrmjələ] 名 公式 ④
Be sure to memorize all the **formulas** on the textbook.
務必背熟課本上的所有公式。

12 **geometry** [dʒɪ`ɑmətrɪ] 名 幾何學 ⑤
Jonathan didn't do well in the **geometry** quiz.
強納生的幾何學測驗沒有考好。

13 **graph** [græf] 名 圖表 動 圖解 ⑥
It is better to show the data by **graphs** than by numbers only.
用圖表顯示這些資料比只用數字顯示好。

14 **graphic** [`græfɪk] 形 圖解的 名 圖表 ⑥
He reported to the manager by **graphic** displays.
他用圖解方式呈報經理。

15 **mathematical** [‚mæθə`mætɪk]] 形 數學的 ③
Leo is a **mathematical** genius.
里歐是數學天才。

16 **mathematics** [‚mæθə`mætɪks] 名 數學 ③
We have a **mathematics** exam tomorrow afternoon.
我們明天下午有數學測驗。

17 **minus** [`maɪnəs] 名 減號 形 負的
You confused **minus** with plus.
🔒 你把減號和加號搞混了。

18 **multiply** [`mʌltəplaɪ] 動 相乘
Seven **multiplied** by ten is seventy.
🔒 七乘以十等於七十。

19 **parallel** [`pærə,lɛl] 形 平行的 動 與⋯平行
Please draw two **parallel** lines with a ruler.
🔒 請用尺畫出兩條平行線。

20 **percent** [pə`sɛnt] 名 百分比
What **percent** of the students passed the exam?
🔒 有多少百分比的學生通過這場測驗？

21 **percentage** [pə`sɛntɪdʒ] 名 百分率
The figures are expressed as **percentages**.
🔒 這些數字是用百分比表示的。

22 **plus** [plʌs] 介 加 形 正的
What do you get if you **plus** one to one?
🔒 如果你將一加上一會得到多少？

23 **radius** [`redɪəs] 名 半徑
Have you finished calculating the circle's **radius** yet?
🔒 你計算好這個圓的半徑了嗎？

24 **ratio** [`reʃo] 名 比率；比例
The **ratios** of 1 to 4 and 25 to 100 are the same.
🔒 一比四的比率和二十五比一百的比率相同。

25 **solution** [sə`luʃən] 名 解答
Who knows the **solution** of this mathematical equation?
🔒 誰知道這個數學方程式的解答？

26 **solve** [salv] 動 解決；解答
Students tried to **solve** an advanced question.
🔒 學生試著解答一道進階問題。

27 **statistics** [stə`tɪstɪks] 名 統計
There are no reliable **statistics** for the number of deaths in the earthquake.
🔒 這場地震的死亡數目未經確切統計。

28 statistical [stə`tɪstɪk] 形 統計的 🟢
The article contains a great deal of **statistical** data.
🏛 這篇文章含有很多統計資料。

29 sum [`sʌm] 名 總數 動 合計 🔵
The **sum** of all the angles of a rectangle is 360 degrees.
🏛 一個長方形所有角度的總合是三百六十度。

30 variable [`vɛrɪəbl] 名 變數 形 易變的 🟢
There are two **variables** in the equation.
🏛 這個方程式裡有兩個變數。

---

12 氣象學 分類

01 atmosphere [`ætməs,fɪr] 名 氣氛；大氣 🔵
The conference was conducted in pacific **atmosphere**.
🏛 這場會議在平和的氣氛中進行。

02 Celsius [`sɛlsɪəs] 形 攝氏的 🟢
The thermometer shows the temperature in **Celsius**, not in Fahrenheit.
🏛 這個溫度計顯示攝氏溫度，不是華氏。

03 chill [tʃɪl] 名 寒冷 動 使變冷 🔵
The sick old man may not survive the cold **chill** of the night.
🏛 這位生病的老先生可能無法倖存於夜晚的寒冷。

04 chilly [`tʃɪlɪ] 形 寒冷的 🔵
She left home on a **chilly** Sunday.
🏛 她在一個寒冷的星期天離開家。

05 climate [`klaɪmɪt] 名 氣候 🔵
Jenny cannot stand the hot and humid **climate** of Taiwan.
🏛 珍妮無法忍受臺灣又熱又濕的氣候。

06 Fahrenheit [`færən,haɪt] 名 華氏溫度計 🟢
The **Fahrenheit** reads 70 degrees.
🏛 華氏溫度計上的讀數是七十度。

07 forecast [`for.kæst] 名 動 預測
The weather **forecast** said it would rain tomorrow.
🏠 天氣預報說明天會下雨。

08 humid [`hjumɪd] 形 潮濕的
The weather in Taiwan is really **humid**.
🏠 台灣的天氣很潮濕。

09 humidity [hju`mɪdətɪ] 名 濕度
I can't stand the **humidity** in this city.
🏠 我受不了這個城市的濕度。

10 moist [mɔɪst] 形 潮濕的
The **moist** weather makes me sick.
🏠 潮濕的天氣讓我覺得不舒服。

11 moisture [`mɔɪstʃɚ] 名 濕氣
The **moisture** in the house may destroy your wooden furniture.
🏠 屋子裡的濕氣會毀了你的木製家具。

12 temperature [`tɛmprətʃɚ] 名 溫度
Heat the oven to a **temperature** of 180°C.
🏠 將烤箱的溫度加熱至攝氏一百八十度。

13 tempest [`tɛmpɪst] 名 暴風雨
The **tempest** lashed the windward side of the mountain.
🏠 暴風雨猛烈拍打這座山脈的迎風面。

14 thermometer [θɚ`mamətɚ] 名 溫度計
The **thermometer** shows the temperature in Fahrenheit.
🏠 這個溫度計顯示華氏溫度。

15 thunder [`θʌndɚ] 名 雷 動 打雷
We heard a clap of **thunder** after the lightning.
🏠 我們在這個閃電之後聽到一聲雷鳴。

16 tornado [tɔr`nedo] 名 龍捲風
The farm was hit by a **tornado** this afternoon.
🏠 這座農場今天下午遭龍捲風襲擊。

17 typhoon [taɪ`fun] 名 颱風
The **typhoon** devastated Taiwan yesterday.
🏠 這個颱風昨天蹂躪了臺灣。

18 **weather** [`wɛðɚ] 名 天氣 動 風化
How's the **weather** today?
🐒 今天天氣如何?

---

13 營養學

01 **calorie** [`kælərɪ] 名 卡路里
It is important for people on a diet to calculate the
calories every day.
🐒 對減肥的人來說每天計算卡路里很重要。

02 **carbohydrate** [ˌkɑrbo`haɪdret] 名 碳水化合物
Eat fewer **carbohydrates** such as rice, noodles,
bread and potatoes.
🐒 少吃些碳水化合物,像是米飯、麵條、麵包和馬鈴薯。

03 **cholesterol** [kə`lɛstəˌrol] 名 膽固醇
Too much **cholesterol** in a person's blood can cause
heart disease.
🐒 血液中有太多膽固醇會引發心臟疾病。

04 **diet** [`daɪət] 名 飲食 動 節食
To keep fit, you should have a healthy **diet** rich in fruit
and vegetables.
🐒 為了保持身材,你應該攝取富含水果和蔬菜的健康飲食。

05 **mineral** [`mɪnərəl] 名 礦物
Drinking **mineral**-enriched water is good for skin.
🐒 喝富含礦物質的水對皮膚很好。

06 **nutrient** [`njutrɪənt] 名 營養物 形 滋養的
These fresh vegetables contain vitamins, minerals and
other essential **nutrients**.
🐒 這些新鮮蔬菜含有維他命、礦物質和其他不可或缺的養分。

07 **nutrition** [nju`trɪʃən] 名 營養學;滋養
Vivian is a qualified dietitian and has written two books
on **nutrition**.
🐒 薇薇安是合格的營養師而且已寫了兩本關於營養學的書。

08 **nutritious** [nju`trɪʃəs] 形 有養分的;滋養的
It is very important to choose **nutritious** foods.
🐒 選擇營養的食物很重要。

09 **overeat** [`ovə`it] 動 吃得過多
The doctor warned the expectant mother not to **overeat**.
🏛 醫生告誡這名孕婦不要吃太多。

10 **protein** [`protiin] 名 蛋白質
Excluding water, half of the human body's weight is **protein**.
🏛 除了水以外，人體有一半的重量是蛋白質。

11 **vitamin** [`vaitəmin] 名 維他命
Kiwis, cherries and lemons are all good sources of **vitamin** C.
🏛 奇異果、櫻桃和檸檬都是維他命C的良好來源。

14 哲學 分類

01 **Confucius** [kən`fjuʃəs] 名 孔子
Confucius is the greatest teacher in Chinese history.
🏛 孔子是中國歷史上最偉大的老師。

02 **humanitarian** [hju͵mænə`tɛriən] 名 人道主義者
Emma is a **humanitarian**. She cares about humanity issues.
🏛 艾瑪是人道主義者，她關心人道議題。

03 **humanity** [hju`mænəti] 名 人道；人類
The agenda in this meeting is about **humanity**.
🏛 這個會議議程旨在討論人道問題。

04 **logic** [`ladʒik] 名 邏輯
I think there's something wrong in your **logic**.
🏛 我覺得你的邏輯有誤。

05 **logical** [`ladʒikl] 形 邏輯上的
Dillon is a **logical** thinker.
🏛 狄倫是一位有邏輯的思想家。

06 **materialism** [mə`tiriə͵lizm] 名 唯物論
The rising consumer **materialism** in society became apparent.
🏛 社會中升起的消費者唯物論變得明顯了。

07 **philosopher** [fə`lɑsəfə] 名 哲學家　🔔
Philosophers have been puzzling about this riddle
for hundreds of years.
🔒 哲學家對這個難題已經苦思數百年。

08 **philosophical** [ˌfɪlə`sɑfɪkḷ] 形 哲學的　🔔
I am not accustomed to **philosophical** discussions.
🔒 我不太習慣哲學的討論。

09 **philosophy** [fə`lɑsəfɪ] 名 哲學　🔔
Dr. Johnson specialized in **philosophy**.
🔒 強森博士專攻哲學。

10 **symbolic** [sɪm`bɑlɪk] 形 象徵的　🔔
This statue is **symbolic** for love and justice.
🔒 這座雕像象徵愛與正義。

11 **symbolize** [`sɪmbəˌlaɪz] 動 作為…象徵　🔔
Pigeons are often used to **symbolize** peace.
🔒 鴿子常被用來作為和平的象徵。

15　物理學　　分類

01 **atom** [`ætəm] 名 原子　🔔
The water molecule contains two **atoms** of hydrogen.
🔒 水分子含有兩個氫原子。

02 **atomic** [ə`tɑmɪk] 形 原子的　🔔
The **atomic** weapons can cause great damage.
🔒 原子武器可以造成極大的損害。

03 **laser** [`lezə] 名 雷射　🔔
This experiment will require **laser** and lenses.
🔒 這個實驗需要雷射和透鏡。

04 **momentum** [mo`mɛntəm] 名 動量；動能　🔔
The sledge gained **momentum** as it ran down the
steep hill.
🔒 雪橇從陡峭的山坡向下俯衝時，動能越來越大。

05 **nuclear** [`njuklɪə] 形 核子的 ④
Radiation is leaking from an earthquake-damaged **nuclear** reactor in Fukushima.
🔒 輻射正從福島因地震損壞的核子反應爐漏出。

06 **nucleus** [`njuklɪəs] 名 原子核；中心 ⑤
Not only neutrons and protons but also other substances are bound together in the **nucleus** of an atom.
🔒 在原子核中不僅有中子和質子也有其他物質被束縛在一起。

07 **particle** [`pɑrtɪkḷ] 名 微粒；極小量 ⑤
The purpose of this experiment is to study the properties of those **particles**.
🔒 這個實驗的目的是研究那些微粒的性質。

08 **physicist** [`fɪzəsɪst] 名 物理學家 ④
Physicists study a wide range of physical phenomena, from the tiniest subatomic particles to the largest galaxies.
🔒 物理學家研究廣泛的物理現象，從最小的次原子微粒到最大的銀河系。

09 **physics** [`fɪzɪks] 名 物理學 ④
The prophet foretold that **physics** will make enormous progress in the end of this century.
🔒 這位先知預言物理在本世紀末將會突飛猛進。

10 **radiate** [`redɪ͵et] 動 放射 形 放射狀的 ⑥
The warmth **radiating** from the stove heats the room.
🔒 從暖爐散發出來的熱量溫暖整個房間。

11 **radiation** [͵redɪ`eʃən] 名 輻射；發光；放射 ⑥
In a microwave oven, food is heated by exposing it to microwave **radiation**.
🔒 食物在微波爐中經由曝露於微波輻射而加熱。

12 **spectrum** [`spɛktrəm] 名 光譜 ⑥
A rainbow shows all the colors of the visible **spectrum**.
🔒 彩虹顯示出可見光譜的所有顏色。

16 政治學

分類

01 activist [`æktɪvɪst] 名 激進主義份子

Some **activists** burned a house down last night.

🏛 某些激進份子昨晚燒毀了一棟房屋。

02 affair [əˋfɛr] 名 事件

The diplomat did not want to interfere in the internal **affairs** of another country.

🏛 外交官不想干涉另一個國家的內政。

03 agenda [əˋdʒɛndə] 名 議程；節目單

What is the **agenda** for the meeting today?

🏛 今天會議所要討論的議題是什麼？

04 alliance [əˋlaɪəns] 名 同盟

The two countries contracted to be an **alliance**.

🏛 這兩個國家締約成為盟國。

05 asylum [əˋsaɪləm] 名 政治避難權；收容所

German gave **asylum** to the refugees came from Poland.

🏛 德國給予來自波蘭的難民政治避難權。

06 bribe [braɪb] 動 名 賄賂

That businessman tried to **bribe** the government officers.

🏛 那個生意人打算賄賂政府官員。

07 campaign [kæmˋpen] 名 活動 動 從事活動

The election **campaign** will start in early November and in the end of December.

🏛 競選活動將在十一月初開始並於十二月底結束。

08 candidate [`kændədet] 名 候選人

The opinion poll shows that the **candidate** has gained support in this county.

🏛 民意調查顯示這位候選人已獲得該縣支持。

09 committee [kəˋmɪtɪ] 名 委員會

We have set up an education **committee**.

🏛 我們已經成立了一個教育委員會。

10 **communism** [`kɑmjʊˌnɪzəm] 名 共產主義　🈶
Communism is a form of government that aims for a classless society.
🏛 共產主義是種致力於組成無階級社會的政體。

11 **communist** [`kɑmjʊnɪst] 名 共產主義者　🈶
A **communist** is a person who believes in communism.
🏛 共產主義者信仰共產主義。

12 **consensus** [kən`sɛnsəs] 名 一致；全體意見　🈶
The **consensus** among the students is that Ms. Lee is the best teacher they have ever had.
🏛 這些學生一致認為李老師是他們有史以來最棒的老師。

13 **council** [`kaʊnsḷ] 名 議會；會議　🈔
The **council** has lasted for three hours.
🏛 這場會議已持續三小時。

14 **democracy** [dɪ`mɑkrəsɪ] 名 民主制度　🈶
The CEO's **democracy** made him popular among employees.
🏛 執行長的民主作風使他受到員工的歡迎。

15 **democrat** [`dɛməˌkræt] 名 民主主義者　🈶
This is the century for **democrats**, not for dictators.
🏛 這是民主主義者的時代，不是獨裁者的。

16 **democratic** [ˌdɛmə`krætɪk] 形 民主的　🈢
Education is the basis of a **democratic** country.
🏛 教育是民主國家的基礎。

17 **faction** [`fækʃən] 名 派系　🈥
Nelson and I belong to different **factions**.
🏛 尼爾森和我分屬不同的派系。

18 **global** [`globḷ] 形 全球的　🈢
The event has become a **global** concern.
🏛 這個事件已變成全球關注焦點。

19 **policy** [`pɑləsɪ] 名 政策　🈑
Their foreign **policy** will become more open from now on.
🏛 他們的外交政策從現在起將變得更開放。

20 **political** [pə`lɪtɪk] 形 政治的　🈒
This **political** editorial takes no position.
🏛 這篇政治社論並未表明立場。

21 politician [ˌpɑləˈtɪʃən] 名 政治家
Two of the leading opposition **politicians** have been arrested.
🏛 其中兩位領導反抗的政治家已遭逮捕。

22 politics [ˈpɑlətɪks] 名 政治學
Moore is studying **politics** at university.
🏛 莫爾正在大學攻讀政治學。

23 privilege [ˈprɪvɪlɪdʒ] 名 特權 動 給予特權
Special **privileges** for government officials ought to be abolished.
🏛 政府官員的特權應予以廢除。

24 propaganda [ˌprɑpəˈgændə] 名 宣傳活動
The playlet is sheer political **propaganda**.
🏛 這齣短劇純粹是政治宣傳。

25 reform [ˌrɪˈfɔrm] 名 改革 動 改進
The party has embarked on another new economic **reform**.
🏛 這個政黨已著手開始另一項新的經濟改革。

26 restoration [ˌrɛstəˈreʃən] 名 恢復
Women at that time demanded a **restoration** of their right to vote.
🏛 那時的婦女要求恢復她們的選舉權。

27 restore [rɪˈstor] 動 復位；修復
They sought to **restore** the president, but failed.
🏛 他們試圖讓總統復位，但是失敗了。

28 revolt [rɪˈvolt] 名 反叛 動 叛變
The army has quelled the **revolt**.
🏛 軍隊已鎮壓了這場叛變。

29 revolution [ˌrɛvəˈluʃən] 名 改革；革命
Do you know anything about the **revolution**?
🏛 你知道關於這場改革的任何事嗎？

30 revolutionary [ˌrɛvəˈluʃənˌɛrɪ] 形 革命的
The new cancer drug is a **revolutionary** invention.
🏛 這種癌症新藥是革命性的發明。

31 session [ˈsɛʃən] 名 會議
The **session** of Congress will be held next month.
🏛 國會會議將於下個月舉行。

32 **veto** [`vito] 動 名 否決 🔲
The White House spokesman said the president would **veto** the bill.
🏛 白宮發言人說過總統會否決這項議案。

17 心理學

01 **adjust** [ə`dʒʌst] 動 適應；調節 🔲
I had **adjusted** to the life of being a senior high school student very well.
🏛 我已非常適應高中生活。

02 **analysis** [ə`næləsɪs] 名 分析 🔲
The psychologist did an **analysis** of the patient yesterday.
🏛 昨天心理醫生對病人做了分析。

03 **analytical** [ˌænə`lɪtɪk]] 形 分析的 🔲
You can encourage your children to think in an **analytical** way.
🏛 你可以鼓勵你的孩子以分析的方式思考。

04 **analyze** [`ænəˌlaɪz] 動 分析 🔲
This booklet teaches you how to **analyze** your mental condition.
🏛 這本小冊子教你如何分析你的心理狀況。

05 **crazy** [`krezɪ] 形 瘋狂的 🔲
If I had to finish the project in one day, I would go **crazy**.
🏛 如果我必須在一天之內完成這個專案,我大概會瘋掉。

06 **disturb** [dɪs`tɝb] 動 打擾；使不安 🔲
He was **disturbed** by the absurd idea.
🏛 這個荒謬的想法使他不安。

07 **disturbance** [dɪs`tɝbəns] 名 騷亂;擾亂 🔲
Poor educational performance relates to emotional **disturbance**.
🏛 不良的教育表現和情緒干擾有關。

08 ego [`igo] 名 自我 ⑤
She has an enormous **ego**; never would she admit she was wrong.
🔒 她自我意識強烈，決不會承認她有錯。

09 mental [`mɛntl] 形 心理的 ②
Parents should also notice the **mental** development of children.
🔒 父母也應注意孩子的心理發展。

10 mentality [mɛn`tælətɪ] 名 心理狀態 ⑥
The psychologist followed the patient's **mentality** closely.
🔒 心理學家仔細觀察這個病人的心理狀態。

11 nervous [`nɝvəs] 形 緊張的 ③
Lucy is **nervous** of being in large crowds.
🔒 露西在人群中會感到緊張不安。

12 personality [ˌpɝsn̩`ælətɪ] 名 個性；人格 ③
Camilla has such a likable **personality** that everyone likes her.
🔒 卡蜜拉擁有如此可愛的個性，每個人都喜歡她。

13 psychological [ˌsaɪkə`lɑdʒɪkl] 形 心理學的 ④
He is experimenting with one **psychological** method to cure phobic.
🔒 他正在實驗治療恐懼症患者的一種心理學方法。

14 psychologist [saɪ`kɑlədʒɪst] 名 心理學家 ④
Last night a criminal **psychologist** showed on this television program.
🔒 昨晚一位犯罪心理學家在這個電視節目上出現。

15 psychology [saɪ`kɑlədʒɪ] 名 心理學 ④
Bing is curious about people's behavior so he majors in **psychology** in college.
🔒 賓對於人類行為感到好奇，所以他大學主修心理學。

16 self [sɛlf] 名 自我 ①
In general, one can only know the conscious **self**.
🔒 一般而言，一個人只能體驗到意識的自我。

17 torment [`tɔrmɛnt] 名 苦惱 動 使受苦 ⑤
Lucy's shyness made public speaking a **torment** to her.
🔒 露西很害怕，當眾說話對她而言是個困擾。

18 社會學 分類

01 background [`bæk,graʊnd] 名 背景
Ryan's **background** is in engineering, but he is a singer now.
🏛 瑞恩出身工程學，但他現在是一位歌手。

02 beggar [`bɛgɚ] 名 乞丐
A **beggar** walked to me while I was riding a bike through the park.
🏛 當我騎單車穿越過公園時，一個乞丐走向我。

03 bondage [`bɑndɪdʒ] 名 束縛；奴役
All people in the city lived in **bondage** to hunger and hopelessness.
🏛 這個城市裡的所有人生活在饑餓和絕望的束縛下。

04 cultural [`kʌltʃərəl] 形 文化的
There are many **cultural** differences between two countries.
🏛 兩個國家之間有很多文化差異。

05 culture [`kʌltʃɚ] 名 文化
People from different **cultures** are now sitting here for the meeting.
🏛 來自不同文化的人現在為了這個會議而坐在這裡。

06 discrimination [dɪ,skrɪmə`neʃən] 名 歧視
There is still **discrimination** against immigrants here.
🏛 這裡仍存在著對移民的歧視。

07 hermit [`hɝmɪt] 名 隱士
He became a **hermit** after his wife left him.
🏛 太太離開他之後，他變成了隱士。

08 poverty [`pɑvɚtɪ] 名 貧窮
According to the data, there are still too many people living below the **poverty** line.
🏛 根據這個數據，生活在貧窮線以下的人數依然過多。

09 slave [slev] 名 奴隸 動 做苦工
The town was formed by freed **slaves** from the
United States.
🏠 這個城鎮是由來自美國的獲釋奴隸所組成的。

10 slavery [`slevərɪ] 名 奴隸制度
The yoke of **slavery** ought to be abolished.
🏠 奴隸制度的枷鎖應該被解除。

11 social [`soʃəl] 形 社會的
There is a strong demand to solve **social** problems.
🏠 民眾強烈要求解決社會問題。

12 socialism [`soʃəl͵ɪzəm] 名 社會主義
We should combine the best features of **socialism**
and capitalism.
🏠 我們應該將社會主義和資本主義兩者最好的特點結合起來。

13 socialist [`soʃəlɪst] 名 社會主義者
He is a socialist; that is, he is a supporter of
socialism.
🏠 他是個社會主義者；亦即，他是社會主義的支持者。

14 socialize [`soʃə͵laɪz] 動 使社會化
Immigrants who have been fully **socialized** could
help the newcomers.
🏠 已完全社會化的移民可以幫助新來的移民。

15 society [sə`saɪətɪ] 名 社會
It will be a menace to **society**.
🏠 它將成為社會的威脅。

16 sociology [͵soʃɪ`ɑlədʒɪ] 名 社會學
We need to take a **sociology** course.
🏠 我們必須選讀一門社會學課程。

17 slum [slʌm] 名 貧民區 動 進入貧民區
Tony was born in a **slum**, but he became a millionaire
when he was only 16 years old.
🏠 東尼出生於貧民區，但是他在年僅十六歲時就成為百萬富翁。

19 地理 _{分類}

01 Antarctic [æn`tɑrktɪk] 名 南極洲 形 南極的
Antarctic glacier melting at increasing speed is caused by global warming.
🏛 全球暖化是導致南極冰川急速融化的原因。

02 Arctic [`ɑrktɪk] 名 北極地區 形 北極的
Fewer and fewer polar bears survive inside the **Arctic** circle.
🏛 越來越少的北極熊存活於北極圈內。

03 basin [`besn] 名 盆地；盆
Taipei **Basin** is the second largest basin in Taiwan.
🏛 臺北盆地是臺灣第二大盆地。

04 bay [be] 名 海灣
We ferried across the **bay**.
🏛 我們乘渡輪橫越海灣。

05 border [`bɔrdɚ] 名 邊境；邊界 動 毗鄰
Joe lives in a small town near the **border** between Spain and France.
🏛 喬住在西班牙和法國邊界附近的小鎮。

06 cliff [klɪf] 名 斷崖
A truck rolled over the edge of the **cliff**.
🏛 一輛卡車滾落這個斷崖的邊緣。

07 coal [kol] 名 煤
People used **coal** to generate electricity in the past.
🏛 以前人們利用煤來發電。

08 continent [`kɑntənənt] 名 大陸
Dinosaurs started to evolve differently when a single land mass divided into several **continents**.
🏛 當單一陸塊分成數個大陸時，恐龍開始了不同的進化。

09 continental [ˌkɑntə`nɛntl] 形 大陸的
He is not used to living in a **continental** climate.
🏛 他不習慣大陸性氣候的生活。

10 countryside [`kʌntrɪˌsaɪd] 名 鄉間
Steve owns a house in the **countryside**.
🏛 史帝夫在鄉間有棟房子。

11 **creek** [krik] 名 小溪
We dipped our feet in the **creek** for a while.
我們將腳浸入小溪裡一會兒。

12 **crust** [krʌst] 名 地殼；麵包皮 動 覆以外皮
The earthquake in September left slits in the earth's **crust**.
九月時的地震在地殼上留下了裂縫。

13 **desert** [`dɛzət ] 名 沙漠 動 [ dɪ`zɜt] 拋棄
Water is precious in **deserts**.
水在沙漠中很珍貴。

14 **earthquake** [`ɜθ,kwek] 名 地震
The **earthquake** collapsed the wooden hut.
地震使小木屋倒塌了。

15 **east** [ist] 名 東方 副 向東方
Taiwan faces the Pacific on the **east**.
臺灣東臨太平洋。

16 **eastern** [`istən] 形 東方的
He came from the **eastern** seaboard of Italy.
他來自義大利東部沿海地區。

17 **erode** [ɪ`rod] 動 侵蝕；腐蝕
The river has **eroded** the riversides over the years.
河水經年累月沖蝕著河畔。

18 **erupt** [ɪ`rʌpt] 動 爆發
It has been many years since the volcano last **erupted**.
這座火山距上次爆發至今已過了很多年。

19 **eruption** [ɪ`rʌpʃən] 名 爆發
The last **eruption** of the volcano on the island was in 1920.
這座島上的火山上一次爆發於西元一九二零年。

20 **fossil** [`fɑsl] 名 化石 形 守舊的
The archaeologists found a **fossil** over one million years old there.
考古學家在那裡發現一個超過一百萬年的化石。

21 **frontier** [frʌn`tɪr] 名 邊境
It was not difficult to cross the **frontier** between the two countries.
越過這兩個國家的邊境並不難。

22 **gap** [gæp] 名 峽谷；缺口
The **gap** between the hills has widened after the landslide.
山崩之後，山間的峽谷擴大了。

23 **geographical** [ˌdʒɪə`græfɪkḷ] 形 地理的
It is a vast **geographical** area.
那是一片廣闊的地理區。

24 **geography** [dʒi`ɑgrəfɪ] 名 地理
Eddie's specialty is **geography**.
艾迪的專業是地理。

25 **glacier** [`gleʃɚ] 名 冰河
The volume of the **glaciers** has begun to decrease because of the change of the climate.
由於氣候變遷，冰河的體積已開始減少。

26 **gorge** [gɔrdʒ] 名 峽谷 動 狼吞虎嚥
Their villa is on the opposite side of the **gorge**.
他們的別墅在峽谷的對面。

27 **gulf** [gʌlf] 名 海灣
The liner will leave the **Gulf** of Mexico tomorrow afternoon.
這艘客輪將於明天下午駛離墨西哥灣。

28 **hemisphere** [`hɛməsˌfɪr] 名 半球
We live in the northern **hemisphere**.
我們住在北半球。

29 **inhabitant** [ɪn`hæbətənt] 名 居民
The scientist warned the town's **inhabitants** not to drink the polluted water.
科學家警告小鎮居民不要喝受污染的水。

30 **inland** [`ɪnlənd] 形 內陸的 名 內陸
The biologists found some traces of brown bears in the **inland** area.
生物學家在內陸地區發現了棕熊的蹤跡。

31 **island** [`aɪlənd] 名 島嶼
The helicopter hovered over the **island** for a while.
直升機在島嶼上空盤旋了一會兒。

32 **isle** [aɪl] 名 小島

They parachuted medical supplies to the **isle**.
他們向小島空投醫療用品。

33 **landslide** [`lænd͵slaɪd] 名 山崩

A typhoon in 1972 caused **landslides** in the mountains.
西元一九七二年的一次颱風引起山崩。

34 **latitude** [`lætə͵tjud] 名 緯度

On the map we charted the **latitude** and longitude of the site.
我們在地圖上標出這個地點的緯度和經度。

35 **lava** [`lɑvə] 名 熔岩

The village was overwhelmed by a stream of **lava**.
村子遭岩漿淹沒。

36 **longitude** [`lɑndʒə͵tjud] 名 經度

It is not a coincidence that the two Pyramids are at the same **latitude**.
這兩座金字塔落在相同的緯度上並非巧合。

37 **mainland** [`menlənd] 名 大陸

The first pilgrims headed for **mainland** America in 1620.
第一批清教徒於一六二零年前往美洲大陸。

38 **map** [mæp] 名 地圖 動 用地圖表示

According to the **map**, the church should be at the corner.
根據地圖指示，教堂應該就在轉角處。

39 **north** [nɔrθ] 副 向北方 名 北方

Migratory birds fly **north** when spring comes.
候鳥在春天來臨時飛向北方。

40 **northern** [`nɔrðə·n] 形 北方的

They live in **northern** Switzerland.
他們住在瑞士北部。

41 **oasis** [o`esɪs] 名 綠洲

Extreme heat can create an illusion of an **oasis** in the desert.
酷熱會在沙漠中造成綠洲的幻覺。

42 **ocean** [`oʃən] 名 海洋
There are all kinds of animals in the **ocean**.
🔈 海洋中有各式各樣的動物。

43 **oriental** [,ori`ɛnt] 形 東方的 名 東方人
They like **oriental** food very much.
🔈 他們非常喜歡東方食物。

44 **peninsula** [pə`nınsələ] 名 半島
The television tower is located on the tip of the **peninsula**.
🔈 電視塔位於半島頂端。

45 **polar** [`polə] 形 極地的
The global warming melted some of the **polar** ice.
🔈 地球暖化融化了一些極地的冰。

46 **populate** [`pɑpjə,let] 動 居住
The island was heavily **populated** by immigrants.
🔈 這座島上住著很多外來移民。

47 **population** [,pɑpjə`leʃən] 名 人口
The **population** of this city is over one million.
🔈 這座城市的人口超過一百萬。

48 **prairie** [`prɛrı] 名 大草原;牧場
The tune invoked the wide open spaces of the **prairies**.
🔈 這個旋律令人想起大草原寬廣開闊的空間。

49 **province** [`prɑvɪns] 名 省
Canada has ten **provinces**.
🔈 加拿大有十個省。

50 **provincial** [prə`vɪnʃəl] 形 省的 名 省民
The office building of the **provincial** government is located on Park Street.
🔈 省政府辦公大樓位於公園街。

51 **quake** [kwek] 動 搖動 名 震動
We felt the ground **quake** as the bomb exploded.
🔈 炸彈爆炸時我們感覺到地面在搖晃。

52 **region** [`ridʒən] 名 區域
These plants have a tendency to grow in the **region**.
🔈 這些植物傾向於在這塊區域生長。

53 **regional** [`ridʒənḷ] 形 區域的

We are planning to taste all the **regional** wines of France in this summer.

🏛 我們打算今年夏天品嚐法國各地出產的葡萄酒。

54 **resource** [rɪ`sors] 名 資源

The country lacks for natural **resources**.

🏛 這個國家缺乏自然資源。

55 **rural** [`rʊrəl] 形 農村的；田園的

Such fine view can only be seen in the more **rural** areas.

🏛 這樣的美麗風光只能在比較鄉下的地區看到。

56 **sand** [sænd] 名 沙子 動 沙淤

That is a white **sand** beach bordered by palm trees and tropical flowers.

🏛 那是一處點綴著棕櫚樹和熱帶花朵的白沙灘。

57 **south** [saʊθ] 名 南方 副 向南

The weather is warmer in the **south**.

🏛 南方的天氣比較暖和。

58 **southern** [`sʌðən] 形 南方的

The hospital is near the **southern** end of the bridge.

🏛 醫院靠近這座橋的南端。

59 **stone** [ston] 名 石頭 動 向…扔石頭

Some small **stones** rolled down the hillside during the earthquake.

🏛 地震時有些小石頭滾落山坡。

60 **strait** [stret] 名 海峽

The narrowest part of the Taiwan **Strait** is 130 km wide.

🏛 臺灣海峽最狹窄的部分為一百三十公里寬。

61 **strand** [strænd] 名 海灘；濱 動 處於困境

They are playing beach volleyball on the **strand**.

🏛 他們正在海灘上玩沙灘排球。

62 **suburb** [`sʌbɝb] 名 郊區

The company located its factory in the **suburbs**.

🏛 這家公司把工廠設在郊區。

63 **suburban** [sə`bɝbən] 形 郊外的 ❻
More and more people are migrating to **suburban** areas.
🏛 越來越多人移入郊區。

64 **survey** [sɝ`ve] 動 名 考察；勘測；俯瞰 ❸
We **surveyed** the bay from a helicopter.
🏛 我們搭直升機俯瞰海灣。

65 **town** [taʊn] 名 鎮 ❶
This mountain road leads to a **town**.
🏛 這條山路通往一個小鎮。

66 **tremor** [`trɛmə] 名 震動 ❻
The earth **tremor** was centered in the sea.
🏛 這次地震的震央在海裡。

67 **tropic** [`trɑpɪk] 名 回歸線 形 熱帶的 ❻
The two cities are both on the **Tropic** of Cancer.
🏛 這兩座城市都在北回歸線上。

68 **tropical** [`trɑpɪkl] 形 熱帶的 ❸
Tropical weather is very hot and damp.
🏛 熱帶氣候非常炎熱而潮濕。

69 **urban** [`ɝbən] 形 都市的 ❹
Most **urban** areas are close to the station.
🏛 大部分的都會區都靠近車站。

70 **west** [wɛst] 副 向西方 名 西方 ❶
We are going **west** to the beach.
🏛 我們正朝西前往海灘。

71 **western** [`wɛstən] 形 西方的 名 西方人 ❶
Only one fourth of the **western** land can be cultivated.
🏛 西方的土地只有四分之一可以耕種。

72 **wilderness** [`wɪldənɪs] 名 荒野 ❺
It is dangerous to walk across the **wilderness** alone.
🏛 獨自走過這片荒野很危險。

73 **zone** [zon] 名 地區；地帶 動 劃分區域 ❸
The surrounding area has been declared a disaster **zone**.
🏛 附近地區已被宣告為災區。

20　科學　　分類

01 accuracy [`ækjərəsɪ] 名 正確
Gordon doesn't care about the **accuracy** of the information.
🏠 戈登不在乎這份資訊的正確性。

02 approach [ə`protʃ] 名 手段；方法 動 接近
I think your **approaches** to achieve the goal were all wrong.
🏠 我覺得你為了達到目的所使用的手段全都是錯誤的。

03 experiment [ɪk`spɛrəmənt] 名 動 實驗
The students are doing a chemical **experiment**.
🏠 學生正在做一項化學實驗。

04 experimental [ɪk.spɛrə`mɛntl̩] 形 實驗性的
Eddie is working on an **experimental** movie.
🏠 艾迪正致力於一部實驗性的電影。

05 factor [`fæktə] 名 因素
Money is an important **factor** for her.
🏠 對她而言，錢是一項重要因素。

06 laboratory [`læbrə.torɪ] 名 實驗室
My brother is busy working in the **laboratory**.
🏠 我哥哥在實驗室裡忙著工作。

07 microscope [`maɪkrə.skop] 名 顯微鏡
If you look at the cotton under a **microscope** you will see the fibers.
🏠 在顯微鏡下看得見棉花的纖維。

08 radar [`redɑr] 名 雷達
They use **radar** to monitor the planes.
🏠 他們使用雷達來監控飛機。

09 theoretical [.θiə`rɛtɪkl̩] 形 理論上的
Mr. Su teaches us **theoretical** physics this semester.
🏠 蘇老師這個學期教我們理論物理。

10 theory [`θiərɪ] 名 理論
Einstein spent many years working on the **Theory** of Relativity.
🏠 愛因斯坦花了許多年研究相對論。

NOTE

_____

_____

_____

_____

_____

_____

_____

_____

_____

_____

_____

_____

_____

_____

_____

_____

_____

_____

_____

PART 11

自然與生物
單字收納

名 名 詞

動 動 詞

形 形容詞

副 副 詞

1 ～ 6 單字難易度
（分別符合美國一至六年級學生所學範圍）

掃碼即聽
MP3 181～199

01 動物 分類

[01] animal [`ænəml̩] 名 動物
It is dangerous to feed wild **animals**.
🏠 餵食野生動物很危險。

[02] ape [ep] 名 猿猴 動 模仿
Let's go to the zoo to see the **apes** tomorrow!
🏠 明天一起去動物園看猿猴吧!

[03] ass [æs] 名 笨蛋;驢子
He was generally disliked and regarded as an arrogant **ass**.
🏠 他常被人討厭且被認為是個自大的笨蛋。

[04] bark [bɑrk] 動 吠叫 名 吠叫聲
Those dogs **barked** at a cat they were chasing.
🏠 那些狗對著牠們正在追的一隻貓吠叫。

[05] beast [bist] 名 野獸
There are still some **beasts** living in the jungles.
🏠 叢林裡仍然住著一些野獸。

[06] buffalo [`bʌfl̩͵o] 名 水牛
No **buffalo** was really hurt in this movie.
🏠 在這部電影裡沒有水牛真的受傷。

[07] bull [bʊl] 名 公牛
The basketball team's mascot is a **bull**.
🏠 籃球隊的吉祥物是公牛。

[08] calf [kæf] 名 小牛;小腿
All of the **calves** were dead overnight.
🏠 一夜之間所有的小牛都死了。

[09] camel [`kæml̩] 名 駱駝
Camels can also carry goods and people.
🏠 駱駝也可以載運貨物和人。

[10] cat [kæt] 名 貓
She has six **cats** and two dogs.
🏠 她有六隻貓和兩隻狗。

11 **cattle** [`kætl] 名 小牛
Father sold all his **cattle** last week.
上禮拜父親把他所有的小牛都賣了。

12 **chimpanzee** [ˌtʃɪmpænˋzi] 名 黑猩猩
Jane is an authority on studying **chimpanzee**.
珍是一位研究黑猩猩的權威。

13 **cow** [kau] 名 乳牛
Mary milks the **cow** every morning.
瑪莉每天早上擠牛奶。

14 **creep** [krip] 動 爬
The cat **creeps** under the sofa, trying to approach that mouse.
貓在沙發底下爬行，試著接近那隻老鼠。

15 **cub** [kʌb] 名 幼獸
There are two three-week-old tiger **cubs** in the zoo.
動物園裡有兩隻三週大的老虎幼獸。

16 **deer** [dɪr] 名 鹿
There are still wild **deer** in the forest.
這座森林裡仍然有野生的鹿。

17 **dinosaur** [`daɪnəˌsɔr] 名 恐龍
The boy has collected more than 200 kinds of **dinosaur** models.
這個男孩已經蒐集了超過兩百種恐龍模型。

18 **dog** [dɔg] 名 狗
Mary always walks her **dog** at dawn.
瑪麗總是在清晨時遛狗。

19 **donkey** [`dɑŋkɪ] 名 驢子
The cart is pulled by a **donkey**.
這輛小車由一隻驢子拉著。

20 **elephant** [`ɛləfənt] 名 大象
An **elephant** has a long trunk and two large ears.
大象有一條長鼻子和兩片大耳朵。

21 **extinct** [ɪkˋstɪŋkt] 形 滅絕的
Taiwan Clouded Leopard is an **extinct** species.
臺灣雲豹是一種已滅絕的物種。

22 **fin** [fɪn] 名 鰭 ⑤
Fish use their **fins** to swim.
🔒 魚用牠們的鰭游泳。

23 **fox** [faks] 名 狐狸 ②
The **fox** burrowed a hole near the bush.
🔒 那隻狐狸在灌木叢附近挖了一個洞。

24 **gallop** [`gæləp] 動 名 奔馳 ⑤
As soon as he fired the gun, those horses **galloped** away.
🔒 他一開槍，那些馬就奔馳而去。

25 **giraffe** [dʒəˋræf] 名 長頸鹿 ②
A **giraffe** has dark patches on its body.
🔒 長頸鹿的身上有深色斑點。

26 **gnaw** [nɔ] 動 啃；噬；咬 ⑤
The dog wants to **gnaw** bone.
🔒 那隻狗想啃骨頭。

27 **goat** [got] 名 山羊 ②
A flock of **goats** grazed on the meadow.
🔒 一群山羊在草地上吃草。

28 **gorilla** [gəˋrɪlə] 名 大猩猩 ⑤
The Eastern **gorilla** is more darkly colored than the Western gorilla.
🔒 東部大猩猩比西部大猩猩的顏色深。

29 **graze** [grez] 動 放牧；吃草 ⑤
My uncle will take me to **graze** the cattle on the ranch this weekend.
🔒 我叔叔這週末要帶我去牧場放牛。

30 **harness** [`harnɪs] 名 馬具 動 裝上馬具 ⑤
The **harness** is made of leather.
🔒 這個馬具由皮革製成。

31 **hay** [he] 名 乾草 ③
Make **hay** while the sun shines.
🔒 打鐵趁熱。

32 **herd** [hɜd] 名 獸群 動 放牧 ④
They saw large **herds** of buffalos and giraffes this morning.
🔒 今天早上他們看見大群水牛和長頸鹿。

33 **hippopotamus** [ˌhɪpə`pɑtəməs] 名 河馬
There are two **hippopotami** floating in the middle of the pond.
🏠 有兩隻河馬漂浮在池塘中央。

34 **hoof** [huf] 名 蹄
This ox's front **hooves** were hurt in the accident.
🏠 這隻公牛的前蹄在意外中受傷了。

35 **horse** [hɔrs] 名 馬
That **horse** leaped over the fence easily.
🏠 那隻馬輕易地跳過柵欄。

36 **hound** [haʊnd] 名 獵犬 動 追獵
The **hounds** lost the scent of the rabbit.
🏠 這些獵犬失去了兔子的蹤跡。

37 **kangaroo** [ˌkæŋgə`ru] 名 袋鼠
We saw many **kangaroos** when we were in Australia.
🏠 我們在澳洲時看到了很多袋鼠。

38 **kitten** [`kɪtn̩] 名 小貓
The **kitten** followed at my heels.
🏠 小貓跟在我後面走。

39 **koala** [ko`ɑlə] 名 無尾熊
Do you know how a female **koala** carries her baby?
🏠 你知道雌性無尾熊是如何攜帶小孩的嗎？

40 **lamb** [læm] 名 小羊 動 生小羊
The **lamb** is chewing some grass in the farmyard.
🏠 小羊正在農家庭院裡嚼青草。

41 **leopard** [`lɛpəd] 名 豹
I get **leopards** and lynxes mixed up.
🏠 我把豹和山貓搞混了。

42 **lion** [`laɪən] 名 獅子
What does a **lion** look like?
🏠 獅子長什麼樣子？

43 **lizard** [`lɪzəd] 名 蜥蜴
I would like to keep a **lizard** as a pet.
🏠 我想要養一隻蜥蜴當寵物。

[44] **mammal** [`mæml] 名 哺乳動物 🄯
Female **mammals** give birth to live offspring rather than laying eggs.
🐾 雌性哺乳動物生出活的幼獸，而不是生蛋。

[45] **mate** [met] 動 交配 名 配偶 🄫
We want the females to **mate** with wild males.
🐾 我們想讓母獸和野生公獸交配。

[46] **monkey** [`mʌŋkɪ] 名 猴；猿 🄪
There are different kinds of **monkeys** by the waterfall.
🐾 瀑布旁邊有不同種類的猴子。

[47] **mouse** [maʊs] 名 老鼠 🄪
The effect was showed in a lab experiment with **mice**.
🐾 這個作用在實驗室實驗中用老鼠展示。

[48] **mule** [mjul] 名 騾 🄫
We wanted to have a **mule** so we mated a horse with a donkey.
🐾 我們想要一隻騾，所以讓一匹馬和一頭驢交配。

[49] **ox** [ɑks] 名 公牛 🄫
An **ox** can be both gentle and dangerous.
🐾 公牛可以很溫馴，也可以很危險。

[50] **panda** [`pændə] 名 熊貓 🄫
The biologist observed the **panda** to see how it would react to the test.
🐾 生物學家觀察熊貓對測驗的反應。

[51] **paw** [pɔ] 名 腳掌 動 以掌拍擊 🄬
The dog is black with white front **paws**.
🐾 這隻有白色前腳掌的狗是黑色的。

[52] **pet** [pɛt] 名 寵物 動 鍾愛；撫弄 🄪
Caring for a **pet** goes far beyond feeding it.
🐾 照顧寵物不光是飼養牠而已。

[53] **pig** [pɪg] 名 豬 動 生小豬 🄪
Those **pigs** are covered in mud.
🐾 那些豬全身都是泥巴。

[54] **pony** [`ponɪ] 名 小馬 🄬
I could not withstand the pain of losing my **pony**.
🐾 我無法承受失去小馬的傷痛。

[55] **prey** [pre] 名 獵物 動 捕食　　　　　　　　　5

These small animals were the **prey** of hyenas.
🏠 這些小動物是土狼的獵物。

[56] **prowl** [praʊl] 動 徘徊；(野獸等)四處覓食 名 徘徊 6

Owls **prowl** at night.
🏠 貓頭鷹在夜間覓食。

[57] **puppy** [`pʌpɪ] 名 小狗　　　　　　　　　　　2

Two of the **puppies** lay on the floor.
🏠 這些小狗中有兩隻躺在地板上。

[58] **quack** [kwæk] 動 鴨叫 名 鴨叫聲　　　　　　5

They heard wild ducks **quacking** at the pond.
🏠 他們聽見野鴨在池塘邊呱呱叫。

[59] **rabbit** [`ræbɪt] 名 兔子　　　　　　　　　　2

A kangaroo can jump higher than a **rabbit**.
🏠 袋鼠可以跳得比兔子高。

[60] **rat** [ræt] 名 老鼠　　　　　　　　　　　　1

The **rats** snuggle together to keep warm in the cold
weather.
🏠 這些老鼠在天冷時依偎在一起取暖。

[61] **reptile** [`rɛptaɪl] 名 爬蟲類 形 爬行的　　　5

Reptiles are cold-blooded animals.
🏠 爬蟲類是冷血動物。

[62] **rhinoceros** [raɪ`nɑsərəs] 名 犀牛　　　　　5

A **rhinoceros** has thick grey skin and one or two
horns on its nose.
🏠 犀牛有厚厚的灰皮和一個或兩個角在鼻子上。

[63] **saddle** [`sædl] 名 馬鞍 動 套上馬鞍　　　　6

You can choose one among these leather **saddles**.
🏠 你可以從這些皮製馬鞍中選擇一個。

[64] **sheep** [ʃip] 名 羊　　　　　　　　　　　　1

The shepherd and the dog herded the **sheep** into the
pen.
🏠 牧羊人和狗把羊趕進柵欄裡。

[65] **snail** [snel] 名 蝸牛　　　　　　　　　　　2

Can you draw a picture of a **snail** for me?
🏠 你可以幫我畫一張蝸牛的圖嗎？

66 snake [snek] 名 蛇 動 蛇行 🚺
Are you afraid of **snakes**?
🏠 你會怕蛇嗎？

67 spur [spɜ] 名 馬刺 動 策馬奔騰 🔵
The rider used **spurs** to make his horse run faster.
🏠 這位騎馬者用馬刺來讓他的馬跑快一點。

68 squirrel [`skwɜəl] 名 松鼠 🙎
Squirrels bury nuts and seeds by instinct.
🏠 松鼠出於本能埋藏堅果和種子。

69 stray [stre] 形 迷途的 動 迷路 🔵
The retired vet established a refuge for **stray** cats.
🏠 這位退休的獸醫替流浪貓創辦了一間收容所。

70 tail [tel] 名 尾巴 動 跟蹤 🚺
My cat hissed as I stepped on its **tail**.
🏠 我的貓在我踩到牠的尾巴時發出嘶嘶聲。

71 tame [tem] 動 馴服 形 馴服的 🔼
He has made several attempts to **tame** the wild horse.
🏠 他已多次試圖馴服這匹野馬。

72 tiger [`taɪgə] 名 老虎 🚺
The **tiger** roared loudly with anger.
🏠 這隻老虎生氣得大聲吼叫。

73 trot [trɑt] 名 動 小跑步 🔵
The black horse broke into a brisk **trot**.
🏠 這匹黑馬突然輕快地小跑步起來。

74 wag [wæg] 動 名 搖擺 🔼
The dog **wagged** its tail to greet us.
🏠 這隻狗搖著尾巴迎接我們。

75 wildlife [`waɪld͵laɪf] 名 野生動植物 🔵
The pesticides can affect not only pests but also
wildlife.
🏠 殺蟲劑不僅會影響害蟲，也會影響野生動植物。

76 wolf [wʊlf] 名 狼 🙎
Those **wolves** howled the whole night.
🏠 那些狼整夜嗥叫。

77 **zebra** [`zibrə] 名 斑馬　　　　　　　　　　　2
We saw many **zebras** running on the vast prairie in Africa.
我們在非洲看見許多斑馬在廣闊的大草原上奔跑。

78 **zoo** [zu] 名 動物園　　　　　　　　　　　　　1
Let's go to the **zoo** to see the animals!
一起去動物園看動物吧！

02 水生動物　　　　　　　　　　　　　分類

01 **alligator** [`ælə‚getə] 名 鱷魚；短吻鱷　　　5
Fish, snakes and **alligators** all lay eggs.
魚類、蛇和鱷魚都會生蛋。

02 **carp** [kɑrp] 名 鯉魚　　　　　　　　　　　　5
He cultivated a fluorescent breed of **carp**.
他培育了一個螢光品種的鯉魚。

03 **clam** [klæm] 名 蛤、蚌　　　　　　　　　　　5
Sandy is allergic to shellfish like **clams**.
珊蒂對像是蛤蜊的貝類過敏。

04 **coral** [`kɔrəl] 名 珊瑚 形 珊瑚製的　　　　5
Although the **coral** looks hard, it is very delicate.
珊瑚看起來雖然很硬，但其實很脆弱。

05 **crab** [kræb] 名 蟹　　　　　　　　　　　　　2
Autumn is the best season for eating **crabs**.
秋天是吃螃蟹的最佳季節。

06 **crocodile** [`krɑkə‚daɪl] 名 鱷魚　　　　　5
Crocodiles live in rivers and eat meat.
鱷魚住在河流裡而且吃肉。

07 **dolphin** [`dɑlfɪn] 名 海豚　　　　　　　　　2
We saw a school of **dolphins** near the shore.
我們在海岸附近看到一群海豚。

08 **eel** [il] 名 鰻魚　　　　　　　　　　　　　　5
The restaurant is famous for **eel** stir-fry.
這間餐廳的炒鰻魚很有名。

09 fish [fɪʃ] 名 魚 動 釣魚 🏆
This colorful tropical **fish** is beautiful.
🏫 這隻彩色的熱帶魚很美麗。

10 frog [frɑg] 名 青蛙 🏆
Is that a **frog** over there?
🏫 那邊那隻是青蛙嗎？

11 octopus [`ɑktəpəs] 名 章魚 🏆
An **octopus** uses its eight long tentacles to catch food.
🏫 章魚用牠的八隻長觸角抓取食物。

12 penguin [`pɛngwɪn] 名 企鵝 🏆
The baby **penguin** nestled up to its mother.
🏫 小企鵝依偎在母企鵝身邊。

13 seal [sil] 名 海豹 動 獵海豹 🏆
The group was formed to preserve the **seals** in the region.
🏫 這個團體的成立是為了保護這個地區的海豹。

14 shark [`ʃɑrk] 名 鯊魚 🏆
The **shark** charged at those little fish.
🏫 鯊魚朝著那些小魚衝去。

15 shrimp [ʃrɪmp] 名 蝦子 🏆
There are three types of **shrimps** known to live in the stream.
🏫 這條溪流裡已知有三種蝦子存在。

16 toad [tod] 名 癩蛤蟆 🏆
Toads spend less time in water than frogs.
🏫 癩蛤蟆待在水中的時間比青蛙短。

17 tortoise [`tɔrtəs] 名 烏龜；陸龜 🏆
The **tortoise** moved very slowly on the grass.
🏫 這隻烏龜在草地上非常緩慢地移動著。

18 trout [traut] 名 鱒魚 🏆
The brown bear caught a **trout** in the stream.
🏫 這隻棕熊在溪流裡抓到一條鱒魚。

19 turtle [`tɝtl] 名 海龜 🏆
There were two **turtles** floating on the sea.
🏫 有兩隻海龜漂浮在海上。

20 **whale** [hwel] 名 鯨魚　　　　　　2
Have you ever been **whale** watching?
🔐 你有賞過鯨嗎？

---

03 鳥類　　　　　　　　　　　分類

01 **beak** [bik] 名 鳥嘴　　　　　　4
It is a cute white bird with a red **beak**.
🔐 這是一隻有紅色鳥嘴的可愛白鳥。

02 **bird** [bɜd] 名 鳥　　　　　　　1
They feed the **birds** twice a day.
🔐 他們每天餵鳥兩次。

03 **brood** [brud] 動 孵出 名 一窩幼鳥　5
Don't disturb the swallow to **brood** its offspring.
🔐 不要打擾燕子孵育後代。

04 **cage** [kedʒ] 名 籠子 動 關入籠中　1
Anna hates to see birds in **cages**.
🔐 安娜不喜歡看到小鳥關在籠中。

05 **chick** [tʃɪk] 名 小雞　　　　　　1
The **chick** walking behind the hen is the smallest.
🔐 走在母雞後面的那隻小雞是最瘦小的。

06 **claw** [klɔ] 名 爪 動 抓　　　　2
The eagle caught the sparrow by its **claws**.
🔐 老鷹用牠的爪子抓住麻雀。

07 **cock** [kɑk] 名 公雞　　　　　　2
The **cock** often crows at 6 o'clock in the morning.
🔐 這隻公雞通常在早上六點啼叫。

08 **crow** [kro] 名 烏鴉 動 啼叫　　1
Seeing a **crow** can be a sign of bad luck.
🔐 看見烏鴉可能是壞運的徵兆。

09 **dove** [dʌv] 名 鴿子　　　　　　1
He feeds the **doves** in the square every day.
🔐 他每天都在廣場上餵鴿子。

🎧 MP3 ⊙ 166

10 **duck** [dʌk] 名 鴨子 動 突然低下

There is a wild **duck** quacking on the stream.

🏠 有一隻野鴨在小溪上呱呱叫。

11 **duckling** [`dʌklɪŋ] 名 小鴨

I saw some **ducklings** swimming in the pond.

🏠 我看見幾隻小鴨在池塘裡游泳。

12 **eagle** [`igl] 名 老鷹

I couldn't tell **eagles** from hawks.

🏠 我不會分辨老鷹和隼。

13 **feather** [`fɛðɚ] 名 羽毛

She is wearing a skirt that she made herself from peacock **feathers**.

🏠 她正穿著自己用孔雀羽毛做的裙子。

14 **flock** [flɑk] 名 一群 動 聚集

A **flock** of birds flew over my head.

🏠 一群鳥飛過我的頭頂。

15 **flutter** [`flʌtɚ] 動 拍翅；震動 名 心亂；不安

Birds **flutter** their wings to keep balance.

🏠 鳥兒拍動翅膀以保持平衡。

16 **fly** [flaɪ] 動 飛 名 蒼蠅

During winter, some birds **fly** to a warmer place.

🏠 某些鳥類在冬季時會飛到較溫暖的地方。

17 **fowl** [faʊl] 名 鳥；野禽

Please carve the **fowl** into six pieces.

🏠 請將禽肉切成六塊。

18 **goose** [gus] 名 鵝

We had honey roasted **goose** for lunch.

🏠 我們午餐吃蜂蜜烤鵝。

19 **hatch** [hætʃ] 動 名 孵化

As soon as the three chicks **hatched**, the mother bird brought them food.

🏠 這三隻小鳥一孵化，母鳥就給牠們帶來食物。

20 **hawk** [hɔk] 名 隼

A full-grown eagle is much larger in size than a **hawk**.

🏠 成年老鷹在體型上比隼大得多。

[21] **hen** [hɛn] 名 母雞
How do we distinguish a **hen** from a rooster?
🔊 我們要如何區分母雞和公雞？

[22] **lay** [le] 動 產卵；放置
My robin has **laid** two eggs.
🔊 我的知更鳥已生了兩顆蛋。

[23] **migrant** [`maɪɡrənt] 形 移居的 名 候鳥；移民
There are lots of **migrant** seabirds in this season.
🔊 這個季節裡有很多遷徙的海鳥。

[24] **nest** [nɛst] 名 鳥巢 動 築巢
We saw an eagle's **nest** on the rocks.
🔊 我們在岩石上看到一個老鷹的鳥巢。

[25] **nightingale** [`naɪtn̩ˏgel] 名 夜鶯
A male **nightingale** sings beautifully at night.
🔊 公夜鶯在夜晚時優美地鳴叫。

[26] **ostrich** [`ɑstrɪtʃ] 名 鴕鳥
An **ostrich** has strong legs that can kick a man to death.
🔊 鴕鳥有強壯的雙腿可以把人踢死。

[27] **owl** [aʊl] 名 貓頭鷹
An **owl** is traditionally regarded as a symbol of wisdom.
🔊 傳統上認為貓頭鷹是智慧的象徵。

[28] **parrot** [`pærət] 名 鸚鵡 動 機械地模仿
He taught his **parrot** to say his name.
🔊 他教他的鸚鵡說他的名字。

[29] **peacock** [`pikɑk] 名 孔雀
The beautiful skirt is made of **peacock** feathers.
🔊 這件美麗的裙子是用孔雀羽毛製成的。

[30] **peck** [pɛk] 動 啄食 名 啄；啄痕
The sparrows **pecked** at the grains in the field.
🔊 這些麻雀在田裡啄食穀粒。

[31] **perch** [pɝtʃ] 動 名 棲息
A blackbird **perched** on the branches outside my window.
🔊 一隻燕八哥棲息在我窗戶外面的樹枝上。

32 **pigeon** [`pɪdʒɪn] 名 鴿子　　②
Two **pigeons** were cooing up on the lawn.
🔊 兩隻鴿子在草地上咕咕叫。

33 **robin** [`rɑbɪn] 名 知更鳥　　⑤
There are four **robins** in this hatch.
🔊 這一窩裡有四隻知更鳥。

34 **rooster** [`rustə] 名 公雞　　①
The **rooster** strutted slowly across the yard.
🔊 這隻公雞慢慢地昂首闊步穿過院子。

35 **seagull** [si.gʌl] 名 海鷗　　④
Several **seagulls** flew across the blue sky.
🔊 幾隻海鷗飛越天際。

36 **sparrow** [`spæro] 名 麻雀　　④
The **sparrows** pecked at the bread crumbs.
🔊 麻雀們啄食著麵包屑。

37 **swan** [swɑn] 名 天鵝　　②
Some white **swans** are floating on their own mirrored images.
🔊 幾隻白天鵝正漂浮在牠們自身的鏡影上。

38 **wing** [wɪŋ] 名 翅膀 動 在…裝翼　　②
The eagle has **wings** that spread 2 meters.
🔊 這隻老鷹有翼展兩公尺的翅膀。

39 **woodpecker** [`wud.pɛkə] 名 啄木鳥　　⑤
A **woodpecker** uses its beak to make holes in tree trunks.
🔊 啄木鳥用牠的鳥嘴在樹幹上鑿洞。

04　昆蟲　　分類

01 **ant** [ænt] 名 螞蟻　　①
The table was crawling with **ants**.
🔊 桌上爬滿了螞蟻。

02 **antenna** [æn`tɛnə] 名 觸鬚　　⑥
Cockroaches use their **antennae** to feel things around.
🔊 蟑螂用觸鬚感覺周圍事物。

03 **bee** [bi] 名 蜜蜂　⭐
A **bee** stung me on the neck.
🏠 一隻蜜蜂螫了我的脖子。

04 **beetle** [`bitl] 名 甲蟲　②
Victor's hobby is collecting **beetle** specimens.
🏠 維特的嗜好是採集甲蟲標本。

05 **bug** [bʌg] 名 小蟲 動 煩擾　⭐
I suddenly felt a **bug** crawling up my leg.
🏠 我突然感覺到有一隻小蟲爬上我的腿。

06 **butterfly** [`bʌtə͵flaɪ] 名 蝴蝶　⭐
A **butterfly** came into our classroom this afternoon.
🏠 今天下午有一隻蝴蝶飛進我們的教室裡。

07 **buzz** [bʌz] 動 嗡嗡叫 名 嗡嗡聲　③
My ears are **buzzing** now.
🏠 我的耳朵現在聽到嗡嗡聲。

08 **caterpillar** [`kætə͵pɪlə] 名 毛毛蟲　③
She is afraid of **caterpillars**.
🏠 她很怕毛毛蟲。

09 **cockroach** [`kɑk͵rotʃ] 名 蟑螂　②
He struck the **cockroach** with a slipper.
🏠 他用拖鞋打蟑螂。

10 **cocoon** [kə`kun] 名 繭 動 緊緊包住　⑤
We found a **cocoon** of moth in the garden.
🏠 我們在花園裡發現一個蛾的繭。

11 **crawl** [krɔl] 動 名 爬行　③
The snail **crawls** along the fence.
🏠 蝸牛沿著籬笆爬行。

12 **cricket** [`krɪkɪt] 名 蟋蟀　③
Can you hear the chirping of **crickets**?
🏠 你可以聽到蟋蟀的唧唧聲嗎？

13 **dragonfly** [`drɑgən͵flaɪ] 名 蜻蜓　②
Is that **dragonfly** still alive?
🏠 那隻蜻蜓還活著嗎？

14 **flea** [fli] 名 跳蚤　③
The dog has **fleas**.
🏠 這隻狗的身上有跳蚤。

15 **grasshopper** [`græs,hɑpə] 名 蚱蜢　③
There are many **grasshoppers** near the pond.
🔊 池塘附近有很多蚱蜢。

16 **hive** [haɪv] 名 蜂巢　③
Don't hit the **hive**, or the bees will sting you.
🔊 不要打蜂巢，否則蜂群會螫你。

17 **hum** [hʌm] 動 嗡嗡叫 名 嗡嗡聲　②
The bees are **humming** in the garden.
🔊 蜜蜂在花園裡嗡嗡叫。

18 **insect** [`ɪnsɛkt] 名 昆蟲　②
Most **insects** have six legs and wings.
🔊 大多數昆蟲有六隻腳和翅膀。

19 **ladybug** [`ledɪ,bʌg] 名 瓢蟲　②
I like the colors and patterns on a **ladybug**.
🔊 我喜歡瓢蟲身上的顏色和圖案。

20 **locust** [`lokəst] 名 蝗蟲　⑤
Swarms of **locusts** ate almost all crops.
🔊 成群的蝗蟲幾乎吃掉所有作物。

21 **mosquito** [mə`skito] 名 蚊子　②
We were badly bitten by **mosquitoes** in the forest.
🔊 我們在森林裡被蚊子叮得很厲害。

22 **moth** [mɔθ] 名 蛾　②
A **moth** is flying around the light bulb.
🔊 一隻蛾正繞著燈泡飛。

23 **pest** [pɛst] 名 害蟲　③
He invented a new method of **pest** control.
🔊 他發明了一種新的害蟲防制法。

24 **silkworm** [`sɪlk,wɝm] 名 蠶　⑤
Silkworms make their cocoons with silk produced
by themselves.
🔊 蠶用牠們自己吐的絲來結繭。

25 **spider** [`spaɪdə] 名 蜘蛛　②
I saw a **spider** spinning its web in a corner of the
ceiling.
🔊 我看到一隻蜘蛛在天花板的角落結網。

26 **sting** [stɪŋ] 動 叮；刺；螫 名 刺痛；挖苦　　🔳
A wasp **stung** the boy on his head.
🏠 一隻黃蜂螫了這個男孩的頭。

27 **swarm** [swɔrm] 名 一群 動 群集　　🔳
There was a **swarm** of mosquitoes buzzing about my ears.
🏠 有一群蚊子在我耳邊嗡嗡叫。

28 **worm** [wɜm] 名 蟲 動 蠕行　　🔳
I'm not afraid of **worms**.
🏠 我不怕蟲。

05 植物　　分類

01 **bamboo** [bæm`bu] 名 竹子　　🔳
The hut on the hill is built of **bamboo**.
🏠 山丘上的小屋是用竹子建造而成的。

02 **bloom** [blum] 動 名 開花　　🔳
This plant **blooms** in early summer.
🏠 這種植物在夏季初期開花。

03 **blossom** [`blɑsəm] 名 盛開 動 開花　　🔳
The cherry **blossom** came out early in Tokyo this year.
🏠 今年東京的櫻花提早盛開。

04 **botany** [`botənɪ] 名 植物學　　🔳
Mr. Jackson teaches us **botany**.
🏠 傑克森先生教我們植物學。

05 **bud** [bʌd] 名 花苞；芽 動 發芽　　🔳
Susan's favorite time is early spring, just before the **buds** open.
🏠 蘇珊最喜愛的時節是花苞綻放前的初春。

06 **bush** [buʃ] 名 灌木叢；灌木　　🔳
They planted lots of **bushes** in the garden.
🏠 他們在花園裡種植了很多灌木。

07 **cactus** [`kæktəs] 名 仙人掌　　🔳
It is said that **cacti** can absorb radiations.
🏠 據說仙人掌可以吸收輻射。

MP3 ⊙189

08 carnation [kɑr`neʃən] 名 康乃馨 ⑤
Janet gave her mother a handmade **carnation** on Mother's Day.
🏛 珍娜在母親節時送她媽媽一朵手工製康乃馨。

09 cherry [`tʃɛrɪ] 名 櫻桃 形 櫻桃的 ③
Cherries contain abundant vitamin C.
🏛 櫻桃含有豐富的維他命C。

10 clover [`klovə] 名 幸運草 ⑤
He sent me a birthday card with a four leaf **clover** on it.
🏛 他寄給我一張上面有株幸運草的生日卡。

11 cotton [`kɑtn̩] 名 棉花 ②
There are lots of **cotton** plantations in Tennessee.
🏛 美國田納西州有很多棉花田。

12 daffodil [`dæfə.dɪl] 名 黃水仙 ⑥
Daffodil is my mother's favorite flower.
🏛 黃水仙是我媽最喜愛的花。

13 evergreen [`ɛvə.grin] 形 常綠的 名 常綠樹 ⑤
Pine, like fir and holly, is an **evergreen** tree.
🏛 松樹就像杉樹和冬青一樣是常綠樹。

14 grass [græs] 名 草 ①
The lawn contained several kinds of **grasses**.
🏛 這個草坪包含了幾種草。

15 herb [hɜb] 名 草本植物 ⑤
These **herbs** have antiseptic qualities.
🏛 這些草本植物具有抗菌的特性。

16 ivy [`aɪvɪ] 名 長春藤 ⑤
Ivy leaves embellish the front of the porch.
🏛 長春藤的葉子裝飾著門廊前方。

17 jasmine [`dʒæsmɪn] 名 茉莉 ⑤
Bees collect nectar from **jasmines**.
🏛 蜜蜂採集茉莉花蜜。

18 leaf [lif] 名 葉 動 長葉 ①
There are many dead **leaves** under the tree.
🏛 這棵樹下有很多枯葉。

19 **lily** [`lɪlɪ] 名 百合 ①
The **lilies** were in flower.
百合盛開著。

20 **log** [lɔg] 名 原木 ②
The truck dumped its load of **logs** on the ground.
卡車將裝載的原木卸在地上。

21 **lotus** [`lotəs] 名 蓮花 ⑤
We made some tea with dried **lotuses**.
我們用乾燥的蓮花泡茶。

22 **lumber** [`lʌmbɚ] 名 木材 動 伐木 ⑤
A pile of **lumber** lay by the wall.
一堆木材放在牆壁旁邊。

23 **lush** [lʌʃ] 形 青翠的 ⑥
The **lush** green meadow is bordering the canal.
青翠的綠色草地將運河鑲了邊。

24 **maple** [`mepḷ] 名 楓樹 ⑤
There are several **maples** on campus.
校園裡有幾棵楓樹。

25 **moss** [mɔs] 名 苔 動 用苔覆蓋 ⑤
The floor of the patio is covered over with **moss**.
這座露臺的地板滿是青苔。

26 **oak** [ok] 名 橡樹 ③
There are high mountains covered in **oak** trees in the distance.
遠處有覆蓋著橡樹的高山。

27 **olive** [`ɑlɪv] 名 橄欖 形 橄欖色的 ⑤
I don't like the taste of pickled **olives**.
我不喜歡醃橄欖的味道。

28 **orchard** [`ɔrtʃɚd] 名 果園 ⑤
We pick litchees from Grandpa's **orchard** every summer.
我們每年夏天都從爺爺的果園裡摘荔枝。

29 **petal** [`pɛtḷ] 名 花瓣 ④
She tore the rose apart and scattered the **petals** over the bed.
她撕開了這朵玫瑰花，將花瓣撒在床上。

30 **pine** [paɪn] 名 松樹 ③
Many large **pines** were felled during the war.
🏛 許多大棵的松樹在這場戰爭期間被砍伐。

31 **plant** [plænt] 名 植物；工廠 動 栽種 ①
Could you take care of my **plants** during my holidays?
🏛 你可以在我度假期間幫我照顧植物嗎？

32 **root** [rut] 名 根；根源 動 生根 ①
He stumbled over a tree **root** and twisted his ankle.
🏛 他被樹根絆倒扭傷了腳踝。

33 **rose** [roz] 名 玫瑰花 ①
The great hall was decorated with red **roses**.
🏛 大廳裡裝飾著紅色的玫瑰花。

34 **seed** [sid] 名 種子 動 播種 ①
The farmer sowed a plot of land with sunflower **seeds**.
🏛 農夫在一塊地上播種向日葵。

35 **shrub** [ʃrʌb] 名 灌木 ⑤
The blossoms of plants, **shrubs** and trees on the street
are so beautiful.
🏛 這條街上的植物、灌木和樹木的花真是美麗。

36 **stem** [stɛm] 名 花梗；莖幹 動 起源 ④
Bob cut the **stem** of the rose with his knife.
🏛 鮑伯用他的小刀割斷這朵玫瑰花的花梗。

37 **straw** [strɔ] 名 稻草 ②
The camper made a fire with dry **straws**.
🏛 這個露營者用乾稻草生火。

38 **stump** [stʌmp] 名 殘幹；殘餘部分 動 遊說 ⑤
The axe made a slash across the **stump**.
🏛 斧頭在這個殘幹上劃出了一道砍痕。

39 **thorn** [θɔrn] 名 刺；荊棘 ⑤
We hacked our way through the thick **thorns**.
🏛 我們在茂密的荊棘中闖出了一條路。

40 **thrive** [θraɪv] 動 繁茂 ⑥
Dragon fruit **thrives** in this hot weather.
🏛 火龍果在這種熱天氣中生長繁茂。

41　**timber** [`tɪmbɚ] 名 木材　⑤
The cottage is built of **timber**.
🔒 這間小屋是用木材建造的。

42　**tree** [tri] 名 樹　①
A bird alighted on a branch of the pine **tree**.
🔒 一隻鳥飛下，落在這棵松樹的樹枝上。

43　**trunk** [trʌŋk] 名 樹幹　③
The **trunk** of the gnarled old oak is two meters thick.
🔒 這棵多節瘤老橡樹的樹幹有兩公尺粗。

44　**tulip** [`tjuləp] 名 鬱金香　③
The **tulips** are in full bloom.
🔒 鬱金香正盛開。

45　**twig** [twɪg] 名 嫩枝　③
A **twig** snapped under the boy's weight.
🔒 一根嫩枝在這個男孩身體的重壓下啪地一聲折斷了。

46　**vegetation** [ˏvɛdʒə`teʃən] 名 植物；草木　⑤
The holiday camp has a garden of tropical **vegetation**.
🔒 這個度假村有個熱帶植物園。

47　**vine** [vaɪn] 名 葡萄樹　⑤
Those **vines** need watering.
🔒 那些葡萄樹該澆水了。

48　**violet** [`vaɪəlɪt] 名 紫羅蘭 形 紫羅蘭色的　③
Violets were planted along the river bank.
🔒 河流沿岸栽種著紫羅蘭。

49　**weed** [wid] 名 雜草 動 除雜草　③
The paddy was overgrown with **weeds**.
🔒 這個稻田長滿了雜草。

50　**willow** [`wɪlo] 名 柳樹　③
Willow branches swept the lake's surface.
🔒 柳枝拂掠著湖面。

51　**wither** [`wɪðɚ] 動 枯萎；衰弱　⑤
Lance lopped off **wither** branches from the teak.
🔒 藍斯剪去這棵柚木枯萎的枝椏。

06　環境保護　分類

01 conservation [ˌkɑnsəˋveʃən] 名 保存；維護
Many **conservation** projects are carried out to protect our environment.
許多自然資源保存計畫被實施以保護我們的自然環境。

02 conserve [kənˋsɝv] 動 名 保存；保護
Developing countries should try to **conserve** their forests.
開發中國家應試著保護他們的森林。

03 contaminate [kənˋtæməˌnet] 動 汙染
The leakage of oil has **contaminated** the beach.
漏油已經汙染了海灘。

04 ecology [ɪˋkɑlədʒɪ] 名 生態學
Dr. Su will give us a lecture on **ecology**.
蘇博士將對我們演講生態學。

05 environment [ɪnˋvaɪrənmənt] 名 環境
Human beings should all respect the **environment**.
所有人類都應該重視自然環境。

06 environmental [ɪnˌvaɪrənˋmɛntl] 形 環境的
Several **environmental** groups protested against the plan.
幾個環保團體對這項計畫表示抗議。

07 ozone [ˋozon] 名 臭氧
If **ozone** depletion continues, disasters worldwide might be happened.
如果臭氧的消耗持續，可能會發生遍及全球的災難。

08 poison [ˋpɔɪzn] 名 毒藥 動 下毒
There is **poison** in these plants.
這些植物有毒。

09 poisonous [ˋpɔɪznəs] 形 有毒的
The leakage formed a large cloud of **poisonous** gas.
洩漏形成了一大片有毒的氣體雲。

10 pollutant [pəˋlutənt] 名 污染物 形 受汙染的
Gases from vehicles clog the air with **pollutants**.
車輛排放的氣體使空氣中充斥著汙染物。

11 **pollute** [pə`lut] 動 汙染
The sea was **polluted** by the oil spill.
🏠 海洋被漏油給汙染了。

12 **pollution** [pə`luʃən] 名 汙染
Recycling helps control environmental **pollution** by reducing the amount of garbage.
🏠 回收減少了垃圾量，幫助控制環境汙染。

13 **preservation** [ˌprɛzɚ`veʃən] 名 保存
Don't worry; the documents are in good **preservation**.
🏠 別擔心，那些文件都保存良好。

14 **recycle** [rɪ`saɪkl] 動 回收利用
The booklet is printed on **recycled** paper.
🏠 這本小冊子印刷在回收紙上。

15 **smog** [smɑg] 名 煙霧；煙
The kitchen is full of **smog**; what's going on?
🏠 廚房充滿煙霧；發生什麼事了？

16 **toxic** [`tɑksɪk] 形 有毒的
Be careful! I think the cake is **toxic**!
🏠 小心！我覺得那塊蛋糕有毒！

17 **waste** [west] 動 名 浪費
For all mankind's future, we should stop **wasting** any resources.
🏠 為了全人類的未來，我們應該停止浪費資源。

07 自然　　　分類

01 **bare** [bɛr] 形 光禿禿的 動 揭露；露出
The tree is so old that many of its limbs are **bare**.
🏠 這棵樹太老了，以致於它的許多樹枝都光禿禿的。

02 **beach** [bitʃ] 名 海灘 動 上岸
They are playing volleyball on the sandy **beach** at present.
🏠 他們目前正在沙灘上玩排球。

03 **blast** [blæst] 名 強風 動 損害 🔒
Blasts of cold air swept down from the mountains.
🔈 寒冷的強風從山上颳下來。

04 **blaze** [blez] 名 火焰 動 燃燒 🔒
The whole building was in a **blaze** in a few minutes.
🔈 幾分鐘之內，整棟建築物變成了一片火海。

05 **blizzard** [`blɪzəd] 名 暴風雪 🔒
The **blizzard** crushed the roof of the barn last night.
🔈 昨夜的暴風雪壓垮了穀倉的屋頂。

06 **blow** [blo] 動 名 吹 🔒
The wind **blew** away the seeds of the dandelion.
🔈 風吹走了這株蒲公英的種子。

07 **bog** [bɑg] 名 沼澤；濕地 動 使陷泥沼 🔒
I don't want to walk through that muddy **bog**.
🔈 我不想走過那片泥濘的沼澤。

08 **breeze** [briz] 名 微風 動 微風吹拂 🔒
We can enjoy the cool summer **breeze** on the porch after dinner.
🔈 晚餐後我們可以在門廊上享受清涼的夏夜微風。

09 **brook** [bruk] 名 溪流 🔒
Stanley caught some shrimps in the **brook** behind our house.
🔈 史丹利在我們家後面的溪流裡抓了一些蝦子。

10 **burn** [bɜn] 動 燃燒 名 燒傷 🔒
A forest fire **burned** almost out of control near the town yesterday.
🔈 昨天在這個城鎮附近有場差點燒到失控的森林大火。

11 **canyon** [`kænjən] 名 峽谷 🔒
I have been to the Grand **Canyon** in Arizona once.
🔈 我曾去過位於亞歷桑納州的大峽谷一次。

12 **catastrophe** [kə`tæstrəfɪ] 名 大災難 🔒
No one expects that a tiny mistake could become this **catastrophe**.
🔈 沒人預料到一個小錯誤會釀成這場大災難。

13 **cave** [kev] 名 洞穴 動 屈服　　　　🔢
The **cave** more than 300 meters deep is the biggest cave in this area.
🏠 這個超過三百公尺深的洞穴是這個地區中最大的洞穴。

14 **cloud** [klaʊd] 名 雲　　　　🔢
The teacher lets us look at the sky for a while to observe the varied shapes of the **clouds**.
🏠 老師讓我們看著天空一會兒，觀察雲的各種形狀。

15 **cloudy** [`klaʊdɪ] 形 多雲的　　　　🔢
Christine dislikes **cloudy** days like today.
🏠 克莉絲汀不喜歡像今天的多雲天氣。

16 **coast** [kost] 名 海岸　　　　🔢
We live in a small village on the south **coast**.
🏠 我們住在南海岸的一個小村子裡。

17 **coastline** [`kost.laɪn] 名 海岸線　　　　🔢
The east **coastline** of Taiwan is rugged and rocky.
🏠 臺灣的東海岸線崎嶇不平且多岩石。

18 **crater** [`kretɚ] 名 火山口 動 使成坑　　　　🔢
The scenery around the **crater** is amazing.
🏠 火山口周邊的風景很令人驚奇。

19 **creation** [krɪ`eʃən] 名 創作；創造　　　　🔢
The Queen's Head Rock is a **creation** of waves and wind.
🏠 女王頭是海浪和風的創作。

20 **dew** [dju] 名 露　　　　🔢
This tent can gather lots of **dew** during the night.
🏠 這頂帳篷在夜間會積聚很多露水。

21 **drift** [drɪft] 動 漂移 名 漂流物　　　　🔢
The wind **drifted** the snow in piles, blocking the road.
🏠 風把雪吹積成堆，堵塞了道路。

22 **drizzle** [`drɪzl] 名 毛毛細雨 動 下毛毛雨　　　　🔢
The **drizzle** had stopped and the moon was breaking through.
🏠 毛毛細雨已經停了，月亮露了出來。

23 drought [draut] 名 乾旱 6
Drought has caused famine here.
乾旱造成了此地的饑荒。

24 dry [draɪ] 形 乾燥的 動 乾燥 1
The country has a **dry** climate in winter.
這個國家冬天氣候乾燥。

25 field [fild] 名 田野；範疇 2
There is a large **field** of wheat.
這裡有一大片小麥田。

26 fierce [fɪrs] 形 酷烈的；粗暴的 4
I just can't stand the **fierce** heat in summer.
我受不了夏季的酷熱。

27 fire [`faɪr] 名 火 動 開炮；解雇 1
There was a big **fire** in the woods yesterday.
昨天發生森林大火。

28 flake [flek] 名 雪花 動 剝落 5
Have you ever seen snow **flakes** before?
你看過雪花嗎？

29 flame [flem] 名 火焰 動 點燃 3
The car burst into **flames** all in a sudden.
那輛車突然燃燒了起來。

30 flood [flʌd] 名 洪水 動 淹沒 2
The dam burst and caused a **flood** in low-lying areas.
水壩潰堤造成了低窪地區的洪水。

31 flourish [flɜɪʃ] 動 繁盛 名 繁盛；榮耀 5
These trees and flowers **flourish** in my yard.
這些樹木與花卉在我的院子裡生長相當茂盛。

32 flow [flo] 名 漲潮；流量 動 流出 2
She likes watching the ebb and **flow** of the sea.
她喜歡看海潮的漲落。

33 flower [`flauɚ] 名 花 動 開花 1
Olivia put the fresh **flowers** in a vase.
奧莉薇亞把鮮花插在花瓶裡。

34 fog [fɑg] 名 霧 動 使困惑 1
We got lost because of the heavy **fog**.
我們因濃霧而迷了路。

35 **foggy** [`fɑgɪ] 形 多霧的
He lived in a **foggy** city near the mountains.
🏛 他住在靠近山區的一個多霧的城市。

36 **forest** [`fɔrɪst] 名 森林
There might be many unknown creatures in the ancient **forests**.
🏛 原始森林裡可能存在著許多未知生物。

37 **frost** [frɑst] 動 結霜 名 霜;冷淡
The trees were **frosted** over.
🏛 樹上結了一層霜。

38 **fury** [`fjʊrɪ] 名 (天氣等的)猛烈;狂怒
The **fury** of the hurricane has abated.
🏛 颶風的威力已經減弱了。

39 **grassy** [`græsɪ] 形 多草的
We went on a picnic on the **grassy** meadow.
🏛 我們到草地上野餐。

40 **ground** [graʊnd] 名 地面 動 落地
The **ground** was still wet at night from this afternoon's rain.
🏛 因為今天下午的雨,地面到晚上還是濕的。

41 **gust** [gʌst] 名 一陣強風 動 狂吹
A **gust** of wind blew off part of the barn's roof.
🏛 一陣強風吹掉了穀倉一部分的屋頂。

42 **hill** [hɪl] 名 小山;丘陵
Daniel has a small cottage on the **hill**.
🏛 丹尼爾在小山上有間小農舍。

43 **hurricane** [`hɜɪˌken] 名 颶風
There is a **hurricane** coming, so be prepared.
🏛 有個颶風要來了,要做好準備。

44 **iceberg** [`aɪsˌbɝg] 名 冰山
Icebergs are said to be very mysterious.
🏛 據說冰山非常神祕。

45 **jungle** [`dʒʌŋgḷ] 名 叢林
Some gorillas live in the **jungle**.
🏛 叢林裡住著大猩猩。

46 **lake** [lek] 名 湖
We took a walk around the **lake**.
🏠 我們繞著湖散步。

47 **land** [lænd] 名 土地 動 登陸
About thirty percent of the earth's surface is covered by **land**.
🏠 地球表面大約百分之三十被陸地覆蓋。

48 **lightning** [`laɪtnɪŋ] 名 閃電
I saw **lightning** in the distance.
🏠 我看見遠處有閃電。

49 **meadow** [`mɛdo] 名 草地
There is a flock of sheep in the **meadow**.
🏠 草地上有一群羊。

50 **mist** [mɪst] 名 霧 動 以霧籠罩
The mountain village was hidden in the **mist**.
🏠 這個山裡的村莊隱藏在霧中。

51 **mound** [maʊnd] 名 小丘 動 堆積
To the rear of the house is a **mound**.
🏠 這間房子的後面是一座小丘。

52 **mountain** [`maʊntn̩] 名 山
Yushan is the highest **mountain** in Taiwan.
🏠 玉山是臺灣最高的山。

53 **mountainous** [`maʊntənəs] 形 多山的
Bhutan is a **mountainous** country.
🏠 不丹是個多山的國家。

54 **natural** [`nætʃərəl] 形 天然的;自然的
Earthquakes and typhoons are **natural** forces.
🏠 地震和颱風屬於大自然的力量。

55 **naturalist** [`nætʃərəlɪst] 名 自然主義者
She is a teacher by trade and **naturalist** by avocation.
🏠 她的職業是老師,興趣是自然主義作家。

56 **nature** [`netʃɚ] 名 自然界;自然
The phenomenon is unique in **nature**.
🏠 這個現象在自然界很罕見。

57 **pacific** [pə`sɪfɪk] 名 太平洋 形 平靜的 🔟
We will holiday on a small island in the **Pacific**.
🏛 我們將在太平洋的一座小島上度假。

58 **peak** [pik] 名 山頂 動 達到高峰 🔟
I took pictures of the snow-covered **peaks**.
🏛 我拍了這些山頂覆蓋著白雪的照片。

59 **pebble** [`pɛb] 名 小圓石 🔟
The little girl threw some **pebbles** into the lake.
🏛 這個小女孩將幾塊小圓石丟進湖裡。

60 **pond** [pɑnd] 名 池塘 🔟
He fished the **pond** for trout.
🏛 他在這個池塘裡捕鱒魚。

61 **pour** [por] 動 倒 🔟
The tide **poured** in from the east.
🏛 潮水從東方灌入。

62 **rain** [ren] 名 雨 動 下雨 🔟
Don't go out in the heavy **rain**.
🏛 不要冒著大雨出門。

63 **rainbow** [`ren,bo] 名 彩虹 🔟
I saw a **rainbow** over the fields after the rain.
🏛 我在雨停之後看見原野上的一道彩虹。

64 **rainfall** [`ren,fɔl] 名 降雨量 🔟
There has been two years of below average **rainfall**.
🏛 降雨量低於平均已經有兩年。

65 **rainy** [`renɪ] 形 多雨的 🔟
The **rainy** season in this tropical area normally starts
in March.
🏛 這個熱帶地區的雨季通常從三月開始。

66 **reef** [rif] 名 礁；沙洲 動 捲動 🔟
We went snorkeling to see the unspoiled coral **reef**.
🏛 我們浮潛去欣賞尚未被破壞的珊瑚礁。

67 **ridge** [rɪdʒ] 名 山脊 動 使成脊狀 🔟
Dark clouds suddenly covered the **ridge** of mountains.
🏛 烏雲突然覆蓋了群山的山脊。

68 **rock** [rɑk] 名 岩石 動 搖動 ⬆

The hills above the valley are bare **rock**.
山谷上方的丘陵是光禿禿的岩石。

69 **rocky** [`rɑkɪ] 形 岩石的；困難的 ❷

We walked carefully through a **rocky** path.
我們小心謹慎地走過一條岩石小徑。

70 **scene** [sin] 名 風景 ⬆

I enjoyed the delightful rural **scene** along the coast.
我沿著海岸欣賞了令人愉快的鄉村風景。

71 **scenery** [`sinərɪ] 名 風景；景色 ❹

Sometimes we stopped to admire the mountain
scenery.
有時候我們會停下來欣賞山景。

72 **scenic** [`sinɪk] 形 風景優美的 ❻

Harry took a **scenic** route from Taichung to Hualien.
哈利選擇了從臺中到花蓮的一條風景優美的路線。

73 **sea** [si] 名 海 ⬆

Most of the earth's surface is covered by **sea**.
地球表面大部分是海。

74 **shadow** [`ʃædo] 名 影子 動 使有陰影 ❸

The **shadow** of the house looks funny on the ground.
這棟房子在地上的影子看起來很有趣。

75 **shady** [`ʃedɪ] 形 成蔭的 ❸

The apple tree which I grew when I was little is now
tall and **shady**.
我小時候種的那棵蘋果樹如今已經高大成蔭。

76 **shore** [ʃor] 名 岸；濱 ⬆

She swam from the boat to the **shore**.
她從小船邊游到岸邊。

77 **sky** [skaɪ] 名 天空 ⬆

The moon is already high in the **sky**.
月亮已高掛在天空。

78 **slope** [slop] 名 斜坡 ❸

The jeep labored up the steep **slope**.
吉普車吃力地開上這個陡坡。

[79] **snow** [sno] 名 雪 動 下雪 🛈

The ten inches of **snow** blocked roads.
🔈 十吋深的雪阻塞了道路。

[80] **snowy** [`snoɪ] 形 多雪的 🛈

I don't like the **snowy** weather.
🔈 我不喜歡多雪的天氣。

[81] **spectacle** [`spɛktəkl] 名 奇觀 🛈

People highly praised the **spectacle**.
🔈 大家讚嘆這個奇觀。

[82] **spectacular** [spɛk`tækjələ] 名 奇觀 形 可觀的 🛈

This **spectacular** has attracted many viewers.
🔈 這個奇觀吸引了許多觀賞者。

[83] **storm** [stɔrm] 名 風暴 動 襲擊 🛈

A violent **storm** whipped Taiwan's east coast yesterday.
🔈 昨天一個強烈的風暴襲擊了臺灣的東海岸。

[84] **stormy** [`stɔrmɪ] 形 暴風雨的 🛈

Our ship went through the **stormy** seas safely.
🔈 我們的船平安通過了暴風雨海面。

[85] **stream** [strim] 名 小溪 動 流動 🛈

The travelers set up a camp near the mountain **stream**.
🔈 這些旅行者在山溪邊搭起了帳篷。

[86] **summit** [`sʌmɪt] 名 頂點；高峰 🛈

The goal of their journey is to reach the **summit** of Mount Everest.
🔈 他們旅程的目的地是聖母峰的峰頂。

[87] **sun** [sʌn] 名 太陽 動 曬 🛈

The **sun** shone bright and warm that day.
🔈 那天陽光燦爛和煦。

[88] **sunny** [`sʌnɪ] 形 充滿陽光的 🛈

Most evergreens like a **sunny** position.
🔈 大多數萬年青喜歡充滿陽光的位置。

[89] **swamp** [swɑmp] 名 沼澤 動 陷入 🛈

Bullfrogs are often to be found in **swamps**.
🔈 牛蛙通常可以在沼澤區找到。

90 tide [taɪd] 名 潮;趨勢
The sandy beach was smooth after the **tide** went out.
🔊 沙灘在退潮之後變得平滑。

91 torrent [`tɔrənt] 名 洪流
Torrents of water came pouring down in a waterfall off the hill.
🔊 洪流從山坡上傾瀉而下形成瀑布。

92 valley [`vælɪ] 名 山谷
Wolfs are numerous in the **valleys**.
🔊 這些山谷中有很多狼。

93 view [vju] 名 景觀 動 觀看
I will remember this beautiful **view** for the rest of my life.
🔊 我這一生都將記得這個美麗的景緻。

94 volcano [vɑl`keno] 名 火山
A stream of lava gushed from the **volcano**.
🔊 一股岩漿從火山中噴出。

95 waterfall [`wɑtə͵fɔl] 名 瀑布
The undercurrent below the **waterfall** devoured a diver.
🔊 這座瀑布下面的暗流吞噬了一個跳水者。

96 wet [wɛt] 形 潮濕的 動 弄濕
It was a **wet**, cloudy winter day.
🔊 那是個潮濕多雲的冬日。

97 wild [waɪld] 形 野生的 名 荒野
We encountered boars and **wild** dogs in the woods.
🔊 我們在森林裡遇到了野豬和野狗。

98 wind [wɪnd] 名 風 動 [waɪnd] 上緊發條
The **wind** puffed away the dense smoke.
🔊 風把濃煙吹散了。

99 windy [`wɪndɪ] 形 多風的
It was very **windy** the day they went to the zoo.
🔊 他們去動物園的那天風很大。

100 wood [wud] 名 木材
Their dining utensils are made of **wood**.
🔊 他們的餐具是用木頭做的。

101 wooden [`wudn] 形 木製的
There is a **wooden** pavilion in the park.
🏠 這座公園裡有一座木造的涼亭。

---

08 氣味

01 fragrance [`fregrəns] 名 芳香；香味
Mint has a fresh **fragrance**.
🏠 薄荷有清新的香味。

02 fragrant [`fregrənt] 形 芳香的；有香味的
The garden is full of **fragrant** herbs.
🏠 花園裡充斥著有香味的草本植物。

03 odor [`odə] 名 氣味
The delicious **odor** of freshly made coffee awoke me.
🏠 新鮮咖啡的香味喚醒了我。

04 perfume [`pəfjum] 名 香水 動 賦予香味
The smell of her **perfume** filled the elevator.
🏠 電梯裡瀰漫著她的香水味。

05 scent [sɛnt] 名 氣味 動 聞；嗅
This kind of flower has no **scent**.
🏠 這種花沒有香味。

---

09 天空；空氣

01 air [ɛr] 名 空氣
Please open the window to let in some fresh **air**.
🏠 請打開窗戶讓一些新鮮空氣進來。

02 aircraft [`ɛr,kræft] 名 飛機
Two military **aircraft** just flew across the sky.
🏠 兩架軍用飛機剛剛飛過天空。

03 airline [`ɛr,laɪn] 名 航線；航空公司
A new **airline** will be opened from next month.
🏠 從下個月起將開放一條新的航線。

04 airplane [`ɛr.plen] 名 飛機
I went to Taipei by **airplane** last Sunday.
我上週日搭飛機去台北。

05 airport [`ɛr.port] 名 機場
There is only a small **airport** on the island.
島上只有一座小型機場。

06 airway [`ɛr.we] 名 航空路線
A private pilot should get access to the **airway** before taking off.
私人飛行員應該在起飛前取得航線的使用權。

07 ash [æʃ] 名 灰
The fire burned the house into **ashes**.
大火把房子燒成灰燼。

08 attendant [ə`tɛndənt] 名 侍者 形 陪從的
She dreamt of becoming a flight **attendant** five years ago.
五年前她夢想成為空服員。

09 aviation [ˌevɪ`eʃən] 名 飛行；航空；航空學
Henry majored in **aviation** and minored in physics.
亨利主修航空學，副修物理。

10 balloon [bə`lun] 名 氣球 動 膨脹
Grandma bought me a red **balloon**.
奶奶買了一顆紅色的氣球給我。

11 flap [flæp] 動 飄揚；拍動 名 慌亂；激動
The national flag of Australia **flapped** in the wind.
澳洲國旗在風中飄揚。

12 flight [flaɪt] 名 班機
I missed the early **flight** to New York this morning.
我錯過了今天早上飛往紐約的早班飛機。

13 fume [fjum] 名 蒸氣 動 激怒
The **fumes** in the steam room blocked my vision.
蒸氣室裡的蒸氣遮蔽了我的視線。

14 helicopter [`hɛlɪkaptə] 名 直升機
His private **helicopter** landed on the top of the building.
他的私人直升機降落在建築物的屋頂。

15 **jet** [dʒɛt] 名 噴射機 動 噴出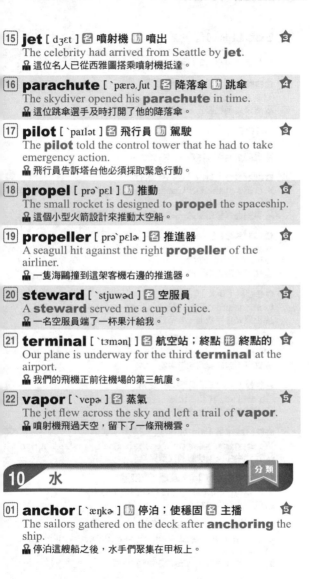
The celebrity had arrived from Seattle by **jet**.
🏛 這位名人已從西雅圖搭乘噴射機抵達。

16 **parachute** [`pærəˌʃut] 名 降落傘 動 跳傘
The skydiver opened his **parachute** in time.
🏛 這位跳傘選手及時打開了他的降落傘。

17 **pilot** [`paɪlət] 名 飛行員 動 駕駛
The **pilot** told the control tower that he had to take
emergency action.
🏛 飛行員告訴塔台他必須採取緊急行動。

18 **propel** [prəˋpɛl] 動 推動
The small rocket is designed to **propel** the spaceship.
🏛 這個小型火箭設計來推動太空船。

19 **propeller** [prəˋpɛlə] 名 推進器
A seagull hit against the right **propeller** of the
airliner.
🏛 一隻海鷗撞到這架客機右邊的推進器。

20 **steward** [`stjuwəd] 名 空服員
A **steward** served me a cup of juice.
🏛 一名空服員端了一杯果汁給我。

21 **terminal** [`tɜmənl] 名 航空站；終點 形 終點的
Our plane is underway for the third **terminal** at the
airport.
🏛 我們的飛機正前往機場的第三航廈。

22 **vapor** [`vepə] 名 蒸氣
The jet flew across the sky and left a trail of **vapor**.
🏛 噴射機飛過天空，留下了一條飛機雲。

10 水 分類

01 **anchor** [`æŋkə] 動 停泊；使穩固 名 主播
The sailors gathered on the deck after **anchoring** the
ship.
🏛 停泊這艘船之後，水手們聚集在甲板上。

02 boat [bot] 名 小船 ❶
That island can be reached by **boat** from here.
🏛 從這裡搭小船可以抵達那座島。

03 canal [kə`næl] 名 運河 ❺
The **canal** has been excavated since 1850.
🏛 這條運河從西元一八五零年就已開鑿。

04 canoe [kə`nu] 名 獨木舟 動 乘獨木舟 ❸
The island is famous for its **canoe**.
🏛 這座小島因獨木舟而聞名於世。

05 cruise [kruz] 動 名 航行 ❻
A crew of the US Coast Guard **cruise** along the coast twice a day.
🏛 美國海岸警衛隊的一組成員每天沿海巡邏兩次。

06 cruiser [`kruzɚ] 名 巡洋艦；遊艇 ❻
Germany lost tens of **cruisers** and hundreds of sailors in the battle.
🏛 在這場戰役中，德軍損失數十艘巡洋艦和數百名水兵。

07 deck [dɛk] 名 甲板 ❸
Don't stand on the **deck**, or you may catch a cold.
🏛 不要站在甲板上，要不然你會感冒。

08 dock [dɑk] 名 碼頭 動 停泊 ❸
There used to be an ice cream stand on the **dock**.
🏛 碼頭上曾經有個冰淇淋攤。

09 ebb [ɛb] 名 退潮 動 衰落 ❻
Go and see if the tide is on the **ebb**.
🏛 去看看是否正在退潮。

10 embark [ɪm`bɑrk] 動 搭乘；從事 ❻
We **embarked** on a yacht for Samui Island at noon.
🏛 我們中午搭乘快艇前往蘇美島。

11 ferry [`fɛrɪ] 名 渡船 動 度過 ❹
The couple crossed the river by **ferry**.
🏛 這對夫妻乘船渡河。

12 fleet [flit] 名 船隊；艦隊 ❻
Local fishing **fleets** supply the market with all kinds of seafood.
🏛 當地的捕魚船隊為市場提供各種海鮮。

13 **harbor** [`hɑrbə] 名 港灣 🌟
They reached the **harbor** at sunrise.
🔒 他們在日出時抵達港灣。

14 **lifeboat** [`laɪf,bot] 名 救生艇 🌟
Some refugees were saved by **lifeboats**.
🔒 救生艇救起一些難民。

15 **lifeguard** [`laɪf,gɑrd] 名 救生員 🌟
There is always a **lifeguard** here to ensure that
everyone is safe.
🔒 這裡常備有救生員以確保人人平安。

16 **lighthouse** [`laɪt,haʊs] 名 燈塔 🌟
The **lighthouse** beam was quite distinct at night.
🔒 燈塔的光線在夜間很明顯。

17 **liner** [`laɪnə] 名 定期輪船或班機 🌟
It is one of the largest ocean-going **liners** in the world.
🔒 這是世界上最大的遠洋輪船之一。

18 **marine** [mə`rin] 形 海洋的 名 海軍 🌟
Whales and dolphins are **marine** animals.
🔒 鯨魚和海豚是海洋動物。

19 **melt** [mɛlt] 動 溶解；融化 🌟
The snowman is **melting** under the sun.
🔒 雪人在太陽下融化。

20 **naval** [`nevl] 形 海軍的 🌟
My grandson is a serving **naval** officer.
🔒 我孫子是服役中的海軍軍官。

21 **navigation** [,nævə`geʃən] 名 航海；航空 🌟
Navigation on the sea was the hardest part in this
adventure.
🔒 在海上航行是這次冒險中最困難的部分。

22 **navy** [`nevɪ] 名 海軍 🌟
My father retired from the **navy** ten years ago.
🔒 我父親十年前從海軍退役。

23 **oar** [or] 名 槳 🌟
The blade of the **oar** entangled itself with something
in the water.
🔒 槳的葉片纏住了水裡的東西。

24 **paddle** [`pædl] 動 以槳划動 名 槳　　5
He **paddled** the canoe to the other side of the lake.
🏠 他划著獨木舟到湖的另一邊。

25 **pier** [pɪr] 名 碼頭　　5
The boat was moored broadside to the wooden **pier**.
🏠 小船的一側停泊在木碼頭上。

26 **pirate** [`paɪrət] 名 海盜 動 掠奪　　4
Pirates attacked an ocean liner and robbed the passengers.
🏠 海盜襲擊了一艘遠洋客輪並且搶劫乘客。

27 **pool** [pul] 名 水池 動 合資經營　　1
There is a small **pool** in back of my house.
🏠 我家後方有個小水池。

28 **port** [port] 名 港口　　2
The **port** is thirty minutes away by car.
🏠 開車三十分鐘可以到港口。

29 **raft** [ræft] 名 筏 動 乘筏　　6
We floated down the river on a bamboo **raft**.
🏠 我們乘著竹筏朝小河的下游漂去。

30 **reservoir** [`rɛzɚ͵vɔr] 名 蓄水池；倉庫　　6
Those workers are building a **reservoir**.
🏠 這些工人正在興建一座蓄水池。

31 **ripple** [`rɪpl] 名 漣漪 動 起漣漪　　5
A frog jumped into the pond and made a **ripple** on the surface of the water.
🏠 一隻青蛙跳進池塘，在水面上泛起了漣漪。

32 **river** [`rɪvɚ] 名 小河　　1
The **river** runs through the forest.
🏠 小河流經這座森林。

33 **sail** [sel] 動 名 航行　　1
His dream is to **sail** round the world.
🏠 他的夢想是航行環遊世界。

34 **sailor** [`selɚ] 名 船員　　2
Sailors cannot go home frequently.
🏠 水手們無法時常回家。

35 **shell** [ʃɛl] 名 貝殼 動 剝 🏯
Betty has collected many beautiful **shells**.
🏯 貝蒂收集了很多漂亮的貝殼。

36 **ship** [ʃɪp] 名 大船 動 運送 🏯
The **ship** was wrecked in the hurricane.
🏯 這艘船在颶風中失事了。

37 **submarine** [`sʌbmə,rin] 名 潛水艇 形 海底的 🏯
The Navy sent a **submarine** to defend our maritime space.
🏯 海軍派遣了一艘潛水艇保衛我們的海域。

38 **vessel** [`vɛsl] 名 船；容器 🏯
We saw three cargo **vessels** at the beach.
🏯 我們在海灘上看到了三艘貨輪。

39 **water** [`wɔtɚ] 名 水 動 灌溉 🏯
The children are running along the **water**'s edge.
🏯 孩子們正沿著水邊跑。

40 **wave** [wev] 名 波浪 動 搖動 🏯
They camped within sound of the **waves**.
🏯 他們在聽得見波浪聲的地方紮營。

41 **wharf** [hwɔrf] 名 碼頭 動 停靠於碼頭 🏯
We drove along the **wharf** so that he could point out his son's yacht.
🏯 我們沿著碼頭開車，以便他能指出他兒子的遊艇。

42 **yacht** [jɑt] 名 遊艇 動 駕駛遊艇 🏯
The **yacht** was docked at Seattle.
🏯 這艘遊艇停靠在西雅圖。

NOTE

PART 12

社會科學
單字收納

名 名 詞

動 動 詞

形 形容詞

副 副 詞

1～6 單字難易度
(分別符合美國一至六年級學生所學範圍)

掃碼即聽
MP3 200～209

分類

01 公民

01 citizen [`sɪtəzn̩] 名 市民；公民
Most of the ordinary **citizens** are well-behaved.
🔊 大多數的普通市民行為端正。

02 city [`sɪtɪ] 名 城市
New York is a big **city**.
🔊 紐約是一個大城市。

03 civic [`sɪvɪk] 形 公民的
He was not aware of the sense of **civic** pride until the accident.
🔊 直到發生這場意外，他才意識到身為公民的驕傲。

04 civil [`sɪvḷ] 形 國民的；市民的
They started a movement to protect the **civil** rights.
🔊 他們發起一場保護國民權利的運動。

05 civilian [sə`vɪljən] 形 平民的 名 平民
She is a police officer in **civilian** clothes.
🔊 她是便衣警官。

06 community [kə`mjunətɪ] 名 社區
This is a very peaceful **community**.
🔊 這個社區相當寧靜。

07 identification [aɪˌdɛntəfə`keʃən] 名 身分證
Please fax me a copy of your **identification** card.
🔊 請傳真你的身分證影本給我。

08 immigrant [`ɪməgrənt] 名 移民者
The police searched for illegal **immigrants** on the street.
🔊 警方在街上搜查非法移民。

09 immigrate [`ɪməˌgret] 動 遷移；移入
Ruby **immigrated** from India in 1950.
🔊 露比於西元一九五零年從印度移民過來。

10 immigration [ˌɪmə`greʃən] 名 移居入境
The government will tighten the **immigration** policy since next year.
🔊 政府將從明年開始限制移居入境政策。

11 **metropolitan** [ˌmɛtrə`pɑlətn] 形 大都市的
The **metropolitan** transportation is really convenient.
🏠 大都市的交通運輸非常方便。

12 **migrate** [`maɪˌɡret] 動 移居
Many people **migrate** from the country to the cities in search of work.
🏠 許多人為了找工作而從鄉下移居到城市。

13 **mob** [mɑb] 名 暴民 動 群集
The police warned the **mob** to leave the building immediately.
🏠 警方警告暴民立刻離開這棟建築。

14 **patriot** [`petrɪət] 名 愛國者
He became a true **patriot** after the diplomatic crisis.
🏠 他在這次外交危機後成為忠誠的愛國者。

15 **patriotic** [ˌpetrɪ`ɑtɪk] 形 愛國的
The police officer is fiercely **patriotic**.
🏠 這名警官是位激進的愛國人士。

16 **protest** [`protɛst] 名 動 抗議
We made a **protest** against their violence.
🏠 我們對於他們的暴力行為提出抗議。

17 **public** [`pʌblɪk] 名 公眾 形 公開的
The **public** is not allowed to enter the Senate chamber.
🏠 一般民眾不准進入參議院的會議廳。

18 **refuge** [`rɛfjudʒ] 名 庇護；避難
The political defector found **refuge** in an embassy.
🏠 這名政治叛徒在某國大使館裡尋得庇護。

19 **refugee** [ˌrɛfjʊ`dʒi] 名 難民
The **refugees** were put in camps near the border.
🏠 難民們被安置在邊界附近的營區。

20 **reside** [rɪ`zaɪd] 動 居住
Sixty percent of the citizens **reside** downtown.
🏠 百分之六十的市民居住在鬧區。

21 **residence** [`rɛzədəns] 名 住家；住宅
There are many private **residences** along the riverbank.
🏠 河堤沿岸有許多私人住宅。

22 **resident** [`rɛzədənt] 名 居民 形 居留的
The community center opens to the local **residents**.
🏠 社區活動中心開放本地居民使用。

23 **residential** [,rɛzə`dɛnʃəl] 形 居住的
Trees surround the **residential** area.
🏠 這個住宅區的周圍都是樹。

---

02 國籍與種族

01 **aboriginal** [,æbə`rɪdʒənl] 名 原住民 形 原始的
My sister was fascinated by the **aboriginals**' tales.
🏠 我姊姊對原住民傳說著了迷。

02 **aborigine** [æbə`rɪdʒəni] 名 原住民
There will be a documentary film concerning the
aborigines on Discovery channel tonight.
🏠 今晚探索頻道將播映一部關於原住民的記錄片。

03 **barbarian** [bɑr`bɛrɪən] 名 野蠻人 形 野蠻的
The **barbarians** came from the north ruined the
Roman Empire.
🏠 來自北方的野蠻人毀滅了羅馬帝國。

04 **boundary** [`baʊndrɪ] 名 邊界
There is a long **boundary** between the two countries.
🏠 這兩個國家之間有一條很長的邊界線。

05 **cosmopolitan** [,kɑzmə`pɑlətn̩] 名 四海為家者
There were many rootless **cosmopolitans** in the
19th century.
🏠 十九世紀時有很多以四海為家的人。

06 **country** [`kʌntrɪ] 名 國家
The two **countries** disputed over a small island for
many years.
🏠 這兩個國家為了一座小島爭執多年。

07 **customs** [`kʌstəmz] 名 海關
The smuggler was trying to fleet **customs**.
🏠 那個走私者試圖快速闖關。

[08] **delegate** [`dɛlə,get] 動 派遣 名 使節 ⑤
Patrick's boss **delegated** him to this conference.
派翠克的老闆委派他參加這場會議。

[09] **delegation** [,dɛlə`geʃən] 名 代表團 ⑤
The **delegation** from the U.S. will arrive tomorrow
morning.
美國代表團將於明天早上抵達。

[10] **emigrant** [`ɛməgrənt] 名 移民者 ⑥
Mr. Chen is an **emigrant** from China.
陳先生是來自中國的移民。

[11] **emigrate** [`ɛmə,gret] 動 移居外國 ⑥
They **emigrated** from France to Brazil.
他們從法國移民巴西。

[12] **emigration** [,ɛmə`greʃən] 名 移民 ⑥
The **emigrations** are taking an oath in the ceremony.
移民們在典禮中進行宣誓。

[13] **foreign** [`fɔrɪn] 形 外國的 ①
This is my first time to be in a **foreign** country.
這是我第一次出國。

[14] **foreigner** [`fɔrɪnə] 名 外國人 ②
Emily's husband is a **foreigner**.
愛蜜莉的丈夫是外國人。

[15] **gypsy** [`dʒɪpsɪ] 名 吉普賽人 ⑤
The female **gypsy**'s face was covered in a black veil.
這位吉普賽女郎的臉上蒙著黑色面紗。

[16] **homeland** [`homlænd] 名 祖國；本國 ④
Mark has lived in Taiwan for ten years, but Germany is
his **homeland**.
馬克已經在台灣住了十年，但是德國才是他的祖國。

[17] **international** [,ɪntə`næʃənl] 形 國際的 ②
They are building a new **international** airport in
this city.
他們正在這個城市興建一座新的國際機場。

[18] **nation** [`neʃən] 名 國家 ①
The two **nations** disputed for years over the boundary
between them.
這兩個國家為了雙方的邊界已爭執多年。

🎧 MP3 ⊙ 202

19 national [`næʃən] 形 國家的

We shall defend our **national** interests, whatever the cost may be.
🏛 我們應不計代價地捍衛我們國家的利益。

20 nationalism [`næʃənˌɪzəm] 名 國家主義

This kind of fierce **nationalism** was tense, dangerous and volatile.
🏛 這種狂熱的國家主義，緊張、危險，且有一觸即發之勢。

21 nationality [ˌnæʃən`ælətɪ] 名 國籍

The ship's crew are of different **nationalities**.
🏛 這艘船的船員屬於不同國籍。

22 native [`netɪv] 形 本國的；天生的 名 本國人

The koala is **native** to Australia.
🏛 無尾熊是澳洲的國產動物。

23 overseas [ˌovə`siz] 副 在海外 形 國外的

Benson hopes to work **overseas** after graduation.
🏛 班森希望畢業後能到國外工作。

24 racial [`reʃəl] 形 種族的

There is still **racial** discrimination in some countries.
🏛 在某些國家仍然存在著種族歧視。

25 racism [`resɪzəm] 名 種族歧視

Do you think the level of **racism** nowadays is declining?
🏛 你認為現今種族歧視的程度正在降低嗎？

26 spy [spaɪ] 名 間諜 動 暗中監視

I can't believe that Mr. Liu was a **spy**.
🏛 我不敢相信劉先生居然是名間諜。

27 traitor [`tretə] 名 叛徒

The **traitor** was finally put in jail.
🏛 這名叛徒終於被關進牢裡。

28 treason [`trizṇ] 名 叛國；謀反

Patrick was accused of **treason**.
🏛 派翠克被控叛國。

03 組織

分類

01 **association** [ə‚sosɪˋeʃən] 名 協會；聯盟
May has joined the teachers' **association** for more than twenty years.
梅加入教師協會已經超過二十年了。

02 **chairperson** [ˋtʃɛr‚pɝsn̩] 名 主席
We elected Mike as our **chairperson**.
我們推選麥可作為我們的主席。

03 **department** [dɪˋpɑrtmənt] 名 部門
Claire works in the finance **department**.
克蕾兒在財務部門上班。

04 **establishment** [ɪsˋtæblɪʃmənt] 名 建立；組織
We will **establish** a branch office in Tokyo.
我們將在東京成立分公司。

05 **federal** [ˋfɛdərəl] 形 聯邦的
The **federal** government will not negotiate with the terrorists.
聯邦政府不會和恐怖份子協商。

06 **federation** [‚fɛdəˋreʃən] 名 聯邦政府
The Russian **Federation** is a country in northern Eurasia.
俄羅斯聯邦是位於歐亞大陸北方的一個國家。

07 **foundation** [faʊnˋdeʃən] 名 基金會；基礎
The arts **foundation** provides money for artists.
文藝基金會資助藝術家。

08 **founder** [ˋfaʊndɚ] 名 創立者
Jason's grandfather is the **founder** of this school.
傑生的祖父是這所學校的創辦者。

09 **fund** [fʌnd] 名 資金 動 投資
The baseball team is raising **funds** for a new ballpark.
這個棒球隊正在為一個新的棒球場募款。

10 **institute** [ˋɪnstətjut] 名 機構 動 設立
The **institute** devoted to benefiting women.
這個機構致力於伸張婦女權益。

[11] **institution** [,ɪnstə`tjuʃən] 名 機構；團體 🈵
The bank is Bangkok's largest financial **institution**.
🏛 這家銀行是曼谷最大的金融機構。

[12] **member** [`mɛmbə] 名 會員 🈷
Karen is a **member** of this club.
🏛 凱倫是這家俱樂部的會員。

[13] **membership** [`mɛmbəʃɪp] 名 會員身分 🈹
You must have the **membership** to enter this gym.
🏛 你必須具備會員身分才能進入這家健身房。

[14] **organization** [,ɔrgənə`zeʃən] 名 機構 🈷
To set up a non-profit **organization** now is our aim.
🏛 我們現在的目標是創辦一個非營利組織。

[15] **organize** [`ɔrgə,naɪz] 動 組織 🈷
They **organized** the work force into a union.
🏛 他們將工人組織成工會。

[16] **organizer** [`ɔrgə,naɪzə] 名 組織者 🈹
Ruby is the **organizer** of the club.
🏛 露比是這個俱樂部的組織幹部。

[17] **penetrate** [`pɛnə,tret] 動 滲透；刺入 🈹
The political party has been **penetrated** by extremists.
🏛 這個政黨已經被激進份子滲透了。

[18] **union** [`junjən] 名 組織；聯合 🈹
Larry didn't join the labor **union**.
🏛 賴利沒有加入工會。

[19] **unite** [ju`naɪt] 動 合併；聯合 🈷
These two families were **united** by marriage.
🏛 這兩個家庭因為婚姻關係而結合。

[20] **unity** [`junətɪ] 名 聯合；統一 🈹
The **unity** of these students forms a strong power.
🏛 這些學生聯合起來，形成一股強大的力量。

[21] **workshop** [`wɜkʃɑp] 名 研討會；工作坊 🈹
Markus participated in this **workshop** last week.
🏛 馬可斯上星期參加了這場研討會。

04　罪與罰

分類

01 arrest [ə`rɛst] 名 動 逮捕
Police approached the young man and placed him under **arrest**.
🏛 警察靠近這名年輕男子並將他逮捕。

02 assassination [ə,sæsə`neʃən] 名 行刺
Former US President John F. Kennedy was **assassinated** during the march.
🏛 前美國總統甘迺迪在遊行時被刺殺。

03 assault [ə`sɔlt] 動 名 攻擊
A gang of criminals **assaulted** him with iron bars.
🏛 一群歹徒用鐵棒攻擊他。

04 bandit [`bændɪt] 名 劫匪；強盜
A group of **bandits** broke into the bank.
🏛 一群劫匪闖進銀行。

05 bully [`bulɪ] 動 名 霸凌
Some bad students **bullied** Denny.
🏛 有一些壞學生霸凌丹尼。

06 burglar [`bɜglə] 名 竊賊
Burglars broke the window of my car and took away my iPhone.
🏛 竊賊打破我的車窗，拿走我的iPhone手機。

07 chain [tʃen] 動 拴住 名 鍊子
The dog was **chained** to the utility pole on the street.
🏛 這隻狗被拴在街上的電線桿。

08 commit [kə`mɪt] 動 犯罪；承諾
The man over there has **committed** murder.
🏛 那個男人犯了謀殺罪。

09 condemn [kən`dɛm] 動 譴責
The foundation issued a pamphlet that **condemns** sexism as a society evil.
🏛 這個基金會出版一本小冊子，譴責性別偏見為社會之惡。

10 conspiracy [kən`spɪrəsɪ] 名 陰謀 ⑥
The police crushed a **conspiracy** to smuggle drugs into the country.
🏛 警方摧毀了一個走私毒品進入國內的陰謀。

11 crime [kraɪm] 名 犯罪活動；罪行 ②
The detective checked the scene of the **crime**.
🏛 偵探調查這起犯罪的現場。

12 criminal [`krɪmən]] 名 罪犯 形 罪犯的 ③
The **criminal** was shot dead resisting arrest last night.
🏛 昨天晚上這名罪犯因拒捕而遭槍擊斃命。

13 crook [kruk] 動 欺騙；偷竊 名 騙子 ⑥
The woman **crooked** Mr. Smith's life savings.
🏛 這個女人騙走了史密斯先生一生的積蓄。

14 crooked [`krukɪd] 形 不正派的；彎曲的 ⑥
The **crooked** cop took bribes from the owner of that gambling house.
🏛 這名不正派的警員收受那間賭場老闆的賄賂。

15 delinquent [dɪ`lɪŋkwənt] 形 犯法的 名 違法者 ⑥
Mrs. Wilson left all hers books to the remand homes for **delinquent** teenagers.
🏛 威爾森太太將她所有的書都留給青少年犯罪拘留所。

16 fraud [frɔd] 名 詐騙 ⑥
He was jailed for 3 years for **fraud**.
🏛 他因詐騙而坐牢三年。

17 gang [gæŋ] 名 一群 動 結夥 ③
The beggar was beaten to death by a **gang** of youths.
🏛 這個乞丐被一群年輕人毆打至死。

18 gangster [`gæŋstɚ] 名 歹徒 ④
The **gangsters** threatened to murder the senator.
🏛 這群歹徒威脅要謀殺參議員。

19 hijack [`haɪˌdʒæk] 動 劫持 名 劫機 ⑤
Three men **hijacked** a plane on a flight from Santiago to Las Vegas.
🏛 三個男人劫持了從聖地牙哥飛往拉斯維加斯的班機。

20 intruder [ɪn`trudɚ] 名 侵入者 ⑥
The security guards caught the **intruder** right away.
🏛 警衛立刻抓到了侵入者。

21 jail [dʒel] 名 監獄 動 監禁

Two prisoners escaped from the **jail** 3 days ago.

🏛 兩名犯人三天前從監獄逃跑了。

22 kidnap [`kɪdnæp] 動 綁架；劫持

The boy was **kidnapped** after school.

🏛 這個男孩在放學後遭綁架。

23 massacre [`mæsəkə] 名 大屠殺 動 屠殺

Twenty people died in the **massacre**.

🏛 有二十個人死於這場大屠殺。

24 murder [`mɜdə] 名 動 謀殺

He is charged with attempted **murder**.

🏛 他被控蓄意謀殺。

25 murderer [`mɜdərə] 名 兇手

The last scene is the death of the cold-blooded **murderer**.

🏛 最後一幕是那個冷血殺手的死亡。

26 offend [ə`fɛnd] 動 違反；冒犯

Those teenagers were condemned for **offending** school rules.

🏛 那些青少年因違反校規而受到譴責。

27 outlaw [`aut.lɔ] 名 逃犯 動 禁止

The servant accused his master of sheltering an **outlaw**.

🏛 佣人指控他的主人窩藏了一名逃犯。

28 pickpocket [`pɪk.pɑkɪt] 名 扒手

The **pickpocket** ran away with Judy's wallet.

🏛 扒手偷走茱蒂的錢包逃跑了。

29 prison [`prɪzṇ] 名 監獄

He was sent to **prison** for impersonating a police officer.

🏛 他因假扮警察而入獄。

30 prisoner [`prɪzṇə] 名 囚犯

The **prisoner** was sentenced to life.

🏛 這名囚犯被判處無期徒刑。

31 punish [`pʌnɪʃ] 動 處罰

Those who committed this cold-blooded murder should be tried and **punished**.

🏛 那些犯下這起冷血兇殺案的人應該受審判及懲罰。

32 **punishment** [`pʌnɪʃmənt] 名 處罰

They proposed tougher **punishments** for corruption in sport.

🏛 他們提議對於體育競技方面的賄賂予以更嚴厲的處罰。

33 **ransom** [`rænsəm] 名 贖金 動 贖回

The kidnapper asked for a 10 million dollars **ransom** for the child's release.

🏛 綁匪要求拿到一千萬美元的贖金才會釋放這個孩子。

34 **rascal** [`ræskl] 名 流氓

Those **rascals** beat up a student in front of school last night.

🏛 那些流氓昨晚在學校前痛毆一名學生。

35 **riot** [`raɪət] 名 暴動 動 騷動

Nine inmates were injured during a **riot** at the prison.

🏛 九名囚犯在監獄的一場暴動中受傷。

36 **rob** [rɑb] 動 搶劫

Three men **robbed** the gas station at midnight.

🏛 三名男子在午夜搶劫加油站。

37 **robber** [`rɑbə] 名 強盜

Masked **robbers** broke into the jewelry store through a hole in the ceiling.

🏛 蒙面強盜從天花板上的一個洞口闖入這家珠寶店。

38 **robbery** [`rɑbərɪ] 名 搶劫

There has been an increase in the number of **robbery** on the city.

🏛 城裡的搶案數量增加了。

39 **scheme** [skim] 名 動 計畫；密謀

The gang's **scheme** failed when the police arrived in time.

🏛 警方及時抵達，讓這幫人的計畫失敗。

40 **shoplift** [`ʃɑp͵lɪft] 動 逛商店時偷竊；順手牽羊

A guy openly **shoplifted** from the convenience store.

🏛 一個傢伙公然在便利商店順手牽羊。

41 **slaughter** [`slɔtə] 動 名 屠宰；屠殺

They **slaughtered** these pigs to make money.

🏛 他們宰殺這些豬隻來賺錢。

42 **slay** [sle] 動 殺害　⑤
Someone **slew** the famous actor yesterday.
🔒 昨天有人殺害了那位知名演員。

43 **smuggle** [`smʌgl] 動 走私　⑥
They were accused of drug **smuggling**.
🔒 他們被控走私毒品。

44 **steal** [stil] 動 偷　②
He has been jailed for five months for **stealing** several bicycles.
🔒 他因偷了數台腳踏車已被監禁了五個月。

45 **strangle** [`stræŋgl] 動 絞死；勒死　⑥
This guy was **strangled** by a rope.
🔒 這個人是被繩子絞死的。

46 **suicide** [`suə,saɪd] 名 自殺　③
Jolin committed **suicide** for love. That was really stupid.
🔒 裘琳為愛自殺，真的是太傻了。

47 **suspect** [`səspɛkt] 名 嫌疑犯 形 可疑的　③
He is a prime **suspect** in the sexual assault case.
🔒 他是這起性侵犯案的主嫌。

48 **theft** [θɛft] 名 竊盜　⑥
He was arrested on a charge of **theft**.
🔒 他因竊盜罪被捕。

49 **thief** [θif] 名 小偷　②
The police are interrogating the **thief**.
🔒 警方正在審問這個小偷。

50 **victim** [`vɪktɪm] 名 受害者　③
The murderer killed at least three **victims**.
🔒 這名兇手殺了至少三名受害者。

51 **villain** [`vɪlən] 名 惡棍　⑤
Everyone is afraid of that **villain**.
🔒 大家都害怕那個惡棍。

05 法律 分類

01 **accusation** [ˌækjəˋzeʃən] 名 控告 ⑥
The judge dismissed the **accusation** against her as groundless.
🏛 法官認為對她的指控毫無根據而拒絕受理。

02 **accuse** [əˋkjuz] 動 控告 ④
He was **accused** of fraud by the old woman.
🏛 這位老太太控告他詐騙。

03 **agreement** [əˋgrimənt] 名 同意 ①
The two sides had not reached **agreement** on any issues.
🏛 雙方在任何問題上都還沒有達成協議。

04 **appear** [əˋpɪr] 動 出庭；出現 ①
He secretly **appeared** in court last Thursday.
🏛 上週四他祕密出庭。

05 **appearance** [əˋpɪrəns] 名 出庭；出現 ②
Her **appearance** in court was welcomed by the audience.
🏛 她出庭時受到觀眾的歡迎。

06 **ban** [bæn] 動 禁止 ⑤
Finland will **ban** smoking in all public places later this year.
🏛 今年稍晚芬蘭將禁止在所有公共場所吸菸。

07 **case** [kes] 名 案件；情況 ①
He appealed his **case** to a higher court.
🏛 他向上級法院申訴他的案件。

08 **cite** [saɪt] 動 引用 ⑤
Lawrence likes to **cite** poems in his writings.
🏛 羅倫斯喜歡在寫作的時候引用詩句。

09 **claim** [klem] 動 聲稱；主張 ②
She **claimed** that it was a conspiracy against her.
🏛 她聲稱這個陰謀是衝著她來的。

10 **compensation** [ˌkɑmpənˈseʃən] 名 賠償
The court ordered him to pay 500 dollars
compensation.
法院命令他必須賠償五百美元。

11 **confess** [kənˈfɛs] 動 承認
He had **confessed** to five murders.
他已承認犯下五起謀殺案。

12 **constitution** [ˌkɑnstəˈtjuʃən] 名 憲法；構造
The **constitution** of our country states people's
rights and duties.
我們國家的憲法說明了人民的權利與義務。

13 **constitutional** [ˌkɑnstəˈtjuʃənl] 形 憲法的
Judges have **constitutional** rights to sentence crimes.
法官具有符合憲法的權利來判決犯罪。

14 **convict** [kənˈvɪkt] 動 判定有罪
There was insufficient evidence to **convict** her.
證據不足無法判定她有罪。

15 **conviction** [kənˈvɪkʃən] 名 定罪；說服力
She will appeal against her **conviction**.
對於她的定罪，她會提出上訴。

16 **counsel** [ˈkaʊnsəl] 名 法律顧問
He is the **counsel** for the defense.
他是被告的法律顧問。

17 **counselor** [ˈkaʊnsələ] 名 律師；顧問
The **counselor** is expected to deliver the closing
argument tomorrow.
這位律師預期在明天發表結辯。

18 **court** [kort] 名 法院
The soccer player was in **court** last week for breaking
another player's jaw.
這名足球選手上星期因為打傷另一名選手的下顎而上法庭。

19 **deputy** [ˈdɛpjətɪ] 名 代表；代理人
Charlie is the **deputy** of our team.
查理是我們團隊的代表人。

20 **enact** [ɪnˈækt] 動 制定
The meeting has failed to **enact** the bill.
這個集會在制定該議案時失敗了。

21 **enactment** [ɪn`æktmənt] 名 法規 🄶
The **enactment** states that one can not smoke indoors with more than three persons.
🏛 法規規定不能在三人以上的室內吸菸。

22 **enforce** [ɪn`fɔrs] 動 執行；實施；強迫 🄰
The police are here to **enforce** the law.
🏛 警方在這裡執行法律。

23 **enforcement** [ɪn`fɔrsmənt] 名 施行 🄰
They want strict **enforcement** of the new law.
🏛 他們想要嚴格施行新的法條。

24 **evidence** [`ɛvədəns] 名 證據 🄰
You must provide **evidence** to support this statement.
🏛 你必須提出證據支持這個說法。

25 **execute** [`ɛksɪ͵kjut] 動 實行 🄵
They will **execute** the legal document as soon as possible.
🏛 他們會儘快施行這份法律文件。

26 **execution** [͵ɛksɪ`kjuʃən] 名 實行 🄶
The lawyer is proceeding with the **execution** of my stepfather's will.
🏛 律師正著手執行我繼父的遺囑。

27 **guarantee** [͵gærən`ti] 動 擔保 名 保證人 🄰
His father **guaranteed** the payment of his debts.
🏛 他父親擔保他會償還債務。

28 **heir** [ɛr] 名 繼承人 🄵
Mrs. Huang made her stepson **heir**.
🏛 黃太太讓繼子當繼承人。

29 **innocence** [`ɪnəsṇs] 名 清白 🄰
He proved his **innocence** with an airtight alibi.
🏛 他以無懈可擊的不在場證據證明他的清白。

30 **innocent** [`ɪnəsṇt] 形 純潔的 🄲
I am sure that Nick is **innocent**.
🏛 我確信尼克是無辜的。

31 **judge** [dʒʌdʒ] 動 裁決；審判 名 法官 🄱
Who is going to **judge** my case?
🏛 誰將審判我的案子？

32 **jury** [`dʒʊrɪ] 名 陪審團　　　**5**
The lawyer demonstrated to the **jury** that the witness was lying.
🏛 律師向陪審團證明證人說謊。

33 **justice** [`dʒʌstɪs] 名 公平；正義　　　**3**
There is still **justice** in the world.
🏛 世上仍存在著公平正義。

34 **law** [lɔ] 名 法律　　　**1**
We didn't break the **law**.
🏛 我們沒有違反法律。

35 **lawful** [`lɔfəl] 形 合法的　　　**4**
Hunting is a **lawful** activity in this state.
🏛 狩獵在這個州是合法的活動。

36 **lawmaker** [lɔ`mekə] 名 立法者　　　**5**
The **lawmakers** voted to pass a new criminal law.
🏛 立法者投票通過了一項新的犯罪法。

37 **lawyer** [`lɔjə] 名 律師　　　**2**
She didn't obey the **lawyer**'s instructions.
🏛 她沒有聽從律師的指示。

38 **legal** [`ligl] 形 合法的　　　**2**
What I have done is perfectly **legal**.
🏛 我所做的完全合法。

39 **legislation** [ˌlɛdʒɪs`leʃən] 名 立法　　　**5**
This is an issue that calls for **legislation** to protect women's rights.
🏛 這個議題為請求立法保障女性權利。

40 **legislative** [`lɛdʒɪsˌletɪv] 形 立法的　　　**6**
This is just the first step in the **legislative** process.
🏛 這只是立法程序的第一步。

41 **legislator** [`lɛdʒɪsˌletə] 名 立法者　　　**6**
He was tapped for one of the **legislators**.
🏛 他被指定為立法者之一。

42 **legislature** [`lɛdʒɪsˌletʃə] 名 立法機關　　　**6**
Their proposal has been in the **legislature** for 2 months.
🏛 他們的提案已經擺在立法機關裡兩個月了。

43 **legitimate** [lɪˋdʒɪtəmɪt] 形 合法的 動 使合法　6
She is the **legitimate** heiress to a large fortune.
🔒 她是大筆財產的合法繼承人。

44 **patent** [ˋpætənt] 名 專利權 形 專利的；公開的　5
Our firm filed a **patent** lawsuit against the manufacturer.
🔒 我們公司對這家製造商提出專利權訴訟。

45 **penalty** [ˋpɛnḷtɪ] 名 懲罰；刑罰　4
The maximum **penalty** is up to 5 years imprisonment.
🔒 最高刑責為五年監禁。

46 **presume** [prɪˋzum] 動 認定；假設　6
According to the law, an accused man is **presumed** innocent until he is proved guilty.
🔒 根據法律，被告在證明有罪之前都被認定是清白的。

47 **prohibit** [prəˋhɪbɪt] 動 禁止　6
The bill that **prohibits** online alcohol advertising finally passed.
🔒 禁止線上酒類廣告的法案終於通過了。

48 **prohibition** [ˌproəˋbɪʃən] 名 禁止　6
The **prohibition** against feeding animals in the zoo will actually protect them.
🔒 禁止餵食動物園裡的動物實際上是在保護牠們。

49 **proof** [pruf] 名 證據　3
I can't trust you if I don't see any **proof** of what you said.
🔒 如果我沒有看到足以佐證你所言的證據，我就無法相信你。

50 **prosecute** [ˋprɑsɪˌkjut] 動 起訴；告發；檢舉　6
He will not be **prosecuted** because the evidence is not strong enough.
🔒 因為證據不夠有力，所以他不會被起訴。

51 **prosecution** [ˌprɑsɪˋkjuʃən] 名 起訴；告發　6
The police has brought a **prosecution** against the driver for speeding.
🔒 警方因超速已起訴了這名駕駛。

52 **prove** [pruv] 動 證實　1
She **proved** to us that the witness did not speak the truth.
🔒 她向我們證明這位證人所述並非實情。

53 **supreme** [səˋprim] 形 至高無上的

The **Supreme** Court will judge her case next month.
最高法院下個月將審理她的案子。

54 **trespass** [ˋtrɛspəs] 動 侵害；踰越 名 侵害行為

She sued him for **trespassing** on private property.
她以侵害私人財產為由對他提出告訴。

55 **trial** [ˋtraɪəl] 名 審判；試驗

New evidence showed the woman lied at the **trial**.
新的證據顯示這位女士在審訊過程中說謊。

56 **witness** [ˋwɪtnɪs] 動 目擊 名 目擊者

No one **witnessed** the automobile accident that night.
那晚沒有人目擊這場車禍。

---

06 警察 分類

01 **inspect** [ɪnˋspɛkt] 動 調查

Two police officers came to **inspect** the crime scene.
兩名警官前來調查犯罪現場。

02 **inspection** [ɪnˋspɛkʃən] 名 調查

The coastguard making a routine **inspection** of the ship found 20 kilograms of the drug.
例行檢查這艘船的海巡隊發現了二十公斤毒品。

03 **inspector** [ɪnˋspɛktə] 名 調查員

My elder brother has been an **inspector** in that police station for three years.
我哥在那間警察局擔任調查員已經三年了。

04 **investigate** [ɪnˋvɛstə͵get] 動 調查；研究

Now the police are **investigating** how the murder happened.
現在警方正在調查這起謀殺案是如何發生的。

05 **investigation** [ɪn͵vɛstəˋgeʃən] 名 調查

The sheriff ordered an **investigation** into the accident.
警長指示對這起事故展開調查。

06 **patrol** [pə`trol] 名 巡邏;巡邏者 動 巡邏　　5
The policemen are on **patrol** now by motorcycles.
🏛 警員正騎著機車巡邏。

07 **police** [pə`lis] 名 警察 動 維持治安　　1
The **police** said the death of the woman was an accident.
🏛 警方表示這位女士死於意外。

08 **policeman** [pə`lismən] 名 警察　　1
A **policeman** came and asked us some questions.
🏛 一位警察來問了我們一些問題。

09 **sheriff** [`ʃɛrɪf] 名 警長　　5
The local **sheriff** apologized to the townsmen for the mistake.
🏛 地方警長為了這個過失向鎮民道歉。

10 **shoot** [ʃut] 動 射擊 名 射擊　　2
A kidnapper was **shot** dead by the police during a raid on his house.
🏛 一名綁匪在警方搜查房子時遭擊斃。

07 福利 　分類

01 **benefit** [`bɛnəfɪt] 名 利益 動 有益於　　3
For maximum **benefit**, please follow the therapy prescribed by the doctor.
🏛 為達最大功效,請遵循醫生囑咐的治療。

02 **pension** [`pɛnʃən] 名 退休金 動 給退休金　　6
The company demanded that all employees join the **pension** scheme.
🏛 這家公司要求所有員工加入退休金方案。

03 **charity** [`tʃærətɪ] 名 慈善;慈善團體　　4
The rich man left all his money to **charities**.
🏛 富翁把他所有的錢都留給慈善機構。

04 **welfare** [`wɛl.fɛr] 名 福利　　4
He donated some money to a charity for the **welfare** of children.
🏛 他捐了一些錢給一個兒福慈善團體。

PART 13

政治與軍事
單字收納

名 名 詞

動 動 詞

形 形容詞

副 副 詞

1 ～ 6 單字難易度
（分別符合美國一至六年級學生所學範圍）

掃碼即聽
MP3 210～218

01 政府 分類

01 **ally** [ə`laɪ] 動 使同盟 名 同盟者　⑤
The country refused to **ally** itself with communistic countries.
🏠 這個國家拒絕與共產國家結盟。

02 **assembly** [ə`sɛmblɪ] 名 集會　④
The opposition party insisted that people should have the right of **assembly**.
🏠 在野黨堅持人民應該擁有集會權。

03 **authority** [ə`θɔrətɪ] 名 權威　④
The **authorities** have approved all our requests.
🏠 當局已核准我們的所有請求。

04 **authorize** [`ɔθə,raɪz] 動 批准;授權;委任　⑥
The mayor certainly has the power to **authorize** his appointment.
🏠 市長當然有權批准他的任命。

05 **autonomy** [ɔ`tɑnəmɪ] 名 自治;自治權　⑥
The union demanded for local **autonomy** last week.
🏠 上星期工會要求地方自治。

06 **bureau** [`bjʊro] 名 局;事務處　⑤
The **Bureau** of Foreign Trade is subordinate to the Ministry of Economic Affairs.
🏠 國際貿易局隸屬經濟部。

07 **bureaucracy** [bju`rɑkrəsɪ] 名 官僚體制　⑥
People usually complain about the **bureaucracy**.
🏠 民眾經常抱怨官僚體制。

08 **capital** [`kæpətḷ] 名 首都 形 首要的　③
London is the **capital** of the United Kingdom.
🏠 倫敦是英國的首都。

09 **central** [`sɛntrəl] 形 中央的　②
The church is in the **central** part of the town.
🏠 這間教堂位處小鎮的中心。

10 **chief** [tʃif] 名 首領 形 主要的　①
He was commissioned the police **chief** at the age of 48.
🏠 他四十八歲時被任命為警察總長。

[11] **colonial** [kə`lonɪəl] 形 殖民地的 名 殖民地居民
The **colonial** rule had been overthrown by the Indian people.
🏛 殖民地政權已被印第安人推翻。

[12] **colony** [`kɑlənɪ] 名 殖民地
Vietnam was once a French **colony**.
🏛 越南曾是法國的殖民地。

[13] **convention** [kən`vɛnʃən] 名 會議
The DPP annual **convention** will be held in Taipei next month.
🏛 民進黨將在下個月於台北展開年度會議。

[14] **county** [`kauntɪ] 名 縣
An international concert is planned to be held in our **county**.
🏛 本縣計畫舉辦一場國際音樂會。

[15] **diplomacy** [dɪ`pləməsɪ] 名 外交
We have a highly experienced ambassador to deal with our **diplomacy** with the African country.
🏛 我們有位經驗豐富的大使處理我國與這個非洲國家的外交事務。

[16] **diplomat** [`dɪplə,mæt] 名 外交官
The President nominated her **diplomat** to Canada.
🏛 總統提名她擔任駐加拿大外交官。

[17] **diplomatic** [,dɪplə`mætɪk] 形 外交的
The special envoy is good at handling **diplomatic** affairs.
🏛 這位特使擅長處理外交事務。

[18] **dispatch** [dɪ`spætʃ] 名 (公文)急件；快速
He is carrying **dispatches** from government officials.
🏛 他帶來自政府官員的公文急件。

[19] **district** [`dɪstrɪkt] 名 行政區；區域
There are five **districts** in the city.
🏛 該市有五個行政區。

[20] **dynasty** [`daɪnəstɪ] 名 王朝
I like carvings of the Ming **dynasty**.
🏛 我喜歡明朝的雕刻。

21 empire [`ɛmpaɪr] 名 帝國 ④
It is a movie about the Roman **Empire**.
🏛 這是一部有關羅馬帝國的電影。

22 executive [ɪɡ`zɛkjutɪv] 名 行政官；執行者 ⑤
The mayor is an **executive** of the government.
🏛 市長是政府的行政官。

23 govern [`ɡʌvən] 動 統治 ②
The citizens are thankful they are not **governed** by a dictator.
🏛 市民很欣慰他們不是被獨裁者統治。

24 government [`ɡʌvənmənt] 名 政府 ②
The **government** has taken measures to stimulate economic growth.
🏛 政府已採取措施刺激經濟發展。

25 governor [`ɡʌvənə] 名 州長；統治者 ③
He was **governor** of the state in the late 1980s.
🏛 他在八〇年代後期是這個州的州長。

26 imperial [ɪm`pɪrɪəl] 形 帝國的 ⑤
Many visitors go to the **Imperial** Palace in Tokyo every year.
🏛 東京皇居宮城每年有許多訪客。

27 independence [ˌɪndɪ`pɛndəns] 名 獨立 ②
In 1975, Papua New Guinea declared its **independence** from Australia.
🏛 巴布亞紐幾內亞於西元一九七五年宣告脫離澳洲獨立。

28 independent [ˌɪndɪ`pɛndənt] 形 獨立的 ②
Argentina became **independent** from Spain in 1816.
🏛 阿根廷在西元一八一六年脫離西班牙獨立。

29 king [kɪŋ] 名 國王 ①
Henry II became **King** of England in 1154.
🏛 亨利二世在西元一一五四年成為英格蘭國王。

30 kingdom [`kɪŋdəm] 名 王國 ②
Mr. Green is from the United **Kingdom**.
🏛 格林先生來自英國。

31 **minister** [`mɪnɪstə] 名 部長 ④
He came back to become **Minister** of Foreign Affairs.
🏛 他為了當外交部長而回來。

32 **ministry** [`mɪnɪstrɪ] 名 部；部長 ④
She was appointed the spokesperson for the Justice **Ministry**.
🏛 她受任命為司法部的發言人。

33 **municipal** [mju`nɪsəpl] 形 內政的；自治的 ⑥
A diplomat should not interfere in the **municipal** affairs of other countries.
🏛 外交官不應該干涉其他國家的內政。

34 **neutral** [`njutrəl] 形 中立的 名 中立國 ⑥
The authorities decided to remain **neutral** in the armed conflict between the two countries.
🏛 當局決定在這兩個國家的武裝衝突裡維持中立。

35 **operational** [ˌɑpə`reʃənl] 形 軍事行動的 ⑥
He is an expert in **operational** strategy.
🏛 他是軍事行動的戰略專家。

36 **overthrow** [ˌovə`θro] 動 推翻；瓦解 ④
The president was **overthrown** in a military coup.
🏛 這位總統在一場軍事政變中被推翻了。

37 **overturn** [ˌovə`tɜn] 動 推翻；顛覆 名 顛覆 ⑥
A high-ranking officer accused the general of plotting to **overturn** the government.
🏛 一名高階軍官指控這位將軍策畫推翻政府。

38 **parliament** [`pɑrləmənt] 名 議會 ⑥
The **parliament** held a session to discuss the proposed policies.
🏛 議會開會討論這些提案。

39 **permission** [pə`mɪʃən] 名 允許 ❸
He cannot leave the country without the authorities' **permission**.
🏛 沒有官方允許他無法出國。

40 **permit** [pə`mɪt] 動 允許 名 許可證 ❸
The government doesn't **permit** outside reporters into their country.
🏛 該國政府不允許外來記者入境。

41 **realm** [rɛlm] 名 王國；範圍　　🖐
Defense is crucial to the future of the **realm**.
🏛 國防對這個王國的未來至關重大。

42 **regime** [rɪ`ʒim] 名 政權　　🖐
The Fascist **regime** collapsed at the end of the war.
🏛 法西斯政權在這場戰爭結束後瓦解了。

43 **represent** [ˌrɛprɪ`zɛnt] 動 代表；象徵　　🖐
We elected the politicians to **represent** us.
🏛 我們選舉了這些政治家來代表我們。

44 **representation** [ˌrɛprɪzɛn`teʃən] 名 代表　　🖐
The newly organized party has no **representation**
in Congress yet.
🏛 這個新組成的政黨在美國國會中還沒有代表。

45 **representative** [ˌrɛprɪ`zɛntətɪv] 名 代表人物　　🖐
He is the trade **representative** on behalf of the
country.
🏛 他是這個國家的貿易代表。

46 **republic** [rɪ`pʌblɪk] 名 共和國　　🖐
Canada is a constitutional **republic**.
🏛 加拿大是一個立憲共和國。

47 **republican** [rɪ`pʌblɪkən] 名 共和主義者　　🖐
What made her decide to become a **republican**?
🏛 是什麼讓她決定成為共和主義者？

48 **sovereign** [`savrɪn] 名 君主 形 擁有主權的　　🖐
Henry VIII was the **sovereign** of England then.
🏛 亨利八世當時是英格蘭的君主。

49 **sovereignty** [`savrɪntɪ] 名 主權　　🖐
Both countries demanded **sovereignty** over the island.
🏛 兩個國家都要求擁有這個小島的主權。

50 **territory** [`tɛrə.torɪ] 名 領土　　🖐
The government didn't deny that some of the
territory was under threat.
🏛 政府不否認部分領土受到威脅。

51 **throne** [θron] 名 王位；寶座　　🖐
The elder prince will succeed to the **throne**.
🏛 大王子將繼承王位。

52 **topple** [`tapḷ] 動 推翻；推倒   6
The peasants' revolt **toppled** the dictator.
🏠 這些農民起義推翻了這個獨裁者。

53 **treaty** [`tritɪ] 名 條約   5
Negotiations over a **treaty** on global warming are still going on.
🏠 全球暖化的條約仍在進行協商。

54 **tyranny** [`tɪrənɪ] 名 暴政；專橫；殘暴   6
The people rebelled against the **tyranny**.
🏠 人民起來反抗暴政。

55 **tyrant** [`taɪrənt] 名 暴君   5
A mob was rioting against the **tyrant**.
🏠 一群暴民發動暴亂反抗這個暴君。

56 **village** [`vɪlɪdʒ] 名 村莊   2
The government sealed the **village** off then.
🏠 當時政府封鎖了這個村莊。

02 官員   分類

01 **ambassador** [æm`bæsədə] 名 大使   3
My uncle was appointed **ambassador** to Belize.
🏠 我叔叔被任命為駐貝里斯大使。

02 **badge** [bædʒ] 名 勳章   5
He got a **badge** from the army ten years ago.
🏠 十年前他從軍隊獲得一枚勳章。

03 **congress** [`kɑŋɡrəs] 名 國會   4
Mr. Smith is a member of **Congress**.
🏠 史密斯先生是美國國會議員。

04 **congressman** [`kɑŋɡrəs͵mən] 名 眾議員   6
The **congressman** of our district is trustworthy.
🏠 我們這個行政區的眾議員值得信賴。

05 **dictator** [`dɪk͵tetə] 名 獨裁者   6
Hitler is the most notorious **dictator** in history.
🏠 希特勒是歷史上最惡名昭彰的獨裁者。

06 **embassy** [`ɛmbəsɪ] 名 大使館 ④
Grace is working at the American **embassy** in London.
🏛 葛瑞絲在倫敦的美國大使館工作。

07 **emperor** [`ɛmpərə] 名 皇帝 ③
These are statues of the Roman **emperors**.
🏛 這些是羅馬皇帝的雕像。

08 **lord** [lɔrd] 名 統治者；君主 ③
The **lord** of a manor once liked a king in it.
🏛 過去莊園的統治者就像是那座莊園裡的國王。

09 **mayor** [`meə] 名 市長 ③
The **mayor** made a push to get the plan done.
🏛 市長加了把勁完成這個計畫。

10 **monarch** [`mɑnək] 名 君主 ⑤
George III is the longest reigning **monarch** of Britain.
🏛 喬治三世是統治英國最久的君主。

11 **officer** [`ɔfɪsə] 名 官員 ①
I tried in vain to get into contact with that customs **officer**.
🏛 我試圖聯絡那位海關官員，但沒有成功。

12 **official** [ə`fɪʃəl] 形 官方的 名 官員 ②
Referring to an **official** report, over 300,000 people died during the massacre.
🏛 參照一份官方報告，超過三十萬人死於這場大屠殺。

13 **palace** [`pælɪs] 名 宮殿 ③
We are allowed to enter the **palace** courtyard for the press conference.
🏛 我們因記者會而被允許進入宮殿庭院。

14 **premier** [`primɪə] 形 首要的 名 首長 ⑥
London is the world's **premier** financial center.
🏛 倫敦是全世界首要的金融中心。

15 **presidency** [`prɛzədənsɪ] 名 總統職位 ⑥
The crime rate had declined during his **presidency**.
🏛 在他擔任總統期間，犯罪率下降了。

16 **president** [`prɛzədənt] 名 總統 ②
Is she for the **president** or against him?
🏛 她支持還是反對總統？

[17] **presidential** [`prɛzədɛnʃəl] 形 總統的　　⑥
Our **presidential** election will be held in January.
🏛 我們的總統大選將在一月舉行。

[18] **prince** [prɪns] 名 王子　　②
The junior **prince** went on a secret mission last month.
🏛 小王子上個月執行了一項秘密任務。

[19] **princess** [`prɪnsɪs] 名 公主　　②
The little **princess** celebrated her 8th birthday yesterday.
🏛 小公主昨天慶祝了她的八歲生日。

[20] **queen** [`kwin] 名 女王；皇后　　①
This avenue was named after **Queen** Elizabeth.
🏛 這條大道是按伊莉莎白女王的名字命名的。

[21] **reign** [ren] 動 名 統治　　⑤
The Emperor of Japan **reigns** but does not govern.
🏛 日本天皇在位統治但並不執政。

[22] **rein** [ren] 動 名 統治；箝制　　⑥
Who really **rein** this country?
🏛 誰實際上統治這個國家？

[23] **royal** [`rɔɪəl] 形 皇家的　　②
The mayor will attend the **royal** garden party this evening.
🏛 市長今晚將出席這場皇家花園派對。

[24] **royalty** [`rɔɪəltɪ] 名 貴族；王權　　⑥
Royalty from all around the world is gathering in this wedding today.
🏛 來自全世界的貴族今天都聚集於這場婚禮。

[25] **senator** [`sɛnətə] 名 參議員　　⑥
Twelve **senators** voted for the policy.
🏛 十二位參議員投票支持這個政策。

[26] **statesman** [`stetsmən] 名 政治家　　⑤
Mahatma Ghandi was a great **statesman**.
🏛 印度聖人甘地是一位非常偉大的政治家。

[27] **vice-president** [vaɪs`prɛzədənt] 名 副總統　　⑥
The **vice-president** of Indonesia will visit our country next week.
🏛 印尼副總統下週將訪問我國。

03 投票

分類

01 adopt [ə`dɑpt] 動 挑選為候選人

Mr. Brown has been **adopted** by the party as the candidate for President.

布朗先生已被該政黨挑選為總統候選人。

02 ballot [`bælət] 名 選票 動 投票

The **ballots** will be counted by computer from next election.

下屆選舉起將會用電腦計算選票。

03 constituent [kən`stɪtʃuənt] 名 選民；成分

There are fifty thousand **constituents** in this district.

這個行政區內有五萬名選民。

04 elect [ɪ`lɛkt] 動 選舉 形 當選的

The students have voted to **elect** a new class leader.

學生們已投票選出新的班長。

05 election [ɪ`lɛkʃən] 名 選舉

She defeated her opponent in the **election**.

她在選舉中擊敗對手。

06 majority [mə`dʒɔrətɪ] 名 多數

The vast **majority** of our products are exported to Southeast Asia.

我們的產品大多數出口到東南亞。

07 poll [pol] 名 選票 動 得票

Polls show that the candidate's popularity has obviously increased.

選票顯示這位候選人的聲望已明顯上升。

08 vote [vot] 動 名 投票

They **voted** 10:8 for a three percent tax decrease.

他們對於降低百分之三的稅金一案投票表決結果為十比八。

09 voter [votɚ] 名 選民

The **voters** elected Mr. Chung as their new mayor.

這些選民推選鍾先生為他們的新市長。

04 武器

分類

01 armor [`ɑrmə] 名 動 裝甲
The **armor** of all tanks can stop bullets from passing through it.
所有坦克車的裝甲都可以防止子彈貫穿。

02 arms [ɑrmz] 名 武器
They have extensive supplies of **arms**.
他們擁有龐大的武器供給。

03 arrow [`æro] 名 箭
The village was destroyed by hundreds of warriors armed with bows and **arrows**.
村子遭數百名武裝著弓箭的戰士摧毀。

04 bomb [bɑm] 名 炸彈 動 爆炸
All of the **bombs** fell in the north part of this area.
所有炸彈都落在這個區域的北部。

05 bullet [`bulɪt] 名 子彈
Suddenly, a **bullet** was fired out of a gun.
突然間，子彈從一把槍中射出。

06 cannon [`kænən] 名 大砲 動 用砲轟
People said that there are hundreds of **cannons** in the military base.
聽說這個軍事基地內有數百座大砲。

07 dart [dɑrt] 名 飛鏢 動 投擲
How far can you throw the **darts**?
你能夠把飛鏢擲得多遠？

08 explosion [ɪk`sploʒən] 名 爆炸
After the bomb **explosion**, this MRT station was shut down.
在炸彈爆炸之後，這個捷運車站關閉了。

09 explosive [ɪk`splosɪv] 名 爆炸物 形 爆炸的
The assault forces carried many powerful **explosive**.
突擊隊攜帶了許多威力強大的炸藥。

10 gun [gʌn] 動 開槍；射擊 名 槍；砲
The hijackers **gunned** a passenger down.
劫機者槍殺了一名乘客。

11 **missile** [`mɪsl] 名 飛彈 ③
Those battleships are armed with nuclear **missiles**.
🏛 那些戰艦裝備著核彈。

12 **pistol** [`pɪstl] 名 槍 動 以槍射擊 ⑤
The terrorist held a **pistol** in his left hand.
🏛 這名恐怖份子的左手拿著一把槍。

13 **rifle** [`raɪfl] 名 來福槍 動 掠奪 ⑥
The hunter fired his **rifle** at a deer but missed it.
🏛 獵人用他的來福槍對一頭鹿開槍，但是沒有打中。

14 **shield** [ʃild] 動 掩護；遮蔽 名 盾 ⑤
The truck **shielded** two soldiers from a burst of
machine-gun fire.
🏛 卡車抵擋一陣機關槍掃射，掩護住兩名士兵。

15 **spear** [spɪr] 名 矛 動 用矛刺 ④
Warriors armed with **spears** and shields invaded their
village.
🏛 拿著矛和盾的武士侵入了他們的村子。

16 **sword** [sɔrd] 名 劍；刀 ③
The king bestowed a **sword** to this man.
🏛 國王賜了一把劍給這個男人。

17 **tank** [tæŋk] 名 坦克 ②
Tanks play an important part in war.
🏛 坦克在戰爭中扮演重要的角色。

18 **trigger** [`trɪgə] 名 板機 動 觸發 ⑥
The general had his finger on the **trigger**.
🏛 這位將軍把手指扣在板機上。

19 **weapon** [`wɛpən] 名 武器 ②
The soldiers were carrying **weapons**.
🏛 這些士兵攜帶武器。

05 軍事  分類

01 **admiral** [`ædmərəl] 名 海軍上將 ⑤
The **admiral** is talking about his experiences in the navy.
🏛 這位海軍上將正在述說他在海軍中的經歷。

02 aggression [əˋɡrɛʃən] 名 侵略；進攻

Our troops are about to launch a major **aggression**.

🏠 我們的軍隊正準備發動一場大規模的侵略行動。

03 ambush [ˋæmbʊʃ] 動 名 伏擊；埋伏

Our soldiers are ready to **ambush** the enemy at any time.

🏠 我們的軍隊已經隨時準備伏擊敵軍。

04 army [ˋɑrmɪ] 名 軍隊

Most **armies** are organized and controlled by governments.

🏠 大多數軍隊受政府組織和控制。

05 attack [əˋtæk] 名 動 攻擊

The enemy seized the capital after a violent **attack**.

🏠 敵軍在猛烈攻擊後佔領了首都。

06 battle [ˋbætḷ] 名 戰役 動 作戰

My grandfather died in a **battle** during World War I.

🏠 我爺爺死於第一次世界大戰的一場戰役。

07 besiege [brˋsidʒ] 動 包圍；圍攻

The farmers **besieged** the City Hall, protesting against the slow-selling fruits in summer.

🏠 農夫包圍市政府，抗議夏季水果滯銷的問題。

08 bombard [bɑmˋbɑrd] 動 砲轟

The rebels have **bombarded** the airport and they threatened to attack the port.

🏠 反叛軍已砲轟了機場，並威脅要攻擊港口。

09 captain [ˋkæptən] 名 船長；首領

The **captain** of the battleship refused to withdraw during the day.

🏠 這艘軍艦的艦長拒絕在白天撤退。

10 captive [ˋkæptɪv] 名 俘虜 形 被俘的

They released all the **captives**.

🏠 他們釋放了所有的俘虜。

11 captivity [kæpˋtɪvətɪ] 名 監禁；囚禁

Four of our people were in **captivity** by the enemy.

🏠 我們有四個人遭敵軍監禁。

12 capture [`kæptʃɚ] 動 俘虜；捕捉 名 俘虜　　③
The soldiers shot down one helicopter and **captured** the pilot.
🏛 這些士兵擊落一架直升機並俘虜駕駛。

13 cavalry [`kævəlrɪ] 名 騎兵隊　　⑥
It is honorable to be able to join the **cavalry**.
🏛 能夠加入騎兵隊很光榮。

14 chariot [`tʃærɪət] 名 戰車 動 駕駛戰車　　⑥
I have seen pictures of these **chariots** in a book.
🏛 我在一本書上看過這些戰車的照片。

15 colonel [`kɝnl] 名 陸軍上校　　⑤
Mr. Well was a **colonel** before his retirement from the army.
🏛 威爾先生從軍中退役之前是一位陸軍上校。

16 command [kə`mænd] 動 名 命令　　③
He **commanded** the troops to start at once.
🏛 他命令軍隊立即動身。

17 commander [kə`mændɚ] 名 指揮官　　④
The terrorists released the **commander** and some of the soldiers yesterday.
🏛 昨天恐怖份子釋放了指揮官和幾個士兵。

18 conquer [`kɑŋkɚ] 動 征服　　④
The Nordics **conquered** the whole of England during 1490.
🏛 北歐人在西元一四九零年間征服整個英格蘭。

19 conquest [`kɑŋkwɛst] 名 征服；獲勝　　⑥
Early in the 20th century the king led the **conquest** of Poland.
🏛 二十世紀初期，這位國王領軍征服波蘭。

20 corps [kor] 名 軍團　　⑥
My brother served in a special **corps** in the Air force.
🏛 我哥哥在空軍的一個特殊軍團裡服役。

21 defense [dɪ`fɛns] 名 國防；防禦；保衛　　④
Thirty percent of the annual budget is spent on **defense**.
🏛 年度預算中有百分之三十花費在國防上。

22 disciplinary [`dɪsəplɪ,nɛrɪ] 形 紀律的

Sean is the chairman of the **disciplinary** committee.
史恩是紀律委員會的主任委員。

23 discipline [`dɪsəplɪn] 名 紀律 動 懲戒

Every soldier has to behave under military **discipline**.
每一位軍人的行為舉止都必須嚴守軍紀。

24 enemy [`ɛnəmɪ] 名 敵人

The **enemy** were forced to retreat without resistance.
敵人沒有抵抗就被迫撤退了。

25 errand [`ɛrənd] 名 任務

Victor has gone on an **errand**.
維特去執行任務。

26 foe [fo] 名 敵軍；敵人

Harry kills the **foes** bravely.
哈利英勇地殺死敵軍。

27 fort [fort] 名 堡壘

Their **fort** was destroyed by a time bomb.
他們的堡壘遭一枚定時炸彈摧毀。

28 fortify [`fɔrtə,faɪ] 動 強化工事

We **fortified** the castle against invasion.
我們強化這座城堡的防禦工事以抵禦敵人入侵。

29 guerrilla [gə`rɪlə] 名 游擊隊

The **guerrilla** had killed two hostages.
游擊隊已殺害兩名人質。

30 hostage [`hɑstɪdʒ] 名 人質

The robber kept three **hostages**, including two men
and a little boy.
強盜挾持了三名人質，包括兩名男子與一名男童。

31 installation [,ɪnstə`leʃən] 名 就任；裝置

They held a ceremony for the **installation** of a new
general.
他們為新將軍舉行了一場就職典禮。

32 invade [ɪn`ved] 動 入侵

The enemy troops **invaded** the Italian mainland in
1944.
敵軍在西元一九四四年入侵義大利本土。

33 **invasion** [ɪn`veʒən] 名 侵犯 ⓠ
The **invasion** of Poland by Germany occurred in 1939.
⌂ 德國侵略波蘭發生於西元一九三九年。

34 **lieutenant** [lu`tɛnənt] 名 中尉 ⓢ
He ought to be promoted from **lieutenant** to captain.
⌂ 他應該從中尉晉升為上尉。

35 **march** [mɑrtʃ] 動 名 行軍 ⓣ
The soldiers **marched** ten miles back to their fort.
⌂ 士兵行軍十英里回到他們的堡壘。

36 **marshal** [`mɑrʃəl] 名 元帥 ⓢ
Marshal Wayne commanded the air force in the battle.
⌂ 偉恩元帥在這場戰役中指揮空軍。

37 **martial** [`mɑrʃəl] 形 軍事的 ⓢ
Martial music inspired confidence in me.
⌂ 軍樂聲激起了我的信心。

38 **militant** [`mɪlətənt] 形 好戰的 名 好戰份子 ⓺
The **militant** enemy kept attacking our town.
⌂ 好戰的敵軍持續攻擊我們的城鎮。

39 **military** [`mɪlə,tɛrɪ] 名 軍方 形 軍事的 ⓠ
The **military** will take over the government soon.
⌂ 軍方很快就會接管政府。

40 **mission** [`mɪʃən] 名 任務 ⓣ
The captain had flown fifty **missions**.
⌂ 這位空軍上尉已執行了五十次飛行任務。

41 **mobilize** [`mobḷ,aɪz] 動 動員 ⓺
We **mobilized** our armed forces in response to the ultimatum.
⌂ 我們動員了我們的軍隊回應最後通牒。

42 **morale** [mə`ræl] 名 士氣 ⓺
We need to increase our **morale** if we plan to win this battle.
⌂ 如果我們打算在這場戰役中獲勝，就必須提升我們的士氣。

43 **occupy** [`ɑkjə,paɪ] 動 佔有 ⓠ
They **occupied** a part of the city after the armed conflict.
⌂ 他們在這次的武裝衝突之後佔領了部分城市。

44 overwhelm [ˌovɚˋhwɛlm] 動 擊敗;壓倒
The enemy troops were **overwhelmed** by superior forces.
🏛 敵軍被大量的兵力擊潰。

45 pact [pækt] 名 協定;契約
Yesterday the premier signed a new non-aggression **pact** with Portugal.
🏛 昨天首相和葡萄牙簽訂新的互不侵犯協定。

46 raid [red] 名 突襲 動 襲擊
Their artillery **raided** our military camp.
🏛 他們的砲兵突襲了我們軍營。

47 rebel [rɪˋbɛl] 動 反叛 名 造反者
The townspeople **rebelled** against the dictator's troops.
🏛 鎮民起義反叛,對抗獨裁者的軍隊。

48 rebellion [rɪˋbɛljən] 名 叛亂
The **rebellion** was suppressed in a couple of days.
🏛 叛亂在幾天之內被鎮壓下來。

49 retreat [rɪˋtrit] 動 名 撤退
The enemy was forced to **retreat** after heavy losses.
🏛 敵人在受到重創後被迫撤退。

50 salute [səˋlut] 名 敬禮 動 致敬
The general returned the commander's **salute**.
🏛 將軍向指揮官還禮。

51 scout [skaut] 動 偵查 名 偵查者
Two reconnaissance aircrafts were sent up to **scout**.
🏛 兩架偵察機被派去進行偵查。

52 sergeant [ˋsɑrdʒənt] 名 士官;中士
The **sergeant** ambushed five soldiers in the woods.
🏛 士官在森林裡伏擊了五名士兵。

53 siege [sidʒ] 名 包圍;圍攻
We tried to do everything possible to lift the **siege**.
🏛 我們用盡所有辦法試圖解除包圍。

54 soldier [ˋsoldʒɚ] 名 士兵;軍人
Three **soldiers** lay in ambush at the crossroads.
🏛 三名士兵埋伏在十字路口。

55 **squad** [skwɑd] 名 小隊；班

The commander sent a **squad** to deal with the situation.
🔒 指揮官派出一個小隊去處理這個狀況。

56 **strategic** [strə`tidʒɪk] 形 戰略的

The island is of **strategic** importance to our country.
🔒 這個島對我們國家而言具有戰略上的重要意義。

57 **strategy** [`strætədʒɪ] 名 戰略；策略

They reported the **strategy** to the headquarters.
🔒 他們向司令部提報這個戰略。

58 **suppress** [sə`prɛs] 動 壓抑；制止

The enemy forces were **suppressed** under the bombardment.
🔒 敵軍受到砲擊鎮壓。

59 **surrender** [sə`rɛndɚ] 動 名 投降

In the end, the soldiers **surrendered** without putting up any resistance.
🔒 最後，這些士兵毫無反抗地投降了。

60 **tactic** [`tæktɪk] 名 戰略；策略

The general decided to change the **tactics**.
🔒 將軍決定改變戰略。

61 **target** [`tɑrgɪt] 名 目標 動 把⋯當作目標

We have wiped out the enemy's major military **targets**.
🔒 我們已徹底摧毀敵人的主要軍事目標。

62 **task** [tæsk] 名 任務 動 分派任務

They used one day to fulfill the **task**.
🔒 他們利用一天完成這項任務。

63 **terror** [`tɛrɚ] 名 恐怖

Several passers-by ran away in **terror** when the time bomb exploded.
🔒 幾位行人在定時炸彈爆炸時驚慌地跑開。

64 **trench** [trɛntʃ] 動 挖溝渠 名 溝渠

The troops received orders to **trench** the fields for shielding.
🔒 軍隊受命到田裡挖掘防禦溝渠。

65 **troop** [trup] 名 軍隊 動 集合

Our **troops** fought off the enemy at last.
🔒 我們的軍隊最後終於擊退了敵人。

66 **truce** [trus] 名 休戰；停戰
The third party negotiated a **truce** between the two sides.
🏛 第三方替兩方談成了休戰協議。

67 **veteran** [`vɛtərən] 名 老兵；老手
The U.S. government has decided to increase the pay of the **veterans** of the Persian Gulf War.
🏛 美國政府已決定增加波斯灣戰爭老兵的薪資。

68 **war** [wɔr] 名 戰爭 動 打仗
It is reported that over 100 soldiers were killed in the **war**.
🏛 據報導，這場戰爭中超過一百名士兵喪命。

69 **warfare** [`wɔr,fɛr] 名 戰爭
The nuclear **warfare** may annihilate a country.
🏛 核戰能毀滅一個國家。

70 **warrior** [`wɔrɪɚ] 名 武士；戰士
The children were playing at **warriors**.
🏛 孩子們玩著扮演武士的遊戲。

NOTE

PART 14

交通與建築
單字收納

名 名　詞

動 動　詞

形 形容詞

副 副　詞

1 ～ 6 單字難易度
（分別符合美國一至六年級學生所學範圍）

掃碼即聽
MP3 219～226

01 汽機車 分類

01 automatic [ˌɔtəˋmætɪk] 形 自動的 ③
Modern trains have **automatic** doors.
🏠 現代火車有自動門。

02 automobile [ˋɔtəməˌbɪl] 名 汽車 ③
My family owns a red **automobile**.
🏠 我家有一輛紅色汽車。

03 beep [bip] 動 發出警笛聲 名 警笛聲 ②
The ambulance **beeped** across the crossroad.
🏠 救護車發出警笛聲穿越十字路口。

04 brake [brek] 名 動 煞車 ③
Be sure to check the **brake** of this old car before you drive it.
🏠 開這輛老爺車之前一定要檢查煞車。

05 bus [bʌs] 名 公車 動 乘公車 ①
Carol went to the bookstore by **bus**.
🏠 凱蘿坐公車去書店。

06 car [kɑr] 名 汽車 ①
Rachel doesn't know how to drive a **car**.
🏠 瑞秋不會開車。

07 drive [draɪv] 動 駕駛 名 兜風 ①
Dad **drove** us to school this morning.
🏠 今天早上爸爸開車載我們去學校。

08 driver [ˋdraɪvɚ] 名 司機;駕駛員 ①
I heard the joke from a taxi **driver**.
🏠 我從一位計程車司機那裡聽到這個笑話。

09 fuel [ˋfjuəl] 名 燃料 動 補給燃料 ④
We have run out of the **fuel** of the car.
🏠 我們把這輛車的燃料用盡了。

10 garage [gəˋrɑʒ] 名 車庫 動 送入車庫 ②
She parked the van in the **garage**.
🏠 她把休旅車停在車庫裡。

11 **gasoline** [`gæsḷ‚ɪn] 名 汽油
The **gasoline** station is two blocks away.
加油站在兩條街之外。

12 **gear** [gɪr] 名 排檔；齒輪 動 開動
The car has three forward **gears** and one reverse gear.
這輛車有三個前進檔和一個倒車檔。

13 **helmet** [`hɛlmɪt] 名 安全帽
He was fined NT$500 for riding a scooter without
wearing a **helmet**.
他因騎機車未戴安全帽而被罰款新臺幣五百元。

14 **honk** [hɔŋk] 動 按喇叭 名 汽車喇叭聲
The taxi driver **honked** at me to get out of the way.
計程車司機按喇叭要我讓路。

15 **jeep** [dʒip] 名 吉普車
It is exciting to drive a **jeep**.
開吉普車很刺激。

16 **limousine** [lɪmə‚zin] 名 大型豪華轎車
We went for a ride in a **limousine** on my birthday.
我們在我生日那天乘坐大型豪華轎車兜風。

17 **motor** [`motɚ] 名 馬達
He got in the car and started the **motor**.
他進到車裡發動馬達。

18 **motorcycle** [`motɚ‚saɪkḷ] 名 摩托車
The robber escaped by riding a stolen **motorcycle**.
這名搶匪騎著偷來的摩托車逃走了。

19 **petroleum** [pə`trolɪəm] 名 石油
We are running out of **petroleum**.
我們的石油快用完了。

20 **steer** [stɪr] 動 掌舵；駕駛 名 建議
How do you feel to **steer** a ship this size?
你駕駛這樣大小的船感覺如何？

21 **taxi** [`tæksɪ] 名 計程車
A **taxi** drew up in front of her house.
一輛計程車停在她家前面。

22 **truck** [trʌk]名 卡車
Don't park your car behind this **truck**.
🏠 不要把你的車停在這輛卡車後面。

23 **van** [væn]名 貨車
The baker's **van** comes to our village to sell bread every evening.
🏠 麵包師傅每天傍晚開著貨車來我們村裡賣麵包。

24 **vehicle** [`viːkḷ]名 車輛
There are many kinds of motor **vehicles** on the street.
🏠 街上有多種機動車輛。

25 **wagon** [`wægən]名 貨車
The farmer delivered these heavy loads by **wagon**.
🏠 這個農夫用貨車運送這些重物。

26 **windshield** [`wɪnd,ʃild]名 擋風玻璃
The **windshield** is so dirty that I could hardly see the view.
🏠 這個擋風玻璃髒到我幾乎看不到前方的路況。

02 道路 分類

01 **alley** [`ælɪ]名 巷；小徑
Steve's home is on the right side of the **alley**.
🏠 史提夫的家在這條巷子的右手邊。

02 **avenue** [`ævənju]名 大道
It is better to feel the charm of the **avenue** at night.
🏠 在晚間感受這條大道的魅力較佳。

03 **boulevard** [`bulə,vard]名 林蔭大道
This is the most beautiful **boulevard** with trees along each side.
🏠 這條最美麗的林蔭大道兩旁都有樹木。

04 **corner** [`kɔrnə]名 街角；角落
The coffee shop is just on the **corner**.
🏠 咖啡店就在街角。

05 **crossing** [`krɔsɪŋ] 名 十字路口　　　　五
There was a terrible car accident at the **crossing** this morning.
今天早上在這個十字路口發生一起可怕的車禍。

06 **diversion** [daɪˋvɝʒən] 名 改道；轉換；轉向　六
I'm late because of a traffic **diversion**.
我因為交通改道而遲到了。

07 **freeway** [`friˏwe] 名 高速公路　　　　四
The speed limit on the **freeway** is 100 km/hr.
高速公路上的速限是時速一百公里。

08 **highway** [`haɪˏwe] 名 高速公路　　　　二
Scooters are banned on **highways**.
高速公路上禁止行駛輕型機車。

09 **intersection** [ˏɪntɚˋsɛkʃən] 名 交叉；橫斷　六
They got lost in the **intersection** of two highways.
他們在兩條公路的交叉處迷路了。

10 **landmark** [`lændˏmɑrk] 名 路標　　　　四
Taipei 101 is the best-known **landmark** in Taipei City.
台北101是台北市最著名的地標。

11 **lane** [len] 名 巷　　　　二
We live on **Lane** 305.
我們住在三零五巷。

12 **path** [pæθ] 名 路徑；小徑　　　　二
I went up the garden **path** to knock on the door.
我走上花園小徑去敲門。

13 **pave** [pev] 動 鋪築　　　　三
They **paved** the boulevard with bricks.
他們用磚塊鋪造這條林蔭大道。

14 **pavement** [`pevmənt] 名 人行道　　　　三
The **pavement** was too narrow for them to walk abreast.
這條人行道對他們而言太窄，無法並肩同行。

15 **pedestrian** [pəˋdɛstrɪən] 名 行人 形 徒步的　六
Four **pedestrians** were injured when the bus skidded.
這輛公車打滑，傷了四名行人。

16 **road** [rod] 名 道路 ⭐
Walk down the **road** for about five minutes, and you will see the clinic on the right.
🏠 這條路大約走五分鐘後，你會在右邊看到那間診所。

17 **sidewalk** [`saɪd,wɔk] 名 人行道 ②
Blanche walked briskly along the **sidewalk**.
🏠 布蘭琪輕快地沿著這條人行道往前走。

18 **street** [strit] 名 街道 ⭐
Vivian' house is down a long narrow **street**.
🏠 薇薇安的家在一條狹長的街道裡。

19 **toll** [tol] 名 通行費；鐘聲 動 徵收稅捐 ⑥
Anyone driving through the four-lane expressway has to pay a **toll**.
🏠 開車經過這條四線道高速公路時需付通行費。

20 **underpass** [`ʌndɚ,pæs] 名 地下道 ④
The **underpass** has been closed for two days through flooding.
🏠 這個地下道由於淹水已被封閉了兩天。

21 **way** [we] 名 路；方法 ⭐
Can you show me the **way** to the stadium?
🏠 你可以指示我前往體育場的路嗎？

---

03 運輸 分類

01 **accelerate** [æk`sɛlə,ret] 動 加速；促進 ⑥
That car **accelerated** suddenly.
🏠 那輛車突然加速。

02 **acceleration** [æk,sɛlə`reʃən] 名 加速；促進 ⑥
Acceleration to 100 km/hr takes only 3 seconds.
🏠 加速到時速一百公里只花費三秒鐘。

03 **accident** [`æksədənt] 名 事故；偶發事件 ③
There was a car **accident** on the highway yesterday evening.
🏠 昨天傍晚在公路上發生了一起車禍。

04 bicycle [`baɪsɪk] 名 自行車
Jerry goes to school by **bicycle**.
🔒 傑瑞騎自行車上學。

05 board [bord] 動 登機 名 布告欄
We should **board** the plane bound for Italy.
🔒 我們應該登上飛往義大利的班機。

06 book [bʊk] 動 預訂；登記 名 書
I have **booked** a train ticket for tomorrow.
🔒 我已預訂了一張明天的火車票。

07 cargo [`kɑrgo] 名 貨物
The ship stayed in the harbor for two days to load the regular **cargo**.
🔒 為了裝載定期貨物，這艘船停泊在港口內兩天。

08 carriage [`kærɪdʒ] 名 馬車
The **carriage** of the royal family was drawn by six strong white horses.
🔒 皇室家庭的馬車由六匹強壯的白馬拉著。

09 cart [kɑrt] 名 手拉車 動 載運
The farmer sent the vegetables to the market by **cart**.
🔒 農夫用手拉車運送蔬菜到市場。

10 commute [kə`mjut] 動 通勤
David **commutes** between Taipei and Taoyuan.
🔒 大衛通勤往返台北與桃園兩地。

11 commuter [kə`mjutə] 名 通勤者
This **commuter** couldn't find his ticket.
🔒 這位通勤者找不到他的車票。

12 connection [kə`nɛkʃən] 名 連結
The thief said he had no **connection** with the gangsters.
🔒 這個小偷說他沒有與黑幫掛鉤。

13 fare [fɛr] 名 費用
The student could barely afford the high-speed railway **fare**.
🔒 這個學生付不起高鐵車費。

14 jaywalk [`dʒe.wɔk] 動 任意穿越馬路
It is very dangerous to **jaywalk**. Don't ever do that again.
🔒 任意穿越馬路相當危險，千萬不要再這麼做。

15 **load** [lod] 動 裝載 名 負擔

Can you help me to **load** the furniture into the van?

🏠 能不能幫我把家具搬上貨車？

16 **locomotive** [ˌlokə`motɪv] 名 火車頭 形 活動的

They have these **locomotives** serviced regularly.

🏠 他們定期維修這些火車頭。

17 **luggage** [`lʌɡɪdʒ] 名 行李

Please leave your **luggage** in the hotel.

🏠 請將你們的行李留在旅館。

18 **mileage** [`maɪlɪdʒ] 名 行駛哩數

Johnny bought a used car with a low **mileage**.

🏠 強尼買了一輛里程數不多的二手車。

19 **MRT/mass rapid transit** 名 大眾運輸系統

We went to the night market by **MRT** last night.

🏠 我們昨晚搭捷運去夜市。

20 **navigate** [`nævəˌɡet] 動 駕駛；導航

He **navigated** the sailboat to a natural harbor.

🏠 他將帆船駛入一個天然港口。

21 **overtake** [ˌovə`tek] 動 趕上；壓倒

He pulled the car over to the outside lane when he **overtook** the last coach.

🏠 他一追上最後一輛巴士，就將車子開到外側車道。

22 **passenger** [`pæsṇdʒə] 名 旅客

The **passengers** boarded the plane at 2 p.m.

🏠 旅客於下午兩點登機。

23 **pedal** [`pɛdl] 動 騎(單車) 名 踏板

Jimmy **pedaled** his bike down the hill.

🏠 吉米騎單車下山。

24 **platform** [`plætˌfɔrm] 名 月台

The train will arrive at **platform** 4 in five minutes.

🏠 火車將於五分鐘內進入第四月台。

25 **rail** [rel] 名 鐵軌

The train jumped the **rail** early this morning.

🏠 火車今天一早發生出軌事故。

26 **railroad** [`rel,rod] 名 鐵路
The **railroad** connects two big cities.
🏠 這條鐵路連接兩個大城市。

27 **ride** [raɪd] 動 騎；乘 名 騎乘
I learned to **ride** a bicycle when I was six.
🏠 我六歲時學會騎腳踏車。

28 **route** [rut] 名 路線 動 定路線
This is the most direct **route** from here to the post office.
🏠 這條是從這裡到郵局的最佳路線。

29 **shuttle** [`ʃʌtl] 動 往返 名 梭子
We **shuttled** back and forth between the two factories.
🏠 我們在這兩間工廠之間來回往返。

30 **sledge** [slɛdʒ] 動 以雪橇搬運 名 雪橇
They **sledged** supplies to remote villages.
🏠 他們以雪橇搬運補給品到偏遠村落。

31 **sleigh** [sle] 名 雪橇 動 乘坐雪橇
Sleighs are usually pulled by horses.
🏠 雪橇通常由馬拉動。

32 **subway** [`sʌb,we] 名 地下鐵
This **subway** station shuts at 1:00 a.m.
🏠 這個地鐵站於凌晨一點關閉。

33 **ticket** [`tɪkɪt] 名 票 動 開罰單
I queued for half an hour to buy a **ticket** for the journey to Cologne.
🏠 我排隊半小時買到前往科隆的車票。

34 **traffic** [`træfɪk] 名 交通 動 來來往往
I dislike the **traffic** congestion of city life.
🏠 我不喜歡交通擁擠的都市生活。

35 **train** [tren] 名 火車 動 訓練
The delegation arrived in Taichung by **train** yesterday.
🏠 代表團昨天搭火車抵達台中。

36 **transit** [`trænsɪt] 名 運輸 動 通過
They discussed the **transit** of goods between the two cities in the meeting.
🏠 他們在會議中討論了兩座城市間的貨物運輸。

37 **transport** [`trænsport] 名 動 運輸；運送　③
Our public **transport** has not been able to cope with the travel boom.
🏛 我們的大眾運輸尚無法應付旅遊業的繁榮發展。

38 **transportation** [ˌtrænspɚˋteʃən] 名 運輸　④
This flight provides free **transportation** for baggage.
🏛 這個航班提供免費行李託運。

39 **tunnel** [`tʌnl] 名 隧道 動 挖掘隧道　②
We passed through several **tunnels** before we reached the village.
🏛 我們穿過了幾個隧道才到達這個村莊。

40 **wheel** [hwil] 名 輪子 動 滾動　②
The coach needs changing all four **wheels**.
🏛 這輛遊覽車四個輪子都須更換。

41 **wreck** [rɛk] 名 遇險 動 摧毀　④
The news of the **wreck** of their sailing ship was a shock to us.
🏛 他們帆船遇難的消息令我們震驚。

04　建築與建設　_{分類}

01 **aisle** [aɪl] 名 通道　⑤
You can find the product on the left side of the frozen food **aisle**.
🏛 你可以在冷凍食品通道的左邊找到這項產品。

02 **apartment** [əˋpɑrtmənt] 名 公寓　②
We live in an **apartment** near my school.
🏛 我們住在學校附近的公寓。

03 **arch** [ɑrtʃ] 名 拱門 動 變成拱形　④
The **arch** symbolizes triumph.
🏛 這座拱門象徵勝利。

04 **architect** [`ɑrkəˌtɛkt] 名 建築師　⑤
Tom also wants to be an **architect** like his father.
🏛 湯姆也想像父親一樣成為一名建築師。

05 **architecture** [`ɑrkə,tɛktʃə] 名 建築物 🌀

I was impressed by the **architecture** of the museum in the city.
🏠 這座城市裡的博物館建築讓我印象深刻。

06 **attic** [`ætɪk] 名 閣樓 🌀

Aga's room is an **attic** at the top of his house.
🏠 阿嘉的房間位於他家頂層的閣樓。

07 **balcony** [`bælkənɪ] 名 陽台 🌀

My mom asked my sister to sweep the **balcony**.
🏠 媽媽要求姊姊打掃陽台。

08 **beam** [bim] 名 橫樑；光線 動 發射；發光 🌀

The roof of the hut is supported by bamboo **beams**.
🏠 這間小屋的屋頂是由竹製橫樑支撐。

09 **block** [blɑk] 名 街區 動 阻塞；封鎖 🌀

Maggie walked around the **block** several times.
🏠 瑪姬繞著這個街區走了好幾趟。

10 **brick** [brɪk] 名 磚塊 🌀

The prison is surrounded by high **brick** walls.
🏠 高聳的磚牆圍繞在這座監獄的四周。

11 **bridge** [brɪdʒ] 名 橋 動 架橋於 🌀

You can find the bakery across the **bridge**.
🏠 過橋之後你就能找到麵包店了。

12 **build** [bɪld] 動 建立 🌀

The library was **built** in the early 18th century.
🏠 這座圖書館建於十八世紀初期。

13 **building** [`bɪldɪŋ] 名 建築物 🌀

People crowded into the **building**.
🏠 人們擠進這棟建築物。

14 **cabin** [`kæbɪn] 名 小屋 🌀

The man took her to a small **cabin**.
🏠 這個男人帶她到一間小屋。

15 **cable** [`kebḷ] 名 纜索；電纜 動 發越洋電報 🌀

The bridge was built with steel **cables**.
🏠 這座橋由鋼索建造而成。

16 **castle** [`kæsl] 名 城堡

The princess lived in a grand **castle**.

🏠 公主住在富麗堂皇的城堡裡。

17 **ceiling** [`silɪŋ] 名 天花板

The **ceiling** in this room is higher than normal.

🏠 這個房間裡的天花板比一般的高。

18 **cellar** [`sɛlə] 名 地窖 動 貯存於

They hid the treasure in a **cellar** underneath the house.

🏠 他們將寶藏藏在房子下面的地窖裡。

19 **cement** [sə`mɛnt] 名 水泥 動 用水泥砌合

Don't step on the hard cold **cement** floor with your bare feet.

🏠 不要赤腳踏上冷硬的水泥地板。

20 **chimney** [`tʃɪmnɪ] 名 煙囪

It is said that Santa Claus came into the house by coming down the **chimney**.

🏠 據說聖誕老人從煙囪爬入房子。

21 **complex** [`kɑmplɛks] 名 複合物 形 複雜的

They are planning to construct a new sport and leisure **complex**.

🏠 他們正計畫建造一座新的體育及休閒複合中心。

22 **concrete** [`kɑnkrit] 名 水泥 形 具體的

Bill made a bookshelf out of wood planks and **concrete**.

🏠 比爾用木板和水泥做了一個書架。

23 **construct** [kən`strʌkt] 動 建構

The building was **constructed** as the flagship store of the international brand.

🏠 這棟建築物被打造為這個國際品牌的旗鑑店。

24 **construction** [kən`strʌkʃən] 名 建築;結構

That is the only bridge under **construction** in New Taipei City.

🏠 那是新北市唯一仍在建造中的橋。

25 **contractor** [`kɑntræktə] 名 承包商;立契約者

The **contractor** has made the swimming pool outside this afternoon.

🏠 今天下午,承包商把戶外游泳池蓋好了。

26 **corridor** [`kɔrədə] 名 走廊；通道 🔟
There are many rooms on both sides of the long **corridor**.
🏠 這條長廊的兩邊有許多房間。

27 **cottage** [`katɪdʒ] 名 小屋；別墅 🔟
My family has a **cottage** in the woods.
🏠 我家在森林裡有一棟小屋。

28 **courtyard** [`kort,jard] 名 庭院 🔟
Nancy is playing with the puppy in the **courtyard**.
🏠 南西正在庭院裡跟小狗玩。

29 **crane** [kren] 名 起重機 動 伸(頸) 🔟
Those steel bars were lifted away by a large **crane**.
🏠 那些鋼筋被一輛大型起重機吊走。

30 **dam** [dæm] 名 水壩 動 堵塞 🔟
The Government is discussing to build a **dam** on the river.
🏠 政府正討論要在這條河上建一座水壩。

31 **dome** [dom] 名 圓屋頂 動 覆以圓頂 🔟
The **dome** of St Paul's Cathedral is a superb view.
🏠 聖保羅大教堂的圓型屋頂很宏偉。

32 **elevator** [`ɛlə,vetə] 名 電梯 🔟
Because of the lightning this afternoon, our **elevator** broke down.
🏠 今天下午的閃電使我們的電梯故障。

33 **entry** [`ɛntrɪ] 名 入口 🔟
Beside the **entry** to the chapel, you will see the monument.
🏠 你將會在小禮拜堂的入口旁邊看到紀念碑。

34 **erect** [ɪ`rɛkt] 動 豎立 形 直立的 🔟
The police have **erected** barricades in roads leading to the courthouse.
🏠 警方已在通往法院大樓的路上豎起路障。

35 **escalator** [`ɛskə,letə] 名 手扶梯 🔟
Seeberger invented the first **escalator** in 1899.
🏠 席柏格在西元一八九九年發明了第一部手扶梯。

36 estate [ɪˋstet] 名 莊園；財產　　5
Her father left her a large **estate** in the countryside near London.
🏠 她父親死後把倫敦近郊的一座大莊園留給她。

37 exit [ˋɛksɪt] 名 出口 動 離開　　3
Vincent carried the box and walked out of the **exit**.
🏠 文森搬著箱子走出了出口。

38 fence [fɛns] 名 圍牆 動 防衛　　2
Those villagers built a **fence** around the barn.
🏠 那些村民在穀倉周圍築起了圍牆。

39 floor [flor] 名 地板 動 鋪設地板　　1
They stained the wooden **floor** white.
🏠 他們將木地板塗成了白色。

40 fountain [ˋfauntn̩] 名 噴水池；噴泉　　3
Throw a coin into the **fountain** and make a wish.
🏠 丟一枚硬幣到噴水池裡，然後許一個願望。

41 hall [hɔl] 名 廳；堂　　2
You can leave your raincoat in the **hall**.
🏠 你可以把雨衣放在門廳中。

42 hallway [ˋhɔl͵we] 名 玄關；門廳　　3
Please wait a minute in the **hallway**.
🏠 請在玄關稍等一下。

43 hut [hʌt] 名 小屋　　3
The garden **hut** is built of wood.
🏠 這個花園小屋是用木頭建造的。

44 lobby [ˋlabɪ] 名 大廳　　3
Let's meet in the **lobby** of the museum 30 minutes later.
🏠 我們三十分鐘後在博物館的大廳碰面吧。

45 lodge [ladʒ] 名 小屋 動 寄宿；存放　　5
The hunter spent one night in the hunting **lodge**.
🏠 獵人在狩獵小屋裡住了一晚。

46 mansion [ˋmænʃən] 名 大廈　　5
Mr. Walter lives in a **mansion** across from the Central Park.
🏠 華特先生住在中央公園對面的大廈。

47 **marble** [`marbl] 名 大理石

The floor of her bedroom is made of **marble**.
她房間的地板是大理石建材。

48 **monument** [`manjəmənt] 名 紀念碑

The city government paid money to erect a **monument** in front of the park.
市政府出錢在公園前面立了一座紀念碑。

49 **overpass** [`ovə,pæs] 名 天橋

They walked across the highway through an **overpass**.
他們走天橋穿越高速公路。

50 **panel** [`pænl] 名 方格;平板;鑲板

There is a frosted glass **panel** set in the center of the door.
有一片毛玻璃鑲板裝設在這扇門的中央。

51 **pillar** [`pɪlə] 名 樑柱

The dome was supported by marble **pillars**.
這個圓頂由大理石樑柱支撐。

52 **post** [post] 名 郵局;崗位 動 郵寄;分發;公佈

Where is the nearest **post** office?
最近的郵局在哪裡?

53 **roof** [ruf] 名 屋頂 動 覆蓋

The wind vane on the **roof** now pointed to the south.
屋頂上的風向標現在指向南方。

54 **shelter** [`ʃɛltə] 名 避難所 動 保護;掩護

The bomb **shelters** were being prepared for possible air raids.
這些防空洞是備來躲避可能發生的空襲。

55 **site** [saɪt] 名 地點;位置 動 設置

Our company found a **site** on which to build the theme park.
我們公司找到了建造這個主題公園的地點。

56 **skyscraper** [`skaɪ,skrepə] 名 摩天大樓

Taipei 101 was once the tallest **skyscraper** in the world.
台北101曾經是全世界最高的摩天大樓。

57 **span** [spæn] 名 跨距 動 橫跨　　　　6
The bridge has a **span** of 100 meters.
🏠 這座橋的跨距是一百公尺。

58 **spire** [spaɪr] 名 尖塔 動 螺旋式上升　　6
The cathedral has marble columns and twin gilt **spires**.
🏠 這座大教堂有大理石圓柱和一對金色的尖塔。

59 **station** [`steʃən] 名 車站 動 駐紮　　　1
The baroque **station** is worth a visit.
🏠 這座巴洛克式車站值得造訪。

60 **suspension** [sə`spɛnʃən] 名 懸吊；暫停　6
The new **suspension** bridge is still under
construction.
🏠 這座新的吊橋還在建造中。

61 **terrace** [`tɛrəs] 名 看臺 動 使成梯形地　5
We stood on the **terraces** to watch the football game.
🏠 我們站在看臺上觀賞這場美式足球賽。

62 **tile** [taɪl] 名 磁磚 動 鋪磁磚　　　　　5
The storm blew down many pieces of **tiles** from the
outside wall of that building.
🏠 暴風雨從那棟建築物的外牆刮下了許多片磁磚。

63 **tower** [`tauə] 名 塔 動 高聳　　　　　2
The church's bell **tower** is the tallest spot in the small
town.
🏠 教堂的鐘樓是這個小鎮的最高點。

64 **villa** [`vɪlə] 名 別墅　　　　　　　　　6
We stayed in a large **villa** on the lake's shore.
🏠 我們住在湖岸邊的一棟大別墅。

65 **wall** [wɔl] 名 牆 動 用牆圍住　　　　　1
The kitchen **walls** would be painted light yellow.
🏠 廚房牆壁會被漆成淺黃色。

PART 15

時空、狀態、程度
單字收納

名 名 詞

動 動 詞

形 形容詞

副 副 詞

1～6 單字難易度
（分別符合美國一至六年級學生所學範圍）

掃碼即聽
MP3 227～278

分好類**超好背7000**單字

🎧 MP3 ⊙ 227

分類

01 時間、順序與頻率

01 a.m./am/A.M./AM [`e`ɛm] 副 上午　④
I always get up at 7 **a.m.**
🔈 我總是早上七點起床。

02 abrupt [ə`brʌpt] 形 突然的　⑤
I was shocked by her **abrupt** appearances change.
🔈 我被她突然改變的外觀嚇到。

03 accidental [ˌæksə`dɛntḷ] 形 偶然的　④
It was purely **accidental** that Cathy broke the window.
🔈 凱西打破窗戶純粹只是意外。

04 accord [ə`kɔrd] 動 和…一致 名 一致;和諧　⑥
His oral evidence **accords** with yours.
🔈 他的證詞與你的相符。

05 accordingly [ə`kɔrdɪŋlɪ] 副 因此;於是　⑥
Bob is lack of passion for the job. **Accordingly**, he was laid off.
🔈 鮑伯對這份工作沒有熱情,因此他被炒魷魚了。

06 advance [əd`væns] 動 提前 名 前方　②
The date of the game was **advanced** by three days.
🔈 這場比賽提前三天舉行。

07 afternoon [`æftə`nun] 名 下午　①
Miss Chang will arrive in the **afternoon** tomorrow.
🔈 張小姐將於明天下午抵達。

08 afterwards [`æftəwəds] 副 以後　③
We went to the department store; **afterwards**, we took some drinks at a café.
🔈 我們逛完百貨公司後,就到咖啡廳喝些飲料。

09 again [ə`gɛn] 副 再次　①
I don't want to say it **again** and again. You need to focus.
🔈 我不想重覆說了又說,你要專心點。

10 age [edʒ] 名 年齡 動 使變老　①
It is impolite to ask a woman's **age**.
🔈 詢問一個女人的年齡很不禮貌。

482

11. **ago** [ə`go] 副 在…以前
Little Johnny has finished his homework 5 minutes **ago**.
小強尼五分鐘以前就做完他的家庭作業。

12. **alarm** [ə`lɑrm] 名 鬧鐘 動 使驚慌
Louis needs two **alarms** to wake him up in the morning.
路易士早上需要兩個鬧鐘來叫醒他。

13. **almost** [`ɔl.most] 副 幾乎
I'm **almost** home. Don't rush me!
我要到家了，別催我！

14. **already** [ɔl`rɛdɪ] 副 已經
Jimmy has traveled to 57 countries **already**.
吉米已經去過五十七個國家了。

15. **always** [`ɔlwez] 副 總是
Peter's fiancée is **always** there for him after his right
leg was paralyzed.
彼得的未婚妻在他右腳癱瘓後，依然不離不棄。

16. **anniversary** [ˌænə`vɜsərɪ] 名 週年紀念日
Next Sunday is the 10th **anniversary** of my parents'
marriage.
下星期天是我父母結婚十週年紀念日。

17. **annual** [`ænjʊəl] 形 一年的
The **annual** camping event will be held this weekend.
年度露營活動將在這個週末舉行。

18. **anytime** [`ɛnɪ.taɪm] 副 任何時候
No one can be there for you **anytime**. You need to
complete the homework on your own.
不會有人總是等在那兒幫你，你必須自己完成作業。

19. **April/Apr.** [`eprəl] 名 四月
I was born in **April**.
我在四月出生。

20. **August/Aug.** [`ɔgəst] 名 八月
Sue is going to Italy in **August**.
蘇將在八月去義大利。

21. **autumn** [`ɔtəm] 名 秋季
Autumn is my favorite season.
秋天是我最喜愛的季節。

22 **await** [ə`wet] 動 等待 ▲4
He is **awaiting** his fiancée's reply to the proposal.
🔒 他正等待未婚妻對求婚的答覆。

23 **awhile** [ə`hwaɪl] 副 暫時；片刻 ▲5
Let's wait for Jamie for **awhile**.
🔒 我們再等一下傑米吧！

24 **barely** [`bɛrlɪ] 副 幾乎不能 ▲3
Emma spent all her money last month. She could
barely pay her rent this month.
🔒 艾瑪上個月把錢花光，這個月她幾乎付不出房租。

25 **beforehand** [bɪ`for,hænd] 副 預先；事先 ▲5
Ms. Chang is a hard-working researcher. She always
gets everything prepared **beforehand**.
🔒 張小姐是位認真的研究員，她總是預先準備所有東西。

26 **begin** [bɪ`gɪn] 動 開始 ▲1
When will Frank **begin** his weight-control plan?
🔒 法蘭克何時要開始他的節食計畫？

27 **brief** [brif] 形 短暫的；簡短的 名 摘要；短文 ▲2
The interview requires every interviewee beginning
with a **brief** self introduction.
🔒 面試官要每個應徵者作一段簡短的自我介紹。

28 **calendar** [`kæləndə] 名 日曆 ▲2
Please highlight the important date on the **calendar**.
🔒 請在日曆上標示這個重要的日子。

29 **cease** [sis] 動 終止 名 停息 ▲4
Both sides had decided to **cease** fire for 3 days.
🔒 雙方陣營決定停戰三天。

30 **century** [`sɛntʃərɪ] 名 世紀 ▲2
We are in the 21st **century** now.
🔒 現在是二十一世紀。

31 **clock** [klɑk] 名 時鐘 ▲1
He also repairs **clocks** and watches.
🔒 他也修理時鐘和手錶。

32 **close** [klos] 動 關閉；結束 形 接近的 ▲1
The grocery store has been **closed** by 10 p.m.
🔒 這間雜貨店十點前就關門了。

33 **closure** [`kloʒɚ] 名 關閉；結束

The **closure** of the restaurant let many students down.

🏠 這間餐廳結束營業讓很多學生失望。

34 **coherent** [koˋhɪrənt] 形 連貫的

Make your article more **coherent**; otherwise, I may not understand your key points.

🏠 把你的文章修得更有連貫性，否則我很難抓到重點。

35 **coincide** [ˌkoɪnˋsaɪd] 動 一致；同時發生

My best friend Sally's birthday **coincides** with my mom's. I don't know what to do.

🏠 我摯友莎莉的生日跟我老媽的生日撞期了。我不知道該怎麼辦。

36 **coincidence** [koˋɪnsədəns] 名 巧合

What a **coincidence**! We were born on the same day.

🏠 多麼巧合呀！我們同一天生日。

37 **commence** [kəˋmɛns] 動 開始

Katherine **commenced** studying history last night and she had a quiz today.

🏠 凱薩琳昨天開始念今天要小考的歷史。

38 **conclude** [kənˋklud] 動 結束

We **concluded** the quotation for each item will not be risen up until next month.

🏠 我們決定下個月開始調漲每件商品的報價。

39 **consequence** [`kɑnsəˌkwɛns] 名 結果；重大

Her brother died from brain cancer; she cannot accept this **consequence**.

🏠 她弟弟死於腦癌，她無法接受這樣的結果。

40 **consistent** [kənˋsɪstənt] 形 一致的

Adrian's speech is always **consistent** with his action. That's why we all trust him.

🏠 安卓恩言行一致，這是為什麼我們都信任他的原因。

41 **continual** [kənˋtɪnjuəl] 形 連續的

Recently, **continual** snow storm destroyed the traffic in New York City.

🏠 連日來的暴風雪癱瘓了紐約市的交通。

42 **continue** [kənˋtɪnju] 動 繼續

Evan **continued** his study in graduate school by his excellent performance.

🏠 由於成績優異，依凡繼續往研究所深造。

43 **continuity** [ˌkɑntəˈnjuətɪ] 名 連續的狀態 🔢
There's no **continuity** between the scenes of the movie. I wonder who the director is.
🏠 這部片的場景不連貫，我在想是誰導演這部電影。

44 **continuous** [kənˈtɪnjuəs] 形 連續的 🔢
A superstar needs his fans' **continuous** support to remain popular.
🏠 超級明星需要粉絲的持續支持以維持聲望。

45 **current** [ˈkɝənt] 形 目前的 名 水流；電流 🔢
The **current** condition of the US economy is not ideal. Many people are still under unemployment.
🏠 美國當前經濟狀況不甚理想，仍有很多人找不到工作。

46 **cycle** [ˈsaɪkl̩] 名 週期；整個過程 動 循環 🔢
The students of Department of International Business need to study the **cycle** of trading events.
🏠 國貿系學生需要學習貿易的整體流程。

47 **daily** [ˈdelɪ] 形 每日的 副 每日地 🔢
My grandpa watches the **daily** news on TV every morning.
🏠 我爺爺每天早上收看電視上的每日新聞。

48 **date** [det] 名 日期 動 約會 🔢
What is the **date** today?
🏠 今天是幾月幾號？

49 **dawn** [dɔn] 名 黎明 動 頓悟 🔢
Peter has to start working at **dawn** on Mondays.
🏠 彼得星期一必須從黎明開始工作。

50 **day** [de] 名 日；白天 🔢
Billy goes to the countryside one **day** a week to visit his mother.
🏠 比利每個星期會有一天回鄉探望他母親。

51 **daybreak** [ˈdeˌbrek] 名 破曉；黎明 🔢
His father gets up at **daybreak** every morning.
🏠 他的父親每天在破曉時分起床。

52 **deadline** [ˈdɛdˌlaɪn] 名 期限 🔢
I had to turn in my paper before **deadline**.
🏠 我必須在期限前交出報告。

53 **decade** [`dɛked] 名 十年
He was born in the last **decade** of the 19th century.
🏠 他出生於十九世紀的最後十年。

54 **December/Dec.** [dɪ`sɛmbɚ] 名 十二月
Their baby was born on 12th **December**.
🏠 他們的小孩在十二月十二日出生。

55 **duration** [djʊ`reʃən] 名 持續；持久
The **duration** of the speech addressed by Minister of Education was 2 hours.
🏠 教育部長的演講長達兩小時。

56 **dusk** [dʌsk] 名 黃昏
Sean finally arrived home at **dusk**.
🏠 尚恩終於在黃昏時到家。

57 **early** [`ɝlɪ] 形 早的 副 早地
Olivia got up **early** this morning.
🏠 奧莉薇亞今天很早起床。

58 **eternal** [ɪ`tɝnl] 形 永恆的
Can love be **eternal**?
🏠 愛情能永恆嗎？

59 **eternity** [ɪ`tɝnətɪ] 名 永恆；永遠
The love of **eternity** is a fairy tale for modern people.
🏠 永恆的愛情對現代人而言是個童話。

60 **eve** [iv] 名 前夕
We usually have a party on New Year's **Eve**.
🏠 我們通常在除夕那天舉辦派對。

61 **evening** [`ivnɪŋ] 名 傍晚
My dad always comes home in the **evening**.
🏠 爸爸總是傍晚回家。

62 **eventual** [ɪ`vɛntʃʊəl] 形 最後的
The **eventual** outcome determines her death penalty.
🏠 最終的結果判定了她的死刑。

63 **ever** [`ɛvɚ] 副 曾經
Have you **ever** embarrassed yourself in public?
🏠 你曾經在眾人面前出糗過嗎？

64 **fall** [fɔl] 名 秋天 動 落下 ⬆
The book will not be published until next **fall**.
🏠 這本書要到明年秋天才會出版。

65 **fast** [fæst] 形 快速的 副 很快地 ⬆
When it comes to driving, Jose drives extremely **fast**.
🏠 提到開車，荷西開得特別快。

66 **February/Feb.** [`fɛbruɛrɪ] 名 二月 ⬆
Valentine's Day is in **February**.
🏠 情人節在二月。

67 **festival** [`fɛstəvl] 名 節日 ②
The Mid-Autumn **Festival** is a traditional Chinese holiday.
🏠 中秋節是中國的傳統節日。

68 **first** [fɜst] 形 第一的 副 首先 ⬆
Sunday is the **first** day of the week.
🏠 星期天是一週的第一天。

69 **forever** [fə`ɛvə] 副 永遠 ③
Tina hopes that she can be a famous Broadway actress and acting **forever**.
🏠 提娜希望她可以成為百老匯的著名女伶，並且永遠演下去。

70 **former** [`fɔrmə] 形 以前的；前任的 ②
The **former** president of this country is not welcomed.
🏠 這個國家的前總統不受歡迎。

71 **forthcoming** [ˌforθ`kʌmɪŋ] 形 即將到來的 ⑥
Everybody is excited about the **forthcoming** singing contest.
🏠 大家對於即將到來的歌唱比賽感到興奮。

72 **frequency** [`frikwənsɪ] 名 頻率 ④
The **frequency** of Fanny's phone calls increased.
🏠 芬妮打電話的頻率增加了。

73 **frequent** [`frikwənt] 形 頻繁的 動 常去 ③
Sudden thunderstorms are **frequent** on this coast.
🏠 海岸地區經常突如其來的降下大雷雨。

74 **Friday/Fri.** [`fraɪde] 名 星期五 ⬆
I am going shopping with my friends on **Friday**.
🏠 我星期五要和朋友去逛街。

75 **furthermore** [`fɜðɚ͵mor] 副 再者;此外
I don't feel like going out tonight, and **furthermore**, I don't want to miss the last episode of my favorite Taiwanese drama.
🏠 我今晚不想出門,此外,我不想錯過我最愛的台劇完結篇。

76 **future** [`fjutʃɚ] 形 未來的 名 未來
Do you believe in **future** life? It is unknown to me.
🏠 你相信來世嗎?我對此一無所知。

77 **generation** [͵dʒɛnə`reʃən] 名 世代
There is a **generation** gap between the parents and the children.
🏠 父母與孩子之間有代溝。

78 **halt** [holt] 動 (使)停止 名 休止
The platoon was marching for almost six hours before Sergeant Rodriguez decided to **halt**.
🏠 羅中士決定暫停行進前,這個隊伍已行軍約六小時。

79 **happen** [`hæpən] 動 發生;碰巧
People say that the world will end next year. Nobody knows exactly what will **happen**.
🏠 人們說明年地球會毀滅,沒有人知道會發生什麼事。

80 **hardly** [`hardlɪ] 副 幾乎不
I **hardly** remember how I met you.
🏠 我幾乎不記得我是怎麼認識你的。

81 **hasty** [`hestɪ] 形 快速的;倉促的
Being annoyed, he came up a **hasty** conclusion.
🏠 他在被惹惱後下了個勿促的結論。

82 **hereafter** [hɪr`æftɚ] 名 來世 副 此後
Some religions are based on the faith of **hereafter**.
🏠 有些宗教是以相信來世為基礎。

83 **hour** [`auɚ] 名 小時
The old man took some medicine two **hours** ago.
🏠 這位老先生兩個小時前吃了一些藥。

84 **hourly** [`auɚlɪ] 形 每小時的 副 每小時地
We turned on the radio to get the **hourly** news broadcast.
🏠 我們打開收音機收聽每小時的新聞廣播。

85 immediate [ɪˋmidɪɪt] 形 立即的　❸
You have to give the boss an **immediate** reply.
🔒 你必須立即回覆老闆。

86 initiate [ɪˋnɪʃɪ͵et] 動 開始 形 新加入的　❺
We **initiated** our new special project by the end of this month.
🔒 我們這個月底前開始新的特別專案。

87 instant [ˋɪnstənt] 形 即時的 名 頃刻　❷
Instant foods are popular among students.
🔒 即溶調理食品很受學生族群歡迎。

88 interval [ˋɪntəvl] 名 間隔；時間　❻
Luke came back here at an **interval** of five years.
🔒 路克時隔五年之後再回到這裡。

89 January/Jan. [ˋdʒænju͵ɛrɪ] 名 一月　❶
The movie is scheduled for release in **January**.
🔒 這部電影預定一月發行。

90 July/Jul. [dʒuˋlaɪ] 名 七月　❶
I hope to find our perfect home by **July**.
🔒 我希望在七月前找到我們理想的家。

91 June/Jun. [dʒun] 名 六月　❶
The puppy was born in **June**.
🔒 小狗是六月出生的。

92 lag [læg] 動 名 延緩；落後　❹
Some of the runners began to **lag** in the marathon.
🔒 馬拉松大賽中，有一些選手開始落後了。

93 last [læst] 形 最後的 動 持續　❶
If John can't find a way to keep up with his coworkers, firing him will be the **last** choice.
🔒 若約翰不能設法跟上他的同事，開除他是最後的選擇。

94 late [let] 形 遲的 副 遲到地　❶
Whoever is **late** for work will be punished by deducting money from his salary.
🔒 不論是誰上班遲到都要被罰扣薪水。

95 lately [ˋletlɪ] 副 最近　❹
He starts working out **lately**, no wonder he looks great.
🔒 他最近開始運動，難怪他看起來很不錯。

96 latest [`letɪst] 形 最新的

Have you watched the **latest** movie of Al Pacino?

🔊 你看過艾爾帕西諾最新的電影了嗎？

97 latter [`lætə] 形 後者的

The unemployment rate will continue to increase in the **latter** part of this year.

🔊 後半年失業率會持續增加。

98 lifelong [`laɪflɔŋ] 形 終身的

She is a **lifelong** member of this organization.

🔊 她是這個機構的終身會員。

99 lifetime [`laɪf͵taɪm] 名 一生

Mother Teresa dedicated her **lifetime** to helping the poor.

🔊 德雷莎修女奉獻她的一生幫助窮人。

100 longevity [lɑn`dʒɛvətɪ] 名 長壽

Working out regularly and eating healthy will help **longevity**.

🔊 規律的運動和健康飲食有助長壽。

101 March/Mar. [mɑrtʃ] 名 三月

She expects me to report for work on **March** the tenth.

🔊 她預期我於三月十日報到上班。

102 May [me] 名 五月

They are moving to the suburbs in the end of **May**.

🔊 他們將於五月底搬到郊區。

103 meantime [`min͵taɪm] 名 副 同時

The computer can't be fixed until next Tuesday. In the **meantime**, you can use mine.

🔊 電腦要到下禮拜二才能修好，這段期間你可以用我的。

104 meanwhile [`min͵hwaɪl] 副 同時 名 期間

She is playing the piano; **meanwhile**, her sister is singing along.

🔊 她在彈鋼琴的同時，她妹妹也跟著琴聲唱歌。

105 moment [`momənt] 名 片刻

Wait a **moment**! I can't find my wallet!

🔊 稍等一下！我找不到我的皮夾！

106 Monday/Mon. [`mʌnde] 名 星期一
Sam got home from his trip last **Monday**.
🔊 山姆上星期一結束旅行回家。

107 month [mʌnθ] 名 月
We have been puzzling about the problem for **months**.
🔊 我們已經苦思這個問題好幾個月了。

108 morning [`mɔrnɪŋ] 名 早上
Their baby arrived this **morning**.
🔊 他們的孩子今天早上出生了。

109 next [nɛkst] 形 其次的 副 然後
What's your **next** question?
🔊 你下一個問題是什麼？

110 night [naɪt] 名 晚上
Mom tells me a story every **night** before I go to bed.
🔊 每天晚上媽媽會在我睡覺前講一個故事給我聽。

111 noon [nun] 名 中午
We met at **noon** for lunch.
🔊 我們中午碰面吃午餐。

112 November/Nov. [no`vɛmbə] 名 十一月
My father is going on a trip to China in **November**.
🔊 我父親十一月要去中國旅行。

113 now [naʊ] 名 副 現在
Father is busy **now**, so it's better not to bother him.
🔊 父親現在正在忙，所以最好不要打擾他。

114 nowadays [`naʊə,dez] 副 現在；當今
People **nowadays** barely write letters because of the widespread of Internet.
🔊 由於網路普及，現在很少有人寫信了。

115 occasional [ə`keʒənl] 形 偶爾的
He has **occasional** wine after dinner.
🔊 他晚餐後偶爾會喝點酒。

116 o'clock [ə`klɑk] 名 …點鐘
I must get the 2 **o'clock** plane.
🔊 我必須趕上兩點的飛機。

117 October/Oct. [ɑk`tobə] 名 十月
Our National Day is in **October**.
🔊 我們的國慶日在十月。

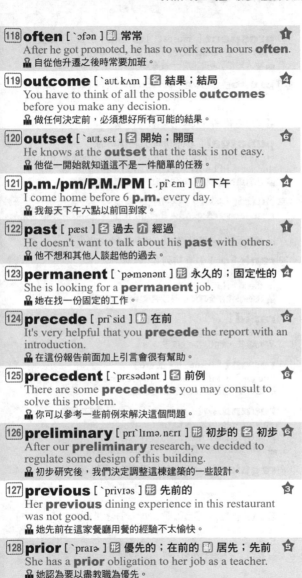

118 often [`ɔfən] 副 常常

After he got promoted, he has to work extra hours **often**.

🏛 自從他升遷之後時常要加班。

119 outcome [`aut, kʌm] 名 結果；結局

You have to think of all the possible **outcomes** before you make any decision.

🏛 做任何決定前，必須想好所有可能的結果。

120 outset [`aut, sɛt] 名 開始；開頭

He knows at the **outset** that the task is not easy.

🏛 他從一開始就知道這不是一件簡單的任務。

121 p.m./pm/P.M./PM [ˏpi`ɛm] 副 下午

I come home before 6 **p.m.** every day.

🏛 我每天下午六點以前回到家。

122 past [pæst] 名 過去 介 經過

He doesn't want to talk about his **past** with others.

🏛 他不想和其他人談起他的過去。

123 permanent [`pɜmənənt] 形 永久的；固定性的

She is looking for a **permanent** job.

🏛 她在找一份固定的工作。

124 precede [pri`sid] 動 在前

It's very helpful that you **precede** the report with an introduction.

🏛 在這份報告前面加上引言會很有幫助。

125 precedent [`prɛsədənt] 名 前例

There are some **precedents** you may consult to solve this problem.

🏛 你可以參考一些前例來解決這個問題。

126 preliminary [prɪ`lɪmə, nɛrɪ] 形 初步的 名 初步

After our **preliminary** research, we decided to regulate some design of this building.

🏛 初步研究後，我們決定調整這棟建築的一些設計。

127 previous [`priviəs] 形 先前的

Her **previous** dining experience in this restaurant was not good.

🏛 她先前在這家餐廳用餐的經驗不太愉快。

128 prior [`praɪə] 形 優先的；在前的 副 居先；先前

She has a **prior** obligation to her job as a teacher.

🏛 她認為要以盡教職為優先。

129 **prospect** [`prɑspɛkt] 名 期望；前景 動 勘查　　🇸

There is **prospect** of his bright future.

🏛 眾人對他光明的前景一片看好。

130 **prospective** [prə`spɛktɪv] 形 將來的；預期的　🇸

It's very important to understand what your
prospective customers want.

🏛 了解你潛在客戶想要的是甚麼很重要。

131 **punctual** [`pʌŋktʃuəl] 形 準時的　　🇸

He is really sorry for being late this time and promises
that he will be **punctual** afterwards.

🏛 他對這次遲到感到非常抱歉，並表示今後會準時。

132 **quick** [kwɪk] 形 快的 副 快地　　🇦

I had a **quick** coffee this morning because I am almost
late for work.

🏛 我今天早上快速喝了咖啡，因為我上班快遲到了。

133 **rank** [ræŋk] 動 排列 名 等級　　🇧

My school **ranks** top three on the list of best schools
in the world.

🏛 我的學校在全球傑出學校名單中排名前三名。

134 **rapid** [`ræpɪd] 形 迅速的　　🇧

There is a **rapid** decline of birth rate during the 90s.

🏛 九零年代的出生率快速下降。

135 **recent** [`risn̩t] 形 最近的　　🇧

She can't wait to show her **recent** design to her boss.

🏛 她等不及要展示最新設計給老闆看。

136 **redundant** [rɪ`dʌndənt] 形 冗長的　　🇸

This article is hard to understand because it's too
redundant.

🏛 這篇文章因為太過冗長，所以很難理解。

137 **regular** [`rɛgjələ] 形 平常的 名 常客　　🇧

I just want my coffee to be **regular**.

🏛 我只要普通咖啡就好了。

138 **Saturday/Sat.** [`sætəde] 名 星期六　　🇦

My family always does something together on
Saturday.

🏛 我們全家總會在星期六時一起活動。

139 **scarcely** [`skɛrslɪ] 副 幾乎不

After ten years, I **scarcely** recognized my high school classmates.

🔈 十年過後，我幾乎認不出我的高中同學。

140 **season** [`sizn] 名 季節

When does the dry **season** set in here?

🔈 這裡的乾季什麼時候開始？

141 **September/Sept.** [sɛp`tɛmbə] 名 九月

The weather is getting cold in **September**.

🔈 天氣在九月漸漸變冷。

142 **sequence** [`sikwəns] 名 連續；順序

A **sequence** of rich harvests makes the farmers very happy.

🔈 連續的豐收讓農夫們非常開心。

143 **shortly** [`ʃɔrtlɪ] 副 馬上；不久

Rene just had a divorce with her ex-husband. Now she got married **shortly** again.

🔈 瑞妮剛跟她前夫離婚，現在馬上又再婚。

144 **simultaneous** [ˌsaɪmlˋtenɪəs] 形 同時發生的

Simultaneous translation takes lots of time to practice.

🔈 同步翻譯需要花很多時間練習。

145 **someday** [`sʌm.de] 副 將來有一天

He believes his dreams will come true **someday**.

🔈 他相信他的夢想總有一天會實現。

146 **sometime** [`sʌm.taɪm] 副 某些時候

He promises that he would take his son to the amusement park **sometime** next month.

🔈 他向兒子保證下個月會帶他去遊樂園。

147 **sometimes** [`sʌm.taɪmz] 副 有時

We **sometimes** visit our uncles in the US during summer vacation.

🔈 我們有時候會在暑假時拜訪在美國的舅舅。

148 **soon** [sun] 副 很快地

The cakes were **soon** sold out.

🔈 那些蛋糕旋即銷售一空。

[149] **speed** [spid] 名 速度

Be careful with the **speed** limit when driving on highway.
🏠 行駛高速公路時要注意速限。

[150] **spring** [sprɪŋ] 名 春天；泉 動 跳躍

Jennifer spent her **spring** holidays with her grandparents.
🏠 珍妮佛和她的祖父母共度春假。

[151] **stop** [stɑp] 動 停止；阻止

Cathy's sister **stops** her from going to night clubs.
🏠 凱西的姊姊禁止她去夜店。

[152] **summer** [`sʌmə] 名 夏天

We went camping again in the **summer** of 2011.
🏠 我們在西元二零一一年的夏天再次去露營。

[153] **Sunday/Sun.** [`sʌnde] 名 星期日

My family goes to church every **Sunday**.
🏠 我家人每個星期日都會去教堂做禮拜。

[154] **suspend** [sə`spɛnd] 動 暫停；懸掛

He was **suspended** from school for bullying other students.
🏠 他因為霸凌其他同學而遭停學處份。

[155] **swift** [swɪft] 形 迅速的

Lots of animals die because of the **swift** change of climate.
🏠 很多動物因為天氣快速變遷而死亡。

[156] **temporary** [`tɛmpə,rɛrɪ] 形 暫時的

They moved to a **temporary** apartment when they were rebuilding the house.
🏠 他們在房子重建時，搬進一間短期租賃公寓。

[157] **tentative** [`tɛntətɪv] 形 暫時的

It's a **tentative** experiment. None of us know what would happen in one hour.
🏠 這是個暫時性的實驗，沒有人知道一小時後會發生甚麼事。

[158] **thereafter** [ðɛr`æftə] 副 此後

Joseph was an outgoing boy. After he broke his leg, he didn't smile **thereafter**.
🏠 約瑟夫原本是位開朗的男孩；自從他摔斷腿後，就再也不笑了。

159 Thursday/Thur. [`θɝzde] 名 星期四

Todd is going to a concert with his wife this **Thursday** night.
🏠 陶德這星期四晚上將和他太太一起參加一場音樂會。

160 time [taɪm] 名 時間 動 安排時間

The stranger just asked me the **time**.
🏠 這位陌生人剛才問我幾點了。

161 today [tə`de] 名 副 今天

Did you see the news headlines **today**?
🏠 你看了今天的新聞頭條了嗎？

162 tomorrow [tə`mɔro] 名 副 明天

They will finish their new office today and move in **tomorrow**.
🏠 他們今天會對新辦公室做最後裝修，明天就搬進去。

163 tonight [tə`naɪt] 副 名 今晚

The lawyer agreed to have dinner with us **tonight**.
🏠 律師同意今晚和我們一起用餐。

164 Tuesday/Tues./Tue. [`tjuzde] 名 星期二

The deadline for making an application is next **Tuesday**.
🏠 申請的截止期限是下星期二。

165 twilight [`twaɪˌlaɪt] 名 黃昏；黎明

Students walked home at **twilight**.
🏠 學生在黃昏時走路回家。

166 ultimate [`ʌltəmɪt] 形 最終的 名 基本原則

The **ultimate** goal is to get 15% of market share.
🏠 最終目標是達到百分之十五的市佔率。

167 usual [`juʒʊəl] 形 平常的

We will meet each other at the **usual** time.
🏠 我們會在和平常一樣的時間見面。

168 Wednesday/Wed. [`wɛnzde] 名 星期三

Two aftershocks were recorded on **Wednesday**.
🏠 星期三記錄到兩次餘震。

169 week [wik] 名 星期

The dogs weren't allowed to see their masters for nearly a **week**.
🏠 這些狗將近一個星期不准見牠們的主人。

170 **weekday** [`wik, de] 名 平日 👤
That cafeteria is open only on **weekdays**.
👥 那家自助餐館只在平日開店。

171 **weekend** [`wi, kɛnd] 名 週末 動 度週末 👤
I will give you a call over the **weekend**.
👥 我週末時會打電話給你。

172 **weekly** [`wiklɪ] 形 每週的 副 每週 👤
We have a **weekly** meeting every Monday morning.
👥 我們每週一早上都要開週會。

173 **winter** [`wɪntə] 名 冬天 👤
It took me the whole **winter** to write this book.
👥 我花了一整個冬天寫這本書。

174 **year** [jɪr] 名 年 👤
The emperor ruled over the dynasty for thirty **years**.
👥 這位皇帝統治了這個朝代三十年。

175 **yearly** [`jɪrlɪ] 形 每年的 副 每年 👤
The five major economic countries will have their
yearly meeting in Shanghai.
👥 這五個主要經濟強國將在上海召開他們的年度會議。

176 **yesterday** [`jɛstəde] 副 名 昨天 👤
Our basketball team lost to theirs **yesterday**.
👥 我們的籃球隊昨天輸給了他們。

02 空間、位置與方向 分類

01 **abound** [ə`baʊnd] 動 充滿 👤
Saudi Arabia **abounds** in oil.
👥 沙烏地阿拉伯擁有豐富的石油。

02 **abroad** [ə`brɔd] 副 在國外 👤
Nicole wants to study **abroad** after she graduates
from university.
👥 妮可大學畢業後想出國進修。

03 **ahead** [ə`hɛd] 副 在前方 👤
I used to be the lead but there are two **ahead** of me
this semester.
👥 我原本是第一名，但這學期卻是第三名。

04 **anywhere** [`ɛnɪ.hwɛr] 副 任何地方

We couldn't get in touch with you last night. Did you go **anywhere** alone?

昨晚我們聯絡不上你。你一個人去了哪裡?

05 **apart** [ə`pɑrt] 副 分散地;遠離地

The two department stores are 50 miles **apart**.

這兩家百貨公司相距五十英哩。

06 **ascend** [ə`sɛnd] 動 上升;升高

The melting glacier caused sea level to **ascend** averagely two millimeters every year.

冰川融化導致海平面每年平均上升兩毫米。

07 **aside** [ə`saɪd] 副 在旁邊

We stopped **aside** to let the crabs pass the road.

我們靠邊停下,讓螃蟹爬過馬路。

08 **aspect** [`æspɛkt] 名 方面

We cherish the island in all its **aspects**.

我們珍惜這座島嶼的一切。

09 **astray** [ə`stre] 副 迷失地 形 迷途的

Jimmy went **astray** once when he was young.

吉米年輕時曾誤入歧途。

10 **away** [ə`we] 副 遠離

Rita hasn't been so far **away** from her family.

莉塔從未離開家人那麼遠過。

11 **backward** [`bækwəd] 形 向後方的

Rick heard a little voice and took a **backward** look, but he didn't find anyone.

瑞克聽到窸窣的人聲,向後一看,卻沒有發現任何人。

12 **backwards** [`bækwədz] 副 向後地

She looked **backwards** when she heard the dog barking at her car.

當她聽見有狗對著車子吠叫時,她向後看了看。

13 **brink** [brɪŋk] 名 邊緣

The willow trees grew on the **brink** of the stream, swinging with the wind.

柳樹生長在溪邊,隨風搖曳。

🎧 MP3 ⊙ 236

14 **broad** [brɔd] 形 寬闊的　　🌀
The cattle grazed on the **broad** plateau.
🏠 牛群在寬廣的高原上吃草。

15 **broaden** [`brɔdn̩] 動 加寬　　🌀
University students should **broaden** their mind by acquiring knowledge and meeting different people.
🏠 大學生應吸收知識、結交更多朋友以拓展視野。

16 **bulk** [bʌlk] 名 容量 形 大批的　　🌀
I always go shopping at a **bulk** sale store with my family every Sunday.
🏠 每個星期天我都會跟家人到量販店採買。

17 **bulky** [`bʌlkɪ] 形 龐大的　　🌀
This customer wanted to take a **bulky** order for leopard printed fabric.
🏠 這個客人要下豹紋布料的大單。

18 **clockwise** [`klɑk͵waɪz] 形 副 順時針方向　　🌀
The teacher told the students to run in a **clockwise** direction.
🏠 老師告訴學生要順時針方向跑步。

19 **cross** [krɔs] 動 越過 名 十字架　　🌀
Don't try to **cross** the river! It's dangerous.
🏠 不要穿越這條河，很危險！

20 **decline** [dɪ`klaɪn] 名 動 下降；衰敗　　🌀
We have a huge **decline** on our gross domestic product and the economy won't be able to get better this year.
🏠 我國生產毛額正在下降，而且今年的景氣也不會有起色。

21 **decrease** [`dikris] 名 動 減少　　🌀
The **decrease** of birthrate in Taiwan caused low enrollment in schools.
🏠 台灣出生率的減少導致很多學校招不到學生。

22 **dense** [dɛns] 形 稠密的　　🌀
Dense population in Taipei City leads to pollution, crimes and destructions.
🏠 台北市稠密的人口造成很多汙染、犯罪以及破壞問題。

23 **density** [`dɛnsətɪ] 名 稠密；濃密　　🌀
The population **density** in Taipei City is 1000 people per square kilometer.
🏠 台北市人口稠密度為每平方公里一千人。

24 **depart** [dɪ`pɑrt] 動 離開

The flight I took to Japan **departed** at night.

🏛 我前往日本的班機在晚間起飛。

25 **departure** [dɪ`pɑrtʃɚ] 名 離去；出發

The train's **departure** was on schedule.

🏛 火車準時出發。

26 **descend** [dɪ`sɛnd] 動 源於；下降

Some anthropologists declared that Native American were **descended** from Asia.

🏛 有些人類學者表示，美國印地安人源自亞洲。

27 **descent** [dɪ`sɛnt] 名 下降；下坡

We passed through a steep **descent** and saw the beautiful spring at the corner.

🏛 我們走過陡峭的下坡，往轉角一看就是一池美麗的泉水。

28 **destination** [ˌdɛstə`neʃən] 名 目的地

We arrived at our **destination** on time.

🏛 我們準時到達目的地。

29 **diminish** [də`mɪnɪʃ] 動 減少；縮小

In order to **diminish** labor cost, the president decided to lay off some employees.

🏛 為了減少人力成本，總裁決定資遣部分員工。

30 **direction** [də`rɛkʃən] 名 方向

Can you give me some life **direction**?

🏛 你可以為我的人生指點迷津嗎？

31 **disperse** [dɪ`spɜs] 動 驅散

The firefighters **dispersed** the crowds near the burning building.

🏛 消防隊員疏散失火大樓附近的群眾。

32 **displace** [dɪs`ples] 動 移走；移置

She **displaced** her left ankle while playing soccer.

🏛 她踢足球時左腳踝脫臼了。

33 **disposal** [dɪ`spozl] 名 配置；分布

It's difficult to make **disposal** of old furniture. Let's start a garage sale!

🏛 處理舊家具很麻煩，我們來辦個車庫大拍賣好了！

34 **dispose** [dɪ`spoz] 🔟 處理；配置 💪
I have **disposed** of my last relationship and got ready to start a new one.
🔒 我已經處理好上一段感情，並準備開始新的一段。

35 **distance** [`dɪstəns] 🄝 距離 🔟 使疏遠 ②
Jenna's father cautioned her to keep **distance** from drugs.
🔒 珍娜的爸爸要她遠離毒品。

36 **distribute** [dɪ`strɪbjut] 🔟 分配；分發 ④
The coral reefs are widely **distributed** over tropical and subtropical area.
🔒 珊瑚礁廣泛分布於熱帶及亞熱帶區域。

37 **distribution** [ˌdɪstrə`bjuʃən] 🄝 分配 💪
The rescue squad made a food **distribution** to refugees.
🔒 這個救難隊分配食物給難民。

38 **downstairs** [ˌdaun`stɛrz] 🗊 往樓下 🄝 樓下 ①
Bonnie ran **downstairs** and answered the phone.
🔒 邦妮跑下樓接電話。

39 **downtown** [ˌdaun`taun] 🄝 鬧區 🔣 鬧區的 ②
There is a very good Chinese restaurant in **downtown** area.
🔒 鬧區那邊有一家很棒的中國餐館。

40 **downward** [`daunwəd] 🔣 下降的 💪
The chart showed a **downward** movement of prices for wheat and corn.
🔒 圖表顯示小麥和玉米的價格下降了。

41 **downwards** [`daunwədz] 🗊 下降地 💪
As oil price went up, the usage of petroleum went **downwards**.
🔒 因為油價上漲，石油的使用量跟著下降。

42 **edge** [ɛdʒ] 🄝 邊緣 🔟 徐徐移動 ①
Henry planted roses along the **edge** of his garden.
🔒 亨利在他的花園外圍種植玫瑰。

43 **elevate** [`ɛlə.vet] 🔟 舉起；提高 💪
Jasper can **elevate** this 200 pound table. His nickname is Hercules.
🔒 傑士伯可以舉起這兩百磅的桌子，他的外號是大力士。

44 **elsewhere** [`ɛls.hwɛr] 副 在別處

Tanya is studying **elsewhere** but I'm not sure where she is.

譚雅在別處念書，但我不確定是在哪個地方。

45 **enlarge** [ɪn`lɑrdʒ] 動 擴大

Don't try to **enlarge** the battle against your enemy!

不要擴大戰事！

46 **enlargement** [ɪn`lɑrdʒmənt] 名 擴張

Daniel makes an **enlargement** for his kitchen.

丹尼爾擴建他的廚房。

47 **entrance** [`ɛntrəns] 名 入口

Please meet me at the **entrance** of the movie theater.

請在電影院入口處與我碰面。

48 **escalate** [`ɛskə.let] 動 使逐步上升；擴大

My dream of becoming a singer is **escalated** because of your encouragement.

我成為歌手的夢想，因為你的鼓勵而更為堅定。

49 **exotic** [ɛg`zɑtɪk] 形 異國的；外來的

I like this restaurant because it's full of **exotic** atmosphere.

我喜歡這間餐廳，因為它充滿異國風情。

50 **expel** [ɪk`spɛl] 動 逐出

The way a submarine **expels** the torpedoes is quite interesting.

潛水艇驅走魚雷的方式蠻有趣的。

51 **extensive** [ɪk`stɛnsɪv] 形 廣泛的

The professor suggested that I should be more **extensive** with my information.

我的教授建議我應蒐集更廣泛的資訊。

52 **extent** [ɪk`stɛnt] 名 範圍；程度

A teacher should know how to assess the **extent** of understanding of each student.

老師應該知道如何估測學生的理解程度。

53 **exterior** [ɪk`stɪrɪə] 形 外部的 名 外面

The **exterior** of the house needs to be remodeled.

這個房子的外部需要重新整修。

54 **external** [ɪk`stɜnl] 形 外在的 名 外表
There's an **external** injury on his right thigh. He has to go to the hospital immediately.
🏛 克里斯的右大腿有明顯的外傷，必須立刻去醫院。

55 **far** [far] 形 遙遠的 副 遠方地
The clinic Joseph wants to go is very **far**; he should look for a closer one.
🏛 喬塞夫想去的那家診所非常遠，他應該找較近的那間。

56 **farther** [`farðə] 形 更遠的 副 更遠地
I thought Houston is closer, but it's actually **farther** away.
🏛 我以為休士頓比較近，但其實更遠。

57 **forth** [forθ] 副 向前
"Go **forth** into the next stage in your life as you enter university," said the professor.
🏛 教授說：「當你進入大學，就踏上了人生的另一個階段。」

58 **forward** [`fɔrwəd] 副 向前
We crept **forward** under the smoke and the fire for three hours.
🏛 我們在煙霧與火焰的籠罩中向前爬行了三個小時。

59 **front** [frʌnt] 名 前面 形 前面的
Tina called her brother out to the **front** of the house.
🏛 蒂娜叫她弟弟到屋前來。

60 **further** [`fɜðə] 副 更遠地 動 促進
Judy can swim **further** than I can.
🏛 茱蒂游得比我遠。

61 **height** [haɪt] 名 高度
Does the **height** of skyscraper reflect the latest architecture techniques?
🏛 摩天高樓的高度是否能反映最新的建築技術？

62 **heighten** [`haɪtn] 動 提高
The clinical research found that the pill **heighten** the side effect on respiratory system.
🏛 臨床研究發現這種藥會加深對呼吸器官的副作用。

63 **here** [hɪr] 副 名 這裡
We need to move these beds **here**.
🏛 我們需要把這些床移到這裡。

64 **high** [haɪ] 形 高的 名 高處 副 高 ★1
A kite is flied **high** in the sky.
有只風箏高掛天空。

65 **highly** [ˋhaɪlɪ] 副 高高地；高度地；極 ★4
His achievements in engineering fields are **highly** admitted.
他在工程方面的成就受到高度認可。

66 **home** [hom] 副 在家 名 家 ★1
"Anybody **home**?" "Who is it?"
「有人在家嗎？」「是哪位啊？」

67 **horizon** [həˋraɪzn̩] 名 地平線 ★4
I saw the sun leap above the **horizon**, knowing another morning is coming.
我看到太陽躍上地平線，就知道另一天早晨即將到來。

68 **horizontal** [ˌhɑrəˋzɑntl̩] 形 水平的 名 水平線 ★5
My manager needs his document to be **horizontal** printing.
我的經理要橫向列印他的文件。

69 **hover** [ˋhʌvɚ] 動 名 盤旋；徘徊 ★5
A vulture **hovers** in the wide blue sky.
一隻禿鷹在廣闊的藍天盤旋。

70 **indoor** [ˋɪnˌdor] 形 室內的；屋內的 ★3
During the long winter in Europe, **Indoor** games are one of the most popular entertainment forms.
在歐洲漫長的冬季，室內遊戲是眾多流行娛樂之一。

71 **indoors** [ˋɪnˋdorz] 副 在室內 ★3
People prefer staying **indoors** in rainy days.
下雨天時，人們喜歡待在室內。

72 **infinite** [ˋɪnfənɪt] 形 無限的 ★5
The universe is **infinite**.
宇宙是浩瀚無垠的。

73 **inner** [ˋɪnɚ] 形 內部的 ★3
The **inner** surface of this lamp is as smooth as the outer surface.
這盞燈的內面跟外面一樣平滑。

74 **interior** [ɪn`tɪrɪə] 形 內部的 名 內部 ⑤
The designer gave us an **interior** design draft yesterday.
🔒 設計師昨天交給我們一張室內設計的草稿。

75 **intermediate** [ˌɪntə`midɪət] 形 中級的 ④
This car is positioned to reach the **intermediate** price segmentation on the market.
🔒 這輛車被定位在市場的中階價位。

76 **internal** [ɪn`tɜnl] 形 內部的 ③
The project needs external and **internal** cooperation to achieve the target.
🔒 這個專案需要裡應外合來達成目標。

77 **inward** [`ɪnwəd] 形 裡面的；內心的 副 內心裡 ⑤
Some people are not good at expressing their **inward** feelings.
🔒 有些人不擅長表達內心的感受。

78 **inwards** [`ɪnwədz] 副 向內地 ⑤
Keep the door open **inwards** so that other people can go inside.
🔒 讓這扇門保持向內敞開，這樣其他人才進得去。

79 **leave** [liv] 動 離開 名 休假 ①
He decided to **leave** earlier so that he wouldn't be stuck in traffic jam.
🔒 他決定早點離開才不會困在交通堵塞中。

80 **left** [lɛft] 名 左邊 副 向左 ①
You are not lost. The bookstore is right on your **left**!
🔒 你沒有迷路，書店就在你左邊！

81 **lengthen** [`lɛŋθən] 動 加長 ③
The nights **lengthened** as winter approached.
🔒 隨著冬季來臨，夜晚的時間延長了。

82 **local** [`lokl] 形 當地的 名 當地居民 ②
Susan works in a **local** hospital.
🔒 蘇珊在當地一家醫院工作。

83 **locate** [`loket] 動 座落於 ②
The museum is **located** in a small town.
🔒 那家博物館位於一個小鎮上。

84 **location** [loˋkeʃən] 名 位置
Can you identify the **location** on the map?
你能夠在地圖上指出那個位置嗎？

85 **low** [lo] 形 低的 副 低低地
The birth rate is still **low** this year.
今年的出生率仍然是低的。

86 **lower** [ˋloɚ] 動 降低
He has to **lower** his expenses so that he can afford a
new cell phone.
他得減少支出才能夠買新的手機。

87 **marginal** [ˋmɑrdʒɪnḷ] 形 邊緣的
This is a movie about **marginal** people in the society.
這是一部關於社會邊緣人的影片。

88 **middle** [ˋmɪdḷ] 形 中間的 動 置中
She put the keys in the **middle** drawer.
她把鑰匙放在中間抽屜。

89 **narrow** [ˋnæro] 形 窄的 動 變窄
The aisle is too **narrow** for two people to pass at the
same time.
這條走道太窄了，無法讓兩個人同時通過。

90 **nearby** [ˋnɪr͵baɪ] 副 在附近；不遠地
There is a coffee shop **nearby**, so we can take a rest
there.
附近有間咖啡店，我們可以在那裡休息。

91 **out** [aut] 副 向外；離開 介 通過…而去
It's dangerous to go **out** alone at night.
晚上獨自外出很危險。

92 **outer** [ˋautɚ] 形 外部的
Don't forget to lock both the **outer** and the inner door
before you leave.
你離開前別忘了鎖上外門和內門。

93 **outgoing** [ˋaut͵goɪŋ] 形 外向的
She is very **outgoing** so many people like to make
friends with her.
她很外向，所以很多人都喜歡和她做朋友。

94 outskirts [`aut.skɜts] 名 郊區　🔟
Karen has a house in the **outskirts**.
🔊 凱倫在郊區有間房子。

95 outward [`autwəd] 形 向外的　🔟
He colored the **outward** wall of his house into green.
🔊 他把房子的外牆漆成綠色。

96 outwards [`autwədz] 副 向外　🔟
She opens the window **outwards** to get some fresh air.
🔊 她推開窗讓新鮮空氣進來。

97 overhead [`ovɚˋhɛd] 副 在頭頂上　🔟
An eagle is flying **overhead** of us.
🔊 一隻老鷹在我們頭頂上飛。

98 pass [pæs] 動 經過 名 及格　🔟
Can you get me some milk when you **pass** the supermarket?
🔊 你經過超市時可以幫我買些牛奶嗎？

99 place [ples] 名 地點 動 放置　🔟
I know a good **place** to study in Taipei.
🔊 我知道台北一個可以讀書的好地點。

100 rear [rɪr] 形 後面的 名 後面　🔟
Can you check the **rear** light of my car?
🔊 可以幫我檢查車子的後車燈嗎？

101 rim [rɪm] 名 邊緣 動 加邊於　🔟
The **rim** of this plate is chipped.
🔊 這個盤子的邊緣有缺口。

102 rise [raɪz] 動 上升 名 升起　🔟
They left home early, hoping to see the sun **rise**.
🔊 他們很早出發，希望可以看到日出。

103 roam [rom] 動 漫步 名 徘徊　🔟
We didn't have any plans, and just wanted to **roam** around in this beautiful city.
🔊 我們沒有任何計畫，只想在這美麗的城市裡漫步。

104 side [saɪd] 名 旁邊　🔟
We should walk on the **side** of the street.
🔊 我們在路上要靠邊走。

105 somewhere [`sʌm,hwɛr] 副 在某處 😊

I am pretty sure that I put my wallet **somewhere** in this room.

🏠 我很確定我把錢包放在這房間的某處。

106 space [spes] 名 空間 😊

Can you leave some **space** for the piano here?

🏠 你可以在這裡留個空間放鋼琴嗎？

107 spacious [`speʃəs] 形 寬敞的 😊

This is really a **spacious** house for a family.

🏠 這是個適合家庭居住的寬敞房子。

108 stack [stæk] 名 一堆 動 堆疊 😊

There is a **stack** of wood in the backyard.

🏠 後院有一堆木柴。

109 there [ðɛr] 副 在那裡 名 那裡 😊

He has been standing **there** for hours.

🏠 他站在那裡好幾個小時了。

110 upper [`ʌpə] 形 在上面的 😊

I can't get the book on the **upper** shelf.

🏠 我無法拿到在上層架上的書。

111 upright [`ʌp,raɪt] 副 直立地 形 直立的 😊

He stood **upright** waiting for the important guest.

🏠 他筆直地站著等待重要貴賓。

112 upstairs [`ʌp`stɛrz] 副 在樓上 名 樓上 😊

Harper is studying **upstairs**.

🏠 哈波在樓上念書。

113 upward [`ʌpwəd] 形 向上的 😊

The kindergarten kids gave an **upward** look to their teacher when she instructed.

🏠 當老師在指揮秩序時，這群幼稚園的孩童抬頭看著她。

114 upwards [`ʌpwədz] 副 向上地 😊

The eagle flew **upwards**, passing the roof of my house.

🏠 這隻老鷹從我家屋頂飛過。

115 verge [vɝdʒ] 名 邊際；邊緣 動 接近；逼近 😊

Mr. Chen is on the **verge** of seventy.

🏠 陳先生快七十歲了。

116 **where** [hwɛr] 副 在哪裡 代 …的地方 🔟
"**Where** is the bank?" "It's right behind the park."
🔊「銀行在哪兒？」「就在公園的後方。」

117 **whereabouts** [ˏhwɛrə`baʊt] 名 所在；下落 🔟
Mrs. Aston's son is missing in the department store. She
asked everyone about his **whereabouts**.
🔊 艾頓太太的兒子在百貨公司走失了，她問了每個人他的下落。

118 **wherever** [hwɛr`ɛvɚ] 連 副 無論何處 🔟
I will follow my lover **wherever** she goes.
🔊 我會跟隨我的愛人到任何地方。

119 **wide** [waɪd] 形 寬闊的 副 寬廣地 🔟
You should keep your mind **wide** open and try to
accept different opinions.
🔊 你應該保持心胸開闊，接受不同意見。

120 **widen** [`waɪdn] 動 變寬；拓寬 🔟
All of us must **widen** our mind and broaden our
horizons in the infinity of the universe.
🔊 在這無垠的宇宙，我們都該放寬心胸、拓展視野。

03 測量與單位 分類

01 **acre** [`ekɚ] 名 英畝 🔟
Joyce inherited her father's two-**acre** farm.
🔊 喬伊絲繼承了她父親兩英畝的農場。

02 **barometer** [bə`rɑmətɚ] 名 氣壓計 🔟
The **barometer** is falling, i.e. wet weather is
indicated.
🔊 氣壓計指數正在下降，即表示天氣潮濕。

03 **centimeter** [`sɛntəˏmitɚ] 名 公分 🔟
Add up the three sides of the triangle and you will get
12 **centimeters**.
🔊 把這個三角形的三個邊加起來共十二公分。

04 **dimension** [dɪ`mɛnʃən] 名 尺寸；方面 🔟
What are the **dimentions** of the box?
🔊 這個箱子的尺寸是多少？

[05] dozen [`dʌzn̩] 名 一打

The farmer's chicken eggs sell for one dollar a **dozen**.
🏠 這位農夫的雞蛋一打賣一美元。

[06] foot [fʊt] 名 英尺；腳 動 步行

One **foot** is equal to twelve inches.
🏠 一英尺等於十二英寸。

[07] gallon [`gælən] 名 加侖

The vendor sold ten **gallons** of Coke a day.
🏠 這個小販一天賣了十加侖可樂。

[08] gram [græm] 名 公克

I need 50 **grams** of sugar for the pie.
🏠 我需要五十公克的糖來做派。

[09] handful [`hændfəl] 名 一把；少數；少量

He scooped up a **handful** of soil into the flowerpot.
🏠 他舀起一把泥土放到花盆裡。

[10] inch [ɪntʃ] 名 英吋 動 緩慢地移動

There are twelve **inches** in a foot.
🏠 一英呎等於十二英吋。

[11] kilogram/kg [`kɪlə͵græm] 名 公斤

I need to send a parcel weighing around 3 **kilograms**.
🏠 我需要寄一個大約三公斤重的包裹。

[12] kilometer/km [`kɪlə͵mitə] 名 公里

The theater is about three **kilometers** away.
🏠 戲院離這裡約有三公里遠。

[13] length [lɛŋθ] 名 長度

This rope is three meters in **length**.
🏠 這條繩子有三公尺長。

[14] liter [`litə] 名 公升

We need a **liter** of cream to make the cake.
🏠 我們需要一公升奶油來做這個蛋糕。

[15] maximum [`mæksəməm] 名 最大量 形 最大的

Drivers of large vehicles must not exceed a
maximum of 80 kms an hour.
🏠 大型車的司機不得超過每小時八十公里的最高時速。

16 **measurable** [`mɛʒərəbḷ] 形 可測量的 　　②
These **measurable** quantities are not secrets at all.
🏛 這些可測量的數值根本不算是秘密。

17 **measure** [`mɛʒɚ] 動 測量 名 度量單位 　　②
The worker is **measuring** the size of the pool.
🏛 工人正在測量游泳池的大小。

18 **measurement** [`mɛʒəmənt] 名 測量 　　②
We took many **measurements** in the experiment.
🏛 我們在實驗中做了很多測量。

19 **meter** [`mitɚ] 名 公尺 　　②
This patio is 10 **meters** long.
🏛 這個露台有十公尺長。

20 **mile** [maɪl] 名 英里 　　①
The distance between the two cities is two **miles**.
🏛 這兩個城市相隔兩英里遠。

21 **minute** [`mɪnɪt] 名 分；片刻 　　①
The cake will then take about 30 **minutes** to bake.
🏛 這個蛋糕接著將烘焙大約三十分鐘。

22 **ounce** [aʊns] 名 盎司 　　⑤
Flour is sold by the **ounce**.
🏛 麵粉按盎司出售。

23 **pint** [paɪnt] 名 品脫 　　③
I drank a **pint** of milk today.
🏛 我今天喝了一品脫的牛奶。

24 **pound** [paʊnd] 名 磅 動 重擊 　　②
The baggage weights 50 **pounds**.
🏛 這件行李重五十磅。

25 **quart** [kwɔrt] 名 夸脫(單位) 　　⑤
Two **quarts** of beer, please.
🏛 請給我兩夸脫的啤酒。

26 **ruler** [`rulɚ] 名 尺；統治者 　　②
You should use a **ruler** to draw the line.
🏛 你應該用一把尺來畫這條線。

27 **scale** [skel] 名 尺度 　　③
This ruler has one **scale** in mm and another in inches.
🏛 這把尺有公釐和英吋兩種尺度。

[28] **altitude** [`æltə,tjud] 名 高度；海拔 **5**
The plane was flying at an **altitude** of 10,000 feet then.
🏛 當時飛機在一萬英尺的高度飛行。

[29] **breadth** [brɛdθ] 名 寬度；幅度 **5**
Mother Teresa was admired for her **breadth** of philanthropy.
🏛 泰瑞莎修女因博愛無私的精神而受到推崇。

[30] **ton** [tʌn] 名 噸 **3**
Hundreds of **tons** of water leaked from the broken pipe.
🏛 數百噸的水從這條破掉的管子漏了出來。

[31] **weigh** [we] 動 秤重 **1**
The fat dog **weighs** nearly 20 kilos.
🏛 這隻肥胖的狗秤起來將近二十公斤重。

[32] **weight** [wet] 名 重量 **1**
Please tell me your height and **weight**.
🏛 請告訴我你的身高和體重。

[33] **width** [wɪdθ] 名 寬度 **2**
The **width** of the pillar is 1 meter.
🏛 樑柱的寬度是一公尺。

04 數字與數量 分類

[01] **add** [æd] 動 增加 **1**
Add some sugar into the milk tea.
🏛 在奶茶裡加一點糖。

[02] **addition** [ə`dɪʃən] 名 加法；增加 **2**
Two plus five is a simple **addition** question.
🏛 二加五是一個簡單的加法問題。

[03] **billion** [`bɪljən] 名 十億 **3**
Evolution has been processed for **billions** of years.
🏛 演化已進行了數十億年。

[04] **calculate** [`kælkjə,let] 動 計算 **4**
She **calculated** the money carefully.
🏛 她仔細計算這些錢。

05 calculation [ˌkælkjəˋleʃən] 名 計算　　🌀
There is an error in the engineer's **calculation**.
🏛 工程師的計算裡有一個錯誤。

06 calculator [ˋkælkjəˌletə] 名 計算機　　🌀
May I borrow your **calculator**?
🏛 我可以借用你的計算機嗎？

07 constant [ˋkɑnstənt] 名 常數 形 持續的　　🌀
Those **constants** are the fundamentals of physics.
🏛 那些常數是物理的基本知識。

08 count [kaunt] 動 名 計數　　🌀
Frank **counted** to ten and then opened his eyes.
🏛 法蘭克數到十然後張開眼睛。

09 eight [et] 名 八 形 八個的　　🌀
Eight is a plus quantity.
🏛 八是一個正數。

10 eighteen [ˋeˋtin] 名 十八 形 十八的　　🌀
Twenty minus two leaves **eighteen**.
🏛 二十減二剩下十八。

11 eighty [ˋetɪ] 名 八十 形 八十的　　🌀
Forty times two is **eighty**.
🏛 四十乘以二等於八十。

12 eleven [ɪˋlɛvṇ] 名 十一 形 十一的　　🌀
She normally works **eleven** hours a day.
🏛 她通常一天工作十一個小時。

13 even [ˋivən] 形 偶數的；相等的 副 甚至　　🌀
2, 4, 6, 8, etc are **even** numbers.
二、四、六、八等是偶數。

14 fifteen [ˋfɪfˋtin] 名 十五 形 十五的　　🌀
The boy has **fifteen** marbles in the left pocket.
🏛 這個男孩的左邊口袋裡有十五顆彈珠。

15 fifty [ˋfɪftɪ] 名 五十 形 五十的　　🌀
My uncle wants to retire at the age of **fifty**.
🏛 我叔叔想在五十歲時退休。

16 five [faɪv] 名 五 形 五的　　🌀
We are a family of **five**.
🏛 我們是五口之家。

17 **forty** [`fɔrtɪ] 名 四十 形 四十的
Adam had his first child at the age of **forty**.
🎓 亞當在四十歲時有了第一個小孩。

18 **four** [for] 名 四 形 四的
Two plus two equals **four**.
🎓 二加二等於四。

19 **fourteen** [`for`tin] 名 十四 形 十四的
It is **fourteen** past seven.
🎓 現在是七點十四分。

20 **fraction** [`frækʃən] 名 分數;小數;部分
1/2 and 2/3 are both **fractions**.
🎓 二分之一和三分之二都是分數。

21 **hundred** [`hʌndrəd] 名 百 形 百的
The five-year-old girl can count to one **hundred**.
🎓 這個五歲的小女孩會數到一百。

22 **million** [`mɪljən] 名 百萬
The movie star's jewels are expected to fetch over one
million dollars at the auction.
🎓 這位電影明星的珠寶在拍賣場的價格,預期會超過一百萬美元。

23 **nine** [naɪn] 名 九 形 九個的
He hasn't gone back to his hometown for **nine** years.
🎓 他已經九年沒回家鄉了。

24 **nineteen** [`naɪn`tin] 名 十九 形 十九的
Tom paid **nineteen** thousand NT dollars for the
English lessons.
🎓 湯姆花了新台幣一萬九千元上英文課。

25 **ninety** [`naɪntɪ] 名 九十 形 九十的
The English textbook has **ninety** pages in total.
🎓 這本英文教科書總共有九十頁。

26 **number** [`nʌmbə] 名 數字 動 編號
Please leave your name and phone **number**.
🎓 請留下你的名字和電話號碼。

27 **proportion** [prə`porʃən] 名 比例 動 使成比例
The **proportion** of women in the teaching staff of
this school is 60%.
🎓 這所學校女性教師的比例是百分之六十。

28 **second** [`sɛkənd] 名 第二;秒 形 第二的
The golfer is ranked as the **second** in the entire world.
🏠 這位高爾夫選手名列全球第二。

29 **seven** [`sɛvən] 名 七 形 七的
Jeremy plays the piano the best of the **seven**.
🏠 傑若米是七個人裡面鋼琴彈得最好的。

30 **seventeen** [ˌsɛvən`tin] 名 十七 形 十七的
The building I live in is **seventeen** stories high.
🏠 我住的這棟建築物有十七層樓高。

31 **seventy** [`sɛvəntɪ] 名 七十 形 七十的
The students in this graduate school range in ages from twenty to **seventy**.
🏠 這間研究所的學生,年齡從二十歲到七十歲都有。

32 **six** [sɪks] 名 六 形 六的
The basketball player is **six** feet and three inches tall.
🏠 這位籃球員六呎三吋高。

33 **sixteen** [`sɪks`tin] 名 十六 形 十六的
Sandy lost about **sixteen** pounds in two months.
🏠 珊蒂在兩個月內瘦了大約十六磅。

34 **sixty** [`sɪkstɪ] 名 六十 形 六十的
Dad stared at me angrily because I only got **sixty** points on the math test.
🏠 爸爸生氣地瞪著我,因為我數學只考六十分。

35 **ten** [tɛn] 名 十 形 十的
The kid can count from one to **ten**.
🏠 這個小孩可以從一數到十。

36 **thirteen** [θɝ`tin] 名 十三 形 十三的
The thermometer fell to **thirteen** last night.
🏠 昨晚溫度計顯示氣溫下降到十三度。

37 **thirty** [`θɝtɪ] 名 三十 形 三十的
Their ages range from **thirty** to forty.
🏠 他們的年齡在三十歲到四十歲之間。

38 **thousand** [`θaʊznd] 名 一千 形 一千的
The bicycle cost me about one **thousand** US dollars.
🏠 這台腳踏車花去我一千美元左右。

39 **three** [θri] 名 三 形 三的

We had to make a choice among the **three**.
我們必須在這三者之中作選擇。

40 **twelve** [twɛlv] 名 十二 形 十二的

There are **twelve** months in a year.
一年有十二個月。

41 **twenty** [`twɛntɪ] 名 二十 形 二十的

The thief is a man between **twenty** and thirty.
這個小偷是個年齡介於二十到三十歲間的男子。

42 **twice** [twaɪs] 副 兩次

I sent her the email **twice**.
我寄給她這封電子郵件兩次。

43 **two** [tu] 名 二 形 二的

The town has a population of **two** hundred.
這個小鎮有二百人口。

44 **zero** [`zɪro] 名 零 動 歸零

In the winter, the temperature here is sometimes **zero** degree centigrade.
這裡冬天的溫度有時是攝氏零度。

45 **altogether** [ˌɔltə`gɛðɚ] 副 總共

Emilia spends 3,000 dollars on her clothes **altogether**.
艾蜜莉亞總共花了三千元治裝費用。

46 **amount** [ə`maʊnt] 名 總數 動 合計

We need to know the total **amount** of importing fabrics.
我們必須知道進口布料的總數量。

47 **average** [`ævərɪdʒ] 名 平均 形 平均的

Kenny's grade is not that good but it's above **average**.
肯尼的成績沒有非常好，但高於平均。

48 **double** [`dʌbl] 形 雙倍的 動 加倍

I like **double** cheese burger because it's delicious.
我喜歡雙層吉事漢堡，因為它很美味。

49 **multiple** [`mʌltəpl] 形 複數的；多數的

It took me twenty minutes to finish those **multiple** choice questions.
我花了二十分鐘回答那些多選題。

50 scarce [skɛrs] 形 稀少的
Water is **scarce** in desert.
🏛 水在沙漠地帶珍貴稀少。

51 several [`sɛvərəl] 形 幾個的 代 幾個
Several of my classmates went swimming this afternoon.
🏛 我的幾個同學今天下午去游泳。

05 狀態與性質

01 abnormal [æb`nɔrml] 形 反常的；不正常的
It is **abnormal** to eat nothing but chocolate.
🏛 除了巧克力之外什麼都不吃是不正常的。

02 absence [`æbsn̩s] 名 缺席
I am worried about Maggie's **absence**.
🏛 瑪姬缺席讓我很擔心。

03 absent [`æbsn̩t] 形 缺席的
Paul is **absent** again today.
🏛 保羅今天又缺席了。

04 abstract [`æbstrækt] 形 抽象的
Equity and justice are both **abstract** principles.
🏛 公平和正義兩者皆是抽象原則。

05 abstraction [æb`strækʃən] 名 抽象
I don't know how to explain this whole **abstraction**.
🏛 我不知道該怎麼解釋這整個抽象概念。

06 absurd [əb`sɜd] 形 荒謬的
It was **absurd** of you to do such a crazy thing.
🏛 你做這麼瘋狂的事真的很荒謬。

07 abundance [ə`bʌndəns] 名 充裕；富足
This is a year of **abundance**.
🏛 今年是豐收的一年。

08 accessible [æk`sɛsəbḷ] 形 易接近的
Internet service is **accessible** for guests in this hotel.
🏛 這家飯店提供房客網路服務。

09 accurate [`ækjərɪt] 形 準確的 🔒③
I think the numbers should be **accurate**.
🏛 我想這個數據應該是準確的。

10 actual [`æktʃuəl] 形 實際的 🔒③
We still don't know the **actual** loss yet.
🏛 我們還不知道實際的虧損。

11 adult [ə`dʌlt] 名 成年人 形 成人的 🔒①
This book is for **adults** only.
🏛 這本書只限成人閱讀。

12 adulthood [ə`dʌlt͵hud] 名 成年期 🔒⑤
Tony becomes healthy in his **adulthood**.
🏛 東尼成年之後變健康了。

13 aggressive [ə`grɛsɪv] 形 侵略的 🔒④
Ronald's words are **aggressive**.
🏛 雷諾的字句相當具有侵略性。

14 agony [`ægənɪ] 名 痛苦；折磨 🔒⑤
Samantha was in an **agony** after her husband died.
🏛 珊曼莎在丈夫死後承受極大的痛苦。

15 alive [ə`laɪv] 形 活的 🔒②
I can't believe that villain is still **alive**.
🏛 我不敢相信那個壞只還活著。

16 alone [ə`lon] 副 單獨地 形 單獨的 🔒①
Tammy knows the secret **alone**.
🏛 只有泰咪一人知道這個秘密。

17 ancient [`enʃənt] 形 古老的 🔒②
This **ancient** house was built 200 years ago.
🏛 這棟古老的房子是兩百年前建造的。

18 anonymous [ə`nɑnəməs] 形 匿名的 🔒⑥
Police got an **anonymous** call about a gunfight.
🏛 警方接到一通匿名電話表示有槍戰發生。

19 artificial [͵ɑrtə`fɪʃəl] 形 人工的 🔒④
Donna doesn't like the **artificial** flavor.
🏛 唐娜不喜歡那種人工口味。

20 asleep [ə`slip] 形 睡著的 🔒②
The baby is **asleep** on the sofa.
🏛 小嬰兒在沙發上睡著。

分好類超好背ㄱ000單字

MP3 ⊙ 246

21 **available** [ə`veləbl] 形 可取得的
Are there still tickets **available**?
還有沒有票?

22 **aware** [ə`wɛr] 形 注意到
Are you **aware** of her change?
你有沒有注意到她的轉變?

23 **awesome** [`ɔsəm] 形 有威嚴的
What you did yesterday was **awesome**!
你昨天做的事情很有威嚴!

24 **barefoot** [`bɛr.fut] 副 赤足地 形 赤足的
Jessica is walking **barefoot** on the beach.
潔西卡赤足走在沙灘上。

25 **beneficial** [ˌbɛnə`fɪʃəl] 形 有益的
Reading is **beneficial**.
開卷有益。

26 **bizarre** [bɪ`zɑr] 形 古怪的
It's **bizarre** to wear a raincoat on a sunny day.
晴天穿雨衣很怪。

27 **blank** [blæŋk] 形 空白的 名 空白
Page 32 is totally **blank** in this book.
這本書第三十二頁是完全空白的。

28 **bleak** [blik] 形 暗淡的
The desert in the night is **bleak**.
夜晚的沙漠暗淡荒涼。

29 **blunt** [blʌnt] 形 遲鈍的 動 使遲鈍
Markus is a **blunt** guy.
馬可斯是個遲鈍的傢伙。

30 **bright** [braɪt] 形 明亮的 副 明亮地
Katherine loves **bright** colors such as yellow and orange.
凱薩琳喜歡黃色與橙色之類的明亮顏色。

31 **brilliant** [`brɪljənt] 形 出色的
Billy is a **brilliant** student.
比利是一位出色的學生。

32 **brisk** [brɪsk] 形 輕快的
It's great to take a **brisk** walk in the park.
在公園來趟輕快的散步真不錯。

520

33 **brutal** [`brutl] 形 殘暴的　　　　　　　　🔼
A **brutal** attack happened in the park last month.
🔒 上個月那座公園發生一起殘酷的攻擊事件。

34 **brute** [brut] 形 粗暴的 名 殘暴的人　　　🔵
The wolves are **brute** animals.
🔒 狼是殘暴的動物。

35 **changeable** [`tʃendʒəbl] 形 可變的　　　🔽
People are **changeable**.
🔒 人是善變的。

36 **chaos** [`keɑs] 名 大混亂；無秩序　　　　🔵
I didn't expect to see such a **chaos**.
🔒 我沒有預期到會有這種混亂場面。

37 **circumstance** [`sɜkəm,stæns] 名 情況；環境 🔼
Under this **circumstance**, I decide to give up.
🔒 在這種情況下，我決定放棄。

38 **collective** [kə`lɛktɪv] 形 集體的 名 共同體　🔵
This is a **collective** problem, and no individual
department should be totally responsible for it.
🔒 這是共同的問題，不該由任何一個部門獨自擔負所有責任。

39 **comfortable** [`kʌmfətəbl] 形 舒服的　　　🔽
This chair is really **comfortable**.
🔒 這張椅子相當舒服。

40 **comic** [`kɑmɪk] 形 滑稽的；喜劇的　　　　🔼
I really like this **comic** movie.
🔒 我非常喜歡這部喜劇電影。

41 **complete** [kəm`plit] 形 完整的 動 完成　　🔽
I have a **complete** series of Sherlock Holmes.
🔒 我有福爾摩斯全集。

42 **complexity** [kəm`plɛksətɪ] 名 複雜　　　🔵
Patrick doesn't know how to deal with **complexities**.
🔒 派翠克不知道該如何處理複雜的情況。

43 **complicate** [`kɑmplə,ket] 動 使複雜　　　🔼
Chris **complicates** the problem by doing so.
🔒 克里斯這麼做讓問題更加複雜。

44 **complication** [,kɑmplə`keʃən] 名 複雜化　🔵
The **complication** makes me sick.
🔒 這種複雜的狀況令我厭惡。

45 **content** [kən`tɛnt] 形 滿足的　　　　　④
I feel **content** after having a delicious hamburger.
🎓 吃過美味的漢堡後，我覺得很滿足。

46 **convenience** [kə`vinjəns] 名 便利　　　　④
Eric did that for **convenience**.
🎓 艾瑞克為了方便而那麼做。

47 **convenient** [kən`vinjənt] 形 方便的　　　②
It's **convenient** to shop online.
🎓 在網路上購物很方便。

48 **cool** [kul] 形 涼的 動 冷卻　　　　　①
The weather is getting **cool** these days.
🎓 這幾天天氣漸漸轉涼。

49 **corrupt** [kə`rʌpt] 動 使腐敗 形 腐敗的　⑤
The fish **corrupted** very soon due to the hot weather.
🎓 這種炎熱的天氣下，魚很快就腐壞了。

50 **corruption** [kə`rʌpʃən] 名 腐敗；墮落　⑥
People worried about the **corruption** of the
government.
🎓 人民擔心政府的腐敗。

51 **counterclockwise**
[ˏkaʊntə`klɑk‚waɪz] 形 副 逆時針方向的(地)　⑤
Your watch is going **counterclockwise**. It's out of
order.
🎓 你的手錶逆時針行走，它壞掉了。

52 **cozy** [`kozɪ] 形 舒適的　　　　　　⑤
My bed is really **cozy**.
🎓 我的床十分舒適。

53 **crisis** [`kraɪsɪs] 名 危機　　　　　　②
Many people lost a lot of money during financial **crisis**.
🎓 許多人在金融危機時期賠了很多錢。

54 **crowd** [kraʊd] 名 人群 動 擠　　　　②
You can see him right away in the **crowd**.
🎓 你可以在人群中一眼就看見他。

55 **crystal** [`krɪstḷ] 形 水晶的 名 水晶　　⑤
Kyle drinks wine with a **crystal** glass.
🎓 凱爾用水晶杯喝酒。

56 **cumulative** [`kjumjʊˌletɪv] 形 累加的　🄖
Rick was surprised at his **cumulative** debt.
🔹 瑞克很驚訝自己累積的債務。

57 **cute** [kjut] 形 可愛的　🄵
The puppy is really **cute**.
🔹 那隻小狗很可愛。

58 **damp** [dæmp] 形 潮濕的 名 潮濕　🄴
No one likes **damp** weather.
🔹 沒有人喜歡潮濕的天氣。

59 **danger** [`dændʒɚ] 名 危險　🄵
You should protect yourself from **danger**.
🔹 你應該要保護自己以避免危險。

60 **dangerous** [`dendʒərəs] 形 危險的　🄶
It is **dangerous** to drive when you are drunk.
🔹 喝醉還開車非常危險。

61 **dark** [dɑrk] 形 黑暗的 名 暗處　🄵
I can't see anything in the **dark**.
🔹 黑暗中我什麼都看不到。

62 **decent** [`disn̩t] 形 正當的；還不錯的　🄖
Cliff has a **decent** job.
🔹 克里夫有一份還不錯的工作。

63 **definite** [`dɛfənɪt] 形 確定的　🄴
Please give me a **definite** answer.
🔹 請給我一個明確的答覆。

64 **delicate** [`dɛləkɪt] 形 精巧的　🄴
Elaine's dolls are very **delicate**.
🔹 伊蓮的洋娃娃非常精巧。

65 **destined** [`dɛstɪnd] 形 命中注定的　🄖
Yvonne is **destined** to meet her Mr. Right.
🔹 伊芳命中注定要遇見她的真命天子。

66 **dilemma** [də`lɛmə] 名 兩難　🄖
This is a real **dilemma** for me.
🔹 這對我來說真的是左右為難。

67 **dim** [dɪm] 動 使模糊 形 微暗的　🄳
The lights began to **dim**.
🔹 燈光開始變暗。

68 **dirty** [`dɜtɪ] 形 髒的 動 弄髒 🚩
Why is your jacket so **dirty**?
🎤 為什麼你的夾克這麼髒？

69 **disaster** [dɪ`zæstə] 名 災害 ❹
Many people lost their lives in the **disaster**.
🎤 許多人在這場災難中失去了生命。

70 **disastrous** [dɪz`æstrəs] 形 悲慘的 ❻
Gordon is **disastrous** after he lost his job.
🎤 高登失業後過得相當悲慘。

71 **disbelief** [ˌdɪsbə`lif] 名 懷疑；不信 ❺
Bob looked at me with **disbelief**.
🎤 鮑伯懷疑地看著我。

72 **disgrace** [dɪs`gres] 名 不名譽 動 羞辱 ❻
Vicky left the company with **disgrace**.
🎤 維琪背負著污名離開那家公司。

73 **disgraceful** [dɪs`gresfəl] 形 不名譽的 ❻
It's **disgraceful** to cheat in the exams.
🎤 考試作弊是不名譽的。

74 **dispensable** [dɪ`spɛnsəbl] 形 非必要的 ❻
Typewriters are **dispensable** if you have computers.
🎤 如果你有電腦的話，打字機就可有可無了。

75 **distant** [`dɪstənt] 形 疏遠的 ❷
My home is **distant** from the school.
🎤 我家離學校很遠。

76 **distinct** [dɪ`stɪŋkt] 形 獨特的 ❹
Annie has a **distinct** taste in fashion.
🎤 安妮對於時尚的品味獨特。

77 **distinction** [dɪ`stɪŋkʃən] 名 區別 ❺
What is the **distinction** between these two bicycles?
🎤 這兩台腳踏車有什麼區別？

78 **distinctive** [dɪ`stɪŋktɪv] 形 區別的 ❺
Joey's design is **distinctive** from other people's work.
🎤 喬伊的設計與別人的作品有很大的區別。

79 **diverse** [daɪ`vɜs] 形 互異的；多樣的 ❻
Jennifer has a **diverse** collection of dolls.
🎤 珍妮佛收集了各式各樣的洋娃娃。

80 **diversity** [daɪ`vɜsətɪ] 名 多樣性 6
It is important to know the **diversities** in different cultures.
🔒 瞭解不同文化的差異十分重要。

81 **drastic** [`dræstɪk] 形 激烈的 6
The competition was **drastic**.
🔒 競爭相當激烈。

82 **dreadful** [`drɛdfəl] 形 可怕的 5
That movie was really a **dreadful** one.
🔒 那部電影真相當可怕。

83 **drowsy** [`drauzɪ] 形 睏的 3
Francis was so **drowsy** that she fell asleep on the bus.
🔒 法蘭西絲太睏了，因此她在公車上睡著了。

84 **dual** [`djuəl] 形 雙重的 6
The valuable diamond was under **dual** protection.
🔒 這顆珍貴的鑽石受到雙重保護。

85 **dubious** [`djubɪəs] 形 含糊的 6
Keith gave me a **dubious** answer.
🔒 凱斯給了我一個含糊的回答。

86 **economical** [ˌikə`nɑmɪkl̩] 形 節約的 4
The housewife tries to live an **economical** life.
🔒 那位家庭主婦試著節省過日子。

87 **elder** [`ɛldə] 形 年長的 名 長輩 2
This is my **elder** brother.
🔒 這位是我的哥哥。

88 **elderly** [`ɛldəlɪ] 形 上了年紀的 3
You should respect those who are **elderly**.
🔒 你應該要尊敬上了年紀的人。

89 **energetic** [ˌɛnə`dʒɛtɪk] 形 有精力的 3
Adam is an **energetic** young man.
🔒 亞當是個精力充沛的年輕人。

90 **enormous** [ɪ`nɔrməs] 形 巨大的 4
Dinosaurs were **enormous** creatures.
🔒 恐龍是巨大的生物。

91 **equal** [`ikwəl] 形 平等的 動 等於 1
Men and women should have **equal** rights.
🔒 男女兩性應該有平等的權利。

92 **equality** [ɪˋkwɑlətɪ] 名 平等 ④
Dr. Lee emphasized the **equality** of both genders.
🏛 李博士強調兩性平等。

93 **equate** [ɪˋkwet] 動 使相等 ⑤
Harry is trying to **equate** his income and expenditure.
🏛 哈利試著平衡他的收入與開支。

94 **equivalent** [ɪˋkwɪvələnt] 形 相當的 名 相等物 ⑥
These two accounts are not **equivalent**.
🏛 這兩筆帳目不相符。

95 **error** [ˋɛrɚ] 名 錯誤 ②
I found some **errors** in this article.
🏛 我在這篇文章中發現一些錯誤。

96 **especially** [əˋpɛʃəlɪ] 副 特別地 ②
This gift is **especially** for you.
🏛 這個禮物是特別為你準備的。

97 **essence** [ˋɛsəns] 名 本質 ⑥
What is the **essence** of the issue?
🏛 這個議題的本質是什麼呢？

98 **ethical** [ˋɛθɪk]] 形 道德的 ⑥
Judges must have high **ethical** standards.
🏛 法官必須擁有高道德標準。

99 **exact** [ɪgˋzækt] 形 確切的 ②
That is the **exact** number in my mind.
🏛 那正是我心中所想的數目。

100 **exclusive** [ɪkˋsklusɪv] 形 唯一的；排外的 ⑥
We have the **exclusive** contract with that actor.
🏛 我們和那位演員簽了獨家契約。

101 **exist** [ɪgˋzɪst] 動 存在 ②
Dinosaurs no longer **exist** on earth.
🏛 恐龍已經不存在於地球。

102 **existence** [ɪgˋzɪstəns] 名 存在 ③
I don't believe the **existence** of ghost.
🏛 我不相信鬼的存在。

103 **expiration** [͵ɛkspəˋreʃən] 名 終結 ⑥
Today is the **expiration** of Joe's term of service.
🏛 今天是喬任期的最後一天。

104 **explicit** [ɪk`splɪsɪt] 形 明確的　6
Be sure to give me an **explicit** answer before Friday.
🏛 請務必在星期五之前給我一個明確的答案。

105 **exquisite** [`ɛkskwɪzɪt] 形 精巧的　6
Tammy's wedding ring was **exquisite** and unique.
🏛 泰咪的結婚戒指既精緻又獨特。

106 **extraordinary** [ɪk`strɔrdṇ͵ɛrɪ] 形 特別的　5
Ross has an **extraordinary** talent in dancing.
🏛 羅斯在舞蹈方面特別有天份。

107 **extreme** [ɪk`strim] 形 極度的 名 極端　3
That was just an **extreme** case which we can ignore.
🏛 那只是一個極端的例子，我們可以忽略不看。

108 **fabulous** [`fæbjələs] 形 出色的；極好的　6
That was a **fabulous** performance.
🏛 那場演出相當出色。

109 **fact** [fækt] 名 事實　1
Grace was trying hard to find out the **fact**.
🏛 葛瑞絲努力想要找出事實真相。

110 **fair** [fɛr] 形 公平的 副 公平地　2
Karen got a **fair** price to buy the house.
🏛 凱倫以公平合理的價格買了那間房子。

111 **fairly** [`fɛrlɪ] 副 公平地　3
Our teacher treats us **fairly**.
🏛 我們老師公平地對待大家。

112 **faithful** [`feθfəl] 形 忠實的　4
Chris is always a **faithful** husband.
🏛 克里斯一直是一個忠實的丈夫。

113 **fake** [fek] 形 假的；冒充的 名 假貨　3
Allen was caught by using a **fake** I.D.
🏛 艾倫因為使用假身分證遭逮捕。

114 **familiar** [fə`mɪljɚ] 形 熟悉的　3
Are you **familiar** with this area?
🏛 你熟悉這個地方嗎？

115 **familiarity** [fə͵mɪlɪ`ærətɪ] 名 親密；熟悉　6
My husband hugged me with **familiarity**.
🏛 我的丈夫親密地抱住我。

116 famine [`fæmɪn] 名 饑荒　　🅖
Many people die of **famine** in this country.
🔊 這個國家裡有很多人死於饑荒。

117 famous [`feməs] 形 有名的　　②
I saw that **famous** movie star in a restaurant yesterday.
🔊 我昨天在一家餐廳裡看見那位知名的電影明星。

118 fatigue [fə`tig] 名 動 疲勞　　🅔
Mike was beaten by his **fatigue** and fell asleep.
🔊 麥可不敵疲勞而睡著了。

119 fear [fɪr] 名 害怕 動 擔心　　🅘
The little boy fought against the bad guys without **fear**.
🔊 那個小男孩毫無畏懼地與壞人對抗。

120 fearful [`fɪrfəl] 形 嚇人的　　②
Leslie is wearing a **fearful** mask.
🔊 萊斯利帶著一個可怕的面具。

121 feasible [`fizəbl] 形 可實行的　　🅖
The CEO thinks that the plan is **feasible**.
🔊 執行長認為這個計畫可行。

122 feature [`fitʃə] 名 特色 動 由…主演　　③
What's the **feature** of this coffee maker?
🔊 這台咖啡機有什麼特色？

123 feeble [`fibl] 形 虛弱的　　🅔
Lydia caught a bad cold and now she is still very **feeble**.
🔊 莉迪亞染上重感冒，現在仍然很虛弱。

124 fine [faɪn] 形 美好的 副 很好地　　🅘
I like the **fine** weather today.
🔊 我喜歡今天這種美好的天氣。

125 fireproof [`faɪr͵pruf] 形 防火的；耐火的　　🅖
The walls in this building are **fireproof**.
🔊 這棟建築物的牆都是防火的。

126 firm [fɝm] 形 堅定的；牢固的 動 使牢固　　②
Ryan and Hugo have a **firm** friendship.
🔊 萊恩與雨果的友誼堅定。

127 flat [flæt] 形 平坦的 名 一層樓房　　②
The house was built on a **flat** ground.
🔊 這棟房子建造在平坦的地面上。

128 **flexible** [`flɛksəbḷ] 形 有彈性的　🔶
My schedule is **flexible**.
🏠 我的行程很彈性。

129 **forgetful** [fə`gɛtfəl] 形 健忘的　🔶
My boss is a **forgetful** man.
🏠 我的老闆是個健忘的人。

130 **form** [fɔrm] 名 形式 動 形成　🔶
I want a wedding in a simple **form**.
🏠 我想要一個形式簡單的婚禮。

131 **formidable** [`fɔrmɪdəbḷ] 形 可怕的；難應付的　🔶
Scott saw a **formidable** movie last night.
🏠 史考特昨晚看了一部可怕的電影。

132 **fortunate** [`fɔrtʃənɪt] 形 幸運的　🔶
This **fortunate** necklace brings me luck every time I wear it.
🏠 每次我戴上這條幸運項鍊，它就為我帶來好運。

133 **fortune** [`fɔrtʃən] 名 財富；運氣　🔶
Aaron received a large **fortune** when his grandmother died.
🏠 當亞倫的祖母過世時，他獲得了一大筆財產。

134 **foster** [`fɔstə] 形 收養的 動 收養　🔶
Bridget is my sister's **foster** daughter.
🏠 布莉姬是我姐姐的養女。

135 **fragile** [`frædʒəl] 形 易碎的；脆的　🔶
Please handle these **fragile** glasses with care.
🏠 請小心處理這些易碎的玻璃杯。

136 **fragment** [`frægmənt] 名 碎片 動 裂成碎片　🔶
Ella is sweeping the **fragments** of the broken mirror on the floor.
🏠 艾拉正在清掃地上的破鏡碎片。

137 **frail** [frel] 形 虛弱的；脆弱的　🔶
This **frail** child has to stay in hospital for one more week.
🏠 這個虛弱的孩子必須在醫院多待一個星期。

138 **free** [fri] 形 免費的；自由的 動 解放　🔶
If you buy three books in this bookstore today, you can get one **free** mug.
🏠 如果你今天在這家書店買三本書，你就可以免費獲得一個馬克杯。

🎧 MP3 ⊙ 251

139 freedom [`fridəm] 名 自由

We should fight for our **freedom**.

🔊 我們應該要爭取我們的自由。

140 fresh [frɛʃ] 形 新鮮的

I really enjoy the **fresh** air and the beautiful flowers in the park.

🔊 我很喜歡公園裡的新鮮空氣與美麗花朵。

141 frustration [ˌfrʌs`treʃən] 名 挫折；失敗

A little **frustration** won't beat Chris. He will be alright soon.

🔊 一點點挫折打擊不了克里斯，他很快就會沒事的。

142 fun [fʌn] 名 樂趣

Thank you for inviting me. I had a lot of **fun** today.

🔊 謝謝你的邀請，我今天玩得很高興。

143 functional [`fʌŋkʃən̩] 形 作用的

This lamp is not only **functional** but also decorative.

🔊 這盞燈不但具有功能性，而且也具有裝飾性。

144 fundamental [ˌfʌndə`mɛnt̩] 形 基礎的

Diana is learning **fundamental** English.

🔊 黛安娜正在學習基礎英語。

145 funny [`fʌnɪ] 形 有趣的

I saw a very **funny** movie with my brother yesterday evening.

🔊 我昨晚和我哥哥看了一部十分有趣的電影。

146 gay [ge] 名 男同志 形 開心的

This tall and handsome guy is Emily's best friend, and he is **gay**.

🔊 這個高大英俊的男子是愛蜜莉的至交好友，他是個男同志。

147 genuine [`dʒɛnjuɪn] 形 真正的

My wallet is made of **genuine** leather. It is very expensive.

🔊 我的皮夾是真皮的，價格不斐。

148 gloom [glum] 名 陰暗；昏暗 動 悶悶不樂

It's not healthy to hide yourself in the **gloom** all day long. You need to go out.

🔊 讓自己整天躲在陰暗之處是不健康的，你需要出去走走。

149 **gloomy** [`glumɪ] 形 幽暗的；黯淡的　　6
Could you turn the lights on? This room is a little bit **gloomy**.
🏠 能不能請你開燈？這個房間有點暗。

150 **glorious** [`glorɪəs] 形 榮耀的　　4
This is a **glorious** moment to remember.
🏠 這是值得紀念的光榮時刻。

151 **glory** [`glorɪ] 名 光榮 動 洋洋得意　　3
Those soldiers won **glory** on the battle field.
🏠 那些士兵在戰場上贏得光榮。

152 **gorgeous** [`gɔrdʒəs] 形 華麗的　　5
Where did you buy this **gorgeous** outfit?
🏠 你這一身華麗的服裝是在哪裡買的？

153 **grand** [grænd] 形 壯麗的；雄偉的　　1
The hotel has a **grand** lobby.
🏠 這家飯店的大廳相當豪華。

154 **guidance** [`gaɪdns] 名 指導；引導　　3
With Derek's **guidance**, our team won the first prize in the contest.
🏠 因為有德瑞克的指導，我們小組在競賽中贏得首獎。

155 **guideline** [gaɪd`laɪn] 名 指導方針　　5
I think we should follow the teacher's **guidelines**.
🏠 我覺得我們應該遵循老師的指導方針。

156 **habit** [`hæbɪt] 名 習慣　　2
Steve has the **habit** to run 4,000 meters every two days.
🏠 史帝夫習慣每隔兩天就去跑四千公尺。

157 **habitual** [hə`bɪtʃʊəl] 形 習慣性的　　4
Helen is taking her **habitual** nap in her room.
🏠 海倫正一如往常在她房間裡午睡。

158 **handwriting** [`hænd͵raɪtɪŋ] 名 筆跡　　4
Terry's **handwriting** is terrible. I can barely recognize his words.
🏠 泰瑞的筆跡很醜，我幾乎都看不懂。

159 **handy** [`hændɪ] 形 手巧的；手邊的　　3
Kyle is a **handy** man. He can fix his car and television by himself.
🏠 凱爾手很巧，他可以自己修理汽車與電視機。

160 **hard** [hɑrd] 形 硬的 副 努力地
The steak is too **hard** to chew.
🔒 這塊牛排太硬了，實在咬不動。

161 **harden** [`hɑrdn] 動 使硬化
You have to **harden** your heart.
🔒 你一定要狠下心來。(你不可以心軟。)

162 **hardship** [`hɑrdʃɪp] 名 艱難；辛苦
We can conquer the **hardship** together.
🔒 我們可以一起克服難關。

163 **hardy** [`hɑrdɪ] 形 強健的
Louie's coach is training him to be **hardy**.
🔒 路易的教練要把他訓練得很強健。

164 **harmful** [`hɑrmfəl] 形 有害的
Smoking and drinking are both **harmful** for our health.
🔒 吸菸與喝酒對我們的健康有害。

165 **harsh** [hɑrʃ] 形 粗魯的
Don't be that **harsh**! You should learn to be more polite.
🔒 不要那麼粗魯！你應該學著更有禮貌一點。

166 **haste** [hest] 名 急速；急忙
The more **haste**, the less speed.
🔒 欲速則不達。

167 **hazard** [`hæzəd] 名 危險 動 冒險
Bobby ran the **hazard** to go back to the house on fire and saved Jenny's life.
🔒 巴比冒著生命危險回到著火的房子救了珍妮。

168 **heavy** [`hɛvɪ] 形 重的
The suitcase is too **heavy** for Kelly to move by herself.
🔒 那只手提箱對凱莉來說太重了，以致於她無法獨自搬運。

169 **hence** [hɛns] 副 因此
Henry lost his wallet and had no money, **hence** he had to walk all the way home.
🔒 亨利因為掉了皮夾身上沒錢，所以只好一路走回家。

170 **heterosexual** [ˌhɛtərə`sɛkʃʊəl] 名 形 異性戀
I am sure Bruce is **heterosexual**. He is not gay.
🔒 我確信布魯斯是異性戀者，他不是男同志。

171 **hoarse** [hors] 形 沙啞的；刺耳的　　　　　　　　五
Mandy got sick and her voice was **hoarse**.
🏠 曼蒂生病了，她的聲音很沙啞。

172 **hobby** [`habɪ] 名 嗜好　　　　　　　　　　　　二
My **hobbies** are reading and listening to music.
🏠 我的嗜好是閱讀與聽音樂。

173 **hollow** [`halo] 形 中空的 名 洞穴　　　　　　　　三
I can't believe this tall tree was **hollow** inside.
🏠 我不敢相信這株高大的樹木居然是中空的。

174 **homosexual** [,homə`sɛkʃuəl] 形 名 同性戀　　　五
Have you ever seen any movie about **homosexual**
topics before?
🏠 你之前有沒有看過同性戀議題的電影？

175 **honorary** [`anə,rɛrɪ] 形 榮譽的　　　　　　　　六
This is a truly **honorary** story. You should share it
with everybody.
🏠 這真是一個相當榮譽的故事，你應該與大家分享。

176 **hope** [hop] 名 動 希望　　　　　　　　　　　　一
Your encouragement gives me new **hope** for life.
🏠 你的鼓舞給予我對生命的新希望。

177 **hopeful** [`hopfəl] 形 有希望的　　　　　　　　四
Chris feels **hopeful** that he will pass the exam this
time.
🏠 克里斯覺得他有希望可以通過這次的考試。

178 **hospitable** [`haspɪtəbl] 形 善於待客的　　　　　六
Gloria is always **hospitable**. She likes to invite
friends to her place.
🏠 葛洛莉亞總是相當好客，她喜歡邀請朋友到她家作客。

179 **hospitality** [,haspɪ`tælətɪ] 名 好客　　　　　　六
Everyone knows about Jimmy's **hospitality**, but I
have never been invited by him to his home.
🏠 大家都知道吉米好客，但是我卻從未受邀到他家作客。

180 **hot** [hat] 形 熱的　　　　　　　　　　　　　　一
Do you want your tea **hot** or icy?
🏠 你想喝熱茶還是冰茶？

181 **how** [hau] 副 如何
I don't know **how** to drive this car.
🔒 我不知道該如何駕駛這輛車。

182 **however** [hau`ɛvə] 副 然而
Fiona always stays up late; **however**, she gets up early every morning.
🔒 費歐娜總是熬夜到很晚,然而,她每天都很早起床。

183 **hunger** [`hʌŋgə] 名 飢餓;饑荒
Many children died of **hunger** in that country.
🔒 那個國家有許多孩童死於饑荒。

184 **hungry** [`hʌŋgrɪ] 形 飢餓的
I am not **hungry** at all.
🔒 我一點都不餓。

185 **hurry** [`hɜrɪ] 名 倉促 動 趕緊
Lisa lost her keys when she was in a **hurry**.
🔒 麗莎在匆忙間遺失了鑰匙。

186 **icy** [`aɪsɪ] 形 冰的
I want my tea more **icy**. Can you add some ice in my tea, please?
🔒 我想要冰一點的茶,能不能請你在我的茶裡加些冰塊?

187 **identical** [aɪ`dɛntɪk]] 形 相同的
These two girls are wearing **identical** dresses and shoes.
🔒 這兩個女孩穿著相同的洋裝與鞋子。

188 **identity** [aɪ`dɛntətɪ] 名 身分
The police is trying to find out the **identity** of that mysterious man.
🔒 警方試圖查出那名神秘男子的身分。

189 **idle** [`aɪd]] 形 閒置的 動 閒晃
Why don't you use the **idle** copy machine at the corner?
🔒 你何不使用那台閒置在角落的影印機?

190 **illusion** [ɪ`luʒən] 名 幻覺
Is this real or just my **illusion**?
🔒 這是真的或者只是我的幻覺?

191 **impact** [`ɪmpækt] 名 動 影響;衝擊
You can see the **impact** was huge.
🔒 你可以看得出來影響相當大。

192 **imposing** [ɪm`pozɪŋ] 形 顯眼的；雄偉的　6
The castle by the cape is an **imposing** building.
🔝 海角上的城堡是座雄偉的建築。

193 **imprison** [ɪm`prɪzn] 動 禁閉　6
The police **imprisoned** him for drunk driving.
🔝 他因為酒駕遭警方拘禁。

194 **imprisonment** [ɪm`prɪzṇmənt] 名 坐牢　6
Jack has been sentenced to 10 years' **imprisonment**.
🔝 傑克遭判處十年監禁。

195 **incentive** [ɪn`sɛntɪv] 名 誘因 形 刺激的　6
What's the **incentive** for him to commit the crime?
🔝 誘使他犯下罪行的原因是什麼？

196 **incident** [`ɪnsədənt] 名 事件　4
This **incident** is just the beginning of something big.
🔝 這個事件只是某件大事的開端。

197 **incidental** [ˌɪnsə`dɛnt!] 形 偶然發生的　6
There were **incidental** interactions between those
two strangers last Sunday.
🔝 上週日兩位陌生人間有偶然的互動。

198 **inclusive** [ɪn`klusɪv] 形 包含在內的　6
Please preview charper 3, **inclusive** of pages 41 to 52.
🔝 請預習第三章，範圍包括第四十一頁到第五十二頁。

199 **indeed** [ɪn`did] 副 確實　3
It was **indeed** an unforgettable day today.
🔝 今天的確是難忘的一天。

200 **initial** [ɪ`nɪʃəl] 形 開始的 名 首字母　4
We couldn't really see what the result will be at the
initial stage.
🔝 在剛開始的階段，我們實在看不出來結果會如何。

201 **initiative** [ɪ`nɪʃətɪv] 名 主動權 形 率先的　6
The **initiative** belongs to me. I can decide whether to
do it or not.
🔝 主動權在我身上，由我來決定做或不做。

202 **injustice** [ɪn`dʒʌstɪs] 名 不公平　6
I have had enough! These **injustices** disgusted me.
🔝 我受夠了！這些不公平的事讓我厭惡極了。

203 innumerable [ɪn`njumərəbl] 形 數不盡的
There are **innumerable** stars in the sky.
🏠 天上有數不盡的星星。

204 instead [ɪn`stɛd] 副 替代
You should take a taxi **instead** of driving on your own when you got drunk.
🏠 當你喝醉的時候，應該搭計程車而不是自己開車。

205 intact [ɪn`tækt] 形 原封不動的
That box of chocolate is **intact**. It's brand new and sealed.
🏠 那盒巧克力原封不動，全新而且未拆封。

206 integration [ˌɪntə`greʃən] 名 完成；統合
Andy was proud of himself for the **integration** of the task.
🏠 安迪對於自己完成這項工作頗感自豪。

207 intense [ɪn`tɛns] 形 緊張的
Rebecca looks a little bit **intense** today.
🏠 麗貝卡今天看起來有點緊張。

208 invaluable [ɪn`væljəbl] 形 無價的
Your friendship is **invaluable** to me.
🏠 你的友情對我來說是無價之寶。

209 just [dʒʌst] 副 正好 形 公平的
You are too late. We've **just** finished our party.
🏠 你來得太遲了，我們正好結束了派對。

210 knight [naɪt] 名 騎士；武士 動 封…為爵士
The **knight** was very brave, and he saved the princess from the devil.
🏠 那個騎士十分英勇，從惡魔手中救出公主。

211 level [`lɛvl] 名 水準 形 水平的
These students have reached the advanced **level** already.
🏠 這群學生已達高級班的水準了。

212 liable [`laɪəbl] 形 可能的；易於；可能會
Helen is **liable** to scream when angry.
🏠 海倫在憤怒時會容易尖叫。

213 liberal [`lɪbərəl] 形 開明的
Claire has a **liberal** mind towards her children's education.
🏠 克蕾兒對於她孩子的教育相當開明。

214 **liberty** [`lɪbətɪ] 名 自由
Everyone should have the **liberty** to choose religion.
每個人應該有選擇信仰的自由。

215 **lively** [`laɪvlɪ] 形 活潑的；有生氣的
Both of the kids are **lively**.
這兩個孩子都相當活潑。

216 **lofty** [`lɔftɪ] 形 高聳的
The buildings in the downtown are **lofty**.
市中心的建築物十分高聳。

217 **lone** [lon] 形 孤單的
Teddy called himself a **lone** wolf.
泰迪稱自己為一匹孤狼。

218 **lonely** [`lonlɪ] 形 孤單的
Emma feels **lonely** because her friends are not in town.
艾瑪覺得很孤單，因為她的朋友出城去了。

219 **lonesome** [`lonsəm] 形 孤獨的
Are you **lonesome** tonight?
你今晚寂寞嗎？

220 **loose** [lus] 形 寬鬆的
This pair of jeans is too **loose** for me.
這條牛仔褲對我來說太寬垮了。

221 **loosen** [`lusṇ] 動 放鬆
William **loosened** his belt after dinner.
威廉在用完晚餐後鬆開了皮帶。

222 **loss** [lɔs] 名 損失
I am very sorry for your **loss**.
對於您的損失，我深感抱歉。

223 **lousy** [`lauzɪ] 形 卑鄙的；討厭的
Robert is a **lousy** businessman.
羅伯特是個卑鄙商人。

224 **loyal** [`lɔɪəl] 形 忠實的
George is very **loyal** to his boss.
喬治對他老闆相當忠心。

225 **luck** [lʌk] 名 幸運
It's my **luck** to see you here!
我真的很幸運能在這裡遇見你！

226 **lucky** [`lʌkɪ] 形 幸運的
Jim is the **luckiest** man in the world.
🔒 吉姆是世界上最幸運的男人。

227 **luxurious** [lʌg`ʒurɪəs] 形 奢侈的
Dick began to live a **luxurious** life after he won the lottery.
🔒 迪克中了樂透後開始過著奢侈的生活。

228 **mad** [mæd] 形 瘋狂的
George is **mad** about Lucy. He is willing to do anything for her.
🔒 喬治為露西癡狂，他願意為她做任何事情。

229 **magnificent** [mæg`nɪfəsṇt] 形 華麗的
Elaine is living in a **magnificent** mansion.
🔒 伊蓮住在一棟華麗的大廈裡。

230 **mainstream** [`men͵strim] 名 主流
Environmental concepts have become the **mainstream** nowadays.
🔒 現今環保概念已成為主流意識。

231 **majestic** [mə`dʒɛstɪk] 形 莊嚴的
This cathedral is **majestic**.
🔒 這間大教堂十分莊嚴。

232 **majesty** [`mædʒɪstɪ] 名 威嚴
All students awe the teacher's **majesty**.
🔒 全部的學生都敬畏這位老師的威嚴。

233 **marvel** [`mɑrvl] 名 令人驚奇的事物 動 驚訝
Many tourists come all the way to see this **marvel**.
🔒 許多遊客大老遠跑來看這個驚人的景緻。

234 **marvelous** [`mɑrvələs] 形 令人驚訝的
The movie was really **marvelous**.
🔒 這部電影實在太令人驚艷了。

235 **may** [me] 助 可能
Kevin **may** come here tomorrow.
🔒 凱文明天可能會來這裡。

236 **maybe** [`mebɪ] 副 或許；大概
Maybe you are right, but I still need some time to think it over.
🔒 你或許是對的，但我還是需要時間考慮一下。

237 melancholy [`mɛlən,kɑlɪ] 形 憂鬱的 名 憂鬱
Vanessa is a **melancholy** girl.
🏠 凡妮莎是一個憂鬱的女孩。

238 memorable [`mɛmərəbl] 形 值得紀念的
This trip is truly **memorable**, because this is the first trip we take together.
🏠 這趟旅行相當值得紀念，因為是我們第一次一起旅行。

239 memorial [mə`morɪəl] 形 紀念的 名 紀念品
Richard bought a set of **memorial** coins for his father as a birthday present.
🏠 理查買了一套紀念幣送給父親當作生日禮物。

240 mess [mɛs] 名 雜亂 動 弄亂
Mike's room is really a **mess**.
🏠 麥克的房間真是一團亂。

241 messy [`mɛsɪ] 形 髒亂的
Your living room is **messy**. When will you clean it up?
🏠 你家客廳很髒亂，你何時才要打掃乾淨？

242 mischievous [`mɪstʃɪvəs] 形 淘氣的；有害的
Brian gave me a **mischievous** look and then ran away.
🏠 布萊恩對我做了一個淘氣的表情，然後就跑開了。

243 missing [`mɪsɪŋ] 形 失蹤的
Everyone is helping Helen to find her **missing** cat.
🏠 大家都在幫海倫尋找她走失的貓咪。

244 mode [mod] 名 模式
Different people have different **modes** of life.
🏠 不同的人有不同的生活方式。

245 modern [`mɑdən] 形 現代的
I don't really understand **modern** arts.
🏠 我不太懂現代藝術。

246 moreover [mor`ovə] 副 並且；此外
William got fired yesterday. **Moreover**, his girlfriend dumped him.
🏠 威廉昨天失業了，而他女友也甩了他。

247 movable [`muvəbl] 形 可移動的
All the shelves in this room are **movable**.
🏠 這個房間裡所有的書架都是可移動的。

248 mutual [`mjutʃʊəl] 形 相互的 🔔
We need to have **mutual** understanding before working together on this project.
🔊 我們在合作這個專案之前應該要先互相了解。

249 naïve [nɑ`iv] 形 天真的 🔔
Don't be so **naïve**!
🔊 別這麼天真！

250 naked [`nekɪd] 形 赤裸的 🔔
There is a **naked** man standing on the top of the roof.
🔊 屋頂上站了一個裸男。

251 namely [`nemlɪ] 副 就是；即 🔔
Two boys, **namely**, Joe and Jay, were punished by the teacher for stealing.
🔊 就是喬與傑這兩個男孩，因為偷竊而被老師處罰。

252 nasty [`næstɪ] 形 污穢的 🔔
That **nasty** boy is Tony's brother.
🔊 那個髒兮兮的男孩是東尼的弟弟。

253 naughty [`nɔtɪ] 形 淘氣的 🔔
Nick was really **naughty** when he was a kid.
🔊 尼克小時候相當淘氣。

254 needy [`nidɪ] 形 貧困的 🔔
That poor old man is **needy**.
🔊 那個可憐的老先生很貧困。

255 negative [`nɛgətɪv] 形 否定的 名 否定 🔔
To my surprise, Tommy's answer is **negative**.
🔊 出乎我意料之外，湯米的答覆是否定的。

256 nevertheless [ˌnɛvəðə`lɛs] 副 儘管如此 🔔
I feel very ill today, **nevertheless** I still go to school.
🔊 我今天身體不舒服，儘管如此，我還是去上學了。

257 new [nju] 形 新的 🔔
Jerry just bought a **new** car last week.
🔊 傑瑞上個禮拜剛剛買了新車。

258 nonetheless [ˌnʌnðə`lɛs] 副 儘管如此 🔔
Tony was extremely mad at his sister, **nonetheless**, he forgave her.
🔊 東尼很氣他妹妹，儘管如此，他還是原諒她了。

259 nonviolent [nɑn`vaɪələnt] 形 非暴力的 🔽
There must be some **nonviolent** ways to solve this problem.
🏛 一定可以用非暴力的方式來解決這個問題。

260 notable [`notəbl] 形 出名的 名 名人 🔽
That restaurant is **notable**. Many celebrities love to go there for meals.
🏛 那家餐廳非常有名，許多名人喜歡到那裡用餐。

261 noticeable [`notɪsəbl] 形 顯眼的 🔽
That building is **noticeable**. You are not going to miss it.
🏛 那棟建築物十分顯眼，你不可能沒看到。

262 notorious [no`torɪəs] 形 聲名狼藉的 🔽
Randy is a **notorious** playboy.
🏛 藍迪是個聲名狼藉的花花公子。

263 nude [njud] 形 裸的 名 裸體 🔽
I saw a **nude** man running on the street.
🏛 我看見一個裸男在街上奔跑。

264 object [`abdʒɪkt] 名 物品 動 抗議 🔽
There are too many **objects** in the room. Where did you get all these things?
🏛 房間裡有太多物品了。這些東西你是從哪裡弄來的？

265 obscure [əb`skjur] 形 模糊的 動 使不清楚 🔽
The image in my mind is now **obscure**.
🏛 我腦中的影像已經很模糊了。

266 obstacle [`abstəkl] 名 妨礙；障礙物 🔽
Jason allows no **obstacle** blocking in his way to his goal.
🏛 傑生不容許在他達成目標的過程中有任何阻礙。

267 occasion [ə`keʒən] 名 場合；事件 動 引起 🔽
People are required to wear suits in the **occasion** like this.
🏛 在這一類場合中，大家應該穿西裝。

268 odd [ad] 形 奇怪的；單數的 🔽
Charles is an **odd** man. He doesn't like to talk to people.
🏛 查爾斯是一個怪人，他不喜歡與人交談。

269 **old** [old] 形 老的　　🔰
My grandmother is really **old**. She is 95 years old.
👤 我祖母很老了，她九十五歲了。

270 **open** [`opən] 形 打開的 動 打開　　🔰
The door was **open** but no one was in the room.
👤 門是開著的，但是房間裡沒有人。

271 **optimism** [`aptə͵mɪzəm] 名 樂觀主義　　⑤
Tracy believes in **optimism**.
👤 崔西堅守樂觀主義。

272 **optimistic** [͵aptə`mɪstɪk] 形 樂觀的　　③
Patricia is ill but she is still **optimistic**.
👤 派翠西亞生病了，但是她仍然相當樂觀。

273 **ordeal** [ɔr`diəl] 名 嚴酷的考驗　　⑥
You can succeed if you pass this **ordeal**.
👤 如果你能通過這個嚴酷的考驗，你就會成功。

274 **orderly** [`ɔrdəlɪ] 形 整潔的 名 護理員；勤務兵　　⑥
To my surprise, Patrick's room is clean and **orderly**.
👤 出乎我意料之外，派翠克的房間乾淨又整齊。

275 **origin** [`ɔrɪdʒɪn] 名 起源　　③
Justin is a man of noble **origin**.
👤 賈斯汀出身名門。

276 **original** [ə`rɪdʒənl] 形 起初的 名 原作　　③
I like the **original** version of the story better.
👤 我比較喜歡這個故事的原始版本。

277 **otherwise** [`ʌðə͵waɪz] 副 否則；要不然　　④
Please stop making the noise; **otherwise** I am calling the police.
👤 請停止製造噪音，否則我就要報警了。

278 **outnumber** [aʊt`nʌmbə] 動 數目勝過　　⑥
Our troops **outnumbered** the enemy.
👤 我們軍隊的人數勝過敵軍。

279 **outrage** [`aʊt͵redʒ] 名 暴力 動 激怒　　⑥
We should not tolerate **outrage** in our campus.
👤 我們不該容忍校園暴力。

280 **outrageous** [aʊt`redʒəs] 形 暴力的　　⑥
Phil's **outrageous** behavior was blamed by us all.
👤 菲爾的暴力行為遭到我們同聲譴責。

281 **outright** [`aut,raɪt] 形 副 毫無保留 🄖
Thank you for being **outright** to me. Your secrets are safe with me.
🔒 謝謝你對我這麼開誠佈公，我會保守你的秘密。

282 **pace** [pes] 名 步調 動 踱步 🄔
Joanna is walking at a quick **pace**. Why is she in a hurry?
🔒 喬安娜正快步行走著。她為何如此匆忙？

283 **pair** [pɛr] 動 配成對 名 一對 🄐
Sean and Maggie will **pair** next month.
🔒 史恩與瑪姬下個月將結為連理。

284 **panic** [`pænɪk] 名 驚恐 動 恐慌 🄒
Everyone is in a **panic** now.
🔒 現在大家一片驚慌。

285 **peace** [pis] 名 和平 🄑
Everyone hopes world **peace**.
🔒 每個人都希望世界和平。

286 **peaceful** [`pisfəl] 形 和平的 🄑
It is very **peaceful** in this neighborhood.
🔒 這附近相當寧靜。

287 **permissible** [pə`mɪsəbl] 形 可允許的 🄕
Smoking is not **permissible** here.
🔒 不准在此吸菸。

288 **petty** [`pɛtɪ] 形 瑣碎的 🄖
Don't bother yourself with those **petty** things.
🔒 不要理會那些無謂的瑣事。

289 **phase** [fez] 名 階段 動 分段實行 🄖
This is just the first **phase**. There is still a long way to go.
🔒 現在只是第一階段，將來還有很長的路要走。

290 **phenomenon** [fə`namə,nan] 名 現象 🄔
The rainbow is a natural **phenomenon**.
🔒 彩虹是一種自然現象。

291 **picturesque** [,pɪktʃə`rɛsk] 形 如畫的 🄖
We visited a **picturesque** lakeside town in this trip.
🔒 我們在這次旅途中，拜訪了一個如畫的湖邊小鎮。

292 **plain** [plen] 形 明白的；平坦的 名 平原
This book is written in **plain** English.
🏠 這本書是用淺顯易懂的英文寫成。

293 **plastic** [`plæstɪk] 形 塑膠的 名 塑膠
You can put the flowers in that **plasitc** vase.
🏠 你可以把花插在那個塑膠花瓶中。

294 **playful** [`plefəl] 形 愛玩的
Victor is **playful** and he doesn't want to settle down.
🏠 維特很愛玩，他不想定下來。

295 **poor** [pʊr] 形 貧窮的
Peter was born in a **poor** family, but now he is a millionaire.
🏠 彼得出生貧寒，但如今他已是個百萬富翁。

296 **pop** [pɑp] 形 流行的；大眾的 名 流行音樂
Alice likes **pop** music.
🏠 艾莉絲喜歡流行音樂。

297 **popular** [`pɑpjələ] 形 流行的
This kind of shoes are **popular** among teenagers.
🏠 這種鞋款在青少年之間相當流行。

298 **popularity** [ˌpɑpjəˋlærətɪ] 名 流行
Mini-skirts are back in **popularity** again.
🏠 迷你裙又再度引領風潮。

299 **porcelain** [`pɔrslɪn] 名 瓷器
This **porcelain** is very expensive.
🏠 這種瓷器相當昂貴。

300 **positive** [`pɑzətɪv] 形 積極的 名 正面
Cheer up! You should be more **positive**!
🏠 打起精神來！你應該要更積極一點！

301 **posture** [`pɑstʃə] 名 姿勢 動 擺姿勢
Please keep steady of that **posture** while I am working on your portrait.
🏠 在我描繪你的肖像時，請保持那個姿勢不動。

302 **powerful** [`paʊəfəl] 形 有力的
The United States of America is a **powerful** nation.
🏠 美國是個強大有力的國家。

303 practical [`præktɪk] 形 實用的
Edward's opinion is based on his **practical** experience.
🏛 愛德華的意見乃是基於他的實際經驗。

304 precaution [prɪ`kɔʃən] 名 預防措施
Anita reminded me to take special **precautions** to prevent fire.
🏛 安妮塔提醒我特別注意預防火災。

305 precious [`prɛʃəs] 形 珍貴的
This **precious** watch belongs to my grandfather.
🏛 這個珍貴的手錶是我祖父的。

306 precise [prɪ`saɪs] 形 精確的
Can you be more **precise** in describing how it looks?
🏛 能不能請你更精準地描述它的外型呢？

307 precision [prɪ`sɪʒən] 名 精確；準確
John is doing the job with **precision**.
🏛 約翰精確地執行他的工作。

308 preparation [ˌprɛpə`reʃən] 名 準備
Gina has full **preparation** for her exam.
🏛 吉娜對考試的準備已經相當周延。

309 prepare [prɪ`pɛr] 動 準備
Abel is **preparing** for the exam.
🏛 亞伯正在準備考試。

310 presence [`prɛzn̩s] 名 出席
Thank you for coming. Your **presence** is our honor.
🏛 謝謝您來，您的出席是我們的榮幸。

311 present [prɪ`zɛnt] 動 呈現 名 禮物；現在
Simon tries to **present** the best of himself to this girl.
🏛 賽門試著在這女孩面前表現他最好的一面。

312 prestige [prɛs`tidʒ] 名 聲望
John is a professor with **prestige** of the university.
🏛 約翰是這所大學很有聲望的教授。

313 preventive [prɪ`vɛntɪv] 形 預防的 名 預防物
You need to concentrate if you want to be **preventive** of any kind of accident.
🏛 如果你想預防任何意外事件發生，你就必須全神貫注。

314 priceless [`praɪslɪs] 形 無價的　　　**5**
My reputation is my **priceless** asset.
🔊 我的聲譽是我無價的資產。

315 privacy [`praɪvəsɪ] 名 隱私　　　**4**
Please respect my **privacy**.
🔊 請尊重我的隱私。

316 private [`praɪvɪt] 形 私密的　　　**2**
These photos are very **private**. Don't show them to others.
🔊 這些照片相當私密，請不要拿給別人看。

317 procedure [prə`sidʒə] 名 程序　　　**4**
All you have to do is to follow the **procedure**. We will take care of the rest.
🔊 你只需要照著程序去做，其他的我們會搞定。

318 process [`prasɛs] 名 過程 動 處理　　　**3**
The company is now in the **process** of reorganizing.
🔊 這家公司現在正在重新整頓。

319 procession [prə`sɛʃən] 名 行列；行進　　　**5**
There is a wedding **procession** in front of the church.
🔊 教堂前有一隊歡慶婚禮的行列。

320 profitable [`prafɪtəbl] 形 有利的　　　**4**
This business is **profitable**. Do you want to join us?
🔊 這筆生意一定會賺錢，你要不要加入我們？

321 profound [prə`faʊnd] 形 深奧的　　　**6**
You need to learn more **profound** knowledge in the field.
🔊 你必須學習這個領域中更加深奧的知識。

322 progress [`pragrɛs] 名 進展 動 進步　　　**2**
The project is in **progress** and everything is going well so far.
🔊 這個專案已經在進行中，目前一切都很順利。

323 progressive [prə`grɛsɪv] 形 進步的　　　**6**
My sister has been studying hard and now her English ability is **progressive**.
🔊 我妹妹一直以來都很用功，如今她的英文能力進步了。

324 **prominent** [`prɑmənənt] 形 突出的；著名的
Have you ever been to that **prominent** French restaurant?
你有沒有去過那家著名的法國餐館？

325 **prosperity** [prɑs`pɛrətɪ] 名 繁盛
May you have all the happiness and **prosperity**.
祝你快樂幸福、前程似錦。

326 **prosperous** [`prɑspərəs] 形 繁榮的
This city is much more **prosperous** than it was 5 years ago.
這個城市比起五年前更加繁榮了。

327 **protective** [prə`tɛktɪv] 形 保護的
It's not right for the parents to be over-**protective**.
父母親過度保護子女是不好的。

328 **purity** [`pjurətɪ] 名 純粹
Howard is working hard to maintaining the **purity** of the water resource in this small town.
霍華致力維護這個小鎮的水源純淨。

329 **quality** [`kwɑlətɪ] 名 品質
The computers of this brand are famous for their good **quality**.
這個品牌的電腦因其品質優良聞名。

330 **quantity** [`kwɑntətɪ] 名 數量
Quality matters more than **quantity**.
質比量重要。

331 **queer** [kwɪr] 形 奇怪的
I saw a **queer** figure in the garden. Could you go and check it out?
我看到花園裡有奇怪的人影，你能不能前去查看一下？

332 **quiet** [`kwaɪət] 形 安靜的 動 使安靜
Be **quiet**! I am studying right now.
安靜一點！我正在念書。

333 **radiant** [`redjənt] 形 發光的 名 發光體
What is that **radiant** object on the tall building?
那棟高聳建築物上的發光物體是什麼？

334 **radical** [`rædɪkl] 形 根源的 名 根本
We have to solve the **radical** problem first.
我們應該要先解決根本問題。

335 ragged [`rægɪd] 形 破爛的

The poor old man is wearing a **ragged** shirt.

🔒 可憐的老人穿著一件破衣裳。

336 random [`rændəm] 形 隨機的

Rachel killed a bird by a **random** shot.

🔒 芮秋亂槍射中一隻鳥。

337 rather [`ræðɚ] 副 寧願

I would **rather** stay home than go out on such a rainy day.

🔒 在這種下雨天，我寧可待在家也不願出門。

338 rational [`ræʃənl] 形 理性的；明事理的

Mr. Chen is a **rational** gentleman.

🔒 陳先生是一位理性的紳士。

339 ready [`rɛdɪ] 形 準備好的 動 預備

We are **ready** for our trip.

🔒 我們準備啟程去旅行。

340 real [`riəl] 形 真實的

I don't think her diamond is **real**.

🔒 我認為她的鑽石是假的。

341 realistic [ˌriə`lɪstɪk] 形 現實的

You have to be **realistic**. You are no longer a kid.

🔒 你必須看清現實狀況，你已經不再是小孩子了。

342 reality [rɪ`ælətɪ] 名 真實；事實

I can't face the **reality**.

🔒 我無法面對真相。

343 refinement [rɪ`faɪnmənt] 名 精確；精良

We were impressed by her **refinement** of logic.

🔒 我們對於她的精確邏輯印象深刻。

344 reflect [rɪ`flɛkt] 動 反射

The calm surface of the lake **reflected** the shines of the sun.

🔒 平靜的湖面反射著太陽的光芒。

345 reflection [rɪ`flɛkʃən] 名 深思；反省；倒影

Jack made the decision without the **reflection**.

🔒 傑克未經深思就做了那個決定。

346 reflective [rɪˋflɛktɪv] 形 反射的；反映的
The **reflective** image of hers on the window glass was blur.
🏠 她反射在窗戶玻璃上的身影是模糊的。

347 regulate [ˋrɛgjəˏlet] 動 調節
Paul is **regulating** the lights.
🏠 保羅正在調整燈光的亮度。

348 regulation [ˏrɛgjəˋleʃən] 名 法規；調整
There is a new **regulation** on this issue these days.
🏠 最近針對這個議題有了新的規定。

349 relax [rɪˋlæks] 動 放鬆
Just **relax**, don't be panic.
🏠 放輕鬆，別驚慌。

350 relaxation [ˏrilækˋseʃən] 名 放鬆
This is the **relaxation** I want.
🏠 這就是我所要的放鬆。

351 relevant [ˋrɛləvənt] 形 相關的
Please discuss only the **relevant** issues in the meeting.
🏠 在會議中請只討論相關事宜。

352 remainder [rɪˋmendə] 名 剩餘物
Lauren has thrown most of her old books away. The **remainders** are the ones she really loves.
🏠 蘿倫將她大部分的舊書都扔掉，剩餘的都是她非常喜愛的書籍。

353 renew [rɪˋnju] 動 更新
I have **renewed** my membership yesterday.
🏠 我昨天更新了我的會員資格。

354 renowned [rɪˋnaund] 形 著名的
Harvard University is a **renowned** school.
🏠 哈佛大學是一所有名的學校。

355 resemblance [rɪˋzɛmbləns] 名 類似
David has a strong **resemblance** to his father.
🏠 大衛長得很像他父親。

356 resemble [rɪˋzɛmbḷ] 動 類似
These two chairs **resemble** each other.
🏠 這兩張椅子十分相似。

357 rich [rɪtʃ] 形 富裕的 ①
Tiffany married to a **rich** man.
🔊 蒂芬妮嫁給一個有錢人。

358 riches [`rɪtʃɪz] 名 財產；財富 ②
All these **riches** are meaningless to you if you are so ill.
🔊 如果你得了重病，所有財產對你來說毫無意義可言。

359 ridiculous [rɪ`dɪkjələs] 形 荒謬的 ⑤
This story is totally **ridiculous**. I don't believe a word in it!
🔊 這個故事太荒謬了，我一個字都不信！

360 right [raɪt] 形 正確的 名 右邊；正確 ①
It was **right** of you to refuse the offer.
🔊 你拒絕那個提議是對的。

361 risk [rɪsk] 名 危險；風險 動 冒險 ③
Wilson was ready to run the **risk** of losing everything.
🔊 威爾森願意冒著失去一切的風險。

362 robust [ro`bʌst] 形 強健的 ⑤
The **robust** wrestler won the champion.
🔊 那位強壯的摔角選手贏得了冠軍。

363 routine [ru`tin] 形 例行的 名 慣例 ③
The police officer is on the **routine** patrol.
🔊 這位警官正在例行巡邏。

364 row [ro] 名 列；排 動 划船 ①
You can take a seat in the second **row**.
🔊 你可以坐在第二排。

365 rust [rʌst] 動 生鏽 名 鐵鏽 ③
My knife **rusted**.
🔊 我的刀子生鏽了。

366 rusty [`rʌstɪ] 形 生鏽的；生疏的 ③
Don't use that **rusty** knife to cut the fruit.
🔊 不要用那把生鏽的刀子切水果。

367 safe [sef] 形 安全的 名 保險箱 ①
It's not **safe** to swim in a pool without a lifeguard.
🔊 在沒有救生員的泳池游泳並不安全。

368 safety [`seftɪ] 名 安全 ②
Mike cares about his son's **safety**.
🔊 麥克關心他兒子的安全。

369 **sane** [sen] 形 神智清明的 6
The aged man is 105 years old now, but he is still **sane**.
那個老人已經一百零五歲了，但是他的神智依舊清晰。

370 **scandal** [`skænd!] 名 醜聞 5
The **scandal** forced the officer to resign his position.
這個醜聞迫使那位官員辭去職位。

371 **secure** [sɪ`kjʊr] 形 安全的 動 保護 5
Sandra is **secure** from danger here.
珊卓拉在這裡不必擔心危險。

372 **security** [sɪ`kjʊrətɪ] 名 安全 3
The **security** of Bob's property is threatened by the blackmail of those evildoers.
鮑伯的財產安全受到那些歹徒的勒索威脅。

373 **selfish** [`sɛlfɪʃ] 形 自私的 1
Evelyn is the most **selfish** woman in the world.
艾芙琳是世界上最自私的女人。

374 **senior** [`sinjɚ] 形 年長的 名 長者 4
Please yield your seats to **senior** citizens.
請將座位讓給年長的人。

375 **separate** [`sɛpə,ret] 動 分開 形 分開的 2
Don't you ever try to **separate** Marty and I!
你別想拆散我跟馬帝！

376 **separation** [,sɛpə`reʃən] 名 分離 3
After 3 years of **separation**, Fiona and I finally got back together.
分開了三年，費歐娜和我終於又相聚了。

377 **serene** [sə`rin] 形 寧靜的；安詳的 6
Julia was **serene** when she heard the news.
當茱莉亞聽見這個消息時，她顯得十分平靜。

378 **serenity** [sə`rɛnətɪ] 名 平靜；沉著 6
Lawrence has **serenity** inside of him.
羅倫斯內心平靜安詳。

379 **set** [sɛt] 名 一套 動 設置 1
Neilson spent NT$80,000 on a bedroom **set**.
尼爾森花了新台幣八萬元購買一套臥室家具。

380 **settlement** [`sɛtḷmənt] 名 安排
Michael is not happy with the **settlement**.
🔊 麥克不滿意這樣的安排。

381 **severe** [sə`vɪr] 形 嚴厲的
Robert suffered a **severe** punishment for his mistakes.
🔊 羅伯特因為犯錯而受到嚴懲。

382 **sexy** [`sɛksɪ] 形 性感的
Regina is wearing a very **sexy** dress.
🔊 芮吉娜穿著一件非常性感的洋裝。

383 **shiny** [`ʃaɪnɪ] 形 發光的
There is something **shiny** in the dark. Can you check out what that is?
🔊 黑暗中有東西在發光，你能不能去看一下那是什麼？

384 **shock** [ʃak] 名 動 衝擊
Mandy has not recovered from the **shock** of her husband's death.
🔊 曼蒂還沒有從她丈夫逝世的打擊中恢復過來。

385 **shrewd** [ʃrud] 形 精明的；敏捷的
Stephanie is a **shrewd** businesswoman.
🔊 史蒂芬妮是一位精明幹練的女企業家。

386 **significance** [sɪg`nɪfəkəns] 名 重要性
If you realized the **significance** of this matter, you would understand why I was so nervous.
🔊 若你明白這件事的重要性，你就能理解為何我會如此緊張。

387 **significant** [sɪg`nɪfəkənt] 形 有意義的
You should attend that **significant** event. Many of your friends will be there, too.
🔊 你應該參加這個有意義的活動，你許多朋友也會參加。

388 **silence** [`saɪləns] 名 沉默 動 使沉默
Silence is gold.
🔊 沉默是金。

389 **silent** [`saɪlənt] 形 沉默的
Everyone was **silent** when the teacher walked in.
🔊 老師一走進來，大家隨即安靜無聲。

390 similar [`sɪmələ] 形 相似的
My necklace is very **similar** to yours.
🏛 我的項鍊和你的項鍊十分相似。

391 similarity [ˏsɪmə`lærətɪ] 名 相似；類似
There is no single **similarity** between the two sisters.
🏛 這兩個姊妹沒有一點相似之處。

392 sincere [sɪn`sɪr] 形 誠摯的；真實的
Nora is a **sincere** girl. She is someone you can rely on.
🏛 諾拉是個真誠的女孩子，她是你可以信靠的人。

393 single [`sɪŋgl] 名 單身者 動 選出；挑出
George got divorced last year. He is **single** again now.
🏛 喬治去年離婚，他現在又恢復單身了。

394 situation [ˏsɪtʃʊ`eʃən] 名 情勢
According to the current **situation**, I think Dolly will win this game.
🏛 根據目前的情勢，我想桃莉會贏得這場比賽。

395 skeptical [`skɛptɪkl] 形 懷疑的
Larry is **skeptical** to anything he heard.
🏛 賴利對於他所聽聞的任何事情都保持懷疑。

396 slippery [`slɪpərɪ] 形 滑溜的
Be careful, the wet floor is **slippery**.
🏛 小心，地板濕濕的很容易滑倒。

397 sloppy [`slɑpɪ] 形 不整潔的
Who is the **sloppy** boy standing over there?
🏛 站在那邊的邋遢男孩是誰？

398 slow [slo] 形 緩慢的 動 使慢下來
Mandy likes **slow** music.
🏛 曼蒂喜歡節奏緩慢的音樂。

399 smooth [smuð] 形 平滑的 動 使平滑
The surface of the mirror is very **smooth**.
🏛 鏡子的表面十分平滑。

400 snap [snæp] 名 輕鬆的工作 動 折斷
Painting is just a **snap** for James.
🏛 對詹姆士而言，粉刷是相當容易的工作。

401 sneaky [`sniki] 形 鬼祟的 6
Do you see a **sneaky** guy peeping from the front yard?
🔊 妳有沒有看見一個在前院偷窺的鬼祟男子？

402 sober [`sobə] 形 清醒的 動 使清醒 5
You should keep yourself **sober** when you drive.
🔊 開車的時候，你應該要保持清醒。

403 soft [soft] 形 柔軟的 1
My mother spoke to me in a **soft** voice.
🔊 媽媽用輕柔的聲音對我說話。

404 soften [`sofən] 動 使柔軟 5
The baby's smile **softened** her heart.
🔊 嬰兒的微笑軟化了她的心。

405 sole [sol] 形 唯一的 名 鞋底 5
You are the **sole** reason for me to come all the way here.
🔊 妳是我大老遠跑來這裡的唯一理由。

406 solemn [`saləm] 形 嚴肅的；鄭重的 5
I was surprised by Hank's **solemn** face.
🔊 我被漢克嚴肅的表情嚇了一跳。

407 spare [spɛr] 形 剩餘的 動 分出；騰出 4
What are you going to do with your **spare** money?
🔊 剩下的錢你要拿來做什麼用？

408 spirit [`spɪrɪt] 名 精神 2
That's the **spirit** we are looking for.
🔊 那就是我們追求的精神。

409 spiritual [`spɪrɪtʃuəl] 形 精神的 4
This book gives me **spiritual** satisfaction.
🔊 這本書讓我精神方面感到滿足。

410 splendid [`splɛndɪd] 形 輝煌的 4
Vincent's home is as **splendid** as a palace.
🔊 文生的家像皇宮一樣華麗輝煌。

411 splendor [`splɛndə] 名 燦爛；光輝 5
The weather is great today. The sun shines in **splendor**.
🔊 今天天氣很好，陽光十分燦爛。

412 stability [stə`bɪlətɪ] 名 穩定 6
The **stability** of a company is important.
🔊 一間公司的穩定性相當重要。

413 stabilize [`stebə,laɪz] 動 保持穩定 ⑥
The doctor tried to **stabilize** the patient's mood.
🏠 醫生試著穩定病患的情緒。

414 stable [`stebl] 形 穩定的 ③
Kevin has a **stable** income.
🏠 凱文的收入穩定。

415 standard [`stændəd] 名 標準 形 標準的 ②
We were relieved when we heard that the new products meet the **standard**.
🏠 當我們聽見新產品符合標準時,大家都鬆了一口氣。

416 state [stet] 名 狀態 動 陳述 ①
Joyce is in a happy **state** these days.
🏠 喬依絲最近心情很好。

417 stationary [`steʃən,ɛrɪ] 形 不動的 ⑥
Everything must remain **stationary**.
🏠 所有的東西都不可以移動。

418 status [`stetəs] 名 地位;身分 ④
If social **status** is what you really care about, maybe we should end our relationship.
🏠 如果你關心的是社會地位,或許我們不應該繼續這段感情。

419 stay [ste] 動 名 停留 ①
Steve will **stay** in Los Angeles for 3 days before heading to Boston.
🏠 史帝夫會在洛杉磯待三天,然後再前往波士頓。

420 steady [`stɛdɪ] 形 穩固的;穩定的 動 穩固 ③
Raymond is making a **steady** progress in his learning.
🏠 雷蒙在學習方面有著穩定的進步。

421 steep [stip] 形 險峻的 ③
The road is so **steep** that I can't ride a bicycle.
🏠 這條路太陡以致我無法騎腳踏車。

422 sticky [`stɪkɪ] 形 黏的;棘手的 ③
Have you washed these bowls? Why are they still **sticky**?
🏠 妳洗過這些碗了嗎?為什麼它們還是黏黏的?

423 still [stɪl] 副 仍然 形 靜止的 ①
Even though Martha is 84 years old, she can **still** sing beautifully.
🏠 即便瑪莎已經八十四歲了,她的歌聲依然美妙動人。

424 **strange** [strendʒ] 形 奇怪的

Frank is a very **strange** person. He eats chocolate with rice and corn soup.

🏠 法蘭克是個奇怪的人,他吃巧克力時會搭配白飯和玉米湯。

425 **stress** [strɛs] 名 壓力 動 使緊張

The **stress** is driving Gina crazy. She really needs to rest for a while.

🏠 壓力快把吉娜逼瘋了。她真的需要休息一下。

426 **structural** [`strʌktʃərəl] 形 結構上的

These compounds have **structural** similarities to antibodies.

🏠 這些化合物在結構上和抗體有相似之處。

427 **structure** [`strʌktʃə] 名 結構 動 建立組織

I think the **structure** of this building is fine. You don't have to worry too much.

🏠 我想這棟建築物的結構沒有問題,你不要擔心太多。

428 **struggle** [`strʌgl] 名 掙扎 動 努力

Hillary made a **struggle** and finally she decided to give up her marriage.

🏠 希拉蕊掙扎了一陣子,最後還是決定放棄這段婚姻。

429 **sturdy** [`stɜdɪ] 形 強健的;穩固的

Jacob has a **sturdy** body. He is admired by his classmates.

🏠 雅各的身體很強健,同學都很羨慕他。

430 **subordinate** [sə`bɔrdənɪt] 形 從屬的

I am **subordinate** to Ivan. He is my supervisor.

🏠 我是艾文的屬下,他是我的上司。

431 **subsequent** [`sʌbsɪ͵kwɛnt] 形 伴隨發生的

The **subsequent** tsunami after the earthquake killed many people.

🏠 伴隨地震發生的海嘯,奪走了許多人的性命。

432 **substance** [`sʌbstəns] 名 物質

According to our experiment, these two **substances** will chain-react.

🏠 根據我們的實驗結果,這兩種物質會有連鎖反應。

433 **substitution** [͵sʌbstə`tjuʃən] 名 代理;代替

Kyle is sick today. Can you be his **substitution**?

🏠 凱爾今天生病了,你能夠代理他嗎?

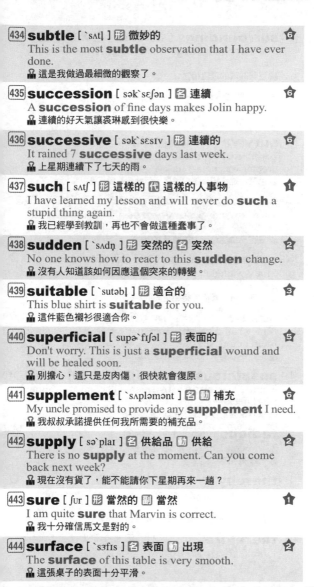

434 subtle [`sʌtl] 形 微妙的

This is the most **subtle** observation that I have ever done.

🏛 這是我做過最細微的觀察了。

435 succession [sək`sɛʃən] 名 連續

A **succession** of fine days makes Jolin happy.

🏛 連續的好天氣讓裘琳感到很快樂。

436 successive [sək`sɛsɪv] 形 連續的

It rained 7 **successive** days last week.

🏛 上星期連續下了七天的雨。

437 such [sʌtʃ] 形 這樣的 代 這樣的人事物

I have learned my lesson and will never do **such** a stupid thing again.

🏛 我已經學到教訓，再也不會做這種蠢事了。

438 sudden [`sʌdn] 形 突然的 名 突然

No one knows how to react to this **sudden** change.

🏛 沒有人知道該如何因應這個突來的轉變。

439 suitable [`sutəbl] 形 適合的

This blue shirt is **suitable** for you.

🏛 這件藍色襯衫很適合你。

440 superficial [supə`fɪʃəl] 形 表面的

Don't worry. This is just a **superficial** wound and will be healed soon.

🏛 別擔心，這只是皮肉傷，很快就會復原。

441 supplement [`sʌpləmənt] 名 動 補充

My uncle promised to provide any **supplement** I need.

🏛 我叔叔承諾提供任何我所需要的補充品。

442 supply [sə`plaɪ] 名 供給品 動 供給

There is no **supply** at the moment. Can you come back next week?

🏛 現在沒有貨了，能不能請你下星期再來一趟？

443 sure [ʃur] 形 當然的 副 當然

I am quite **sure** that Marvin is correct.

🏛 我十分確信馬文是對的。

444 surface [`sɝfɪs] 名 表面 動 出現

The **surface** of this table is very smooth.

🏛 這張桌子的表面十分平滑。

445 **surroundings** [səˋraʊndɪŋs] 名 環境；周圍　🅰
The **surroundings** in this neighborhood is really nice.
🏠 這個區域的環境相當好。

446 **survival** [səˋvaɪvl] 名 倖存　🅱
Emma's **survival** was God's blessing.
🏠 艾瑪的倖存是上帝的恩典。

447 **survive** [səˋvaɪv] 動 倖存　②
Barbra **survived** from the car accident, but her brother was not so lucky.
🏠 芭芭拉從這場車禍中倖存，但她哥哥就沒這麼幸運。

448 **survivor** [səˋvaɪvə] 名 生還者　🅱
There are only 3 **survivors**, and Victor is one of them.
🏠 只有三位生還者，維特是其中一位。

449 **suspense** [səˋspɛns] 名 懸而未決　🅵
Molly waited in great **suspense** for her husband's arrival.
🏠 莫莉懸著一顆心等待她丈夫的到來。

450 **suspicion** [səˋspɪʃən] 名 懷疑　🅱
Nancy had a **suspicion** that someone has entered the room before she did.
🏠 南西懷疑有人在她之前先進了房間。

451 **suspicious** [səˋspɪʃəs] 形 有…之嫌的；可疑的　🅰
Tammy was **suspicious** about her maid stealing the pearl necklace.
🏠 泰咪懷疑女僕拿走了珍珠項鍊。

452 **tedious** [ˋtidɪəs] 形 沉悶的　🅵
That book is really **tedious**.
🏠 那本書相當沉悶。

453 **thereby** [ðɛrˋbaɪ] 副 因此；藉此　🅵
Pamela is sick, **thereby** she's not able to come to the party today.
🏠 潘蜜拉生病了，因此今天無法參加這場派對。

454 **therefore** [ˋðɛr͵for] 副 因此；所以　②
I think, **therefore** I am.
🏠 我思故我在。

455 **thing** [θɪŋ] 名 東西
Betty thinks diamonds are the most beautiful **things** in the world.
🔊 貝蒂認為鑽石是世界上最美的東西。

456 **thirsty** [`θɜstɪ] 形 渴的
I am **thirsty**. Can you give me some water, please?
🔊 我很渴，能不能請你給我一些水喝？

457 **thrift** [θrɪft] 名 節儉
Kids should be taught to value **thrift**.
🔊 孩子應該被教導重視節儉。

458 **thrifty** [`θrɪftɪ] 名 節儉的
Tom is the **thriftiest** person I've ever known.
🔊 湯姆是我所認識的人當中最節省的一個。

459 **thus** [ðʌs] 副 所以；如此
It began to rain when I was about to go out, **thus** I decided to wait for a while.
🔊 當我正要出門時竟下起雨來，所以我決定等一會兒再出門。

460 **tiresome** [`taɪrsəm] 形 無聊的
Dr. Lin's speech was so **tiresome** that most of the audience fell asleep.
🔊 林博士的演講太過無聊，以致於大部分的聽眾都睡著了。

461 **together** [tə`gɛðə] 副 一起地
We can go shopping **together** if you want.
🔊 如果你願意的話，我們可以一起去購物。

462 **too** [tu] 副 也
My brother likes to read, and I like to read, **too**.
🔊 我哥哥喜歡閱讀，我也是。

463 **trail** [trel] 名 痕跡；蹤跡 動 跟蹤
The police followed the **trail**, and then found the lost items which were taken away by the thief.
🔊 警察跟隨著蹤跡，找到了被小偷拿走的物品。

464 **trait** [tret] 名 特色；特性
I am impressed by the culture **traits** of this country.
🔊 我對這個國家的文化特色印象深刻。

465 **tranquil** [`træŋkwɪl] 形 安靜的；寧靜的
It is very **tranquil** here.
🔊 這裡非常寧靜。

466 **transparent** [træns`pɛrənt] 形 透明的 🇹
The walls in this house are **transparent**.
🔑 這間房子裡的牆壁是透明的。

467 **treasure** [`trɛʒɚ] 名 寶藏 動 收藏 🇹
This old music box is my **treasure**. My grandmother gave it to me when I was little.
🔑 這個老舊的音樂盒是我的寶藏，我祖母在我小的時候將這音樂盒送給了我。

468 **trend** [trɛnd] 名 趨勢；傾向 🇹
The current **trend** is toward David's opinion.
🔑 目前的趨勢較接近大衛的見解。

469 **tribute** [`trɪbjut] 名 致敬 🇹
This ceremony is a **tribute** to Linda for her contribution to the society.
🔑 這場典禮是為了向琳達致敬，感謝她對社會的貢獻。

470 **tricky** [`trɪkɪ] 形 狡猾的；奸詐的；微妙的 🇹
These questions are very **tricky**. You have to be very careful when answering them.
🔑 這些問題很妙，你回答的時候必須非常小心。

471 **trifle** [`traɪfl̩] 名 瑣事 動 疏忽；輕視 🇹
It is meaningless to argue the **trifle** with each other.
🔑 為這種瑣事吵實在很沒有意義。

472 **trouble** [`trʌbl̩] 名 麻煩 動 使煩惱 🇹
Mr. Huang was in **trouble** again. He sent a wrong file to an important client.
🔑 黃先生又惹麻煩了，他寄了錯誤的檔案給一位重要的客戶。

473 **troublesome** [`trʌbl̩səm] 形 麻煩的；困難的 🇹
This is really a **troublesome** problem. Do you think you can solve it?
🔑 這確實是個麻煩的問題，你覺得你可以解決嗎？

474 **true** [tru] 形 真實的 副 真實地 🇹
What I said was **true**. You have to trust me.
🔑 我說的是真的，妳一定要相信我。

475 **truth** [truθ] 名 真理；事實 🇹
It's difficult to find the **truth**.
🔑 要找出真相並不容易。

476 truthful [`truθfəl] 形 誠實的

Tom is a **truthful** boy. He never tells lies.

🏛 湯姆是個誠實的孩子，他從來不說謊。

477 turmoil [`tɜmɔɪl] 名 騷動

The country was in a **turmoil** during the election.

🏛 這個國家在選舉期間陷入一片混亂。

478 typical [`tɪpɪk] 形 典型的

Wayne is a **typical** football fan. He watches every game on TV.

🏛 偉恩是個典型的足球迷，他收看每一場比賽的電視轉播。

479 unanimous [ju`nænəməs] 形 一致的；和諧的

They finally got an **unanimous** agreement on the issue.

🏛 對於那個問題，他們最後終於達成共識。

480 update [`ʌpdet] 名 最新資訊 動 更新

There must be something wrong. This is not the **update**.

🏛 一定哪裡出了問題，這不是最新的版本。

481 urge [ɜdʒ] 動 催促 名 迫切的要求

Olivia **urged** me to give up the plan.

🏛 奧莉薇亞勸我放棄那個計畫。

482 urgency [`ɜdʒənsɪ] 名 迫切；急事

In the **urgency** like this, you have to make a prompt decision.

🏛 在這樣的緊急狀況下，你必須當機立斷。

483 urgent [`ɜdʒənt] 形 緊急的

It's **urgent**. Please come here immediately.

🏛 情況緊急，請立刻過來。

484 used [juzd] 形 用過的

Rick bought a **used** car. He can't afford a brand new one.

🏛 瑞克買了一輛二手車，他買不起全新的車子。

485 used to [`jus,tu] 形 習慣於；過去曾經

When Oliver was young, he **used to** get up at six o'clock every morning.

🏛 當奧利佛年輕的時候，他一向六點就起床。

486 useful [`jusfəl] 形 有用的
This dictionary is really **useful**. Do you want to buy it?
🔊 這本字典非常有用，你想買嗎？

487 user [`juzə] 名 使用者
Patrick is a drug **user**. He has been addicted to drugs for several years.
🔊 派翠克是條毒蟲，他沉溺於毒品已經好多年了。

488 vague [veg] 形 模糊的
These photos are **vague**. I am afraid that you will have to retake them.
🔊 這些照片很模糊，你恐怕得重新拍攝。

489 vain [ven] 形 徒勞無功的；無益的
It is **vain** for you to try.
🔊 你試了也只是徒勞無功。

490 valid [`vælɪd] 形 有效的
This ticket is **valid** in two days.
🔊 這張票兩天內有效。

491 validity [və`lɪdətɪ] 名 正當；正確
As long as you can guarantee the **validity** of this document, I am willing to sign it immediately.
🔊 只要你能證明這份文件的正當性，我就願意立刻簽署。

492 valuable [`væljuəbl] 形 貴重的
My father bought me a **valuable** car.
🔊 我的父親買了一輛貴重的車給我。

493 variation [ˏvɛrɪ`eʃən] 名 變動
Jerry likes to see the **variation** of the seasons in the countryside.
🔊 傑瑞喜歡觀賞鄉間四季的變化。

494 variety [və`raɪətɪ] 名 多樣化
Katherine's daughter has a **variety** of toys.
🔊 凱薩琳的女兒擁有各式各樣的玩具。

495 various [`vɛrɪəs] 形 多種的
Larry has **various** kinds of talents. He can play the violin and the piano, and he can write poems.
🔊 賴利有多種才華。他會拉小提琴、彈鋼琴，還會寫詩。

496 vertical [`vɜtɪkl̩] 形 垂直的 名 垂直線　🌟5
Penny drew a **vertical** line on the paper.
🏠 潘妮在紙上畫了一條垂直線。

497 vice [vaɪs] 名 不道德的行為　🌟6
You must abandon all those **vices**.
🏠 你必須拋棄那些不道德的行為。

498 victor [`vɪktɚ] 名 勝利者；戰勝者　🌟6
Grant is the **victor** of the game.
🏠 葛蘭特是這場遊戲的贏家。

499 victorious [vɪk`torɪəs] 形 勝利的　🌟6
The king was wearing a **victorious** smile.
🏠 國王臉上掛著勝利的笑容。

500 victory [`vɪktərɪ] 名 勝利　🌟2
Let's celebrate our **victory** tonight.
🏠 我們今晚來慶祝我們的勝利吧！

501 vigor [`vɪgɚ] 名 活力；精力　🌟5
Maria has no **vigor** after working all day.
🏠 工作一整天之後，瑪麗亞沒有一絲活力了。

502 vigorous [`vɪgərəs] 形 有活力的　🌟5
The little boy is very **vigorous**.
🏠 這個小男孩非常有活力。

503 violent [`vaɪələnt] 形 猛烈的　🌟3
The typhoon was really **violent** last week.
🏠 上個星期的颱風相當猛烈。

504 virgin [`vɜdʒɪn] 形 純淨的 名 處女　🌟4
The ring was made of **virgin** gold.
🏠 這個戒指是純金打造的。

505 virtual [`vɜtʃʊəl] 形 事實上的　🌟6
Nick is the **virtual** leader in the team.
🏠 尼克才是這個團隊中真正的領導者。

506 vitality [vaɪ`tælətɪ] 名 生命力　🌟6
The tiny plant shows strong **vitality**.
🏠 這株小植物展現了強大的生命力。

507 warm [wɔrm] 形 溫暖的 動 使暖和　🌟1
It is **warm** in spring.
🏠 春天天氣溫暖。

508 **warmth** [wɔrmθ] 名 暖和　🄰
The **warmth** in the room makes Olivia feel comfortable.
🄰 房間裡的溫暖讓奧莉薇亞覺得很舒服。

509 **wary** [`wɛrɪ] 形 注意的　🄰
Regina was **wary** of telling secrets.
🄰 芮吉娜小心地不洩露出祕密。

510 **weak** [wik] 形 虛弱的；脆弱的　🄰
Penny has been sick for five days. She is still **weak** now.
🄰 潘妮病了五天，她現在還是很虛弱。

511 **wealthy** [`wɛlθɪ] 形 富裕的　🄰
Steve comes from a **wealthy** family.
🄰 史帝夫出身富裕家庭。

512 **weary** [`wɪrɪ] 形 疲倦的；厭煩的 動 厭倦　🄰
Danny sat down with a **weary** sigh.
🄰 丹尼嘆口氣，坐了下來。

513 **weird** [wɪrd] 形 怪異的　🄰
The story Henry wrote is really **weird**.
🄰 亨利寫的故事非常怪異。

514 **whole** [hol] 形 全部的 名 全體　🄰
The **whole** store belongs to me.
🄰 這整家店都是我的。

515 **wholesome** [`holsəm] 形 有益健康的　🄰
Oatmeal is **wholesome** for you.
🄰 燕麥粥有益你的健康。

516 **wicked** [`wɪkɪd] 形 邪惡的　🄰
The **wicked** witch scared the kids away.
🄰 邪惡的女巫把孩子嚇跑了。

517 **widespread** [`waɪd͵sprɛd] 形 廣為流傳的　🄰
Kevin's good deeds have been **widespread**.
🄰 凱文的善行已廣為流傳。

518 **willing** [`wɪlɪŋ] 形 願意的；心甘情願的　🄰
Are you **willing** to give me a hand?
🄰 你願意幫我忙嗎？

519 **wonderful** [`wʌndəfəl] 形 令人驚奇的　🄰
Paul's new invention is truly **wonderful**.
🄰 保羅的新發明令人驚奇。

520 **world** [wɜld] 名 世界 ⓵
Johnny's dream is to travel around the **world**.
🏠 強尼的夢想是環遊世界。

521 **worth** [wɜθ] 形 值… 名 價值 ⓶
The camera is **worth** NT\$15,000.
🏠 這台照相機價值新台幣一萬五千元。

522 **worthwhile** [`wɜθ,hwaɪl] 形 值得的 ⓹
It's **worthwhile** to help the boy rebuild his home.
🏠 幫助這個男孩重建家園非常值得。

523 **worthy** [`wɜðɪ] 形 有價值的 ⓹
I am sure that this watch is **worthy**.
🏠 我確信這支手錶價值不斐。

524 **wrong** [rɔŋ] 形 錯誤的 名 錯誤 ⓵
Your answer is **wrong**.
🏠 你答錯了。

06 程度 分類

01 **absolute** [`æbsə,lut] 形 絕對的 ⓸
There's nothing **absolute**.
🏠 沒有什麼是絕對的。

02 **abundant** [ə`bʌndənt] 形 豐富的 ⓹
Taiwan is a country where outputs **abundant** fruits annually.
🏠 台灣是每年盛產水果的國家。

03 **additional** [ə`dɪʃən]] 形 額外的 ⓷
We need **additional** information for our research.
🏠 我們的研究需要更多的資訊。

04 **adequate** [`ædəkwɪt] 形 適當的 ⓸
Adequate exercise is essential for modern people.
🏠 適當的運動對現代人來說十分重要。

05 **alike** [ə`laɪk] 副 相似地 形 相似的 ⓶
Abel and his brother look **alike**, but they are not twins.
🏠 亞貝爾和他的哥哥長得很像，但他們不是雙胞胎。

06 **also** [`ɔlso] 副 也

That photographer is **also** a professional cook.
🎙 那位攝影師同時也是一位專業廚師。

07 **ambiguity** [ˌæmbɪˈgjuətɪ] 名 模稜兩可

Hamlet is a character full of **ambiguities** in one of Shakespear's plays.
🎙 在莎士比亞的戲劇作品中，哈姆雷特是個充滿矛盾的角色。

08 **ambiguous** [æmˈbɪgjuəs] 形 含糊的

Don't give me any **ambiguous** answer.
🎙 別給我模稜兩可的回答。

09 **ample** [`æmpl] 形 充分的

There is **ample** evidence that he is the murderer.
🎙 有充分的證據顯示他就是兇手。

10 **amplify** [`æmpləˌfaɪ] 動 擴大；放大

The University of Oklahoma decided to **amplify** the recreation center for prospective students.
🎙 奧克拉馬大學決定要為新生擴建娛樂中心。

11 **analogy** [əˈnælədʒɪ] 名 類似

These two paintings have some **analogies** with each other.
🎙 這兩幅畫有一些相似之處。

12 **apparent** [əˈpærənt] 形 明顯的

There is an **apparent** huge stain on my shirt.
🎙 我襯衫上有一大片明顯的汙漬。

13 **appropriate** [əˈproprɪˌet] 形 適當的

I'm having dinner at a very elegant restaurant, but I'm not sure what will be **appropriate** to wear.
🎙 我要在非常高級的餐廳用餐，但我不知道穿什麼才合適。

14 **approximate** [əˈprɑksəˌmɪt] 形 近似的

There is an **approximate** calculation that the earth is 4.54 billion years old.
🎙 據估計，地球已形成約四十五億五千萬年了。

15 **authentic** [ɔˈθɛntɪk] 形 真實的

The script is **authentic**.
🎙 這份手抄本是真跡。

16 **bad** [bæd] 形 壞的

The weather was so **bad** last Sunday.
🏛 上週日的天氣很糟。

17 **badly** [`bædlɪ] 副 非常地；惡劣地

Jack wants to eat hot dogs in that shop **badly**.
🏛 傑克非常想要吃那家店賣的熱狗。

18 **basic** [`besɪk] 形 基本的

Those children lack the **basic** necessities of life; they need people's help.
🏛 那些兒童缺乏基本的生活必需品，他們需要人們的幫助。

19 **basics** [`besɪks] 名 基本因素

If you want to be an architect, taking classes for **basics** of design is essential.
🏛 假如你想要成為建築師，必須修習基本設計學。

20 **basis** [`besɪs] 名 基礎

As an architect, I always have to keep a strong **basis** for every project.
🏛 身為一個建築師，我必須替每一份專案打好基礎。

21 **best** [bɛst] 形 最好的 副 最好地

Jilian is my **best** friend and I love her the most.
🏛 茱莉安是我最好的朋友，我也最愛她。

22 **better** [`bɛtɚ] 副 更好地 形 較好的

White cars look so elegant, but I think black cars look even **better**.
🏛 白色的車看起來很優雅，但我覺得黑色的車看起來更漂亮。

23 **big** [`bɪg] 形 大的

Martin Luther King Jr. made a **big** impact on the U.S. by fighting for equal rights between black and white.
🏛 馬丁路德・金恩博士對美國有很深的影響，他倡導種族平等。

24 **bit** [bɪt] 名 一點

Overall, I think the food was marvelous, though it was a **bit** spicy.
🏛 整體而言，我覺得這食物很棒，但有一點辣。

25 **bunch** [bʌntʃ] 名 串；綑；束

Penny bought a **bunch** of grapes.
🏛 潘妮買了一串葡萄。

26 **bundle** [`bʌndl] 名 捆；包裹；大批；大量　　　名

There is a **bundle** of chopsticks on the table.

🔒 桌上有一捆筷子。

27 **common** [`kɑmən] 形 常見的；普通的　　　　　　🔰

I had a **common** mistake last time, but I will improve and make sure everything works out well this time.

🔒 上次我犯了個常見的錯誤，這次我會改進並確保一切順利。

28 **commonplace** [`kɑmən,ples] 形 平凡的　　　　台

Yet, while road trip movies are fairly **commonplace** nowadays, few have been done as memorably as "Are We There Yet".

🔒 雖然現在旅行電影很普遍，但沒幾部像《小鬼上路》一樣好。

29 **comparable** [`kɑmpərəbl] 形 可比較的　　　　　台

Gina's painting isn't bad, but it's hardly **comparable** with her sister's.

🔒 吉娜的畫很不錯，但很難與她姐姐的畫相比。

30 **compare** [kəm`pɛr] 動 比較　　　　　　　　　　　名

Stuart always likes to **compare** prices from different stores; it helps him save up money.

🔒 史都華很喜歡在不同店家比價，這樣可以幫助他存錢。

31 **concise** [kən`saɪs] 形 簡潔的　　　　　　　　　　台

I had a lot of troubles to make my ideas **concise** to Mr. Powers.

🔒 我很難將我的想法簡化傳遞給包爾先生。

32 **confidential** [,kɑnfə`dɛnʃəl] 形 機密的　　　　　台

The FBI keeps many files **confidential** for security purposes.

🔒 為安全起見，聯邦調查局保留許多機密文件。

33 **considerable** [kən`sɪdərəbl] 形 值得考慮的　　　台

I spent a **considerable** amount of time on work.

🔒 我花了相當多的時間在工作上。

34 **contradict** [,kɑntrə`dɪkt] 動 矛盾；反駁　　　　　台

Johnny **contradicted** himself all the time; he did not like Thai cuisine but he went to Siam tonight.

🔒 強尼總是自相矛盾；他不喜歡泰國料理，但他今晚去暹邏餐廳用餐。

35 **contradiction** [ˌkɑntrə`dɪkʃən] 名 矛盾;否定 六
There seems to be a **contradiction** in the witness's testimony.
🏠 證人的證詞有矛盾之處。

36 **contrary** [`kɑntrɛrɪ] 名 矛盾;相反 形 反對的 四
I mentioned my idea, although it was **contrary** to the subject.
🏠 雖然與主題相對立,但我提出我的想法。

37 **contrast** [`kɑntræst] 名 對比 動 對照 四
The central plains have mild winters, but by **contrast** the coastal areas are extremely cold.
🏠 中部平原冬天溫暖,相比之下,沿海地區卻異常寒冷。

38 **crucial** [`kruʃəl] 形 關係重大的 六
Anthony was going through a very **crucial** moment, the doctor decided to amputate his leg.
🏠 安東尼即將要經歷非常關鍵的時刻,醫生決定將他截肢。

39 **deadly** [`dɛdlɪ] 形 致命的 副 極度地 六
There are many **deadly** poisonous plants growing in Brazilian Amazons.
🏠 巴西的亞馬遜河流域長了很多致命的有毒植物。

40 **deep** [dip] 形 深的 副 深深地 一
A giant and **deep** hole suddenly opened in the middle of the street.
🏠 一個又大又深的洞突然出現在街上。

41 **deepen** [`dipən] 動 加深 三
Large ships will be able to navigate the river after the main channel **deepens**.
🏠 主要水道加深後,大船可以在河中航行。

42 **depth** [dɛpθ] 名 深度 二
The **depth** of the cardboard box was not enough to fit the size of the instrument.
🏠 這個厚紙箱的深度放不下這尺寸的儀器。

43 **ease** [iz] 名 舒適;容易 動 緩和;減輕 一
Sandra was taking a nap at **ease**.
🏠 珊卓正舒服地小睡片刻。

44 easy [`izɪ] 形 容易的

I never thought the final test for microbiology was so **easy**, I made an A.

🏛 我從未想過微生物的期末考如此簡單,我拿了個甲上。

45 eligible [`ɛlɪdʒəbl] 形 適當的

She's not the **eligible** candidate for that job.

🏛 她不是那份工作的適當人選。

46 empty [`ɛmptɪ] 形 空的 動 倒空

I worked for a total of ten hours without break, so my stomach was so **empty** that I even felt dizzy.

🏛 我工作整整十小時沒有休息,我的肚子空到感覺要昏倒了。

47 enough [ə`nʌf] 形 足夠的 副 足夠地

Auntie Laura ordered pizzas, but I felt that wasn't **enough** for the amount of people.

🏛 蘿拉阿姨點了比薩,但我覺得不夠這些人吃。

48 enrich [ɪn`rɪtʃ] 動 使富有

Enriched soil will give you the best chance to grow the biggest fruit.

🏛 營養豐富的土壤有機會培育出最大的果實。

49 enrichment [ɪn`rɪtʃmənt] 名 豐富

We are all in pursuit of health and wealth **enrichment**.

🏛 我們都追求健康與財富的豐富充實。

50 entire [ɪn`taɪr] 形 全部的

Michael was so sick that he had to stay home the **entire** week.

🏛 麥克病得很嚴重,以致於他整個星期都要待在家裡。

51 essential [ɪ`sɛnʃəl] 形 基本的 名 基本要素

It is **essential** for every kid to receive education.

🏛 每個孩子能受教育是基本的。

52 evident [`ɛvədənt] 形 明顯的

It is **evident** that I will not pass the exam with such a low grade.

🏛 很明顯我不能以如此低的考試成績過關。

53 exaggerate [ɪg`zædʒə͵ret] 動 誇大

Justin likes to **exaggerate** how rich he is; therefore, he has no friends.

🏛 賈斯汀喜歡吹噓他有多有錢,所以他沒有朋友。

54 **exaggeration** [ɪɡ͵zædʒəˋreʃən] 名 誇張　5
It is no **exaggeration** to say that they were close friends.
說他們曾是密友這件事一點都不誇張。

55 **excess** [ɪkˋsɛs] 形 過量的 名 超過　5
Excess drinking will do harm your health.
飲酒過量會傷身。

56 **excessive** [ɪkˋsɛsɪv] 形 過度的　6
Jasmine has an **excessive** expect to the feast tonight.
茉莉對今晚的盛宴有過度的期待。

57 **formal** [ˋfɔrml] 形 正式的　2
We need to use **formal** expressions in our résumé.
我們應使用正式用語書寫履歷表。

58 **full** [ful] 形 滿的　1
I had two double cheese burgers and three packets of french fries. I'm super **full** now!
我吃了兩個雙層吉事漢堡和三包薯條。我現在超飽！

59 **general** [ˋdʒɛnərəl] 形 一般的；大概的 名 將軍　1
Please give me a **general** idea of your proposal.
對於你的提案，請給我一個大概的想法。

60 **generalize** [ˋdʒɛnərə͵laɪz] 動 一般化；泛論　6
Kimberly's ex-husband cheated on her, so she **generalized** all men are cheaters.
金柏莉的前夫背叛她，所以她推斷所有男人都是騙子。

61 **gigantic** [dʒaɪˋgæntɪk] 形 巨大的　4
Titanic is a **gigantic** boat which carried more than 2,000 people.
鐵達尼號是艘巨大的船，它能承載超過兩千人。

62 **good** [gud] 形 好的 副 好　1
My cousin Jessica is very **good** with people.
我表姊待人很有一套。

63 **gradual** [ˋgrædʒuəl] 形 逐漸的　3
Adam made a **gradual** improvement in his speaking attitude toward people.
亞當漸漸改善他對人說話的態度。

64 **great** [gret] 形 美妙的；大的；偉大的
Ashley looked **great** in that blue sweater.
🔒 艾希莉穿上那件藍毛衣好看極了。

65 **grim** [grɪm] 形 嚴格的；冷酷的
Our army had a **grim** struggle before we won.
🔒 我軍經歷了嚴苛的戰鬥才獲得勝利。

66 **half** [hæf] 形 一半的 名 一半
Do you see the cup **half** empty or half full?
🔒 你是悲觀還是樂觀看待事物？

67 **huge** [hjudʒ] 形 巨大的
Rosie spend a **huge** amount of money on her new apartment.
🔒 蘿西花了一大筆錢在她的新公寓上。

68 **immense** [ɪˋmɛns] 形 巨大的
The change of her face was **immense** after she got burnt.
🔒 自從燒傷後，她的臉部改變很多。

69 **imperative** [ɪmˋpɛrətɪv] 形 絕對必要的
It's the **imperative** moment to protect our country against enemy.
🔒 這是個重要時刻，讓我們來保護家園對抗外敵。

70 **importance** [ɪmˋpɔrtns] 名 重要性
Her role is of great **importance** in the movie.
🔒 她在這部電影扮演的角色很重要。

71 **important** [ɪmˋpɔrtnt] 形 重要的
My parents are the most **important** family of mine.
🔒 父母是我最重要的親人。

72 **indispensable** [͵ɪndɪsˋpɛnsəbl] 形 不可缺少的
Love is **indispensable** for Helen to live in this world.
🔒 愛是海倫活在世界上所不可或缺的。

73 **inevitable** [ɪnˋɛvətəbl] 形 不可避免的
It is from **inevitable** reason so we cannot return the goods which we have delivered.
🔒 因為這是不可避免的因素，所以貨物既出、概不退還。

74 **inferior** [ɪnˋfɪrɪə] 形 次等的 名 屬下
Jews are thought of as the **inferior** group in Hitler's eye.
🔒 猶太人被希特勒視為次等族群。

75 **intensify** [ɪnˋtɛnsəˌfaɪ] 動 增強；加強　④
In December, the arguments about the election **intensified**.
🏛 十二月時，關於選舉的爭論越來越熱烈。

76 **intensity** [ɪnˋtɛnsətɪ] 名 強度；強烈　④
The **intensity** of earthquake horrified many people in Japan.
🏛 這次地震的強度震驚很多日本人。

77 **intensive** [ɪnˋtɛnsɪv] 形 密集的；集中的　④
Most parents force their children to take **intensive** courses in summer vacation.
🏛 大部分家長強迫小孩子參加暑期密集課程。

78 **large** [lɑrdʒ] 形 大的　①
All kids ran in a **large** farm and fed the sheeps.
🏛 所有的小孩在大農場上奔跑並餵羊吃草。

79 **largely** [ˋlɑrdʒlɪ] 副 廣泛地；大量地　④
Dylon likes to collect comic books, and he reads them **largely**.
🏛 狄倫喜歡收集漫畫，同時大量閱讀。

80 **lengthy** [ˋlɛŋθɪ] 形 漫長的　⑥
It is such a **lengthy** battle.
🏛 這真是一場漫長的戰役。

81 **less** [lɛs] 形 較少的 介 減去；扣除　①
Sean has very **less** money so he cannot go traveling with his schoolmates.
🏛 尚恩沒什麼錢，所以他不能和同學去旅遊。

82 **lessen** [ˋlɛsṇ] 動 減少　⑤
Ken **lessens** his time of being a baby-sitter. He wants to do something else.
🏛 肯減少當保母的時間，他想要做點別的事。

83 **likelihood** [ˋlaɪklɪˌhʊd] 名 可能性　⑤
Is there any **likelihood** that Lady Gaga will come and have concerts here?
🏛 女神卡卡有可能會在這裡開演唱會嗎？

84 **likely** [ˋlaɪklɪ] 副 可能地 形 可能的　①
He's more **likely** to join the dance club instead of debate club.
🏛 他比較可能參加熱舞社而非辯論社。

85 likewise [`laɪk,waɪz] 副 同樣地 🔒
Felix doesn't like Bert. **Likewise**, Bert doesn't like Felix either.
🏛 菲力不喜歡伯特，同樣地，伯特也不喜歡他。

86 limit [`lɪmɪt] 名 動 限制 🔒
Josh knows his **limits**; he has no talent in music.
🏛 賈許知道自己有幾兩重，他沒有音樂天份。

87 limitation [,lɪmə`teʃən] 名 限制 🔒
There will be no **limitation** if you work hard enough.
🏛 只要你夠認真上進，任何事都沒有極限。

88 little [`lɪtl] 形 小的 名 少許；一點 🔒
He stopped the car when he saw a **little** cat walking across the street.
🏛 當他看到一隻小貓穿越馬路時，他把車停了下來。

89 long [lɔŋ] 形 長的 動 渴望 🔒
Jane has beautiful **long** hair.
🏛 珍有一頭美麗的長髮。

90 lot [lɑt] 名 很多 🔒
There are a **lot** of animals in the zoo.
🏛 動物園有許多動物。

91 magnify [`mægnə,faɪ] 動 擴大 🔒
My manager wanted to **magnify** the business field into transportation.
🏛 我主管想把商業領域擴展至運輸業。

92 magnitude [`mægnə,tjud] 名 重要性；重大 🔒
You do not understand the **magnitude** of this project!
🏛 你不了解這件案子有多重要！

93 main [men] 形 主要的 名 要點 🔒
My **main** customers are all from Europe.
🏛 我的主要顧客都來自歐洲。

94 major [`medʒɚ] 名 主修科目 形 主要的 🔒
My **major** subject is western literature.
🏛 我主修西洋文學。

95 mass [mæs] 名 大量 🔒
Jack wanted to eat a **mass** of pizzas.
🏛 傑克想吃大量的披薩。

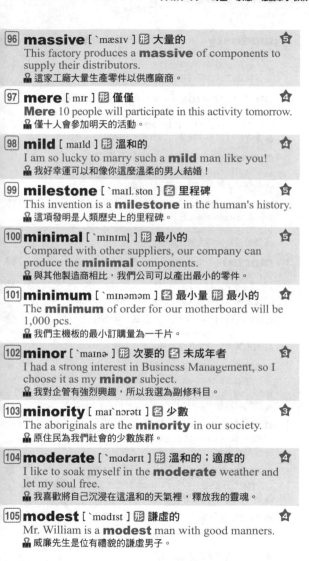

96 **massive** [`mæsɪv] 形 大量的 🅖

This factory produces a **massive** of components to supply their distributors.

🏛 這家工廠大量生產零件以供應廠商。

97 **mere** [mɪr] 形 僅僅 🅓

Mere 10 people will participate in this activity tomorrow.

🏛 僅十人會參加明天的活動。

98 **mild** [maɪld] 形 溫和的 🅓

I am so lucky to marry such a **mild** man like you!

🏛 我好幸運可以和像你這麼溫柔的男人結婚！

99 **milestone** [`maɪl͵ston] 名 里程碑 🅖

This invention is a **milestone** in the human's history.

🏛 這項發明是人類歷史上的里程碑。

100 **minimal** [`mɪnɪml] 形 最小的 🅖

Compared with other suppliers, our company can produce the **minimal** components.

🏛 與其他製造商相比，我們公司可以產出最小的零件。

101 **minimum** [`mɪnəməm] 名 最小量 形 最小的 🅓

The **minimum** of order for our motherboard will be 1,000 pcs.

🏛 我們主機板的最小訂購量為一千片。

102 **minor** [`maɪnə] 形 次要的 名 未成年者 🅒

I had a strong interest in Business Management, so I choose it as my **minor** subject.

🏛 我對企管有強烈興趣，所以我選為副修科目。

103 **minority** [maɪ`nɔrətɪ] 名 少數 🅒

The aboriginals are the **minority** in our society.

🏛 原住民為我們社會的少數族群。

104 **moderate** [`madərɪt] 形 溫和的；適度的 🅓

I like to soak myself in the **moderate** weather and let my soul free.

🏛 我喜歡將自己沉浸在這溫和的天氣裡，釋放我的靈魂。

105 **modest** [`madɪst] 形 謙虛的 🅓

Mr. William is a **modest** man with good manners.

🏛 威廉先生是位有禮貌的謙虛男子。

106 modesty [`madɪstɪ] 名 謙虛;有禮

The **modesty** of his personality gained him many friends around the world.

🔒 性格謙虛替他贏得不少世界各地的朋友。

107 monotonous [mə`natənəs] 名 單調的

I always fall asleep in history class because my history teacher's voice is so **monotonous**.

🔒 我總是在歷史課睡著,因為歷史老師的聲音很單調。

108 monotony [mə`natənɪ] 名 單調

I'm tired of his **monotony**.

🔒 我厭倦了無趣的他。

109 monstrous [`manstrəs] 形 巨大的

I was shocked by this **monstrous** mouse which is bigger than a cat.

🔒 我被這隻比貓大的巨鼠嚇到。

110 mortal [`mɔrtl] 形 致命的 名 凡人

Raymond is contaminated with a **mortal** disease and no doctor can save his life.

🔒 雷蒙染上致命的疾病,群醫束手無策。

111 mostly [`mostlɪ] 副 多半;主要地

Cactus lives **mostly** in desert.

🔒 仙人掌大部分生長在沙漠。

112 must [mʌst] 助 名 必須

We **must** hand in hand and conquer the difficulty together.

🔒 我們應該攜手克服困難。

113 nearly [`nɪrlɪ] 副 幾乎

Jane eats bread **nearly** every morning as her breakfast.

🔒 珍幾乎天天吃吐司當早餐。

114 necessary [`nɛsə͵sɛrɪ] 形 必要的

It's **necessary** for you to learn the third language.

🔒 對你來說學習第三種語言是必要的。

115 necessity [nə`sɛsətɪ] 名 必需品

Cell phone is regarded as a **necessity** for modern people.

🔒 手機對現代人而言是必需品。

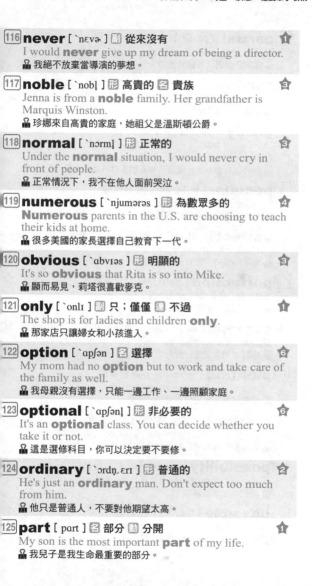

116 **never** [`nɛvə] 副 從來沒有

I would **never** give up my dream of being a director.

🏛 我絕不放棄當導演的夢想。

117 **noble** [`nobḷ] 形 高貴的 名 貴族

Jenna is from a **noble** family. Her grandfather is Marquis Winston.

🏛 珍娜來自高貴的家庭，她祖父是溫斯頓公爵。

118 **normal** [`nɔrml] 形 正常的

Under the **normal** situation, I would never cry in front of people.

🏛 正常情況下，我不在他人面前哭泣。

119 **numerous** [`njumərəs] 形 為數眾多的

Numerous parents in the U.S. are choosing to teach their kids at home.

🏛 很多美國的家長選擇自己教育下一代。

120 **obvious** [`abvɪəs] 形 明顯的

It's so **obvious** that Rita is so into Mike.

🏛 顯而易見，莉塔很喜歡麥克。

121 **only** [`onlɪ] 副 只；僅僅 連 不過

The shop is for ladies and children **only**.

🏛 那家店只讓婦女和小孩進入。

122 **option** [`apʃən] 名 選擇

My mom had no **option** but to work and take care of the family as well.

🏛 我母親沒有選擇，只能一邊工作、一邊照顧家庭。

123 **optional** [`apʃənl] 形 非必要的

It's an **optional** class. You can decide whether you take it or not.

🏛 這是選修科目，你可以決定要不要修。

124 **ordinary** [`ɔrdṇ͵ɛrɪ] 形 普通的

He's just an **ordinary** man. Don't expect too much from him.

🏛 他只是普通人，不要對他期望太高。

125 **part** [part] 名 部分 動 分開

My son is the most important **part** of my life.

🏛 我兒子是我生命最重要的部分。

126 **partial** [`pɑrʃəl] 形 部分的

The musical was only a **partial** success.

🏛 這齣音樂劇只有部分成功。

127 **particular** [pəˋtɪkjələ] 形 特別的;講究的

Amber is **particular** about sleeping quality.

🏛 安貝特別講究睡眠品質。

128 **partly** [`pɑrtlɪ] 副 部分地

We are all **partly** to blame. Let's discuss the project again.

🏛 我們都負有一部分責任。讓我們重新討論這個案子吧。

129 **peculiar** [pɪˋkjuljə] 形 特殊的

I haven't seen any **peculiar** landscape like this.

🏛 我從來看過這麼特殊的風景。

130 **perfect** [`pɝfɪkt] 形 完美的 動 使完美

No one is **perfect** except God.

🏛 除了神以外,沒有人是完美的。

131 **perfection** [pəˋfɛkʃən] 名 完美

We pursue **perfection** and wonder.

🏛 我們追求完美與驚奇。

132 **perhaps** [pəˋhæps] 副 也許;可能

Perhaps you are meant to be together.

🏛 或許你們是天生一對吧!

133 **plentiful** [`plɛntɪfəl] 形 豐富的

China is a country with **plentiful** natural resources.

🏛 中國是擁有豐富自然資源的國家。

134 **portion** [`porʃən] 名 部分 動 分配

Alice left the major **portion** of her money to the school.

🏛 愛麗絲把大部分的錢留給這所學校。

135 **possibility** [ˌpɑsəˋbɪlətɪ] 名 可能性

Is there any **possibility** between us?

🏛 我們之間有可能嗎?

136 **possible** [`pɑsəbl̩] 形 可能的

Is it **possible** to get the ticket for the concert?

🏛 有可能買到演唱會的票嗎?

137 **primary** [`praɪˌmɛrɪ] 形 主要的　❸
Emission is the **primary** factor that contributes to air pollution.
🏛 排放廢氣是空氣污染的主因。

138 **prime** [praɪm] 形 首要的 名 最初；全盛期　❹
The **prime** minister in this country is close to people.
🏛 這個國家的首相很親民。

139 **probable** [`prɑbəbḷ] 形 可能的　❸
Lena is a **probable** champion for beauty pageant.
🏛 梨娜在選美比賽中最具冠軍相。

140 **proper** [`prɑpɚ] 形 適當的　❸
I wonder if it's a **proper** time to call Jack.
🏛 我思考現在是否為打電話給傑克的適當時機。

141 **quarter** [`kwɔrtɚ] 名 四分之一 動 分成四等分　❷
William drove 10 miles and a **quarter** to see his girlfriend.
🏛 威廉開了十又四分之一英哩的車去看他女友。

142 **quite** [kwaɪt] 副 相當地　❶
These Indian scarves are **quite** something this summer.
🏛 這些印度圍巾今年夏天很流行。

143 **range** [rendʒ] 名 範圍 動 排列　❷
What you said is out of my **range**.
🏛 你所說的話超越我的理解範圍。

144 **rare** [rɛr] 形 稀有的　❷
The butterfly is a kind of **rare** species.
🏛 這種蝴蝶是稀有品種。

145 **reduce** [rɪ`djus] 動 減少　❸
When the trading volume is **reduced**, stockholders will lose more.
🏛 交易量一減少，股民的損失就變大。

146 **reduction** [rɪ`dʌkʃən] 名 減少　❹
Reduction of paper is what we have been advocated to save our environment.
🏛 省紙是我們一直提倡的環保作法。

147 **rigid** [`rɪdʒɪd] 形 嚴格的　❺
My mom is **rigid** about our manners.
🏛 我的母親非常要求我們的規矩。

148 rigorous [`rɪgərəs] 形 嚴格的　　🔵
Our coach made a **rigorous** plan to train our physical strength.
🏠 我們的教練擬定嚴格的計畫來訓練我們的體能。

149 rough [rʌf] 形 粗糙的 名 草圖；梗概　　🔵
I can only give you a **rough** number for my future order.
🏠 關於未來的訂單，我只能給你一個大略的數字。

150 roughly [`rʌflɪ] 副 粗略地　　🔵
There were **roughly** 300,000 people in the city 20 years ago.
🏠 這座城市廿年前大約有三十萬人左右。

151 rugged [`rʌgɪd] 形 粗糙的　　🔵
When I looked my dad's **rugged** hands, I can understand how hard he's working for the family.
🏠 當我看到父親粗糙的手，我就能理解他對家庭的付出。

152 same [sem] 形 同樣的 代 同樣的事　　🔵
"Leave me alone!" "**Same** to you!"
🏠「離我遠一點！」「你也一樣！」

153 scope [skop] 名 範圍；領域　　🔵
Vincent's boss assigned him a task beyond his **scope**.
🏠 文生的老闆指派一個超出他能力範圍的工作給他。

154 secondary [`sɛkənˌdɛrɪ] 形 次要的　　🔵
Prime advice is important, but we also need **secondary** ones.
🏠 主要意見很重要，但我們也需要次要意見。

155 section [`sɛkʃən] 名 部分 動 切段　　🔵
I haven't read the last two **sections** of this book.
🏠 我還沒有閱讀這本書的最後兩個章節。

156 sector [`sɛktɚ] 名 部分　　🔵
Tony is very interested in a specific **sector** of economy.
🏠 東尼對於經濟學的特定部分深感興趣。

157 segment [`sɛgmənt] 名 片段；部分 動 劃分　　🔵
I especially like some **segments** of this movie.
🏠 我特別喜愛這部電影的某些片段。

158 **seldom** [`sɛldəm] 副 很少；不常

Unlike her mother-in-law, Janice **seldom** goes to traditional markets.

不像她婆婆，珍妮絲很少上傳統市場。

159 **shallow** [`ʃælo] 形 膚淺的

Weber is a **shallow** man; he never talks something seriously.

瑋柏是個膚淺的人，他從未認真談論任何事。

160 **short** [ʃɔrt] 形 短的

The school is only a **short** way from here, you can go to school on foot every day.

學校離這裏不遠，你每天可以走路上學。

161 **shortage** [`ʃɔrtɪdʒ] 名 短缺；不足

After typhoon, we are concerned about the **shortage** of food, water, and electricity.

颱風過後，我們擔心食物、水和電力的短缺。

162 **simple** [`sɪmpl] 形 簡單的

It's a **simple** question. Don't make it too complicated.

這只是一個簡單的問題，不要把它搞得太複雜。

163 **simplicity** [sɪm`plɪsətɪ] 名 簡單；單純

The advantage of Powerpoint is its **simplicity**.

簡報軟體的優點就是簡單明瞭。

164 **simplify** [`sɪmplə.faɪ] 動 使單純

Mr. Whitman intended to **simplify** the equation and made students understand it more easily.

惠特曼先生試著簡化公式，讓學生更容易了解。

165 **simply** [`sɪmplɪ] 副 簡直；完全地；僅僅地

I **simply** don't believe her words because she has been lying to me many times.

我就是不相信她的話，因為她已經騙過我好多次了。

166 **slight** [slaɪt] 形 輕微的 名 輕視

It's a **slight** bruise. Not a big deal!

這只是個小瘀青，沒什麼大不了！

167 **small** [smɔl] 形 小的 副 細小地

Her feet are so **small** that she couldn't fit in size 35.

她的腳太小了，以致於穿不了三十五號鞋。

168 **strict** [strɪkt] 形 嚴格的
She is very **strict** with her son.
♟ 她對她的兒子很嚴格。

169 **substantial** [səb`stænʃəl] 形 實際的；重大的
We need to solve the **substantial** problem immediately.
♟ 我們必須立刻解決實質上的問題。

170 **sufficient** [sə`fɪʃənt] 形 足夠的
Do we have **sufficient** time to finish the project?
♟ 我們有足夠的時間來完成這項專案嗎？

171 **super** [`supɚ] 形 超級的；極度的
You have to admit that this movie star is **super** handsome.
♟ 你必須承認這位電影明星長得超帥。

172 **superb** [su`pɝb] 形 極好的；超群的
Ian is a **superb** student.
♟ 伊恩是個極為優秀的學生。

173 **tall** [tɔl] 形 高的
Your brother is really **tall**!
♟ 你哥哥長得真高！

174 **thick** [θɪk] 形 厚的
People wear **thick** clothes in winter.
♟ 人們在冬天的時候穿厚重的衣物。

175 **thin** [θɪn] 形 薄的
This piece of paper is too **thin**.
♟ 這張紙太薄了。

176 **third** [θɝd] 形 第三的 名 第三
Diana is getting married for the **third** time.
♟ 黛安娜即將結第三次婚。

177 **thorough** [`θɝo] 形 徹底的
The police are conducting a **thorough** investigation.
♟ 警方正在進行詳細的調查。

178 **tight** [taɪt] 形 緊的 副 緊緊地
This pair of pants is too **tight** for me.
♟ 這件長褲對我來說太緊了。

179 **tiny** [`taɪnɪ] 形 極小的
I just found a **tiny** diamond on the floor.
🔒 我剛剛在地板上撿到一顆小小的鑽石。

180 **top** [tɑp] 形 頂端的 名 頂端
A bird is standing on the **top** of the roof.
🔒 有隻小鳥站在屋頂上。

181 **total** [`totl] 形 全部的 名 全部
What is the **total** number of the students?
🔒 學生的總數是多少呢？

182 **tough** [tʌf] 形 困難的
The subject is not as **tough** as you think.
🔒 這個科目不如你想像的那麼難。

183 **tremendous** [trɪ`mɛndəs] 形 巨大的；非常的
Kevin heard a **tremendous** explosion.
🔒 凱文聽見巨大的爆炸聲。

184 **triple** [`trɪpl] 形 三倍的 動 變成三倍
Allen invested his savings in mutual funds and has made **triple** profit.
🔒 艾倫將存款投資在共同基金上，賺了三倍的利潤。

185 **trivial** [`trɪvɪəl] 形 平凡的；瑣碎的；淺薄的
Don't bother yourself with those **trivial** matters.
🔒 別為那些小事煩心。

186 **ugly** [`ʌglɪ] 形 醜的
I think the color of this skirt is really **ugly**.
🔒 我覺得這件裙子的顏色很醜。

187 **unique** [ju`nik] 形 獨特的 名 獨一無二的
Each item in this store is **unique**.
🔒 這家店裡的每件商品都是獨一無二的。

188 **universal** [ˌjunə`vɝsl] 形 普遍的 名 普遍性
Air pollution is a **universal** problem.
🔒 空氣污染是全球共同面臨的問題。

189 **utmost** [`ʌtˌmost] 名 最大可能 形 最大的
Winston promised to do his **utmost** to help you.
🔒 溫斯頓承諾竭盡全力幫助你。

190 utter [`ʌtə] 形 完全的 動 發言;發出　🔟

I feel myself an **utter** fool.
🔈 我覺得自己像個大傻瓜。

191 vast [væst] 形 巨大的　4️⃣

Tony spent a **vast** sum of money on his car.
🔈 東尼在他的車上花了一大筆錢。

192 very [`vɛrɪ] 副 非常 形 正是;恰好　1️⃣

I am **very** happy to see you.
🔈 我很高興能見到你。

193 vital [`vaɪt!] 形 極其重要的　4️⃣

Perseverance is **vital** to success.
🔈 不屈不撓是成功的重要元素。

194 well [wɛl] 副 良好地 名 井　1️⃣

I sincerely hope that you will get **well** soon.
🔈 我誠摯希望你早日康復。

195 worse [wɜs] 形 更糟的 副 更糟　1️⃣

Betty's health condition is getting **worse**.
🔈 貝蒂的健康狀況越來越差。

196 worst [wɜst] 形 最糟的 副 最糟　1️⃣

This is the **worst** movie that I have ever seen.
🔈 這是我看過最糟糕的電影。

PART 16

財經、商務、管理
單字收納

名 名 詞

動 動 詞

形 形容詞

副 副 詞

1 ～ 6 單字難易度
(分別符合美國一至六年級學生所學範圍)

掃碼即聽
MP3 279～288

01 貨幣與銀行

分類

01 account [ə`kaʊnt] 名 帳目 動 視為；負責
My father kept detailed **accounts** every month.
🏛 我父親保留每個月的詳細帳目。

02 ATM 名 自動櫃員機
Nowadays you can get cash from **ATMs** everywhere.
🏛 現今你可以從各地的自動櫃員機提領現金。

03 balance [`bæləns] 名 平衡 動 使平衡
The **balance** on the account is NT$30,000.
🏛 這個帳戶的餘額為新台幣三萬元。

04 bank [bæŋk] 名 銀行；堤岸
It is difficult to open an account in this **bank**.
🏛 在這家銀行開戶不容易。

05 banker [`bæŋkə] 名 銀行家
The movie narrated the story of a **banker**'s life.
🏛 這部電影講述一位銀行家的生平。

06 bounce [baʊns] 動 跳票；彈跳 名 彈跳
Your company's check was **bounced**.
🏛 你們公司的支票跳票了。

07 cashier [kæ`ʃɪr] 名 出納員
My cousin is the youngest **cashier** in the local bank.
🏛 我表妹是當地銀行最年輕的出納員。

08 cent [sɛnt] 名 分
One hundred **cents** make a dollar.
🏛 一百美分等於一美元。

09 change [tʃendʒ] 動 兌換；改變 名 變化
You have to pay the bank a fee every time you **change** money.
🏛 每次換錢你都必須支付銀行一筆手續費。

10 check [tʃɛk] 名 支票 動 核對
She forgot to bring her purse, so she paid by **check**.
🏛 她忘記帶錢包，所以用支票付款。

11 **checkbook** [`tʃɛk.bʊk] 名 支票簿

The bank gave me a **checkbook** when I opened the account there last month.

🏠 上個月我在銀行開戶時，銀行給了我一本支票簿。

12 **coin** [kɔɪn] 名 硬幣 動 鑄造(貨幣)

Fred also likes collecting stamps and **coins**.

🏠 佛瑞德也喜歡蒐集郵票和硬幣。

13 **currency** [`kɝənsɪ] 名 貨幣

Where can I change the foreign **currency** into the local one?

🏠 我可以在哪裡將外國貨幣兌換成本地貨幣呢？

14 **devalue** [di`vælju] 動 貶低價值

China has **devalued** the RMB by about two percent.

🏠 中國已將人民幣貶值大約兩個百分比。

15 **dime** [daɪm] 名 一角硬幣

A dollar is equal to ten **dimes**.

🏠 一美元相當於十角。

16 **dollar** [`dɑlɚ] 名 美元

Wendy spent one thousand **dollars** on the purse.

🏠 溫蒂花了一千美元買這個手提包。

17 **money** [`mʌnɪ] 名 錢；貨幣

It is not legal to accept Chinese **money** here.

🏠 在這裡接受中國貨幣是不合法的。

18 **nickel** [`nɪk]] 名 五分鎳幣 動 鍍鎳於

Five pennies make one **nickel**.

🏠 五個一分硬幣等於一個五分鎳幣。

19 **penny** [`pɛnɪ] 名 一分硬幣

There are one hundred **pennies** in a dollar.

🏠 一美元等於一百個一分硬幣。

20 **shilling** [`ʃɪlɪŋ] 名 先令

A **shilling** is worth one twentieth of a pound.

🏠 一先令等於二十分之一英鎊。

02 財務 分類

01 accounting [ə`kauntɪŋ] 名 會計學 🔲
Her major is **accounting**.
🔒 她主修會計學。

02 asset [`æsɛt] 名 資產 🔲
By the end of 2010, the company had **assets** of one billion dollars.
🔒 這家公司在西元二零一零年底有十億美元的資產。

03 bond [bɑnd] 名 契約;債券 動 抵押;擔保 🔲
The housing project will be financed by government **bonds**.
🔒 這個住宅計畫將由政府公債籌措資金。

04 broke [brok] 形 破產的 🔲
I am completely **broke** as you are.
🔒 我像你一樣完全破產了。

05 cash [kæʃ] 名 現金 動 兌現 🔲
Heidi never carry much **cash** with her.
🔒 海蒂從不多帶現金。

06 compensate [`kɑmpən.set] 動 補償;抵銷 🔲
Workers should get extra pay to **compensate** inflation.
🔒 勞工應得到額外加薪以抵銷通貨膨脹。

07 credit [`krɛdɪt] 名 信用;學分 動 相信 🔲
Jorson cannot get **credit** to buy a new car.
🔒 喬森無法獲得信用購買新車。

08 due [dju] 形 預定的 名 應付款 🔲
The bank loan is **due** at the end of the month.
🔒 銀行貸款將在月底到期。

09 failure [`feljə] 名 失敗 🔲
The company is doomed to **failure**.
🔒 這間公司注定要失敗。

10 finance [faɪ`næns] 名 財務;財政 動 提供資金 🔲
The Minister of **Finance** made an opening speech.
🔒 財政部長致開幕詞。

11 **financial** [faɪˋnænʃəl] 形 金融的

This enterprise requested **financial** support.
🏛 這家企業要求資助。

12 **gross** [gros] 形 總量的 名 總量

Our **gross** income for this month is NT$200,000.
🏛 我們這個月的總收入為新臺幣二十萬元。

13 **inherit** [ɪnˋhɛrɪt] 動 繼承；接受

She has no child to **inherit** her wealth.
🏛 她膝下無子繼承她的財富。

14 **invest** [ɪnˋvɛst] 動 投資

They **invested** all their money in stocks of the company.
🏛 他們將錢全部投資在這家公司的股票上。

15 **investment** [ɪnˋvɛstmənt] 名 投資

You can make a profit by careful **investment**.
🏛 謹慎投資以賺取利潤。

16 **payment** [ˋpemənt] 名 支付

You may make **payment** with cash or a credit card.
🏛 你可以用現金或信用卡支付。

17 **property** [ˋprɑpətɪ] 名 財產

Those purses were her personal **property**.
🏛 這些手提包是她的私人財產。

18 **rate** [ret] 名 比率 動 評價；估價

The **rate** of interest will be raised from next month.
🏛 利率將從下個月起提高。

19 **save** [sev] 動 儲蓄

The young couple are now **saving** money for an apartment.
🏛 這對年輕夫妻正在為一間公寓儲蓄。

20 **saving** [ˋsevɪŋ] 名 拯救；存款

The old lady kept her **savings** in a bank.
🏛 這位年長的女士將她的存款存在一家銀行裡。

21 **tariff** [ˋtærɪf] 名 關稅

The government wants to heighten **tariffs** on items such as cooking utensils.
🏛 政府想要提高如炊具等品項的關稅。

22 **tax** [tæks] 名 稅金 動 課稅　　3
They have not yet passed the bill to levy **taxes** on luxuries.
🔈 他們尚未通過對奢侈品課稅的議案。

23 **transfer** [`trænsfɜ] 名 動 轉帳；轉移　　4
The **transfer** can be done through a card reader.
🔈 這筆轉帳可以藉由讀卡機完成。

24 **treasury** [`trɛʒərɪ] 名 國庫；金庫　　5
The **treasury** is substantial enough to last over hundreds of years.
🔈 這座金庫很堅固，幾百年都不會壞。

03 管理　　分類

01 **administer** [əd`mɪnəstə] 動 管理；照料　　6
Lots of skills are needed to **administer** a large company.
🔈 管理大公司需要很多技能。

02 **administration** [əd͵mɪnə`streʃən] 名 管理　　6
We spent too much time on **administration**.
🔈 我們在管理上花費了太多時間。

03 **administrative** [əd`mɪnə͵stretɪv] 形 管理上的　　6
The corporation plans to cut down the **administrative** cost in one month.
🔈 這家公司計畫在一個月內減少管理費用。

04 **administrator** [əd`mɪnə͵stretə] 名 管理者　　6
Jessica is the **administrator** of the institution, so she is responsible for it.
🔈 潔西卡是這個機構的管理者，因此她對它負責。

05 **allocate** [`ælə͵ket] 動 分配　　6
The manager **allocated** a task to each of us.
🔈 經理分派給我們每個人一項任務。

06 **boss** [bɔs] 名 老闆 動 指揮　　2
Gigi cannot stand her demanding **boss** anymore.
🔈 琪琪再也無法忍受她那苛求的老闆了。

07 **manage** [`mænɪdʒ] 動 管理；經營
Vivian **manages** a beauty parlor in the shopping mall.
🏠 薇薇安在購物中心裡經營一家美容院。

08 **manageable** [`mænɪdʒəbl] 形 可管理的
The boss will cut down the business to a **manageable** size.
🏠 老闆將縮減企業為易於管理的規模。

09 **management** [`mænɪdʒmənt] 名 管理
The factory needed better **management** rather than more employees.
🏠 這間工廠需要更優良的管理而不是更多的員工。

10 **manager** [`mænɪdʒə] 名 經理
Who is the **manager** of this floor?
🏠 誰是這層樓的經理？

11 **superior** [sə`pɪrɪə] 形 上級的 名 長官
The **superior** level decided to change the policy.
🏠 上層階級決定改變策略。

12 **supervise** [`supəvaɪz] 動 監督；管理
Emily **supervised** her maids to clean the house.
🏠 艾蜜莉監督她的女僕們打掃房子。

13 **supervision** [ˌsupə`vɪʒən] 名 監督；管理
Under his **supervision**, the task was finished in two hours.
🏠 在他的監督之下，這項任務在兩個小時內便完成了。

14 **supervisor** [ˌsupə`vaɪzə] 名 指導者
Diana is a great **supervisor**.
🏠 黛安娜是一位很棒的指導者。

04 貿易 分類

01 **agency** [`edʒənsɪ] 名 代理商；仲介
Large companies usually hire employees through human resources **agencies**.
🏠 大型公司通常透過人力資源仲介雇用員工。

02 **agent** [`edʒənt] 名 代理人
Alice is my **agent** while I am on a business trip.
🏠 在我出差時愛麗絲是我的代理人。

03 **auction** [`ɔkʃən] 動 名 拍賣
The cunning businessmen are going to **auction** those invaluable antiques illegally.
🏠 這群不肖商人將要非法拍賣價值連城的骨董。

04 **bakery** [`bekərɪ] 名 麵包店
Gina works at the **bakery** in the shopping mall.
🏠 吉娜在購物中心的麵包店工作。

05 **bargain** [`bɑrgɪn] 名 特價商品 動 討價還價
At this price the painting is a real **bargain**.
🏠 這幅畫能有這個價格真的非常便宜。

06 **bazaar** [bə`zɑr] 名 市集
I bought this scarf in Bali's open-air **bazaar**.
🏠 我在巴里島的露天市集裡買了這條圍巾。

07 **bid** [bɪd] 名 投標價 動 投標
The land was sold to the firm with the highest **bid**.
🏠 這塊土地賣給投標價最高的公司。

08 **branch** [bræntʃ] 名 分公司；樹枝 動 分岔
Our company has five **branches** in Europe.
🏠 我們公司在歐洲有五家分公司。

09 **brand** [brænd] 名 品牌 動 烙印於…
Colors is a **brand** of clothes.
🏠 色彩（Colors）是一家服飾品牌。

10 **business** [`bɪznɪs] 名 商業
Vincent has an impressive **business** background.
🏠 文森有令人印象深刻的商業背景。

11 **cheap** [tʃip] 形 便宜的 副 便宜地
Where can I find **cheap** jeans?
🏠 我可以在哪裡買到便宜的牛仔褲？

12 **client** [`klaɪənt] 名 客戶
Rose is an important **client** of mine.
🏠 蘿絲是我一位重要的客戶。

13 **commerce** [`kɑmɜs] 名 商業;貿易

The company has made its fortunes from overseas **commerce**.

這家公司已從海外貿易賺了不少錢。

14 **commission** [kə`mɪʃən] 名 佣金 動 委託

The broker earned a lot of **commission** by selling this house.

這位房屋仲介因為賣掉這間房子而賺了不少佣金。

15 **compact** [`kɑmpækt] 名 契約 形 堅實的

Ryan just signed a five-year **compact** with Mr. Chang's company.

萊恩剛剛和張先生的公司簽了五年合約。

16 **consume** [kəm`sjum] 動 消耗;耗費

Matthew **consumes** much of his time in watching TV every day.

馬修每天花很多時間看電視。

17 **contract** [`kɑntrækt] 名 合約 動 定契約

The manager won a five-year **contract** with a famous company.

這位經理贏得一家知名公司的五年合約。

18 **cost** [kɔst] 動 花費 名 代價

The pencil box **costs** 50 dollars.

這個鉛筆盒要價五十元。

19 **costly** [`kɔstlɪ] 形 高價的

Susan possesses a lot of **costly** jewelry.

蘇珊擁有許多昂貴的珠寶。

20 **coupon** [`kupɑn] 名 優待券

I got a **coupon** of that supermarket.

我得到那家超市的一張優待券。

21 **customer** [`kʌstəmə] 名 顧客

More than ten thousand **customers** came into the department store yesterday.

昨天超過一萬名顧客光臨這家百貨公司。

22 **deal** [dil] 動 處理;交易 名 交易

The store **deals** in cloth.

這家店經營布料生意。

23 **dealer** [`dilə] 名 商人；發牌者
My uncle is an antique **dealer**.
🔊 我叔叔是一名古董商。

24 **deposit** [dɪ`pazɪt] 名 訂金；存款 動 存入
How much do I have to pay for the **deposit**?
🔊 我應該付多少訂金呢？

25 **discount** [`dɪskaʊnt] 名 折扣 動 減價
Members get a 15 percent **discount**.
🔊 會員享有八五折。

26 **enterprise** [`ɛntə,praɪz] 名 企業
There are plenty of small **enterprises** in Taiwan.
🔊 臺灣有很多小型企業。

27 **expense** [ɪk`spɛns] 名 費用
The living **expense** in New York is very high.
🔊 紐約的生活費很高。

28 **expensive** [ɪk`spɛnsɪv] 形 昂貴的
This car is way too **expensive**.
🔊 這輛車實在太貴了。

29 **export** [`ɛksport] 名 出口 動 輸出
What are the main **exports** of Taiwan?
🔊 臺灣主要出口什麼？

30 **fee** [fi] 名 費用
I didn't have much money left after I paid the doctor's **fee**.
🔊 付完診療費後，我沒剩多少錢了。

31 **freight** [fret] 名 貨運 動 運輸
The company derives 15% of revenue from **freight**.
🔊 這家公司有百分之十五的收益來自貨運。

32 **get** [gɛt] 動 獲得
The salesman cannot **get** a better price on this business deal.
🔊 這位業務員洽談這筆生意時無法獲得更好的價格。

33 **grocery** [`grosərɪ] 名 雜貨店
Could you help me buy some milk from the **grocery**?
🔊 能不能請你幫我到雜貨店買牛奶？

34 **installment** [ɪn`stɔlmənt] 名 分期付款

We paid for the copyright royalty of the book in three **installments**.

我們分三期支付這本書的版權費。

35 **inventory** [`ɪnvən,torɪ] 名 物品清單

Karen has to check the **inventory** every month.

凱倫必須每個月清查物品清單。

36 **item** [`aɪtəm] 名 項目

All the **items** in the store are on sale now.

現在這家店裡的所有物品都在拍賣。

37 **list** [lɪst] 名 目錄；列表

There are a lot of things on my shopping **list**. I'll have to go to five different stores to buy them.

我的購物清單上有很多東西,需要跑五家不同的商店購買。

38 **loan** [lon] 名 借貸

The bank offers me a low interest **loan**.

銀行給予我低利放款。

39 **logo** [`logo] 名 商標

They have the **logo** printed on the wrapping paper and the shopping bags.

他們將商標印在包裝紙與購物袋上。

40 **luxury** [`lʌkʃərɪ] 名 奢侈品

I can't afford these **luxuries**. I am just a student.

我買不起這些奢侈品,我還只是個學生。

41 **mall** [mɔl] 名 購物中心

Let's go shopping at the **mall**!

我們去購物中心買東西吧!

42 **margin** [`mardʒɪn] 名 利潤；邊緣

The selling price will allow only a small **margin** of profit.

這樣的售價只能賺到一點利潤。

43 **market** [`markɪt] 名 市場 動 銷售

The international **market** is increasingly crucial.

國際市場越來越重要。

44 **merchandise** [`mɜtʃən,daɪz] 動 買賣 動 商品

The retailers in this area **merchandise** television sets only.

這個地區的零售店只買賣電視組。

45 **merchant** [`mɜtʃənt] 名 商人
Any knowledgeable concrete **merchant** would be able to advise you.
任何一位有見識的混凝土商都能夠擔任你的顧問。

46 **miller** [`mɪlə] 名 磨坊主人
The **miller** carried two sacks of wheat on his shoulder.
磨坊主人的肩膀上扛著兩袋小麥。

47 **monopoly** [mə`nɑplɪ] 名 壟斷
The governing party's **monopoly** over the media is outdated.
執政黨對於媒體的壟斷早已過時。

48 **negotiate** [nɪ`goʃɪ.et] 動 洽談；談判
Two companies were **negotiating** to market the product.
兩家公司洽談此產品的銷售。

49 **negotiation** [nɪ.goʃɪ`eʃən] 名 協商
Their **negotiations** are very close to a deal.
他們的協商即將達成共識。

50 **offer** [`ɔfə] 動 提供；出價 名 提供
He **offered** the vendor the hat for NT$250.
這頂帽子他向小販出價新臺幣二百五十元。

51 **offering** [`ɔfərɪŋ] 名 供給
With Louie's **offering**, our supply will be enough to meet the needs for two months.
有了路易的供給，我們的庫存量將足以支應兩個月的需求。

52 **outlet** [`aut.lɛt] 名 出口；商店
He owned the largest retail **outlet** in the city.
他擁有這座城市最大的零售商店。

53 **output** [`aut.put] 名 生產；產量 動 生產；輸出
The average **output** of the factory is 100 fans a day.
這間工廠的平均產量是每天一百台風扇。

54 **owner** [`onə] 名 持有者
Jeff is the **owner** of this bookstore.
傑夫是這家書店的老闆。

55 **ownership** [`onə.ʃɪp] 名 所有權
Do you have the **ownership** of this house?
你有這間屋子的所有權嗎？

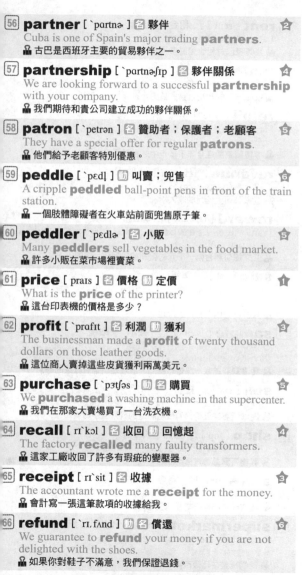

56 **partner** [`pɑrtnə] 名 夥伴

Cuba is one of Spain's major trading **partners**.
🏛 古巴是西班牙主要的貿易夥伴之一。

57 **partnership** [`pɑrtnəʃɪp] 名 夥伴關係

We are looking forward to a successful **partnership** with your company.
🏛 我們期待和貴公司建立成功的夥伴關係。

58 **patron** [`petrən] 名 贊助者；保護者；老顧客

They have a special offer for regular **patrons**.
🏛 他們給予老顧客特別優惠。

59 **peddle** [`pɛdl] 動 叫賣；兜售

A cripple **peddled** ball-point pens in front of the train station.
🏛 一個肢體障礙者在火車站前面兜售原子筆。

60 **peddler** [`pɛdlə] 名 小販

Many **peddlers** sell vegetables in the food market.
🏛 許多小販在菜市場裡賣菜。

61 **price** [praɪs] 名 價格 動 定價

What is the **price** of the printer?
🏛 這台印表機的價格是多少？

62 **profit** [`prɑfɪt] 名 利潤 動 獲利

The businessman made a **profit** of twenty thousand dollars on those leather goods.
🏛 這位商人賣掉這些皮貨獲利兩萬美元。

63 **purchase** [`pɝtʃəs] 動 名 購買

We **purchased** a washing machine in that supercenter.
🏛 我們在那家大賣場買了一台洗衣機。

64 **recall** [rɪ`kɔl] 名 收回 動 回憶起

The factory **recalled** many faulty transformers.
🏛 這家工廠收回了許多有瑕疵的變壓器。

65 **receipt** [rɪ`sit] 名 收據

The accountant wrote me a **receipt** for the money.
🏛 會計寫一張這筆款項的收據給我。

66 **refund** [`rɪ.fʌnd] 動 名 償還

We guarantee to **refund** your money if you are not delighted with the shoes.
🏛 如果你對鞋子不滿意，我們保證退錢。

[67] **rent** [rɛnt] 名 租金 動 租借 🔺
I already paid the **rent** to the landlord last night.
🏠 我昨晚已付租金給房東了。

[68] **rental** [`rɛntl] 名 租金 🔵
The annual **rental** of this car is ten thousand dollars.
🏠 這部汽車的年租金是一萬美元。

[69] **retail** [`ritel] 形 零售的 名 零售 🔵
Retail sales grew five percent in the latter half of the year.
🏠 零售銷售額在今年下半年中成長了百分之五。

[70] **revenue** [`rɛvə‚nju] 名 收入 🔵
The **revenue** of this company increased last month.
🏠 這家公司上個月的收入增加了。

[71] **reward** [rɪ`wɔrd] 名 報酬 動 酬賞 🔺
Ivan offered a **reward** of NT$1,000 for the finder of his lost watch.
🏠 艾文提供新台幣一千元的報酬給找到他手錶的人。

[72] **sale** [sel] 名 銷售 🔺
The government made efforts to limit the **sale** of cigarettes.
🏠 政府努力限制香菸的銷售。

[73] **sample** [`sæmpl] 名 樣本 動 取樣 🔺
Gloria gave me a **sample** of soap. The soap has the flavor of green tea.
🏠 葛洛莉亞給我一塊香皂樣品，這塊香皂帶有綠茶的香氣。

[74] **sell** [sɛl] 動 賣 🔺
She **sold** her smart phone to him for NT$5,000.
🏠 她以新臺幣五千元的價格將她的智慧型手機賣給他。

[75] **shop** [ʃɑp] 名 商店 動 購物 🔺
The pet **shop** is next to the auto store.
🏠 寵物店緊鄰著汽車用品店。

[76] **store** [stor] 名 商店 動 貯存 🔺
I met Sherry in front of the record **store** yesterday.
🏠 我昨天在唱片行前面遇到雪莉。

[77] **supermarket** [`supɚ‚markɪt] 名 超級市場 🔺
They always do their food shopping in the **supermarket**.
🏠 他們總是在超級市場採買食物。

78 **tenant** [`tɛnənt] 名 承租人 動 租賃 🔟
The **tenant** forgot to pay the rent again. The landlord was not happy.
🔒 承租人又忘了繳租金，房東很不高興。

79 **tip** [tɪp] 名 小費 動 付小費 🔟
Henry gave the waiter a **tip** of NT$500.
🔒 亨利給了那位服務生新台幣五百元的小費。

80 **trade** [tred] 動 交易 名 貿易 🔟
Mr. Anderson has been **trading** in furniture for 10 years.
🔒 安德森先生從事家具買賣十年了。

81 **trademark** [`tred,mɑrk] 名 標記；商標 🔟
We hired an art designer to design the café's **trademark**.
🔒 我們雇用一位美術設計師來設計咖啡廳的商標。

82 **trader** [`tredə] 名 商人 🔟
Some market **traders** displayed various kinds of household appliances.
🔒 一些市場商人陳列了各式家用器具。

83 **transaction** [træn`sækʃən] 名 交易 🔟
Two of the **transactions** have been charged to your account.
🔒 其中兩筆交易已記在你的帳上。

84 **vend** [vɛnd] 動 叫賣；販賣 🔟
It is illegal to **vend** on the street without a license.
🔒 沒有取得執照就在街上販售物品是違法的。

85 **vendor** [`vɛndə] 名 攤販 🔟
The **vendor** at the corner was a school teacher.
🔒 那個在街角的攤販原本是位老師。

86 **venture** [`vɛntʃə] 動 名 投機；冒險 🔟
I **ventured** a small bet on a speculative stock.
🔒 我下了一小筆賭注在一支投機股票上。

87 **warranty** [`wɔrəntɪ] 名 保證書 🔟
In addition to these basic rights, you can get a twelve month **warranty**.
🔒 除了這些基本權利外，你可以得到一份為期十二個月的保證書。

88 **wholesale** [`hol,sel] 名 批發 形 批發的　⑤
They allow members to buy goods at **wholesale** prices.
🔒 他們允許會員用批發價購買商品。

05 企業　分類

01 **associate** [ə`soʃɪ,et] 名 夥伴 動 聯合；聯想　④
Lucy is lucky that she has such great **associates** in this company.
🔒 露西很幸運可以在這間公司擁有這麼棒的夥伴。

02 **bonus** [`bonəs] 名 紅利　⑤
Frank bought a new car because he received a large **bonus** from the firm.
🔒 法蘭克買了一輛新車，因為他從公司得到一大筆紅利。

03 **colleague** [`kɑlig] 名 同事　⑤
Andy didn't get along well with his **colleagues**.
🔒 安迪和他同事處得不好。

04 **company** [`kʌmpənɪ] 名 公司　②
Andy is a manager in the insurance **company**.
🔒 安迪是這家保險公司的經理。

05 **corporate** [`kɔrpərɪt] 形 公司的　⑥
This accident is harmful to our **corporate** image.
🔒 這個事故有損我們公司的形象。

06 **corporation** [,kɔrpə`reʃən] 名 公司；企業　⑤
The meeting was held by several multi-national **corporations**.
🔒 這個會議由幾家跨國企業舉辦。

07 **counter** [`kauntə] 名 櫃台 形 反對的　④
Can you tell me where the information **counter** is?
🔒 能不能告訴我詢問處在什麼地方？

08 **counterpart** [`kauntə,part] 名 對應的人或物　⑥
Thomas is the **counterpart** of our manager in the rival company.
🔒 湯瑪斯是我們敵對公司的經理。

09 **crew** [kru] 名 全體夥伴

The cabin **crew** on this flight is very nice.
🔒 這個班機上的空服員非常和善。

10 **division** [də`vɪʒən] 名 部門

Please send this application form to the accounting
division.
請將這張申請表送到會計部門。

11 **expand** [ɪk`spænd] 動 擴大；延伸

They are considering **expanding** their business to China.
他們正考慮將他們的生意擴展到大陸。

12 **expansion** [ɪk`spænʃən] 名 擴張

The rapid **expansion** of this company has brought it
many problems.
🔒 這家公司的快速擴張已帶來許多問題。

13 **fax** [fæks] 動 名 傳真

The distributor **faxed** a copy of the agreement to us.
🔒 這個批發商傳真了這份協議書的副本給我們。

14 **fellow** [`fɛlo] 名 同事；夥伴

They were my **fellows** in high school.
🔒 她們是我高中時代的好夥伴。

15 **headquarters** [`hɛd`kwɔrtəz] 名 總部

The bank's **headquarters** are in Singapore.
🔒 這家銀行的總部設在新加坡。

16 **interview** [`ɪntə‚vju] 名 面談 動 會面

I have an **interview** tomorrow, and I am very
nervous now.
🔒 我明天有一場面試，現在非常緊張。

17 **meeting** [`mitɪŋ] 名 會議

There will be a **meeting** at three o'clock this afternoon.
🔒 今天下午三點鐘有一場會議。

18 **merge** [mɝdʒ] 動 合併

These two companies **merged** last month.
🔒 這兩家公司上個月合併了。

19 **office** [`ɔfɪs] 名 辦公室

I will arrive at the **office** at nine in the morning.
🔒 我早上九點會到辦公室。

[20] **reception** [rɪˋsɛpʃən] 名 接待處 ④
You may get the information you need at the **reception**.
🏛 你可以在接待處獲得你需要的資訊。

[21] **staff** [stæf] 名 全體人員 動 配備職員 ③
All **staff** must attend the conference next week.
🏛 全體員工必須參與下星期的會議。

06 聘僱 分類

[01] **competence** [ˋkɑmpətəns] 名 能力；才能 ⑥
Her **competence** as an editor had been approved
by her supervisor.
🏛 她當編輯的能力已得到主管的認可。

[02] **competent** [ˋkɑmpətənt] 形 能幹的 ⑥
Jimmy's **competent** performance came as quite a
surprise to them.
🏛 吉米能幹的表現完全出乎他們的意料。

[03] **dismiss** [dɪsˋmɪs] 動 解雇；解散 ④
The manager **dismissed** workers who refuse to work.
🏛 經理解雇了拒絕工作的工人。

[04] **duty** [ˋdjutɪ] 名 責任；職責 ②
One of her **duties** is to answer the phone.
🏛 她的職責之一是接聽電話。

[05] **earn** [ɜn] 動 賺取 ②
He **earned** 300 dollars a week during the economic
recession.
🏛 他在經濟衰退時期每星期賺進三百美元。

[06] **earnings** [ˋɜnɪŋz] 名 收入 ③
Stephanie lives beyond her **earnings**.
🏛 史蒂芬妮的花費入不敷出。

[07] **employ** [ɪmˋplɔɪ] 動 雇用 ③
The airline **employs** 50 pilots.
🏛 這家航空公司雇用了五十名飛行員。

[08] **employee** [ˏɛmplɔɪˋi] 名 受雇者；雇員 ③
Ellen wants to be a government **employee**.
🏛 愛倫想成為政府雇員。

09 employer [ɪm`plɔɪə] 名 雇主

The textile mill is the town's largest **employer**.

🔒 這家紡織廠是這個小鎮的最大雇主。

10 employment [ɪm`plɔɪmənt] 名 雇用

The **employment** of children under fifteen is illegal.

🔒 雇用十五歲以下的孩童是非法的。

11 experience [ɪk`spɪrɪəns] 名 經驗 動 體驗

Ivan has had managerial **experience** for three years.

🔒 艾文有過三年的管理經驗。

12 job [dʒɑb] 名 工作

Many people lost their **jobs** in the midst of economic recession.

🔒 許多人在經濟衰退期間失去了他們的工作。

13 labor [`lebə] 名 動 勞動

He **labored** at the power plant for 20 years.

🔒 他在發電廠工作了二十年。

14 pay [pe] 名 工資 動 付錢

The government has decided to increase **pays** for all laborers.

🔒 政府已決定增加所有勞工的工資。

15 personnel [ˌpɜsn̩`ɛl] 名 人事

You can get the application form from the **personnel** director.

🔒 你可以從人事課長那裡拿到申請表。

16 qualification [ˌkwɑləfə`keʃən] 名 資格

Diligence and responsibility are necessary **qualifications** for this job.

🔒 要能勝任這個工作，勤奮和責任感是必備的。

17 qualify [`kwɑləˌfaɪ] 動 使合格

Barbara **qualified** as a teacher from Education University over 10 years ago.

🔒 芭芭拉十年前從教育大學畢業而成為合格的教師。

18 quit [kwɪt] 動 離去

Erin **quit** her job as a secretary in Chicago.

🔒 愛琳辭掉她在芝加哥的祕書工作。

19 raise [rez] 名 加薪 動 舉起

The workers went on strike for higher **raise**.

🔒 工人罷工要求加薪。

20 **recruit** [rɪ`krut] 動 招募 名 新手
Vincent's job was to **recruit** oversea workers.
🏛 文森的工作是招募海外員工。

21 **resign** [rɪ`zaɪn] 動 辭職
The general **resigned** his position last week.
🏛 將軍上星期辭去了他的職位。

22 **resignation** [ˌrɛzɪg`neʃən] 名 辭職；讓位
The mayor has already offered his **resignation**.
🏛 市長已提出辭呈。

23 **rèsumè** [ˌrɛzjʊ`me] 名 履歷表 動 重新開始
Terry sent his **rèsumè** to twenty companies.
🏛 泰瑞將他的履歷寄給二十家公司。

24 **retire** [rɪ`taɪr] 動 退休
Mr. Green **retired** from his post at the age of 60.
🏛 格林先生六十歲時退休。

25 **retirement** [rɪ`taɪrmənt] 名 退休
She moved to the suburbs after **retirement**.
🏛 她退休後就搬到郊區。

26 **salary** [`sæləri] 名 薪水 動 付薪水
The counselor was paid a huge **salary**.
🏛 這位顧問的薪水很高。

27 **unemployment** [ˌʌnɪm`plɔɪmənt] 名 失業
The city has the highest **unemployment** rate in the US.
🏛 這座城市在美國的失業率是最高的。

28 **vacancy** [`vekənsɪ] 名 空缺；空白
Most **vacancies** are at junior level at this moment.
🏛 目前大多數職缺落在資淺階層。

29 **vacant** [`vekənt] 形 空的
The position of editor has been **vacant** for 2 months.
🏛 編輯的職位已經空了兩個月。

30 **wage** [wedʒ] 名 薪資
The company deducts insurance from our **wages**.
🏛 公司從我們的工資中扣除保險費。

31 **worker** [`wɜkə] 名 工人
They are seeking for experienced **workers** now.
🏛 他們現在正在尋求有經驗的工人。

⊕ PART 17

通訊與傳播
單字收納

名 名 詞

動 動 詞

形 形容詞

副 副 詞

1 ～ 6 單字難易度
（分別符合美國一至六年級學生所學範圍）

掃碼即聽
MP3 289～292

01 廣告與行銷 　分類

01 advertise [`ædvə,taɪz] 動 廣告
Cigarettes are not allowed to be **advertised** on TV.
♔ 香菸不被允許在電視上廣告。

02 advertisement [,ædvə`taɪzmənt] 名 廣告
Our company placed an **advertisement** online looking for new employees.
♔ 我們公司在網路上放了一則廣告尋求新員工。

03 advertiser [`ædvə,taɪzə] 名 廣告主
Such concerts always attract many **advertisers**.
♔ 這類演唱會總是吸引了許多廣告主。

04 announce [ə`naʊns] 動 公告；宣布
Mike will **announce** his engagement to Jenny at the party tomorrow.
♔ 麥克將在明天的派對上宣布他和珍妮訂婚。

05 announcement [ə`naʊnsmənt] 名 宣告
The minister made the **announcement** of his resignation right after the meeting.
♔ 就在這場會議之後，部長宣布了他的辭職。

06 commercial [kə`mɝʃəl] 名 商業廣告
There are many improper **commercials** for children on TV after 10 p.m.
♔ 晚上十點之後電視上有很多兒童不宜的廣告。

07 exposure [ɪk`spoʒə] 名 顯露；暴露；揭發
The **exposure** led to the minister's resignation.
♔ 此次揭發導致部長的辭職。

08 medium/media [`midɪə(m)] 名 媒體
The singer cares about the mass **media** coverage of the issue.
♔ 這位歌手關心這項大眾傳播媒體報導的議題。

09 poster [`postə] 名 海報
There are some **posters** on the wall. Which one do you like best?
♔ 牆上有好幾幅海報，你最喜歡哪一幅？

10 **publicity** [pʌbˋlɪsətɪ] 名 名聲；宣傳品

Dona's job is preparing **publicity** for the publishing company.

🏛 唐娜的工作是為這家出版公司準備宣傳品。

11 **publicize** [ˋpʌblɪˏsaɪz] 動 公布；宣傳

The musician appeared on television to **publicize** her latest violin album.

🏛 這名音樂家在電視上露面宣傳她最新的小提琴專輯。

12 **slogan** [ˋslogən] 名 標語；口號

My boss didn't like the **slogan** and asked us to think about some other ones with creativity.

🏛 我的老闆不喜歡這個標語，他叫我們再想一些有創意的標語。

02 電話與電報 分類

01 **answer** [ˋænsə] 動 名 回答

Please **answer** the question in one minute.

🏛 請在一分鐘內回答這個問題。

02 **call** [kɔl] 名 呼叫；通話 動 呼叫；打電話

Please **call** me when you get home.

🏛 當你到家時請打電話給我。

03 **cell phone** [ˋsɛlˏfon] 名 行動電話

Almost every student has a **cell phone** nowadays.

🏛 現在幾乎每個學生都有行動電話。

04 **connect** [kəˋnɛkt] 動 連接

The mechanic has **connected** the cable to the TV this afternoon.

🏛 今天下午技工已將電纜連接上電視了。

05 **dial** [ˋdaɪəl] 動 撥 名 刻度盤

Please **dial** 110 if there is an emergency.

🏛 若有緊急事件請撥110。

06 **directory** [dəˋrɛktərɪ] 名 姓名地址錄

You can find her number in this telephone **directory**.

🏛 你可以在這本電話簿裡找到她的電話號碼。

07 **disconnect** [ˌdɪskə`nɛkt] 動 切斷(電話等)　4

She ran to the phone, but the line was **disconnected**.
🔒 她跑向電話，但已經掛斷了。

08 **extension** [ɪk`stɛnʃən] 名 分機；擴張；延長　5

He can get me on **extension** 606.
🔒 他可以撥分機606找我。

09 **mobile** [`mobɪl] 形 可動的；移動式的　3

Don't forget the charger for your **mobile** phone.
🔒 不要忘了你的行動電話充電器。

10 **operator** [`ɑpəˌretə] 名 操作者；接線生　3

She dialed the **operator** and put in a call for Zurich.
🔒 她撥通了接線生並打電話到蘇黎世。

11 **receiver** [rɪ`sivə] 名 收受者；受話器　3

He cradled the telephone **receiver** when he finished.
🔒 他講完電話，就把聽筒掛在支架上。

12 **recipient** [rɪ`sɪpɪənt] 名 接受者 形 接受的　6

Edward decided to give all his money away. The **recipients** of his money included charities, schools and churches.
🔒 愛德華決定將他所有的錢捐出去，接受者包括慈善機構、學校與教堂。

13 **telegram** [`tɛləˌgræm] 名 電報　4

I want to dispatch a **telegram** to my uncle.
🔒 我想要發送一封電報給我叔叔。

14 **telegraph** [`tɛləˌgræf] 動 發電報 名 電報機　4

Kevin **telegraphed** me an urgent message yesterday.
🔒 凱文昨天發了一封緊急電報給我。

15 **telephone** [`tɛləˌfon] 動 打電話　2

I must **telephone** Sue to say I was sorry.
🔒 我必須打電話給蘇說我很抱歉。

16 **wire** [`waɪr] 名 電線 動 給⋯裝電線　2

Sorry, her telephone **wire** is busy.
🔒 抱歉，她的電話忙線中。

03 電視與電台 分類

01 audience [`ɔdɪəns] 名 聽眾 ③
The **audience** enjoyed Susan Boyle's voice and moved by her performance.
🎵 觀眾很欣賞蘇珊大嬸的歌喉,並被她的表演感動。

02 audio [`ɔdɪˏo] 形 聲音 ④
Sylvia was trained to record **audio** tapes of books at school.
🎵 絲薇亞在學校時曾受訓錄製書籍的錄音帶。

03 broadcast [`brɔdˏkæst] 動 廣播 名 廣播節目 ②
The basketball game will be **broadcast** live on TV and radio.
🎵 這場籃球賽將在電視及廣播實況轉播。

04 cartoon [kɑr`tun] 名 卡通 動 畫漫畫 ②
All children love **cartoons**.
🎵 所有小孩都喜愛卡通。

05 channel [`tʃænl] 名 頻道 動 傳輸 ③
We have about one hundred TV **channels**.
🎵 我們大約有一百個電視頻道。

06 earphone [`ɪrˏfon] 名 耳機 ④
Please put on your **earphones** now.
🎵 現在請戴上您的耳機。

07 episode [`ɛpəˏsod] 名 (影集的)一集 ⑥
The final **episode** will be shown next Monday.
🎵 最後一集將於下星期一播出。

08 headphone [`hɛdˏfon] 名 頭戴式耳機 ④
I listened to the radio by **headphones** on the bus.
🎵 我在公車上用頭戴式耳機聽廣播。

09 hi-fi/high fidelity [`haɪ`faɪ] 名 高傳真音響 ⑤
This program is being broadcast in **hi-fi**.
🎵 這個節目正用高傳真音響播放。

10 host [host] 名 主持人 動 主辦 ②
Stewart is the **host** of the radio show on Saturday nights.
🎵 史都華是每週六晚上這個廣播節目的主持人。

⑪ **loudspeaker** [`laud`spikə] 名 擴音器
You can use the **loudspeaker** to address the crowd.
🔐 你可以使用擴音器對人群講話。

⑫ **microphone** [`maɪkrə,fon] 名 麥克風
The pop singer is singing into a **microphone**.
🔐 這位流行歌手正在用麥克風唱歌。

⑬ **monitor** [`mɑnətə] 名 螢幕；監視器 動 監視
Lulu is watching a movie on a television **monitor**.
🔐 露露正透過電視螢幕觀賞一部電影。

⑭ **MTV/music television** 名 音樂電視頻道
The **MTV** channel is one of his favorite television channels.
🔐 MTV音樂台是他最喜愛的電視頻道之一。

⑮ **network** [`nɛt,wɜk] 名 網絡；聯播網
A game of tennis was broadcast on a national radio **network**.
🔐 一場網球比賽在全國廣播網上聯播。

⑯ **news** [njuz] 名 新聞
The latest sports **news** will be at nine one ESPN Sports Channel.
🔐 最新的運動新聞將在ESPN體育台於九點播出。

⑰ **newscast** [`njuz,kæst] 名 新聞報導
We watch the **newscast** on TV every morning.
🔐 我們每天早上看電視新聞報導。

⑱ **newscaster** [`nuz,kæstə] 名 新聞播報員
The **newscaster** wrote the headlines today.
🔐 新聞播報員寫了今天的頭條新聞。

⑲ **radio** [`redɪ,o] 名 收音機 動 以無線電發送
Father walked into the living room and turned on the **radio**.
🔐 父親走進客廳打開收音機。

⑳ **remote** [rɪ`mot] 形 遠程的
They radioed to us from a **remote** region that they were in trouble.
🔐 他們從某個偏遠地區發電報給我們，說他們遇到了困難。

21 **series** [`sɪrɪz] 名 連續；系列
This broadcasting station is planning a new **series** of programs.
🏛 這家廣播電臺正在企畫一系列新的節目。

22 **tape** [tep] 名 錄音帶 動 用錄音帶錄
I made a **tape** of Dr. Chiu's conversation.
🏛 我將邱博士的談話錄在錄音帶上。

23 **television** [`tɛlə͵vɪʒən] 名 電視
I don't have time to watch **television** last night.
🏛 我昨晚沒時間看電視。

24 **transmission** [træns`mɪʃən] 名 傳播
There was a break in **transmission** due to a technical fault this afternoon.
🏛 今天下午由於技術故障造成傳輸中斷。

25 **transmit** [træns`mɪt] 動 轉播；傳送
The final baseball game was **transmitted** live to over thirty countries.
🏛 這場棒球決賽在三十個國家實況轉播。

26 **tube** [tjub] 名 電視機；管子
The only boxing he saw was on the **tube**.
🏛 他只看過電視上的拳擊。

27 **video** [`vɪdɪ͵o] 動 名 錄影
We had been **videoing** the TV program.
🏛 我們已錄下這個電視節目。

28 **videotape** [`vɪdɪo͵tep] 名 錄影帶 動 錄影
Some viewers illegally record the films on **videotape**.
🏛 有些觀眾非法將影片錄在錄影帶上。

04　視覺

分類

01 **sight** [saɪt] 名 見解；視界 動 瞄準
Mark has a far **sight**, and he has foreseen the trend in the next ten years.
🏛 馬克很有遠見，他已經預測出未來十年的趨勢。

02 **visible** [`vɪzəbḷ] 形 可看見的
My house is not far from the church. The church is **visible** from my bedroom.
🔒 我家離教堂不遠，可以從我的臥室看到教堂。

03 **vision** [`vɪʒən] 名 視力；視野
Lawrence lost the **vision** of his left eye in the accident.
🔒 羅倫斯在意外中失去了左眼視力。

04 **symbol** [`sɪmbḷ] 名 象徵；標誌
To them, the eagle is a **symbol** of courage.
🔒 對他們而言，老鷹是勇氣的象徵。

05 **visual** [`vɪʒuəl] 形 視覺的
Visual aids may attract young kids' attention.
🔒 視覺教具可能吸引稚齡兒童的注意力。

06 **visualize** [`vɪʒuəl͵aɪz] 動 使可見；想像
She **visualized** the day her daughter walked toward her.
🔒 她想像女兒走向她的那天。

PART 18

產業類
單字收納

名 名 詞

動 動 詞

形 形容詞

副 副 詞

1～6 單字難易度
(分別符合美國一至六年級學生所學範圍)

掃碼即聽
MP3 293～302

01 農業

分類

01 **agricultural** [ˌæɡrɪ`kʌltʃərəl] 形 農業的 ⑤
Many **agricultural** products were exported to
Southeast Asia last year.
♣ 去年出口許多農產品到東南亞。

02 **agriculture** [`æɡrɪ.kʌltʃɚ] 名 農業 ③
This country is stronger in **agriculture** than in industry.
♣ 這個國家的農業比工業發達。

03 **barn** [bɑrn] 名 穀倉 ③
The farmer kept the grains in the **barn** on the farm.
♣ 農夫將穀物存放在農場上的穀倉裡。

04 **crop** [krɑp] 名 農作物 動 收割 ②
Those **crops** were stored in the basement.
♣ 農作物儲藏在地下室。

05 **cultivate** [`kʌltə.vet] 動 培育；耕種 ⑥
My parents **cultivated** a small garden in the back
yard.
♣ 我爸媽在後院培育了一座小菜園。

06 **dairy** [`dɛrɪ] 名 酪農業 ③
The family has been in the **dairy** business for fifty
years.
♣ 這個家族經營酪農業已有五十年了。

07 **farm** [fɑrm] 名 農場 動 務農 ①
There are many animals in the **farm**.
♣ 農場裡有很多動物。

08 **farmer** [`fɑrmɚ] 名 農夫 ①
Farmers are worried about the coming typhoon.
♣ 農夫擔心著即將來襲的颱風。

09 **fertile** [`fɝtl] 形 肥沃的 ④
The plains over there are very **fertile**.
♣ 那邊的平原非常肥沃。

10 **fertility** [fɝ`tɪlətɪ] 名 肥沃 ⑥
The **fertility** of the soil can grow three crops of rice a
year.
♣ 肥沃的土地一年可種三季稻。

11 **fertilizer** [`fɝtḷ͵aɪzɚ] 名 肥料
Get more **fertilizer** for the roses.
🏠 給這些玫瑰再多施些肥料。

12 **fishery** [`fɪʃərɪ] 名 漁業
The nation's **fishery** is shrinking gradually.
🏠 這個國家的漁業正逐漸萎縮。

13 **grain** [gren] 名 穀類
Thailand exports **grains**.
🏠 泰國出口穀類。

14 **harvest** [`hɑrvɪst] 動 名 收穫
The freshly **harvested** melon tastes good.
🏠 新鮮採收的甜瓜味道真好。

15 **livestock** [`laɪv͵stɑk] 名 家畜
Widespread flooding killed scores of **livestock**.
🏠 洪水氾濫淹死了很多家畜。

16 **mow** [mo] 動 收割
The farmers were busy **mowing** the wheat in the field.
🏠 農夫正在田裡忙著收割小麥。

17 **mower** [`moɚ] 名 割草機
The **mower** now carries out most of the mowing
work on the farm.
🏠 現今割草機完成農場上大部分的收割工作。

18 **pesticide** [`pɛstɪ͵saɪd] 名 農藥
Farmers spray **pesticides** on their crops to kill
harmful insects.
🏠 農夫將農藥噴灑在作物上除掉害蟲。

19 **plantation** [plæn`teʃən] 名 農場
Eugene works on a banana **plantation** in Costa Rica.
🏠 尤金在哥斯大黎加的一個香蕉農場工作。

20 **plow** [plaʊ] 動 耕作 名 犁
They used tractors to **plow** 500 acres of fields.
🏠 他們用牽引機耕種了五百英畝田地。

21 **poultry** [`poltrɪ] 名 家禽
Antibiotics found in **poultry** will also be found in
their eggs.
🏠 在家禽中發現的抗生素也會出現在牠們所產下的蛋裡。

22 **ranch** [ræntʃ] 名 大農場 動 經營農場

Mr. Gerald once owned a cattle **ranch** in Australia.

🏠 吉羅德先生在澳洲曾擁有一個養牛農場。

23 **reap** [rip] 動 收割

The workers continued to **reap** the rice after lunch.

🏠 工人在午餐之後繼續收割稻子。

24 **scarecrow** [`skɛr،kro] 名 稻草人

We put a **scarecrow** in the field in order to frighten birds away.

🏠 我們在田裡放了一個稻草人以嚇走小鳥。

25 **soil** [sɔɪl] 名 土壤 動 弄髒

That farm has the most fertile **soil** in this region.

🏠 那個農場有這個地區最肥沃的土壤。

26 **sow** [so] 動 播種

The farmer **sowed** the field with corns in spring.

🏠 農夫春天時在田裡播種玉米種子。

27 **vineyard** [`vɪnjəd] 名 葡萄園

Max supervises the **vineyards** and makes the wines.

🏠 麥克斯管理葡萄園並釀造葡萄酒。

28 **wheat** [hwit] 名 麥子；小麥

Farmers grow **wheat**, corn and other crops in spring.

🏠 農夫在春天種植小麥、玉米和其他作物。

02 工業　　　　　　　　　　分類

01 **capacity** [kə`pæsətɪ] 名 生產力；容量

The factory is valued for its monthly **capacity** of 1,000 cars.

🏠 這個工廠因每月能生產一千輛汽車而受到重視。

02 **develop** [dɪ`vɛləp] 動 發展

Over the past few years, industry here has **developed** considerably.

🏠 過去幾年來，這裡的工業已有顯著發展。

03 **development** [dɪ`vɛləpmənt] 名 發展

Education is critical to a country's economic
development.

🏛 教育對於國家經濟發展至關重要。

04 **dismantle** [dɪs`mænt!] 動 拆開；分解

The electrical technician **dismantled** the engine.

🏛 電工技師拆開了引擎。

05 **engine** [`ɛndʒən] 名 引擎

The **engine** of the five-year-old car is still very powerful.

🏛 這輛五年車的引擎仍然非常強而有力。

06 **factory** [`fæktərɪ] 名 工廠

Mr. Norman owned a furniture **factory** in the
countryside.

🏛 諾曼先生在鄉間擁有一間傢俱工廠。

07 **industrial** [ɪn`dʌstrɪəl] 形 工業的

The complete **industrial** equipment of the new
factory will take six months.

🏛 將這間新工廠的工業設備裝配好要花六個月的時間。

08 **industrialize** [ɪn`dʌstrɪə‚laɪz] 動 工業化

Energy consumption rises since many nations
industrialize.

🏛 許多國家的工業化導致能源消耗量增加。

09 **industry** [`ɪndəstrɪ] 名 工業

Our motor vehicle **industry** suffers through poor
investment in research.

🏛 我們的汽車工業熬過了投資研究貧乏時期。

10 **manufacture** [‚mænjə`fæktʃə] 動 大量製造

We import much foreign **manufactured** merchandise.

🏛 我們進口很多國外大量製造的商品。

11 **manufacturer** [‚mænjə`fæktʃərə] 名 製造商

The company is the world's largest model car
manufacturer.

🏛 這家公司是全世界最大的模型車製造商。

12 **mill** [mɪl] 名 磨坊 動 研磨

The **mill** shuts down for two days' holiday.

🏛 這家磨坊因兩天假期而停工。

13 **modernization** [ˌmɑdənə`zeʃən] 名 現代化 6
We enjoy the convenience brought by the
modernization.
🔒 我們很享受現代化所帶來的便利。

14 **modernize** [`mɑdən͵aɪz] 動 現代化 5
We are planning to **modernize** our school.
🔒 我們計畫將學校現代化。

15 **pipeline** [`paɪp͵laɪn] 名 管線 6
They are building an underground oil **pipeline** to the
other side of the city.
🔒 他們正在建造一條地下油管連接到城市的另一端。

16 **produce** [`prɑdjus ] 名 產品 動 [ prə`djus] 生產 2
We also import a lot of fresh **produce**.
🔒 我們也進口大量的新鮮農產品。

17 **product** [`prɑdəkt] 名 產品 3
My boss asked me to get the best **product** at the
lowest price.
🔒 我老闆要求我以最低的價格購買最好的產品。

18 **production** [prə`dʌkʃən] 名 製造；產量 4
The factory executed incentive program to encourage
the **production** of bicycles.
🔒 這間工廠實施獎勵方案以促進腳踏車的產量。

19 **productive** [prə`dʌktɪv] 形 多產的 4
Training makes the workers more **productive**.
🔒 培訓課程讓這些工人更多產。

20 **productivity** [ˌprodʌk`tɪvətɪ] 名 生產力 6
Results of the second-quarter reflect a great
improvement in **productivity**.
🔒 第二季的結果反映生產力有大幅度的進展。

21 **pump** [pʌmp] 動 抽水 名 抽水機 2
The fire brigade **pumped** water out of the flooded
basement.
🔒 消防隊將水抽出遭淹沒的地下室。

22 **refine** [rɪ`faɪn] 動 精煉 6
Crude oil is **refined** to remove impurities.
🔒 精煉原油以去除雜質。

[23] **rubber** [`rʌbə] 名 橡膠

Tom is wearing a pair of **rubber** shoes. The shoes look nice.
🏠 湯姆穿了一雙看起來不錯的膠鞋。

[24] **shed** [ʃɛd] 名 庫房；廠房 動 流出

There is a disused railway **shed** near the train station.
🏠 火車站附近有一個廢棄的鐵路廠房。

[25] **steel** [stil] 名 鋼鐵 動 鋼化

The country's **steel** industry is expanding.
🏠 這個國家的鋼鐵工業正在發展。

[26] **ware** [wɛr] 名 貨品

All the **wares** are fabricated from high quality materials.
🏠 所有貨品都是由高品質原料製造的。

[27] **warehouse** [`wɛr,haʊs] 名 倉庫 動 放置於倉庫

Those engines are stacked in this **warehouse**.
🏠 那些引擎被堆放在這個倉庫裡。

[28] **work** [wɜk] 動 名 工作

Joe started **working** for the factory two years ago.
🏠 喬兩年前開始在這家工廠工作。

---

03 報紙與出版業 分類

[01] **author** [`ɔθə] 名 作者 動 編寫

She is the **author** of the best-selling book.
🏠 她是這本暢銷書的作者。

[02] **autobiography** [,ɔtəbaɪ`ɑgrəfɪ] 名 自傳

The general published his **autobiography** last spring.
🏠 這位將軍去年春天出版了他的自傳。

[03] **banner** [`bænə] 名 旗幟；橫幅；大標題

Did you see the **banner** on New York Times today?
🏠 你看了今天紐約時報的大標題嗎？

[04] **bold** [bold] 形 粗體的；大膽的

Please add a **bold** line under the title.
🏠 請在標題下方加上一條粗線。

05 **brochure** [bro`ʃʊr] 名 小冊子
We have planned to publish an advertising **brochure** for the series of books.
🏛 我們已計畫為這系列書籍發行一本廣告小冊。

06 **bulletin** [`bʊlətɪn] 名 公告
You can refer to the newly announced rules on the **bulletin**.
🏛 你可以參考公告上最近宣布的規則。

07 **caption** [`kæpʃən] 名 標題；簡短說明
There is a wrong word in the **caption** on the back of the photo.
🏛 這張照片背面的簡短說明裡有一個錯字。

08 **catalogue/catalog** [`kætəlɔg] 名 目錄
They have the world's biggest perfume **catalogue**.
🏛 他們擁有全世界最豐富的香水目錄。

09 **chapter** [`tʃæptə] 名 章節
Your homework is to read **chapter** 1-2 of the book.
🏛 你們的作業是讀完這本書的第一到第二章。

10 **circulate** [`sɜkjə‚let] 動 循環；流通；傳閱
Anonymous leaflets have been **circulated** in the city.
🏛 匿名的傳單已在城市裡傳閱開來。

11 **circulation** [‚sɜkjə`leʃən] 名 循環；發行量
The newspaper's **circulation** is growing fast.
🏛 這個報紙的發行量正迅速增加。

12 **collection** [kə`lɛkʃən] 名 收集
The **collection** of those ancient dolls took Helen thirty years.
🏛 收集那些古老的洋娃娃花了海倫三十年。

13 **column** [`kɑləm] 名 專欄；圓柱
He writes a regular **column** for the magazine.
🏛 他定期為這家雜誌撰寫專欄。

14 **columnist** [`kɑləmɪst] 名 專欄作家
Mr. Johnson is a **columnist** for the Los Angeles News.
🏛 強森先生是洛杉磯新聞報的專欄作家。

15 **comic** [`kɑmɪk] 名 漫畫
My brother loves to read "Spiderman" **comics**.
🏛 我弟弟喜愛看《蜘蛛人》漫畫。

16 **comment** [`kamɛnt] 名 評論 動 做評論 ④

There has been no **comment** so far from the hospital.

🔒 至今沒有來自這家醫院的評論。

17 **commentary** [`kamən,tɛrɪ] 名 注釋；說明 ⑥

The **commentary** for this chemical term is on the end of the page.

🔒 這個化學術語的注釋在本頁頁尾。

18 **commentator** [`kamən,tetə] 名 時事評論家 ⑤

Mr. White is a political **commentator**.

🔒 懷德先生是一位政治時事評論家。

19 **composition** [,kampə`zɪʃən] 名 組合；作文 ④

You have to write a **composition** about the trip last weekend.

🔒 你們必須寫一篇關於上週末旅行的作文。

20 **copy** [`kapɪ] 名 拷貝；副本 動 複製 ②

The reporter got a **copy** of his love letter illegally.

🔒 這名記者非法取得他情書的副本。

21 **copyright** [`kapɪ,raɪt] 名 版權 動 取得版權 ⑤

The **copyright** of the cartoon has been sold to many countries.

🔒 這部卡通的版權已賣給許多國家。

22 **cover** [`kʌvə] 名 封面 動 覆蓋 ①

The **cover** of the book is still under design.

🔒 這本書的封面仍在設計中。

23 **diary** [`daɪərɪ] 名 日記 ②

You can keep a **diary** to record what happens in your daily life.

🔒 你可以寫日記記錄每天生活中的點點滴滴。

24 **dictionary** [`dɪkʃən,ɛrɪ] 名 字典 ②

Look up a **dictionary** if you don't know a word.

🔒 如果有你不認識的字就查字典。

25 **edit** [`ɛdɪt] 動 編輯 ③

She is going to **edit** a book of poetry in the next two months.

🔒 她將在接下來的兩個月裡著手編輯一本詩集。

26 **edition** [ɪˋdɪʃən] 名 版本
A hard-cover **edition** will be available at bookstores this Saturday.
本週六在書店可以買到精裝版本。

27 **editor** [ˋɛdɪtɚ] 名 編輯者
He is the **editor** of this autobiography.
他是這本自傳的編輯。

28 **editorial** [͵ɛdəˋtorɪəl] 名 社論 形 編輯的
She writes **editorials** for China Times.
她為中國時報寫社論。

29 **encyclopedia** [ɪn͵saɪkləˋpidɪə] 名 百科全書
Today you can own an **encyclopedia** online.
現今你可以擁有線上百科全書。

30 **format** [ˋfɔrmæt] 名 格式；開本 動 格式化
We decided to make a large-**format** book.
我們決定製作一本大開本的書。

31 **headline** [ˋhɛd͵laɪn] 名 標題 動 下標題
The New York Times has the **headline** "The Voice of Integrity".
紐約時報有則標題為「正直之聲」。

32 **illustrate** [ˋɪləstret] 動 舉例說明
The case **illustrates** that many people still live in poverty.
這個案例說明許多人仍然生活貧困。

33 **illustration** [͵ɪləsˋtreʃən] 名 說明；插圖
Most children like story books full of **illustrations**.
大多數兒童喜歡富含插圖的故事書。

34 **index** [ˋɪndɛks] 名 索引 動 編索引
There is an alphabetical **index** at the back of the book.
這本書的後面有按字母編次的索引。

35 **insert** [ɪnˋsɝt] 動 插入；刊登 名 插入物
We **inserted** an advertisement in the magazine.
我們在這本雜誌上刊登了一則廣告。

36 **issue** [ˋɪʃjʊ] 名 議題 動 發行
The newspapers today headlined international **issues**.
今天的報紙標題報導了國際議題。

37 journal [`dʒɜnḷ] 名 期刊
Our laboratory subscribed to several scientific **journals**.
🏠 我們實驗室訂閱了幾種科學期刊。

38 journalism [`dʒɜnḷ‚ɪzm] 名 新聞業;新聞學
She began a career in **journalism** last month.
🏠 她上個月開始在新聞界工作。

39 journalist [`dʒɜnḷɪst] 名 記者
The **journalist** followed him at a discreet distance.
🏠 這名記者以不引人注意的距離跟蹤他。

40 layout [`le‚aut] 名 版面設計;佈局
The art designer has done the cover **layout**.
🏠 美術設計師已完成封面設計。

41 magazine [‚mægə`zin] 名 雜誌
Did you buy the English **magazine** this month?
🏠 你有買這個月的英文雜誌嗎？

42 monthly [`mʌnθlɪ] 名 月刊 形 每月一次的
We subscribed to a literary **monthly**.
🏠 我們訂閱一本文學月刊。

43 newspaper [`njuz‚pepɚ] 名 報紙
I read about the news in the **newspaper**.
🏠 我從報紙上讀到這則新聞。

44 notice [`notɪs] 名 布告 動 注意
They posted up a **notice** this morning.
🏠 他們今天早上張貼了一則布告。

45 page [pedʒ] 名 書頁
You will find the picture on **page** 22.
🏠 這張圖片在第二十二頁。

46 pamphlet [`pæmflɪt] 名 小手冊
I was paging through a **pamphlet** when she called me.
🏠 她叫我的時候，我正在翻閱一本小冊子。

47 press [prɛs] 名 新聞界 動 壓下
The **press** were not allowed to enter the court room.
🏠 媒體不得進入法庭。

48 print [prɪnt] 動 名 印刷
The book is **printed** on environmentally-friendly paper.
🏠 這本書使用環保紙印刷。

49 **publication** [ˌpʌblɪˋkeʃən] 名 出版
The **publication** of the dictionary has been postponed to next month.
🏠 這本字典已延期到下個月出版。

50 **publish** [ˋpʌblɪʃ] 動 出版
The publishing house **publishes** reference books only.
🏠 這家出版社只出版參考用書。

51 **publisher** [ˋpʌblɪʃɚ] 名 出版者;出版社
Four **publishers** are competing in the same market.
🏠 四家出版社在同一個市場上相互競爭。

52 **revise** [rɪˋvaɪz] 動 修正;校訂
Two editors handled the work of **revising** the biography.
🏠 兩位編輯處理這本傳記的校訂工作。

53 **revision** [rɪˋvɪʒən] 名 修訂
The encyclopedia of philosophy underwent a final **revision**.
🏠 這本哲學百科全書經過最後的修訂。

54 **source** [sors] 名 來源
The journalist refused to disclose the **source** of the news.
🏠 記者不肯透露這則新聞的來源。

55 **version** [ˋvɝʒən] 名 版本
This song has four different **versions**, but I like the original one the best.
🏠 這首歌曲共有四個版本,但是我最喜歡原始版本。

56 **subscribe** [səbˋskraɪb] 動 訂閱;捐款;簽署
Subscribe to at least a scientific periodical if you want to keep abreast of advances in science.
🏠 如果你想跟上科學的腳步,至少得訂閱一本科學期刊。

57 **subscription** [səbˋskrɪpʃən] 名 訂閱;捐款
I paid NT\$2,000 for a one-year **subscription** to the newspaper.
🏠 我付了新臺幣兩千元訂閱一年份的報紙。

58 **type** [taɪp] 名 類型 動 打字
What **type** of magazine would you prefer to read?
🏠 你比較喜歡閱讀哪一類型的雜誌呢?

04 科技

分類

01 binoculars [bɪ`nɑkjələz] 名 雙筒望遠鏡 🔵

The boy observed the birds with a **binoculars**.
🏛 這個男孩用雙筒望遠鏡觀察這些鳥類。

02 device [dɪ`vaɪs] 名 裝置；設計 🔵

This is a very complicated **device**.
🏛 這是一個很複雜的裝置。

03 digital [`dɪdʒɪt] 形 數位的 🔵

I bought a **digital** camera a week ago.
🏛 一個星期前我買了一台數位相機。

04 dynamite [`daɪnə,maɪt] 名 炸藥 動 爆破 🔵

About one hundred meters of rail was blown up with
dynamite.
🏛 炸藥炸毀大約一百公尺的鐵軌。

05 engineer [ɛndʒə`nɪr] 名 工程師 🔵

They sent a service **engineer** to repair the machine.
🏛 他們派了一位客服工程師來修理機器。

06 engineering [,ɛndʒə`nɪrɪŋ] 名 工程學 🔵

Aaron graduated with degrees in **engineering**.
🏛 亞倫以工程學的學位畢業。

07 expertise [,ɛkspɚ`tiz] 名 專門知識 🔵

Jerry has the **expertise** in computer science.
🏛 傑瑞擁有電機方面的專門知識。

08 facility [fə`sɪlətɪ] 名 能力；設備 🔵

You may use all the **facilities** here for free.
🏛 你可以免費使用這裡所有的設備。

09 filter [`fɪltɚ] 名 過濾器 動 過濾 🔵

The villagers count on the **filter** to get clean water.
🏛 村民靠這台過濾器取得乾淨的水。

10 framework [`frem,wɜk] 名 架構 🔵

The **framework** inside the equipment is not easy to
understand.
🏛 這項設施的內部架構不太容易理解。

11 **machine** [mə`ʃin] 名 機械 動 用機器做
The girl put a coin in the **machine** and pushed the button.
🔒 女孩將一枚硬幣投入機器並按下按鈕。

12 **machinery** [mə`ʃinərɪ] 名 機械
The factory manufactures quality tools and **machinery**.
🔒 這家工廠製造高級工具和機械。

13 **mechanical** [mə`kænɪkl̩] 形 機械的
He invented a small **mechanical** device that tells the time.
🔒 他發明了會報時的小型機械裝置。

14 **mechanics** [mə`kænɪks] 名 力學
Professor Cornell is our **mechanics** teacher.
🔒 康奈爾教授是我們的力學老師。

15 **mechanism** [`mɛkə͵nɪzəm] 名 機械裝置
The boy was curious about the locking **mechanism** of the new lock.
🔒 男孩對這個新鎖的上鎖裝置感到好奇。

16 **robot** [`robət] 名 機器人
The professor invented a new type of **robot**.
🔒 這位教授發明了一種新型機器人。

17 **technical** [`tɛknɪkl̩] 形 技術上的
This job will require **technical** knowledge.
🔒 這個工作需要專業知識。

18 **technician** [tɛk`nɪʃən] 名 技師
He is the most versatile **technician**.
🔒 他是最多才多藝的技師。

19 **technique** [tɛk`nik] 名 技術；技巧
You should build your arguments on **techniques**.
🔒 你的論點應該建立在技術的基礎上。

20 **technological** [͵tɛknə`lɑdʒɪkl̩] 形 技術的
With the help of the specialist, our company finally solved the **technological** problems.
🔒 由於這位專家的幫助，我們公司終於解決了工業技術問題。

21 **technology** [tɛk`nɑlədʒɪ] 名 科技
We had considerably advanced in **technology**.
🔒 我們在科技上已有相當進展。

05 各行各業

01 accountant [ə`kauntənt] 名 會計師 ④
My **accountant** will declare my taxes before the end of this month.
🏠 我的會計師在月底之前會幫我報稅。

02 adviser [əd`vaɪzə] 名 顧問 ③
The CEO and his **advisers** spent the day in meetings.
🏠 執行長和他的顧問整天都在開會。

03 advocate [`ædvə͵ket] 名 提倡者 動 提倡 ⑥
Jeffery is a strong **advocate** of free trade and free market policies.
🏠 傑佛瑞是自由貿易及自由市場政策的激進提倡者。

04 amateur [`æmə͵tʃur] 名 業餘從事者 形 業餘的 ④
You should ask help from a professional, not an **amateur**.
🏠 你應該請求專家的協助，而不是業餘人士。

05 analyst [`ænəlɪst] 名 分析家 ⑥
He enjoys listening to the political **analyst**'s program on the radio every Tuesday night.
🏠 每週二晚上他喜愛收聽這位政治分析家的廣播節目。

06 apprentice [ə`prɛntɪs] 名 學徒 動 使…做學徒 ⑥
This famous chef has three **apprentices**.
🏠 這位有名的大廚師有三個學徒。

07 assistant [ə`sɪstənt] 名 助理 ②
She applied for the position of **assistant**.
🏠 她申請助理職。

08 blacksmith [`blæk͵smɪθ] 名 鐵匠 ⑤
The **blacksmith** is making a pair of scissors by hand.
🏠 鐵匠正在親手製作一把剪刀。

09 bodyguard [`badɪ͵gard] 名 保鑣 ⑤
The Prime Minister of Canada was surrounded by **bodyguards**.
🏠 加拿大總理身邊圍繞著保鑣。

10 butcher [`butʃə] 名 屠夫；肉販 動 屠殺 ⑤
My grandma bought beef from the **butcher**.
🏠 我奶奶向肉販買牛肉。

11 **career** [kə`rɪr] 名 職業
Angela is concentrating on a **career** as an editor now.
🔒 安琪拉現在正專注於編輯一職。

12 **carpenter** [`kɑrpəntə] 名 木匠
The **carpenter** made all these chairs by himself.
🔒 木匠親手製作這些椅子。

13 **carrier** [`kærɪə] 名 運送者
John has been a mail **carrier** for more than twenty years.
🔒 約翰當郵差已經超過二十年了。

14 **celebrity** [sə`lɛbrətɪ] 名 名人
I saw some **celebrities** at Rebecca's party.
🔒 我在蕾貝卡的派對上看到了一些名人。

15 **chef** [ʃɛf] 名 廚師；主廚
My uncle is the **chef** in this international hotel.
🔒 我舅舅是這家國際飯店的主廚。

16 **clerk** [klɜk] 名 店員
The **clerks** in the pet shop are all very nice to customers.
🔒 這家寵物店的店員對顧客都非常親切。

17 **collector** [kə`lɛktə] 名 收藏家
Jeff is an antique **collector**.
🔒 傑夫是個骨董收藏家。

18 **consultant** [kən`sʌltənt] 名 顧問
We invited him to be the **consultant** of the dictionary we published.
🔒 我們邀請他擔任我們所出版字典的顧問。

19 **correspondent** [,kɔrə`spɑndənt] 名 特派員
The TV station has several **correspondents** in the U.S.A.
🔒 這家電視台在美國有幾位特派員。

20 **cowboy** [`kau,bɔɪ] 名 牛仔
Alan will dress up as a **cowboy** for the costume party.
🔒 亞倫將為了變裝派對而打扮成牛仔。

21 **designer** [dɪ`zaɪnə] 名 設計師
Doris is eager to become a fashion **designer**.
🔒 朵莉絲渴望成為一名時裝設計師。

22 **detective** [dɪˋtɛktɪv] 名 偵探 形 偵探的 ④
Aaron's brother is a private **detective**.
🔹 亞倫的弟弟是名私家偵探。

23 **expert** [ˋɛkspɜt] 名 專家 形 熟練的 ②
Mark is an **expert** in the banking field.
🔹 馬克是銀行業務領域的專家。

24 **fireman** [ˋfaɪrmən] 名 消防員 ②
One of the **firemen** saved the baby.
🔹 其中一名消防員救了這個嬰兒。

25 **grocer** [ˋgrosɚ] 名 雜貨商 ⑥
The **grocer** also sells popcorn in front of his store.
🔹 這位雜貨商在他的店鋪前面兼賣爆米花。

26 **guard** [gɑrd] 名 警衛 動 防衛 ②
The **guard** of our community has been a great help.
🔹 我們社區的警衛幫了大忙。

27 **herald** [ˋhɛrəld] 名 通報者 動 宣示 ⑤
The **herald** sent a letter to the king yesterday.
🔹 通報者昨天送了一封信給國王。

28 **housewife** [ˋhaʊs͵waɪf] 名 家庭主婦 ④
My daughter-in-law is a **housewife**.
🔹 我媳婦是個家庭主婦。

29 **hunter** [ˋhʌntɚ] 名 獵人 ②
This brave **hunter** killed a tiger last summer.
🔹 這位英勇的獵人去年夏天殺死了一隻老虎。

30 **interpreter** [ɪnˋtɜprɪtɚ] 名 譯者 ⑤
She overcame many difficulties to become a simultaneous **interpreter**.
🔹 她克服了許多困難成為同步口譯員。

31 **investigator** [ɪnˋvɛstə͵getɚ] 名 研究者 ⑥
Some **investigators** found that several kinds of animals in the woods vanished.
🔹 一些研究者發現樹林中有數種動物消失了。

32 **janitor** [ˋdʒænətɚ] 名 管理員 ⑤
The **janitor** has decided to retire in June.
🔹 管理員已決定要在六月退休。

33 **keeper** [`kipə] 名 看守人
The zoo **keeper** gave the animals two feeds a day.
動物園看守人每天餵食動物兩餐。

34 **landlady** [`lænd.ledɪ] 名 女房東
His **landlady** doubled the rent.
他的女房東漲了兩倍租金。

35 **landlord** [`lænd.lord] 名 房東
My **landlord** complained to me about the noise.
我的房東向我抱怨噪音。

36 **layman** [`lemən] 名 門外漢
I am not able to answer your question because I am just a **layman** in this field.
我無法回答你的問題,因為我在這個領域只是個門外漢。

37 **license** [`laɪsn̩s] 名 執照 動 許可
You need to get a **license** before starting to practice.
你必須在開始執業之前先拿到執照。

38 **mechanic** [mə`kænɪk] 名 機械工
The **mechanic** fixed my scooter.
機械工修理了我的機車。

39 **miner** [`maɪnə] 名 礦工
Rescuers saved the trapped **miners'** lives.
搜救人員拯救了這些受困礦工的性命。

40 **model** [`madl̩] 名 模特兒 動 模仿
She is London's top photographic fashion **model**.
她是倫敦最頂尖的平面時裝模特兒。

41 **nanny** [`nænɪ] 名 奶媽
The little girl's **nanny** will pick her up at five o'clock.
這個小女孩的奶媽將在五點鐘來接她。

42 **occupation** [.akjə`peʃən] 名 職業
What's your **occupation**?
你的職業是什麼?

43 **peasant** [`pɛzn̩t] 名 農夫
Peasants here still harvest their crops by hand.
這裡的農夫仍然手工收割他們的作物。

44 **plumber** [`plʌmə] 名 水管工人
Call a **plumber**; the faucet is leaking.
🏛 打電話給水管工人；這個水龍頭正在漏水。

45 **porter** [`portə] 名 門房；搬運工
The hotel **porter** will call a taxi for us.
🏛 飯店的門房將為我們叫一輛計程車。

46 **profession** [prə`fɛʃən] 名 專業；職業
Annie is an art designer by **profession**.
🏛 安妮的職業是美術設計師。

47 **professional** [prə`fɛʃənl] 名 專家 形 專業的
They hired a **professional** to take care of this crisis.
🏛 他們雇用一位專家來處理這個危機。

48 **reporter** [rɪ`portə] 名 記者
It's not easy to be a good on-the-spot **reporter**.
🏛 當一名好的現場記者並不容易。

49 **salesperson** [`selz͵pɜsn] 名 業務員；店員
The **salesperson** recommended me some new clothes.
🏛 店員推薦我一些新款服飾。

50 **secretary** [`sɛkrə͵tɛrɪ] 名 秘書
My **secretary** will fax a copy of the certificate to you later.
🏛 我的秘書稍後將傳真這份證明書的影本給你。

51 **servant** [`sɜvənt] 動 僕人
The **servant** led us into the dining room.
🏛 這名僕人帶我們進餐廳。

52 **sewer** [`soə] 名 縫製者；縫紉工
Rose is a great **sewer**. She can sew beautiful clothes.
🏛 蘿絲是一位很棒的縫紉家，她會縫製漂亮的衣裳。

53 **shepherd** [`ʃɛpəd] 名 牧羊人
The **shepherd** sheared wool from a sheep.
🏛 這位牧羊人從一頭羊身上剪下羊毛。

54 **spokesperson** [`spoks͵pɜsn] 名 發言人
Penny is the **spokesperson** of this company.
🏛 潘妮是這家公司的發言人。

[55] **teller** [`tɛlɚ] 名 敘述者；出納員　⑤
The **teller** made a big mistake and was dismissed from his job.
🏛 這名出納員犯了一個大錯並遭到免職。

[56] **typist** [`taɪpɪst] 名 打字員　④
Jack asked the **typist** to type this letter for him.
🏛 傑克要求這名打字員替他把這封信打出來。

[57] **veterinarian** [ˌvɛtərə`nɛrɪən] 名 獸醫　⑥
How long have you been a **veterinarian**?
🏛 你當獸醫多久了？

[58] **vocation** [vo`keʃən] 名 職業　⑥
It took Mini several years to realize her destined **vocation**.
🏛 米妮花了好幾年才找到她命中注定的職業。

[59] **vocational** [vo`keʃənl] 形 職業的　⑥
Eda joined a course designed to provide **vocational** training in nursing.
🏛 艾達參加了一門職業護理培訓課程。

[60] **waitress** [`wetrɪs] 名 女服務生　②
Nancy worked as a **waitress** in a nightclub.
🏛 南西在一家夜店當女服務生。

PART 19

虛詞與其他收納

名 名 詞　　動 動 詞

形 形容詞　　副 副 詞

冠 冠 詞　　連 連接詞

介 介系詞　　代 代名詞

1～6 單字難易度
(分別符合美國一至六年級學生所學範圍)

掃碼即聽
MP3 303～310

01 冠詞

分類

01 **a/an** [ə] / [æn] 冠 一個
Please give me **an** apple.
👤 請給我一顆蘋果。

02 **the** [ðə] 冠 這個；那個
The bouquet I bought for you smells good.
👤 我買給你的這束花聞起來好香。

02 連接詞

分類

01 **after** [`æftə] 連 介 在…之後
After the earthquake, 1,300 passengers are still
trapped at Japan Narita Airport.
👤 地震過後,仍有一千三百名旅客受困日本成田機場。

02 **although** [ɔl`ðo] 連 雖然
Although Elly was terribly sick, she still went to
work.
👤 雖然艾莉病得很嚴重,她還是照常上班。

03 **and** [ænd] 連 和
Steady exercise **and** healthy diet can help you lose
weight.
👤 持續的運動和健康的飲食可以幫助你減肥。

04 **as** [æz] 連 像…一樣 介 作為
Jolly is **as** pretty **as** Jasmine.
👤 裘莉和茉莉一樣漂亮。

05 **because** [bɪ`kɔz] 連 因為
Andrew went to bed early **because** he was exhausted.
👤 安德魯很早就上床睡覺,因為他累壞了。

06 **before** [bɪ`for] 連 以前 介 在…以前
I would love to spend a wonderful night with you
before sunrise.
👤 我願意在日出之前與你共度美好夜晚。

07 **but** [bʌt] 連 但是 介 除了…以外

Justin wants to buy a necklace for his girlfriend **but** he doesn't have enough money.
👤 賈斯汀想買一條項鍊給他女朋友，但是錢不夠

08 **either** [`iðɚ] 連 或者 代 兩者間任何一個

You can choose **either** way to promote your products.
👤 你可以選擇其中一種方式來推銷你的產品。

09 **if** [ɪf] 連 如果；是否

If I were a millionaire, I would donate the money to the poor.
👤 如果我是百萬富翁，我會把錢捐給窮苦的人。

10 **lest** [lɛst] 連 以免

I studied hard **lest** I should get flunked by my professor.
👤 我認真讀書以免被教授當掉。

11 **neither** [`niðɚ] 連 不…也不… 形 兩者都不

Neither two pairs of jeans could fit me.
👤 我根本穿不下這兩件牛仔褲。

12 **nor** [nɔr] 連 也不

Neither Lisa **nor** Jamie can solve this math problem.
👤 不只麗莎，連潔米也無法解出這道數學問題。

13 **once** [wʌns] 連 一次；曾經 名 一次

I talked to Amy **once** last semester.
👤 我上學期只和愛咪講過一次話。

14 **or** [ɔr] 連 或者；否則

Do you like beef **or** pork?
👤 你喜歡牛肉還是豬肉？

15 **since** [sɪns] 連 因為 介 自從

Since I was a rookie, I didn't familiar with anybody.
👤 因為我是菜鳥，所以我跟大家都不熟。

16 **so** [so] 連 所以 副 如此地

Sandra worked hard, **so** she got promoted.
👤 珊卓工作認真，所以升官了。

17 **than** [ðæn] 連 比 介 超過

My older brother is taller **than** me.
👤 我哥哥比我高。

18 then [ðɛn] 連 名 當時 🏆
I didn't join the high school basketball team **then**.
🏫 我當時沒有加入高中籃球校隊。

19 though [ðo] 連 雖然 副 然而；還是 🏆
He's not wealthy; **though**, he's healthy.
🏫 雖然他並不有錢，但是他很健康。

20 unless [ʌn`lɛs] 連 除非 3️⃣
I won't surrender **unless** my commander in chief told me to.
🏫 除非接到總司令的指示，否則我絕不投降。

21 until [ən`tɪl] **/ till** [tɪl] 連 介 直到 🏆
My dad always works **until** midnight.
🏫 我父親總是工作到半夜。

22 whenever [hwɛn`ɛvɚ] 連 副 無論何時 2️⃣
Whenever Mary leaves, Sam will always follow her.
🏫 無論瑪莉何時要離開，山姆都會跟著她一起。

23 whereas [hwɛr`æz] 連 然而；卻 5️⃣
Sarah likes to buy this dress so much, **whereas** she doesn't have enough money.
🏫 莎拉想買這件洋裝，但她錢不夠。

24 whether [`hwɛðɚ] 連 是否 🏆
We will go mountain climbing **whether** the weather is good or bad.
🏫 不論明天天氣是好是壞，我們都要去爬山。

25 while [hwaɪl] 連 當…的時候 名 一會兒 🏆
My neighbor will take care of my garden **while** I'm out of town.
🏫 當我外出時，鄰居會幫我照顧花園。

26 yet [jɛt] 連 副 還沒 🏆
I haven't paid my phone bill **yet**.
🏫 我還沒付我的電話帳單。

03 介系詞

01 aboard [ə`bord] 介 副 在飛機(船、火車)上
A-Rod is the last passenger going **aboard** on Boeing 777.
🏛 阿德是最後一位登上波音七七七的乘客。

02 about [ə`baut] 介 關於 副 大約
Can you tell me the story **about** my past life?
🏛 你可以告訴我前世的故事嗎？

03 above [ə`bʌv] 介 在⋯上面 副 在上面
The birds flew **above** the clouds.
🏛 鳥群在雲層上飛行。

04 according to [ə`kɔrdɪŋ tu] 介 根據
We must work harder, **according to** bad sales performance this month.
🏛 因為本月業績不甚理想，我們必須更認真。

05 across [ə`krɔs] 介 副 穿過；橫過
The woman came **across** me was my elementary schoolmate.
🏛 那個迎面而來的女人是我的小學同學。

06 against [ə`gɛnst] 介 反對
The town has a rule **against** feeding the stray dogs in public.
🏛 本鎮有規定，不准在公共場合餵養流浪狗。

07 along [ə`lɔŋ] 介 沿著 副 向前
I walk **along** the river bank home everyday.
🏛 我每天沿著河岸走回家。

08 alongside [ə`lɔŋ`saɪd] 介 在⋯旁邊 副 沿著
The luxury yacht anchored **alongside** the harbor.
🏛 這艘豪華遊艇停靠在港口邊。

09 amid [ə`mɪd] 介 在⋯之中
We lost our directions **amid** the storm and the darkness.
🏛 我們在暴風雨和黑暗中迷失了方向。

10 among [ə`mʌŋ] 介 在⋯之中
Among those students, Tina is the smartest.
🏛 蒂娜是那些學生中最聰明的。

11 **around** [ə`raʊnd] 介 在…周圍 副 在周圍

There are so many special flowers **around** my house.
🏠 我家四周有許多奇花異草。

12 **at** [æt] 介 在；向；由於；從事於；以

Helen waited for me **at** the end of the road.
🏠 海倫在路的盡頭等我。

13 **behind** [bɪ`haɪnd] 介 在…之後 副 在後

The best restaurant in town is **behind** my grandma's house.
🏠 這個小鎮最棒的餐廳就在我奶奶家後面。

14 **below** [bə`lo] 介 在…下面 副 在下方

My mom warned me that I could spend **below** 200 dollars a month.
🏠 我媽警告我一個月只能花兩百元以內。

15 **beneath** [bɪ`niθ] 介 在…之下

Spencer's salary per month is **beneath** his brother's.
🏠 史賓瑟的月薪比他弟弟低。

16 **beside** [bɪ`saɪd] 介 在…旁邊

The boy stands **beside** me is my younger brother.
🏠 站在我身旁的男孩是我弟弟。

17 **besides** [bɪ`saɪdz] 介 除了…之外 副 況且

He is a well-known editor; **besides**, he is also good at photographing.
🏠 他是一位知名編輯；此外，對於攝影也很擅長。

18 **between** [bɪ`twin] 介 在…之間 副 在中間

I can't tell the difference **between** Sally and Sammy because they are twins.
🏠 我沒辦法分辨莎莉和珊米，因為她們是雙胞胎。

19 **beyond** [bɪ`jɑnd] 介 超過 副 超過

Phillip's imagination for art is **beyond** limitation.
🏠 飛利普對藝術的想像力是沒有極限的。

20 **by** [baɪ] 介 在…之前 副 經由

Everyone needs to finish the special project **by** midnight.
🏠 每個人必須在午夜前完成特別專案。

21 **concerning** [kən`sɝnɪŋ] 介 關於

Concerning your letter, I am pleased to inform you that you become our new partner.
🏠 關於您的來信，我很樂意通知您將成為我們的新夥伴。

22 **despite** [dɪ`spaɪt] 介 不管;不顧 4
Dora came to the meeting **despite** her serious illness.
朵拉不顧自身病情,還是來開會了。

23 **down** [daʊn] 介 沿著…而下 副 向下
Walk **down** the street, and you will see the grocery store.
沿著這條街走,你會看到雜貨店。

24 **during** [`djʊrɪŋ] 介 在…期間
During the past 5 hours, Annie didn't go to the restroom because she was waiting for an interview.
在等待面試的五個小時中,安妮都沒去上廁所。

25 **except** [ɪk`sɛpt] 介 除了…之外
Except your father, I have never fallen in love with anyone.
除了你父親,我從未愛過任何人。

26 **following** [`fɑləwɪŋ] 介 在…以後 形 接著的 2
Poor Mr. Jackson had attack of malaria in 1860 and died in the **following** year.
可憐的傑克森先生在一八六零年感染瘧疾,並於隔年去世。

27 **for** [fɔr] 介 為了;往 連 因為
Patriots would shed blood **for** their country.
愛國者會為國家灑熱血。

28 **from** [frɑm] 介 從;自
"Where are you **from**?" "I'm **from** Canada."
「你從哪裡來?」「我來自加拿大。」

29 **in** [ɪn] 介 在…裡面 副 在裡面
"Who is **in** the bathroom?" "No one."
「誰在廁所?」「沒有人。」

30 **including** [ɪn`kludɪŋ] 介 包含;包括 4
I'm ordering some extra furniture, **including** a new leather sofa.
我要額外訂購一些家具,包括新的皮製沙發。

31 **inside** [ɪn`saɪd] 介 在…裡面 副 在裡面
There are five different grains **inside** the European style bread.
歐式麵包內含五種不同的穀類。

32 into [`ɪntu] 介 到…裡面

If you want to learn how to swim, you need to dive **into** the water first.

🏠 如果你想要學會游泳,你需要先潛入水中。

33 like [laɪk] 介 像;如 動 喜歡

Mary would never dance **like** her sister.

🏠 瑪莉跳舞永遠無法像她姊姊一樣好。

34 midst [mɪdst] 介 名 中間

In the **midst** of the panic and confusion, Nick lost consciousness.

🏠 在驚恐與混亂中,尼克失去了意識。

35 near [nɪr] 介 近的 形 接近的

Morris lives **near** the school, but he is still late for school every day.

🏠 莫里斯就住在學校附近,但他還是天天遲到。

36 of [əv] 介 屬於

I don't like the color **of** the suit. It's too bright.

🏠 我不喜歡這套西裝的顏色,它太亮了。

37 off [ɔf] 介 離開;去掉 形 離開的

Please turn **off** the light after use.

🏠 使用完畢後請關燈。

38 on [ɑn] 介 在…上 副 在上

There's a Siamese cat stretching its back **on** the floor.

🏠 有隻暹羅貓在地板上伸懶腰。

39 onto [`ɑntu] 介 在…之上

The dog leapt **onto** the table at once.

🏠 這隻狗立刻跳上桌。

40 opposite [`ɑpəzɪt] 介 形 相對的

His political position is **opposite** to his father-in-law's.

🏠 他的政治立場與他岳父對立。

41 outside [`aʊt`saɪd] 介 在…外面 副 在外面

Fiona's boyfriend has been waiting for her forgiveness **outside** the door.

🏠 費歐娜的男友一直在門外等待她的原諒。

42 **over** [ˋovɚ] 介 在…上方 副 超過

The lamp hung **over** the desk.

🏛 那盞燈懸掛在書桌上方。

43 **per** [pɚ] 介 每

Mario is an illegal worker; therefore, he earns 3 dollars **per** hour.

🏛 馬利歐是非法勞工,因此他一小時只能賺三塊錢。

44 **regarding** [rɪˋgɑrdɪŋ] 介 關於

She has no idea **regarding** the meeting.

🏛 她對會議內容一無所知。

45 **through** [θru] 介 副 通過

Diana has traveled **through** mainland China.

🏛 黛安娜已經遊遍整個中國。

46 **throughout** [θruˋaʊt] 介 副 徹頭徹尾

People **throughout** the country are suffering from unemployment.

🏛 這個國家的人正面臨失業的痛苦。

47 **to** [tu] 介 向;到;對 副 向前

Stop venting anger **to** me.

🏛 停止對我發洩怒氣。

48 **toward** [təˋword] 介 向…;對於;將近

Don't use that attitude **toward** me.

🏛 別用那種態度對待我!

49 **under** [ˋʌndɚ] 介 低於 副 小於

Under the governance of new government, economy has become worse in this country.

🏛 在新政府的管理下,經濟越變越差。

50 **underneath** [ˏʌndɚˋniθ] 介 副 在…下面

Underneath his cheerful appearance, George is actually afraid of people.

🏛 在喬治開朗的外表下,他其實是害怕人群的。

51 **up** [ʌp] 介 副 向上地

They are sailing **up** the river.

🏛 他們正航向河流上游。

52 **upon** [əˋpɑn] 介 在…上面

She laid her head **upon** my shoulder.

🏛 她把頭靠在我肩上。

53 **versus** [`vɜsəs] 介 對抗 ⑤
The basketball competition tomorrow is the USA **versus** Brazil.
🔒 明天的籃球比賽是美國對戰巴西。

54 **via** [`vaɪə] 介 經由 ⑤
She will pass the information **via** email.
🔒 她將藉由電子郵件傳送訊息。

55 **with** [wɪð] 介 帶有；具有 ①
I have been friends **with** Joe for 10 years.
🔒 我跟喬已有十年交情了。

56 **within** [wɪˋðɪn] 介 副 在…之內 ②
Jill has to turn in this project to her supervisor **within** one hour.
🔒 吉兒必須在一小時內繳交這份計畫給主管。

57 **without** [wɪˋðaʊt] 介 副 沒有 ②
Tina left her husband **without** a word.
🔒 蒂娜離開她的丈夫，沒留下隻字片語。

---

04 代名詞 分類

01 **all** [ɔl] 代 全部 形 全部的 ①
All of us need some cares from our family or friends.
🔒 所有人都需要家人和朋友的關懷。

02 **another** [əˋnʌðə] 代 另一個 形 另一的 ①
Cindy wants to pick **another** gown for the prom.
🔒 辛蒂想要挑選另一件禮服參加畢業舞會。

03 **any** [`ɛnɪ] 代 任何一個 形 任何的 ①
Does **any** student like tests?
🔒 有任何學生喜歡考試嗎？

04 **anybody** [`ɛnɪ.bɑdɪ] 代 任何人 ②
Is **anybody** here?
🔒 有沒有人在？

05 **anything** [`ɛnɪ.θɪŋ] 代 任何事(物) ①
Mr. White couldn't do **anything** for his dying wife.
🔒 懷特先生對他生命垂危的妻子無能為力。

06 **both** [boθ] 代 兩者 形 兩；雙
Both Amy and Sammy are my good friends.
🏠 艾咪跟珊米都是我的好朋友。

07 **certain** [`sɜtən] 代 某些 形 確實的
In **certain** areas of Africa, women need circumcising when they were girls.
🏠 在非洲某些地區，女生從小就要行割禮。

08 **each** [itʃ] 代 每一個 形 每個的
Each student has his own dream toward future.
🏠 每個學生都有自己對於未來的夢想。

09 **few** [fju] 代 少數 形 少的
Very **few** people could sing and dance like Jolin Tsai.
🏠 很少人可以像蔡依林一樣又唱又跳。

10 **he** [hi] 代 他；任何人 名 男性
He can be the most gifted teenager for music.
🏠 他可能是音樂領域中最有慧根的青少年。

11 **hers** [hɜz] 代 她的(東西)
These beautiful shoes are **hers**.
🏠 這雙美麗的鞋子是她的。

12 **him** [hɪm] 代 他(受格)
Don't try to tell **him** any secret between us.
🏠 別告訴他我們之間的祕密。

13 **his** [hɪz] 代 他的(東西)
Stanford tried **his** best to sell his old apartment.
🏠 史丹佛想盡辦法賣掉他的舊公寓。

14 **I** [aɪ] 代 我(第一人稱單數主格)
I want to be a police officer since I was a child.
🏠 我從小就希望成為一名警察。

15 **it** [ɪt] 代 它；這；那
Colby is my lovely pet and I like to play with **it** so much.
🏠 寇比是我可愛的寵物，我好喜歡跟牠玩。

16 **its** [ɪts] 代 它的(it的所有格)
Andrea wants to buy this skirt because she's fond of **its** color.
🏠 安卓雅想買這件裙子，因為她喜歡它的顏色。

17 **least** [list] 代 至少 副 最少

It took at **least** five hours to drive from Taipei to Kaohsiung.

🏠 從台北開車到高雄至少需要五個鐘頭。

18 **many** [mɛnɪ] 代 很多 形 許多的

How **many** people are there in your family?

🏠 你家族有多少人？

19 **me** [mi] 代 我(I的受格)

Could you give **me** your advice?

🏠 你可以給我意見嗎？

20 **mine** [maɪn] 代 我的東西 名 礦坑

The shoe is **mine**; you can see my initials on it.

🏠 這隻鞋是我的，你可以看到上面有我姓名的首字縮寫。

21 **more** [mor] 代 更多 副 更多地

There are **more** and more people killed by cancer nowadays.

🏠 現在有越來越多人死於癌症。

22 **most** [most] 代 最大多數 形 最多的

Most foreigners dislike stinky tofu because of its odor.

🏠 大部分外國人都因為臭味而不喜歡臭豆腐。

23 **much** [mʌtʃ] 代 許多 副 很

Sandy's father doesn't have **much** money but he would rather sacrifice himself for his family.

🏠 珊蒂的爸爸並不富有，但卻願意為家人犧牲。

24 **my** [maɪ] 代 我的(I的所有格)

My grandfather emigrated from the United States to Taiwan for my grandmother.

🏠 我祖父為了我祖母從美國移民到台灣。

25 **nobody** [`no͵bɑdɪ] 代 沒有人 名 無名小卒

Nobody wants to be Jacky's friend because he's so selfish.

🏠 沒有人想要跟傑克做朋友，因為他很自私。

26 **none** [nʌn] 代 無一 副 毫不；絕不

None of these books are published legally here.

🏠 這裡沒有一本書是合法出版的。

27 **nothing** [`nʌθɪŋ] 代 名 沒有甚麼
Nothing can change my love to my deceased husband.
🏠 沒有什麼可以改變我對亡夫的愛。

28 **nowhere** [`no͵hwɛr] 代 副 任何地方都不
I went **nowhere** in my summer vacation this year.
🏠 我今年暑假哪都沒去。

29 **one** [wʌn] 代 一個 形 一個的
One thing after another, it's really annoying.
🏠 事情接踵而至,真的很煩人!

30 **other** [`ʌðə] 代 其他;另一 形 其他的
There are two people in the room. One is a boy; the **other** is a girl.
🏠 房裡有兩個人,一個是男生,一個是女生。

31 **ours** [`aurz] 代 我們的(東西)
The yellow scarves here are **ours**.
🏠 這裡的黃色圍巾是我們的。

32 **own** [on] 代 自己的 動 擁有
Jack will finish homework on his **own**.
🏠 傑克會自己完成家庭作業。

33 **plenty** [`plɛntɪ] 代 豐富 副 足夠
My grandfather told me **plenty** of interesting stories happened on him.
🏠 祖父告訴我很多發生在他身上的趣事。

34 **she** [ʃi] 代 她 名 女性
She's the girl that I've been in love with.
🏠 她是我一直深愛著的女孩。

35 **some** [sʌm] 代 若干;一些 形 一些的
May I have **some** tea?
🏠 可以給我一些茶嗎?

36 **somebody** [`sʌm͵badɪ] 代 某人 名 重要人物
There's **somebody** on the Internet for you.
🏠 有人透過網路找你。

37 **someone** [`sʌm͵wʌn] 代 某一個人 名 重要的人
Someone left a message for you this afternoon.
🏠 今天下午有人留言給你。

38 **something** [ˋsʌmθɪŋ] 代 某事 名 重要的人事物 ⬆
We should do **something** this afternoon.
🏠 我們今天下午應該找些事來做。

39 **that** [ðæt] 代 那個 連 (引導子句) ⬆
Do you have earrings in **that** particular design?
🏠 你有那款特殊設計的耳環嗎？

40 **their(s)** [ðɛr(z)] 代 他們的(東西) ⬆
A friend of **theirs** said he enjoys watching movies alone.
🏠 他們其中一個朋友說他享受獨自看電影的樂趣。

41 **them** [ðɛm] 代 他們(they的受格) ⬆
I couldn't find my socks; I forgot where I put **them**.
🏠 我找不到我的襪子；我忘了把它們放在哪裡。

42 **these** [ðiz] 代 形 這些 ⬆
What are you going to do with **these** stray dogs?
🏠 你要如何處置這些流浪狗？

43 **they** [ðe] 代 他們；她們；它們 ⬆
They served us with the worst coffee in the world.
🏠 他們端上世界上最差的咖啡給我們喝。

44 **this** [ðɪs] 代 形 這個 ⬆
Just lock **this** door, see?
🏠 你就鎖上這扇門，懂嗎？

45 **those** [ðoz] 代 形 那些 ⬆
I like **those** T-shirts designed by Taiwan newly fashion designer.
🏠 我喜歡那些台灣新銳設計師所設計的T恤。

46 **us** [ʌs] 代 我們(we的受格) ⬆
Make **us** some fresh cookies!
🏠 幫我們做一些新鮮餅乾吧！

47 **we** [wi] 代 我們 ⬆
We are the best sales in this company.
🏠 我們是這間公司最優秀的業務員。

48 **what** [hwɑt] 代 形 什麼 ⬆
What's wrong with you?
🏠 你怎麼了？

49 **whatever** [hwɑtˋɛvə] 代 任何 形 任何的　🔰
Whatever you do won't change the fact that has been existed.
🔊 不論你做什麼，都無法改變既定事實。

50 **whatsoever** [ˌhwɑtsoˋɛvə] 代 任何事物　🅖
Whatsoever you did to me, I don't care.
🔊 不管你對我怎樣，我都不在乎。

51 **when** [kwɛn] 代 何時 連 當⋯時　🔰
When will you visit your cousin in Los Angeles?
🔊 你何時要去洛杉磯拜訪你的表姐？

52 **which** [hwɪtʃ] 代 形 哪一個　🔰
Which restaurant would you like to have dinner tonight, "Chili Peppers" or "Mama-mia"?
🔊 你今晚會去哪家餐廳吃飯，「嗆辣椒」還是「媽媽咪亞」？

53 **who** [hu] 代 誰；甚麼人　🔰
Who is your boyfriend, the man in blue or pink?
🔊 誰是你男友，穿藍色還是粉紅色上衣的男人？

54 **whoever** [huˋɛvə] 代 任何人　②
I will stand in front of **whoever** wants to hurt you.
🔊 如果有任何人想傷害你，我都會挺身而出保護你。

55 **whom** [hum] 代 誰；什麼人　🔰
Whom you will spend summer vacation in Los Vegas with?
🔊 你會和誰去拉斯維加斯共度暑假？

56 **whose** [huz] 代 誰的；它的　🔰
Whose boots are those?
🔊 那些靴子是誰的？

57 **you** [ju] 代 你；你們　🔰
I wish **you** and your boyfriend could enjoy this weekend fabulously!
🔊 希望你和你男友可以好好享受這個週末！

58 **your(s)** [jur(z)] 代 你(們)的東西　🔰
Please do not give me too much limitation. I am not **yours**!
🔊 請不要給我太多限制，我跟你一點關係都沒有！

05 其他　　分類

01 am [æm] 動 是
I **am** a professional golf trainer.
🔒 我是一個專業的高爾夫球教練。

02 anyhow [`ɛnɪ͵haʊ] 副 無論如何
It could be rainy tomorrow, but **anyhow** I will go visiting my grandmother.
🔒 明天有可能會下雨，但無論如何我還是會去探望奶奶。

03 anyway [`ɛnɪ͵we] 副 無論如何
Amber is always late for school, but she will show up **anyway**.
🔒 安蓓上學總是遲到，但無論如何，她還是會出現。

04 are [ɑr] 動 是
Samantha and Eunice **are** best friends.
🔒 莎曼珊跟尤妮絲是最好的朋友。

05 arise [ə`raɪz] 動 出現；發生
Unexpected difficulties **arose** in the course of their work.
🔒 她們在工作的過程中，發生了沒有意料到的困難。

06 be [bi] 動 是
Would you like to **be** my date?
🔒 你願意跟我約會嗎？

07 dispense [dɪ`spɛns] 動 分配；分送
The charitable principal **dispensed** food to the poor students who haven't eaten for few days.
🔒 這位仁慈的校長分發食物給好幾天沒吃飯的窮學生。

08 else [ɛls] 副 其他；另外
Do you remember anyone **else** in our class last semester?
🔒 你還記得上學期跟我們一起修課的其他同學嗎？

09 every [`ɛvrɪ] 形 每個
Every child in the family is treated equally.
🔒 家裡的每個小孩都受到平等的對待。

10 extra [`ɛkstrə] 形 額外的 名 臨時演員
I don't need an **extra** cell phone. I already have one.
🔒 我不需要另一支手機，我已經有一支了。

11 **is** [ɪz] 勔 是　🏠

The president of the United States **is** Barack Obama.

🔒 美國總統是歐巴馬。

12 **no** [no] / **nope** [nop] 勔 一點也不　🏠

Mike is **no** better than a liar.

🔒 麥克和騙子沒什麼兩樣。

13 **not** [nɑt] 勔 不　🏠

That is **not** my car.

🔒 那不是我的車子。

14 **shade** [ʃed] 名 陰暗 勔 遮蔽　🗹

Lydia is afraid to walk in the **shades** of the night.

🔒 莉迪雅不敢在暗夜裡行走。

15 **somehow** [`sʌm‚haʊ] 勔 不知何故　🗹

Somehow the dog starts barking at the door.

🔒 不知何故，那隻狗開始對著門吠叫。

16 **somewhat** [`sʌm‚hwɑt] 勔 多少；幾分　🗹

The dress is **somewhat** cheaper than I expected.

🔒 那件洋裝比我預期的要來得便宜些。

17 **transform** [træns`fɔrm] 勔 改變　🗹

Karl tried hard to **transform** the bad impression he gave us.

🔒 卡爾努力嘗試改變他留給我們的壞印象。

18 **transformation** [‚trænsfɚ`meʃən] 名 轉變　🗹

The **transformation** of Maggie's appearance shocked us all.

🔒 瑪姬外型的改變讓我們大家震驚不已。

19 **transition** [træn`zɪʃən] 名 轉移；變遷　🗹

This is just a period of **transition**.

🔒 這只是轉變的過渡期。

NOTE

NOTE

NOTE

我們改寫了書的定義

創辦人暨名譽董事長　王擎天
總經理暨總編輯　歐綾纖　　印製者　成順印刷公司
出版總監　王寶玲

法人股東　華鴻創投、華利創投、和通國際、利通創投、創意創投、
中國電視、中租迪和、仁寶電腦、台北富邦銀行、台灣工
業銀行、國寶人壽、東元電機、凌陽科技(創投)、力麗集
團、東捷資訊

◆ 台灣出版事業群　新北市中和區中山路2段366巷10號10樓
TEL：02-2248-7896
FAX：02-2248-7758

◆ 北京出版事業群　北京市東城區東直門東中街40號元嘉國際公
A座820
TEL：86-10-64172733
FAX：86-10-64173011

◆ 北美出版事業群　4th Floor Harbour Centre P.O.Box613
GT George Town, Grand Cayman,
Cayman Island

◆ 倉儲及物流中心　新北市中和區中山路2段366巷10號3樓
TEL：02-8245-8786
FAX：02-8245-8718

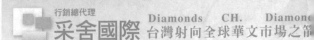

國家圖書館出版品預行編目資料

分好類超好背7000單字 / 張翔 編著 --初版.
---新北市中和區：華文網, 2011.12 面；公分 ·
-- (Excellent ；42)
ISBN-978-986-271-125-5 (平裝)

1.英語　　　2.詞彙
805.12　　　　　　　　　　100017652

分好類超好背7000單字

知識工場 · Excellent 42

分好類超好背7000單字

出版者／全球華文聯合出版平台 · 知識工場

作 者／張翔　　　　　　　印 行 者／知識工場
出版總監／王寶玲　　　　　文字編輯／何牧蓉
總 編 輯／歐綾纖　　　　　美術設計／蔡億盈

台灣出版中心／新北市中和區中山路2段366巷10號10樓
電　　話／（02）2248-7896
傳　　真／（02）2248-7758
ISBN-13 ／978-986-271-125-5
出版日期 ／2024年最新版

全球華文市場總代理／采舍國際
地　　址／新北市中和區中山路2段366巷10號3樓
電　　話／（02）8245-8786
傳　　真／（02）8245-8718

全系列書系特約展示
新絲路網路書店
地　　址 ／新北市中和區中山路2段366巷10號10樓
電　　話／（02）8245-9896
網　　址／www.silkbook.com

線上pbook&ebook總代理 ／全球華文聯合出版平台
地址／新北市中和區中山路2段366巷10號10樓
新絲路電子書城 www.silkbook.com/ebookstore/
華文網雲端書城 www.book4u.com.tw
新絲路網路書店 www.silkbook.com

本書採減碳印製流程並使用優質中性紙（Acid & Alkali Free）通過綠色碳中和印
刷認證，最符環保要求。

本書為名師張翔及出版社編輯小組精心編著覆核，如仍有疏漏，請各位先進不吝指正，
來函請寄mujung@mail.book4u.com.tw，若經查證無誤，我們將有精美小禮物贈送！